海上花列傳

韓邦慶 著
姜漢椿 校注

三民書局

海上花列傳 總目

引言

姜漢椿

海上花列傳，原題「雲間花也憐儂著」，實為清末韓邦慶所作。

韓邦慶（西元一八五六—一八九四年），字子雲，號太仙，江蘇松江（今屬上海）人。其父韓宗文曾任刑部主事，素負文譽。韓邦慶幼時隨父居京師，後南歸，應童試，考取秀才。此後屢次應舉人試不第，自此遂淡於功名，瀟灑絕俗，雖家境寒素而並不看重錢財，彈琴賦詩，怡然自得，尤擅圍棋，與知友楸枰相對，氣宇閑雅，頗有名士風度。然年未及二十，即已染上鴉片癮，又耽迷女色，出入滬上青樓，將資財揮霍殆盡，以致家貧如洗。有父執謝某官於河南，知邦慶家貧，召為幕僚，在豫數年，輾轉京師，後抵滬，為申報館撰稿，此後不久病故，年三十九。韓邦慶妻嚴氏，生一子，三歲即夭折，有一女，嫁聶姓。韓邦慶除海上花列傳外，另著有太仙漫稿，筆意略近聊齋而詼詭奇誕，又類似莊、列之寓言。

海上花列傳最初發表在光緒十八年（西元一八九二年）二月創刊的石印文藝雜誌海上奇書上，每期兩回，配有精美插圖。海上奇書原為半月刊，至第九期後改為月刊，共出十五期，海上花列傳刊登了三十回，因該刊停刊，未曾刊完。光緒二十年，全書出版，計六十四回，分八冊。此後，此書曾有以海上百花趣樂演義（光緒三十四年，日新書局）、海上看花記（上海書局石印本，光緒刊）、最新海上繁華夢（著者改署江陵漁隱，開通版，光緒刊）、繪圖青樓寶鑒、海上花、海上青樓奇緣等書名刊印。

海上花列傳的寫作，據作者在例言中說，該書「從儒林外史脫化出來，惟穿插藏閃之法，則為從來說部所未有」。所謂「穿插藏閃」之法，就是將小說的幾段情節在時間上同時展開，而在敘述時分拆開來，進行多頭敘述，使該書的故事情節「劈空而來，使閱者茫然不解其如何緣故，急欲觀後文，而後文又捨而敘他事矣；及他事敘畢，再敘明其緣故，而其緣故仍未盡明，直至全體盡露，乃知前文所敘並無半個閑字」（例言）。作者這樣的安排，使小說內容環環相扣，且留下懸念，令讀者欲罷不能。

海上花列傳以十七歲的青年趙樸齋到滬上訪母舅洪善卿、遊青樓始，至趙樸齋沉溺聲色，淪落街頭，以拉東洋車為生，及後來為洪善卿發覺，寄書其姐，洪氏無計，攜其女二寶來滬尋訪，二寶又留連不欲返鄉，竟至為娼。又遇史三公子，云欲娶其為妻，一直至史三公子揚州迎親，二寶聞信昏絕，救醒後，為還所欠巨款而重操舊業，驚惡夢而書止。是書以樸齋兄妹為線索，將眾多人物串聯起來，從一個獨特的視角反映開埠後上海的一個側面——即對當時妓院的描寫。

海上花列傳雖寫妓女，但其宗旨卻是「為勸戒而作，其形容盡致處，如見其人，如聞其聲。閱者深味其言，更返觀風月場中，自當厭棄嫉惡之不暇矣」（例言）。書中沒有將人物臉譜化，既沒有寫成才子佳人的傳統故事，也沒有色情淫邪的描寫，而是以自然平淡的筆調，平靜地如實敘寫。書中所寫人物頗多，上至官吏富商，下至妓館幫傭，但性格各異，這從他們的行事、語言中都能見到。如陶玉甫、李漱芳的深摯愛情；沈小紅的潑辣、張蕙貞的懦弱，而又同樣的水性楊花；王蓮生對沈小紅刻骨銘心的眷戀；趙二寶的貪圖舒適又年輕幼稚；黃翠鳳的剛烈、幹練和狡詐；李浣芳的天真無瑕和憨態，均各具特色。書中對另一類人也有出色的描寫：洪善卿的勢利刻薄，史三公子的虛情假意，李鶴汀的千金豪賭，流氓無賴賴三公子的驕橫不法，以及趙樸齋、齊韻叟、陳小雲、羅子富……各色人等，無一雷同，體現了小說人物的成功。

此書的另一個特點，是用吳語寫作。據海上繁華夢作者孫玉聲在退醒廬筆記中云：「余則謂此書通體皆操吳語，恐閱者不甚了了；且吳語中有音無字之字甚多，下筆時殊費研考，不如改易通俗白話為佳。乃韓言：『曹雪芹撰石頭記皆操京語，我書安見不可以操吳語？』」可見作者特地將小說敘事、人物對話全用吳語。作者的這一大膽嘗試，使該書更具有地域特色，在吳語區、懂吳語的讀者中引起一種親切感，小說中人物的對話，他們的表情、神態，都活生生地呈現在讀者面前，也使小說增加了獨有的魅力。

然而，此書畢竟是用吳語寫作的，讀者面受到了限制。在不諳吳語的地區，讀者閱讀此書，則有如墮五里霧中之嘆了。

筆者應三民書局之邀，為此書作注。然注解僅限於較為生澀、冷僻和地域色彩較濃的詞語，雖努力為之，但對書中，特別在人物對話中，那種特有的神態、情狀，卻無法一一表達和譯出，這不能不說是一種深深的遺憾，這也只能請讀者諸君在讀此書時細細品味了。

海上花列傳由於種種原因，一度遭到冷落，但自八〇年代以後，據不完全統計，上海古籍出版社、山東齊魯書社、江西百花洲文藝出版社等多家出版社均出版過以光緒二十年（西元一八九四年）最初的石印本為底本的整理本海上花列傳，此書的認識價值，正得到重新肯定和承認。

例言[1]

此書為勸戒而作，其形容盡致處，如見其人，如聞其聲。閱者深味其言，更返觀風月場中，自當厭棄嫉惡之不暇矣。所載人名事實，俱係憑空揑造，並無所指。如有強作解人，妄言某人隱某人，某事隱某事，此則不善讀書，不足與談者矣。

蘇州土白，彈詞中所載多係俗字，但通行已久，人所共知，故仍用之，蓋演義小說不必沾沾於考據也。惟有有音而無字者，如說勿要二字，蘇人每急呼之，並為一音，若仍作勿要二字，便不合當時神理；又無他字可以替代，故將勿要二字並寫一格。閱者須知覅字本無此字，乃合二字作一音讀也。他若哩音眼，嗄音賈，耐即你，俚即伊之類，閱者自能意會，茲不多贅。

全書筆法自謂從儒林外史脫化出來，惟穿插藏閃之法，則為從來說部所未有。一波未平，一波又起，或竟接連起十餘波，忽東忽西，忽南忽北，隨手敘來並無一事完，全部並無一絲掛漏；閱之覺其背面無文字處尚有許多文字，雖未明明敘出，而可以意會得之，此穿插之法也。劈空而來，使閱者茫然不解其如何緣故，急欲觀後文，而後文又捨而敘他事矣；及他事敘畢，再敘明其緣故，而其緣故仍未盡明，直至全體盡露，乃知前文所敘並無半個閑字，此藏閃之法也。

---

[1] 此例言原分別載於海上奇書各期封底，茲抄錄如下，以供參考。

此書正面文章如是如是；尚有一半反面文章，藏在字句之間令人意會，直須閱至數十回後方能明白，恐閱者急不及待，特先指出一二。如寫王阿二時，處處有一張小村在內；寫沈小紅時，處處有一小柳兒在內；寫黃翠鳳時，處處有一錢子剛在內。此外每出一人，即核定其生平事實，句句照應，並無落空，閱者細會自知。

從來說部必有大段落，乃是正面文章精神團結之處，斷不可含糊了事。此書雖用穿插藏閃之法，而其中仍有段落可尋。如第九回沈小紅如此大鬧，以後慢慢收拾，一絲不漏，又整齊，又暇豫，即一大段落也。然此大段落中間仍參用穿插藏閃之法，以合全書體例。

說部書，題是斷語，書是敘事。往往有題目係說某事，而書中長篇累幅竟不說起，一若與題目毫無關涉者，前人已有此例。今一三回陸秀寶開寶，一四回楊媛媛通謀，亦此例也。

此書俱係閑話，然若真是閑話，更復成何文字？閱者於閑話中間尋其線索，則得之矣。如周氏雙珠、雙寶、雙玉及李漱芳、林素芬諸人終身結局，此兩回中俱可想見。（按：指第一九、二〇回）第二二回，如黃翠鳳、張蕙貞、吳雪香諸人，皆是第二次描寫，所載事實言語，自應前後關照。至於性情脾氣，態度行為，有一絲不合之處否？閱者反覆查勘之，幸甚！

或謂書中專敘妓家，不及他事，未免令閱者生厭否？僕謂不然。小說作法與制藝同：連章題要包括，如三國演說漢、魏間事，興亡掌故瞭如指掌，而不嫌其簡略；枯窘題要生發，如水滸之強盜，儒林之文士，紅樓之閨娃，一意到底，顛倒敷陳，而不嫌其瑣碎。彼有以忠孝、神仙、英雄、兒女、贓官、劇盜、惡鬼、妖狐，以至琴棋書畫、醫卜星相，萃於一書，自謂五花八門，貫通淹博，不知正見其才之窘耳。

合傳之體有三難：一曰無雷同，一書百十人，其性情言語面目行為，此與彼稍有相仿，即是雷同。一曰無矛盾，一人而前後數見，前與後稍有不符，即是矛盾。一曰無掛漏，寫一人而無結局，掛漏也；敘一事而無收場，亦掛漏也。知是三者而後可與言說部。

或謂：六四回不結而結，甚善。顧既曰全書矣，而簡端又無序，毋乃闕與？花也憐儂曰：是有說。昔冬心先生續集自序，多述其生平所遇前輩聞人品題贊美之語，業將援斯例以為之，且推而廣之。凡讀吾書而有得於中者，必不能已於言。其言也，不徒品題贊美之語，愛我厚而教我多也。苟有以抉吾之疵，發吾之覆，振吾之聵，起吾之痾，雖至呵責唾罵、訕謗詼嘲，皆當錄諸簡端，以存吾書之真焉！敬告同人，毋閟金玉。

光緒甲午孟春　雲間花也憐儂識於九天珠玉之樓

回目

第一回　趙樸齋鹹瓜街訪舅　洪善卿聚秀堂做媒

按，此一大說部書，係花也憐儂所著，名曰海上花列傳。只因海上自通商以來，南部煙花日新月盛，凡冶遊❶子弟傾覆流離於狎邪❷者，不知凡幾。雖有父兄，禁之不可；雖有師友，諫之不從。此豈其冥頑不靈哉？獨不得一過來人為之現身說法耳！方其目挑心許，百樣綢繆，當局者津津乎若有味焉。一經描摹出來，便覺令人欲嘔，其有不爽然若失，廢然自返者乎？花也憐儂具菩提心❸，運廣長舌，寫照傳神，屬辭比事，點綴渲染，躍躍如生，卻絕無半個淫褻穢污字樣，蓋總不離警覺提撕❹之旨云。苟閱者按跡尋蹤，心通其意，見當前之媚於西子，即可知背後之潑於夜叉；見今日之密於糟糠❺，即可卜他年之毒於蛇蠍。也算得是欲覺晨鐘，發人深省者矣。此海上花列傳之所以作也。

看官，你道這花也憐儂究是何等樣人？原來古槐安國❻之北，有黑甜鄉，其主者曰趾離氏。嘗仕為

❶ 冶遊：本指野遊，後世多指嫖妓。
❷ 狎邪：行為放蕩，品行不端。指狎妓。
❸ 菩提心：善心。菩提，梵語。意譯正覺。即明辨善惡、覺悟真理之意。
❹ 提撕：拉扯；提引。引申為提醒、振作。
❺ 糟糠：指代妻子。
❻ 古槐安國：及下文地名，均為作者杜撰。

天祿大夫，晉封醴泉郡公，乃流寓於眾香國之溫柔鄉，而自號花也憐儂云。所以花也憐儂，實是黑甜鄉主人。日日在夢中過活，自己偏不信是夢，只當真的，作起書來。及至捏造了這一部夢中之書，然後喚醒了那一場書中之夢。看官啊，你不要只在那裡做夢，且看看這書，倒也無啥。

這書即從花也憐儂一夢而起。也不知花也憐儂如何到了夢中，只覺得自己身子飄飄蕩蕩，把握不定，好似雲催霧趕的滾了去。舉首一望，已不在本原之地了。前後左右，尋不出一條道路，竟是一大片浩淼蒼茫、無邊無際的花海。

看官須知道「花海」二字，不是杜撰的。只因這海本來沒有什麼水，只有無數花朵，連枝帶葉，漂在海面上，又平勻，又綿軟，渾如繡茵錦罽❼一般，竟把海水都蓋住了。

花也憐儂只見花，不見水，喜得手舞足蹈起來，並不去理會這海的闊若干頃，深若干尋❽，還當在平地上似的，躑躅留連，不忍捨去。不料那花雖然枝葉扶疏，卻都是沒有根蒂的，花底下即是海水，被海水沖激起來，那花也只得隨波逐流，聽其所止。若不是遇著了蝶浪蜂狂，鶯欺燕妒，就為那蚱蜢、蜣螂、蝦蟆、螻蟻之屬，一味的披猖折辱，狼藉蹂躪。惟夭如桃，穠如李，富貴如牡丹，猶能砥柱中流，為群芳吐氣。至於菊之秀逸，梅之孤高，蘭之空山自芳，蓮之出水不染，那裡禁得起一些委屈，早已沉淪汩沒於其間。

花也憐儂見此光景，輒有所感；又不禁愴然悲之。這一喜一悲也不打緊，只反害了自己，更覺得心

❼ 繡茵錦罽：刺繡的綠茵，織錦的地毯。罽，音ㄐㄧˋ。指毛織品，亦指氈毯。

❽ 尋：古時八尺為尋。

慌意亂，目眩神搖，又被罡風❾一吹，身子越發亂撞亂磕的，登時闖空了一腳，便從那花縫裡陷溺下去，竟跌在花海中了。花也憐儂大叫一聲，待要掙扎，早已一落千丈，直墜至地。卻正墜在一處，睜眼看時，乃是上海地面，華洋交界的陸家石橋。花也憐儂揉揉眼睛，立定了腳跟，方記得今日是二月十二日，大清早起從家裡出門，走了錯路，混入花海裡面，翻了一個筋斗，幸虧這一跌，倒跌醒了。回想適才多少情事，歷歷在目，自覺好笑道：「竟做了一場大夢！」嘆息怪詫了一回。

看官，你道這花也憐儂究竟醒了不曾？請各位猜一猜這啞謎兒如何。但在花也憐儂自己，以為是醒的了，想要回家裡去，不知從那一頭走，模模糊糊趲下橋來。剛至橋堍，突然有一個後生，穿著月白竹布箭衣，金醬寧綢馬褂，從橋下直衝上來。花也憐儂讓避不及，對面一撞，那後生撲澾地跌了一跤，跌得滿身淋漓的泥漿水。那後生一骨碌爬起來，拉住花也憐儂亂嚷亂罵。花也憐儂向他分說，也不聽見。當時有青布號衣中國巡捕過來查問。後生道：「我叫趙樸齋，要到鹹瓜街浪去❿，陸裡曉得個冒失鬼⓫，奔得來，跌我一跤，耐⓬看我馬褂浪爛泥，要俚賠個啘⓭！」花也憐儂正要回言，只見巡捕道：「耐自家⓮也勿小心啘，放俚去罷！」趙樸齋還咕噥了兩句，沒奈何放開手，眼睜睜地看著花也憐儂揚長自去。

---

❾ 罡風：高空之風。

❿ 要到句：要到鹹瓜街（上）去。浪，吳語。此處相當於「上」。

⓫ 陸裡句：哪裡曉得這個冒失鬼。陸裡，吳語。哪裡。個，吳語。這個。

⓬ 耐：吳語。你。

⓭ 要俚賠個啘：要他賠這個呀。俚，吳語。他。啘，吳語中的語助詞，不同場合有不同用法。此處有「呀」之意。

看的人擠滿了路口，有說的，有笑的。趙樸齋抖抖衣襟，發極⑮道：「教我那价去見我娘舅嗄⑯？」巡捕也笑起來道：「耐去茶館裡拿手巾來揩揩哩⑰。」

一句提醒了趙樸齋，即在橋堍近水臺茶館，占著個靠街的座兒，脫下馬褂。等到堂倌舀面水來，樸齋絞把毛巾，細細的擦那馬褂；擦得沒一些痕跡，方才穿上。呷一口茶，會帳起身，徑至鹹瓜街中市，尋見永昌參店招牌，踱進石庫門，高聲問「洪善卿先生」。有小伙計答應，邀進客堂，問明姓字，忙去通報。

不多時，洪善卿匆匆出來，趙樸齋雖也久別，見他削骨臉、爆眼睛，卻還認得，趨步上前，口稱「娘舅」，行下禮去。洪善卿還禮不迭，請起上坐，隨問：「令堂阿好⑱？阿曾一淘來⑲？寓來哚陸裡⑳？」樸齋道：「小寓寶善街悅來客棧，無姆㉑勿曾來，說搭㉒娘舅請安。」說著，小伙計送上煙茶二事。洪善卿問及來意，樸齋道：「也無啥㉓事幹，要想尋點生意來做做。」善卿道：「近來上海灘浪倒也勿好

---

⑭ 自家：自己。

⑮ 發極：發急。

⑯ 教我句：教我怎麼去見我娘舅呢。那价，吳語。怎麼；如何。嗄，吳語中的語助詞。此處有「呢」意。

⑰ 揩揩哩：擦擦吧。揩，擦。哩，音ㄏㄜ。吳語中語助詞。此處有「吧」意。

⑱ 阿好：吳語。可好；好不好。阿，可

⑲ 阿曾一淘來：可曾一起來。一淘，一起。

⑳ 寓來哚陸裡：住在哪裡。寓，住。來哚，在。

㉑ 無姆：媽媽；母親。

㉒ 搭：給；跟；和。

做啥生意哩。」樸齋道：「為仔㉔無娒說：『人末一年大一年哉㉕，來㖸屋裡㉖做啥哩？還是出來做做生意罷。』」善卿道：「說也勿差㉗，耐今年十幾歲？」樸齋說：「十七。」善卿道：「耐還有個令妹，也好幾年勿見哉，比耐小幾歲？阿曾受茶㉘？」樸齋說：「勿曾㉙。今年也十五歲哉。」善卿道：「屋裡還有啥人？」樸齋道：「不過三個人，用個娘姨。」善卿道：「人淘㉚少，開消總也有限。」樸齋道：「比仔㉛從前省得多哉。」

說話時，只聽得天然几上自鳴鐘連敲了十二下，善卿即留樸齋便飯，叫小伙計來說了。須臾搬上四盤兩碗，還有一壺酒。甥舅兩人對坐同飲，絮語些近年景況，閑談些鄉下情形。善卿又道：「耐一幹仔㉜住來㖸客棧裡，無撥㉝照應哰。」樸齋道：「有個米行裡朋友，叫張小村，也到上海來尋生意，一淘住

㉓無啥：吳語。沒什麼。
㉔為仔：吳語。用法較靈活。此處有「故而」、「因而」之意。
㉕哉：吳語中語助詞。
㉖來㖸屋裡：呆在家裡。屋裡，家裡。
㉗勿差：不差。
㉘受茶：指女子受聘。
㉙勿曾：沒有；不曾。
㉚人淘：人口。
㉛比仔：比起。
㉜一幹仔：一個人。
㉝無撥：沒有。

來哚㉞。」善卿道：「故也罷哉。」吃過了飯，揩面嗽口。善卿將水煙筒授與樸齋道：「耐坐一歇㉟，等我幹出點小事體㊱，搭耐一淘北頭去。」樸齋唯唯聽命，善卿仍匆匆的進去了。

樸齋獨自坐著，把水煙吸了個不耐煩。直敲過兩點鐘，方見善卿出來，又叫小伙計來叮囑了幾句，然後讓樸齋前行，同至街上，向北一直過了陸家石橋，坐上兩把東洋車㊲，徑拉至寶善街悅來客棧門口停下，善卿約數都給了錢。

樸齋即請善卿進棧，到房間裡。那同寓的張小村已吃過中飯，床上鋪著大紅絨毯，擺著亮汪汪的煙盤，正吸得煙騰騰的。見趙樸齋同人進房，便料定是他娘舅，忙丟下煙槍，起身廝見。洪善卿道：「尊姓是張？」張小村道：「正是。老伯阿是善卿先生？」善卿道：「豈敢，豈敢。」小村道：「勿曾過來奉候，抱歉之至。」謙遜一回，對面坐定。趙樸齋取一支水煙筒送上善卿。善卿道：「舍甥初次到上海，全仗大力照應照應。」小村道：「小侄也勿懂啥事體㊳，一淘上來末㊴，自然大家照應點。」又談了些客套，善卿把水煙筒送過來，小村一手接著，一手讓去床上吸鴉片煙。善卿說：「勿會吃㊵。」仍各

㉞ 來哚：此指「這裡」。

㉟ 一歇：一會兒。

㊱ 等我句：意為等我處理掉一點瑣事。

㊲ 東洋車：即黃包車。

㊳ 啥事體：什麼事。

㊴ 上來末：到上海嘛。上來，指到上海。末，語助詞，略有「嘛」之意。

㊵ 吃：吳語中，「吸」、「飲」、「喝」等，多說「吃」。

坐下。

樸齋坐在一邊，聽他們說話，慢慢地說到堂子倌人㊶。樸齋正要開口問問，恰好小村送過水煙筒，樸齋趁勢向小村耳邊說了幾句。小村先哈哈一笑，然後向善卿道：「樸兄說，要到堂子裡見識見識，阿好？」善卿道：「陸裡去哩？」小村道：「還是棋盤街浪去走走罷。」善卿道：「我記得西棋盤街聚秀堂裡有個倌人，叫陸秀寶，倒無啥㊷。」樸齋插嘴道：「就去哉啘㊸。」小村只是笑，善卿也不覺笑了。

樸齋催小村收拾起煙盤，又等他換了一副簇新行頭：頭戴瓜棱小帽，腳登京式鑲鞋，身穿銀灰杭線棉袍，外罩寶藍寧綢馬褂。再把脫下的衣裳，一件件都折疊起來，方才與善卿相讓同行。

樸齋正自性急，拽上房門，隨手鎖了，跟著善卿、小村出了客棧。轉兩個彎，已到西棋盤街，望見一盞八角玻璃燈從鐵管撐起在大門首，上寫「聚秀堂」三個朱字。善卿引小村、樸齋進去。外場㊹認得善卿，忙喊：「楊家娒，莊大少爺朋友來。」只聽得樓上答應一聲，便登登登一路腳聲到樓門口迎接。

三人上樓，那娘姨楊家娒㊺見了道：「噢，洪大少爺，房裡請坐。」一個十三四歲的大姐，早打起簾子等候。不料房間裡先有一人橫躺在榻床上，摟著個倌人正戲笑哩；見洪善卿進房，方丟下倌人，起

㊶ 堂子倌人：妓院的妓女。堂子，蘇滬一帶方言指妓院。倌人，吳語。稱妓女為倌人。

㊷ 無啥：吳語。本指沒什麼，此指「不錯」。

㊸ 哉啘：語助詞，頗帶感情色彩。

㊹ 外場：指妓院裡在外邊幹雜事的僕人。

㊺ 娘姨楊家娒：謂姓楊的中年女傭人。娘姨，指女傭人。娒，同「姆」。一般指中年老年婦女。

身招呼。向張小村、趙樸齋也拱一拱手，隨問：「尊姓？」洪善卿代答了。又轉身向張小村道：「第位[46]是莊荔甫先生。」小村說聲：「久仰。」那倌人掩在莊荔甫背後，等坐定了，才上前來敬瓜子。大姐也拿水煙筒來裝水煙。

莊荔甫向洪善卿道：「正要來尋耐，有多花物事[47]，耐看看，阿有啥人作成[48]？」即去身邊摸出個摺子，授與善卿。善卿打開看時，上面開列的或是珍寶，或是古董，或是書畫，或是衣服，底下角明價值號碼。善卿皺眉道：「第號[49]物事，消場[50]倒難哩。聽見說杭州黎篆鴻來裡[51]，阿要去問聲俚看[52]？」莊荔甫道：「黎篆鴻搭[53]，我教陳小雲拿仔去哉[54]，勿曾有回信。」善卿道：「物事來哚陸裡？」荔甫道：「就來哚宏壽書坊裡樓浪，阿要去看看？」善卿道：「我是外行，看啥哩。」

趙樸齋聽這等說話，好不耐煩，自別轉頭，細細的打量那倌人：一張雪白的圓面孔，五官端正，七

---

[46] 第位：吳語。這位。

[47] 有多花物事：有許多物品。多花，吳語。許多。物事，物品；東西。

[48] 阿有句：可有誰做生意。啥人，什麼人；誰。作成，本指做成、成全。此指做買賣、做交易、做生意。

[49] 第號：這號；這些。

[50] 消場：銷路。

[51] 來裡：吳語。在這裡。

[52] 阿要句：意為你看是不是要去問問他。阿要，要不要；可要。

[53] 搭：那裡；處。

[54] 拿仔去哉：已經拿去了。

竅玲瓏。最可愛的是一點朱唇時時含笑，一雙俏眼處處生情。見他家常㊺只戴得一枝銀絲蝴蝶，穿一件東方亮竹布衫，罩一件玄色縐心緞鑲馬甲，下束膏荷縐心月白緞鑲三道繡織花邊的褲子。樸齋看的出神，早被那倌人覺著，笑了一笑，慢慢走到靠壁大洋鏡前，左右端詳，掠掠鬢腳。樸齋忘其所以，眼光也跟了過去。忽聽洪善卿叫道：「秀林小姐，我替耐秀寶妹子做個媒人，阿好？」樸齋方知那倌人是陸秀林，不是陸秀寶。只見陸秀林回頭答道：「照應倪㊻妹子，阿有啥勿好。」即高聲叫楊家媽。正值楊家媽來絞手巾、沖茶碗，陸秀林便叫他喊秀寶上來加茶碗。楊家媽問：「陸裡一位嗄？」洪善卿伸手指著樸齋說：「是趙大少爺。」楊家媽瞚㊼了兩眼道：「阿是第位趙大少爺？我去喊秀寶來。」接了手巾，忙登登登跑了去。

不多時，一路咭咭咯咯小腳聲音，知道是陸秀寶來了。趙樸齋眼望著簾子，見陸秀寶一進房間，先取瓜子碟子，從莊大少爺、洪大少爺挨順敬去，敬到張小村、趙樸齋兩位，問了尊姓，卻向樸齋微微一笑。樸齋看陸秀寶，也是個小圓面孔，同陸秀林一模一樣；但比秀林年紀輕些，身材短些；若不是同在一處，竟認不清楚。

陸秀寶放下碟子，挨著趙樸齋肩膀坐下。樸齋倒有些不好意思的，左不是，右不是；坐又坐不定，走又走不開。幸虧楊家媽又跑來說：「趙大少爺，房間裡去。」陸秀寶道：「一淘請過去哉碗。」大家

㊺ 家常：平日家居。

㊻ 倪：吳語。我。也可作「我們」（見下文）。

㊼ 瞚：音ㄧˊ。用目小視。

聽說，都立起來相讓。莊荔甫道：「我來引導。」正要先走，被陸秀林一把拉住袖口說道：「耐覅[58]去哩，讓俚哚去末哉[59]。」洪善卿回頭一笑，隨同張小村、趙樸齋跟著楊家媯走過陸秀寶的房間裡。——就在陸秀林房間的間壁，一切鋪設裝潢不相上下，也有著衣鏡，也有自鳴鐘，也有泥金箋對[60]，也有彩畫絹燈。大家隨意散坐。

楊家媯又亂[61]著加茶碗，又叫大姐裝水煙。接著外場送進乾濕[62]來，陸秀寶一手托了，又敬一遍，仍去和趙樸齋並坐。楊家媯站在一傍，問洪善卿道：「趙大少爺公館來哚陸裡嗄？」善卿道：「俚搭張大少爺一淘來哚悅來棧。」楊家媯轉問張小村道：「張大少爺阿有相好嗄？」小村微笑搖頭。楊家媯道：「張大少爺無撥相好末，也攀一個哉畹！」小村道：「阿是耐教我攀相好？我就攀仔耐末哉畹[63]，阿好？」說得大家哄然一笑。楊家媯笑了又道：「攀仔相好末，搭趙大少爺一淘走走，阿是鬧熱點？」小村冷笑不答，自去榻床躺下吸煙。楊家媯向趙樸齋道：「趙大少爺，耐來做個媒人罷。」樸齋正和陸秀寶鬼混，裝做不聽見。秀寶奪過手說道：「教耐做媒人，啥勿響嗄[64]？」樸齋仍不語。秀寶催道：「耐

---

[58] 覅：吳語。為「勿要」的合音字，即「不要」。
[59] 讓俚哚句：讓他們去吧。俚哚，他們。末哉，語助詞。
[60] 泥金箋對：泥金的箋紙對聯。泥金，金屑；金末。用於書畫及塗飾箋紙、雕刻髹漆等。
[61] 亂：忙。
[62] 乾濕：毛巾之類。
[63] 攀仔耐句：和你攀相好吧。攀仔耐，和你攀相好。末哉畹，均係語助詞，連用。在吳語中頗多。
[64] 啥勿響嗄：為啥不作聲。啥，為啥；為什麼。勿響，不作聲。

說說哩。」樸齋沒法，看看張小村面色要說，小村只管吸煙不理他。

正在為難，恰好莊荔甫掀簾進房。趙樸齋借勢起身讓坐。楊家媔見沒意思，方同大姐出去了。莊荔甫對著洪善卿坐下，講論些生意場中情事，張小村仍躺下吸煙。陸秀寶兩隻手按住趙樸齋的手不許動，只和樸齋說閑話，一回說要看戲，一回說要吃酒，樸齋嘻著嘴笑。秀寶索性擱起腳來，滾在懷裡。樸齋騰出一手，伸進秀寶袖子裡去。秀寶掩緊胸脯，發急道：「覅哩！」

張小村正吸完兩口煙，笑道：「耐放來哚[65]水餃子勿吃，倒要吃饅頭。」樸齋不懂，問小村道：「耐說啥？」秀寶忙放下腳，拉樸齋道：「耐覅去聽俚，俚來哚尋耐開心[66]哉哩！」復睃著張小村，把嘴披[67]下來道：「耐相好末勿攀，說倒會說得野[68]哚。」一句說得張小村沒趣起來，訕訕的起身去看鐘。洪善卿覺小村意思要走，也立起來道：「倪一淘吃夜飯去。」趙樸齋聽說，慌忙摸塊洋錢丟在乾濕碟子裡。陸秀寶見了道：「再坐歇哩。」一面喊秀林：「阿姐，要去哉。」陸秀林也跑過這邊來，低聲和莊荔甫說了些什麼，才同陸秀寶送至樓門口，都說：「晚歇[69]一淘來。」四人答應下樓。

第一回終。

[65] 來哚：在這裡。

[66] 尋耐開心：拿你開心。尋開心，開玩笑。

[67] 披：撇動嘴唇。

[68] 野：粗魯；不受約束。

[69] 晚歇：過會兒；等會兒。

第二回　小伙子裝煙空一笑　清倌人吃酒枉相識

按，四人離了聚秀堂，出西棋盤街北口，至斜角對過保合樓進去，揀了正廳後面小小一間亭子坐下。堂倌送過煙茶，便請點菜。洪善卿開了個菜壳子❶，另外加一湯一碗。堂倌鋪上檯單，擺上圍簽，集亮了自來火❷。看鐘時，已過六點。洪善卿叫燙酒來，讓張小村首座。小村執意不肯，苦苦的推莊荔甫坐了。張小村次坐，趙樸齋第三，洪善卿主位。堂倌上了兩道小碗，莊荔甫又與洪善卿談起生意來。張小村還戧❸說兩句。趙樸齋本自不懂，也無心相❹去聽他，只聽得廳側書房內彈唱之聲十分熱鬧，便坐不住，推做解手溜出來，向玻璃窗下去張看❺。只見一桌圓檯，共是六客，許多倌人團團圍繞，夾著些娘姨、大姐❻，擠滿了一屋子。其中向外坐著紫糖面色三綹烏鬚的一個胖子，叫了兩個局❼。右首倌人正

---

❶ 菜壳子：猶言菜單。

❷ 集亮句：點著了煤氣燈。集亮，吳語。擦著；點著。自來火，指煤氣燈。

❸ 戧：音ㄑㄧㄤ。在吳語中用法頗多，此有「附和」、「插嘴」之意。

❹ 心相：吳語。心思。也有「心情」之意。

❺ 張看：張望；窺視。

❻ 大姐：稱妓館中的使女、丫鬟。

❼ 叫了兩個局：叫局，舊時叫妓女陪酒。

唱那二黃❽采桑一套，被琵琶遮著臉，不知生的怎樣。那左首的年紀大些，卻也風流倜儻，見胖子搳拳輸了，便要代酒。胖子不許代，一面攔住他手，一面伸下嘴去要呷。不料被右首倌人停了琵琶，從袖子底下伸過手來，悄悄的取那一杯酒，授與他娘姨吃了。胖子沒看見，呷了個空，引得哄堂大笑。

趙樸齋看了，滿心羨慕，只可恨不知趣的堂倌請去用菜，樸齋只得歸席。席間六個小碗陸續上畢，莊荔甫還指手劃腳談個不了。堂倌見不大吃酒，隨去預備飯菜。洪善卿又每位各敬一杯，然後各揀乾稀飯吃了，揩面❾散坐。堂倌呈上菜帳，洪善卿略看一看，叫寫永昌參店，堂倌連聲答應。

四人相讓而行，剛至正廳上，正值書房內那胖子在廳外解手回來，已吃得滿面通紅，一見洪善卿嚷道：「善翁也來裡，巧極哉，裡嚮❿坐。」不由分說，一把拉住。又攔著三人道：「一淘敘敘哉啘。」莊荔甫辭了先走，張小村向趙樸齋丟個眼色，兩人遂也辭了，與洪善卿作別，走出保合樓。

趙樸齋在路上咕嚕道：「耐為啥要走哩？鑲邊酒末落得擾擾俚哉啘。」被張小村咄了一口道：「俚哚叫來哚長三書寓⓫，耐去叫么二⓬，阿要坍臺⓭！」樸齋方知道有這個緣故，便想了想道：「莊荔甫

---

❽ 二黃：戲曲腔調。清初由「吹腔」、「高撥子」在徽班中演變而成。也有叫「南路」的。包括導板（倒板）、慢班（慢三眼）、原板、垛板、散板等曲調。一般適於表現淒涼沉鬱的情感。在不少劇種（如京、漢劇等）裡，二黃都和西皮腔調並用，習稱「皮黃」。

❾ 揩面：洗臉；擦臉。

❿ 裡嚮：裡面；（到）裡面。

⓫ 叫來哚句：叫來了書寓妓院的高級妓女。叫來哚，叫來了。長三，舊時上海的高級妓女。書寓，妓院的名號。

⓬ 么二：亦作「幺二」。指舊時上海次一等的妓女。原為骨牌名，舊時妓院中妓女有長三、么二的等級名稱。

只怕來哚陸秀林搭，倪也到秀寶搭去打茶會⑭，阿好？」小村又哼了一聲道：「俚勿搭耐一淘去，耐去尋俚做啥，阿要去討惹厭⑮？」樸齋道：「价末⑯到陸裡去哩？」小村只是冷笑，慢慢說道：「也怪勿得，耐頭一埭⑰到上海，陸裡曉得白相個多花經絡⑱。我看起來，覅說啥長三書寓，就是么二浪，耐也覅去個好。俚哚才看慣仔大場面哉，耐拿三四十洋錢去用撥俚⑲，也勿來俚眼睛裡。況且陸秀寶是清倌人⑳，耐阿有幾百洋錢來搭俚開寶？就省點也要一百開外哚，耐也犯勿著啘，耐要白相末，還是到老老實實場花㉑去，倒無啥。」樸齋道：「陸裡搭嗄？」小村道：「耐要去，我同耐去末哉。比仔長三書寓，不過場花小點，人是也差勿多。」樸齋道：「价末去哩。」

小村立住腳一看，恰走到景星銀樓門前，便說：「耐要去末，打几首走㉒。」當下領樸齋轉身，重

---

⑬ 阿要坍臺：多麼丟臉。阿要，吳語。用法頗多。有「多麼」、「要不要」等意思。此有「該多麼」之意。坍臺，倒霉；丟臉。

⑭ 打茶會：亦作「打茶圍」。舊時謂至妓院品茗、飲酒、取樂。

⑮ 阿要句：是不是要去惹人討厭。

⑯ 价末：那麼。

⑰ 頭一埭：頭一回；頭一趟。埭，音ㄉㄞˋ。

⑱ 白相句：玩有這許多名堂。白相，吳語。玩。個多，有許多。花經絡，花樣經；名堂。

⑲ 用撥俚：用在她身上。撥，給。

⑳ 清倌人：舊稱尚未接客的妓女。

㉑ 場花：場所；地方。

㉒ 打几首走：朝左首走；朝左邊方向走。

又向南，過打狗橋，至法租界新街盡頭一家，門首掛一盞熏黑的玻璃燈，跨進門口，便是樓梯。樸齋跟小村上去，看時，只有半間樓房，狹窄得狠㉓：左首橫安著一張廣漆大床，右首把擱板拼做一張煙榻，卻是向外對樓梯擺的；靠窗杉木妝檯，兩邊川字高椅。便是這些東西，倒鋪得花團錦簇。樸齋見房裡沒人，便低聲問小村道：「第搭㉔阿是么二嗄？」小村笑道：「勿是么二，叫阿二。」樸齋道：「阿二末比仔么二阿省點？」小村笑而不答。

忽聽得樓梯下高聲喊道：「二小姐，來哩。」喊了兩遍，方有人遠遠答應，一路戲笑而來。樸齋還只管問，小村忙告訴他說：「是花煙間㉕。」樸齋道：「价末為啥說是阿二呢？」小村道：「俚名字叫王阿二。耐坐來裡，覅多說多話。」話聲未絕，那王阿二已上樓來了，樸齋遂不言語。王阿二見小村，便攛上去嚷道：「耐好啊，騙我阿是？耐說轉去㉖兩三個月啘，直到仔故歇坎坎來㉗！阿是兩三個月嗄？只怕有兩三年哉。我教娘姨到棧房裡看仔耐幾埭，說是勿曾來，我還信勿過，間壁郭孝婆也來看耐，倒說道勿來個哉。耐只嘴阿是放屁？說來哚閑話，阿有一句做到？把我倒記好來裡，耐再勿來末，索性搭耐上一上㉘，試試看末哉！」小村忙陪笑央告道：「耐覅動氣，我搭耐說……」便湊著王阿二耳朵邊輕

㉓ 狠：很。

㉔ 第搭：這裡。

㉕ 花煙間：有妓女的鴉片館。

㉖ 轉去：回去。

㉗ 故歇坎坎來：現在剛剛到。故歇，吳語。現在。坎坎，吳語。剛剛。

㉘ 上一上：吵上一架；大吵一場。

輕的說話。說不到三四句，王阿二忽跳起來，沉下臉道：「耐倒乖殺哚，耐想拿件濕布衫撥來別人著仔㉙，耐末脫體㉚哉，阿是？」小村發急道：「勿是呀，耐也等我說完仔了哩。」王阿二便又爬在小村懷裡去聽，也不知咕咕唧唧說些什麼。只見小村說著又努嘴，王阿二即回頭把趙樸齋瞟了一眼。接著小村又說了幾句。王阿二道：「耐末那价呢？」小村道：「我是原照舊哘。」王阿二方才罷了，立起身來，剔亮了燈臺，問樸齋尊姓，又自頭至足細細打量。樸齋別轉臉去，裝做看單條㉛。只見一個半老娘姨，一手提水銚子㉜，一手托兩盒煙膏，蹭㉝上樓來，見了小村，也說道：「阿唷，張先生哘。倪只道仔耐勿來個哉，還算耐有良心哚。」王阿二道：「呸，人要有仔良心，是狗也勿吃仔屎哉！」小村笑道：「我來仔倒說我無良心，從明朝起勿來哉。」王阿二也笑道：「耐阿敢嗄！」說時，那半老娘姨已把煙盒放在煙盤裡，點了煙燈，沖了茶碗，仍提銚子下樓自去。

王阿二靠在小村身傍，燒起煙來。見樸齋獨自坐著，便說：「榻床浪來軃軃㉞哩。」樸齋巴不得一聲，隨向煙榻下手躺下，看著王阿二燒好一口煙，裝在槍上，授與小村，颼颼颼的直吸到底。又燒了一口，小村也吸了。至第三口，小村說：「覅吃哉。」王阿二調過槍來，授與樸齋。樸齋吸不慣，不到半

㉙ 耐想拿件句：你想拿件濕衣服給別人穿啊。撥來，吳語。給。著，穿。仔，語助詞。
㉚ 脫體：脫身。
㉛ 單條：單幅的條幅。
㉜ 水銚子：燒水用的水壺。銚，音ㄉㄧㄠˋ。
㉝ 蹭：音ㄘㄥˋ。緩步而行。
㉞ 軃軃：吳語。謂躺下歇息而又不入睡。軃，音ㄉㄨㄛˇ。躺。

口，斗門噎住。王阿二接過槍去，打了一簽，再吸再噎。王阿二「嗤」的一笑。樸齋正自動火，被他一笑，心裡越發癢癢的。王阿二將簽子打通煙眼，替他把火，樸齋趁勢捏他手腕。王阿二奪過手，把樸齋腿膀盡力摔了一把，摔得樸齋又酸又痛又爽快。

樸齋吸完煙，卻偷眼去看小村，見小村閉著眼，矇矇矓矓、似睡非睡光景。樸齋低聲叫：「小村哥。」連叫兩聲，小村只搖手不答應。王阿二道：「煙迷呀，隨俚去罷。」樸齋便不叫了。王阿二索性挨過樸齋這邊，拿簽子來燒煙。樸齋心裡熱的像熾炭一般，卻關礙㉟著小村，不敢動手，只目不轉睛的呆看。見他雪白的面孔，漆黑的眉毛，亮晶晶的眼睛，血滴滴的嘴唇。越看越愛，越愛越看。王阿二見他如此，笑問：「看啥？」樸齋要說又說不出，也嘻著嘴笑了。王阿二知道是個沒有開葷的小伙子，但看那一種靦腆神情，倒也惹氣㊱。裝上煙，把槍頭塞到樸齋嘴邊，說道：「哪，請耐吃仔罷。」自己起身，向桌上取碗茶，呷了一口，回身見樸齋不吃煙，便問：「阿要用口茶？」把半碗茶授與樸齋。慌的樸齋一骨碌爬起來，雙手來接，與王阿二對面一碰，淋淋漓漓潑了一身的茶，幾乎砸破茶碗。引得王阿二放聲大笑起來。

這一笑，連小村都笑醒了，揉揉眼問：「耐哚笑啥？」王阿二見小村呆呆的出神，更加彎腰拍手，笑個不了。樸齋也跟著笑了一陣。小村抬身起坐，又打個呵欠，向樸齋說：「倪去罷。」樸齋知道他為這煙不過癮，要緊回去，只得說好。王阿二和小村兩個又輕輕說了好些話。小村說畢，一徑下樓。樸齋

㉟ 關礙：牽連；涉及。

㊱ 惹氣：本指惹人生氣。細細體味，此處頗有幾分憐愛之意。

隨後要走，王阿二一把拉住樸齋袖子，悄說：「明朝耐一幹仔來。」樸齋點點頭，忙跟上小村，一同回至悅來棧，開門點燈。小村還要吃煙過癮，樸齋先自睡下，在被窩裡打算。想小村閑話，倒也不錯，況且王阿二有情於我，想也是緣分了，只是丟不下陸秀寶。想秀寶畢竟比王阿二標緻些，若要兼顧，又恐費用不敷。這個想想，那個想想，想得翻來覆去的睡不著。

一時小村吸足了煙，出灰洗手，收拾要睡。樸齋重又披衣坐起，取水煙筒吸了幾口水煙，再睡下去，卻不知不覺睡著了。睡到早晨六點鐘，樸齋已自起身，叫棧使舀水洗臉，想到街上去吃點心，也好趁此白相相。看小村時，正鼾鼾的好睏辰光㊲。因把房門掩上，獨自走出寶善街，在石路口長源館裡吃了一碗廿八個錢的悶肉大麵。由石路轉到四馬路，東張西望，大踱而行。正碰著拉垃圾的車子下來，幾個工人把長柄鐵鏟鏟了垃圾拋上車去，落下來四面飛灑，濺得遠遠的。樸齋怕沾染衣裳，待欲回棧，卻見前面即是尚仁里。聞得這尚仁里，都是長三書寓，便進弄去逛逛。只見弄內家家門首貼著紅牋條子，上寫倌人姓名。中有一家石刻門坊，掛的牌子是黑漆金書，寫著「衛霞仙書寓」五字。

樸齋站在門前，向內觀望，只見娘姨蓬著頭，正在天井裡漿洗衣裳；外場蹺著腿，正在客堂裡揩抹玻璃各式洋燈。有一個十四五歲的大姐，嘴裡不知咕嚕些什麼，從裡面直跑出大門來，一頭撞到樸齋懷裡。樸齋正待發作，只聽那大姐張口罵道：「撞殺耐哚娘起來㊳！眼睛阿生來哚？」樸齋一聽這嬌滴滴聲音，早把一腔怒氣消化淨盡，再看他模樣俊秀，身材伶俐，倒嘻嘻的笑了。那大姐撇了樸齋，一轉身

㊲ 好睏辰光：謂睡得正好之時。好睏，好睡。辰光，吳語。時辰；時候。

㊳ 起來：吳語中的語氣助詞。表示種種不同的情感。

又跑了去。忽又見一個老婆子也從裡面跑到門前，高聲叫：「阿巧。」又招手兒說：「覅去哉。」那大姐聽了，便撅著嘴，一路咕嚕著慢慢的回來。那老婆子正要進去，見樸齋有些詫異，即立住腳，估量是什麼人。樸齋不好意思，方訕訕的走開，仍向北出弄，先前垃圾車子早已過去，遂去華眾會樓上泡了一碗茶，一直吃到七八開，將近十二點鐘時分，始回棧房。

　　那時小村也起身了，棧使搬上中飯，大家吃過洗臉。樸齋便要去聚秀堂打茶會。小村笑道：「第歇辰光[39]，倌人才睏來哚床浪，去做啥？」樸齋無可如何。小村打開煙盤，躺下吸煙。樸齋也躺在自己床上，眼看著帳頂，心裡轆轆的轉念頭，把右手抵住門牙，去咬那指甲。一會兒又起來，向房裡轉圈兒，踱來踱去，不知踱了幾百圈。見小村剛吸得一口煙，不好便催，哎的一聲嘆口氣，重複躺下。小村暗暗好笑，也不理他。等得小村過了癮，樸齋已連催四五遍。小村勉強和樸齋同去，一徑至聚秀堂。只見兩個外場同娘姨在客堂裡一桌碰和[40]，一個忙丟下牌，去樓梯邊喊一聲：「客人上來。」樸齋三腳兩步早自上樓，小村跟著到了房裡。只見陸秀寶坐在靠窗桌子前，擺著紫檀洋鏡檯，正梳頭哩。楊家媠在背後用篦篦著，一邊大姐理那脫下的頭髮。小村、樸齋就桌子兩傍高椅上坐下。秀寶笑問：「阿曾用飯嘎？」小村道：「吃過仔歇哉[41]。」秀寶道：「啥能早嘎？」楊家媠接口道：「俚哚棧房裡才實概個[42]，到仔

[39] 第歇辰光：現在這時候。第歇，吳語。現在；此時。

[40] 碰和：打麻將。

[41] 吃過仔歇哉：吃過有一會了。

[42] 才實概個：全都這樣的。才，全；都。實概，吳語。這樣；如此。個，吳語中的語助詞。相當於「的」。

十二點鐘末，就要開飯哉。勿像倪堂子裡，無撥啥數目，晚得來㊸。」說時，大姐已點了煙燈，又把水煙筒給樸齋裝水煙。秀寶即請小村榻上用煙，小村便去躺下吸起來。外場提水銚子來沖茶，楊家娒絞了手巾。

樸齋看秀寶梳好頭，脫下藍洋布衫，穿上件元縐馬甲，走過壁間大洋鏡前，自己端詳一回。忽聽得間壁喊「楊家娒」，是陸秀林聲音。楊家娒答應著，忙收拾起鏡檯，過那邊秀林房裡去了。小村問秀寶道：「莊大少爺阿來裡？」秀寶點點頭。樸齋聽說，便要過去打招呼，小村連聲喊住。秀寶也拉著樸齋袖子說：「坐來浪。」樸齋被他一拉，趁勢在大床前藤椅上坐了，秀寶就坐在他膝蓋上，與他唧唧說話。樸齋茫然不懂，秀寶重說一遍，樸齋終聽不清說的是什麼。秀寶沒法，咬牙恨道：「耐個人啊！」說著，想了一想，又拉起樸齋來說：「耐過來，我搭耐說哩。」兩個去橫躺在大床上，背著小村，方漸漸說明白了。一會兒，秀寶忽格格笑道：「阿唷，覅哩！」一會兒，又極聲喊道：「哎喲，楊家娒快點來哩！」接著「哎喲喲」喊個不住。楊家娒從間壁房裡跑過來，著實說道：「趙大少爺覅吵哩。」樸齋只得放手。

秀寶起身，掠掠鬢腳，楊家娒向枕邊拾起一支銀絲蝴蝶，替他戴上。又道：「趙大少爺阿要㊹會吵，倪秀寶小姐是清倌人哩。」樸齋只是笑，卻向煙榻下手與小村對面歪著，輕輕說道：「秀寶搭我說，要吃檯酒。」小村道：「耐阿吃嗄？」樸齋道：「我答應俚哉。」小村冷笑兩聲，停了半晌始說道：「秀寶是清倌人哩，耐阿曉得？」秀寶插嘴道：「清倌人末，阿是無撥客人來吃酒個哉？」小村冷笑道：「清

㊸ 晚得來：晚得很。

㊹ 阿要：在此有「可真」之意。

倌人只許吃酒，勿許吵，倒凶得野㊺㖞！」秀寶道：「張大少爺，倪娘姨㖞說差句把閑話，阿有啥要緊嗄？耐是趙大少爺朋友末，倪也望耐照應照應，阿有啥攛掇㊻趙大爺來扳倪個差頭㊼？耐做大少爺也犯勿著啘！」楊家姆也說道：「我說趙大少爺覅吵，也勿曾說差啥閑話啘。倪要是說差仔，得罪仔趙大少爺，趙大少爺自家也蠻會說㖞，阿要啥㊽攛掇嗄？」秀寶道：「幸虧倪趙大少爺是明白人，要聽仔朋友㖞閑話，也好煞哉㊾！」

一語未了，忽聽得樓下喊道：「楊家姆，洪大少爺上來。」秀寶方住了嘴。楊家姆忙迎出去，樸齋也起身等候。不料隨後一路腳聲，卻至間壁候莊荔甫去了。

第二回終。

㊺ 野：很。

㊻ 攛掇：音ㄘㄨㄢ ˙ㄉㄨㄛ。慫恿。

㊼ 扳倪個差頭：找我們的碴。扳差頭，找碴；找不是。差，音ㄘㄨㄛ。

㊽ 阿要啥：哪要。

㊾ 好煞哉：那才好了呢。頗有不滿之意。

第三回　議芳名小妹附招牌　拘俗禮細崽翻首座

按，不多時，洪善卿與莊荔甫都過這邊陸秀寶房裡來，張小村、趙樸齋忙招呼讓坐。樸齋暗暗教小村替他說請吃酒，小村微微冷笑，尚未說出。陸秀寶看出樸齋意思，戧說道：「吃酒末，阿有啥勿好意思說嗄？趙大少爺請耐哚兩位用酒，說一聲末是哉❶。」樸齋只得跟著也說了。莊荔甫笑說：「應得奉陪。」洪善卿沉吟道：「阿就是四家頭？」樸齋道：「四家頭忒少。」隨問張小村道：「耐曉得吳松橋來哚陸裡？」小村道：「俚❷來哚義大洋行裡，耐陸裡請得著嗄？要我搭耐自家去尋哚。」樸齋道：「价末費神，耐替我跑一埭，阿好？」小村答應了。樸齋又央洪善卿代請兩位。莊荔甫道：「去請仔陳小雲罷。」洪善卿道：「晚歇❸我隨便碰著啥人，就搭俚一淘來末哉。」說了，便站起來道：「价末晚歇六點鐘再來，我要去幹出點小事體。」樸齋重又懇託。

陸秀寶送洪善卿走出房間，莊荔甫隨後追上，叫住善卿道：「耐碰著仔陳小雲，搭我問聲看，黎篆鴻搭物事阿曾拿得去？」洪善卿答應下樓，一直出了西棋盤街，恰有一把❹東洋車拉過，善卿坐上，拉

❶ 說一聲句：說一聲就是了。
❷ 俚：指吳松橋。
❸ 晚歇：等會兒。

至四馬路西薈芳里停下，隨意給了些錢，便向弄口沈小紅書寓進去。在天井裡喊：「阿珠。」一個娘姨從樓窗口探出頭來，見了道：「洪老爺，上來哩。」善卿問：「王老爺阿來裡？」阿珠道：「勿曾來，有三四日勿來哉❺。阿曉得來哚陸裡。」善卿道：「我也好幾日勿曾碰著。先生呢？」阿珠道：「先生坐馬車去哉，樓浪來坐歇哩。」善卿已自轉身出門，隨口答道：「覅哉。」阿珠又叫道：「碰著王老爺末，同俚一淘來。」

善卿一面應，一面走，由同安里穿出三馬路，至公陽里周雙珠家。直走過客堂，只有一個相幫的❻喊聲「洪老爺來」。樓上也不見答應。善卿上去，靜悄悄的，自己掀簾進房，看時，竟沒有一個人。善卿向榻床坐下，隨後周雙珠從對過房裡款步而來，手裡還拿著一根水煙筒，見了善卿，微笑問道：「耐昨日夜頭保合樓出來，到仔陸裡去？」善卿道：「我就轉去哉哅。」雙珠道：「我只道耐同朋友打茶會去，教娘姨哚等仔一歇哚，耐末倒轉去哉！」善卿笑道：「對勿住。」雙珠也笑著，坐在榻床前杌子上，裝好一口水煙給善卿吸。善卿伸手要接，雙珠道：「覅哩，我裝耐吃。」把水煙筒嘴湊到嘴邊❼，善卿一口氣吸了。

忽然大門口一陣嚷罵之聲，蜂擁至客堂裡，劈劈拍拍打起架來。善卿失驚道：「做啥?!」雙珠道：

---

❹ 一把：一輛。
❺ 勿來哉：沒有來了。
❻ 相幫的：吳語。幫傭的。
❼ 湊到嘴邊：湊到洪善卿的嘴邊。

「咿是❽阿金哚哉哩，成日成夜吵勿清爽，阿德保也勿好。」善卿便去樓窗口望下張看，只見娘姨阿金揪著他家主公❾阿德保辮子，要拉卻拉不動；被阿德保按住阿金鬏髻❿，只一撳⓫，直撳下去。阿金伏倒在地，掙不起來，還氣呼呼的嚷道：「耐打我啊！」阿德保也不則聲，屈一隻腿壓在他背上，提起拳來，擂鼓似的從肩膀直敲到屁股，敲得阿金殺豬也似叫起來。雙珠聽不過，向窗口喊道：「耐哚算啥嗄！阿要面孔⓬？」樓下眾人也齊聲喊住，阿德保方才放手。雙珠挽著善卿臂膊，扳轉身來，笑道：「覅去看俚哚哩。」將水煙筒授與善卿自吸。

須臾，阿金上樓撅著嘴，哭得滿面淚痕。雙珠道：「成日成夜吵勿清爽，也勿管啥客人來哚勿來哚。」阿金道：「俚拿我皮襖去當脫仔⓭了，還要打我。」說著又哭了。雙珠道：「阿有啥說嗄，耐自家見乖⓮點，也吃勿著眼前虧哉啘。」阿金沒得說，取茶碗，撮茶葉，自去客堂裡坐著哭。接著，阿德保提水銚子進房，雙珠道：「耐為啥打俚嗄？」阿德保笑道：「三先生阿有啥勿曉得。」雙珠道：「俚說耐當脫仔俚皮襖，阿有价事嗄？」阿德保冷笑兩聲道：「三先生，耐問聲俚看，前日仔收得來會錢⓯，

❽ 咿是：吳語。又是。咿，音ㄧ。又。
❾ 家主公：吳語。老公；丈夫。
❿ 鬏髻：腦後頭髮盤成的髮髻。鬏，音ㄐㄧㄡ。
⓫ 撳：音ㄑㄧㄣ。吳語。按。
⓬ 耐哚二句：你們這算什麼，要不要臉。
⓭ 當脫仔：當掉了。
⓮ 見乖：吳語。乖巧；乖覺。

到仔陸裡去哉哩？我說送阿大去學生意，也要五六塊洋錢哚，教俚拿會錢來，俚拿勿出哉呀，難末⑯拿仔件皮襖去當四塊半洋錢。想想阿要氣煞人！」雙珠道：「會錢末，也是俚賺得來洋錢；去合個會，耐倒勿許俚用？」阿德保笑道：「三先生也蠻明白哚，俚真真用脫仔倒罷哉。耐看俚阿有啥用場嗄？沓來哚黃浦裡末⑰，也聽見仔點響聲，俚是一點點響聲也無撥啘。」

雙珠微笑不語。阿德保沖了茶，又隨手絞了把手巾，然後下去。善卿挨近雙珠，悄問道：「阿金有幾花⑱姘頭嗄？」雙珠忙搖手道：「耐勸去多說多話，耐末算說白相，撥來阿德保聽見仔，要吵煞哉。」善卿道：「耐還搭俚瞞啥，我也曉得點來裡。」雙珠大聲道：「瞎說哉哩！坐下來，我搭耐說句閑話。」善卿仍退下歸坐。雙珠道：「倪無娒阿曾搭耐說起歇啥⑲？」善卿低頭一想道：「阿是要買個討人⑳？」雙珠點頭道：「說好哉呀，五百塊洋錢哚。」善卿道：「人阿標緻嗄？」雙珠道：「就要來快哉。我是勿曾看見，想來比雙寶標緻點哚。」善卿道：「房間鋪來哚陸裡呢？」雙珠道：「就是對過房間，雙寶末搬仔下頭去。」善卿嘆道：「雙寶心裡是也巴勿得要好，就吃虧仔老實點，做勿來生意。」雙珠道：「倪無娒為仔雙寶，也揩脫㉑仔幾花洋錢哉。」善卿道：「耐原㉒照應點俚，勸勸耐無娒看過點，賽過㉓

---

⑮ 會錢：合會的錢。下文有「去合個會」。合會，民間小規模經濟互助組織，參加者按期交款，輪流使用。

⑯ 難末：吳語。用法頗多。此有「故而」、「因而」之意。

⑰ 沓來哚句：掉在黃浦江裡。沓，吳語。掉。為濁聲字，今國語中無此音。

⑱ 幾花：吳語。多少。也有「許多」之意。

⑲ 說起歇啥：說起些什麼。

⑳ 討人：吳語。舊指被妓院買進當妓女的姑娘。

做好事。」

正說時，只聽得一路大腳聲音，直跑到客堂裡連說：「來哉，來哉。」善卿忙又向樓窗口去看，乃是大姐巧囡，跑得喘吁吁的。善卿知道那新買的討人來了，和雙珠爬在窗檻上等候。只見雙珠的親生娘周蘭，親自攙著一個清倌人進門，巧囡前走，徑上樓來。周蘭直拉到善卿面前，問道：「洪老爺，耐看看倪小先生㉔阿好？」善卿故意上前去打個照面。巧囡教他叫「洪老爺」，他便含含糊糊叫了一聲，卻羞得別轉臉去，徹耳通紅。善卿見那一種風韻，可憐可愛，正色說道：「出色哉，恭喜恭喜，發財發財。」周蘭笑道：「謝謝耐金口。只要俚巴結㉕點，也像仔俚哚姊妹三家頭末，好哉㉖。」口裡說，手指著雙珠。善卿回頭向雙珠一笑。雙珠道：「阿姐是才嫁仔人了，好哉。單剩我一幹仔，無啥人來討得去，要耐養到老死哚，啥好嗄！」周蘭呵呵笑道：「耐有洪老爺來裡哰。耐嫁仔洪老爺，比雙福要加倍好哚，洪老爺阿是？」善卿只是笑。

周蘭又道：「洪老爺先搭倪㉗起個名字，等俚會做仔生意末，雙珠就撥仔耐罷。」善卿道：「名字

㉑ 掿脫：吳語。本指不小心遺失、搞丟。此指花費、用掉。掿，音ㄏㄨㄚˊ。
㉒ 原：吳語。仍舊；還是。
㉓ 賽過：吳語。譬如；猶如。
㉔ 先生：舊時上海稱妓女為「先生」。
㉕ 巴結：吳語。勤快；肯幹。
㉖ 好哉：那就好了。
㉗ 倪：本指「我」。此指「我的小先生」。

叫周雙玉，阿好？」雙珠道：「阿有啥好聽點個嗄？原是雙啥雙啥，阿要討人厭？」周蘭道：「周雙玉無啥，把勢㉘裡要名氣響末好，叫仔周雙玉，上海灘浪隨便啥人，看見牌子，就曉得是周雙珠倷個妹子哉啘，終比仔新鮮名字好點倷。」巧囡在旁笑道：「倒有點像大先生個名字。周雙福，周雙玉，阿是聽仔差勿多。」雙珠笑道：「耐末曉得啥差勿多。陽臺浪晾來倷一塊手帕子，搭我拿得來。」巧囡去後，周蘭挈㉙過雙玉，和他到對房裡去。善卿見天色晚將下來，也要走了。雙珠道：「耐啥要緊哩？」善卿道：「我要尋個朋友去。」雙珠起身待送不送的，只囑咐道：「耐晚歇要轉去末，先來一埭，勳忘記！」

善卿答應出房。那時娘姨阿金已不在客堂裡，想是別處去了。善卿至樓門口，隱隱聽見亭子間有飲泣之聲，從簾子縫裡一張，也不是阿金，竟是周蘭的討人周雙寶，淌眼抹淚，面壁而坐。善卿要安慰他，跨進亭子，搭訕問道：「一幹仔來裡做啥？」那個雙寶見是善卿，忙起身陪笑，叫一聲「洪老爺」，低頭不語。善卿又問道：「阿是耐要搬到下頭去哉？」雙寶只點點頭。善卿道：「下頭房間，倒比仔樓浪要便當多花㉚倷。」雙寶手弄衣襟，仍是不語。善卿不好深談，但道：「耐閑仔點㉛，原到樓浪來阿姐搭多坐歇，說說閑話也無啥。」雙寶方微微答應。善卿乃退出下樓，雙寶倒送至樓梯邊而回。

善卿出了公陽里，往東轉至南畫錦里中祥發呂宋票㉜店，只見管帳胡竹山正站在門首觀望，善卿上

㉘ 把勢：舊時指妓女行業。

㉙ 挈：帶；領。

㉚ 便當多花：吳語。方便許多。

㉛ 閑仔點：空閑的時候。

前廝見㉝，胡竹山忙請進裡面。善卿也不歸坐，問：「小雲阿來裡？」胡竹山道：「勿多歇㉞朱藹人來，同仔俚一淘出去哉，看光景是吃局。」善卿即改邀胡竹山道：「价末倪也吃局去。」胡竹山連連推辭。善卿不由分說，死拖活拽，同往西棋盤街來。到了聚秀堂陸秀寶房裡，見趙樸齋、張小村都在；還有一客，約摸是吳松橋，詢問不錯。胡竹山都不認識，各通姓名，然後就坐，大家隨意閑談。

等至上燈以後，獨有莊荔甫未到，問陸秀林，說是往拋毬場買物事去的。外場罩圓檯㉟、排高椅，把掛的湘竹絹片方燈都點上了。趙樸齋已等得不耐煩，便滿房間大踱起來，被大姐一把仍拉他坐了。張小村與吳松橋兩個向榻床左右對面躺著，也不吸煙，卻悄悄的說些祕密事務。陸秀林、陸秀寶姊妹並坐在大床上，指點眾人背地說笑。胡竹山沒甚說的，仰著臉看壁間單條對聯。洪善卿叫楊家媽拿筆硯來開局票㊱，先寫了陸秀林、周雙珠二人。胡竹山叫清和坊的袁三寶，也寫了。再問吳松橋、張小村：「叫啥人？」松橋說：「叫孫素蘭，住兆貴里。」小村說：「叫馬桂生，住慶雲里。」趙樸齋在旁看著寫畢，忽想起，向張小村道：「倪再去叫個王阿二來，倒有白相個唲。」被小村著實瞪了一眼，樸齋後悔不迭。吳松橋只道樸齋要叫局，也攔道：「耐自家吃酒，也覅叫啥局哉。」樸齋要說不是叫局，卻頂住嘴㊲說

㉜ 呂宋票：當時流行的一種獎券。
㉝ 廝見：相見。廝，猶「相」。
㉞ 勿多歇：吳語。剛才；不久。
㉟ 罩圓檯：在方桌上擺上圓檯。罩，在方桌上置上。
㊱ 局票：舊時用以召喚妓女的字條。
㊲ 頂住嘴：一時語塞。

不下去。恰好樓下外場喊說：「莊大少爺上來。」陸秀林聽了急奔出去，樸齋也借勢走開，去迎莊荔甫。荔甫進房，見過眾人，就和陸秀林過間壁房間裡去。洪善卿叫起㊳手巾，楊家媽應著，隨把局票帶下去。及至外場絞上手巾，莊荔甫也已過來，大家都揩了面，於是趙樸齋高舉酒壺，恭恭敬敬定胡竹山首座。竹山吃一大驚，極力推卻，洪善卿說著也不依。趙樸齋沒法，便將就請吳松橋坐了，竹山次位，其餘略讓一讓，即已坐定。陸秀寶上前篩了一巡酒，樸齋舉杯讓客，大家道謝而飲。第一道菜，照例上的是魚翅。趙樸齋待要奉敬，大家攔說：「覅客氣，隨意好。」樸齋從直遵命，只說得一聲「請」。魚翅以後，方是小碗。陸秀林已換了出局㊴衣裳過來。楊家媽報說：「上先生㊵哉。」秀林、秀寶也並沒有唱大曲㊶，只有兩個烏師㊷坐在簾子外吹彈了一套。及至烏師下去，叫的局也陸續到了。張小村叫的馬桂生，也是個不會唱的。孫素蘭一到，即問袁三寶阿曾唱。袁三寶的娘姨會意，回說：「耐哚先唱末哉。」孫素蘭和準琵琶，唱一支開片㊸，一段京調㊹。

莊荔甫先鼓起興致，叫拿大杯來擺莊。楊家媽去間壁房裡取過三隻雞缸杯㊺，列在荔甫面前。荔甫

㊳ 起：用。

㊴ 出局：妓女出外陪酒。

㊵ 上先生：即叫的局到了。

㊶ 大曲：古代歌曲的一種。此似有套曲之意。

㊷ 烏師：舊時妓院中為妓女教曲和伴奏的樂師。

㊸ 開片：多作「開篇」。一般指在正式節目演出前加唱的短篇唱詞。此似指演唱的開始。

㊹ 京調：似指京戲。

說：「我先擺十杯。」吳松橋聽說，揎袖攘臂，和荔甫搳起拳來。孫素蘭唱畢，即替吳松橋代酒。代了兩杯，又要存兩杯，說：「倪要轉局㊻去，對勿住。」孫素蘭去後，周雙珠方姍姍其來。洪善卿見阿金兩隻眼睛腫得像胡桃一般，便接過水煙筒來自吸，不要他裝。阿金背轉身去立在一邊。周雙珠揭開豆蔻盒子蓋，取出一張請客票頭㊼授與洪善卿。善卿接來看時，是朱藹人的，請至尚仁里林素芬家酒敘。後面另是一行小字，寫道：「再有要事面商，見字速駕為幸。」這行卻加上密密的圈子。善卿猜不出是什麼事，問周雙珠道：「送票頭來是啥辰光？」雙珠道：「來仔一歇哉，阿去嗄？」善卿道：「勿曉得啥事體，實概要緊。」雙珠道：「阿要教相幫喨去問聲看？」善卿點點頭。雙珠叫過阿金道：「耐去喊俚喨到尚仁里林素芬搭檯面㊽浪看看，阿曾散？問朱老爺阿有啥事體？無要緊末㊾，說洪老爺謝謝勿來哉。」阿金下樓與轎班說去。莊荔甫伸手要票頭來看了，道：「阿是藹人寫個嗄？」善卿道：「為此勿懂啘。票頭末是羅子富個筆跡，到底是啥人有事體哩？」荔甫道：「羅子富做啥生意嗄？」善卿道：「俚是山東人，江蘇候補知縣，有差使來裡上海。昨日夜頭保合樓廳浪阿看見個胖子，就是俚。」

趙樸齋方知那個胖子叫羅子富，記在肚裡。只見莊荔甫又向善卿道：「耐要先去末，先打兩杯莊。」

㊺ 雞缸杯：雞缸，明代成窯酒杯，種類甚多，然以雞缸為最。上畫牡丹，下有子母雞。此當指後來仿製之杯。

㊻ 轉局：舊時原已有客人的妓女，轉接另一個客人，叫轉局。

㊼ 票頭：舊時請客的帖子。

㊽ 檯面：指酒席。

㊾ 無要緊末：無甚緊要的話。

善卿伸拳揸了五杯，正值那轎班回來，說道：「檯面是要散快哉，說請洪老爺帶局過去，等來哚。」善卿乃告罪先行。趙樸齋不敢強留，送至房門口。外場趕忙絞上手巾，善卿略揩上一把，然後出門，款步轉至寶善街，徑往尚仁里來。比及到了林素芬家門首，見周雙珠的轎子倒已先在等候，便與周雙珠一同上樓進房。只見觥籌交錯，履舄縱橫㊿，已是酒闌燈灺[51]時候。檯面上只有四位，除羅子富、陳小雲外，還有個湯嘯庵，是朱藹人得力朋友。這三位都與洪善卿時常聚首的，只一位不認識，是個清瘦面龐、長挑身材的後生。及至敘談起來，才知道姓葛，號仲英，乃蘇州有名貴公子。洪善卿重複拱手致敬道：「一向渴慕，幸會，幸會！」羅子富聽說，即移過一雞缸杯酒來，授與善卿道：「請耐吃一杯，濕濕喉嚨，覅害仔耐渴慕得要死！」善卿只是訕笑，接來放在桌上，隨意向空著的高椅坐了。周雙珠坐在背後。林素芬的娘姨另取一副杯箸奉上。林素芬親自篩了一杯酒。羅子富偏要善卿吃那一雞缸杯。善卿笑道：「耐哚吃也吃完哉，還請我來吃啥酒？耐要請我吃酒末，也擺一檯起來。」羅子富一聽，直跳起來道：「价末覅耐吃哉，倪去罷[52]。」

第三回終。

[50] 履舄縱橫：形容男女雜坐不拘禮節之態。履舄，泛指鞋。舄，音ㄒㄧˋ。

[51] 酒闌燈灺：酒殘燈盡。指酒席已到尾聲。灺，音ㄒㄧㄝˋ。泛指燈燭餘燼。

[52] 倪去罷：咱們走吧。

第四回　看面情代庖當買辦　丟眼色吃醋是包荒

按，湯嘯庵拉羅子富坐下，說道：「耐啥要緊哩？我說末，耐先教月琴先生打發個娘姨轉去，擺起檯面來。善卿坎坎來，也讓俚擺個莊❶。等藹人轉來仔一淘過去，俚哚也舒齊❷哉，阿是嗄？耐第歇去，也不過等來哚❸，做啥呢？」羅子富連說：「勿差。」子富叫的兩個倌人，一個是老相好蔣月琴，便令娘姨轉去：「看俚哚檯面擺好仔末再來。」

洪善卿四面一看，果然不見朱藹人，只有林素芬和湯嘯庵應酬檯面。還有素芬的妹子林翠芬，是湯嘯庵叫的本堂局❹，也幫著張羅。洪善卿詫異問道：「藹人是主人啘，陸裡去哉哩？」湯嘯庵道：「黎篆鴻說句閑話，教俚去一埭，要轉來快哉。」洪善卿道：「說起黎篆鴻，倒想著哉。」即向陳小雲道：「荔甫要問耐，一篇帳阿曾拿到黎篆鴻搭去？」陳小雲道：「我託藹人拿得去哉，我看價錢開得忒大仔點。」洪善卿道：「阿曉得第號物事，陸裡來個嗄？」陳小雲道：「說是廣東人家，細底也勿清爽。」

---

❶ 擺個莊：猶言擺擂臺。
❷ 舒齊：吳語。舒服。此有「稱心」之意。
❸ 等來哚：在那裡等著。
❹ 本堂局：即未邀外院的妓女。

羅子富向洪善卿道：「我也要問耐，耐阿是做仔包打聽哉？雙珠先生有個廣東客人，勿曉得俚細底，耐阿曾搭俚打聽歇❺？」大家呵呵一笑，洪善卿也笑了。周雙珠道：「倪陸裡有啥廣東客人嗄？耐倒搭倪拉個廣東客人來做做哉啘❻。」

羅子富正要回言，洪善卿攔住道：「覅瞎說哉。我擺十杯莊，耐來打。」羅子富挽起袖子與洪善卿搳拳，一交手便輸了。羅子富道：「搳仔一淘吃。」接連搳了五拳，竟輸了五拳。蔣月琴代了一杯。那一個新做的倌人叫黃翠鳳，也伸手來接酒。洪善卿道：「怪勿得耐要搳拳，有幾花人搭耐代酒哚。」羅子富道：「大家勿許代，我自家吃。」洪善卿拍手的笑。陳小雲說：「代代罷。」湯嘯庵幫他篩酒，取一杯授與黃翠鳳吃。黃翠鳳知道羅子富要翻檯❼到蔣月琴家去，因說道：「倪去哉，阿要存兩杯？」羅子富搖頭說：「覅存哉。」黃翠鳳乃先走了。湯嘯庵勸羅子富停歇再搳，卻教陳小雲先與洪善卿交手，也搳上五拳。接著湯嘯庵自己都搳過了，單剩下葛仲英一個。那葛仲英正扭轉身，和倌人吳雪香兩個唧唧噥噥的咬耳朵說話，連半日洪善卿如何擺莊都沒有理會，及至湯嘯庵叫他搳拳，葛仲英方回頭問：「做啥？」羅子富道：「曉得耐哚是恩相好❽，檯面浪也推扳點末哉❾，阿是要做出來撥倪看看？」吳雪香

❺ 阿曾句：可曾跟他打聽過。

❻ 做做哉啘：指「做花頭」。即在妓院擺酒或請客打麻將。

❼ 翻檯：舊時妓院酒宴，狎客再擺一次檯面或另到一家再設一席。

❽ 恩相好：恩愛相好。

❾ 檯面浪句：場面上也不要太親熱了嘛。檯面浪，場面上。推扳，吳語。差勁；不行。此處有「不要太親熱」之意。

把手帕子望羅子富面上甩來，說道：「耐末總無撥一句好閑話說出來！」洪善卿拱手向葛仲英道：「請教搳拳。」葛仲英只搳得兩拳，吃過酒，仍和吳雪香去說話。

羅子富已耐不得，伸拳與洪善卿重又搳起，這番卻是贏的，洪善卿十杯莊消去九杯。羅子富想打完這莊，偏不巧又輸了。忽聽得樓下外場喊說：「朱老爺上來。」陳小雲忙阻止羅子富道：「讓藹人來搳仔一拳，收令罷。」羅子富聽說有理，便不再搳。朱藹人匆匆歸席，連說：「失陪，得罪。」又問：「啥人來裡擺莊？」洪善卿且不搳拳，卻反問朱藹人道：「耐有啥要緊事體搭我商量？」朱藹人茫然不知，說：「我無啥事體啘。」羅子富不禁笑道：「請耐吃花酒❿，倒勿是要緊事體？」洪善卿也笑道：「我就曉得是耐來哚哩忙⓫。」羅子富道：「就算是我哩忙，快點搳仔拳了去。」朱藹人道：「只剩仔一拳，也覅搳哉，我來每位敬一杯。」大家說：「遵命。」朱藹人取齊六隻雞缸杯，都篩上酒，一齊乾訖，離席散坐。外場七手八腳絞了手巾。那蔣月琴的娘姨早來回話過了，當下又上前催請一遍。葛仲英、羅子富、朱藹人各有轎子，陳小雲自坐包車，一起⓬倌人隨著客轎帶局過去。惟湯嘯庵與洪善卿步行，乃約同了先走一步。

二人離了林素芬家，來到尚仁里弄口，有一人正要進弄，見了忙側身垂手，叫聲「洪老爺」。洪善卿認得是王蓮生的管家，名叫來安的，便問他：「老爺呢？」來安道：「倪老爺來哚祥春里，請洪老爺過

❿ 花酒：調挾妓飲酒。

⓫ 哩忙：吳語。瞎起勁；瞎忙。

⓬ 一起：一行。

去說句閑話。」洪善卿道：「祥春里啥人家嗄？」來安道：「叫張蕙貞。倪老爺也坎坎做起，有勿多兩日⓭。」洪善卿聽了，即轉向湯嘯庵說：「我去一埭就來。蔣月琴搭，請俚哚先坐罷。」湯嘯庵叮囑快點，自去了。洪善卿隨著來安徑至祥春里，弄內黑魆魆的，摸過兩三家，推開兩扇大門進去。來安喊說：「洪老爺來裡。」樓上接應了，不見動靜。來安又說：「拿隻洋燈下來哩。」樓上連說：「來哉！」又等好一會，方見一個老娘姨，手提馬口鐵回光壁燈迎下樓來，說：「請洪老爺樓浪去哩。」善卿見樓下客堂裡七橫八豎的堆著許多紅木桌椅，像要搬場光景。上樓看時，當中掛一盞保險燈⓮，映著四壁，像月洞一般，卻空落落的沒有一些東西。只剩下一張跋步床⓯，一隻梳妝檯，連簾帳、燈鏡諸件，都收拾乾淨了。王蓮生坐在梳妝檯前，正擺著四個小碗吃便夜飯。旁邊一個倌人陪他同吃，想來便是張蕙貞。

善卿到了房裡即笑說道：「耐倒一幹仔來裡尋開心！」蓮生起身招呼，覺善卿臉上有酒意，問：「阿是來哚吃酒？」善卿道：「吃仔兩檯哉。俚哚請仔耐好幾埭哚，故歇羅子富翻到仔蔣月琴搭去哉，耐阿高興一淘去？」蓮生微笑搖頭。善卿隨意向床上坐下，張蕙貞親自送過一支水煙筒來，善卿接了，忙說：「覅客氣，耐請用飯哩。」蕙貞笑道：「倪吃好哉呀。」善卿見張蕙貞滿面和氣，藹然可親，約摸是么二住家⓰，問他：「阿是要調頭⓱？」蕙貞點頭應是。善卿道：「調來哚陸裡？」蕙貞說：「是東合興

⓭ 勿多兩日：吳語。沒幾天。

⓮ 保險燈：帶罩的煤油燈。

⓯ 跋步床：一種舊式的有碧紗櫥及踏步的大床。

⓰ 么二住家：指不外出陪酒的妓女，然可在家中請客。住家，住戶。

里大腳姚家，來哚吳雪香哚對門。」善卿道：「包房間呢，做伙計？」蕙貞道：「倪是包房間，三十塊洋錢一月哚。」善卿道：「有限得勢⑱。單是王老爺一幹仔末，一節做下來，也差勿多五六百局錢哚。阿怕啥⑲開消勿出。」說著，王蓮生已吃畢飯，揩面嗽口。那老娘姨端了一副鴉片煙盤，問蕙貞：「擺陸裡嗄？」蕙貞道：「生來⑳擺來哚床浪哉啘，阿要擺到地浪去？」老娘姨唏唏呵呵的端到床上，說道：「撥來洪老爺看仔，阿要笑煞嗄。」蕙貞道：「耐收捉㉑仔下頭去罷，覅多說多話哉。」那老娘姨方搬了碗碟杯筷下樓。

蕙貞乃請蓮生吃煙。蓮生去床上與善卿對面躺下，然後說道：「我請耐來，要買兩樣物事：一隻大理石紅木榻床，一堂湘妃竹翎毛燈片。耐明朝就搭我買得來最好。」善卿道：「送到陸裡嗄？」蓮生道：「就送到大腳姚家去，來哚樓浪西面房間裡。」善卿聽說，看看蕙貞，嘻嘻的笑道：「耐教別人去搭耐買仔罷，我勿來買。撥來沈小紅曉得仔，吃俚兩記耳光哉哩！」蓮生笑而不言。蕙貞道：「洪老爺，耐啥見仔沈小紅也怕個嗄？」善卿道：「啥勿怕！耐問聲王老爺看，凶得來。」蕙貞道：「洪老爺，謝謝耐，看王老爺面浪，照應點倪。」善卿道：「耐拿啥物事來謝我哩？」蕙貞道：「請耐吃酒阿好？」善

⑰ 調頭：指妓女換一妓院營業。
⑱ 有限得勢：很有限。勢，吳語中的語氣詞。
⑲ 阿怕啥：哪怕什麼。
⑳ 生來：吳語。本來；自然。
㉑ 收捉：吳語。收拾；整理；打掃。此指收拾。

卿道：「啥人要吃耐檯把啥酒嗄！阿是我勿曾吃歇？稀奇煞仔！」蕙貞道：「价末謝耐啥哩？」善卿道：「耐有請我吃酒末，倒是請我吃點心罷。耐末也便得勢，覅去難為㉒啥洋錢哉，阿是？」蕙貞嗤的笑道：「耐㑚才勿是好人㉓。」善卿呵呵一笑，站起來道：「還有啥閑話末㉔說？倪要去哉。」蓮生道：「無啥哉，後日請耐吃酒。耐看見子富㑚，先搭我說一聲，明朝送條子去。」善卿一面答應，一面下樓，仍至四馬路東公和里蔣月琴家吃酒去了。

蕙貞見善卿已去，才上床來歪在蓮生身上，給他燒煙。蓮生接連吸了七八口，漸漸合攏眼睛，似乎睡去。蕙貞低聲叫道：「王老爺，安置㉕罷。」蓮生點點頭，於是端過煙盤，收拾共睡。

次日一點鐘辰光，兩人始起身洗臉。老娘姨搬上稀飯來吃了些，蕙貞就在梳妝檯前梳頭。老娘姨仍把煙盤擺在床上，蓮生自去吸起煙來，心想：沈小紅家須得先去撒個謊，然後再慢慢的告訴他才好。盤算一回，打定主意，便取馬褂，著了要走。蕙貞忙問：「陸裡去？」蓮生道：「我到沈小紅搭去一埭。」蕙貞道：「价末吃仔飯了去哩。」蓮生道：「覅吃哉。」蕙貞又問：「晚歇阿來嗄？」蓮生想了想，說道：「耐明朝啥辰光到東合興去？」蕙貞道：「倪一早就過去哉。」蓮生道：「我明朝一點鐘到東合興來。」蕙貞道：「耐有工夫末，晚歇來一埭。」

㉒ 難為：吳語。花費。
㉓ 耐㑚句：你們全都不是好東西。耐㑚，你們。才，全，都。
㉔ 末：吳語。沒；沒有。
㉕ 安置：安歇。

蓮生應諾，踅下樓來；來安跟了，出祥春里，向東至西薈芳里弄口，令來安回公館去打轎子來，自己即轉彎進弄。娘姨阿珠先已望見，喊道：「阿唷，王老爺來哉！」趕忙迎出天井裡，一把拉住袖子進去。又喊道：「先生，王老爺來哉！」拉到樓梯邊方放了手。蓮生款步上樓，沈小紅也出房相迎，似笑不笑的說道：「王老爺，耐倒好意思……」說得半句，便噎住了。蓮生見他一副淒涼面孔，著實有些不過意，嘻著嘴進房坐下。沈小紅也跟進來，挨在身旁，挽著蓮生的手問道：「我要問耐，耐三日天來哚陸裡？」蓮生道：「我來裡城裡。為仔個朋友做生日，去吃仔三日天酒。」小紅冷笑道：「耐只好去騙騙小幹仵㉖！」

阿珠絞上手巾，揩了。小紅又問道：「耐來哚城裡末，夜頭阿轉來嘎？」蓮生道：「夜頭末就住來哚朋友搭哉啘。」小紅道：「耐個朋友倒開仔堂子哉！」蓮生不禁笑了。小紅也笑道：「阿珠，耐哚聽聽俚閑話！我前日仔教阿金大到耐公館裡來看耐，說轎子末來哚，人是出去哉，耐兩隻腳倒燥㉗來哚啘，一直走到仔城裡。阿是坐仔馬車，打城頭浪跳進去個嘎？」阿珠呵呵笑道：「王老爺，難也有點勿老實哉！陸裡去想得來好主意，說來哚城裡。」小紅道：「瞞倒瞞得緊哚，連朋友哚尋仔好幾埭也尋勿著。」阿珠道：「王老爺，耐也老相好哉，耐就說仔要去做啥人㉘，也無啥啘，阿怕倪先生勿許耐嘎？」小紅道：「耐去做啥人，也勿關倪事。耐定規要瞞仔倪了去做，倒好像是倪吃醋，勿許耐去，阿要氣煞人！」

㉖ 小幹仵：吳語。小孩。

㉗ 燥：快；快速。

㉘ 做啥人：與什麼人相處。暗指與其他妓女交往。做，交往；來往。

蓮生見他們一遞一句，插不下嘴去，只看著訕笑。及至阿珠事畢下樓，蓮生方向小紅說道：「耐覅去聽啥別人個閑話。我搭耐也三四年哉，我個脾氣耐阿有啥勿曉得？我就是要去做啥人末，搭耐說明白仔再做末哉啘，瞞耐做啥？」小紅道：「我也勿曉得耐啘，耐自家去想想看，耐一直下來㉙，東去叫個局，西去叫個局，我阿曾說歇啥一句閑話嗄？耐第歇倒要瞞我哉，故末㉚為啥呢？」蓮生道：「我是無价事㉛，勿是要瞞耐。」小紅道：「我倒猜著耐個意思來裡，耐也勿是要瞞我，耐是有心來哚要跳槽哉，阿是？我倒要看耐跳跳看！」

蓮生一聽，沉下臉別轉頭，冷笑道：「我不過三日天勿曾來，耐就說是跳槽。從前我搭耐說個閑話，阿是耐忘記脫哉？」小紅道：「正要耐說啘。耐勿忘記末，耐說哩，三日天來哚陸裡，做個啥人？耐說出來，我勿搭耐吵末哉。」蓮生道：「耐教我說啥哩？我說來裡城裡，耐勿信。」小紅道：「耐倒還要撥當水我上㉜。我打聽仔了再問耐。」蓮生道：「故末巒好。第歇耐來哚氣頭浪，搭耐也無處去說；隔兩日等耐快活仔點，我再搭耐說個明白末哉。」小紅鼻子裡哼了一聲，半日不言語。蓮生央告道：「倪去吃筒煙去哩。」小紅仍拉著手，同至榻床前。蓮生脫去馬褂，躺下吸煙。小紅卻呆呆的坐在下手。蓮生要想些閑話來說，又沒甚說的。

㉙ 一直下來：一段時間以來；向來。

㉚ 故末：那末。

㉛ 無价事：吳語。不當一回事。此處則是指「沒什麼事」。

㉜ 撥當水我上：給我當上。

忽聽得樓梯上一陣腳聲，跑進房來，卻是大姐阿金大。一見蓮生說道：「王老爺，我末到耐公館裡請耐，耐倒先來裡哉。」又道：「王老爺，為啥幾日勿來，阿是動氣㉝哉？」蓮生不答。小紅嗔道：「動啥氣嗄。打兩記耳光哉哩！動氣？」阿金大道：「王老爺，耐勿來仔末，倪先生氣得來，害倪一埭一埭來請耐。難勠實概，阿曉得？」說著，移過一碗茶來，放在煙盤裡，隨把馬褂去掛在衣架上，要去。

蓮生見小紅呆呆的，乃說道：「倪去弄點點心來吃，阿好？」小紅道：「耐要吃啥？說末哉。」蓮生道：「耐也吃點，倪一淘吃。耐勠吃末，也勠去弄哉。」小紅道：「价末耐說哩。」蓮生想小紅喜吃的是蝦仁炒麵，即說了。小紅叫住阿金大，叫他喊下去，到聚豐園去叫。須臾送來，蓮生要小紅同吃。小紅攢眉道：「勿曉得為啥，厭酸㉞得來，吃勿落。」蓮生道：「价末多少吃點。」小紅沒法，用小碟撿幾根來吃了，放下。蓮生也吃不多幾筷，即叫收下去。阿珠絞手巾來，回說：「耐管家打轎子來裡。」蓮生問：「阿有啥事體？」阿珠望樓窗口，叫「來二爺」。來安聽喚，立即上樓見蓮生，呈上一封請帖。蓮生開看，是葛仲英當晚請至吳雪香家吃酒的，隨手撩下㉟。來安仍退下去了。

蓮生仍去榻床吸煙。忽又想起一件事來，叫阿珠要馬褂來著。阿珠便去衣架上取下。小紅喝住道：「倒要緊哚啘，耐想陸裡去？」阿珠忙丟個眼色與小紅道：「讓俚吃酒去罷。」小紅才不說了。適被蓮生抬頭看見，心想：阿珠做什麼鬼戲？難道張蕙貞的事，被他們打聽明白了不成？蓮生一面想，一面阿

㉝ 動氣：生氣。

㉞ 厭酸：吳語。泛酸水。此為藉口，實指心裡不痛快。

㉟ 撩下：撂下；扔下。

珠把馬褂替蓮生披上，口裡道：「難末㊱就來叫，覅去叫啥別人哉。」小紅道：「搭俚說啥嗄，俚要叫啥人，等俚去叫末哉啘。」蓮生著好馬褂，挽著小紅的手笑道：「耐送送我哩。」小紅使勁的一撒手，反在靠壁高椅上坐下了。蓮生也挨在身旁，輕輕說了好些知己話。小紅低著頭，剔理指甲，只是不理。好一會方說道：「耐個心勿曉得那价生來哚，變得來！」蓮生道：「為啥說我變心？」小紅道：「問耐自家啘！」蓮生還緊著要問，小紅又起兩手把蓮生推開道：「去罷，去罷。看仔耐倒惹氣！」蓮生乃佯笑而去。

第四回終。

㊱ 難末：吳語。那麼；這麼。不同場合用法不一。此有「你想了麼」之意。

第五回　墊空當快手結新歡　包住宅調頭瞞舊好

按，當下上燈時候，王蓮生下樓上轎，抬至東合興里吳雪香家。來安通報，娘姨打起簾子，迎到房裡，只有朱藹人和葛仲英並坐閑談。王蓮生進去，彼此拱手就坐。蓮生叫來安來吩咐道：「耐到對過姚家去看看，樓浪房間裡物事阿曾齊❶。」來安去後，葛仲英因問道：「我今朝看見耐條子，我想東合興無撥啥張蕙貞啘。後來相幫哚說，明朝有個張蕙貞調到對過來，阿是嗄？」朱藹人道：「張蕙貞名字也勿曾見過歇，耐到陸裡去尋出來個嗄？」蓮生微笑道：「謝謝耐哚，晚歇沈小紅來，覅說起，阿好？」朱藹人、葛仲英聽了皆大笑。

一時來安回來稟說：「房間裡才舒齊❷哚哉。四盞燈搭一隻榻床，說是勿多歇送得去；榻床末排好，燈末也掛起來哉。」蓮生又吩咐道：「耐再到祥春里去，告訴俚哚。」來安答應，退出客堂，交代兩個轎班道：「耐哚覅走開，要走末，等我轉來仔了去。」說畢出門，行至東合興里弄口，黑暗裡閃過一個人影子，挽住來安臂膊。來安看是朱藹人的管家，名叫張壽，乃嗔道：「做啥嗄？嚇我介一跳！」張壽問：「到陸裡去？」來安攙著他說：「搭耐一淘去白相歇。」於是兩人勾肩搭背，同至祥春里張蕙貞家，

---

❶ 齊：齊備；齊全。

❷ 才舒齊：全都安排好了。舒齊，此為齊備、妥貼之意。

向老娘姨說了，叫他傳話上去。張蕙貞又開出樓窗來，問來安道：「王老爺阿來嗄？」來安道：「老爺來哚吃酒，勿見得來哉哩。」蕙貞道：「吃酒叫啥人？」來安道：「勿曉得。」蕙貞道：「阿是叫沈小紅？」來安道：「也勿曉得啘。」蕙貞笑道：「耐末算幫耐哚老爺，勿叫沈小紅，叫啥人嗄？」來安更不答話，同張壽出了祥春里，商量到陸裡去白相。張壽道：「就不過蘭芳里哉哩。」來安說：「忒遠。」張壽道：「勿是末❸潘三搭去，看看徐茂榮阿來哚。」來安道：「好。」

兩人轉至居安里，摸到潘三家門首，先在門縫裡張一張，舉手推時，卻是拴著的。張壽敲了兩下，不見答應；又連敲了幾下，方有娘姨在內問道：「啥人來哚碰門嗄？」來安接嘴道：「是我。」娘姨道：「小姐出去哉，對勿住。」來安道：「耐開門哩。」等了好一會，裡面靜悄悄的，不見開門。張壽性起，拐轉腳來，把門彭彭彭踢的怪響，嘴裡便罵起來。娘姨才慌道：「來哉，來哉。」開門見了道：「張大爺、來大爺來哉，我道是啥人。」來安問：「徐大爺阿來裡？」娘姨道：「勿曾來啘。」張壽見廂房內有些火光，三腳兩步直闖到房裡，來安也跟進去。只見一人從大床帳子裡鑽出來，拍手跺腳的大笑。看時，正是徐茂榮。張壽、來安齊說道：「倪倒來驚動仔耐哉啘，阿要對勿住❹嗄！」娘姨在後面也呵呵笑道：「我只道徐大爺去個哉，倒來哚床浪。」徐茂榮點了榻床煙燈，叫張壽吸煙。張壽叫來安去吸，自己卻撩開大床帳子，直爬上去。只聽得床上扭做一團，又大聲喊道：「啥嗄，吵勿清爽❺！」娘姨忙上前勸道：「張大爺，覅哩。」張壽不肯放

---

❸ 勿是末：不然末。

❹ 阿要對勿住：可真對不起。

手。徐茂榮過去一把拉起張壽來道：「耐末一泡子❻吵去，看光景，阿有點清頭❼嗄？」張壽抹臉羞他道：「耐算幫耐倷相好哉，阿是耐個相好嗄？那面孔❽！」那野雞❾潘三披著棉襖下床，張壽還笑嘻嘻睇❿著他做景致⓫。潘三沉下臉來，白瞪著眼，直直的看了張壽半日。張壽把頭頸一縮道：「阿唷，阿唷，我嚇得來⓬！」潘三沒奈何，只掙出一句道：「倪要板面孔⓭個⓮！」張壽隨口答道：「覅說啥面孔哉，耐就板起屁股來，倪……」說到倪字，卻頓住嘴，重又上前去潘三耳朵邊說了兩句，潘三發極道：「徐大爺，耐聽哩，耐倷好朋友說個啥閑話嗄！」徐茂榮向張壽央告道：「種種是倪勿好，叨光耐搭倪包荒⓯點，好阿哥！」張壽道：「耐叫饒仔⓰，也罷哉。勿然，我要問聲俚看：大家是朋友，阿是徐大

❺ 啥嗄二句：什麼呀！吵得沒完沒了。啥嗄，什麼呀。吵勿清爽，吵鬧得沒完沒了。
❻ 一泡子：吳語。一場；一陣。
❼ 阿有點清頭：可有點分寸。清頭，吳語。頭腦；分寸。
❽ 面孔：不要面孔；不要臉。
❾ 野雞：舊時謂沿街拉客的遊娼。
❿ 睇：此有「看」之意。
⓫ 景致：情狀；樣子。
⓬ 嚇得來：嚇壞了；怕得不得了。
⓭ 板面孔：翻臉。
⓮ 個：吳語中的語氣助詞。
⓯ 包荒：原諒；寬容。此有「包涵」之意。
⓰ 叫饒仔：討饒了。

爺比仔張大爺長三寸哚？」潘三接嘴道：「耐張大爺有恩相好來哚，倪是巴結勿上哌，只好徐大爺來照應點倪哩。」張壽向來安道：「耐聽哩，徐大爺叫得阿要開心！徐大爺個魂靈也撥俚叫仔去哉。」來安道：「倪勳聽，阿有啥人來叫聲倪嗄。」潘三笑道：「來大爺末，算得是好朋友哉，說說閑話，也要幫句把哚。」張壽道：「耐要是說起朋友來……」剛說得一句，被徐茂榮大喝一聲，剪住了道：「耐再要說出啥來末，兩記耳光！」張壽道：「就算我怕仔耐末哉，阿好？」徐茂榮道：「耐倒來討我個便宜哉！」一面說，一面挽起袖子，趕去要打。

張壽慌忙奔出天井，徐茂榮也趕出去。張壽撥去門閂，直奔到弄東轉彎處，不料黑暗中有人走來，劈頭一撞。那人說：「做啥，做啥？」聲音狠覺廝熟⑰。徐茂榮上前問道：「阿是長哥嗄？」那人答應了。徐茂榮遂拉了那人的手轉身回去，又招呼張壽道：「進來罷，饒仔耐罷！」張壽放輕腳步，隨後進門，仍把門閂上。先向簾下去張看那人，原來是陳小雲的管家，名叫長福。張壽忙進去問他：「阿是散仔檯面哉？」長福道：「陸裡就散，局票坎坎發下去。」張壽想了想，叫：「來哥，倪先去罷。」徐茂榮道：「倪一淘去哉。」說著即一哄而去，潘三送也送不及。

四人同離了居安里，往東至石路口。張壽不知就裡，只望前走。徐茂榮一把拉住，叫他朝南。張壽向來安道：「倪勿去哉哩。」徐茂榮從背後一推，說道：「耐勿去，耐強⑱強看！」張壽幾乎打跌，只得一同過了鄭家木橋，走到新街中。只見街旁一個娘姨搶過來叫聲「長大爺」，拉了長福袖子，口裡說著

⑰ 廝熟：相熟。

⑱ 強：音ㄐㄧㄤˋ。同「犟」。倔強。

話，腳下仍走著路，引到一處，推開一扇半截門闌⑲進去。裡面只有個六七十歲的老婆子靠壁而坐，桌子上放著一盞暗昏昏的油燈。娘姨趕著叫「郭孝婆」，問：「煙盤來哚陸裡？」郭孝婆道：「原來裡床浪哴。」娘姨忙取個紙吹⑳，到後半間去，向壁間點著了馬口鐵回光鏡玻璃罩壁燈，集得高高的㉑，請四人房裡來坐。又去點起煙燈來。長福道：「鴉片煙倪覅吃，耐去叫王阿二來。」娘姨答應去了。那郭孝婆也顛頭簸腦，摸索到房裡，手裡拿著根洋銅水煙筒說：「陸裡一位用煙？」長福一手接來，說聲：「覅客氣。」郭孝婆仍到外半間自坐著去。張壽問道：「該搭㉒是啥個場花嗄？耐哚倒也會白相哚。」長福道：「耐說像啥場花？」張壽道：「我看起來，叫三勿像：野雞㉓勿像野雞，臺基㉔勿像臺基，花煙間勿像花煙間。」長福道：「原是花煙間，為仔俚有客人來哚，借該搭場花來坐歇，阿懂哉㉕！」

說著，聽得那門闌呀的一聲響，長福忙望外㉖看時，正是王阿二。進屋即叫聲「長大爺」，又問：「三位尊姓？」隨說：「對勿住，剛剛勿恰好㉗；耐哚要是勿嫌齷齪末，就該搭坐歇，吃筒煙，阿好？」

---

⑲ 門闌：門框。

⑳ 紙吹：即「紙煤」。用易於引火的紙搓成的細紙卷，點著後一吹即燃，多作點火、燃水煙之用。

㉑ 集得高高的：將燈芯撚得高高的。集，吳語。撚。

㉒ 該搭：吳語。此處；這裡。

㉓ 野雞：此處指遊娼所居之所。

㉔ 臺基：舊指專事暗中為男女撮合的惡濁場所。

㉕ 阿懂哉：懂不懂。

㉖ 望外：朝外。

長福看看徐茂榮，候他意思。徐茂榮見那王阿二倒是花煙間內出類拔萃的人物；就此坐坐倒也無啥，即點了點頭。王阿二自去外間，拿進一根煙槍與兩盒子鴉片煙，又叫郭孝婆去喊娘姨來沖茶。張壽見那後半間只排著一張大床，連桌子都擺不下，局促極了，便又叫：「來哥，倪先去罷。」徐茂榮看光景也不好再留。

於是張壽作別，自和來安一路同回，仍至東合興里吳雪香家。那時檯面已散，問：「朱老爺、王老爺陸裡去哉？」都說勿曉得。張壽趕著尋去。來安也尋到西薈芳里沈小紅家來，見轎子停在門口，忙走進客堂，問轎班道：「檯面散仔啥辰光哉？」轎班道：「勿多一歇。」來安方放下心。適值娘姨阿珠提著水銚子上樓，來安上前央告道：「謝謝耐，搭倪老爺說一聲。」阿珠不答，卻招手兒叫他上去。來安捏手捏腳跟他到樓上當中間坐下，阿珠自進房去。來安等了個不耐煩，側耳聽聽毫無聲息，卻又不敢下去。正要磕睡上來，忽聽得王蓮生咳嗽聲，接著腳步聲。又一會兒，阿珠掀開簾子招手兒，來安隨即進房。只見王蓮生獨坐在煙榻上打呵欠，一語不發。阿珠忙著絞手巾。蓮生接來揩了一把，方吩咐來安打轎回去。來安應了下樓，喊轎班點燈籠。等蓮生下來上了轎，一徑跟著回到五馬路公館。來安才回說：「張蕙貞搭去說過哉。」蓮生點頭無語，來安伺候安寢。

十五日是好日子，蓮生十點半鐘已自起身，洗臉漱口，用過點心，便坐轎子去回拜葛仲英。來安跟了，至後馬路永安里德大匯劃莊，投進帖子，有二爺出來擋駕，說：「出門哉。」蓮生乃命轉轎到東合興里，在轎中望見「張蕙貞寓」四個字，泥金黑漆，高揭門楣。及下轎進門，見天井裡一班小堂名㉘，

㉗ 勿恰好：吳語。不巧。

搭著一座小小唱臺，金碧丹青，五光十色。一個新用的外場看見，搶過來叫聲「王老爺」，打了個千㉙。一個新用的娘姨立在樓梯上，請王老爺上樓。張蕙貞也迎出房來，打扮得渾身上下簇然一新，蓮生看著，比先時更自不同。蕙貞見蓮生不轉睛的看，倒不好意思的，忙忍住笑，拉了蓮生袖子，推進房去。房間裡齊齊整整，鋪設停當，蓮生滿心歡喜。但覺幾幅單條字畫還是市買的，不甚雅相。蕙貞把手帕子掩著嘴，取瓜子碟子敬與蓮生。蓮生笑道：「客氣哉。」蕙貞也要笑出來，忙回身推開側首一扇屏門，走了出去。蓮生看那屏門外原來是一角陽臺，正靠著東合興里，恰好當做大門的門樓，對過即是吳雪香家。蓮生望見條子，叫來安去對門看看：「葛二少爺阿來哚？來裡末，說請過來。」來安領命去請。葛仲英即時踅過這邊，與王蓮生廝見。張蕙貞上前敬瓜子。仲英問：「阿是貴相好？」打量一回，然後坐下。蓮生說起適才奉候不遇的話，又談了些別的。只見吳雪香的娘姨名叫小妹姐，來請葛仲英去吃飯。王蓮生聽了，向仲英道：「耐也勿曾吃飯，倪一淘吃哉碗。」仲英說好，叫小妹姐去搬過來。王蓮生叫娘姨也去聚豐園叫兩樣。須臾陸續送到，都擺在靠窗桌子上。張蕙貞上前篩了兩杯酒，說：「請用點。」小妹姐也張羅一會道：「耐哚慢慢交㉚用，倪搭先生梳頭去；梳好仔頭再來。」張蕙貞接說道：「請耐哚先生來白相。」小妹姐答應自去。

㉘ 堂名：樂班。舊時樂班習慣起堂名，如「福壽堂」等，因稱。

㉙ 打了個千：打千，本為滿族男子下對上通行的一種禮節。流行於清代。屈左膝，垂右手，上體稍向前俯，此指行禮。

㉚ 慢慢交：慢慢地；慢點。交，吳語中的語助詞。

葛仲英吃了兩杯，覺得寂寞，適值樓下小堂名唱一套訪普崑曲，仲英把三個指頭在桌子上拍板眼。王蓮生見他沒興，便說：「倪來搳兩拳。」仲英即伸拳搳來，搳一杯，吃一杯，約摸搳過七八杯，忽聽得張蕙貞在客堂裡靠著樓窗口叫道：「雪香阿哥㉛，上來哩。」王蓮生往下一望，果然是吳雪香，即笑向葛仲英道：「貴相好尋得來哉！」隨後一路小腳高低聲響，吳雪香已自上樓，也叫聲「蕙貞阿哥」。張蕙貞請他房間裡坐。葛仲英方輸了一拳，因叫吳雪香道：「耐過來，我搭耐說句閑話。」雪香趔趄著腳兒，靠在桌子橫頭，問：「說啥嗄？說哩。」仲英知道不肯過來，覷他不提防，伸過手去拉住雪香的手腕，只一拖，雪香站不穩，一頭跌在仲英懷裡，著急道：「算啥嗄！」仲英笑道：「無啥，請耐吃杯酒。」雪香道：「耐放手哩，我吃末哉。」仲英那裡肯放，把一杯酒送到雪香嘴邊道：「要耐吃仔了放哚。」雪香沒奈何，就在仲英手裡一口呷乾，趕緊掙起身來，跑了開去。

葛仲英仍和王蓮生搳拳，吳雪香走到大洋鏡㉜前，照了又照，兩手反撐過去，摸摸頭看。張蕙貞忙上前，替他把頭用力的揿兩揿，拔下一枝水仙花來，整理了重又插上，端詳一回。因見雪香梳的頭盤旋伏貼，乃問道：「啥人搭耐梳個頭？」雪香道：「小妹姐哝，俚是梳勿好個哉。」蕙貞道：「蠻好，倒有樣式。」雪香道：「耐看高得來，阿要難看。」蕙貞道：「少微高仔點，也無啥。俚是梳慣仔改勿轉哉，阿曉得。」雪香道：「我看耐個頭阿好？」蕙貞道：「先起頭倪老外婆搭我梳個頭，倒無啥；故歇教娘姨梳哉，耐看阿好？」說著，轉過頭來給雪香看。雪香道：「忒歪哉。說末說歪頭，真真歪來哚仔，

㉛ 阿哥：滿俗，同輩間的稱呼。妓女間忌諱年齡，因用「阿哥」相稱。
㉜ 大洋鏡：大鏡子。

阿像啥頭嗄！」

兩個說得投機，連葛仲英、王蓮生都聽住了，拳也不搳，酒也不吃，只聽他兩個說話。及聽至吳雪香說歪頭，即一齊的笑起來。張蕙貞便也笑道：「耐哚拳啥勿搳哉嗄？」王蓮生道：「倪聽仔耐哚說閑話，忘記脫哉。」葛仲英道：「勿搳哉，我吃仔十幾杯哚。」張蕙貞道：「再用兩杯哩。」說了，取酒壺來給葛仲英篩酒。吳雪香插嘴道：「蕙貞阿哥，覅篩哉，俚吃仔酒要無清頭[33]個，請王老爺用兩杯罷。」張蕙貞笑著轉問王蓮生道：「耐阿要吃嗄？」蓮生道：「倪再搳五拳吃飯，總勿要緊啘。」又笑向吳雪香道：「耐放心，我也勿撥裡多吃末哉。」雪香不好攔阻，看著葛仲英與王蓮生又搳了五拳。張蕙貞篩上酒，隨把酒壺授與娘姨收下去。王蓮生也叫拿飯來，笑說：「夜頭再吃罷。」於是吃飯揩面，收拾散坐。

吳雪香立時催葛仲英回去，仲英道：「歇一歇哩。」雪香道：「歇啥嗄，倪勿要。」仲英道：「耐勿要，先去末哉。」雪香瞪著眼問道：「阿是耐勿去？」仲英只是笑，不動身。雪香使性子，立起來，一手指著仲英臉上道：「耐晚歇來末，當心點！」又轉身向王蓮生說：「王老爺來啊。」又說：「蕙貞阿哥，倪搭來白相相哩！」張蕙貞答應，趕著去送，雪香已下樓了。

蕙貞回房，望葛仲英嗤的一笑。仲英自覺沒趣，局蹐[34]不安，倒是王蓮生說道：「耐請過去罷，貴相好有點勿舒齊[35]哉。」仲英道：「耐瞎說，管俚舒齊勿舒齊。」蓮生道：「耐覅實概哩，俚教耐過去，

---

[33] 無清頭：把持不住；沒分寸。

[34] 局蹐：局促。

總是搭耐要好，耐就依仔俚也蠻好㖞！」仲英聽說，方才起身。蓮生拱拱手道：「晚歇請耐早點。」仲英乃一笑告辭而去。

第五回終。

㉟ 舒齊：此處指高興、樂意。

第六回 養囮魚戲言徵善教　管老鴇奇事反常情

按，葛仲英踅過對門吳雪香家，跨進房裡，寂然無人，自向榻床躺下。隨後娘姨小妹姐抬著飯碗進房，說：「請坐歇，先生來哚吃飯。」隨手把早晨泡過的茶碗倒去，另換茶葉，喊外場沖開水。一會兒，吳雪香姍姍其來，見了仲英即大聲道：「耐是坐來哚對過勿來哉呀，第歇來做啥？」一面說，一面從榻床上拉起仲英來，要推出門外去。又道：「耐原搭我到對過去哩！耐去坐來哚末哉，啥人要耐來嗄？」仲英猜不出他什麼意思，怔怔的立著，問道：「對過張蕙貞末，咿勿是我相好，為啥耐要吃起醋來哉哩？」雪香聽說也怔了，道：「耐倒也說笑話哉啘，倪搭張蕙貞吃啥醋嗄？」仲英道：「耐勿是吃醋末，教我到對過去做啥？」雪香道：「我為仔耐坐來哚對過勿來哉末，我說耐原到對過去坐來哚末哉啘，阿是吃醋嗄？」

仲英乃恍然大悟，付諸一笑，就在高椅上坐下，問雪香道：「耐意思要我成日成夜陪仔耐坐來裡，勿許到別場花去，阿是嗄？」雪香道：「耐聽仔我閑話，別場花也去末哉。耐為啥勿聽我閑話嗄？」仲英道：「耐說陸裡一句閑話我勿聽耐？」雪香道：「价末我教耐過來，耐勿來。」仲英道：「我為仔剛剛吃好飯，要坐一歇再來，啥人說勿來嗄？」雪香不依，坐在仲英膝蓋上，挽著仲英的手用力揣捏，口裡咕嚕道：「倪勿來❶，耐要搭我說明白哚。」仲英發躁道：「說啥嗄？」雪香道：「難下轉❷耐來哚陸裡，我教耐來，耐聽見仔就要跑得來哚。耐要到陸裡去，我說覅去末，定規❸勿許耐去哉。耐阿聽我？」

仲英和他扭不過，沒奈何，應承了。雪香才喜歡，放手走開。仲英重又笑道：「我屋裡家主婆從來勿曾說歇啥，耐倒要管起我來哉！」雪香也笑道：「耐是我倪子❹啘，阿是要管耐個嗄。」仲英道：「說出來個閑話，阿有點淘成❺，面孔才❻勿要哉！」雪香道：「我倪子養到仔實概大，呷會吃花酒，呷會打茶會，我也鑾體面哚，倒說我覅面孔。」仲英道：「勿搭耐說哉。」

恰好小妹姐吃畢飯，在房背後換衣裳，雪香叫道：「小妹姐，耐看我養來哚倪子阿好？」小妹姐道：「陸裡嗄？」雪香把手指仲英笑道：「哪。」小妹姐也笑道：「阿要瞎說❼，耐自家有幾花大，倒養出實概大個倪子來哉。」雪香道：「啥稀奇嗄，我養起倪子來，比仔俚要體面點哚。」小妹姐道：「耐就搭二少爺養個倪子出來，故末好哉❽。」雪香道：「我養來哚倪子，要像仔俚哚堂子裡來白相仔末，撥

---

❶ 勿來：吳語。不行。此處有「不答應」之意。
❷ 難下轉：那下次。難，吳語。那。下轉，吳語。下次。
❸ 定規：吳語。一定；肯定。
❹ 倪子：吳語。兒子。
❺ 淘成：吳語。分寸；準頭。
❻ 才：全；都。
❼ 阿要瞎說：可不要瞎說。阿要，本為可要、要不要之意，然此處則不然。
❽ 故末好哉：那就好了。

我打殺哉哩。」小妹姐不禁大笑道：「二少爺阿聽見？幸虧有兩個鼻頭管，勿然要氣煞哚！」仲英道：

「俚今朝來裡發癡哉！」雪香滾到仲英懷裡，兩手勾住頭頸，只是嘻嘻的憨笑，仲英也就鬼混一陣，及外場提水銚子進房始散。

仲英站起身來，像要走的光景，雪香問：「做啥？」仲英說：「我要買物事去。」雪香道：「勿許去。」仲英道：「我買仔就轉來。」雪香道：「啥人說嗄？搭我坐來浪❾！」一把把仲英捺下坐了，悄問：「耐去買啥物事？」仲英道：「我到亨達利去買點零碎。」雪香道：「倪坐仔馬車一淘去，阿好？」仲英道：「故倒無啥。」雪香便叫：「喊把鋼絲車❿。」外場應了去喊。小妹姐因問雪香道：「耐吃仔飯阿要捕面⓫嗄？」雪香取面手鏡一照，道：「覅哉。」只將手巾揩揩嘴唇，點上些胭脂，再去穿起衣裳來。外場報說：「馬車來哉。」仲英聽了便說道：「我先去。」起身要走。雪香忙叫住道：「慢點哩，等倪一淘去。」仲英道：「我來裡馬車浪等耐末哉。」雪香兩腳一跺，嗔道：「倪勿要！」仲英只得回來，因向小妹姐笑道：「耐看俚脾氣，原是個小幹仵，倒要想養倪子哉。」雪香接嘴道：「耐末小幹仵無清頭哉哩，阿有啥說起我來哉嗄。」說著，又側轉頭點了兩點，低聲笑道：「我是耐親生娘啘，阿曉得。」仲英笑喝道：「快點哩，覅說哉！」

雪香方才打扮停妥，小妹姐帶了銀水煙筒，三人同行。即在東合興里弄口坐上馬車，令車夫先往大

---

❾ 搭我坐來浪：給我坐在這裡。

❿ 鋼絲車：從下文看，為馬車一類，體制未詳。

⓫ 捕面：洗臉。

馬路亨達利洋行去。當下駛出抛球場，不多路到了，車夫等著下了車，拉馬車去一邊伺候。仲英與雪香、小妹姐踅進洋行門口，一眼望去，但覺陸離光怪，目眩神驚。看了這樣，再看那樣，大都不能指名，又不暇去細細根究，只大略一覽而已。那洋行內伙計們將出許多頑意兒撥動機關，任人賞鑒：有各色假鳥，能鼓翼而鳴的；有各色假獸，能按節而舞的；還有四五個列坐的銅鑄洋人，能吹喇叭、能彈琵琶、能撞擊金石革木諸響器、合成一套大曲的；其餘會行會動的舟車狗馬，不可以更僕數⑫。仲英只取應用物件揀選齊備。雪香見一隻時辰錶⑬嵌在手鐲之上，也中意了要買。仲英乃一古腦兒論定價值，先付莊票一紙，再寫個字條，叫洋行內把所買物件送至後馬路德大匯劃莊，即去收清所該價值。處分已畢，然後一淘出門，離了洋行。雪香在馬車上褪下時辰錶的手鐲來給小妹姐看，仲英道：「也不過是好看生活⑭，到底⑮無啥趣⑯勢。」

比及到了靜安寺，進了明園，那時已五點鐘了，遊人盡散，車馬將稀。仲英仍在洋房樓下泡一壺茶。雪香扶了小妹姐，沿著迴廊曲榭兜一個圓圈子，便要回去。仲英沒甚興致，也就依他。從黃浦灘轉至四馬路，兩行自來火已點得通明。回家進門，外場稟說：「對過邀客，請仔兩轉哉。」仲英略坐一刻，即

⑫ 更僕數：謂計算。明史忠義傳序：「仁、宣以降，重熙累洽，垂二百餘載，中間如交阯之征，土木之變，宸濠之叛，以暨神、熹兩朝，邊陲多故，沉身殉難者，未易更僕數。」

⑬ 時辰錶：即錶。通常稱手錶。

⑭ 生活：吳語。用法頗多。有活計、手藝、工藝等多種用法。此指手藝。

⑮ 到底：吳語。終究、畢竟之意。

⑯ 趣：吳語。有多種意思，如漂亮等。此指「意思」。

別了雪香，趕過對門。

王蓮生迎進張蕙貞房裡。先有幾位客人在座，除朱藹人、陳小雲、洪善卿、湯嘯庵以外，再有兩位係上海本城宦家子弟，一位號陶雲甫，一位號陶玉甫；嫡親弟兄，年紀不上三十歲，與葛仲英世交相好。彼此相讓坐下。一會兒，羅子富也到了。陳小雲問王蓮生：「還有啥人？」蓮生道：「還有倪局裡兩位同事，說先到仔尚仁里衛霞仙搭去哉。」小雲道：「价末去催催哩。」蓮生道：「去催哉，倪也覅去等俚哉。」當下向娘姨說，叫擺起檯面來。又請湯嘯庵開局票，各人叫的都是老相好，嘯庵不消問得，一概寫好。

羅子富拿局票來看，把黃翠鳳一張抽去。王蓮生問：「做啥？」子富道：「耐看俚昨日老晚來，坐仔一歇歇倒去哉，啥人高興去叫俚嗄！」湯嘯庵道：「耐覅怪俚，倘忙⑰是轉局。」子富道：「轉啥局？俚末三禮拜了六點鐘⑱哉哩。」嘯庵道：「要俚哚三禮拜六點鐘末，好白相啘。」說著，催客的已回來，說尚仁里請客，說：「請先坐罷。」王蓮生便叫起手巾，娘姨答應，隨將局票帶下去。湯嘯庵仍添寫黃翠鳳一張，夾在裡面。

王蓮生請眾人到當中間裡，乃是三張方桌，接連著排做雙檯。大家寬去馬褂，隨意就坐，卻空出中間兩把高椅。張蕙貞篩酒、敬瓜子。洪善卿舉杯向蕙貞道：「先生，恭喜耐！」蕙貞羞得抿嘴笑道：「啥

⑰ 倘忙：吳語。或許；大概。

⑱ 三禮拜句：喻指「醋」字。三禮拜為二十一天，為「昔」；六點鐘為「酉」，合起來為「醋」字。了，吳語。在此處有「加上」的含意。

嗄！」善卿也逼緊喉嚨，學他說一聲：「啥嗄。」說的大家都笑了。小堂名呈上一本戲目請點戲。王蓮生隨意點了一齣斷橋、一齣尋夢，下去吹唱起來。外場帶了個緯帽⑲，上過第一道魚翅，黃翠鳳的局倒早到了。湯嘯庵向羅子富道：「耐看，俚頭一個先到，阿要巴結⑳？」子富把嘴一努，嘯庵回頭看時，卻見葛仲英背後吳雪香先自坐著。嘯庵道：「俚是賽過本堂局，走過來就是，比勿得俚哚。」黃翠鳳的娘姨趙家姆正取出水煙筒來裝水煙，聽嘯庵說，略怔了一怔，乃道：「倪聽見仔叫局，總忙煞個來㉑。有辰光轉局忙勿過末，阿是要晚點哚。」黃翠鳳沉下臉，喝住趙家姆道：「說啥嗄！早末就早點，晚末就晚點，要耐來多說多話！」湯嘯庵分明聽見，微笑不睬。羅子富卻有點不耐煩起來。王蓮生忙岔開說：「倪來搳拳，子富先擺五十杯。」子富道：「就五十杯末哉，啥稀奇㉒。」湯嘯庵道：「念杯噥噥罷㉓。」王蓮生道：「俚多個局，至少三十杯。我先打。」即和羅子富搳起拳來。

黃翠鳳問吳雪香：「阿曾唱？」雪香道：「倪勿唱哉，耐唱罷。」趙家姆授過琵琶，翠鳳和準了弦，唱一支開片，又唱京調三擊掌的一段搶板。趙家姆替羅子富連代了五杯酒，吃得滿面通紅。子富還要他代，適值蔣月琴到來，伸手接去。趙家姆趁勢裝兩筒水煙，說：「倪先生去哉，阿要存兩杯？」羅子富

⑲ 緯帽：清代的一種涼帽。無帽檐，以竹絲或藤作胎，面料用紗。妓院男僕遇年節喜慶送入果盤或魚翅時戴，以示隆重。

⑳ 巴結：此有「趕早」之意。

㉑ 總忙煞個來：就忙死了。總，總是；就。

㉒ 啥稀奇：吳語。有什麼了不起。

㉓ 念杯噥噥罷：就二十杯湊合湊合吧。念杯，吳語。二十杯。噥噥，吳語。有對付、湊合、將就之意。

更覺生氣，取過三隻雞缸杯，篩得滿滿的，給趙家姆。趙家姆執杯在手，待吃不吃。黃翠鳳使性子，叫趙家姆拿得來，連那兩杯都折在一隻大玻璃斗內，一口氣吸得精乾，說聲：「晚歇請過來。」頭也不回，一直去了。

羅子富向湯嘯庵道：「耐看如何，阿是覅去叫俚好？」蔣月琴接口道：「原㉔是耐勿好啘，俚哚吃勿落哉末，耐去教俚哚吃。」湯嘯庵道：「小幹仵鬧脾氣，無啥要緊，耐勿做仔末是哉啘。」羅子富大聲道：「我倒還要去叫俚個局哉！娘姨，拿筆硯來。」蔣月琴將子富袖子一扯，道：「叫啥局嘎？耐末……」只說半句，即又咽住。子富笑道：「耐也吃起醬油㉕來哉！」月琴別轉頭，忍笑說道：「耐去叫罷，倪也去哉。」子富道：「耐去仔末，我也再來叫耐哉啘。」月琴也忍不住一笑。娘姨抬著筆硯問：「阿要筆硯嘎？」王蓮生道：「拿得來，我搭俚叫。」羅子富見蓮生低著頭寫，不知寫些什麼，陳小雲坐得近，看了看，笑而不言。

陶雲甫問羅子富道：「耐啥辰光去做個黃翠鳳？」子富道：「我就做仔半個月光景。先起頭看俚倒無啥。」雲甫道：「耐有月琴先生來裡末，去做啥翠鳳哩？翠鳳脾氣是勿大好。」子富道：「倌人有仔脾氣，阿好做啥生意嘎！」雲甫道：「耐勿曉得，要是客人摸著仔俚脾氣，對景㉖仔俚個一點點假情假義，也出色哚。就是坎做起㉗要鬧脾氣勿好。」子富道：「翠鳳是討人啘，老鴇倒放俚鬧脾氣，勿去管

㉔ 原：此處指「原本」、「本來」之意。

㉕ 醬油：暗喻「醋」字。

㉖ 對景：對路，比喻兩相切合。此有「摸透」之意。

管俚？」雲甫道：「老鴇陸裡敢管俚，俚末要管管老鴇哉哩。老鴇隨便啥事體先要去問俚，俚說那价是那价，還要三不時去拍拍俚馬屁末好。」子富道：「老鴇也忒煞㉘好人哉。」雲甫道：「老鴇阿有啥好人嗄！耐阿曉得有個叫黃二姐，就是翠鳳個老鴇，從娘姨出身做到老鴇，該㉙過七八個討人，也算得是夷場㉚浪一擋腳色啘！就碰著仔翠鳳末，俚也碰轉彎哉。」子富道：「翠鳳啥個本事呢？」雲甫道：「說起來是利害哚！還是翠鳳做清倌人辰光，搭老鴇相罵，撥老鴇打仔一頓。打個辰光，俚咬緊點牙齒一聲勿響，等到娘姨哚勸開仔，榻床浪一缸生鴉片煙，俚拿起來吃仔兩把。老鴇曉得仔，嚇煞哉，連忙去請仔先生㉛來，俚勿肯吃藥啘。騙俚也勿吃，嚇俚也勿吃，老鴇阿有啥法子呢。後來老鴇對俚跪仔，搭俚磕頭，說：『從此以後，一點點勿敢得罪耐末哉。』難末算吐仔出來過去㉜。」

陶雲甫這一席話，說得羅子富忐忐鶻突，只是出神，在席的也同聲贊嘆，連倌人、娘姨等都聽呆了。惟王蓮生還在寫票頭，沒有聽見。及至寫畢，交與娘姨，羅子富接過來看，原來是開的轎飯帳，隨即丟開。王蓮生道：「耐哚酒啥勿吃哉，子富莊阿曾完嗄？」羅子富道：「我還有十杯勿曾搳。」蓮生便教湯嘯庵打莊。嘯庵道：「玉甫也勿曾打莊啘。」

㉗ 坎做起：剛開始交往。

㉘ 忒煞：吳語。太；過分。

㉙ 該：吳語。有；曾有。

㉚ 夷場：舊時指上海的租界。亦以稱舊上海。猶言洋場，含貶義。

㉛ 先生：吳語。指醫生。

㉜ 過去：罷休；作罷。

一語未了，只聽得樓梯上一陣腳聲，直闖進兩個人來，嚷道：「啥人莊？倪來打。」大家知道是請的那兩位局裡朋友，都起身讓坐。那兩位都不坐，一個站在檯面前，揎拳擄臂，「五魁」、「對手」，望空亂喊。一個把林素芬的妹子林翠芬攔腰抱住，要去親嘴，口裡喃喃說道：「倪個小寶寶，香香面孔。」林翠芬急得掩著臉彎下身去，爬在湯嘯庵背後極聲㉝喊道：「覅吵哩！」王蓮生忙道：「覅去惹俚哚哭哩！」林素芬笑道：「俚哭倒勿哭個。」又說翠芬道：「香香面孔末礙啥，耐看罷腳也散哉。」翠芬掙脫身，取豆蔻盒子來照照鏡子。素芬替他整理一回。幸虧帶局過來的兩個倌人隨後也到，方拉那兩位各向空高椅上坐下。王蓮生問：「衛霞仙搭啥人請客？」那兩位道：「就是姚季蒓哸。」蓮生道：「怪勿得耐兩家頭㉞才吃醉哚哉。」兩位又讓道：「啥人說醉嗄？倪要搳拳哉！」羅子富見如此醉態，亦不敢助興，只把擺莊剩下的十拳胡亂同那兩位搳畢，又說：「酒末，隨意代代罷。」蔣月琴也代了幾杯。羅子富的莊打完時，林素芬、翠芬姊妹已去，蔣月琴也就興辭。羅子富乃乘機出席，悄悄的約同湯嘯庵到裡間房裡去，著了馬褂，徑從大床背後出房下樓先走。管家高升看見，忙喊：「打轎。」羅子富吩咐把轎子打到尚仁里去。湯嘯庵聽說，便知他聽了陶雲甫的一席話，要到黃翠鳳家去，心下暗笑。兩人踅出門來，只見弄堂兩邊車子、轎子，堆得滿滿的，只得側身而行。恰好迎面一個大姐從車轎夾縫裡鑽來擠住，那大姐抬頭見了，笑道：「阿唷，羅老爺。」忙退出讓過一旁。羅子富仔細一認，卻是沈小紅家的大姐阿金大，即問：「阿是來裡跟局？」阿金大隨口答應自去。

㉝ 極聲：發急大聲。
㉞ 耐兩家頭：你們兩個人。

湯嘯庵跟著羅子富一徑至黃翠鳳家，外場通報，大姐小阿寶迎到樓上，笑說：「羅老爺，耐有好幾日勿㉟請過來哉啘。」一面打起簾子，請進房間。隨後黃翠鳳的兩個妹子黃珠鳳、黃金鳳從對過房裡過來廝見，趕著羅子富叫「姐夫」，都敬了瓜子。湯嘯庵先問道：「阿姐阿是出局去哉？」金鳳點頭應是。小阿寶正在加茶碗，忙接說道：「去仔一歇哉，要轉來快哉。」羅子富覺得沒趣，丟個眼色與湯嘯庵要走，遂一齊起身，趕下樓來。小阿寶慌的喊說：「覅去哩！」拔步趕來，已是不及。

第六回終。

㉟ 勿：此處為「不曾」、「沒有」之意。

第七回　惡圈套罩住迷魂陣　美姻緣填成薄命坑

按，黃翠鳳的妹子金鳳見留不住羅子富、湯嘯庵兩位，即去爬在樓窗口高聲叫：「無娒，羅老爺去哉！」那老鴇黃二姐在小房間內聽了，急跑出來，恰好在樓梯下撞著，一把抓住羅子富袖子說：「勿許去。」子富連道：「我無撥工夫來裡❶。」黃二姐大聲道：「耐要去末，等倪翠鳳轉來仔了去。」又嗔著湯嘯庵道：「耐湯老爺倒也要緊哚啘，啥勿搭倪羅老爺坐一歇說說閑話嗄！」於是不由分說，拉了羅子富上樓，叫小阿寶拉了湯嘯庵，重到房間裡來。黃二姐道：「寬寬馬褂，多坐歇。」說著，伸手替羅子富解鈕扣。金鳳見了，也請湯嘯庵寬衣。小阿寶撮了茶葉，隨向嘯庵手中接過馬褂。黃二姐將子富脫下的馬褂也授與小阿寶，都去掛在衣架上。黃二姐一回頭，見珠鳳站在一傍，嗔他不來應酬，瞪目直視；嚇得珠鳳倒退下去，慌取了一支水煙筒裝與子富吸。子富搖手道：「耐去搭湯老爺裝罷。」黃二姐問子富道：「阿是多吃仔酒哉，榻床浪去𨑨𨑨哩。」子富隨意向煙榻躺下。小阿寶絞了手巾，移過一隻茶碗，放在煙盤裡，又請嘯庵用茶。嘯庵坐在靠壁高椅上，旁邊珠鳳給他裝水煙。黃二姐叫金鳳也取一支水煙筒來，遂在榻床前杌子❷上坐了，自吸一口，卻側轉頭悄悄的笑向子富

❶ 我無撥句：有「我現在沒有時間」之意。工夫，時間。來裡，待在這裡。

❷ 杌子：小凳子。杌，音ㄨˋ。

道：「耐阿是動氣哉？」子富道：「動啥氣嗄？」黃二姐道：「价末為啥好幾日勿請過來？」子富道：「我無撥工夫碗。」黃二姐鼻子裡哼的一聲，半晌笑道：「說也勿差，成日成夜來哚老相好搭，阿有啥工夫到倪搭來嗄。」子富含笑不答。黃二姐又吸了一口水煙，慢慢說道：「倪翠鳳脾氣是勿大好，也怪勿得耐羅老爺要動氣。其實倪翠鳳脾氣末有點，也看客人起，俚來裡羅老爺面浪，倒勿曾發過歇一點點脾氣哩。湯老爺末也曉得點俚哉。俚做仔一戶客人，要客人有長性，可以一直做下去，故末❸俚搭客人要好哚。俚搭客人要好仔，陸裡有啥脾氣嗄？俚就碰著仔無長性客人，難末要鬧脾氣哉。俚鬧起脾氣來，勠說啥勿肯巴結❹，索性理也勿來理耐碗。湯老爺阿是？第歇耐羅老爺末，好像倪翠鳳勿巴結了動氣，陸裡曉得倪翠鳳心裡搭羅老爺倒原巒要好。倒是耐羅老爺，勿是定歸❺要去做俚，俚末也勿好來晤巴結耐哉碗。俚也曉得蔣月琴搭羅老爺做仔四五年哉，俚有辰光搭我說起，說：『羅老爺倒有長性哚，蔣月琴搭做四五年末，來裡倪搭做起來，阿會推扳嗄？』我說：『耐曉得羅老爺有長性末，為啥勿巴結點哩？』俚也說得勿差，俚說：『羅老爺有仔老相好，只怕倪巴結勿上，倒落仔蔣月琴哚笑眼裡。』俚是實概意思，要說是俚勿肯巴結耐羅老爺，倒也寃枉仔俚哉。我說羅老爺，耐故歇坎坎做起，耐也勿曾曉得倪翠鳳個脾氣。耐做一節下來，耐就有數目哉。倪翠鳳末也曉得耐羅老爺心裡是要做俚，難末俚慢慢仔也巴結起來哚。」

❸ 故末：此有「那才」之意。
❹ 巴結：奉承；討好。
❺ 定歸：吳語。一定。

子富聽了，冷笑兩聲。黃二姐也笑道：「阿是耐有點勿相信我閑話？耐問聲湯老爺看，湯老爺巒明白哚。湯老爺，耐想哩，倘然❻俚搭羅老爺勿要好末，羅老爺陸裡叫到得十幾個局嗄？俚心裡來哚❼要好，嘴裡終勿肯說出來，連搭娘姨、大姐哚，才勿曉得俚心裡個事體，單有我末稍微摸著仔點。倘然我故歇放羅老爺去仔，晚歇俚轉來就要埋冤我哉啘。我老實搭羅老爺說仔罷，俚做大生意下來，也有五年光景哉。通共就做仔三戶客人，一戶末來裡上海；還有兩戶，一年上海不過來兩埭，清爽是清爽得野哚。我再要俚自家看中仔一戶客人，搭我多做點生意，故是難殺哚哩。推扳點客人，覅去說哉，就算客人末巒好，俚說是無長性，只好拉倒，教我阿有啥法子嗄？為此我看見俚搭羅老爺巒要好末，望羅老爺一直做下去，我也好多做點生意。勿然是老實說，像羅老爺個客人到倪搭來也勿少啘，走出走進，讓俚哚去，我阿曾去應酬歇？為啥單是耐羅老爺末要我來陪陪耐嗄？」

子富仍是默然，湯嘯庵也微微含笑。黃二姐又道：「羅老爺做末做仔半個月，待倪翠鳳也總算無啥。不過倪翠鳳看仔，好像羅老爺有老相好來哚，倪搭是墊空個意思，我倒搭俚說：『耐也巴結點，有啥老相好新相好，羅老爺阿會待差仔倪嗄？』俚說：『隔兩日再看末哉。』前日仔俚出局轉來倒搭我說道：『無娒，耐說羅老爺搭倪好，羅老爺到仔蔣月琴搭吃酒去哉。』我說：『多吃檯把酒是也算勿得啥。』陸裡曉得倪翠鳳就多心哉哩，說：『羅老爺原搭老相好要好末，阿肯搭倪要好嗄？』」

子富聽到這裡，不等說完，接嘴道：「故是容易得勢，就擺起來吃一檯末哉啘。」黃二姐正色道：

---

❻ 倘然：倘若。

❼ 來哚：吳語。十分；很。

「羅老爺，耐做倪翠鳳，倒也勿在乎吃酒勿吃酒；覅為仔我一句閑話，吃仔酒了，晚歇翠鳳原不過實概，倒說我騙耐。耐要做倪翠鳳末，耐定歸要單做倪翠鳳一個哚，包耐十二分巴結，無撥一點點推扳。覅做做倪翠鳳，再去做做蔣月琴，做得兩頭勿討好。耐勿相信我閑話，耐就試試看，看俚那价功架，阿巴結勿巴結？」子富笑道：「故也容易得勢，蔣月琴搭就勿去仔末是哉啘。」黃二姐低頭含笑，又吸了一口水煙，方說道：「羅老爺，耐倒也會說笑話哚，四五年老相好，說勿去就勿去哉，也虧耐說仔出來。倒說道容易得勢，阿是來騙騙倪？」一面說，一面放下水煙筒，往對過房間裡做什麼去了。

子富回思陶雲甫之言不謬，心下著實欽慕。要與湯嘯庵商量，卻又不便。自己忖度一番，坐起來呷口茶。珠鳳忙送過水煙筒，子富仍搖手不吸。只見小阿寶和金鳳兩個爬在梳妝檯前，湊近燈光，攢頭搭頸，又看又笑。子富問：「啥物事？」金鳳見問，劈手從小阿寶手中搶了，笑嘻嘻拿來與子富看，卻是半個胡桃殼，內塑著五色粉捏的一齣春宮。子富呵呵一笑。金鳳道：「耐看哩。」拈著殼外線頭抽拽起來，殼中人物都會搖動。湯嘯庵也踅過來看了看，問金鳳道：「耐阿懂嗄？」金鳳道：「葡萄架啘，阿有啥勿懂。」小阿寶忙笑阻道：「耐覅搭俚說，俚要討耐便宜呀。」說笑間，黃二姐又至這邊房裡來，因問：「耐哚笑啥？」金鳳又送去與黃二姐看。黃二姐道：「陸裡拿得來嗄？原搭俚放好仔。晚歇弄壞仔末，再要撥俚說哉。」金鳳乃付與小阿寶將去收藏了。

羅子富立起身，丟個眼色與黃二姐，同至中間客堂，不知在黑暗裡說些什麼，咕唧了好一會。只聽得黃二姐向樓窗口問：「羅老爺管家阿來裡？教俚上來。」一面見子富進房，即叫小阿寶拿筆硯來，央湯嘯庵寫請客票，只就方才同席的胡亂請幾位。黃二姐親自去點起一盞保險檯燈來，看著嘯庵草草寫畢，給小阿寶帶下，令外場去請。黃二姐向子富道：「耐管家等來裡，阿有啥說嗄？」子富說：「叫俚來。」高升在外聽喚，忙掀簾進門候示。子富去身邊取出一串鑰匙，吩咐高升道：「耐轉去到我床背後開第三隻官箱，看裡面有隻拜匣，拿得來。」高升接了鑰匙，領命而去。黃二姐問：「檯面阿要擺起來？」子富抬頭看壁上的掛鐘已至一點二刻了，乃說：「擺起來罷，天勿早哉。」湯嘯庵笑道：「啥要緊，等翠鳳出局轉來仔正好。」黃二姐慌道：「催去哉，俚倸是牌局，要末來倸替碰和，勿然陸裡有實概長遠嗄。」隨喊小阿寶：「耐去催催罷，教俚快點就轉來。」小阿寶答應，正要下樓，黃二姐忽又叫住道：「耐慢點，我搭耐說哩。」說著，急趕出去，到樓梯邊和小阿寶咬耳朵叮囑幾句道：「記好仔。」

小阿寶去後，黃二姐方率領外場調桌椅、設杯箸，安排停當。請客的也回來回話，惟朱藹人及陶氏昆仲說就來，其餘有回去了的，有睡下了的，都道謝謝。羅子富只得罷了。

忽聽得樓下有轎子抬進大門，黃二姐只道是翠鳳，忙向樓窗口望下觀看，原來是客轎，朱藹人來了。羅子富迎見讓坐，朱藹人見黃翠鳳又不在家，解不出吃酒的緣故，悄問湯嘯庵，方始明白。三人閑談著，直等至兩點鐘相近，才見小阿寶喘吁吁的一徑跑到房間裡，說：「來哉，來哉！」黃二姐說：「跑啥？」小阿寶道：「我要緊呀，先生極得來。」黃二姐道：「啥實概長遠嗄？」小阿寶道：「來倸替碰和。」黃二姐道：「我說是替碰和啘，阿是猜著哉。」接著一路咭咭咯咯的腳聲上樓。黃二姐忙迎出去，先是趙家姆提著琵琶和水煙筒袋進來見了，叫聲「羅老爺」，笑問：「來仔一歇哉？倪剛剛勿巧出牌局，勿催仔，再有歇哩。」隨後黃翠鳳款步歸房，敬過瓜子，卻回頭向羅子富嫣然展笑。子富從未見翠鳳如此相待，得諸意外，喜也可知。一時陶雲甫也到，羅子富道：「單有玉甫勿曾來，倪先坐罷。」湯嘯庵遂寫一張催客條子，連局票一起交代趙家姆道：「先到東興里李漱芳搭，催客搭叫局一淘來海❽。」趙家姆應說：「曉得哉。」

當下大家入席。黃翠鳳上前篩一巡酒，靠羅子富背後坐了。珠鳳、金鳳還過檯面規矩，隨意散坐。黃二姐捉空自去。翠鳳叫小阿寶拿胡琴來，卻把琵琶給金鳳，也不唱開片，只揀自己拿手的蕩湖船全套和金鳳合唱起來。座上眾客只要聽唱，那裡還顧得吃酒。羅子富聽得呆呆的，竟像發呆一般。趙家姆報說：「陶二少爺來哉。」子富也沒有理會。及陶玉甫至檯面前，方驚起廝見。那時叫的局也陸續齊集了。

陶玉甫是帶局而來的，無須再叫。所怪者，陶玉甫帶的局並不是李漱芳，卻是一個十二三歲清倌人，眉目如畫，憨態可掬，緊傍著玉甫肘下，有依依不捨之意。羅子富問是啥人，玉甫道：「俚叫李浣芳，算是漱芳小妹子。為仔漱芳有點勿適意❾，坎坎稍微出仔點汗，睏來哚，我教俚勳起來哉，讓俚來代仔個局罷。」

說話時，黃翠鳳唱畢。張羅道：「耐哚用點菜哩。」隨推羅子富道：「耐啥勿說說嗄？」子富笑道：「我先來打個通關。」乃伸拳從朱藹人挨順揞起，內外無甚輸贏，揞至陶玉甫，偏是玉甫輸的。李浣芳見玉甫揞拳，先將兩隻手蓋住酒杯，不許玉甫吃酒，都授與娘姨代了。玉甫接連輸了五拳，要取一杯來自吃，李浣芳搶住發急道：「謝謝耐，耐就照應點倪，阿好？」玉甫只得放手。羅子富聽李浣芳說得詫異，回過頭去要問他為什麼。只見黃二姐在簾子影裡探頭探腦，子富會意，即縮住口，一徑出席，走過

❽ 來海：在。

❾ 勿適意：不舒服。

對過房間裡。黃二姐帶領管家高升跟進來，高升呈上拜匣。黃二姐集亮了桌上洋燈，子富另將一串小鑰匙開了拜匣，取出一對十兩重的金釧臂來，授與黃二姐手內。仍把拜匣鎖好，令黃二姐暫為安放，自收起大小兩副鑰匙，說道：「我去喊翠鳳來，看看花頭阿中意？」說著，回至這邊歸座，悄向黃翠鳳道：「耐無姆來哚喊耐。」翠鳳裝做不聽見，俄延半晌，欻❿的站起身一直去了。

羅子富見檯面冷清清的，便道：「耐哚阿有啥人攤個莊嗄？」陶雲甫道：「倪末再搳兩拳，耐讓玉甫先去罷，俚哚酒是勿許俚吃哉，坐來裡做啥？為俚一幹仔，倒害仔幾花娘姨、大姐跑來跑去忙煞。再有人來哚勿放心，晚歇嚇壞仔俚，才是倪個干己⓫。讓俚去仔，倒清爽點，阿是？」說得哄堂大笑。羅子富看時，果然有兩個大姐、三個娘姨圍繞在陶玉甫背後，乃道：「故倒勿好屈留耐哉啘。」陶玉甫得不的一聲，訕訕的挈李浣芳告辭先行。

羅子富送客回來，說道：「李漱芳搭俚倒要好得野哚。」陶雲甫道：「人家相好，要好點也多煞⓬啘，就勿曾見歇俚哚個要好，說勿出描勿出哚！隨便到陸裡，教娘姨跟好仔，一淘去末原一淘來。倘忙一日勿看見仔，要娘姨、相幫哚四面八方去尋得來，尋勿著仔吵煞哉。我有日子⓭到俚搭去，有心要看看俚哚，陸裡曉得俚哚兩家頭對面坐好仔，呆望來哚，也勿說啥一句閑話。問俚哚阿是來裡發癡，俚哚

❿ 欻：音ㄒㄩˋ。亦作「歘」。迅疾之貌。

⓫ 才是句：才是我們的干係。倪個，此指「我們的」。干己，干係。

⓬ 多煞：很多；許多。

⓭ 有日子：有一日；有一天。

自家也說勿出啘。」湯嘯庵道：「想來也是俚哚緣分。」雲甫道：「啥緣分嗄，我說是冤牽⑭。耐看玉甫近日來神氣常有點呆致致⑮，撥來俚哚圈牢仔，一步也走勿開個哉。有辰光我教玉甫去看戲，漱芳說：『戲場裡鑼鼓鬧得勢，覅去哉。』我教玉甫去坐馬車，漱芳說：『馬車跑起來顛得勢，覅去哉。』最好笑有一轉拍小照⑯去，說是眼睛光也撥俚哚拍仔去哉，難末日朝天亮快勿曾起來⑰，就搭俚餂⑱眼睛。說餂仔半個月，坎坎好。」大家聽說，重又大笑。

陶雲甫回頭，把手指著自己叫的倌人覃麗娟，笑道：「像倪做個相好，要好末勿要好，倒無啥。來仔也勿討厭，去仔也想勿著，隨耐個便，阿是要寫意⑲多花哚？」覃麗娟接說道：「耐說說俚哚，啥⑳說起倪來哉嗄？耐要像俚哚要好末，耐也去做仔俚末哉啘。」雲甫道：「我說耐好，倒說差哉。」麗娟道：「耐去調皮末哉，倪不過實概樣式㉑，要好勿會好，要邱㉒也勿會邱。」雲甫道：「為此㉓我說耐

---

⑭ 冤牽：猶冤孽。

⑮ 呆致致：呆呆的。致致，吳語中的語氣助詞。

⑯ 拍小照：照相；拍照。

⑰ 難末日朝句：於是每天天將亮時都還沒起來。難末，此有「於是」之意。日朝，吳語。每天；天天。天亮快，天快亮；天將亮。勿曾起來，還沒起來。

⑱ 餂：即「舔」字。

⑲ 寫意：吳語。舒服；痛快。

⑳ 啥：此有「為什麼」、「怎麼」之意。

㉑ 不過句：就是這個樣子。樣式，吳語。樣子；模樣。

好啘，耐自家去轉仔啥念頭，倒說我調皮。」朱藹人正色道：「耐說末說白相，倒有點意思。我看下來，越是搭相好要好，越是做勿長；倒是不過實概末，一年一年，也做去看光景。」藹人背後林素芬雖不來接嘴，卻也在那裡做鬼臉，羅子富一眼看見，忙岔開道：「覅說哉，藹人擺個莊，倪來搳拳哉。」

第七回終。

㉒ 邱：吳語。壞；調皮。

㉓ 為此：吳語。因此；所以。

第八回　蓄深心劫留紅線盒　逞利口謝卻七香車

按，羅子富正要朱藹人擺莊，忽聽得黃二姐低聲叫：「羅老爺。」子富不及揎拳，丟下便走。黃二姐在外間迎著，道：「阿要金鳳來替耐揎兩拳？」子富點點頭。黃二姐遂進房到檯面上去，子富自過對過房間裡，只見黃翠鳳獨自一個坐在桌子旁邊高椅上，面前放著那一對金釧臂。翠鳳見子富近前，笑說：「來哩。」揣住子富的手，捺❶到榻床坐下，說道：「倪無娒上耐當水❷，聽仔耐閑話，快活得來。我就曉得耐是不過說說罷哉，耐有蔣月琴來哚，陸裡肯來照應倪？倪無娒還拿仔釧臂來撥我看。我說：『釧臂末啥稀奇，蔣月琴哚勿曉得送仔幾花哉！就是倪，也有兩副來裡，才放來哚用勿著，要得來做啥？』耐原拿仔轉去罷。隔兩日耐真個蔣月琴搭勿去仔，想著要來照應倪，再送撥我正好。」

子富聽了，如一瓢冷水兜頭澆下，隨即分辨道：「我說過蔣月琴搭定規勿去哉，耐勿相信末，我明朝就教朋友去搭我開消局帳，阿好？」翠鳳道：「耐開消仔，原好去個啘。耐搭蔣月琴是老相好，做仔四五年哉，俚哚也巒要好。耐故歇末說勿去哉，耐要去起來，我阿好勿許耐去？」子富道：「說仔勿去，阿好再去嗄？說閑話勿是放屁。」翠鳳道：「隨便耐去說啥，我勿相信啘。耐自家去想哩，耐末就說是

---

❶ 捺：按。

❷ 上耐當水：上你的當。

勿去，倒㖸阿要到耐公館裡來請耐嗄？倒要問耐，阿有啥得罪仔耐了動氣，耐搭倒說啥？阿好意思說倪教耐覅去嗄？」子富道：「倒請我，我勿去，倒阿有啥法子？」翠鳳道：「耐倒說得寫意❸㖸！耐勿去，倒㖸就罷哉；倒定歸要拉耐去，耐阿有啥法子？」

子富自己籌度一回，乃問道：「价末耐說，要我那价哩？」翠鳳道：「我說耐要好末，要耐到倪搭來住兩個月，耐勿許一幹仔出門口。耐要到陸裡，我搭耐一淘去。蔣月琴㖸，也勿好到倪搭來請耐，耐說阿好？」子富道：「我有幾花公事㖸，陸裡能夠勿出門口？」翠鳳道：「勿然末，耐去拿個憑據來撥我，我拿仔耐憑據，也勿怕耐到蔣月琴搭去哉。」子富道：「故阿好寫啥憑據嗄❹？」翠鳳道：「寫來㖸憑據，阿有啥用場？耐要拿幾樣要緊物事來，放來裡，故末好算憑據。」子富道：「要緊物事，不過是洋錢啘。」翠鳳冷笑道：「耐看出❺倪來啥邱得來，阿是倪要想頭❻耐洋錢嗄？耐末拿洋錢算好物事，倪倒無啥要緊。」子富道：「价末啥物事哩？」翠鳳道：「耐覅猜仔倪要耐啥物事，倪也為耐算計❼，不過拿耐物事來放來裡，倘忙耐要到蔣月琴搭去末，想著有物事來㖸我手裡，耐也勿敢去哉，也好死仔耐一條心。耐想阿是？」

❸ 寫意：此有「便當」、「輕巧」之意。
❹ 故阿好句：這哪好寫什麼憑據呀。
❺ 看出：看來；在你眼裡。
❻ 想頭：想。
❼ 算計：吳語。打算；著想。

子富忽然想起道：「有來裡哉[8]，坎坎拿得來個拜匣[9]，倒是要緊物事。」翠鳳道：「就是拜匣蠻好，耐放來裡仔，阿放心？我先搭耐說一聲：耐到蔣月琴搭去仔一埭，我要拿出耐拜匣裡物事來，一把火燒光個哩！」子富吐舌搖頭道：「阿唷，利害哚！」翠鳳笑道：「耐說我利害，耐也識差[10]仔人哉。我做末做仔個倌人，要拿洋錢來買我，倒買勿動哩。覅說啥耐一對釧臂哉，就擺好仔十對釧臂，也勿來裡我眼睛裡。耐個釧臂，耐原拿得去。耐要送撥我，隨便陸裡一日送末哉。今夜頭倒覅撥來耐看輕仔，好像是俔看中仔耐釧臂。」一面說，一面向桌上取那一對金釧臂，親自替子富套在手上。子富不好再強，只得依他，道：「价末原放來哚拜匣裡，隔兩日再送撥耐，也無啥。不過拜匣裡有幾張棧單莊票，有辰光要用著末，那价？」翠鳳道：「耐用著末，拿得去末哉。就勿是棧單莊票，倘忙有用著個辰光，耐也好來拿個啘。到底原是耐個物事，阿怕俔吃沒[11]仔了？」

子富復沉吟一回道：「我要問耐，耐為啥釧臂是勿要哩？」翠鳳笑道：「耐陸裡猜得著我意思。耐要曉得，做仔我，耐覅看重來哚洋錢浪。我要用著洋錢個辰光，就要仔耐一千八百，也算勿得啥多。我用勿著，就一釐一毫，也勿來搭耐要。耐要送物事，送仔我釧臂，我不過見個情。耐就去拿仔一塊磚頭來送撥我，我倒也見耐個情。耐摸著仔我脾氣末好哉。」

---

[8] 有來裡哉：有了有了。

[9] 拜匣：亦稱拜帖匣。舊時拜客、送禮時放置柬帖、禮封和零物之類的長方形扁木匣。

[10] 識差：看錯。

[11] 吃沒：吞沒；私吞。

子富聽到這裡，不禁大驚失色，站起身來道：「耐個人倒稀奇哚！」遂向翠鳳深深作揖下去，道：「我今朝真真佩服仔耐哉。」翠鳳忙低聲喝住，笑道：「耐阿怕難為情嗄？撥俚哚來看見仔，算啥？」說著，仍揣住子富的手，說：「倪對過去罷。」挈至房門口，即推子富先行，翠鳳隨後，同向檯面上來。那時出局已散，黃二姐正幫著金鳳等張羅，望見子富，報說：「羅老爺來哉。」朱藹人道：「倪要吃稀飯哉，耐坎坎來。」子富道：「再搳兩拳。」陶雲甫道：「耐末倒有趣去，倪搭藹人吃仔幾花酒哚。」子富帶笑而告失陪之罪，隨叫拿稀飯來。席間如何吃得下，不過意思而已。當時席散，各自興辭。子富送至樓梯邊，見湯嘯庵在後，因想著說道：「我有點小事體，托耐去辦辦，明朝碰頭仔，再搭耐說。」嘯庵應諾。等到陶雲甫、朱藹人轎子出門，然後湯嘯庵步行而歸。

羅子富回到房間裡，外場已撤去檯面，趙家姆把笤帚略掃幾帚，和小阿寶收拾了茶碗出去。子富隨意閑坐，看翠鳳卸頭面。須臾，黃二姐復進房與子富閑談。翠鳳便令取出那隻拜匣來，交與子富。子富乃褪下釧臂，放在拜匣裡。黃二姐不解何故，兩隻眼汩油油的看看子富，看看翠鳳。翠鳳也不理他。子富照舊鎖好。翠鳳又令黃二姐將拜匣去放在後面官箱裡。黃二姐才自明白，捧了拜匣要走，卻回頭問子富道：「耐轎子阿教俚哚打轉去？」子富道：「耐去喊高升來。」黃二姐乃去喊了高升上樓，子富吩咐些說話，叫高升隨轎子回公館去了。隨後小阿寶來請翠鳳對過房間裡去。翠鳳將行，見房裡只剩子富一個，即問：「珠鳳呢？」小阿寶道：「無娒教俚哚睏去哉。」翠鳳看掛鐘已敲過四點，方不言語，便向樓窗口高聲喊道：「耐哚人才到仔陸裡去哉！」趙家姆在樓下連忙接應，一徑來見子富，問道：「羅老爺，安置罷？」子富點點頭，於是趙家姆鋪床吹燈，掩門退出。子富直等到翠鳳歸房安睡，一宿無話。

子富醒來，見紅日滿窗，天色尚早，小阿寶正拿抹布揩拭櫥箱桌椅，也不知翠鳳那裡去了。聽得當中間聲響，大約在窗下早妝，再要睡時，卻睡不著。一會兒，翠鳳梳好頭，進房開櫥，脫換衣裳。子富遂坐起來，著衣下床。翠鳳道：「再困歇哩，十點鐘還勿曾到哩。」子富道：「耐起來仔啥辰光⓬哉？」翠鳳笑道：「我困勿著哉呀，七點多點就起來哉。耐正來哚瞌頭裡⓭。」趙家姆聽見子富起身，伺候洗臉、刷牙、漱口，隨問點心。子富說：「勿想吃。」翠鳳道：「停歇吃飯罷。」趙家姆道：「中飯還歇哩哩。」子富道：「等歇正好。」翠鳳道：「教俚哚趕緊點。」趙家姆承命去說。子富復叫住，問：「高升阿曾來？」趙家姆道：「來仔歇哉，我去喊得來。」高升聞喚，見了子富，呈上字條一張，洋錢一卷，問：「阿要打轎子？」子富道：「今朝禮拜，無啥事體，轎子勿要哉。」因轉問翠鳳：「倪去坐馬車，阿好？」翠鳳道：「好個，倪要坐兩把車哚。」子富也不則聲，再看那張條子，乃是當晚洪善卿請至周雙珠家吃酒的，即隨手撩下。高升見沒甚吩咐，亦遂退去。

子富忽然記起一件事來，向翠鳳道：「我記得舊年⓮夏天，看見耐搭個長條子⓯客人夜頭來哚明園。我勿曉得耐名字叫啥，曉得仔名字，舊年就要來叫耐局哉。」翠鳳臉上一呆，答道：「倪勿然搭客人一

⓬ 啥辰光：此指「多大會兒」、「多久了」。

⓭ 瞌頭裡：吳語。指「正好睡」。瞌，係作者據吳語生造之字。吳語中有「一瞌」的說法，指「睡一覺」、「睡了一會兒」之意。

⓮ 舊年：吳語。去年。

⓯ 長條子：吳語。瘦高個。

淘坐馬車也無啥要緊，就為仔正月裡有個廣東客人要去坐馬車，我勿高興搭俚坐，我說：『倪要坐兩把車哚。』就說仔一句，也勿曾說啥。耐曉得俚那价？俚說：『耐勿搭客人坐也罷哉，只要我看見耐搭客人一淘坐仔馬車末，我來問聲耐看，故末叫勿入味哚⑯！』」子富道：「耐搭俚說啥？」翠鳳道：「我啊，我說：『倪馬車一個月難得坐轉把，今朝為是耐第一埭教得去，我答應仔耐；耐倒說起閑話來哉，我勿去哉，耐請罷。』」子富道：「俚下勿落臺⑰哉啘。」翠鳳道：「俚末只好搭我看看⑱哉哩。」子富道：「怪勿得耐無姆也說耐有點脾氣哚。」翠鳳道：「廣東客人野頭野腦，老實說，勿高興做俚，巴結俚做啥？」

說話之間，不覺到了十二點鐘。只見趙家姆端著大盤，小阿寶提著酒壺進房，放在靠窗大理石方桌上，安排兩副杯箸，請子富用酒。翠鳳親自篩了一雞缸杯，奉與子富；自己另取小銀杯，對坐相陪。黃二姐也來見子富，幫著讓菜，說道：「耐吃倪自家燒來哚菜水⑲，阿好？」子富道：「自家燒，倒比廚子好。」黃二姐道：「倪有廚子。」隨指一碗小火方、一碗清蒸鴨掌說：「是昨日檯面浪個菜。」翠鳳向黃二姐道：「耐也來吃仔口罷。」黃二姐道：「勿要，我下頭去吃。我去喊金鳳來，陪陪耐哚。」子富道：「慢點去。」遂取那一卷洋錢交與黃二姐，開消⑳下腳㉑等項。黃二姐接了道：「謝謝耐。」子

⑯ 故末句：那才叫做沒意思呢。故末，那才。勿入味，不是味；沒有味。此暗寓「沒意思」之意。

⑰ 下勿落臺：下不了臺。

⑱ 搭我看看：對我看看。意為無可奈何。

⑲ 菜水：吳語。即指菜肴。

富問他：「謝啥？」黃二姐笑道：「我先替俚哚謝謝，倒謝差哉！」一路說笑，自去分派。

子富因沒人在房裡，裝做三分酒意，走過翠鳳這邊兜兜搭搭。翠鳳推開道：「快點，趙家姆來哉。」子富回頭，不見一人，索性爬到翠鳳身上去不依道：「耐倒騙我！趙家姆搭俚家主公也來哚有趣，阿有啥工夫來看倪？」翠鳳恨得咬牙切齒。幸而金鳳進來，子富略一鬆手，翠鳳趁勢狠命一推，幾乎把子富打跌。金鳳拍手笑道：「姐夫做啥搭我磕個頭？」子富轉身，抱住金鳳要親嘴。金鳳極聲的喊說：「覅噪哩！」翠鳳兩腳一跺道：「耐啥噪勿清爽！」子富連忙放手，說：「勿噪哉，勿噪哉，先生覅動氣。」當向翠鳳作了個半揖，引得翠鳳也嗤的笑了。金鳳推子富坐下，道：「請用酒哩。」即取酒壺，要給子富篩酒，再也篩不出來。揭蓋看時，笑道：「無撥哉。」乃喊小阿寶拿壺酒來。翠鳳道：「覅撥俚吃哉，吃醉仔末，再搭倪瞎噪。」子富拱手央告道：「再吃三杯，勿噪末哉。」及至小阿寶提了一壺酒來，子富伸手要接，卻被翠鳳先搶過去道：「勿許耐吃哉。」子富只是苦苦央告。小阿寶在旁笑道：「無撥吃哉，快點哭哩。」子富真個哀哀的裝出哭聲。金鳳道：「撥俚吃仔點末哉，我來篩。」從翠鳳手裡接過酒壺來，約七分滿篩了一杯。子富合掌拜道：「謝謝耐，搭我篩滿仔，阿好？」翠鳳不禁笑道：「耐啥實概厚皮嗄？」子富道：「我說吃三杯，再要吃末勿是人，耐阿相信？」翠鳳別轉臉不理，小阿寶、金鳳都笑得打跌。

子富吃到第三杯，正值黃二姐端了飯盂上樓，叫小阿寶：「下頭吃飯去，我來替耐。」子富心知黃

⑳ 開消：吳語。指開支。此指「分發」、「分派」。

㉑ 下腳：舊時指賞給妓院中僕人的錢。

二姐已是吃過飯了，便說：「倪也吃飯哉。」黃二姐道：「再用一杯哩。」子富聽了，直跳起來，指定黃翠鳳嚷道：「耐阿聽見？無姆教我吃，耐阿敢勿撥我吃。」翠鳳著實瞅了一眼道：「越說耐倒越高興哉。」竟將酒壺授與小阿寶帶下樓去，便叫盛飯。黃二姐盛上三碗飯來，金鳳自取一雙象牙箸，同坐陪吃。一時趙家姆、小阿寶齊來伺候。吃畢收拾，大家散坐吃茶，珠鳳也扭扭捏捏的走來，要給子富裝水煙。子富取來自吃。

將近三點鐘時分，子富方叫小阿寶令外場去喊兩把馬車。趙家姆舀上面水，請翠鳳捕面。翠鳳教金鳳去打扮了一淘去，金鳳應諾，同小阿寶到對過房裡，也去捕起面來。翠鳳只淡淡施了些脂粉，越覺得天然風致，顧盼非凡。妝畢，自往床背後去。趙家姆收過妝具，向廚內取一套衣裳放在床上，隨手帶出銀水煙筒，又自己忙著去脫換衣裳。

金鳳先已停當，過來等候。子富見他穿著銀紅小袖襖，密綠散腳褲，外面罩一件寶藍緞心天青緞滾滿身灑繡的馬甲，並梳著兩角丫髻，垂著兩股流蘇，宛然是四郎探母這一齣戲內的耶律公主，因向他笑道：「耐腳也勦去纏哉，索性扮個滿洲人，倒無啥。」金鳳道：「故是好煞哉，只好撥來人家做大姐哉。」子富道：「撥來人家末，做奶奶、做太太，阿有啥做大姐個嘎？」金鳳道：「搭耐說說末，就無清頭㉒哉。」翠鳳聽得，一面繫褲帶出來洗手，一面笑問子富道：「撥耐做姨太太，阿好？」子富道：「勦說是姨太太，就做大太太末，也蠻好啘。」復笑問金鳳道：「耐阿情願？」羞得金鳳掩著臉伏在桌上，問了幾聲不答應。子富彎下身子悄悄去問，偏要問出一句話來才罷。金鳳連連搖手，說：「勿曉得，

㉒ 無清頭：此有「亂說一氣」之意。

勿曉得。」子富道：「情願哉。」翠鳳把手削臉羞金鳳。珠鳳坐在靠壁高椅上冷看，也格聲要笑。子富指道：「那還有一位大太太，快活得來，自家來哚笑。」翠鳳一見嗔道：「耐看俚，阿要討人厭！」珠鳳慌的斂容端坐。翠鳳越發大怒道：「阿是說仔耐了動氣哉！」走過去，拉住他耳朵往下一捽，珠鳳從高椅上撲地一交，急爬起來站過一傍，只披嘴咽氣，卻不敢哭。

幸值趙家媈來催，說：「馬車來哉。」翠鳳才丟開手，拿起床上衣裳來看了看，皺眉道：「我勦著俚。」叫趙家媈開櫥，自揀一件織金牡丹盆景竹根青杭寧綢棉襖穿了，再添上一條膏荷縐面品月緞腳松江花邊夾褲，又鮮艷，又雅淨。子富呆著臉只管看。趙家媈收起那一套衣裳，問子富：「阿要著馬褂？」子富自覺不好意思。即取馬褂披在身上，說道：「我先去哉。」一徑趄下樓來，令高升隨去。出至尚仁里口，見是兩把皮篷車，自向前面一把坐了。隨後趙家媈提銀水煙筒前行，翠鳳挈著金鳳緩緩而來，去後面坐了那一把。高升也踹上車後踏鐙，四輪一發，電掣飆馳的去了。

第八回終。

第九回　沈小紅拳翻張蕙貞　黃翠鳳舌戰羅子富

按，羅子富和黃翠鳳兩把馬車馳至大馬路斜角轉彎，道遇一把轎車❶駛過，自東而西，恰好與子富坐的車並駕齊驅。子富望那玻璃窗內，原來是王蓮生帶著張蕙貞同車並坐，大家見了，只點頭微笑。將近泥城橋堍，那轎車加緊一鞭，爭先過橋。這馬見有前車引領，也自跟著縱轡飛跑，趁此下橋之勢，滔滔滾滾，直奔靜安寺來。一轉瞬間，明園在望，當下魚貫而入，停在穿堂階下。

羅子富、王蓮生下車相見，會齊了張蕙貞、黃翠鳳、黃金鳳及趙家姆一淘上樓。管家高升知沒甚事，自在樓下伺候。王蓮生說前軒爽朗，同羅子富各據一桌，相與憑欄遠眺，瀹茗❷清談。王蓮生問如何昨夜又去黃翠鳳家吃酒？羅子富約略說了幾句。羅子富也問如何認識張蕙貞，從何處調頭過來？王蓮生也說了。羅子富道：「耐膽倒大得野哚！撥來沈小紅曉得仔末，也好哉！」王蓮生嘿然無語，只雌著嘴笑。黃翠鳳解說道：「耐末說得王老爺來，阿有點相像嗄？見相好也怕仔末，見仔家主婆那价呢？」子富道：「耐阿看見梳妝、跪池兩齣戲？」翠鳳道：「只怕耐自家跪慣仔了，說得出。」一句倒說得王蓮生、張蕙貞都好笑起來。羅子富也笑道：「勿來搭耐說啥閑話哉。」

❶ 轎車：供人乘坐的老式車子。車廂外套著帷子，用騾馬等拉。

❷ 瀹茗：煮茶。引申為飲茶。瀹，音ㄩㄝˋ。

於是大家或坐或立，隨意賞玩。園中芳草如繡，碧桃初開，聽那黃鸝兒一聲聲，好像叫出江南春意。又遇著這天朗氣清，惠風和暢的禮拜日，有踏青的、有拾翠的、有修禊❸的、有尋芳的。車轔轔，馬蕭蕭，接連來了三四十把，各占著亭臺軒館的座兒。但見釵冠招展，履舄縱橫，酒霧初消，茶煙乍起，比極樂世界無遮會❹，還覺得熱鬧些。

忽然又來了一個俊俏伶俐後生，穿著挖雲鑲邊馬甲，灑繡滾腳套褲，直至前軒站住，一眼注定張蕙貞，看了又孜孜的笑。看得蕙貞不耐煩，別轉頭去。王蓮生見那後生，大約是大觀園戲班裡武小生小柳兒，便不理會。那小柳兒站一會也就去了。

黃翠鳳攙了金鳳，自去爬著❺欄杆，看進來的馬車。看不多時，忽招手叫羅子富道：「耐來看哩。」子富往下看時，不是別人，恰是沈小紅。隨身舊衣裳，頭也沒有梳便來了，正在穿堂前下車。子富忙向王蓮生點首兒，悄說：「沈小紅來哉！」蓮生忙也來看，問：「來哚陸裡？」翠鳳道：「樓浪來哉呀。」蓮生回身，想要迎出去，只見沈小紅早上樓來，直瞪著兩隻眼睛，滿頭都是油汗，喘吁吁的上氣不接下氣，帶著娘姨阿珠、大姐阿金大，徑往前軒撲來。劈面撞見王蓮生，也不說什麼，只伸一個指頭，照準蓮生太陽裡狠狠戳了一下。蓮生吃這一戳，側身閃過一旁。小紅得空，邁步上前，一手抓住張蕙貞胸脯，

---

❸ 修禊：古代民俗於農曆三月上旬巳日（三國魏後始固定為三月初三）到水邊嬉戲，以祓除不祥，稱為修禊。

❹ 無遮會：佛教舉行的以布施為主要內容的法會，每五年一次。無遮，指寬容一切，解脫諸惡，不分貴賤、僧俗、智愚、善惡，一律平等看待。

❺ 爬著：吳語的習慣說法。即人趴著。

一手輪起拳頭便打。蕙貞不曾提防，避又避不開，擋又擋不住，也就抓住小紅，一面還手，一面喊道：「耐倷是啥人嗄？阿有啥勿問情由，就打起人來哉嗄？」小紅一聲兒不言語，只是悶打，兩個扭結做一處。黃翠鳳、金鳳見來勢潑悍，退入軒後房裡去。趙家姆也不好來勸。羅子富但在傍喝教沈小紅：「放手，有閑話末好說個啘！」小紅得手，如何肯放？從正中桌上直打到西邊闌干盡頭。阿珠、阿金大還在暗裡助小紅打冷拳。樓下吃茶的聽見樓上打架，都跑上來看。

蓮生看不過，只得過去，勾了小紅臂膊，要往後扳，卻扳不動。即又橫身插在中間，猛可裡把小紅一推，才推開了。小紅吃這一推，倒退了幾步，靠住背後板壁，沒有吃跌。蕙貞脫身站在當地，手指著小紅且哭且罵。小紅要奔上去，被蓮生叉住小紅兩肋，抵緊在板壁上，沒口子分說道：「耐要說啥閑話，搭我說好哉，勿關俚啥事。耐去打俚做啥？」小紅總沒聽見，把蓮生口咬指掐，蓮生忍著痛苦苦央告。不料刺斜裡阿珠搶出來，兩手格開蓮生嚷道：「耐來幫啥人嗄？阿要面孔！」阿金大把蓮生攔腰抱住，也嚷道：「耐倒幫仔別人來打倪先生哉！連搭倪先生也勿認得哉！」兩個故意和蓮生廝纏住了，小紅乘勢掙出身子，呼的一陣風趕上蕙貞，又打將起來。蓮生被他兩個軟禁了，無可排解。蕙貞本不是小紅對手，更兼小紅拚著命，是結結實實下死手打的，早打得蕙貞桃花水泛，群玉山頹；素面朝天，金蓮墮地。蕙貞還是不絕口的哭罵。看的人蜂擁而至，擠滿了一帶前軒，卻不動手。

蓮生見不是事，狠命一灑，撇了阿珠、阿金大兩個，分開看的人，要去樓下喊人來搭救。適遇明園管帳的站在帳房門口探望，蓮生是認得的，急說道：「快點叫兩個堂倌來拉開仔哩，要打出人命來哉呀！」說了，又擠出前軒來，只見小紅竟揪倒蕙貞，仰叉在地，又騰身騎上腰胯，只顧夾七夾八瞎打。

阿珠、阿金大一邊一個，按住蕙貞兩手動彈不得，蕙貞兩腳亂蹬，只喊「救命」！看的人也齊聲發喊說：「打勿得哉！」蓮生一時火起，先把阿金大兜心一腳踢開去，阿金大就在地下打滾喊叫。阿珠忙站起來奔蓮生，嚷道：「耐倒好意思打起倪來哉！耐阿算得是人嗄？」一頭撞到蓮生懷裡，連說：「耐打哩，耐打哩！」蓮生立不定腳，往後一仰，倒栽蔥跌下去，正跌在阿金大的身上。阿珠連身撞去，收札不來，也往前一撲，正伏在蓮生的身上，五個人滿地亂打，索性打成一團糟，倒引得看的人拍手大笑起來。

幸而三四個堂倌帶領外國巡捕上樓，喝一聲：「不許打！」阿珠、阿金大見了，已自一骨碌爬起。蓮生挽了堂倌的手起來。堂倌把小紅拉過一邊，然後攙扶著蕙貞坐在樓板上。小紅被堂倌攔截，不好施展，方才大放悲聲，號啕痛哭，兩隻腳踩得樓板似擂鼓一般。阿珠、阿金大都跟著海罵。蓮生氣得怔怔的，半晌說不出話。還是趙家姆去尋過那一隻鞋，給蕙貞穿上，與堂倌左提右挈，抬身立定，慢慢的送至軒後房裡去歇歇。巡捕颺❻起手中短棒，嚇散了看的人，復指指樓梯，叫小紅下去。小紅不敢倔強，同阿珠、阿金大一路哭著罵著，上車自回。

蓮生顧不得小紅，忙去軒後房裡看蕙貞，只見管帳的與羅子富、黃翠鳳、黃金鳳簇擁在那裡講說，張蕙貞直挺挺躺在榻床上，趙家姆替他挽起頭髮。王蓮生忙問如何，趙家姆道：「還好，就肋裡傷仔點，勿礙事。」管帳的道：「勿礙事末，也險個哉！為啥勿帶個娘姨出來？有仔個娘姨來裡，就吃虧也好點。」王蓮生聽說，又添了一樁心事，躊躇一回，只得央黃翠鳳，要借他娘姨趙家姆送轉去。翠鳳道：「王老爺，我說耐要自家送得去好。倒勿是為啥別樣，俚吃仔虧轉去，俚哚娘姨、大姐、相幫哚，陸裡

❻ 颺：揚。

一個肯罷嗄？倘忙喊仔十幾個人，趕到沈小紅搭去打還俚一頓，鬧出點窮禍來，原是耐王老爺該晦氣！耐自家去末，先搭俚哚說說明白，阿是嗄？」管帳的道：「說得勿差，耐自家送轉去好。」蓮生終不願自己送去，又說不出為什麼，只再三求告翠鳳。翠鳳不得已應了，乃囑咐趙家姆道：「耐去搭俚哚說，事體末，有王老爺來裡，教俚哚勠管帳。」又說：「蕙貞阿哥，阿是？耐自家也說一聲末哉。」張蕙貞點點頭，管家高升在房門口問：「阿要喊馬車？」趙家姆道：「才去喊得來哉啘。」高升立即去喊。趙家姆將銀水煙筒交與黃翠鳳，便去扶起張蕙貞來。

蕙貞看看王蓮生，要說又沒的說。蓮生忙道：「耐氣末勠氣，原快快活活轉去，賽過撥一隻邪狗來咬仔一口，也無啥要緊。耐要氣出點病來，倒犯勿著。我晚歇轉來仔就來，耐放心。」蕙貞也點點頭，搭著趙家姆肩膀，一步一步硬撐下梯。管帳的道：「頭面帶仔去哩。」王蓮生見桌上一大堆零星首飾，知是打壞的，說道：「我搭俚收捉末哉。」堂倌又送上銀水煙筒，說磕在樓下階臺上癟了。蓮生一總拿毛巾包起。黃翠鳳催道：「倪也轉去哉啘。」說著，挈了金鳳先行。王蓮生乃向管帳的拱手道謝，並說：「所有碰壞家生❼，照例賠補，堂倌哚另外再謝。」管帳的道：「小意思，說啥賠嗄。」

羅子富也向管帳的作別，與王蓮生同下樓來，問高升，知道張蕙貞、趙家姆已同車而去，黃翠鳳姊妹還等在車上。王蓮生趁了羅子富的車，一徑歸至四馬路尚仁里口歇下。羅子富請王蓮生至黃翠鳳家，上樓進房，子富親自點起煙燈來，請蓮生吸煙。翠鳳方脫換衣裳，見了道：「王老爺半日勿用煙哉啘，阿癮嗄❽？」隨叫小阿寶：「耐絞仔手巾，搭王老爺來裝筒煙。」蓮生道：「我自家裝末哉。」翠鳳道：

❼ 家生：吳語。家具；家什。

「倪有發好個來裡，阿好？」隨叫小阿寶去喊金鳳來拿。金鳳也脫換了衣裳，過來見蓮生，先笑道：「阿唷，王老爺，要嚇煞哚！我嚇得來拖牢仔阿姐說：『倪轉去罷，晚歇打起倪來末，那价哩？』王老爺阿嚇嗄？」蓮生倒不禁一笑。羅子富、黃翠鳳也都笑了。

金鳳向煙盤裡揀取一個海棠花式牛角盒子，揭開蓋，盒內滿滿盛著煙泡，奉與王蓮生。蓮生即燒煙泡來吸。吸了幾口，聽得樓下有趙家姆聲音，王蓮生又坐起來聽。黃翠鳳見蓮生著急，忙喊：「趙家姆，來哩！」趙家姆見了蓮生，回說：「送得去哉，一直送到仔樓浪哚，俚哚說：『有王老爺搭倪做主末，最好哉。教王老爺轉來仔就來。』俚哚還謝謝我，教我❾來謝謝先生，倒要好煞哚。」蓮生聽了，才放下了一半心。接著王蓮生的管家來安來尋，蓮生喚至當面，問有甚事。來安道：「沈小紅哚娘姨坎坎❿來說，沈小紅要到公館裡來。」蓮生聽了，心中又大不自在。黃翠鳳向蓮生道：「我看沈小紅比勿得張蕙貞，耐張蕙貞搭無啥要緊，就明朝去也正好；倒是沈小紅搭，耐就要去一埭哚，倒還要去吃兩聲閑話⓫哉哩！」蓮生著實沉吟，蹙額無語。翠鳳笑道：「王老爺，耐勠見仔沈小紅怕哩！有閑話末，響響落落⓬搭俚說。耐怕仔俚，倒勿好說啥哉。」蓮生俄延⓭了半日，叫來安打轎子來再說，卻將那首飾包交代來

---

❽ 阿癮嗄：可犯癮了。

❾ 教我：要我；叫我。

❿ 坎坎：剛剛；剛才。

⓫ 吃兩聲閑話：聽一頓數落。

⓬ 響響落落：乾乾脆脆；響響亮亮。

⓭ 俄延：耽擱；延緩。

安收藏，來安接了回去。

羅子富道：「沈小紅倒看勿出，凶煞哚！」翠鳳道：「沈小紅末，算啥凶嗄？我做仔沈小紅，也勿去打俚哚，自家末打得吃力煞，打壞個頭面，原要王老爺去搭俚賠；倒害仔王老爺，阿有啥趣勢。」子富道：「耐做沈小紅末，那价呢？」翠鳳笑道：「我啊，我倒勿高興搭耐說來裡；要末耐到蔣月琴搭去一埭，試試看，阿好？」子富笑道：「就去仔末，怕耐啥嗄？耐勿入調末，我去教蔣月琴來也打耐一頓。」翠鳳把眼一瞟，笑道：「噢唷，倒說得體面哚！耐算說撥來啥人聽嗄？阿是來裡王老爺面浪擺架子？」王蓮生一口煙吸在嘴裡，聽翠鳳說，幾乎笑的嗆出來。子富不好意思，搭訕說道：「耐哚人一點無撥啥道理！耐自家也去想想看，耐做個倌人末，幾花⓮客人做仔去，倒勿許客人再去做一個倌人。故末啥道理喤？也虧耐哚有面孔說得出⓯。」翠鳳笑道：「為啥說勿出嗄？倪是做生意，叫無法啘。耐搭我一年三節生意包仔下來，我就做耐一幹仔，蠻好。」子富道：「耐要想敲我一幹仔哉。」翠鳳道：「做仔耐一幹仔，勿敲耐，敲啥人嗄？耐倒說得有道理！」

子富被翠鳳頂住嘴，沒得說了。停了一會，翠鳳道：「耐有道理末，耐說喤，啥⓰勿響哉嗄？」子富笑道：「阿有啥說嗄？撥耐鈍⓱光哉喤！」翠鳳也笑道：「耐自家說得勿好，倒說我鈍光！」談笑之間，早又上燈以後，小阿寶送上票頭⓲一張，呈與羅子富。子富看畢，授與王蓮生。蓮生慌

⓮ 幾花：多少；許多。

⓯ 也虧句：還虧你有臉說得出。

⓰ 啥：為啥；為什麼。

⓱ 鈍：吳語。嘲諷；挖苦。

的接來看，是洪善卿催請子富的，便不在意。再看下面，另行添寫有「蓮翁若在同請光臨」八個字。蓮生攢眉道：「我勿去哉哩。」子富道：「善卿難得吃檯把酒，耐原去應酬歇，就勿叫局也無啥。」黃翠鳳道：「王老爺，耐酒倒要去吃哚。耐勿去吃酒，倒撥沈小紅哚好笑。我說耐只當無撥啥事體，酒末只管去吃。吃仔酒末，就檯面浪約好兩個朋友，散下來一淘到沈小紅搭去，阿是蠻好？」蓮生一想勿差，就依著翠鳳說，忙又吸了兩口煙。來安領轎子來了，也呈上一張洪善卿請客票頭。子富道：「一淘去哉啘。」蓮生點頭說好。子富令喊高升，高升回說：「轎子等仔歇哉。」於是王蓮生、羅子富各自坐轎，並赴公陽里周雙珠家。

到了樓上，洪善卿迎著，見兩位一淘來了，便叫娘姨阿金喊起手巾，隨請兩位進房。房裡先到的，有葛仲英、陳小雲、湯嘯庵三位；還有兩位面生的，乃是張小村、趙樸齋。大家問姓通名，拱手讓坐。外場已絞了手巾上來。湯嘯庵忙問王蓮生：「叫啥人？」蓮生道：「我勿叫哉。」周雙珠插嘴道：「耐末阿有啥勿叫局個嗄？」洪善卿道：「就叫仔個清倌人罷。」湯嘯庵道：「我來薦一個，包耐出色。」遂把手一指：「耐看哩。」王蓮生回頭看時，見周雙珠肩下坐著一個清倌人，羞怯怯的，低下頭去，再也不抬起來。羅子富先過去彎著腰一看，道：「我只道是雙寶，倒勿是。」周雙珠道：「俚叫雙玉。」王蓮生道：「本堂局蠻好，寫末哉。」洪善卿等湯嘯庵寫畢局票，即請入席。大姐巧囡立在周雙玉身旁，說道：「過去換衣裳哉啘。」雙玉乃回身出房。

第九回終。

⑱ 票頭：舊時請人赴約的帖子。

第一〇回　理新妝討人嚴訓導　還舊債清客鈍機鋒

按，周雙玉踅進對過自己房裡，巧囡跟過來問雙玉道：「出局衣裳，無姆阿曾撥來耐❶？」雙玉搖搖頭。巧囡道：「我去搭耐問聲看，耐拿鬢腳來刷刷哩。」說了，忙下樓去問老鴇周蘭。雙玉自把保險檯燈移置梳妝檯上，且不去刷鬢腳，就在床沿坐下，悄悄的側耳而聽。原來周雙玉房間底下，乃是老鴇周蘭自己臥室。那周雙寶搬下去鋪❷的房間，卻在周雙珠的房間底下。當時聽得老鴇周蘭叫巧囡掌起燈來，開櫥啟箱，翻騰一會，又咕咕唧唧說了許多閑話，然後出房。卻又往雙寶房背後去，不知做什麼，一些也聽不見。雙玉方才丟開，起身對鏡，照見兩邊鬢腳稍微鬆了些，隨取抿子❸輕輕刷了幾刷，已自熨貼。

只見巧囡懷裡抱著衣裳，同周蘭上樓來了。雙玉收過抿子，便要取衣裳來穿。周蘭道：「慢點哩。耐個頭勿好啘，啥毛得來。」乃將手中揣著的豆蔻盒子放下，親自動手替雙玉弄頭。揑了又揑，揿了又揿，濃濃的醮透抿子刨花浸的水，順著螺絲旋刷進去，又刷過周圍劉海頭，刷的那水從頭頸裡直流下去，

❶ 阿曾撥來耐：是否給了你。阿曾，可曾；是否。撥來耐，給過你；給了你。

❷ 鋪：此為「住」的意思。

❸ 抿子：即抿刷。蘸油或水抹頭髮的刷子。

連前面額角上也亮晶晶都是水漬。雙玉伸手去拭，周蘭忙阻止道：「耐勩動哩。」遂用手巾在頭頸裡略掩一掩，叫雙玉轉過臉來，仔細端詳一回說：「好哉。」

巧囡在旁提著衣裳領口，伏侍雙玉穿將起來，是一件織金撇藍盆景一色鑲滾湖色寧綢棉襖。巧囡看了道：「實概❹件衣裳，我好像勿曾看見歇。」周蘭道：「耐末陸裡看得見。說起來，還是大先生個哉。俚哚姊妹三家頭，才有點怪脾氣，隨便啥衣裳哉，頭面哉，才要自家撐得起來。別人個物事，就撥來俚，俚也勿要。雙珠個頭面末，也勿算少。單說衣裳，是陸裡及得來阿大搭阿二嗄，比仔雙珠要多幾花哚。俚哚嫁出去辰光，揀中意點末拿仔去，剩下來也有幾箱子。我收捉❺仔起來，一直用勿著，還有啥人來著❻哩？就撥來雙寶著過歇，也勿多幾件。還有幾幾花花❼，連搭❽雙寶也勿曾看見歇，勩說啥耐哉。」

雙玉穿上棉襖，向大洋鏡前走了幾步，托起臂膊，比比出手❾。周蘭過去把衣襟皺紋拉直些，又嘮叨說道：「耐要自家有志氣，做生意末巴結點，阿曉得？我眼睛裡望出來，無啥親生勿親生，才是我囡仵。耐倘然學得到雙珠阿姐末，大先生、二先生幾花衣裳、頭面，隨便耐中意陸裡一樣，只管拿得去末哉。要像仔雙寶樣子，就算是我親生囡仵，我也勿高興撥裡吶。」雙玉只聽著不言語。周蘭問他：「阿聽

❹ 實概：這樣。
❺ 收捉：收拾；整理。
❻ 著：穿；穿著。
❼ 幾幾花花：許許多多。
❽ 連搭：就是；連。
❾ 比比出手：比比衣袖的長短是否合適。

見？」雙玉說：「聽見哉。」周蘭道：「价末耐也答應聲哩，啥一聲也勿響嗄。」

巧囡聽樓面上叫的局先已到了，急取豆蔻盒子連聲催促，方剪住周蘭的話頭，攙了雙玉往前便走。卻忽然想起銀水煙筒來，巧囡道：「就三先生搭拿仔根罷。」周蘭道：「勿要。耐到雙寶搭去拿得來。雙寶一根末，讓俚用仔；我再拿一根出來，撥來雙寶。」巧囡趕著跑去。周蘭又教導些檯面規矩與雙玉聽，並說：「耐勿曉得末，問阿姐好哉。阿姐搭耐說啥閑話，耐聽好仔，覅忘記。耐要是勿肯聽人閑話，我先搭耐說一聲，耐自家吃苦！到底⑩無啥好處。」周蘭說一句，雙玉應一聲。

須臾，巧囡取銀水煙筒回來，周蘭自下樓去，巧囡忙挈雙玉至這邊檯面上。只見先到的上有一個局，乃是陳小雲的相好金巧珍，住在同安里口，只隔一條三馬路，走過來就是，所以早些。當時金巧珍拉開嗓子唱京調，引得羅子富興高采烈，擺莊搳拳。更有趙樸齋、張小村刻意奉承，極力鼓舞。此外諸位，也就隨和著。獨有王蓮生沒精打采，坐也坐不住。周雙珠知道是厭煩，問他：「阿到對過去坐歇？」蓮生正中胸懷，即時離席。巧囡領著，踅過周雙玉房間，點了煙燈，沖了茶碗，向蓮生道：「我去喊雙玉來。」蓮生阻擋不及，只好聽他喊去。只見周雙玉冉冉歸房，脫換衣裳⑪，遠遠的端坐相陪，嘿然無語。蓮生自然不去兜搭。一會兒，巧囡又跑來張羅，叮囑雙玉陪著，也就去了。蓮生吸了兩口煙，聽那邊檯面上搳拳唱曲，熱鬧得不耐煩，倒是雙玉還靜靜的坐在那裡低頭斂足弄手帕子。蓮生心有所感，不覺暗暗贊嘆了一番。

---

⑩ 到底：終究；最終。

⑪ 脫換衣裳：指脫換外面的衣服。

忽聽得娘姨阿金走出當中間，高聲喊絞手巾，一時屐聲，舄聲，簾鈎聲，客辭主人聲，主人送客聲，雜沓並作，卻不知去的是誰，只覺得樓面上冷靜了許多。隨後湯嘯庵也踱過這邊房裡來，吃得緋紅的臉，一手拿著柳條剔牙杖剔牙，隨意向榻床下首歪著，看蓮生燒煙。蓮生問：「子富去哉？」嘯庵道：「俚哚還有啥局頭，搭⓬仲英、小雲一淘去哉。」蓮生遂約嘯庵同洪善卿到沈小紅家去。嘯庵會意應諾。及巧囡來請用飯，兩人方過那邊歸席入座。湯嘯庵向洪善卿耳邊說了幾句，善卿聽了微笑。周雙珠也點頭笑道：「耐哚說啥，我也懂來裡哉。」嘯庵道：「耐說說看。」雙珠把嘴望蓮生一努，大家笑著，都吃過飯。張小村知道他們有事，和趙樸齋告辭先行。王蓮生道：「倪也去罷。」湯嘯庵、洪善卿說：「好。」周雙珠忙喊雙玉過來，送至樓門而回。

三人緩步同行，來安叫轎夫抬空轎子跟隨在後。出了公陽里，就對門進同安里，穿至西薈芳里口。適被娘姨阿珠的兒子暗中瞧見，跑去報信。阿珠迎出門首，笑嘻嘻說道：「我說王老爺要來快哉，倒剛剛來哉。」

當下王蓮生在前，與湯嘯庵、洪善卿進門。後面跟著阿珠，接踵上樓。早聽得房間裡小腳高底一陣怪響，王蓮生方跨進當中間房門，只見沈小紅越發蓬頭垢面，如鬼怪一般，飛也似趕出當中間，望蓮生縱身直撲上去。蓮生錯愕倒退。大姐阿金大隨後追到，兩手合抱攏來，扳住小紅胸脯，只喊說：「先生覅哩！」慌的阿珠搶上去叉住小紅臂膊，也喊說：「先生耐慢點看！」小紅咬牙切齒恨道：「耐哚走開點哩！我要死末，關耐哚啥事嗄？」阿珠連連勸道：「耐就要死末，也勿實概個啘。故歇⓭王老爺來仔，

⓬ 搭：與；和。

也好等王老爺說起來。說勿好，耐再去死末哉啘。」小紅一心和蓮生拚命，那裡肯依。湯嘯庵、洪善卿見如此撒潑，不好說甚，只是冷笑。蓮生又羞又惱，又怕又急，四下裡一逼，倒逼出些火性來，也冷笑說道：「讓俚去死末哉。」說了一句，回身便走。湯嘯庵、洪善卿只得跟著走了。阿珠見光景不好，也顧不得小紅，趕緊來拉蓮生。被蓮生一揢，灑脫袖子，竟下樓梯。

忽聽得當中間板壁鼕鼕鼕鼕震天價響起來，阿金大在內極聲喊道：「勿好哉，先生撞煞哉呀！」就這一聲喊裡，喚起樓下三四個外場，只道有甚禍事，急急跑上樓來，適與蓮生等擠住樓梯上。阿珠把蓮生死拖活拽，往裡掙去。湯嘯庵、洪善卿料道走不脫，也攛掇蓮生回至當中間。只見小紅還把頭狠命往板壁上磕，阿金大扳住胸脯，那裡扳得開。阿珠著了忙，也狠命的攔腰一抱抱起來。湯嘯庵、洪善卿齊說道：「小紅，耐算啥哩！有閑話說末哉。實概樣子，耐小紅也犯勿著啘。」阿珠摸摸小紅的頭，沒甚傷損，只有額角邊被板壁上釘的釘頭碰破些油皮，也不至流血。阿金大上前把手心摩挲著道：「耐看阿險嗄？撞來哚太陽裡末，那价⓮呢？」蓮生正站在一旁發呆，阿珠一眼睃見，說道：「王老爺，闖出窮禍來，耐也脫勿了個哩！勦看仔像無要緊⓯。」外場見沒事，都笑道：「倒嚇得倪來要死！快點攙先生房間裡去罷。」阿珠仍抱起小紅來，阿金大拉了蓮生、湯嘯庵、洪善卿一同簇擁至房裡。阿珠放小紅向榻床躺下。阿金大端整茶碗，叫外場沖了茶。外場囑咐阿珠說：「耐哚小心點末哉。」都訕笑著下樓

⓭ 故歇：現在；現今。
⓮ 那价：怎麼辦；如何是好。
⓯ 無要緊：沒甚要緊。

去了。

王蓮生、湯嘯庵、洪善卿一溜兒坐在靠壁高椅上。小紅背燈向壁，掩面而哭。阿珠靠小紅身旁坐著，慢慢與王蓮生說道：「王老爺，耐自家勿好，轉差⑯仔念頭。耐起初要搭倪先生說明白仔，耐就去做仔十個張蕙貞，倪先生也無啥啘。為仔耐瞞仔倪先生末，倒勿好哉。倪先生曉得耐去做仔張蕙貞，說：『難是王老爺倪搭勿來個哉⑰，撥來張蕙貞哚拉仔去哉！……』」洪善卿不待說完，即攔說道：「王老爺不過昨日夜頭來哚張蕙貞搭吃仔檯酒，故歇原到該搭來哉啘。」阿珠立起身來，走過洪善卿身傍，輕聲說道：「洪老爺，耐是蠻明白來裡。倪先生倒覅怪俚，俚是發極仔了呀。王老爺先起頭做倪先生辰光，還有好幾戶老客人哚，後來搭王老爺要好仔末，有個把客人阿要動氣勿來哉了？倪末去請哉啘，王老爺就搭倪先生說：『俚哚勿來，讓俚哚勿來末哉。我一幹仔來搭耐撐場面。』王老爺，阿是耐說來哚個閑話⑱？倪先生有仔王老爺，倒蠻放心，請也勿去請哉。難末⑲一戶一戶客人才勿來哉，到故歇是無撥哉，就剩仔王老爺一幹仔哉。洪老爺，耐說王老爺去做仔張蕙貞，倪先生阿要發極？」湯嘯庵接說道：「難也覅去說哉。張蕙貞哚末，坍仔臺哉。王老爺原到該搭來，耐沈小紅場面也可以過得去哉。大家覅說哉，

⑯ 轉差：轉錯。

⑰ 難是王老爺句：此句有「可是他再也不會到我們這裡來了」之意。難是，吳語中的習慣說法，在不同的場合有不同的用法和意思，有「那麼」、「那倒」、「這可」等意。

⑱ 阿是句：這可是你說過的話。

⑲ 難末：吳語。於是；這樣就。

阿是？」

小紅正哭得涕淚交頤，聽嘯庵說，便分說道：「湯老爺，耐問聲俚看，俚自家搭我說，教我『生意覅做哉，條子末拷脫仔⑳』。我聽仔俚，客人叫局也勿去。俚還搭我說，俚說：『耐少來哚幾花債末，我來搭耐還末哉。』我聽仔快活煞，張開仔兩隻眼睛，單望俚一幹仔，望俚搭我還清仔債末，我也有仔好日腳哉。陸裡曉得俚一直來裡㉑騙我！騙到我今日之下，索性搳脫㉒仔，去包仔個張蕙貞哩！」說到這裡，兩腳一蹺，身子一掀，俯仰號啕放聲大哭。哭了又道：「俚就要去做張蕙貞，也無啥。我自家想想：衣裳末著完哉，頭面末當脫哉，客人末一個也無撥哉，倒欠仔一身債！弄得我上勿上，落勿落，難末教我那价哩？」湯嘯庵微笑道：「故也無啥那价。王老爺原來裡，衣裳、頭面，原教王老爺辦得來。債末教王老爺去還清仔。阿是才舒齊㉓哉啘？」小紅道：「湯老爺，勿瞞耐說，王老爺來裡該搭㉔做仔兩年半，買來哚幾花物事，才來裡眼睛前頭，張蕙貞搭勿到十日天，從頭浪起到腳浪，陸裡一樣勿搭俚辦起來？還有朋友哚拍馬屁鬼討好，連忙搭俚買好仔家生，送得去鋪房間。耐湯老爺陸裡曉得哩！」洪善卿插說道：「王老爺也叫瞎說㉕。堂子裡做個把倌人，只要局帳清爽仔末是哉。倌人欠來哚債，關客人啥

⑳ 條子句：此句意為妓館的牌子揭下來。條子，指張掛在門首的牌子。拷脫仔，吳語。敲掉。

㉑ 來裡：在；在這裡。

㉒ 搳脫：吳語。有「掉了」、「扔掉」、「甩掉」等意。此指「甩掉」。

㉓ 舒齊：吳語。齊備；舒適；舒服。

㉔ 該搭：這裡。

㉕ 瞎說：這裡有「辦事不當」之意。

事？要客人來搭俚還？老實說，倌人末勿是靠一個客人，客人也勿是做一個倌人；高興多走走，勿高興就少走走，無啥多花㉖枝枝節節啘。」

小紅正要回嘴，阿珠趕著戧㉗說道：「洪老爺說得勿差，倌人末勿是靠一個客人，倪先生也有好幾戶客人哚！為啥要耐王老爺一幹仔來撐場面哩？耐就一幹仔撐仔場面，勿來搭倪先生還債，倪先生就欠仔一萬債，阿好搭耐王老爺說？要耐王老爺來還嗄？耐王老爺自家搭倪先生說，要搭倪先生還債。只要王老爺真真還清仔，倪先生阿有啥枝枝節節？耐就去做仔張蕙貞，客人也勿是做一個倌人，倪先生阿好說耐啥？故歇耐王老爺原勿曾搭倪先生還歇一點點債，倒先去做仔張蕙貞哉！耐王老爺想想看，阿是倪先生來裡枝枝節節呢？阿是耐王老爺自家來哚枝枝節節！」說罷，眱了王蓮生半日。蓮生仰著臉，只不做聲。洪善卿笑道：「俚哚啥枝枝節節，也勿關倪事，倪要去哉。」遂與湯嘯庵立起身來。

蓮生意思要一同去，小紅只做不看見，倒是阿金大捺住蓮生道：「咦，王老爺，耐阿好去嗄？」阿珠喝阿金大放手，卻向蓮生道：「王老爺，耐要去去末哉，倪是勿好來屈留耐，就搭耐說一聲是哉。昨日夜頭，我搭阿金大兩家頭陪倪先生坐來哚床浪，坐仔一夜天勿曾睏，今夜頭倪要睏去哉。倪娘姨哚，到底無啥干己，就闖仔點窮禍，也勿關倪事。倪先說仔末，王老爺也怪勿著倪。」幾句說得蓮生左右為難，不得主意。湯嘯庵向蓮生道：「倪先去，耐坐歇罷。」蓮生乃附耳囑他去張蕙貞家給個信。嘯庵應諾，始與洪善卿偕行。小紅卻也抬身送了兩步，說道：「倒難為仔耐哚，明朝倪也擺個雙檯謝謝耐哚末

㉖ 多花：許多。

㉗ 戧：音ㄑㄧㄤ。本指逆、不順。此有「頂撞」、「頂嘴」之意。

哉。」說著，倒自己笑了。蓮生也忍不住要笑。小紅轉身伸一個指頭，向蓮生臉上連點幾點道：「耐末……」只說得兩字，便縮住了，卻哼的一聲，像是嘆氣。半晌又道：「耐一幹仔來末，阿怕倪欺瞞㉘仔耐嗄？耐算教兩個朋友來做幫手，幫仔耐說閑話，阿要氣煞人！」

蓮生自覺羞慚，佯作不睬。阿珠冷笑兩聲道：「王老爺倒蠻好，才是朋友哚搭俚出個主意，王老爺末去聽仔俚。就張蕙貞搭，勿是朋友同得去㉙，陸裡認得嗄？」小紅道：「張蕙貞搭，倒勿是朋友，俚乃自家去打個野雞。」阿珠道：「故歇是勿是野雞哉，也算仔長三哉！叫仔一班小堂名㉚，顯煥㉛得來！王老爺做仔幾日天，用脫仔幾花，阿有千把嗄？」蓮生道：「耐哚覅瞎說。」阿珠道：「倒勿是瞎說哩！」隨將煙盤收拾乾淨，道：「王老爺吃煙罷，覅去轉啥念頭哉。」蓮生乃去榻床躺下吸煙。阿珠、阿金大陸續下去。

第一〇回終。

㉘ 欺瞞：欺侮；欺負。
㉙ 同得去：一同前去。
㉚ 堂名：樂班。舊時樂班習慣起堂名，故稱。
㉛ 顯煥：猶顯赫。

第一一回　亂撞鐘比舍受虛驚　齊舉案聯襟承厚待

按，沈小紅坐在榻床下首一言不發，蓮生自在上手吸煙，房裡沒有第三個人。足有一點鐘光景，小紅又嗚嗚咽咽的哭起來。蓮生搔耳爬腮，無可解勸，也就憑他哭去。無如❶小紅這一哭，直哭得傷心慘目，沒個收場。蓮生沒奈何，只得挨上去央告道：「耐哚意思，我也蠻明白來裡。我末就依仔耐，叨光❷耐覅哭哉，阿好？耐再要哭，我肚腸要撥來耐哭出來哉！」小紅哽噎著嗔道：「覅來搭我瞎說。耐一徑❸騙下來，騙到仔故歇，耐倒還要來騙我？耐定歸❹要拿我性命來騙得去仔了罷哚！」蓮生道：「我故歇隨便說啥閑話，耐總勿相信，說是我騙耐。耐也覅說哉，我明朝就去打一張莊票來，搭耐還債，耐說阿好？」小紅道：「耐個主意勿差，耐搭我還清仔債末，該搭勿來哉，阿是？故末❺好去做張蕙貞哉，阿是？耐倒乖❻來哚！耐勿情願搭我還末，我也覅耐還哉！」說著，仍別轉頭去，吞聲暗哭。蓮生急道：

---

❶無如：無奈。

❷叨光：沾光。此有「拜託」、「求」之意。

❸一徑：吳語。一向；一直。

❹定歸：吳語。一定。

❺故末：吳語。那；那麼。

❻乖：精乖；聰明。此頗有譏刺之意。

「啥人說去做張蕙貞嗄？」小紅道：「耐勿去哉？」蓮生道：「勿去哉。」被小紅劈面咄了一口，大聲道：「耐去騙末哉！耐看來哚，我明朝死來哚張蕙貞搭去！」

蓮生一時摸不著頭腦，呆臉思索，沒得回話。適值阿珠提水銚子上來沖茶，蓮生叫住，細細告訴他，問他小紅是啥意思？阿珠笑道：「王老爺蠻明白哚，倪末陸裡曉得嗄？」蓮生道：「耐倒說得好，我為仔勿明白了問耐啘❼！」阿珠笑道：「王老爺，耐是聰明人，阿有啥勿明白嗄？耐想倪先生一徑搭耐蠻要好，耐為啥勿搭倪先生還債呢？今朝反❽仔一場，耐倒要搭倪先生還債哉，阿像是耐動氣仔了說個閑話❾？耐為動氣了說搭倪先生還債，耐想倪先生阿要耐還嗄？」蓮生跳起來跺腳道：「只要俚勿動氣末才是哉，倒說我動氣！」阿珠笑道：「倪先生倒也無啥動氣，單為仔王老爺啘。耐想倪先生阿有第二戶客人？耐王老爺再勿來仔，教倪先生那价呢？只要倪先生面浪交代得過，耐就再去做個張蕙貞，也無啥要緊。倪先生欠來哚幾花債，早末也要耐王老爺還，晚末也要耐王老爺還，隨耐王老爺個便好哉。耐王老爺待倪先生，要好勿要好，也勿在乎此。王老爺阿對？」蓮生道：「耐也說得勿明白啘。我勿搭俚還債末，生來❿說我勿好；我就搭俚還仔債，俚原說我勿好。俚到底要我那价末，算我要好哉哩？」阿珠笑道：「王老爺也說笑話哉，阿要我來教耐？」說著，提水銚子一路佯笑，下樓去了。

❼ 我為仔句：我就是因為不明才問你啊。
❽ 反：吳語。鬧；吵鬧。
❾ 阿像是耐動氣句：可像是你動氣了才說的話。動氣，生氣。
❿ 生來：吳語。本來；自然。

蓮生一想沒奈何，只得打疊起千百樣柔情軟語，去伏侍小紅。小紅見蓮生真個肯去還債，也落得收場，遂趁此漸漸的止住哭聲。蓮生一塊石頭方才落地。小紅一面拿手帕子拭淚，一面還咕嚕道：「耐只怪我動氣，耐也替我想想看，比方耐做仔我，阿要動氣？」蓮生忙陪笑道：「應該動氣，應該動氣。我做仔耐是一徑要動到天亮哚！」說得小紅也要笑出來，卻勉強忍住道：「厚皮哚來，啥人來理耐嗄！」

一語未了，忽聽得半空中喤喤喤一陣鐘聲，小紅先聽見，即說：「阿是撞亂鐘？」蓮生聽了，忙推開一扇玻璃窗，望下喊道：「撞亂鐘哉！」阿珠在樓下接應，也喊說：「撞亂鐘哉！耐哚快點去看看哩！」隨後有幾個外場趕緊飛跑出門。蓮生等撞過亂鐘，屈指一數，恰是四下，乃去後面露臺上看時，月色中天，靜悄悄的，並不見有火光。回到房裡，適有一個外場先跑回來報說：「來哚東棋盤街哚。」蓮生忙踹在桌子旁高椅上，開直了玻璃窗向東南望去，在牆缺裡現出一條火光來。蓮生著急，喊「來安」！外場回說：「來二爺搭轎班才⓫跑得去看去哉。」蓮生急得心裡突突的跳。小紅道：「東棋盤街末，關耐啥事嗄？」蓮生道：「我對門就是東棋盤街啘。」小紅道：「還隔出一條五馬路哚。」正說時，來安也跑回來。在天井裡叫「老爺」，報說道：「東棋盤街東首，遠勿多哩；巡捕看來哚，走勿過哉。」蓮生一聽，拔步便走。小紅道：「耐去哉。」蓮生道：「我去仔就來。」

蓮生只喚來安跟了，一直跑出四馬路，望前面火光急急的趕。剛至南畫錦里口，只見陳小雲獨自一個站在廊下看火。蓮生拉他同去，小雲道：「慢點走末哉，耐有保險來哚，怕啥嗄？」蓮生腳下方放鬆些。只見轉彎角上，有個外國巡捕帶領多人整理皮帶，通長衙接做一條，橫放在地上；開了自來水管，

⓫ 才：全；都。

將皮帶一端套上龍頭，並沒有一些水聲，卻不知不覺皮帶早漲胖起來，繃得緊緊的。於是順著皮帶而行，將近五馬路，被巡捕擋住。蓮生打兩句外國話，才放過去。那火看去還離著好些，但耳朵邊已拉拉雜雜，爆得怪響，倒像放幾千萬炮杖⓬一般，頭上火星亂打下來。蓮生、小雲把袖子遮了頭，和來安一口氣跑至公館門首。只見蓮生的侄兒及廚子打雜的，都在廊下，爭先訴說道：「保險局裡來看過歇，說：『勿要緊，放心末哉。』」陳小雲道：「要緊末勿要緊，耐拿保險單自家帶來哚身邊。洋錢末放鐵箱子裡。還有啥帳目、契券、照票多花⓭末，理齊仔，一搭交代一個人好哉。物事勦去動。」蓮生道：「我保險單寄來哚朋友搭哚。」小雲道：「寄來哚朋友搭末，最好哉。」蓮生遂邀小雲到樓上房裡，央小雲幫著收拾。

忽又聽得「豁刺刺」一聲響，知道是坍下屋面，慌去樓窗口看。那火舌頭越發焰起來，高了丈餘，趁著風勢，正呼呼的發嘯。蓮生又慌的轉身收拾，顧了這樣，卻忘了那樣，只得胡亂收拾完畢。再問小雲道：「耐搭我想想看，阿忘記啥？」小雲道：「也無啥哉，耐勦極哩，包耐勿要緊。」蓮生也不答話，仍去站在樓窗口。忽又見火光裡冒出一團團黑煙，夾著火星滾上去，直衝至半天裡。門首許多人齊聲說：「好哉，好哉。」小雲也來看了說道：「藥水龍⓮來哉，打仔下去哉。」果然那火舌頭低了些，漸漸看不見了，連黑煙也淡將下去。蓮生始放心歸坐。小雲笑道：「耐保仔險末，阿有啥勿放心哩？保險行裡勿

⓬ 炮杖：鞭炮。
⓭ 多花：許多。此指許多東西。
⓮ 藥水龍：指救火的消防水龍頭。

曾來，耐自家倒先發極哉，賽過⓯勿曾保險啘。」蓮生也笑道：「我也曉得勿要緊，看仔阿要發極嗄？」

不多時，只聽得一路車輪碾動，氣管中嗚嗚作放氣聲，乃是水龍打滅了火回去的。接著蓮生的侄兒同來安等說著話，也都回進門來。蓮生喊來安沖茶，小雲道：「倪要去睏去哉。」蓮生道：「原搭耐一淘去。」小雲問：「到陸裡？」蓮生說：「是沈小紅搭。」小雲不去再問，下樓出門。正遇著轎班抬回空轎子來，停在門口。小雲便道：「耐坐轎子去，我先去哉。」蓮生也就依了，乃送小雲先行。

小雲見東首火場上原是煙騰騰地，只變作蛋白色，信步走去望望，無如地下被水龍澆得濕漉漉的，與那磚頭、瓦片，七高八低，只好在棋盤街口站住，覺有一股熱氣隨風吹來，帶著些灰塵氣，著實難聞。小雲忙回步而西，卻見來安跟王蓮生轎子已去有一箭多遠，馬路上寂然無聲。這夜既望之月，原是的皪圓的，逼得電氣燈分外精神，如置身水晶宮中。小雲自己徜徉一回，不料黑暗處好像一個無常鬼，直挺挺站立。正要發喊，那鬼倒走到亮裡來，方看清是紅頭巡捕⓰。小雲不禁好笑，當下徑歸南畫錦里祥發呂宋票店樓上，管家長福伏侍睡下。明日起身，稍晚了些，又覺得懶懶的。飯後想要吸口鴉片煙，只是往那裡去吸？朱藹人處雖近，聞得這兩日陪了杭州黎篆鴻白相，未必在家。不如就金巧珍家，也甚便益。想畢，趿下樓來。胡竹山授與一張請客條子，說是即刻送來的。小雲看是莊荔甫請至聚秀堂陸秀寶房吃酒。記得荔甫做的倌人，叫陸秀林，如何倒在陸秀寶房吃酒起來？料道是代請的了。小雲撩下出門，也不坐包車，只從夾牆窄弄進去，穿至同安里口金巧珍家。

⓯ 賽過：猶如；好像。

⓰ 紅頭巡捕：當時上海租界中頭裹大紅布的印度警察。巡捕，警察。

只見金巧珍正在樓上當中間梳頭，大姐銀大請小雲房間裡去，取水煙筒要來裝水煙。小雲令銀大點煙燈。銀大道：「阿是要吃鴉片煙？我搭耐裝。」小雲道：「只要一點點小筒頭好哉。」及至銀大燒成一口鴉片煙給小雲吸了，那金巧珍也梳好頭，進房換衣，卻問小雲道：「耐今朝無撥啥事體末，我搭耐去坐馬車，阿好？」小雲笑道：「耐還要想坐馬車？張蕙貞哚撥沈小紅打得來，為仔來哚坐馬車啘。」巧珍道：「俚哚也自家謅頭⑰，撥來沈小紅白打仔一頓。像倪，要有人來打仔倪，倪倒有吃飯哉。」小雲道：「耐今朝啥⑱高興得來，想著去坐馬車哉嗄？」巧珍道：「勿是高興坐馬車，為仔倪阿姐昨日夜頭嚇得要死，跑到倪搭來哭，天亮仔坎坎轉去，我要去望望裡阿好來哚。」小雲道：「耐阿姐來裡繪春堂，遠開仔幾花哚，嚇啥嗄？」巧珍道：「耐倒說得寫意⑲哚！勿嚇末，為啥人家才搬出來哉嗄？」小雲道：「耐去望阿姐末，教我坐來哚馬車浪等耐。」巧珍道：「耐就一淘去望望倪阿姐，也無啥。」小雲道：「我去末算啥嗄？」巧珍道：「耐去喊仔擋乾濕末哉。」小雲想也好，便道：「价末就去哉啘。」巧珍即令娘姨阿海去叫外場喊馬車。

須臾，馬車已至同安里門口，陳小雲、金巧珍帶娘姨阿海坐了，叫車夫先從黃浦灘兜轉到東棋盤街。車夫應諾，這一個圈仔沒有多路，轉眼間已至臨河麗水臺茶館前停下。阿海領小雲先行，巧珍緩步在後，進弄第一家便是繪春堂。小雲跟定阿海一直上樓。至房門前，阿海打起簾子，請小雲進去。只見金巧珍

---

⑰ 謅頭：即孱頭。懦弱不中用的人。

⑱ 啥：此指「怎麼」之意。

⑲ 寫意：吳語。舒服；舒坦。此處有「說話不腰疼」、「說風涼話」之意。

的阿姐金愛珍靠窗而坐，面前鋪著本針線簿子，在那裡繡一秸⑳鞋面。一見小雲，帶笑說道：「陳老爺，難得到倪搭來啘。」阿海跟進去接口道：「倪先生來望望耐呀。」愛珍道：「价末進來哩。」阿海道：「來哚來哉㉑。」愛珍忙出房去迎。阿海請小雲坐下，也去了。卻有一群油頭粉面倌人雜沓前來，只道小雲是移茶客人，周圍打成栲栳圈兒，打情罵趣，假笑佯嗔，要小雲攀相好。小雲也覺其意，只不好說。適值金愛珍的娘姨來整備茶碗，小雲乃叫他去喊乾濕。那娘姨先怔了一怔，方笑說：「陳老爺勠客氣哉。」小雲道：「故是本家㉒規矩啘，耐去喊末哉。」那些倌人始知沒想頭而散。

一時金愛珍、金巧珍並肩攜手，和阿海同到房間裡。巧珍一眼看見桌子上針線簿子，便去翻弄，翻出那鞋面來，仔細玩索。愛珍敬過乾濕，即要給小雲燒煙。小雲道：「勠客氣，我勿吃煙。」愛珍又親自開了妝檯抽屜，取出一蓋碗玫瑰醬，拔根銀簪插在碗裡，請小雲吃。小雲覺狠不過意，巧珍也道：「阿姐，耐勠去理俚，讓俚一幹仔坐來哚末哉。倪來說說閒話哩。」愛珍只得叫娘姨來陪小雲，自向窗下收拾起鞋面並針線簿子，笑道：「做得勿好。」巧珍道：「耐倒原做得蠻好。我有三年勿做，做勿來哉。舊年描好一雙鞋樣要做，停仔半個月，原拿得去教人做仔。教人做來哚鞋子，總無撥自家做個好。」愛珍上前撩起巧珍褲腳，巧珍伸出腳來給愛珍看，愛珍道：「耐腳浪著來哚，倒蠻有樣子。」巧珍道：「就腳浪一雙也勿好啘。走起來，只望仔前頭戳去，看勿留心，要跌煞哚。」愛珍道：「耐自家無撥工夫去

---

⑳ 秸：此有「只」之意。

㉑ 來哚來哉：正在來了。

㉒ 本家：本指已嫁婦女的娘家。此指妓女的家人。

做末，只要教人做好仔，自家拿來上㉓就好哉。」巧珍道：「我原要想自家做，到底稱心點。」姐妹兩個又說些別的閑話，不知說到什麼事，忽然附耳低聲，異常機密，還怕小雲聽見，商量要到間壁空房間去。巧珍囑小雲道：「耐等一歇。」愛珍問小雲：「阿吃啥點心？」小雲忙攔說：「倪勿多歇吃飯㉔，覅客氣。」愛珍道：「稍微點點。」巧珍皺眉插嘴道：「阿姐，耐啥實概嘎，我搭耐阿有啥客氣哩。俚乃要吃啥點心，我來說末哉，俚乃也覅吃啘。」愛珍不好再問，只丟個眼色與娘姨，卻同巧珍去空房間說話。

不多時，那娘姨搬上四色點心，擺下三副牙筷，先請小雲上坐。小雲只得努力應命。再去間壁請巧珍時，巧珍還埋冤他阿姐，不肯來吃。被愛珍半拖半拽，讓了過來。巧珍見有四色，又說道：「阿姐，倪勿來哉，耐算啥哩！」愛珍笑而不答，捺巧珍向高椅上與小雲對面坐了，便取牙筷來要敬。巧珍道：「耐再要像客人來敬我，我勿吃哉。」愛珍道：「价末耐吃點哩。」當即轉敬小雲。小雲道：「我自家吃仔歇哉，耐覅敬哉。」巧珍道：「耐啥一點點勿客氣哉嘎，倒虧耐覅面孔！」小雲笑道：「耐阿姐賽過是我阿姐，阿是無啥客氣？」愛珍也笑道：「陳老爺倒會說哚！」巧珍向愛珍道：「耐自家也吃點哩，阿要倪來敬耐嘎？」小雲聽說，連忙取牙筷，夾個燒賣送到愛珍面前。慌的愛珍起身說道：「陳老爺覅哩。」巧珍別轉頭一笑，又道：「耐勿吃，我也要來敬耐哉。」愛珍將燒賣送還盆內，自去夾些蛋糕奉陪。巧珍也只吃了一角蛋糕放下。小雲倒四色都領略些。巧珍道：「有辰光㉕教耐吃點心，耐覅吃；今

㉓ 上：蹚鞋。

㉔ 勿多歇吃飯：剛吃過飯不一會兒。

朝倒吃仔多花。」小雲笑道：「為仔阿姐去買起點心來請倪，倪少吃仔好像對勿住，阿是？」愛珍笑道：「陳老爺，耐倒說得倪來難為情煞哉！粗點心，阿算啥敬意嗄！」

娘姨絞過手巾，阿海也來回說：「馬車浪催仔幾埭哉，我恨得來。」巧珍道：「倪也是好去哉，點心也吃過哉。」小雲笑道：「耐算搭阿姐客氣，吃仔點心，謝也勿謝，倒就要想去哉。也是個勦面孔！」巧珍笑道：「耐勿去，阿要想吃夜飯？」愛珍笑道：「便夜飯是倪也吃得起哉，就請勿到陳老爺啘。」當時小雲、巧珍道謝告辭而行。

第一一回終。

㉕ 有辰光：有的時候。

第一二回　背冤家拜煩和事老　裝鬼戲催轉踏謠娘

按，金巧珍和金愛珍一路說話，緩緩同行。陳小雲走的快，先自上車。阿海也在車旁等候。金愛珍直送出棋盤街，眼看阿海攙巧珍上車坐定，揚鞭開輪，始回。小雲見天色將晚，不及再遊靜安寺，說與巧珍，令車夫：「仍打黃浦灘兜個圈子，轉去罷。」於是出五馬路，進大馬路，復轉過四馬路，然後至三馬路同安里口，卸車歸家。

小雲在巧珍房裡略坐一刻，正要回店，適值車夫拉了包車來接，呈上兩張請帖：一張是莊荔甫催請的，下面加上兩句道：「善卿兄亦在座，千萬勿卻是荷。」一張是王蓮生請至沈小紅家酒敘。小雲想：沈小紅家斷無不請善卿之理，不如先去應酬蓮生這一局，好與善卿商定行止。遂叫車夫拉車到西薈芳里，自己卻步行至沈小紅家。只見房間裡除王蓮生主人之外，僅有兩客，係蓮生局裡同事，即前夜張蕙貞檯面帶局來的醉漢：一位姓楊，號柳堂；一位姓呂，號傑臣。這兩位與陳小雲雖非至交，卻也熟識，彼此拱手就坐。隨後管家來安請客回來，稟道：「各位老爺才說是就來，就是朱老爺陪杭州黎篆鴻黎大人來哚，說謝謝哉。」王蓮生沒甚吩咐，來安放下橫披客目❶，退出下去。蓮生便叫阿珠喊外場擺檯面。

陳小雲取客目來一看，共有十餘位，問道：「阿是雙檯？」王蓮生點點頭。沈小紅笑道：「倪勿然

❶ 客目：指客人名單。

陸裡曉得啥雙檯嗄？難末學仔乖，倒擺起雙檯來哉，也算體面體面。」陳小雲不禁笑了。再從頭至尾看那客目中姓名，詫異得狠，竟與前夜張蕙貞家請的客，一個不減，一個不添。因問王蓮生是何意？蓮生但笑不言。楊柳堂、呂傑臣齊道：「想來是小紅先生意思，耐說阿對？」陳小雲恍然始悟。沈小紅笑道：「耐哚瞎說，倪搭請朋友，只好揀幾個知己點末請得來，綳綳場面❷；比勿得別人家，有面孔。就像朱老爺末，阿是看勿起倪，勿來哉啘。」

說笑間，葛仲英、羅子富、湯嘯庵先後到了，連陶雲甫、陶玉甫昆仲接踵咸集。陳小雲道：「善卿為啥還勿來？只怕先到仔別場花去應酬哉哩。」王蓮生道：「勿是，我碰著歇❸善卿，有一點小事體，教俚去跑一埭，要來快哉。」說聲未絕，樓下外場喊「洪老爺上來」。王蓮生迎出房去，咕唧了好一會方進房。沈小紅一見洪善卿，慌忙起身，滿面堆笑說道：「洪老爺，耐勳動氣哩。倪個閑話，無撥啥輕重，說去看光景❹。有辰光得罪仔客人，客人動仔氣，倪自家倒勿曾覺著。昨日夜頭，我說：『洪老爺為啥一歇要去哉嗄？』王老爺說我得罪哉，我說：『阿喲，我勿曉得啘！我為啥去得罪洪老爺哩？』今朝一早，我就要教阿珠到周雙珠搭來張❺耐，也是王老爺說：『晚歇去請洪老爺來末哉。』洪老爺，耐看王老爺面浪，搭倪包荒❻點個哩。」洪善卿呵呵笑道：「我動啥氣嗄？耐也無啥得罪我啘。耐勳去多花瞎

❷綳綳場面：撐撐場面。
❸碰著歇：碰到過。
❹說去看光景：只顧說而不看苗頭。光景，苗頭；情形。
❺張：看。

小心，倪不過是朋友，就得罪仔點，到底勿要緊。只要耐勿得罪王老爺末，才是哉❼。耐要得罪仔王老爺，倪就搭耐說句把好聽閑話，也無用啘。」小紅笑道：「倪倒勿是要洪老爺搭倪說好話，也勿是怕洪老爺說倪啥邱話❽，為仔洪老爺是王老爺朋友末，倪得罪仔洪老爺，連搭倪王老爺也有點難為情，好像對勿住朋友哉啘。洪老爺阿是？」王蓮生叉口剪住道：「覅說哉，請坐罷。」大家一笑，齊出至當中間，入席讓坐。

陳小雲乃問洪善卿道：「莊荔甫請耐陸秀寶搭吃酒，耐阿去？」善卿愕然道：「我勿曉得啘。」小雲道：「荔甫來請我，說耐也來哚。我想荔甫做陸秀林啘，陸秀寶搭，阿是搭啥人代請嗄？」善卿道：「我外甥趙樸齋末，陸秀寶搭吃過一檯酒。今夜頭勿曉得阿是俚連吃一檯？」一時檯面上叫的局絡繹而來，果然周雙珠帶一張聚秀堂陸秀寶處請帖與洪善卿看，竟是趙樸齋出名。善卿問陳小雲：「阿去？」小雲道：「我勿去哉，耐哩？」善卿道：「我倒間架❾來裡，也只好勿去。」說罷丟開。

羅子富見出局來了好幾個，就要擺起莊來。王蓮生向楊柳堂、呂傑臣道：「耐哚喜歡鬧酒，倪也有個子富來裡，去鬧末哉。」沈小紅道：「倪今朝倒忘記脫仔，勿曾去喊小堂名，喊仔一班小堂名來也要鬧熱點哚。」湯嘯庵笑道：「今年阿是二月裡就交仔黃梅哉，為啥多花人嘴裡響❿才酸得來？」洪善卿

❻ 包荒：包涵；擔待。

❼ 才是哉：全都是了。

❽ 邱話：壞話。

❾ 間架：用蘇州方言讀，與「尷尬」同音。即尷尬。

笑道：「到仔黃梅天倒好哉，為仔青梅子比黃梅子酸得野⓫哚！」說得客人、倌人哄堂大笑。王蓮生要搭訕開去，即請楊柳堂、呂傑臣伸拳打羅子富的莊。當下開筵坐花，飛觴醉月，絲哀竹急，弁側釵橫，才把那油詞醋意混過不提。

比及酒闌燈灺⓬，眾客興辭，王蓮生陸續送畢，單留下洪善卿一個請至房間裡。善卿問有何事？蓮生取出一大包首飾來，託善卿明日往景星銀樓，把這舊的貼換新的，就送去交張蕙貞收。善卿應諾，開包點數，揣在懷裡。原來蓮生故意要沈小紅來看，小紅偏做不看見，坐一會兒，索性樓下去了。不知這一去，正中蓮生的心坎。蓮生見房間裡沒人，取出一篇細帳交與善卿，悄悄囑道：「另外再有幾樣物事，耐就照仔帳浪去辦，辦得來一淘送去，覅撥小紅曉得。」又囑道：「耐今夜頭先到俚搭去一埭，問聲俚看，還要啥物事？就添來哚帳浪末哉。覅忘記哩，費神費神。」善卿都應諾了，藏好那篇帳。恰好小紅也回至樓上，蓮生含笑問道：「耐下頭去做啥？」小紅倒怔了一怔道：「倪勿做啥啘，耐問我做啥嗄？阿是倪下頭有啥人來哚？」蓮生笑道：「我不過問問罷哉，耐啥多心得來。」小紅正色道：「我為仔坐來裡，倘忙耐有啥閑話勿好搭洪老爺說。我走開點末，讓耐哚去說哉啘，阿對嗄？」蓮生拱手笑道：「承情，承情。」小紅也一笑而罷。

洪善卿料知沒別的話，告辭要行。蓮生送至樓梯，再三叮嚀而別，善卿即往東合興里張蕙貞處，徑

---

❿ 嘴裡響：即嘴裡、嘴裡面。

⓫ 酸得野：酸得厲害；酸得很。

⓬ 灺：音ㄒㄧㄝˋ。也作「炧」。本指燈燭餘燼，此指燈殘。

至樓上。張蕙貞迎進房間裡。善卿坐下，把王蓮生所託貼換另辦一節，徹底告訴蕙貞，然後問他：「阿再要啥物事？」蕙貞道：「物事倪倒勿要啥哉，不過帳浪一對嵌名字戒指，要八錢重哚。」善卿令娘姨拿筆硯來改注明白，仍自收起。蕙貞又說道：「王老爺是再要好也無撥，就勿曉得沈小紅搭倪前世有啥多花冤家對頭。倪坍仔臺末，耐沈小紅阿有啥好處？」說著，就掩面而泣。善卿勸道：「氣哩，怪勿得耐氣。想穿仔也無啥要緊。耐就吃仔點眼前虧，倪朋友哚說起，倒才說耐好。耐做下去，生意正要好哚。倒是沈小紅，外頭名氣自家做壞哉。就不過王老爺末，原搭俚蠻好；除仔王老爺，阿有啥人說俚好嗄？」蕙貞道：「王老爺說末說糊塗，心裡也蠻明白哚。耐沈小紅自家想想看，阿對得住王老爺？倪是也勿去說俚哚，只要王老爺一徑搭沈小紅要好落去，故末算是耐沈小紅本事大哉。」善卿點頭說：「勿差。」隨立起身來道：「倪去哉，耐倒要保重點，覅氣出啥病來。」蕙貞款步相送，笑著答道：「倪自家想，犯勿著氣煞耐沈小紅哚手裡。老仔面皮倒無啥氣，蠻快活來裡。」善卿道：「故末蠻好。」

一面說，一面走。出四馬路看時，燈光漸稀，車聲漸靜，約摸有一點多鐘，不如投宿周雙珠家為便，重又轉身向北至公陽里。不料各家玻璃燈盡已吹滅，弄內黑魆魆的。摸至門口，惟門縫裡微微射出些火光。善卿推進門去，直到周雙珠房裡。只見雙珠倚窗而坐，正擺弄一副牙牌，在那裡斬五關。雙玉站在桌旁觀局。善卿自向高椅坐了，雙珠像沒有理會，猝然問道：「檯面散仔一歇哉啘，耐來哚陸裡嗄？」善卿道：「就張蕙貞搭去仔一埭。」因說起王蓮生與張蕙貞情形，笑述一遍，將首飾包放在桌上。雙珠道：「我只道耐轉去哉，阿金哚等仔歇，也才去哉。」善卿道：「俚哚去仔末，我來伺候耐。」雙珠道：「耐阿吃稀飯嗄？」善卿道：「覅吃。」

雙珠的五關終斬他不通，隨手丟下；走過這邊，打開首飾包看了，便開櫥替善卿暫行庋置⑬。雙玉就坐在雙珠坐的椅上，擄攏牙牌，也接著去打五關。忽又聽得樓下推門聲響，一個小孩子聲音問：「倪無姆哩？」客堂裡外場答道：「耐哚無姆轉去哉啘。」雙珠聽了，急靠樓窗口叫：「阿大，耐上來哩。」那孩子飛跑上樓。善卿認得是阿德保的兒子，名喚阿大，年方十三歲，兩隻骨碌碌眼睛，滿房間轉個不住。雙珠告訴他道：「耐無姆末，我教俚喬公館裡看個客人去，要一歇轉來哚。耐等歇末哉。」阿大答應，卻站在桌傍看雙玉斬五關。雙玉雖不言語，卻登時沉下臉來，將牙牌攪得歷亂，取盒子裝好，自往對過自己房裡去了。

善卿道：「雙玉來仔幾日天，阿曾搭耐哚說歇⑭幾聲閑話？」雙珠笑道：「原是啘，倪無姆也說仔幾埭哉。問一聲末說一句，一日到夜坐來哚，一點點聲音也無撥。」善卿道：「人阿聰明嗄？」雙珠道：「人是倒蠻聰明。俚看見我打五關，看仔兩埭，俚也會打哉。耐看俚做起生意來，勿曉得阿會做？」善卿道：「我看俚勿聲勿響，倒蠻有意思。做起生意來，比仔雙寶總好點。」雙珠道：「雙寶是勦去說俚哉，自家無撥本事末，倒要說別人，應該耐說個辰光，倒勿響哉。」

這裡善卿、雙珠正說些閑話，那阿大趔趄著腳兒，乘個眼錯，溜出外間，跑下樓去。雙珠一回頭，早不見了。雙珠因發怒，一片聲喊「阿大」，阿大復應聲而至。雙珠沉下臉喝道：「啥多花要緊嗄？等耐無姆來一淘去。」阿大不敢違拗，但羞得遮遮掩掩，沒處藏躲。幸而阿金也就回來，雙珠叫道：「耐哚

⑬ 庋置：收藏；擱置。庋，音ㄐㄧˇ。置放。

⑭ 說歇：說過。

倪子等仔一歇哉，快點轉去罷。」阿金上樓，向雙珠耳朵邊不知問什麼話，雙珠只做手勢告訴阿金，阿金方辭善卿，領阿大同回。善卿笑道：「耐哚鬼戲裝得來阿像嗄？只好騙騙小幹仵⑮；要阿德保來上耐哚當水⑯，勿見得哩。」雙珠道：「到底騙騙末，也騙仔過去，勿然轉去要反殺哉。」善卿道：「喬公館去看啥客人？客人末來哚朱公館，只怕俚到朱公館去看仔一埭。」雙珠嗤的笑道：「耐也算做仔點好事罷，覅去說俚哉。」善卿付之一笑。良宵易度，好夢難傳，表過不敘。

到十八日，洪善卿吃過中飯就要去了結王蓮生的公案。周雙珠將櫥中首飾包仍交善卿。於是善卿別了雙珠，踅出公陽里，經由四馬路，迎面遇見湯嘯庵，拱手為禮。嘯庵問善卿：「陸裡去？」善卿略說大概，還問嘯庵：「啥事體？」嘯庵道：「也搭耐差勿多，我是替羅子富開消蔣月琴哚局帳去。」善卿笑道：「倪兩家頭⑰賽過做俚哚和事老，倒也好笑得極哉。」嘯庵大笑，分路而去。

善卿自往景星銀樓，掌櫃的招呼進內，先把那包首飾秤準分兩，再揀取應用各件，色色俱全。惟有一對戒指，一只要「雙喜雙壽」花樣，這也有現成的；一只要方空中鑱⑱上「蕙貞張氏」四字，須是定打，約期來取。只得先取現成一只，和揀定的各件裝上紙盒，包紮停當。善卿仍用手巾兜縛綰結，等掌櫃的核算，扣除貼換之外，還該若干，開明發票，請善卿過目。善卿不及細看，與王蓮生那篇帳一併收

⑮ 小幹仵：小孩子。

⑯ 上耐哚當水：上你的當。上當水，上當。

⑰ 兩家頭：兩個人。

⑱ 鑱：音ㄔㄢˊ。鑿；雕刻。

藏，當即提了手巾圈兒，退出景星銀樓門首。心想：天色尚早，且去那裡勾留小坐，再送至張蕙貞處不遲。

正打算那裡去好，只見趙樸齋獨自一個從北首跑下來，兩隻眼只顧往下看，兩隻腳只顧往前奔，擦過善卿身旁，竟自不覺。善卿猛叫一聲「樸齋」！樸齋見是娘舅，慌忙上前廝喚⑲，並肩站在白牆根前說話。善卿問：「張小村呢？」樸齋道：「小村搭吳松橋兩家頭勿曉得做啥，日逐⑳一淘來哚。」善卿道：「陸秀寶搭，耐為啥連浪㉑去吃酒？」樸齋囁嚅半晌，答道：「是撥來莊荔甫哚說起來，好像難為情，倒應酬俚連吃仔一檯。」善卿冷笑道：「單是吃檯把酒，也無啥要緊。耐是去上仔俚哚當水哉，阿是？」樸齋頓住嘴說不出，只模糊搪塞道：「故也無啥上當水。」善卿笑道：「耐瞞我做啥哩？我也勿來說耐，到底耐自家要有點主意末好。」樸齋連聲諾諾，不敢再說。善卿問：「故歇一幹仔陸裡去？」樸齋又沒得回答。善卿又笑道：「就是去打茶會㉒末，阿有啥勿好說嗄？我搭耐一淘去末哉。」

原來善卿獨恐樸齋被陸秀寶迷住，要去看看情形如何。樸齋只好跟善卿同望南行。善卿慢慢說道：「上海夷場㉓浪來一埭，白相相，用脫兩塊洋錢也無啥。不過耐勿是白相個辰光。耐要有仔生意，自家

⑲ 廝喚：本指相互招呼。此指相見。
⑳ 日逐：天常；時常。
㉑ 連浪：連著；接連。
㉒ 打茶會：亦作「打茶圍」。舊時謂至妓院品茗飲酒取樂。
㉓ 夷場：洋場。

賺得來，用脫點，倒罷哉。耐故歇生意也無撥，就屋裡帶出來幾塊洋錢，用撥堂子裡，也用勿得啥好。倘忙耐洋錢末用光哉，原無撥啥生意，耐轉去阿好交代？連搭我也對勿住耐哚老堂㉔哉啘！」樸齋悚然敬聽，不則一聲。善卿道：「我看起來，上海場花要尋點生意也難得勢哚。耐住來哚客棧裡，開消也省勿來，一日日嚷㉕下去，終究勿是道理。耐白相末，也算白相仔幾日天哉，勿如轉去罷。我搭耐留心來裡，要有仔啥生意，我寫封信來喊耐好哉，耐說阿是？」樸齋那裡敢說半個不字，一味應承，也說是轉去好。甥舅兩個口裡說，腳下已踅到西棋盤街聚秀堂前。善卿且把閑話撩過一邊，同樸齋進門上樓。

第一二回終。

㉔ 老堂：老娘；老母。

㉕ 嚷：混；湊合。

第一三回　挨城門陸秀寶開寶　抬轎子周少和碰和

按，洪善卿、趙樸齋到了陸秀寶房間裡，陸秀寶梳妝已罷，初換衣裳。一見樸齋，問道：「耐一早起來去做啥？」樸齋使個眼色，叫他莫說。被秀寶啐了一口道：「有啥多花鬼頭鬼腦，人家比仔耐要乖點❶哚！」說得樸齋反不好意思的。秀寶轉與善卿搭訕兩句，見善卿將一大包放在桌上，便搶去扳開，抽出上面最小的紙盒來看，可巧是那一只「雙喜雙壽」戒指。秀寶徑取出帶上，跑過樸齋這邊嚷道：「耐說無撥，耐看哩，阿是『雙喜雙壽』？」口裡緊著問，把手上這戒指直擱到樸齋鼻子上去。樸齋笑辨道：「俚哚是景星招牌，耐要龍瑞，龍瑞裡說無撥啘。」秀寶道：「阿有啥無撥嗄，莊個倒勿是龍瑞裡去拿得來？就是耐先起頭吃酒日腳浪啘，說有十幾只哚，隔仔一日，就無撥哉，耐騙啥人嗄？」樸齋道：「耐要末，耐教莊個去拿末哉。」秀寶道：「耐拿洋錢來。」樸齋道：「我有洋錢末，昨日我拿仔來哉，為啥要莊個去拿？」秀寶沉下臉道：「耐倒調皮哚啘！」一屁股坐在樸齋大腿上，盡力的搖晃，問樸齋：「阿要調皮嗄？」樸齋柔聲告饒。秀寶道：「耐去拿仔來，就饒耐。」樸齋只是笑，也不說拿，也不說不拿。秀寶別轉頭來，勾住樸齋頭頸，撅著嘴咕嚕道：「倪勿來❷，耐去拿得來哩。」秀寶連說了幾遍，

❶ 乖點：此指聰明、精明。

❷ 倪勿來：這可不行。勿來，吳語。不行。

樸齋終不開口。秀寶漸怒，大聲道：「耐阿敢勿去拿！」樸齋也有三分煩燥起來。秀寶那裡肯依，扭的身子像扭股兒糖一般，恨不得把樸齋立刻擠出銀水來才好。

正當無可奈何之時，忽聽得大姐在外喊道：「二小姐快點，施大少爺來哉。」秀寶頓然失色，飛跑出房，竟丟下樸齋和善卿在房間裡，並沒有一人相陪。善卿因問樸齋道：「秀寶要啥個戒指，阿是耐去買撥俚？」樸齋道：「就是莊荔甫去搭漿❸仔一句閑話，先起頭俚哚說要一對戒指，我勿答應。荔甫去騙俚哚，說：『戒指末現成無撥，隔兩日再去打末哉。』俚為此故歇就要去打戒指。」善卿道：「故也是耐自家勿好，覅去怪啥荔甫。荔甫是秀林老客人，生來❹幫俚哚啘。耐說荔甫去騙俚哚，荔甫是就來裡騙耐。耐以後末覅再去上荔甫個當水哉，阿曉得？」樸齋唯唯而已，沒一句回話。適見楊家娒進來取茶碗出去，善卿叫他喊秀寶：「拿戒指來，倪要去哉。」楊家娒摸不著頭腦，胡亂應下，去喊秀寶。秀寶回房，見善卿面色不善，忙道：「我原搭耐裝好仔。」善卿道：「我來裝末哉。」一手接過戒指去。秀寶不敢招惹，只拉樸齋過一邊，密密說了好些話。及善卿裝好首飾包，說聲：「倪去罷。」轉身便走。樸齋慌的緊緊跟隨出來。秀寶也不曾留，卻約下樸齋道：「耐晚歇要來個哩。」直叮囑至樓梯邊而別。

善卿出至街上，卻問樸齋道：「耐阿搭俚去買戒指？」樸齋道：「隔兩日再看哉哩。」善卿冷笑道：「隔兩日再看個閑話，故是原要搭俚去買個哉。耐個意思，阿是為仔秀寶搭用脫仔兩錢，捨勿得；想多用點撥俚末，望俚來搭耐要好？我搭耐老實說仔罷，要秀寶來搭耐要好，勿會個哉，耐趁早死仔一條心！

---

❸ 搭漿：吳語。應付；敷衍。此有「多嘴」之意。

❹ 生來：生就；本來。

耐就拿仔戒指去，秀寶只當耐是鑲頭，阿會要好嘎！」樸齋一路領會忖度。至寶善街口，將要分手，善卿復站住說道：「耐就上海場花搭❺兩個朋友，也刻刻要留心。像莊荔甫，本來算勿得啥朋友，就是張小村、吳松橋，算是自家場花❻人，好像靠得住哉，到仔上海倒也難說。先要耐自家有主意，俚哚隨便說啥閑話，耐少聽點，也好點。」樸齋也不敢下一語。善卿還嘮叨幾句，自往張蕙貞處送首飾去了。

趙樸齋別過洪善卿，茫然不知所之。心想：善卿如此相勸，倒不好開口向他借貸。若要在上海白相，須得想個法子，敷衍❼過去。當此無聊之際，不如去尋吳松橋談談，或者碰著什麼機會，也未可知。遂叫把東洋車坐了，徑往黃浦灘拉來。遠遠望見白牆上「義大洋行」四個大字，樸齋叫車夫就牆下停車，開發了車錢。只見洋行門首正在上貨，挑夫絡繹不絕，有一個綿襦❽馬褂戴著眼鏡的，像是管帳先生，站在門傍向黃浦呆望。旁邊一個挑夫，拄著扁擔與他說話。樸齋上前拱手問：「吳松橋阿來裡？」那先生也不回答，只嗤的一笑，仰著臉竟置不理。樸齋不好意思，正要走開，倒是那挑夫用手指道：「耐要尋人末，去問帳房裡；該搭棧房❾，陸裡有啥人嘎。」樸齋照他指的方向去看，果然一片矮牆，門口掛一塊黑漆金字小招牌，一進了門，乃是一座極高大四方的外國房子。樸齋想：這所在，不好瞎闖的，徘

❺ 搭：吳語。有這裡、處所的意思。
❻ 自家場花：自己地方。亦即指同鄉。
❼ 敷衍：應付；對付。
❽ 綿襦：棉袍。
❾ 棧房：倉房；庫房。

佪瞻望，不敢聲喚。恰好幾個挑夫拖了扁擔往裡飛跑，直跑進旁邊一扇小門。樸齋跟至門前，那門也有一塊小招牌，寫著「義大洋行帳房」六個字，下面又畫一隻手，伸一個指頭，望門裡指著。樸齋大著膽進去，踅到帳房裡，只見兩行都是高櫃臺，約有二三十人在那裡忙碌碌的，不得空隙。樸齋揀個年輕學生說明來意，那學生把樸齋打量一回，隨手把壁間繩頭抽了兩抽，即有個打雜的應聲而至。學生叫：「去喊小吳來，說有人來裡尋。」

打雜的去後，樸齋掩❿在一旁，等了個不耐煩，方才見吳松橋穿著本色洋絨短衫褲，把身子扎縛得緊緊的，十分即溜⓫，趕忙奔至帳房裡。一見樸齋，怔了一怔，隨說：「倪樓浪去坐歇罷。」乃領樸齋穿過帳房，轉兩個彎，從一乘樓梯上去。松橋叫腳步放輕些，蹭到樓上，推開一扇屏門，只見窄窄一角外國房子，倒像是截斷弄堂一般，滿地下橫七豎八，堆著許多銅鐵玻璃器具，只靠窗有一隻半桌、一隻皮杌子。樸齋問：「阿曾碰著歇小村？」松橋忙搖搖手，叫他不要說話。又悄悄囑道：「耐坐歇，等我完結⓬仔事體，一淘北頭去。」樸齋點頭坐下，松橋掩上門，匆匆去了。這門外常有外國人出進往來，履聲橐橐，嚇得樸齋在內屏息危坐，捏著一把汗。一會兒，松橋推門進來，手中拿兩個空的洋瓶撩在地下，囑樸齋：「再等歇，完結快哉。」仍匆匆掩門而去。

足有一個時辰，松橋才來了，已另換一身綿襺馬褂，時路行頭⓭，連鑲鞋小帽⓮並嶄然一新，口中

❿ 掩：吳語。本有躲、藏之意，此有「站在不顯眼之處」的意思。

⓫ 即溜：亦作「即留」。機靈；精細。此也有「利索」之意。「利索」為整齊、無拖累。

⓬ 完結：完；結束。此有辦完之意。

連說：「對勿住。」一手讓樸齋先行，一手拽門上鎖，同下樓來。原經由帳房轉出旁邊小門，迤邐至黃浦灘。松橋說道：「我約小村來哚兆貴里，倪坐車子去罷。」隨喊兩把東洋車坐了。車夫討好，一路飛跑，頃刻已到石路兆貴里弄口停下。松橋把數好的兩注車錢分給車夫，當領樸齋進弄，至孫素蘭家。只見娘姨金姐在樓梯上迎著，請到亭子⑮裡坐，告訴吳松橋道：「周個搭張個，來過歇哉，說到華眾會去走一埭。」

松橋叫拿筆硯來，央趙樸齋寫請客票頭，說：「尚仁里楊媛媛家請李鶴汀老爺。」樸齋仿照格式端楷繕寫，才要寫第二張，忽聽得樓下外場喊：「吳大少爺朋友來。」吳松橋矍然⑯起道：「覅寫哉，來哉。」趙樸齋丟下筆，早見一個方面大耳、長挑身材的鬍子進房。後面跟的一個，就是張小村。拱手為禮，問起姓名，方知那鬍子姓周，號少和，據說在鐵廠勾當⑰。趙樸齋說聲「久仰」，大家就坐。吳松橋把請客票頭交與金姐：「快點去請。」那孫素蘭在房間裡聽見這裡熱鬧，只道客到齊了，免不得過來應酬。一眼看見趙樸齋，問道：「昨日夜頭么二浪吃酒阿是俚？」吳松橋道：「吃仔兩檯哉。先起頭⑱吃一檯，耐也來哚檯面浪啘。」孫素蘭點點頭，略坐一坐，還回那邊正房間陪客去了。

---

⑬ 時路行頭：時新行頭。

⑭ 鑲鞋小帽：瓜皮帽。

⑮ 亭子：當指亭子間。

⑯ 矍然：急遽貌。

⑰ 勾當：主管。

⑱ 先起頭：起先。

這邊談談講講，等到掌燈以後，先有李鶴汀的管家匡二來說：「大少爺搭四老爺來哚吃大菜。說阿有啥人末，先替碰⑲歇。」吳松橋問趙樸齋：「耐阿會碰和？」樸齋說：「勿會。」周少和道：「就等一歇也無啥。」金姐問道：「先吃仔夜飯，阿好？」張小村道：「俚來哚吃大菜末，倪也好吃飯哉。」吳松橋乃令開飯。不多時，金姐請各位去當中間用酒。只見當中間內已擺好一桌齊整飯菜，四人讓坐，卻為李鶴汀留出上首一位。孫素蘭正換了出局衣裳出房，要來篩酒。吳松橋急阻止道：「耐請罷，覅弄齷齪⑳仔衣裳。」素蘭也就罷了，隨口說道：「耐哚慢慢交用，對勿住，倪出局去。」既說便行。吳松橋舉杯讓客，周少和道：「吃仔酒，晚歇勿好碰和，倒是吃飯罷。」松橋乃讓趙樸齋道：「耐勿碰和，多吃兩杯。」樸齋道：「我就吃兩杯，耐覅客氣。」張小村道：「我來陪仔耐吃一杯末哉。」於是兩人乾杯對照。

及至趙樸齋吃得有些興頭，卻值李鶴汀來了，大家起身，請他上坐。李鶴汀道：「我吃過哉，耐哚四家頭阿曾碰歇和？」吳松橋指趙樸齋道：「俚勿會碰，等耐來裡。」周少和連聲催飯，大家忙忙吃畢，揩把面，仍往亭子裡來。卻見靠窗那紅木方桌已移在中央，四枝膻燭㉑點得雪亮，桌上一副烏木嵌牙麻雀牌和四分籌碼，皆端正齊備。吳松橋請李鶴汀上場，同周少和、張小村拈鬮坐位，金姐把各人茶碗及高裝糖果放在左右茶几上，李鶴汀叫拿票頭來叫局。周少和便替他寫，叫的是尚仁里楊媛媛。少和問：

⑲ 替碰：指打麻將。下文「碰和」也指打牌。

⑳ 齷齪：這裡用作動詞，弄髒。

㉑ 膻燭：蠟燭。膻，音ㄉㄢˋ。

「阿有啥人叫？」張小村說：「倪勿叫哉。」吳松橋道：「樸齋叫一個罷！」趙樸齋道：「我勿碰和末，叫啥局哩？」張小村道：「阿要我搭耐合仔點㉒？」李鶴汀道：「合仔蠻好。」張小村道：「寫末哉，西棋盤街聚秀堂陸秀寶。」周少和一併寫了，交與金姐。吳松橋道：「讓俚少合仔點罷，倘忙㉓輸得大仔，好像難為情。」張小村道：「合仔二分末哉。」趙樸齋道：「二分要幾花嗄？」周少和道：「有限得勢，輸到十塊洋錢，碰滿㉔哉。」樸齋不好再說，卻坐在張小村背後，看他碰了一圈莊，絲毫不懂，自去榻床躺下吸煙。

一時楊媛媛先來，陸秀寶隨後並到。秀寶問趙樸齋道：「坐來哚陸裡嗄？」吳松橋道：「耐就榻床浪去坐歇，俚要搭耐碰『對對和』。」陸秀寶即坐在榻床前杌子上。楊家姆取出袋裡水煙筒來裝水煙，趙樸齋盤膝坐起，接了自吸。陸秀寶問道：「耐阿碰和嗄？」樸齋道：「我無撥洋錢，勿碰哉。」秀寶眼睛一瞟，冷笑道：「耐個閑話是白說脫個啘，啥人來聽耐嗄！」樸齋洋嘻嘻㉕的道：「勿聽末，就罷。」秀寶沉下臉來道：「耐阿搭我拿戒指？」樸齋道：「耐看我阿有工夫？」秀寶道：「耐勿碰和，半日來哚做啥？」樸齋道：「我末也有我事體，耐陸裡曉得嗄？」秀寶又撅著嘴咕嚕道：「倪勿來，耐阿去拿嗄？」樸齋只嘻著嘴笑，不則一聲。秀寶伸一個指頭，指定樸齋臉上道：「只要耐晚歇勿拿得來末，我

㉒ 合仔點：合在一起叫局，即合點一個妓女。

㉓ 倘忙：倘若；如果。

㉔ 碰滿：到頂；碰頂。

㉕ 洋嘻嘻：笑嘻嘻，又帶有調侃的神態。

拿銀簪來戳爛耐隻嘴！看耐阿吃得消？」樸齋笑道：「耐放心，我晚歇勿來末哉，覅說得來怕人勢勢！」秀寶一聽，急的問道：「啥人說教耐覅來嗄，耐倒要說說看？」一面問個著落，一面咬緊牙關，把樸齋腿傍狠命的捽一把。樸齋忍不住，叫聲「阿呀」！那檯面上碰和的聽了，異口同聲，呵呵一笑，秀寶趕緊放手。周少和叫金姐說道：「耐哚檯子下頭倒養一隻呱呱啼來裡，我明朝也要借一借哚。」大家聽說，重笑一回，連楊媛媛也不禁笑了。陸秀寶恨得沒法，只輕輕的罵：「短命！」

趙樸齋側著頭覷了覷，見秀寶水汪汪含著兩眶眼淚，呆臉端坐，再不說話。樸齋想要安慰他，卻沒有什麼可說的。忽見簾子縫裡有人招手，叫「楊家姆」。楊家姆隨去問明，即復給樸齋裝水煙，樸齋搖手不吸。楊家姆道：「倪要轉局去，先去哉。」秀寶卻和楊家姆唧唧說了半晌，楊家姆轉向樸齋道：「趙大少爺，耐只道仔㉖秀寶要耐戒指，阿曉得俚哚無姆要說俚個啘。」秀寶接嘴道：「耐想哩，耐昨日末自家搭倪無姆說好仔：『去打末哉。』倪阿好搭倪無姆說耐勿肯去打哉嗄？耐就勿去打，也無啥，耐晚歇來搭倪無姆當面去說一聲，阿聽見？」樸齋怕人笑話，催促道：「耐去罷，晚歇再說。」秀寶也不好多話，扶著楊家姆肩膀去了。李鶴汀說道：「么二浪倌人㉗，自有多花么二浪功架。俚哚慣常仔，自家做出來也勿覺著哉。」楊媛媛嗔道：「關耐啥事嗄？要耐去說俚哚！」鶴汀微笑而罷。

趙樸齋又慚又惱，且去看看張小村的籌碼，倒贏了些，也自歡喜。正值四圈滿莊，更調坐次，復碰四圈。李鶴汀要吸口煙，叫楊媛媛替碰。楊媛媛接上去，也只碰了一圈，叫道：「也勿好，耐自家來碰

㉖ 道仔：吳語。以為。

㉗ 么二浪倌人：指下等妓女。

罷。」鶴汀道：「耐碰下去末哉。」楊媛媛道：「蠻好牌，和勿出啘。」趙樸齋從旁窺探，見李鶴汀一堂籌碼剩得有限，楊媛媛連碰一圈，恰好輸完，定不肯再碰了。李鶴汀只得自己上場，向贏家周少和轉了半堂籌碼。楊媛媛也就辭去。

須臾碰畢，惟李鶴汀輸家，輸有一百餘元。張小村也是贏的，趙樸齋應分得六元。周少和預約明日原班次場，問趙樸齋阿高興一淘來，張小村攔道：「俚勿會碰，覅約哉。」周少和便不再言。吳松橋請李鶴汀吸煙，鶴汀道：「勿吃哉，倪要去哉。」金姐忙道：「等先生轉來仔了哩。」鶴汀道：「耐哚先生倒忙得勢。」金姐道：「今朝轉仔五六個局哚。李大少爺，真真怠慢耐哚哩。」吳松橋笑說：「覅客氣哉。」於是大家散場，一淘出兆貴里，方才分路各別。趙樸齋自和張小村同回寶善街悅來客棧。

第一三回終。

第一四回　單拆單單嫖明受侮　合上合賭暗通謀

按，張小村、趙樸齋同行，至寶善街悅來客棧門首，樸齋道：「我去一埭就來，耐等一歇。」小村笑而諾之，獨自回棧。棧使開房點燈沖茶，小村自去鋪設煙盤過癮。吸不到兩口煙，趙樸齋竟回來了，小村詫異得狠，問其如何。樸齋嘆口氣道：「勦說起。」便將陸秀寶要打戒指一切情節，仔細告訴小村，並說：「我故歇❶去，就來裡棋盤街浪望仔一望，望到俚房間裡來哚擺酒、搳拳、唱曲子，鬧熱得勢。想來就是姓施個客人。」小村笑道：「我看起來，還有道理。耐想：今朝一日天就有客人，阿是客人等好來哚？無撥實概湊巧啘！耐去上仔俚哚當水哉。姓施個客人末，總也是上當水，耐想阿對？」樸齋恍然大悟，從頭想起，越想越像，悔恨不迭。小村道：「難也勦去說俚哉，以後耐勦去仔末才是哉❷。我也正要搭耐說，我有一頭生意來哚，就是十六鋪朝南大生米行裡，我明朝就要搬得去。我去仔，耐一幹仔住來裡棧房裡，終究勿是道理❸。最好末，耐原轉去，託朋友尋起生意來再說。勿然，就搬到耐哚娘舅店裡去，倒也省仔點房飯錢，耐說阿是？」樸齋尋思半晌，復嘆口氣道：「耐生意倒有哉。我用脫仔

---

❶ 故歇：現在；這會。

❷ 才是哉：全都在了；就是了。

❸ 勿是道理：不是個事兒。

多花洋錢，一點點勿曾做啥❹。」小村道：「耐要來裡❺上海尋生意，倒是難哩，就等到一年半載，也說勿定尋得著尋勿著。耐先要自家有主意，覅隔兩日用完仔洋錢，勿過去，撥來❻耐哚娘舅說，阿是無啥意思。」

樸齋尋思這話卻也不差，乃問道：「耐哚碰和，一場輸贏要幾花嗄？」小村道：「要是牌勿好，輸起來，就二三百洋錢也無啥稀奇哩。」樸齋道：「耐輸仔阿撥俚哚？」小村道：「輸仔阿好勿撥嗄？」樸齋道：「陸裡來幾花洋錢去撥俚？」小村道：「耐勿曉得，來裡上海場花，只要名氣做得響末就好。耐看仔場面浪幾個人，好像闊天闊地，其實搭倪也差勿多，不過名氣響仔點。要是無撥仔名氣，阿好做啥生意嗄？就算耐屋裡響該❼好幾花家當來裡，也無用啘。耐看吳松橋阿是個光身體，俚稍微有點名氣末，二三千洋錢手裡揞出揞進❽，無啥要緊。我是比勿得俚，价末❾要有啥用場，匯劃莊浪去，四五百洋錢也拿仔就是。耐陸裡曉得嗄！」樸齋道：「莊浪去拿仔末，原要還個啘。」小村道：「故末也要自家算計哉哩。生意裡借轉點，碰著法❿，有啥進益，補湊補湊末還脫哉。」樸齋聽他說來有理，仍是尋

---

❹ 勿曾做啥：指一點生意也沒有做成。

❺ 來裡：吳語。在。

❻ 撥來：給；讓。

❼ 該：吳語。有。

❽ 揞出揞進：甩出甩進。揞，吳語。還有「掉」的意思。

❾ 价末：吳語。本指那麼。此有「一旦」、「假如」的語氣。

❿ 碰著法：碰到有機會、有法子。

思不語，須與各睡。

次早十九日，樸齋醒來，見小村打疊起行李，叫棧使喊小車。樸齋忙起身相送，送至大門外，再三囑託：「有啥生意，搭我吹噓吹噓。」小村滿口應承。樸齋看小村押著小車去遠，方回棧內。吃過中飯，正要去閑遊散悶，只見聚秀堂的外場手持陸秀寶名片來請。樸齋賭氣，把昨夜頭一個局錢給他帶回，外場那裡敢接。樸齋隨手撩下，望外便走。外場只得收起，趕上樸齋說些好話。樸齋只做不聽見，自去四馬路花雨樓頂上泡一碗茶，吃過四五開，也覺沒甚意思，心想：陸秀寶如此無情，倒不如原和王阿二混混，未始不妙。

當下出花雨樓，朝南過打狗橋，徑往法界新街盡頭，認明王阿二門口，直上樓去，房間裡不見一人。正在躊躇想要退下，不料一回身，王阿二捏手捏腳跟在後面，已到樓門口了。喜的樸齋故意彎腰一瞧道：「咦，耐阿是要來嚇我？」王阿二站定，拍掌大笑道：「我來哚間壁郭孝婆搭，看見耐低到仔頭只管走，我就曉得耐到倪搭來。跟來耐背後，看耐到仔房間裡東張張、西張張，我末來裡好笑，要笑出來哉呀。」樸齋也笑道：「我想勿到耐就來裡我背後，倒一嚇。」王阿二道：「阿是耐勿看見，眼睛大得來！」

說話時，那老娘姨送上煙茶二事，見了樸齋笑道：「趙先生，恭喜耐哉啘。」樸齋愕然道：「我有啥喜嘎？」王阿二接嘴道：「耐算瞞倪，阿是？勿可帳⓫倪倒才曉得個哉！」樸齋道：「耐曉得啥哩？」王阿二不答，卻轉臉向老娘姨道：「耐聽俚，阿要惹人氣！倒好像是倪要吃醋，瞞仔倪。」老娘姨呵呵笑道：「趙先生，耐說末哉，倪搭勿比得堂子裡，耐就去開仔十個寶，也勿關倪啥事。阿怕倪二小姐搭

⓫ 勿可帳：吳語。原意為可不成、可不是、難道等。此有「不料」之意。

俚哚去吃醋？倪倒有幾幾花花醋哚，也吃勿得⓬陸裡搭好啘。」樸齋聽說，方解其意，笑道：「耐哚說陸秀寶，我只道仔耐哚說我有仔啥生意了，恭喜我。」王阿二道：「耐有生意無生意，倪陸裡曉得嗄。」樸齋道：「价末陸秀寶搭開寶，耐倒曉得哉。故是張先生來搭耐哚說個啘？」老娘姨道：「張先生就搭耐來仔一埭，以後勿曾來歇。」王阿二道：「張先生是勿來哉。我搭耐說仔罷，倪搭用好包打聽⓭來裡，阿有啥勿曉得？」樸齋道：「价末昨日夜頭是啥人住來哚陸秀寶搭，耐阿曉得？」王阿二努起嘴來道：「哪！是隻狗哉啘。」被樸齋一口啐道：「我要是住來哚末，也勿來問耐哉啘！」王阿二冷笑道：「覅搭我瞎說哉。開寶客人住仔一夜天就勿去哉，耐騙啥人嗄？」樸齋嘆口氣，也冷笑道：「耐哚包打聽阿是個聾髭⓮？教俚去喊個剃頭司務，拿耳朵來作作清爽⓯再去做包打聽末哉！」

王阿二聽說，知道是真情了，忙即問道：「阿是耐昨日夜頭勿來哚陸秀寶搭？」樸齋遂將陸秀寶如何倡議，如何受欺，如何變卦，如何絕交，前後大概略述一遍。那老娘姨插口說道：「趙先生，也要算耐有主意哚，倒撥來耐看穿哉。耐阿曉得倌人開寶，是俚哚堂子裡口談⓰啘，陸裡有真個嗄？差勿多要三四轉、五六轉哚，耐末揞脫⓱仔洋錢，再去上俚哚當水，啥犯著嗄？」王阿二道：「早曉得耐要去上

⓬ 吃勿得：本指吃不得、不能吃之意。此指「不知吃哪裡的醋才好」。

⓭ 包打聽：吳語。指包探。

⓮ 聾髭：吳語。聾子。

⓯ 拿耳朵句：把耳朵掏乾淨。作作，收拾；挖。

⓰ 口談：吳語。口頭禪。引申為「騙人的話」。

⓱ 揞脫：吳語。本指弄丟了、掉了。此指白扔了、白花了。

俚哚當水末，倪倒勿如也說是清倌人，只怕比仔陸秀寶要像點哚。」樸齋嘻嘻的笑道：「耐前門是勿像哉，我來搭耐開扇後門，走走便當點，阿好？」王阿二也不禁笑道：「耐個人啊，撥兩記耳光耐吃吃末好！」老娘姨隨後說道：「趙先生，耐也自家勿好。耐要聽仔張先生閑話，就來裡倪搭走走，勿到別場花去末，倒也勿去上俚哚當水哉。像倪搭阿有啥當水來撥耐上嗄？」樸齋道：「別場花是我也無撥，陸秀寶搭勿去仔，就不過該搭⓲來走走。前幾日我心裡要想來，為仔張先生——倘忙碰著仔，好像有點難為情。難是張先生搬得去哉，也勿要緊哉。」

王阿二忙即問道：「阿是張先生尋著仔生意哉？」樸齋遂又將張小村現住十六鋪朝南大生米行裡的話備述一遍。那老娘姨又插口說道：「趙先生，耐忒啥膽小哉。覅說啥張先生倪搭勿來，就算俚來仔，碰著耐來裡也無啥要緊啘。有辰光倪搭⓳客人，合好仔三四個朋友一淘來，才是朋友，才是客人，俚哚也算鬧熱點好白相，耐看見仔要難為情殺哉！」王阿二道：「耐末真真是個鏟頭。張先生就是要打耐末，耐也打得過俚啘，怕俚啥嗄？要說是難為情，倪生意只好覅做哉。」樸齋自覺慚愧，向榻床躺下，把王阿二裝好的一口煙拿過槍來，湊上燈去要吸，吸的不得法，煙騰騰燒起來了。王阿二在旁看著好笑。

忽聽得間壁郭孝婆高聲叫「二小姐」，王阿二慌的令老娘姨去看：「阿有啥人來哚？」老娘姨趕緊下樓。樸齋倒不在意，王阿二卻抬頭側耳，細細的去聽。只聽得老娘姨即在自己門前和人說話，說了半晌不中用，復叫道：「二小姐，耐下來哩。」恨得王阿二咬咬牙，悄地咒罵兩句，只得丟了樸齋往下飛奔。

⓲ 就不過該搭：也就是這裡。

⓳ 倪搭：我們這裡。

樸齋那口煙原沒有吸到底，也就坐起來聽是什麼事。只聽得王阿二走至半樓梯先笑叫道：「長大爺，我道是啥人。」接著咕咕唧唧，更不知說些甚話，聽不清楚。只聽得老娘姨隨後發急叫道：「徐大爺，我搭耐說哩……」這一句還沒有說完，不料樓梯上一陣腳聲，早闖進兩個長大漢子，一個尚是冷笑面孔，一個竟揎拳攘臂，雄糾糾的據坐榻床，掿⑳起煙槍把煙盤亂搠，只嚷道：「拿煙來！」王阿二忙上前陪笑道：「娘姨來哚拿來哉，徐大爺覅動氣。」樸齋見來意不善，雖是氣不伏，卻是惹不得，便打鬧裡一溜煙走了。王阿二連送也不敢送。可巧老娘姨拿煙回來，在街相遇，一把拉住囑咐道：「日裡嚮人多，耐夜頭一點鐘再來，倪等來裡。」樸齋點頭會意。

那時太陽漸漸下山，樸齋並不到棧，胡亂在飯館裡吃了一頓飯，又去書場裡聽了一回書，捱過十二點鐘，仍往王阿二家。果然暢情快意，一度春宵。明日午前回歸棧房，棧使迎訴道：「昨夜有個娘姨來，尋仔耐好幾埭哚。」樸齋知道是聚秀堂的楊家媯，立意不睬，惟恐今日再來糾纏，索性躲避為妙。一至飯後，連忙出門，惘惘然不知所往。初從石路向北出大馬路，既而進拋球場，兜了一個圈子。心下打算：畢竟到那裡去消遣消遣？忽想起吳松橋等碰和一局，且去孫素蘭家問問何妨。因轉彎過四馬路，徑往兆貴里孫素蘭家，只向客堂裡問：「吳大少爺阿來裡？」外場回說：「勿曾來。」樸齋轉身要走，適為娘姨金姐所見，因是前日一淘碰和的，乃明白告道：「阿是問吳大少爺？俚哚來裡尚仁里楊媛媛搭碰和，耐去尋末哉。」

樸齋聽了出來，遂由兆貴里對過同慶里進去，便自直通尚仁里。當並尋著了楊媛媛的條子，欣然摳

⑳ 掿：音ㄋㄨㄛˋ。握；捏。

衣踵門。望見左邊廂房裡一桌碰和，迎面坐的正是張小村。樸齋隔窗招呼，踅進房裡。張小村及吳松橋免不得寒暄兩句，李鶴汀只說聲「請坐」，周少和竟不理。趙樸齋站在吳松橋背後靜看一回，自覺沒趣，訕訕告辭而去。李鶴汀乃問吳松橋道：「俚阿做啥生意？」松橋道：「俚也出來白相相，無啥生意。」張小村道：「俚要尋點生意，耐阿有啥路道？」吳松橋嗤的笑道：「俚要做生意？耐看陸裡一樣生意末俚會做嗄？」大家一笑丟開。

比及碰完八圈，核算籌碼，李鶴汀仍輸百元之數。楊媛媛道：「耐倒會輸哚，我勿曾聽見耐贏歇㉑啘。」吳松橋道：「碰和就輸煞㉒也勿要緊，只要牌九莊浪四五條統吃下來末，好哉啘。」周少和道：「吃花酒無啥趣勢。倒勿如尤如意搭去翻翻本看。」李鶴汀微笑道：「尤如意搭明朝去末哉。」張小村問道：「啥人請耐吃酒？」李鶴汀道：「就是黎篆鴻。勿然，啥人高興去吃花酒。俚也勿請啥人，單是我搭四家叔兩家頭。要拆仔俚冷臺㉓，故是跳得來好白相煞哉㉔。」吳松橋道：「老老頭倒高興哚。」李鶴汀正色道：「我說倒也是俚本事。耐想哩，俚屋裡末幾花姨太太，外頭末堂子裡倌人，還有人家人，一搨括仔算起來，差勿多幾百哚！」周少和道：「到底阿有幾花現銀子？」李鶴汀道：「啥人去搭俚算嗄，連搭俚自家也有點模糊哉。要做起生意來，故末叫熱昏搭仔邪㉕，幾千萬做去看，阿有啥淘成！」

㉑ 贏歇：贏過。

㉒ 輸煞：輸得再多。

㉓ 拆仔俚冷臺：掃了他的興。拆冷臺，掃興。

㉔ 故是句：那就會火冒三丈有好戲看了。

大家聽了，搖頭吐舌贊嘆一番，也就陸續散去。

李鶴汀隨意躺在榻床上，伸了個懶腰，打了個呵欠。楊媛媛問：「阿要吃筒鴉片煙？」鶴汀說：「覅吃。昨日鬧仔一夜天，今朝勿曾睏醒，懶檏㉖得勢。」媛媛道：「昨日去輸仔幾花嗄？」鶴汀道：「昨日還算好，連配仔兩條就停哉，价末也輸千把哚。」媛媛道：「我勸耐少賭賭末哉。難為㉗仔洋錢，還要糟蹋身體。耐要想翻本，我想俚哚人，贏末倒拿仔進去哉，輸仔勿見得再拿出來撥來耐哉哩！」鶴汀笑道：「故是耐瞎說。先拿洋錢去買得來籌碼，有籌碼末總有洋錢來哚，阿有啥拿勿出？就怕翻本翻勿轉，莊浪風頭轉仔點，俚哚倒勿打哉，贏勿動俚，無法仔㉘。」媛媛道：「原是啘。我說耐明朝要到尤如意搭去，算好仔幾花輸贏，索性再賭一場。翻得轉末翻仔，翻勿轉，就氣輸仔罷哉㉙。」鶴汀道：「故末勿差，倘然翻勿轉，我定規要戒賭哉。」媛媛道：「耐能夠戒脫仔勿賭，故是再好也勿有。就是要賭末，耐自家也留心點。像實概幾萬輸下去，耐末倒也無啥要緊，別人聽見仔阿要發極嗄？耐哚四老爺要問起倪來，為啥勿勸勸哩，倪倒吃仔俚閑話，也只好勿響啘。」鶴汀道：「故是無价事㉚個，四老爺勿說我倒來說耐？」媛媛道：「故歇說閑話個人多㉛，倒說勿定哩。其實倪搭是耐自家高興賭仔兩場，閑

㉕ 邪：厲害。

㉖ 懶檏：吳語。懶；懶惰。

㉗ 難為：吳語。意思頗多。有多虧、糟蹋等意。此指浪費。

㉘ 無法仔：沒法子。

㉙ 就氣句：就認晦氣認輸罷了。

㉚ 無价事：吳語。無所謂；不要緊。此指「沒這回事」。

人說起來，倒好像倪挑仔幾花頭錢㉜哉。倪堂子裡勿是開啥賭場，也覅挑啥頭錢啘！」鶴汀道：「啥人來說耐嗄，耐自家來哚多心。」媛媛道：「難耐到尤如意搭去賭末哉，故末有啥閑話也勿關倪事。」說話時，鶴汀已自目餳吻瀝，微笑不言。媛媛也就剪住了。

當下鶴汀矇矓上來，竟自睡去。媛媛知他欠睏，並不聲喚，親自取一條絨毯，替他悄地蓋上。鶴汀直睡至上燈以後，娘姨盛姐搬夜飯進屋，鶴汀聽得碗響，即又驚醒。楊媛媛問鶴汀道：「耐阿要先吃仔口再去吃酒？」鶴汀一想說道：「吃是倒吃勿落，點點也無啥。」盛姐道：「無撥啥小菜啘，我去教俚哚添兩樣。」鶴汀搖手道：「覅去添，耐搭我盛一口口㉝乾飯好哉。」媛媛道：「俚乃喜歡糟蛋，耐去開仔個糟蛋罷。」盛姐答應，立刻齊備。鶴汀和媛媛同桌吃畢，恰值管家匡二從客棧裡來，見鶴汀稟說：「四老爺吃酒去哉，教大少爺也早點去。」媛媛道：「等俚哚請客票頭來仔了去，正好啘。」鶴汀道：「早點去吃仔，早點轉去睏覺哉。」媛媛道：「耐身自裡有點勿舒齊末，原到倪搭來，比仔棧房裡也適意點哚。」鶴汀道：「兩日勿曾轉去，四老爺好像有點勿放心，轉去個好。」媛媛也無別語，李鶴汀乃叫匡二跟著，從楊媛媛家出門赴席。

第一四回終。

㉛ 故歇句：現今愛說閑話的人多。

㉜ 挑仔句：挑頭錢，抽頭。

㉝ 一口口：指很少的一口。

第一五回　屠明珠出局公和里　李實夫開燈花雨樓

按，黎篆鴻畢竟在那裡吃酒？原來便是羅子富的老相好蔣月琴家。李鶴汀先已知道，帶著匡二徑往東公和里來。匡二搶上前去通報，大姐阿虎接著，打起簾子請進房裡。李鶴汀看時，只有四老爺和一個幫閑門客姓于號老德的在座。四老爺乃是李鶴汀的嫡堂叔父，名叫李實夫。三人廝見，獨有主人黎篆鴻未到。李鶴汀正要動問，于老德先訴說道：「篆鴻來哚總辦公館裡應酬，月琴也叫仔去哉。俚說教倪三家頭先吃起來。」當下叫阿虎喊下去，擺檯面，起手巾。適值蔣月琴出局回來，手中拿著四張局票說道：「黎大人來哚來哉，教耐哚多叫兩個局，俚四個局末也搭俚去叫。」于老德乃去開局票。知道黎篆鴻高興，竟自首倡，也叫了四個局。李鶴汀只得也叫四個。李實夫不肯助興，只叫兩個。發下局票，然後入席。

不多時，黎篆鴻到了，又拉了朱藹人同來，相讓就坐。黎篆鴻叫取局票來，請朱藹人叫局。朱藹人叫了林素芬、林翠芬姊妹兩個。黎篆鴻說太少，定要叫足四個方罷。又問于老德：「耐哚三家頭叫仔幾花局嗄？」于老德從實說了。黎篆鴻向李實夫一看道：「耐啥也叫兩個局哚？難為耐哉啘，要六塊洋錢哚哩，荒荒唐唐。」李實夫不好意思，也訕笑道：「我無處去叫哉啘。」黎篆鴻道：「耐也算是老白相❶

❶ 老白相：此中老手。

啘，故歇叫個局就無撥哉，說出閑話來阿要無志氣❷！」李實夫道：「從前相好，年紀忒大哉，叫得來做啥？」黎篆鴻道：「耐阿曉得，勿會白相末，白相小；會白相，倒要白相老；越是老末，越是有白相❸。」李鶴汀聽說即道：「我倒想著一個來裡哉。」黎篆鴻遂叫送過筆硯去，請李鶴汀替李實夫寫局票。李實夫留心去看，見李鶴汀寫的是屠明珠，躊躇道：「俚光景勿見得出局哉哩。」李鶴汀道：「倪去叫，俚阿好意思勿來。」

黎篆鴻拿局票來看，見李實夫仍只叫得三個局，乃皺眉道：「我看耐要幾花洋錢來放來哚箱子裡做啥，阿是我面浪來做人家❹哉？」又慫恿李鶴汀道：「耐再叫一個，也坍坍俚臺，看俚阿有啥面孔。」李實夫只是訕笑。李鶴汀道：「叫啥人哩？」想了一想，勉強添上個孫素蘭。黎篆鴻自己復想起兩個局來，也叫于老德添上，一併發下。

這一席原是雙檯，把兩隻方桌拼著擺的，賓主止有五位，座間寬綽得狠。因此黎篆鴻叫倌人都靠檯面與客人並坐，及至後來坐不下了，方排列在背後。總共廿二個倌人，連廿二個娘姨、大姐，密密層層擠了一屋子。于老德挨次數去，惟屠明珠未到。蔣月琴問：「阿要去催？」李實夫忙說：「覅催，俚就勿來也無啥。」李鶴汀回頭見孫素蘭坐在身旁，因說道：「借光耐❺，綳綳場面。」孫素蘭微笑道：「覅

---

❷ 無志氣：沒氣概；沒氣派。

❸ 有白相：有玩頭；有意思。

❹ 做人家：吳語。本指持家節儉，此指捨不得花錢。

❺ 借光耐：借你的光。

客氣，耐也是照應❻啘俔。」楊媛媛和孫素蘭也問答兩句，李鶴汀更自喜歡。林素芬與妹子林翠芬和起琵琶，商量合唱。朱藹人揣度黎篆鴻意思，那裡有工夫聽曲子，暗暗搖手止住。黎篆鴻自己叫的局倒不理會，卻看看這個，說說那個。及至屠明珠姍姍而來，黎篆鴻是認得的，又搭訕著問長問短，一時和屠明珠說起前十年長篇大套的老話來。李實夫湊趣說道：「讓俚轉局過來阿好？」黎篆鴻道：「轉啥局嗄，耐叫來哚末，一樣好說說閑話個啘。」李實夫道：「价末坐該搭來，說說閑話也近便點。」黎篆鴻再要攔阻，屠明珠早立起身來，挪過坐位，緊靠在黎篆鴻肩下坐了。

屠明珠的娘姨鮑二姐見機，隨給黎篆鴻裝水煙。黎篆鴻吸過一口，倒覺得不好意思的，便做意❼道：「耐勦來瞎巴結裝水煙，晚歇四老太爺動仔氣，吃起醋來，我老老頭打勿過俚啘。」屠明珠格聲笑道：「黎大人放心，四老太爺要打耐末，我來幫耐末哉。」黎篆鴻也笑道：「耐倒看中仔我三塊洋錢哉，阿是？」屠明珠道：「阿是耐勿捨得三塊洋錢，連水煙才勦吃哉？鮑二姐拿得來，勦撥俚吃！勦難為仔俚三塊洋錢，害俚一夜睏勿著。」

那鮑二姐正裝好一筒水煙給黎篆鴻吸，竟被屠明珠伸手接去，卻忍不住掩口而笑。黎篆鴻道：「耐哚來裡欺瞞我老老頭，阿怕罪過嗄？要天打個哩！」屠明珠那筒煙正吸在嘴裡，幾乎嗆出來，連忙噴了，笑道：「耐哚看黎大人哩，要哭出來哉！那就撥耐吃仔筒❽罷。」隨把水煙筒嘴湊到黎篆鴻嘴邊，黎篆

❻ 照應：吳語。照顧。

❼ 做意：吳語。故意；假裝。

❽ 吃仔筒：吃一筒。

鴻伸頸張口，一氣吸盡，喝聲采道：「阿唷，鮮得來。」鮑二姐也失笑道：「黎大人倒有白相哚。」于老德向屠明珠道：「耐也上仔黎大人當水哉，水煙末吃仔，三塊洋錢勿著杠[9]哩！」黎篆鴻拍手嘆道：「撥來耐哚說穿仔末，倒勿好意思再吃一筒哉啘。」說的合席笑聲不絕。

蔣月琴掩在一旁，插不上去，見朱藹人抽身出席，向榻床躺下吸鴉片煙，蔣月琴趁空因過去低聲問朱藹人道：「阿看見羅老爺？」朱藹人道：「我有三四日勿看見哉。」蔣月琴道：「羅老爺倪搭開消[10]仔勿來哉呀，耐哚阿曉得？」朱藹人問：「為啥？」蔣月琴道：「故末也是上海灘浪一樁笑話，為仔黃翠鳳勿許俚來，俚勿敢來哉。倪從小來裡堂子裡做生意，倒勿曾聽見歇像羅老爺個[11]客人。」朱藹人道：「阿有价事嘎？」蔣月琴道：「俚教湯老爺來開消，湯老爺搭倪說個啘。」朱藹人道：「耐哚阿曾去請俚？」蔣月琴道：「倪是隨便俚末哉，來也罷，勿來也罷，倪搭說勿做末，也做仔四五年哚，俚乃多花脾氣，倪也摸著點個哉。俚搭黃翠鳳來哚要好辰光。倪去請俚，也請勿到，倒好像是搭俚打岔[12]，倪索性[13]勿去請。朱老爺耐看來哚，看俚做黃翠鳳阿做得到四五年？到個辰光，俚原要到倪搭來哉，也用勿著倪去請俚哉。」

---

[9] 勿著杠：吳語。沒指望；沒有。
[10] 開消：吳語。花費，此指結帳。
[11] 個：這個；這樣的。
[12] 打岔：謂干擾、打斷或阻止他人的行為、說話或事情。
[13] 索性：吳語。乾脆。

朱藹人聽言察理，倒覺得蔣月琴狠有意思，再要問他底細，只聽得檯面上連聲請朱老爺，朱藹人只得歸席。原來黎篆鴻叫屠明珠打個通關，李實夫、李鶴汀、于老德三人都已打過，挨著朱藹人搳拳。朱藹人搳過之後，屠明珠的通關已畢，當下會搳拳的倌人爭先出手，請教搳拳。這裡也要搳，那裡也要搳，一時袖舞釧鳴，燈搖花顫，聽不清是「五魁」、「八馬」，看不出是「對手」、「平拳」，鬧得黎篆鴻煩躁起來，因叫：「乾稀飯，倪要吃飯哉。」倌人聽說吃飯，方才罷休，漸漸各散。惟屠明珠逈不猶人⑭，直等到吃過飯始去。

李鶴汀要早些睡，一至席終，和李實夫告辭先走，匡二跟了，徑回石路長安客棧。到了房裡，實夫自向床上點燈吸煙。李鶴汀令匡二鋪床。實夫詫異，問道：「楊媛媛搭啥⑮勿去哉嗄？」鶴汀說：「勿去哉。」實夫道：「耐勠為仔我來裡，倒白相來勿舒齊⑯。耐去末哉啘。」鶴汀道：「我昨日一夜天勿曾睏，今朝要早點睏覺哉。」實夫嘿然半晌，慢慢說道：「夷場⑰浪賭是賭勿得個哩，耐要賭末，轉去到鄉下去賭。」鶴汀道：「賭是也勿曾賭歇，就來哚堂子裡碰仔幾場和。」實夫道：「碰和是勿好算賭。只要勿賭，勠去闖出啥窮禍來。」鶴汀不便接說下去，竟自寬衣安睡。

實夫叫匡二把煙斗裡煙灰出了。匡二一面低頭挖灰，一面笑問：「四老爺叫來哚個老倌人，名字叫

---

⑭ 逈不猶人：亦作「迥不猶人」。卓然超絕，不同於人。

⑮ 啥：為啥；怎麼。

⑯ 舒齊：吳語。舒服；舒坦。

⑰ 夷場：舊時指上海的租界。猶言洋場。

啥?」實夫說:「叫屠明珠,耐看阿好?」匡二笑而不言。實夫道:「啥勿響嗄?勿好末,也說末哉啘。」匡二道:「倪看仔無啥好。就不過黎大人末,倒撫牢仔⑱當俚寶貝。四老爺,難下轉勦去叫俚哉,落得讓撥來黎大人仔罷。」實夫聽說,不禁一笑。匡二也笑道:「四老爺,耐看俚阿好嗄?門前一路頭髮末,才沓⑲光個哉。嘴裡牙齒也剩勿多幾個,連面孔才咽⑳仔進去哉。俚搭黎大人來哚說閑話,笑起來阿要難看:一隻嘴張開仔,面孔浪皮才牽仔攏去㉑,好像鑲仔一埭水浪邊。倪倒搭俚有點難為情,也虧俚做得出多花神妖鬼怪,拿面鏡子來教俚自家去照照看,阿相像㉒嗄?」

實夫大笑道:「今朝屠明珠真真倒仔滿㉓哉!耐勿曉得,俚名氣倒響得野哚,手裡也有兩萬洋錢,推扳㉔點客人還來哚拍俚馬屁哉。」匡二道:「要是倪做仔客人,就算是屠明珠倒貼末,老實說,勿高興。倒是黎大人吃酒個場花阿是叫蔣月琴?倒還老實點,粉也勿曾拍,著仔一件月白竹布衫,頭浪一點點勿插啥,年紀比仔屠明珠也差勿多哉哩。好是無啥好,不過清清爽爽,倒像是個娘姨。」實夫道:「也算耐眼睛光勿推扳。耐說俚像個娘姨,俚是衣裳、頭面多得來多勿過㉕哉,為此著末也勿著,戴末也勿

⑱ 撫牢仔:拿住。撫,通「摸」。據有;占有。
⑲ 沓:吳語。掉;落。
⑳ 咽:凹。
㉑ 牽仔攏去:扯到一塊兒去了。
㉒ 阿相像:猶言「什麼模樣」,含貶義。
㉓ 倒仔滿:倒了霉。
㉔ 推扳:差勁。

戴。耐看俚帽子浪一粒包頭珠有幾花大？要五百塊洋錢哚！」匡二道：「倒勿懂俚哚，陸裡來幾花洋錢？」實夫道：「才是客人去送撥俚哚個啘。就像今夜頭，一歇歇工夫末，也百把洋錢哉。黎大人是勿要緊，倪末叫冤枉煞哚，兩家頭難為廿幾塊。難㉖下轉俚要請倪去吃花酒，我勿去，讓大少爺一幹仔去末哉。」匡二道：「四老爺末，再要說笑話哉。到仔埭上海白相相，該應用脫兩錢。要是無撥末，叫無法子。像四老爺，就年勢間裡㉗多下來用用末，也用勿完啘。」實夫道：「勿是我做人家，要白相末，陸裡勿好白相，做啥長三書寓呢？阿是長三書寓名氣好聽點，真真是鏟頭客人。」說得匡二格聲笑了。

不料鶴汀沒有睡熟，也在被窩裡發笑。實夫聽得鶴汀笑，乃道：「我說個閑話，耐哚陸裡聽得進？怪勿得耐要笑起來哉。就像耐楊媛媛，也是擋角色啘，夷場浪倒是有點名氣哚。」鶴汀一心要睡，不去接嘴。匡二出畢煙灰，送上煙斗，退出外間。實夫吸足煙癮，收起煙盤，也就睡了。

這李實夫雖說吸煙，卻限定每日八點鐘起身。倒是李鶴汀早晚無定。那日廿一日，實夫獨自一個在房間裡吃過午飯，見鶴汀睡得津津有味，並不叫喚，但吩咐匡二：「留心伺候，我到花雨樓去。」說罷出門，望四馬路而來，相近尚仁里門口，忽聽得有人叫聲「實翁」。實夫抬頭看，是朱藹人從尚仁里出來，彼此廝見。朱藹人道：「正要來奉邀。今夜頭請黎篆翁吃局，就借屠明珠搭擺擺檯面，俚房間也寬勢㉘

㉕ 多勿過：實在太多。

㉖ 難：吳語。此有「待」的意思。

㉗ 年勢間裡：吳語。每年；一年裡。

㉘ 寬勢：吳語。寬暢。

點。原是倪五家頭，借重光陪，千乞勿卻。」實夫道：「我謝謝哉哩，晚歇教舍侄來奉陪。」朱藹人沉吟道：「勿然也勿敢有屈，好像人忒少，阿可以賞光？」實夫不好峻辭㉙，含糊應諾。朱藹人拱手別去，實夫才往花雨樓。

進門登樓，徑至第三層頂上，看時，恰是上市辰光，外邊茶桌，裡邊煙榻，撐得堂子都滿滿的。有個堂倌認得實夫，知道他要開燈㉚，當即招呼進去說：「空來裡哉。」實夫見當中正面榻上煙客在那裡會帳洗臉，實夫向下手坐下，等那煙客出去，堂倌收拾乾淨，然後調過上手來。一轉眼間，吃茶的、吸煙的越發多了，亂烘烘像潮湧一般，那裡還有空座兒。並夾著些小買賣：吃的，耍的，雜用的，手裡抬著，肩上搭著，胸前揣著，在人叢中鑽出鑽進兜圈子。實夫皆不在意，但留心要看野雞。

這花雨樓原是打野雞絕大圍場，逐隊成群，不計其數，說笑話，尋開心，做出許多醜態。實夫看不入眼，吸了兩口煙，盤膝坐起。堂倌送上熱手巾，揩過手面，取水煙筒來吸著。只見一隻野雞約有十六七歲，臉上拍的粉有一搭沒一搭，脖子裡烏沉沉一層油膩，不知在某年某月積下來的。身穿一件膏荷蘇線棉襖，大襟上油透一塊，倒變做茶青色了。手中拎的湖色熟羅手帕子，還算新鮮，怕人不看見，一路盡著甩了進來。實夫看了，不覺一笑。那野雞只道實夫有情於他，一直踅到面前站住，不轉睛的看定實夫，只等搭腔上來，便當乘間躺下。誰知恭候多時，毫無意思，沒奈何回身要走。卻值堂倌蹺起一隻腿靠在屏門口，照顧煙客，那野雞遂和堂倌說閑話。不知堂倌說了些什麼，挑撥得那野雞又是笑，又是罵，

㉙ 峻辭：嚴加拒絕；極力推辭。

㉚ 開燈：指點起燈來抽鴉片煙。

又將手帕子望堂倌臉上甩來。堂倌慌忙仰後倒退，猛可裡和一個販洋廣京貨的順勢一撞，只聽得「豁琅」一聲響，眾人攢攏去看，早把一盤子零星拉雜的東西撒得滿地亂滾。那野雞見不是事，已一溜煙走了。恰好有兩個大姐勾肩搭背趔趄而來，嘴裡只顧嘻嘻哈哈說笑，不提防腳下踹著一面皮鏡子，這個急了，提起腳來狠命一掙，掙過去。那個站不穩，也是一腳，把個寒暑表踹得粉碎。諒這等小買賣如何吃虧得起，自然要兩個大姐賠償。兩個大姐偏不服道：「耐為啥突來哚地浪㉛嗄？」兩下裡爭執一說，幾幾乎嚷鬧起來。堂倌沒法，乃喝道：「去罷，去罷，覅響哉！」兩個大姐方咕噥走開。堂倌向身邊掏出一角小洋錢，給與那小買賣的，小買賣的不敢再說，檢點自去。氣得堂倌沒口子胡咒亂罵。實夫笑而慰藉之，乃止。接著有個老婆子，扶牆摸壁，迤邐近前，擠緊眼睛，只瞧煙客。瞧到實夫，見是單擋㉜，竟瞧住了。實夫不解其故，只見老婆子囁嚅半晌道：「阿要去白相相？」實夫方知是拉皮條的，笑置不理。堂倌提著水銚子要來沖茶，憎那老婆子擋在面前，白瞪著眼，咳的一聲，嚇得老婆子低首無言而去。

實夫復吸了兩口煙，把象牙煙盒捲得精光。約摸那時有五點鐘光景，裡外吃客清了好些，連那許多野雞都不知飛落何處，於是實夫叫堂倌收槍，摸塊洋錢，照例寫票，另加小帳一角，堂倌自去交帳，喊下手打面水來，實夫洗了兩把，聳身卓立，整理衣襟，只等取票子來便走。忽然又見一隻野雞款款飛來，兀的竟把實夫魂靈勾住。

第一五回終。

㉛ 突來哚地浪：掉在地上。

㉜ 單擋：指獨自一人。

第一六回　種果毒大戶摲便宜　打花和小娘陪消遣

按，李實夫見那野雞只穿一件月白竹布衫，外罩玄色縐心緞鑲馬甲，後面跟著個老娘姨，緩緩踅至屏門前，朝裡望望，即便站住。實夫近前看時，亮晶晶的一張臉，水汪汪的兩隻眼，著實有些動情。正要搭訕上去，適值堂倌交帳回來，老娘姨迎著問道：「陳個❶阿曾來？」堂倌道：「勿曾來哚，好幾日勿來哉。」老娘姨沒甚說話，訕訕的挈了野雞往前軒去，靠著闌干看四馬路往來馬車。實夫問堂倌道：「阿曉得俚名字叫啥？」堂倌道：「俚叫諸十全，就來裡倪間壁。」實夫道：「倒像是人家人❷。」堂倌道：「耐末總喜歡人家人，阿去坐歇白相相？」實夫微笑搖頭。堂倌道：「故也無啥要緊，中意末走走；勿中意，揩脫塊洋錢好哉❸。」實夫只笑不答。堂倌揣度實夫意思是了，趕將手中揩擦的煙燈丟下，走出屏門外招手兒，叫老娘姨過來，與他附耳說了許多話。老娘姨便笑嘻嘻進來，向實夫問了尊姓，隨說：「一淘去哉啘。」實夫聽說，便不自在。堂倌先已覺著，說道：「耐哚先去，等來哚弄堂口末哉；一淘去末，算啥嘎。」娘姨忙接道：「价末李老爺就來哩，倪來裡大興里等耐。」實夫乃點點頭。娘姨

❶ 陳個：姓陳的。

❷ 人家人：不像娼戶人家之人。

❸ 揩脫句：權當扔掉一元洋錢就是了。

回身要走，堂倌又叫住叮囑道：「難末文靜點，俚哚是長三書寓裡怪常❹哚個，覅做出啥話靶戲❺來。」娘姨笑道：「曉得個哉，阿用得著耐來說。」說著，急至前軒，挈了諸十全，下樓先走。

實夫收了煙票，隨後出了花雨樓，從四馬路朝西一直至大興里，遠遠望見老娘姨真個站在弄口等候。比及實夫近前，娘姨方轉身進弄。實夫跟著，至弄內轉彎處，推開兩扇石庫門，讓實夫進去。實夫看時，是一幢極高爽的樓房，那諸十全正靠在樓窗口打探，見實夫進門倒慌的退去。實夫上樓進房，諸十全羞羞怯怯的敬了瓜子，默然歸座。等到娘姨送上茶碗，點上煙燈，諸十全方橫在榻床上，替實夫裝煙。實夫即去下手躺下，娘姨搭訕兩句也就退去。實夫一面看諸十全燒煙，一面想些閑話來說，說起那老娘姨，諸十全趕著叫「無姆」，原來即是他娘，有名喚做諸三姐。一會兒，諸三姐又上來點洋燈，把玻璃窗關好，隨說：「李老爺就該搭用夜飯罷！」實夫一想，若回棧房，朱藹人必來邀請，不如躲避為妙。乃點了兩只小碗，摸塊洋錢叫去聚豐園去叫。諸三姐隨口客氣一句，接了洋錢自去叫菜。

須臾搬上樓來，卻又添了四隻葷碟。諸三姐將兩副杯筷對面安放，笑說：「十全，來陪陪李老爺哩。」諸十全聽說，方過來篩了一杯酒，向對面坐下。實夫拿酒壺來也要給他篩，諸十全推說勿會吃。諸三姐道：「耐也吃一杯末哉，李老爺勿要緊個。」正要擎杯舉筷，忽聽得樓下聲響，有人推門進來。諸三姐慌的下去，招呼那人到廚下說話，隨後又喊諸十全下去。實夫只道有甚客人，悄悄至樓門口去竊聽，約摸那人是花雨樓堂倌聲音，便不理會，仍自歸座飲酒。接連乾了五六杯，方見諸三姐與諸十全上

❹ 怪常：慣常。

❺ 話靶戲：猶言洋相、笑話。

樓，花雨樓堂倌也跟著來見實夫。實夫讓他吃杯酒，堂倌道：「倪吃哉，耐請用罷。」諸三姐叫他坐，也不坐，站了一會，說聲「明朝會」，自去了。諸十全又殷殷勤勤勸了幾杯酒，實夫覺有醺意，遂叫盛飯。諸十全陪著吃畢，諸三姐絞上手巾，自收拾了往廚下去。諸十全仍與實夫裝煙，實夫與他說話，十句中不過答應三四句，卻也狠有意思。

及至實夫過足了癮，身邊摸出錶來一看，已是十點多鐘，遂把兩塊洋錢丟在煙盤裡，立起身來。諸十全忙問：「做啥？」實夫道：「倪要去哉。」諸十全道：「覅去哩。」實夫已自走出房門。慌的諸十全趕上去，一手拉住實夫衣襟，口中卻喊：「無姆，快點來哩。」諸三姐聽喚，也慌的跑上樓梯，拉住實夫道：「倪該搭清清爽爽啥勿好，耐要去嗄？」實夫道：「我明朝再來。」諸三姐道：「耐明朝來末，今夜頭就覅去哉啘。」實夫道：「覅，我明朝定規來末哉。」諸三姐道：「价末再坐歇哩，啥要緊嗄？」實夫道：「天勿早哉，明朝會罷。」說著下樓。諸三姐恐怕決撒❻，不好強留，連道：「李老爺，明朝要來個哩。」諸十全只說得一聲「明朝來」。

實夫隨口答應，暗中出了大興里，徑回石路長安客棧。恰好匡二同時回棧，一見實夫即道：「四老爺到仔陸裡去哉嗄？阿唷，今夜頭是鬧熱得來，朱老爺叫仔一班毛兒戲❼，黎大人也去叫一班，教倪大

❻ 決撒：決裂；決絕。

❼ 毛兒戲：亦作「髦兒戲」。舊時全部由年輕女演員組成的戲班或演出的戲。清同治、光緒年間出現於京滬等地，多演唱京劇。清裕德菱梨園佳話餘論女伶：「女劇滬上謂之髦兒戲。髦，蓋髾也。昔時婦人拖長髾而作男子冠服，致足笑人，故有此稱，非時彥之謂也。」一說，因創始班主名李毛兒，故稱。毛兒戲最初專應堂

少爺也叫一班。上海灘浪通共三班毛兒戲，才叫得來哉，有百十個人哚哩，推扳點房子才要壓坍哉！四老爺為啥勿來嗄？」實夫微笑不答，卻問：「大少爺哩？」匡二道：「大少爺是要緊到尤如意搭去，酒也勿曾吃，散下來就去哉。」實夫早就猜著幾分，卻也不說，自吸了煙，安睡無話。

明日❽飯後，仍至花雨樓頂上。那時天色尚早，煙客還清，堂倌閑著無事，便給實夫燒煙。因說起諸十全來。堂倌道：「俚哚一徑勿出來，就到仔今年了，坎坎做個生意。人是阿有啥說嗄❾，就不過應酬推扳點。耐喜歡人家人末，倒也無啥❿。」實夫點點頭。方吸過兩口煙，煙客已絡繹而來，堂倌自去照顧。實夫坐起來吸水煙，只見昨日那擠緊眼睛的老婆子又摸索來了，摸到實夫對面榻上，正有三人吸煙，那老婆子即迷花笑眼說道：「咦，長大爺，二小姐來裡牽記⓫耐呀！說耐為啥勿來，教我來張張⓬耐，倒剛巧來裡。」實夫看那三人，都穿著青藍布長衫，玄色綢馬甲，大約是僕隸⓭一流人物。那老婆子只管嘮叨，三人也不大理會。老婆子即道：「長大爺，晚歇要來個哩，各位一淘請過來。」說了自摸索而去。

會唱徽調；後來也在戲院演出，大都唱京戲。

❽ 明日：次日；第二天。

❾ 人是句：人沒什麼可說的。

❿ 無啥：此為不錯、過得去之意。

⓫ 牽記：吳語。牽掛；想念。

⓬ 張張：吳語。看看；瞧瞧。

⓭ 僕隸：奴僕。

老婆子去後，諸三姐也來了，卻沒有挈諸十全。見了實夫，即說：「李老爺，倪搭去哩。」實夫有些不耐煩，急問他道：「我晚歇來，耐先去。」諸三姐會意，慌忙走開，還兜了一個圈子，乃去。

實夫直至五點多鐘方吸完煙。出了花雨樓，仍往大興里諸十全家去便夜飯。這回卻熟落了許多，與諸十全談談講講，甚是投機。至於顛鸞倒鳳，美滿恩情，大都不用細說。比及次日清晨，李實夫於睡夢中隱約聽得飲泣之聲，張眼看時，只見諸十全面向裡床睡著，自在那裡嗚嗚咽咽的哭。實夫猛吃一驚，忙問：「做啥？」連問幾聲，諸十全只不答應。實夫乃披衣坐起，亂想胡思，不解何故，仍伏下身去，臉偎臉問道：「阿是我得罪仔耐了動氣？阿是嫌我老，勿情願？」諸十全都搖搖手。實夫皺眉道：「价末為啥？耐說說看哩。」又連問了幾聲，諸十全方答一句道：「勿關耐事。」實夫道：「就勿關我事末，耐也說說看。」諸十全仍不肯說。實夫無可如何，且自著衣下床。樓下諸三姐聽得，舀上臉水，點了煙燈。實夫一面洗臉，卻叫住諸三姐，盤問諸十全緣何啼哭。諸三姐先嘆一口氣，乃道：「怪是也怪勿得俚。耐李老爺陸裡曉得，我從養仔俚，養到仔十八歲，一徑勿捨得教俚做生意。舊年嫁仔個家主公，是個虹口銀樓裡小開⑭，家裡還算過得去，夫妻也蠻好，阿是總算好個哉了。陸裡曉得今年正月裡，碰著一樁事體出來，故歇原要俚做生意⑮。李老爺，耐想俚阿要怨氣⑯？」實夫道：「啥個事體嗄？」諸三姐道：「覅說起，就說末也是白說，倒去坍俚家主公個臺。阿是覅說個好。」

⑭ 小開：舊稱資本家的兒子。

⑮ 故歇句：現在還要他做生意。

⑯ 怨氣：吳語。氣惱。

說時，實夫已洗畢臉，諸三姐接了臉水下樓。實夫被他說得忐忑滑突⑰，卻向榻床躺下吸煙，細細猜度。一會兒，諸三姐又來問點心，實夫因復問道：「到底為啥事體？耐說出來，倘忙我能夠幫幫俚也勿曉得，耐說說看哩。」諸三姐道：「李老爺，耐倘然肯幫幫俚，倒也賽過做好事。不過倪勿好意思搭耐說，搭耐說仔，倒好像是倪來拆耐李老爺梢⑱。」實夫焦躁道：「耐覅實概哩，有閑話爽爽氣氣說出來末哉。」諸三姐又嘆了一口氣，方從頭訴道：「說起來，總是俚自家運氣勿好。為仔正月裡，俚到娘舅家去吃喜酒，俚家主公末要場面，撥俚帶仔一副頭面⑲轉來，夜頭放來哚枕頭邊，到明朝起來辰光說是無撥哉呀。難末⑳害仔幾花人四處八方去瞎尋一泡㉑，陸裡尋得著嗄。娘舅哚末嚇得來要死，說：『尋勿著是只好吃生鴉片煙哉。』俚家主公屋裡還有爺娘來哚，轉去末拿啥來交代哩？真真無法子想哉。難末說勿如讓俚出來做做生意看，倘忙碰著個好客人，看俚命苦，肯搭俚包瞞㉒仔該樁事體，要救到七八條生命哚。我也無撥啥主意哉，只好等俚去做生意。李老爺，耐想俚家主公屋裡也算過得去，夫妻也蠻好，勿然啥犯著吃到仔該碗把勢飯哩？」

那諸十全睡在床上，聽諸三姐說，更加哀哀的哭出聲來。實夫搔耳爬腮，無法可勸。諸三姐又道：

---

⑰ 滑突：即鶻突。糊塗；疑惑不定。

⑱ 拆耐句：拆梢，吳語。敲詐；敲竹槓。

⑲ 頭面：首飾。

⑳ 難末：吳語。於是；這下。

㉑ 一泡：一起。

㉒ 包瞞：瞞。

「李老爺，故歇做生意也難，就是長三書寓，一節做下來，差勿多也不過三四百洋錢生意。一個新出來人家人，生來勿比得俚哚，要撐起一副頭面來，耐說阿容易？俚有辰光搭我說說閑話，說到仔做生意末就哭。俚說：『生意做勿好，倒勿如死仔歇作㉓，阿有啥好日腳㉔等出來！』」實夫道：「年紀輕輕，說啥死嗄，事體末，慢慢交商量，總有法子好想。耐去勸勸俚，教俚覅哭哩。」諸三姐聽說，乃爬上床去，向諸十全耳朵邊輕輕說了些什麼，諸十全哭聲漸住，著衣起身。諸三姐方下床來，卻笑道：「俚出來頭一戶客人就碰著仔耐李老爺，俚命裡總還勿該應㉕就死，賽過一個救星來救仔俚。李老爺阿對？」實夫俯首沉吟，一語不發。諸三姐忽想起道：「阿呀，說說閑話倒忘記哉，李老爺吃啥點心？我去買。」實夫道：「買兩個團子末哉。」諸三姐慌的就去。

實夫看諸十全兩頰漲得緋紅，光滑如鏡，眼圈兒烏沉沉浮腫起來，一時動了憐惜之心，不轉睛的只管呆著看。諸十全卻羞的低頭下床，靸雙拖鞋，急往後半間去。隨後諸三姐送團子與實夫吃了，諸十全也歸房，洗臉梳頭。實夫復吸兩口煙，起身拿馬褂來著，向袋裡掏出五塊洋錢放在煙盤裡。諸三姐問道：「阿是耐要去哉？」實夫說：「去哉。」諸三姐道：「阿是耐去仔勿來哉？」實夫道：「啥人說勿來。」諸三姐道：「价末啥要緊嗄？」即取煙盤裡五塊洋錢仍塞在馬褂袋裡。實夫怔了一怔，問道：「耐要我辦副頭面？」諸三姐笑道：「勿是呀，倪有仔洋錢，倘忙用脫仔，湊勿齊哉，放來哚李老爺搭末一樣個

㉓ 歇作：吳語。拉倒；罷了。

㉔ 日腳：吳語。日子。

㉕ 該應：應該。

啘。隔兩日一淘撥來俔，阿對？」實夫始點點頭說「好」。諸十全叮囑道：「耐晚歇要來個哩。」實夫也答應了，著好馬褂，下樓出門，回至石路長安棧中。

不料李鶴汀先已回來，見了實夫不禁一笑。實夫倒不好意思的，匡二也笑嘻嘻呈上一張請帖，實夫看是姚季蓴當晚請至尚仁里衛霞仙家吃酒的。鶴汀問：「阿去？」實夫道：「耐去罷，我勿去哉。」須與棧使搬中飯來，叔侄二人吃畢，李實夫自往花雨樓去吸煙，李鶴汀卻往尚仁里楊媛媛家來。到了房裡，只見娘姨盛姐正在靠窗桌上梳頭，楊媛媛睡在床上尚未起身。鶴汀過去揭開帳子，正要伸手去摸，楊媛媛已自驚醒，翻轉身來，揣住鶴汀的手。鶴汀即向床沿坐下。楊媛媛問道：「昨夜賭到仔啥辰光？」鶴汀道：「今朝九點鐘坎坎散，我是一徑勿曾睏歇。」楊媛媛道：「阿贏嗄？」鶴汀說：「輸個。」媛媛道：「耐也好哉，一徑勿曾聽見耐贏歇，再要搭俚哚去賭。」鶴汀道：「覅說哉，耐快點起來，俔去坐馬車。」楊媛媛乃披衣坐起，先把捆身子鈕好，卻憎鶴汀道：「耐走開點哩！」鶴汀笑道：「我坐來裡末，關耐啥事嗄？」媛媛也笑道：「俔勿要。」適值外場提水銚子進來，鶴汀方走開，自去點了煙燈吸煙。盛姐梳頭已畢，忙著加茶碗，絞手巾。

比及楊媛媛梳頭吃飯，諸事舒齊，那天色忽陰陰的像要下雨，楊媛媛道：「馬車覅去坐哉，耐睏歇罷。」鶴汀搖搖頭。盛姐道：「俔來挖花㉖，大少爺阿高興？」鶴汀道：「好個。再有啥人？」楊媛媛道：「樓浪趙桂林也蠻喜歡挖花。」盛姐連忙去請，趙桂林即時與盛姐同下樓來。楊媛媛笑向鶴汀道：「聽見仔挖花，就忙殺個跑得來，怪勿得耐去輸脫仔兩三萬，原起勁殺㉗！」趙桂林把楊媛媛拍了一下，

㉖ 挖花：用紙牌或骨牌作賭具的博戲。

笑道：「耐說起來末倒就像個！」

鶴汀看那趙桂林，約有廿五六歲，滿面煙容，又黃又瘦。趙桂林也隨口與鶴汀搭訕兩句。盛姐已將桌子掇開，取出竹牌牙籌。李鶴汀、楊媛媛、趙桂林、盛姐四人搬位就坐，擄起牌來。鶴汀見趙桂林右手兩指黑的像煤炭一般，知道他煙癮不小，心想：如此倌人，還有何等客人去做他。那知碰到四圈，趙桂林適有客人來，接著衛霞仙家也有票頭來請鶴汀。大家便說：「覅碰哉。」一數籌碼，鶴汀倒是贏的。楊媛媛笑道：「耐去輸仔兩三萬，來贏倪兩三塊洋錢，阿要討氣㉘！」鶴汀也自好笑。趙桂林自上樓去，盛姐收拾乾淨。

鶴汀見外場點上洋燈，方往衛霞仙家赴宴，趕到門首，恰好朱藹人從那邊過來相遇，便一同登樓進房。姚季蓴迎見讓坐，衛霞仙敬過瓜子，李鶴汀向姚季蓴說：「四家叔末，謝謝哉。」朱藹人也道：「陶家弟兄說上墳去，也勿來哉。」姚季蓴道：「人忒少哉啘。」當下又去寫了兩張請客票頭，交與大姐阿巧，阿巧帶下樓去給帳房看，帳房念道：「公陽里周雙珠家請洪老爺。」正要念那一張，不料朱藹人的管家張壽坐在一邊聽得，忽搶出來道：「洪老爺我去請末哉。」劈手接了票頭竟自去了。

第一六回終。

㉗ 原起勁殺：還是起勁得不得了。殺，通「煞」。

㉘ 討氣：吳語。惹氣；引人生氣。

第一七回　別有心腸私識老母　將何面目重責賢甥

按，張壽接了請客票頭，徑往公陽里周雙珠家。踅進大門，只見阿德保正蹺起腳坐在客堂裡，嘴裡銜一支旱煙筒。張壽只得上前，將票頭放在桌上說：「請洪老爺。」阿德保也不去看票頭，只說道：「勿用勿著個哉。」張壽只得退出。阿德保又冷笑兩聲響，說道：「故歇也新行❶出來，堂子裡相幫來裡，放來裡末哉。」張壽只做不聽見，低頭急走。剛至公陽里弄口，劈面遇著洪善卿。張壽忙站過一傍，稟明姚老爺請。洪善卿點頭答應，張壽乃自去了。

洪善卿仍先到周雙珠家，在客堂裡要票頭來看過，然後上樓。只見老鴇周蘭正在房裡與周雙珠對坐說話，善卿進去，周蘭叫聲「洪老爺」，即起身向雙珠道：「還是耐去說俚兩聲，俚還聽點。」說著，自往樓下去了。善卿問雙珠：「耐無娒來裡說啥？」雙珠道：「說雙玉有點勿適意。」善卿道：「价末教耐去說俚兩聲，說啥嗄？」雙珠道：「就為仔雙寶多說多話。雙寶也是勿好，要爭氣爭勿來❷，再要裝體面❸。碰著個雙玉哩，一點點推扳❹勿起，兩家頭並仔堆❺末，弄勿好哉！」善卿道：「雙寶裝啥體

---

❶ 行：吳語。猶言流行。

❷ 要爭氣句：要爭氣，卻又爭不了氣。

❸ 裝體面：死要面子。

面？」雙珠道：「雙寶來哚說：『雙玉無撥銀水煙筒末，我房裡拿得去撥來俚；就是俚出局衣裳，我也著過歇個哉❻。』剛剛撥來雙玉聽見仔，衣裳也覅著哉，銀水煙筒也勿要哉，今朝一日天明來哚床浪勿起來，說是勿適意。難末無娒拿雙寶來反仔一泡❼，再要我去勸勸雙玉，教俚起來。」善卿道：「耐去勸俚末，說啥哩？」雙珠道：「我也勿高興去勸俚，我看仔雙玉倒討氣。耐不過多仔幾個局，一歇❽海外❾得來，拿雙寶來要打要罵，倒好像是俚該❿來哚個討人。」善卿道：「雙玉也是利害點，耐幸虧勿是討人，勿然俚也要看勿起耐哉。」雙珠道：「俚搭我倒十二分要好，我說俚啥，俚總答應我，倒比仔無娒說個靈。」

正說著，只聽得樓下阿德保喊道：「雙玉先生出局。」樓上巧囡在對過房裡接應道：「來個。」善卿便向雙珠道：「用勿著耐去勸俚哉，俚要出局去，也只好起來。」雙珠道：「我說俚勿起來末等俚歇⓫，抵拚⓬俚勿做生意末哉。故歇做清倌人，順仔俚性子，隔兩日才是俚世界哉啘！」道言未了，忽

❹ 推扳：此有吃虧、相差之意。

❺ 並仔堆：意為扯在一起、搞在一起。

❻ 我也句：意為也是我穿過的。

❼ 反仔一泡：猶言鬧了一陣。

❽ 一歇：此有「一下子」之意。

❾ 海外：吳語。神氣；了不起；放肆。

❿ 該：吳語。此有「屬……所有」之意。

⓫ 等俚歇：本意為「等她一回」，實有「隨她去」之意。

聽得樓下周蘭連說帶罵，直罵到周雙寶房間裡，便劈劈拍拍一陣聲響，接著周雙寶哀哀的哭起來，知道是周蘭把雙寶打了一頓。雙珠道：「倪無娒也勿公道，要打末，雙玉也該應打一頓。雙玉稍微生意好仔點，就稀奇煞仔；生意勿好末能概苦⓭嗄！」

善卿正要說時，適見巧囡從對過房裡走來，雙珠即問道：「反過仔一泡哉啘。為啥再打起來嗄？」巧囡低聲道：「雙玉出局勿肯去呀，三先生去說說哩，讓俚去仔末好哉。」雙珠冷笑兩聲，仍坐著不動身。善卿忽立起來道：「我去勸俚，俚定歸去。」即時踅過周雙玉房間裡，只見雙玉睡在大床上，床前點一盞長頸燈臺，暗昏昏的。善卿笑嘻嘻搭訕道：「阿是耐有點勿適意？」雙玉免不得叫聲「洪老爺」。善卿便過去向床沿坐下，問道：「我聽見耐要出局去啘。」雙玉道：「為仔勿適意，勿去哉。」善卿道：「耐來裡勿適意，是覅去個好。不過耐勿去末，耐無娒也無啥法子，只好教雙寶去代局。教雙寶去代局，勿如原是耐自家去，我說阿對？」雙玉一聽雙寶代局，心裡自是發急，想了想道：「洪老爺說得勿差，我去末哉。」說著已坐起來。善卿也自喜歡，忙喊巧囡過來，點燈收拾。

善卿仍至雙珠房裡，把雙玉肯去的話訴與雙珠，雙珠也道：「說得好。」正值阿金搬夜飯來，擺在當中間方桌上。善卿道：「耐也吃飯罷，舒齊仔末，也好出局去哉。」雙珠道：「耐阿要吃仔口了去吃酒？」善卿道：「我先去哉，覅吃。」雙珠道：「耐就來叫末哉。倪吃仔飯，揩面⓮，快煞個。」善卿

⓬ 抵拚：吳語。猶言「頂多」。
⓭ 能概苦：怎麼如此苦。
⓮ 揩面：洗臉。

答應了，自去尚仁里衛霞仙家赴宴。雙珠隨至當中間坐下，卻叫阿金去問雙玉，說：「吃得落末，一淘來吃仔罷。」雙玉聽見雙寶挨打，十分氣惱本已消去九分，又見阿姐特令娘姨來請吃飯，便趁勢討好，一口應承，歡歡喜喜出來，與雙珠對坐，阿金、巧囡打橫，四人同桌吃飯。吃飯中間，雙珠乃從容向雙玉說道：「雙寶一隻嘴無撥啥清頭⓯，說去看光景⓰，我見仔俚也恨煞個哉。耐是勿比得雙寶，生意末好，無娒也歡喜耐，耐就看過點⓱。雙寶有啥閑話聽勿進⓲，耐來告訴我好哉，覅去搭無娒說。」雙玉聽了，一聲兒不言語。

雙珠又微笑道：「阿是耐只道仔我幫仔雙寶哉？我倒勿是幫雙寶。我想倪故歇來裡堂子裡，大家不過做個倌人，再歇兩年，才要嫁人去哉。來裡做倌人辰光，就算耐有本事，會爭氣，也見諒得勢⓳。實概一想，阿是推扳點好哉？」雙玉也笑答道：「故是阿姐也多心哉。我人末笨，閑話個好邱⓴聽勿出仔，也好煞哉！阿姐為好了搭我說，我倒怪仔阿姐，阿有啥實概個嗄？」雙珠道：「只要耐心裡明白，就蠻好。」說著，都吃畢飯。巧囡忙催雙玉收拾出局，雙珠也自捕起面來。

約至九點多鐘，方接到洪善卿叫局票頭。另有一張票頭叫雙玉，客人姓朱，也叫到衛霞仙家，料道

⓯ 無撥啥清頭：此意為「說話沒有準頭」。

⓰ 說去看光景：此有「信口開河」之意。

⓱ 看過點：猶言看開點、眼開眼閉。

⓲ 聽勿進：指「你聽不下去」。

⓳ 見諒得勢：有限得很。

⓴ 好邱：好壞。邱，吳語。壞；狡詐。

是同檯面了。雙珠卻不等雙玉，下樓先行。正在門前上轎，恰遇雙玉回來，便說與他轉轎同去。到了衛霞仙家檯面上，洪善卿手指著一個年輕後生向雙玉說：「是朱五少爺叫耐。」雙玉過去坐下。雙珠見席上七客，主人姚季蒓之外，乃是李鶴汀、王蓮生、朱藹人、陳小雲等，都是熟識，只有這個後生面生。暗問洪善卿，始知是朱藹人的小兄弟，號叫淑人。年方十六，沒有娶親。雙珠看他眉清目秀，一表人材，有些與朱藹人相像，只是羞怯怯的坐在那裡，跼蹐㉑不安，巧囡去裝水煙也不吸。巧囡便去給王蓮生裝水煙。

當時姚季蒓要和朱藹人搳拳。朱藹人坐在朱淑人上首。朱淑人趁搳拳時偷眼去看周雙玉，不料雙玉也在偷看，四隻眼睛剛剛湊一個準，雙玉倒微微一笑，淑人卻羞得回過頭去。朱藹人搳過五拳，姚季蒓又要和朱淑人搳，淑人推說勿會。姚季蒓道：「搳拳末，啥勿會嗄？」朱藹人也說：「搳搳末哉。」朱淑人只得伸手，起初三拳倒是贏的，末後輸了兩拳。朱淑人正取一杯在手，周雙玉在背後把袖子一扯道：「倪來吃罷。」朱淑人不提防，猛吃一驚，略鬆了手，那一隻銀雞缸杯便的溜溜落下來墜在桌下，潑了周雙玉淋淋漓漓一身的酒。朱淑人著了急，慌取手巾要來揩拭，周雙玉掩口笑道：「勿要緊個。」巧囡忙去拾起杯子，幸是銀杯，尚未砸破。在席眾人齊聲一笑。

朱淑人登時漲得滿面通紅，酒也不吃，低頭縮手，掩在一邊沒處藏躲。巧囡問：「倪阿是吃兩杯？」朱淑人竟沒有理會。周雙玉向巧囡手裡取一杯來代了，巧囡又代吃一杯過去。比及檯面上出局初齊，周雙玉又要轉局去，只得撇了周雙珠，告辭先行。周雙珠知道姚季蒓最喜鬧酒，直等至洪善卿擺過莊，

㉑ 跼蹐：跼促。

方回。

周雙珠去後，姚季蒓還是興高采烈，不肯歇手。洪善卿已略有酒意，又聽得窗外雨聲淙淙，因此不敢過醉，趕個眼錯㉒，逃席而去。一徑向北出尚仁里，坐把東洋車轉至公陽里，仍往周雙珠家。到了房裡，只見周雙珠正將一副牙牌獨自坐著打五關。善卿脫下馬褂，抖去水漬，交與阿金掛在衣架上。善卿隨意坐下，望見對過房裡仍是暗昏昏地，知道周雙玉出局未歸。雙珠卻向阿金道：「耐舒齊㉓仔末轉去罷。」阿金答應，忙預備好煙茶二事，就去鋪床吹燈。善卿笑道：「天還早來裡，雙玉出局也勿曾轉來，啥要緊嗄？」雙珠道：「阿德保催過哉，為仔天落雨，我曉得耐要來，教俚等仔歇，再勿去是要相罵哉。」善卿不禁笑了。阿金去後，雙玉方回。隨後又有一群打茶會客人擁至雙玉房裡，說說笑笑，熱鬧得很。

這邊雙珠打完五關，不好就睡，便來和善卿對面歪在榻床上，一面取簽子燒鴉片煙，一面說閑話道：「王老爺倒原去叫個張蕙貞，沈小紅阿曉得嗄？」善卿道：「阿有啥勿曉得。沈小紅有仔洋錢末，生來勿吃啥醋哉啘。」雙珠道：「沈小紅個人，搭倪雙玉倒差勿多。」善卿道：「雙玉搭啥人吃醋？」雙珠道：「勿是說吃醋，俚倸自家算是有本事，會爭氣，倒像是一生一世做倌人勿嫁人個哉。」正說時，雙玉忽走過這邊房裡來，手中拿一支銀水煙筒給雙珠看，問：「樣式阿好？」雙珠看是景星店號，知道是客人給他新買的了，乃問：「要幾花洋錢？」雙玉道：「說是廿六塊洋錢倸，阿貴嗄？」雙珠道：「是价模樣，倒無啥㉔。」雙玉聽說，更自歡喜，仍拿了過那邊房裡去陪客人。雙珠因又說道：「耐看俚，

㉒ 眼錯：亦作「眼剉」、「眼蹉」。謂一時未注意到。

㉓ 舒齊：此指收拾妥當、收拾完。

標㉕得來！」善卿道：「俚會做生意末最好哉，勿然單靠耐一幹仔去做生意，阿是總辛苦點？」雙珠道：「故是自然，我也單望㉖俚生意好末好。」說著，那對過房裡打茶會客人一哄而散，四下裡便靜悄悄的。雙珠卸下頭面，方要安睡，卻聽得樓下雙寶在房裡和人咕唧說話，隱隱夾著些飲泣之聲。善卿道：「阿是雙寶來哚哭？」雙珠鼻子裡哼了一聲道：「有實概哭末，覅去多說多說哉啘。」善卿問搭啥人說閑話，雙珠說是客人。善卿道：「雙寶也有客人來浪。」雙珠道：「該個客人倒無啥，搭雙寶也蠻要好，就是雙寶總有點勿著勿落㉗。」善卿問客人姓甚。雙珠說是姓倪，大東門廣亨南貨店裡個小開。善卿便不再問，掩門共睡。無如樓下雙寶和那客人說一回哭一回，雖辨不出是甚言詞，但聽那吞吐斷續之間，十分淒慘，害得善卿翻來覆去的睡不著。直至敲過四點鐘，樓下聲息漸微，善卿方朦朧睡去。

不料睡到八點多鐘，善卿正在南柯郡中與金枝公主遊獵平原㉘，卻被阿金推門進房，低聲叫「洪老爺」。雙珠先自驚醒，問阿金：「做啥？」阿金說是：「有人來裡尋。」雙珠乃推醒善卿，告訴了。善卿問：「是啥人？」阿金又不認得。善卿不解，連忙著衣下床，趿鞋出房，叫阿金去喊俚上來。阿金引那

㉔ 是价模樣二句：是這個樣子，倒挺不錯的。是价模樣，是這個樣子；是這個价。無啥，此指「挺不錯」。

㉕ 標：吳語。有炫耀、賣弄之意。

㉖ 單望：吳語。巴望；但願。

㉗ 勿著勿落：指處事不夠妥貼。

㉘ 南柯郡句：指做夢。典出唐李公佐的南柯太守傳。敘述淳于棼夢至槐安國，娶公主，封南柯太守，榮華富貴，顯赫一時。後率師出征戰敗，公主亦死，遭國王疑忌，被遣歸。醒後，在庭前槐樹下掘得蟻穴，即夢中之槐安國。南柯郡為槐樹南枝下另一蟻穴。後因以指夢境。

人至樓上客堂裡，善卿看時也不認得，問他：「尋我做啥？」那人道：「倪是寶善街悅來棧裡，有個趙樸齋阿是耐親眷？」善卿說：「是個。」那人道：「昨日夜頭，趙先生來哚新街浪同人相打㉙，打開仔個頭，滿身才是血。巡捕看見仔，送到仁濟醫館裡去。今朝倪去張張俚，俚教倪來尋洪先生。」善卿問：「為啥相打？」那人笑道：「故是倪也勿曉得。」善卿也十猜八九，想了想便道：「曉得哉，倒難為㉚耐哚，晚歇我去末哉。」那人即退下樓去。善卿仍進房洗臉。雙珠在帳子裡問：「啥事體？」善卿推說無啥。雙珠道：「耐要去末，吃點點心了去。」善卿因叫阿金去喊十件湯包來吃了，向雙珠道：「耐再睏歇，我去哉。」雙珠道：「晚歇早點來。」善卿答應，披上馬褂，下樓出門。

那時宿雨初晴，朝暾㉛耀眼，正是清和天氣。善卿徑往仁濟醫館詢問趙樸齋，有一人引領上樓，推開一扇屏門進去，乃是絕大一間外國房子，兩行排著七八張鐵床，橫七豎八睡著幾個病人，把洋紗帳四面撩起摜在床頂。趙樸齋卻在靠裡一張床上，包著頭，絡著手，盤膝而坐。一見善卿，慌的下床叫聲「娘舅」，滿面羞慚。善卿向床前藤杌坐下，於是趙樸齋從頭告訴，被徐、張兩個流氓打傷頭面吃一大虧。卻又嚕蘇吃嗒㉜，說不明白。善卿道：「總是耐自家勿好。耐到新街浪去做啥？耐勿到新街浪去，俚哚阿好到耐棧裡來打耐？」說得樸齋頓口無言。善卿道：「故歇無啥別樣閑話，耐等稍微好仔點，快點轉去

㉙ 相打：打架。

㉚ 難為：此有「麻煩」之意。

㉛ 朝暾：早晨的太陽。亦指陽光。

㉜ 嚕蘇吃嗒：囉嗦結巴。

罷。上海場花，耐也勦來哉。」樸齋囁嚅半晌，方說出客棧裡缺了房飯錢，留下行李的話。善卿又數落一場，始為計算棧中房飯及回去川資，將五塊洋錢給與樸齋，叫他作速回去，切勿遲延。樸齋那裡敢道半個不字，一味應承。

善卿再三叮嚀而別，仍踅出仁濟醫館，心想回店幹些正事，便直向南行。將近打狗橋，忽然劈面來了一人。善卿一見大驚，乃是陶雲甫的兄弟陶玉甫，低頭急走，竟不理會。善卿一把拉住問道：「耐轎子也勿坐，底下人也勿跟，一幹仔來裡街浪跑做啥？」陶玉甫抬頭見是善卿，忙拱手為禮。善卿問：「阿是到東興里去？」玉甫含笑點頭。善卿道：「价末也坐把東洋車去哩。」隨喊了一把東洋車來。善卿問：「阿是無撥車錢來裡？」玉甫復含笑點頭。善卿向馬褂袋裡撈出一把銅錢遞與玉甫。玉甫見善卿如此相待，不好推卻，只得依他坐上東洋車。善卿也就喊把東洋車，自回鹹瓜街永昌參店去了。

陶玉甫別了洪善卿，徑往四馬路東興里口停下，玉甫把那銅錢盡數給與車夫，方進弄至李漱芳家。適值娘姨大阿金在天井裡漿洗衣裳，見了道：「二少爺倒來哉，阿看見桂福？」玉甫道：「勿曾看見。」大阿金道：「桂福來張耐呀，耐轎子哩？」玉甫道：「我勿曾坐轎子。」說著，大阿金去打起簾子，玉甫放輕腳步踅進房裡，只見李漱芳睡在大床上，垂著湖色熟羅帳子，大姐阿招正在揩抹櫥箱桌椅。玉甫只道李漱芳睡熟未醒，搖搖手向高椅坐下，阿招卻低聲告訴道：「昨日一夜天呷勿曾睏，睏好仔再要起來，起來一埭末咳嗽一埭，直到天亮仔坎坎睏著。」玉甫忙問：「阿有寒熱？」阿招道：「寒熱倒無撥啥寒熱。」玉甫又搖搖手道：「覅響哉，讓俚再睏歇罷。」不料大床上李漱芳又咳嗽起來。

第一七回終。

第一八回 添夾襖厚誼即深情 補雙檯阜財能解慍

按，陶玉甫聽得李漱芳咳嗽，慌忙至大床前揭起帳子，要看漱芳面色。漱芳回過頭來睼❶了玉甫半日，嘆一口氣。玉甫連問：「阿有啥勿適意？」漱芳也不答，卻說道：「耐個人也好個哉！我說仔幾轉，教耐昨日轉來仔末就來，耐定歸勿依我。隨便啥閑話，搭耐說仔，耐只當耳邊風！」玉甫急分辨道：「勿是呀，昨日轉來末晚哉，屋裡有親眷來浪，難末阿哥說：『阿有啥要緊事體，要連夜趕出城去？』我阿好說啥哩？」漱芳鼻子裡哼的一聲，說道：「耐勠來搭我瞎說，我也曉得點耐脾氣。要說耐外頭再有啥人來浪，故也冤枉仔耐哉。耐總不過❷一去仔末就想勿著，等耐去死也罷，活也罷，總勿關耐事，阿對？」玉甫陪笑道：「就算我想勿著，不過昨日一夜天，今朝阿是想著仔來哉。」漱芳道：「耐是勿差，一聦睏下去，睏到仔天亮末，一夜天就過哉。耐阿曉得睏勿著了，坐來浪，一夜天比仔一年還要長點哩！」玉甫道：「總是我勿好，害仔耐，耐勠動氣。」

漱芳又嗽了幾聲，慢慢的說道：「昨日夜頭，天末也討氣得來，落勿停個雨。浣芳哩，出局去哉。阿招末，搭無娒裝煙。單剩仔大阿金，坐來浪打磕銃❸。我教俚收拾好仔去睏罷。大阿金去仔，我一幹

❶ 睼：據廣韻：「熟視不言也。」

❷ 總不過：總不能。

仔就榻床浪坐歇。落得個雨來加二❹大哉，一陣一陣風吹來哚玻璃窗浪，乒乒乓乓，像有人來哚碰。連窗簾才捲起來，直捲到面孔浪。故一嚇末，嚇得我來要死！難末只好去睏。到仔床浪哩，陸裡睏得著嗄？間壁人家剛剛來哚擺酒，搳拳、唱曲子，鬧得來頭腦子也痛哉！等俚哚散仔檯面末，檯子浪一隻自鳴鐘跌篤跌篤，我覅去聽俚，俚定歸鑽來裡耳朵管裡。再起來聽聽雨末，落得价高興❺；望望天末，永遠勿肯亮個哉。一徑到兩點半鐘，眼睛算閉一閉。坎坎閉仔眼睛，倒說道耐來哉呀，一肩轎子抬到仔客堂裡。看見耐轎子裡出來，倒理也勿理我，一徑望外頭跑。我連忙喊末，自家倒喊醒哉。醒轉來聽聽，客堂裡真個有轎子，釘鞋腳地板浪聲音，有好幾個人來浪。我連忙爬起來，衣裳也勿著，開出門去問俚哚：『二少爺哩？』相幫哚說：『陸裡有啥二少爺嗄？』我說：『价末轎子陸裡來個嗄？』俚哚說：『是浣芳出局轉來個轎子。』倒撥俚哚好笑，說我睏昏哉。我再要睏歇，也無撥我睏哉，一徑到天亮，咳嗽勿曾停歇。」

玉甫攢眉道：「耐啥實概嗄！耐自家也保重點個哩。昨日夜頭風末來得价大❻，半夜三更勿著衣裳起來，再要開出門去，阿冷嗄？耐自家勿曉得保重，我就日日來裡看牢仔耐，也無麼用啘！」漱芳笑道：「耐肯日日來裡看牢仔我？耐也只好說說罷哉！我自家曉得，命裡無福氣。我也勿想啥別樣，再要耐陪

❸ 磕銃：吳語。磕睡。

❹ 加二：吳語。愈加；更加。

❺ 价高興：正高興。价，如此；這樣。

❻ 來得价大：特別大；那麼大。

我三年。耐依仔我，到仔三年，我就死末，我也蠻快活哉。倘忙我勿死，耐就再去討別人，我也勿來管耐哉。就不過三年，耐也勿肯依我，倒說道日日來裡看牢仔我！」玉甫道：「耐說說末，就說出勿好來哉。耐單❼有一個無娒離勿開。再三四年，等耐兄弟做仔親❽，讓俚哚去當家，耐搭無娒到我屋裡嚮去，故末真個日日看牢仔耐，耐末也稱心哉。」漱芳又笑道：「耐是生來一徑蠻稱心❾，我陸裡有故號福氣？我不過來裡想：耐今年廿四歲，再歇三年，也不過廿七歲。耐廿七歲討一個轉去，成雙到老，要幾十年哚。該個三年裡嚮，就算我冤屈仔耐，也該應晼。」玉甫也笑道：「耐瞎說個多花啥，討轉去成雙到老末就是耐晼！」

漱芳乃不言語了。只見李浣芳蓬著頭從後門進房，一面將手揉眼睛，一面見玉甫說道：「姐夫，耐昨日啥勿來嗄？」玉甫笑嘻嘻拉了浣芳的手過來，斜靠著梳妝檯而立。漱芳見浣芳只穿一件銀紅湖縐捆身子❿，遂說道：「耐啥⓫衣裳也勿著嗄！」浣芳道：「今朝天熱呀。」漱芳道：「陸裡熱嗄？快點去著仔哩！」浣芳道：「我覅著，熱煞來裡。」正說著，阿招已提了一件玫瑰紫夾襖來，向浣芳道：「無娒也來哚說哉，快點著罷。」浣芳還不肯穿，玉甫一手接那夾襖，替浣芳披在身上道：「耐故歇就著仔，

❼ 單：只。
❽ 做仔親：娶了親。做親，娶親；成家。
❾ 稱心：此有無憂無慮之意。
❿ 捆身子：可能指睡袒一類。
⓫ 啥：怎麼。

晚歇熱末再脫末哉，阿好？」浣芳不得已依了。阿招又去舀進臉水，請浣芳捕面梳頭。漱芳也要起身，玉甫忙道：「耐再睏歇哩，天早來裡。」漱芳說：「我覅睏哉。」玉甫只得去扶起來，坐在床上，復勸道：「耐就床浪坐歇，倪說說閑話倒無啥⑫。」漱芳仍說：「覅。」

及至漱芳下床，終覺得鼻塞聲重，頭眩腳軟，惟咳嗽倒好些。漱芳一路扶著桌椅，步至榻床坐下。玉甫跟過來，放下一面窗簾。大阿金送上燕窩湯，漱芳只呷兩口，即叫給浣芳吃了。浣芳新妝既罷，漱芳方去捕起面來。阿招道：「頭還蠻好來裡，覅梳哉。」漱芳也覺坐不住，就點點頭。大阿金用抿子蘸刨花水略刷幾刷，漱芳又自去刷出兩邊鬢腳，已是吃力極了，遂去歪在榻床上喘氣。

玉甫見漱芳如此，心中雖甚焦急，卻故作笑嘻嘻面孔。單有浣芳立在玉甫膝前，呆呆的只向漱芳呆看。漱芳問他：「看啥？」浣芳說不出，也自笑了。大阿金正在收拾鏡檯，笑道：「俚末看見阿姐勿適意仔，也勿起勁哉，阿曉得？」浣芳接說道：「昨日蠻好來裡，才是姐夫勿好啘，倪勿來⑬個！」說著，便一頭撞在玉甫懷裡不依。玉甫忙笑道：「俚哚騙耐呀，無啥勿適意，晚歇就好哉。」浣芳道：「晚歇再勿好末，要耐賠還個好阿姐撥倪。」玉甫道：「曉得哉，晚歇我定歸撥耐個好阿姐末哉。」浣芳聽說方罷。

漱芳歪在榻床上，漸漸沉下眼睛，像要睡去。玉甫道：「原到床浪去睏罷。」漱芳搖搖手，玉甫向藤椅子上揭條絨毯，替漱芳蓋在身上，漱芳懵道：「重！」仍即揭去。玉甫沒法，只去放下那一面窗簾，

---

⑫ 無啥：不錯；也可以；行了。

⑬ 勿來：此有不答應、不行之意。

還恐漱芳睡熟著寒，要想些閑話來說。於是將鄉下上墳許多景致，略加裝點演說起來。浣芳聽得津津有味，漱芳卻憎道：「撥耐說得煩煞哉，我勠聽。」玉甫道：「价末耐勠睏哩。」漱芳道：「我勿睏著末哉，耐放心。」玉甫乃在榻床一邊盤膝危坐，靜靜的留心看守，但害得個浣芳坐不定、立不定，沒處著落。漱芳叫他外頭去白相歇，浣芳又不肯去。

一會兒，大阿金搬中飯進房。玉甫問漱芳：「阿吃得落？吃得落末吃仔口罷。」漱芳說：「勠吃。」浣芳見漱芳飯多不吃，只道有甚大病，登時發極，漲得滿面緋紅，幾乎吊下眼淚。倒引得漱芳一笑，說浣芳道：「耐啥實概嘎，我還勿曾死哩。故歇吃勿落末，晚歇吃。」浣芳自知性急了些，連忙極力忍住。玉甫因浣芳著急，也苦苦的勸漱芳多少吃點。漱芳只得令大阿金買些稀飯，吃了半碗。浣芳也吃不下，只吃一碗。玉甫本自有限。大家吃畢中飯，收拾洗臉。玉甫思將浣芳支使開去，恰好阿招來報說：「無娒起來哉。」浣芳猶自俄延，玉甫催道：「快點去罷，無娒要說哉。」浣芳始訕訕的趔趄而去。

浣芳去後，只有玉甫、漱芳兩人在房裡，並無一點聲息。不料至四點多鐘，玉甫的親兄陶雲甫乘轎來尋。玉甫請進房裡，相見就坐。雲甫問漱芳：「阿是勿適意？」漱芳說：「是呀。」大阿金忙著預備茶碗。雲甫阻止道：「我說句閑話就去，勠泡茶哉。」乃向玉甫道：「三月初三，是黎篆鴻生日。朱藹人分個傳單，包仔大觀園一日戲酒。篆鴻末常恐⑭驚動官場，勿肯來。難末藹人另合一個公局⑮，來哚屠明珠搭。勿多幾個人，倪兩家頭也來海⑯。我為此先搭耐說一聲。到仔初三日腳浪，大觀園裡也勿必

⑭ 常恐：唯恐；恐怕。

⑮ 公局：指多人湊成的局。

去哉，屠明珠搭定歸要到個。」玉甫雖諾諾連聲，卻偷眼去看漱芳，偏被雲甫覺得，笑問漱芳道：「耐阿肯放俚去應酬歇？」漱芳不好意思，笑答道：「大少爺倒說得詫異，故是正經事體，總要去個，倪阿有啥勿放俚去嗄？」雲甫點頭道：「故末勿差。我說漱芳也是懂道理個人，要是正經事體也拉牢仔勿許去，阿算得啥要好嗄？」漱芳不好接說，含笑而已。雲甫隨說：「我去哉。」玉甫慌忙直站起來，漱芳送至簾下。

雲甫踅出門外上轎，吩咐轎班：「朱公館去。」轎班俱係稔熟⑰，抬出東興里，往東進中和里，相近朱公館，朱藹人管家張壽早已望見，忙跑至轎前稟說：「倪老爺來㖸尚仁里林家。」雲甫便令轉轎，仍由四馬路徑至尚仁里林素芬家，認得朱藹人的轎子還停在門首，陶雲甫遂下轎進門。到了樓上房裡，朱藹人迎著，即道：「正要來請耐，我一幹仔來勿及哉。屠明珠搭，耐去辦仔罷。」陶雲甫問如何辦法，朱藹人向身邊取出一篇草帳道：「倪末兩家弟兄搭李實夫叔侄，六個人作東，請于老德來陪客。中飯吃大菜⑱，夜飯滿漢全席。三班毛兒戲末，日裡十一點鐘一班；夜頭兩班，五點鐘做起。耐說阿好？」陶雲甫道：「蠻好。」林素芬等計議已定，方上前敬瓜子。陶雲甫收了草帳，也就起身說：「我還有點事體，再見罷。」朱藹人並不挽留，與林素芬送至樓梯邊而別。

素芬回房，問藹人啥事體，藹人細細說明緣故。素芬遂說道：「耐請客末勿到該搭來，也去拍屠明

---

⑯ 來海：吳語。在；在內。

⑰ 稔熟：熟悉。

⑱ 大菜：西餐。

珠個馬屁，阿要討氣。」藹人道：「勿是我請客，倪六個人公局。」素芬道：「前日仔倒勿是耐請客？」藹人沒得說，笑了。素芬復道：「倪該搭是小場花，請大人到該搭來生來勿配，耐也一徑冤屈⑲煞哉。難末揀著個大場花，要適意點哚。」藹人笑道：「耐末真真倒詫異哉。我阿曾去做屠明珠，耐啥就吃醋嗄？」素芬道：「耐要做屠明珠，去做末哉啘。我也勿曾拉牢仔耐！」藹人笑道：「我就勿說哉，隨便耐去說啥罷。」素芬鼻子裡哼了一聲，咕嚕道：「耐末去拍屠明珠個馬屁，屠明珠阿來搭耐要好嗄？」藹人笑道：「啥人要俚來要好？」素芬仍咕嚕道：「耐就擺仔十個雙檯，屠明珠也無啥稀奇。搭耐要好末倒勿見好，情願去做鏟頭客人，上海灘浪也單有耐一個。」藹人笑道：「耐覅動氣，明朝夜頭我也來擺個雙檯末哉。」

素芬呆著臉，也不答言。藹人過去，攙了素芬的手至榻床前，央及道：「搭我裝筒煙哩。」素芬道：「倪是毛手毛腳，勿比得屠明珠會裝哩。」口中雖如此說，卻已橫躺著，拿簽子燒起煙來。藹人挨在膝前坐了，又伏下身子向素芬耳朵邊低聲說道：「耐一徑搭我蠻要好，故歇為仔個屠明珠，啥氣得來？耐看我阿要去做屠明珠？」素芬道：「耐是倒也說勿定。」藹人道：「我再去做別人，故末說勿定；要說是屠明珠，就算俚搭我要好末，我也勿高興去做俚。」素芬道：「耐去做勿做，關倪啥事體，耐也覅來搭我說。」藹人乃一笑而罷。

素芬裝好一口煙，放下煙槍起身走開。藹人自去吸了，知道素芬還有些芥蒂，遂又自去開了抽屜，尋著筆硯、票頭，隨意點幾色菜水。素芬看見，裝做不理，等藹人寫畢方道：「耐點菜末，阿要先點兩

---

⑲ 冤屈：吳語。冤枉；委屈。

樣來吃夜飯？」藹人忙應說好。另開兩個小碗。素芬叫娘姨拿下樓去，令外場叫菜。正是上燈時候，菜已送來，自己又添上四只葷碟，於是藹人與素芬對酌閑談。一時復說起屠明珠來，素芬道：「做倌人也只做得個時髦，來哚時髦個辰光，自有多花客人去烘起來⑳。客人末真真叫討氣，一樣一千洋錢，用撥來生意清點個倌人，阿要好？用撥仔時髦倌人，俚哚覺也勿覺著。价末客人哚定歸要去做時髦倌人，情願揩脫仔洋錢去拍俚馬屁！」

藹人道：「耐勳說客人討氣，倌人也討氣。生意清仔末，隨便啥客人巴結得非凡哚。稍微生意好仔點，難末姘戲子，做恩客㉑，才上個哉㉒。到後來，弄得一場無結果。」素芬道：「姘戲子多花到底少個㉓，故也勳去說俚哉。我看幾個時髦倌人也無啥好結果。耐來裡時髦辰光，揀個靠得住點客人嫁仔末好哉啘，俚哚才勿想嫁人；等到年紀大仔點，生意一清仔末，也好哉。」藹人道：「倌人嫁人也難。要嫁人，陸裡一個勿想嫁個好客人。碰著仔好客人，俚屋裡大小老婆倒有好幾個來浪，就嫁得去，總也勿稱心個哉。要是無撥啥大小老婆末，客人靠勿住，拿耐衣裳、頭面才當光㉔仔，再出來做倌人。夷場浪常有該號㉕事體。」素芬道：「我說要搭客人脾氣對末好，脾氣對仔，就窮點，只要有口飯吃吃好哉。

⑳ 自有多花句：自然會有許多客人去捧起來。烘，哄。有「捧」意。
㉑ 恩客：指妓女所鍾情的嫖客。
㉒ 才上個哉：全都來了。才，全；都。
㉓ 姘戲子句：姘戲子的能有多少？畢竟是很少的。
㉔ 當光：典當完。
㉕ 該號：這種。

要是差仿勿多㉖客人，故末寧可揀個有銅錢點，總好點。」藹人笑道：「耐要揀個有銅錢點，像倪是挨勿著㉗個哉。」素芬也笑道：「噢唷，客氣得來。耐算無銅錢，耐來裡騙啥人嗄？」藹人笑道：「我就有仔銅錢，脾氣勿對，耐也看勿中啘。」素芬道：「耐說說末，就說勿連牽㉘哉！」隨取酒壺給藹人篩酒。藹人道：「酒有哉，倪吃飯罷。」素芬遂喊娘姨拿飯來，並令叫妹子翠芬來同吃。娘姨回說：「翠芬吃過哉。」

藹人、素芬兩人剛吃畢飯，即有一幫打茶會客人上樓，坐在對過空房間裡。隨後復有叫素芬的局票，藹人趁勢要走，素芬知留不住，送至房門。藹人下樓登轎，徑回公館。次日晚間，免不得請一班好友在林素芬家擺個雙檯，不必細說。至三月初三，十點鐘時，朱藹人起來，即乘轎往大觀園。只見門前掛燈結彩，張壽帶著緯帽㉙迎見，稟說：「陳老爺、洪老爺、湯老爺才來裡哉。」藹人進去廝見，動問諸事，皆已齊備。藹人大喜，乃說道：「价末我到該首㉚去哉，此地奉託三位。」陳小雲、洪善卿、湯嘯庵都說：「應得效勞。」當時藹人復乘轎往鼎豐里屠明珠家。

第一八回終。

㉖ 差仿勿多：差不多。
㉗ 挨勿著：輪不到。
㉘ 說勿連牽：說差了；說走味了。
㉙ 緯帽：一種作為禮帽的紅纓帽。
㉚ 該首：那邊；那裡。

第一九回　錯會深心兩情浹洽　強扶弱體一病纏綿

按，朱藹人乘轎至屠明珠家，吩咐轎班：「打轎回去，接五少爺來。」說畢登樓。鮑二姐迎著，請去房間裡坐。藹人道：「倪就書房裡坐哉啘。」原來屠明珠寓所是五幢樓房❶：靠西兩間乃正房間。東首三間，當中間為客堂。右邊做了大菜間，粉壁素幃，鐵床玻鏡，像水晶宮一般；左邊一間，本是鋪著騰❷客人的空房間，卻點綴些琴棋書畫，因此喚作書房。當下朱藹人往東首來，只見客堂板壁全行卸去，直通後面亭子間。在亭子間裡搭起一座小小戲臺，檐前掛兩行珠燈，臺上屏帷簾幕俱係灑繡的紗羅綢緞，五光十色，不可殫述。又將吃大菜的桌椅移放客堂中央，仍鋪著檯單，上設玻罩彩花兩架，及刀叉、瓶壺等架子，八塊洋紗手巾都折疊出各種花朵，插在玻璃杯內。藹人見了，贊說：「好極！」隨到左邊書房，望見對過廂房內屠明珠正在窗下梳頭，相隔窵遠❸，只點點頭，算是招呼。鮑二姐奉上煙茶，屠明珠買的四五個討人俱來應酬，還有那毛兒戲❹一班孩子亦來陪坐。

❶ 五幢樓房：聯繫下文，有「直通後面亭子間」之句，可知為五幢相連，樓下一間，樓上一間，後部為廚房，廚房上為亭子間的老式樓房。

❷ 騰：吳語。住。

❸ 窵遠：深遠。窵，音ㄉㄧㄠˋ。

不多時，陶雲甫、陶玉甫、李實夫、李鶴汀、朱淑人五個主人陸續齊集，屠明珠新妝既畢，也就過這邊來。正要發帖催請黎篆鴻，恰好于老德到了，說：「勿必請，來裡來哉❺。」陶雲甫乃去調派，先是十六色外洋所產水果、乾果、糖食暨牛奶點心，裝著高腳玻璃盆子排列桌上，戲場樂人收拾伺候，等黎篆鴻一到開檯。

須臾，有一管家飛奔上樓，報說：「黎大人來哉。」大家立起身來，屠明珠迎至樓梯邊，攙了黎篆鴻的手踅進客堂。篆鴻即嗔道：「忒費事哉，做啥嗄？」眾人上前廝見，惟朱淑人是初次見面，黎篆鴻上下打量一回，轉向朱藹人道：「我說句討氣❻閑話，比仔耐再要好點哩。」眾人掩口而笑，相與簇擁至書房中。屠明珠在旁道：「黎大人寬寬衣哩。」說著，即伸手去代解馬褂鈕扣，黎篆鴻脫下，說聲「對勿住」，屠明珠笑道：「黎大人啥客氣得來。」隨將馬褂交鮑二姐掛在衣架上，回身捺黎篆鴻向高椅坐下。戲班裡娘姨呈上戲目請點戲。屠明珠代說道：「請于老爺點仔罷。」于老德點了兩齣，遂叫鮑二姐拿局票來。朱藹人指陶玉甫、朱淑人道：「今朝俚哚兩家頭無撥幾花局來叫末那价❼？」黎篆鴻道：「隨意末哉，喜歡多叫，就多叫點，叫一個也無啥。」朱藹人乃點撥與于老德寫，將各人叫過的局盡去叫來。陶玉甫還有李漱芳的妹子李浣芳可叫，只有朱淑人只叫得周雙玉一個。

---

❹ 毛兒戲：即髦兒戲。見第一六回注❼。

❺ 來裡來哉：正在來了。

❻ 討氣：此有「不客氣」之意。

❼ 那价：怎麼辦。

局票寫畢，陶雲甫即請去入席。黎篆鴻說：「太早。」陶雲甫道：「先用點點心。」黎篆鴻又埋冤朱藹人費事道：「才是耐起個頭啘。」於是大眾同趕出客堂來。只見大菜桌前一溜兒擺八隻外國藤椅，正對著戲臺，另用一式茶碗放在面前。黎篆鴻道：「倪隨意坐，要吃末拿仔點好哉。」說了，就先自去檢一個牛奶餅，拉開旁邊一隻藤椅，靠壁坐下。眾人只得從直遵命，隨意散坐。堂戲照例是跳加官開場，跳加官之後，係點的滿床笏、打金枝兩齣吉利戲。黎篆鴻看得厭煩，因向朱淑人道：「倪來講講閑話。」遂挈著手，仍進書房。朱藹人也跟進去。黎篆鴻道：「耐末只管看戲去，瞎應酬多花啥。」朱藹人亦就退出。

黎篆鴻令朱淑人對坐在榻床上，問他若干年紀，現讀何書，曾否攀親❽？朱淑人一一答應。一時屠明珠把自己親手剝的外國榛子、松子、胡桃等類，兩手捧了，送來給黎篆鴻吃。篆鴻收下，卻分一半與朱淑人，叫他：「吃點哩。」淑人拈了些，仍不吃。黎篆鴻又問長問短。說話多時，屠明珠傍坐觀聽，微喻其意。談至十二點鐘，鮑二姐來取局票，屠明珠料道要吃大菜了，方將黎篆鴻請出客堂。眾人起身，正要把酒定位，黎篆鴻不許，原拉了朱淑人並坐。眾人不好過於客氣，于老德以外皆依齒❾為序。第一道元蛤湯吃過，第二道上的板魚，屠明珠忙替黎篆鴻用刀叉出骨。

其時叫的局已接踵而來，戲臺上正做崑曲絮閣，鉦鼓❿不鳴，笙琶競奏，倒覺得清幽之致。黎篆鴻

❽ 攀親：提親；定親。

❾ 依齒：按年齡大小。

❿ 鉦鼓：鉦和鼓。古時行軍或歌舞時用以指揮進退、動靜的樂器。此指演戲時的鑼鼓。

自顧背後出局，團團圍住，而來者還絡繹不絕，因問朱藹人道：「耐搭我叫仔幾花局嗄？」朱藹人笑道：「有限得勢，十幾個。」黎篆鴻攢眉道：「耐末就叫無淘成⓫。」再看眾人背後，有叫兩三個的，有叫四五個的，單有朱淑人，只叫一個局。黎篆鴻問知是周雙玉，也上下打量一回，點點頭道：「真真是一對玉人。」眾人齊聲贊和。黎篆鴻復向朱藹人道：「耐做老阿哥末，覅假癡假呆，該應搭俚哚團圓攏來，故末是正經。」朱淑人聽了，滿面含羞，連周雙玉都低下頭去。

黎篆鴻道：「耐哚兩家頭覅客氣哩，坐過來說說閑話，讓倪末也聽聽。」朱藹人道：「耐要聽俚哚兩家頭說句閑話，故末難哉⓬。」黎篆鴻怔道：「阿是啞子？」眾人不禁一笑。朱藹人笑道：「啞子末勿是啞子，不過勿開口。」黎篆鴻慫恿朱淑人道：「耐快點爭氣點，定歸說兩句撥俚哚聽聽，覅撥耐阿哥猜著。」朱淑人越發不好意思的。黎篆鴻再和周雙玉兜搭，叫他說話。周雙玉只是微笑，被篆鴻逼不過，始笑道：「無啥說啘，說啥嗄？」眾人哄然道：「開仔金口哉！」黎篆鴻舉杯相屬道：「倪大家該應公賀一杯。」說畢，即一口吸盡，向朱淑人照杯。眾人一例皆乾。羞得個朱淑人徹耳通紅，那裡還肯吃酒。幸虧戲臺上另換一齣天水關，其聲聒耳，方剪住了黎篆鴻話頭。

第八道大菜將完，乃係芥辣雞帶飯。出局見了，散去大半。周雙玉也要興辭，適為黎篆鴻所見，遂道：「耐慢點去，我要搭耐說句閑話。」周雙玉還道是說白相，朱藹人幫著挽留，方仍歸座。大姐巧囡向周雙玉耳邊說了些什麼，周雙玉囑咐就來，巧囡答應先去。迨至席終，各用一杯牛奶咖啡，揩面、漱

⓫ 無淘成：吳語。指做事心中無數，沒個準。

⓬ 故末難哉：那就難了。

口而散。恰好毛兒戲正本同時唱畢，娘姨再請點戲。黎篆鴻道：「隨便啥人去點點罷。」朱藹人素知黎篆鴻須睡中覺⑬，不如暫行停場，俟晚間兩班合演為妙；並不與黎篆鴻商量，竟自將這班毛兒戲遣散了。

黎篆鴻丟開眾人，左手挈了朱淑人，右手挈了周雙玉道：「倪到該搭來。」慢慢踱至左邊大菜間中，向靠壁半榻氣褥坐下，令朱淑人、周雙玉分坐兩旁，遂問周雙玉若干年紀，寓居何處，有無親娘？周雙玉一一應答。黎篆鴻轉問朱淑人：「幾時做起？」朱淑人茫然不解。周雙玉代答道：「就不過前月底，朱老爺替俚乃叫仔一個局，倪搭來也勿曾來歇。」黎篆鴻登時沉下臉，埋冤朱淑人道：「耐個人真勿好！日日望耐來，耐為啥勿來嗄？」朱淑人倒吃一嚇，被周雙玉嗤的一笑，朱淑人才回過味來。黎篆鴻復安慰周雙玉道：「耐覅動氣，明朝我同俚一淘來末哉。俚要是再勿好末，耐告訴我，我來打俚。」周雙玉別轉頭笑道：「謝謝耐。」黎篆鴻道：「故歇覅耐謝，我搭耐做仔個大媒人末，耐一淘謝我末哉。」說得周雙玉亦斂笑不語。黎篆鴻道：「阿是耐勿肯嫁撥俚？耐看實概一個小伙子，嫁仔俚阿有啥勿好？耐勿肯，錯過個哩！」周雙玉道：「倪陸裡有該號福氣。」黎篆鴻道：「我搭耐做主末，就是耐福氣。耐答應仔一聲，我一說就成功哉啘。」周雙玉仍不語。篆鴻連道：「說哩，阿肯嗄？」雙玉嗔道：「黎大人，耐該號閑話，阿有啥問倪個嗄？」黎篆鴻道：「阿是要問耐無娒？故也勿差，耐肯仔末，我生來去問耐無娒。」周雙玉仍別轉頭不語。

適值鮑二姐送茶進房，周雙玉就戲說道：「黎大人吃茶罷。」黎篆鴻接茶在手，因問鮑二姐：「俚哚幾花人呢？」鮑二姐道：「才來裡書房裡講閑話，阿要去請過來？」黎篆鴻說：「覅去請。」將茶碗

⑬ 中覺：午覺。

授與鮑二姐，遂橫身躺在半榻上。鮑二姐既去，房內靜悄悄的，不覺模模糊糊，口開眼閉。周雙玉先已睃見⑭，即捏手捏腳⑮，一溜而去。朱淑人依然陪坐，不敢離開，俄延之間，聞得黎篆鴻鼻管中鼾聲漸起，乃故意咳嗽一聲，亦並未驚醒，於是朱淑人也溜出房來，要尋周雙玉說話。踅至對過書房裡，只見朱、陶、李諸人，陪著于老德團坐長談，屠明珠在旁搭話，獨不見周雙玉。正要退出，卻為屠明珠所見，急忙問道：「阿是黎大人一幹仔來浪？」朱淑人點點頭，屠明珠慌的趕去。

朱淑人趁勢回身，立在房門前思索，猜不出周雙玉去向。偶然向外望之，忽見東首廂房樓窗口靠著一人，看時，正是周雙玉。朱淑人不勝之喜，竟大著膽從房後抄向東來，進了屠明珠的正房間，放輕腳步，掩至周雙玉背後。周雙玉早自乖覺⑯，只做不理。朱淑人慢慢伸手去摸他手腕，周雙玉欻地將手一揞⑰，大聲道：「覅噪⑱㖸！」朱淑人初不料其如此，猛吃一驚，退下兩步，縮在榻床前呆臉出神。周雙玉等了一會，不見動靜，回過頭來看他做甚，不料他竟像嚇癡一般，知道自己莽撞了些，覺得很不過意，心想：如何去安慰他？想來想去，不得主意，只斜瞟了一眼，微微的似笑不笑。朱淑人始放下心，吹口氣⑲道：「耐好，嚇得我來要死！」周雙玉忍笑低聲道：「耐曉得嚇末，再要動手動腳。」朱淑人

⑭ 睃見：斜著眼看見。
⑮ 捏手捏腳：躡手躡腳；輕手輕腳。
⑯ 乖覺：本意為機靈。此有「察覺」之意。
⑰ 揞：甩。
⑱ 噪：吵；鬧。
⑲ 吹口氣：噓口氣；嘆口氣。

道：「我陸裡敢動手動腳，我要問耐一句閑話。」周雙玉問：「是啥閑話？」朱淑人道：「我問耐，公陽里來哚陸裡？耐屋裡有幾花人？我阿好到耐搭來？」周雙玉總不答言。朱淑人連問幾遍，周雙玉厭煩道：「勿曉得。」說了，即立起身來，往外竟去。朱淑人怔怔的看著他，不好攔阻。周雙玉踅至簾前，重複轉身，笑問朱淑人道：「耐搭洪善卿阿知己⑳？」朱淑人想了想道：「洪善卿知己末勿知己，我阿哥搭俚也老朋友哉。」周雙玉道：「耐去尋洪善卿好哉。」朱淑人正要問他緣故，周雙玉已自出房。朱淑人只得跟著，同過西邊書房裡來。正遇巧囡來接，周雙玉即欲辭去。朱藹人道：「耐去搭黎大人說一聲。」屠明珠道：「黎大人睏著來浪，覅說哉。」朱藹人沉吟道：「价末去罷，晚歇再叫末哉。」

剛打發周雙玉去後，隨後一個娘姨從簾子縫裡探頭探腦，陶玉甫見了，忙至外間，唧唧說了一會，仍回書房陪坐。陶雲甫見玉甫神色不定，乃道：「呷有啥花頭哉，阿是？」陶玉甫囁嚅道：「無啥，說漱芳有點勿適意。」陶雲甫道：「坎坎蠻好來裡。」玉甫隨口道：「怎曉得俚。」雲甫鼻子裡哼的冷笑道：「耐要去末，先去出一埭，故歇無啥事體，晚歇早點來。」

玉甫得不的㉑一聲，便辭眾人而行，下樓登轎，徑往東興里李漱芳家。踅進房間，只見李漱芳擁被而臥，單有妹子李浣芳爬在床口相陪。陶玉甫先伸手向額上一按，稍覺有些發燒。浣芳連叫：「阿姐，姐夫來哉。」漱芳睜眼見了，說道：「耐覅就來哩，耐阿哥阿要說嗄？」玉甫道：「阿哥教我來，勿要緊個。」漱芳道：「為啥倒教耐來？」玉甫道：「阿哥說，教我先來一埭，晚歇末早點去。」漱芳半晌

⑳ 阿知己：是不是知己朋友。

㉑ 得不的：巴不得。

才接說道：「耐阿哥是蠻好，耐覅去搭俚強㉒，就聽點俚閑話末哉。」玉甫不答，伏下身子把漱芳兩手塞進被窩，拉起被來，直蓋到脖子裡，將兩肩膀裹得嚴嚴的，只露出半面通氣。又勸漱芳卸下耳環，漱芳不肯道：「我睏一歇就好哉。」玉甫道：「耐坎坎一點點無啥，阿是轎子裡吹仔風？」漱芳道：「勿是，就撥來倒霉個天水關，鬧得來頭腦子要漲煞快。」玉甫道：「价末耐為啥勿先走哩？」漱芳道：「局還勿曾齊，我阿好意思先走。」玉甫道：「故也勿要緊啘。」浣芳插嘴道：「姐夫，耐也說一聲個哩。耐說仔末，讓阿姐先走，我末多坐歇，阿是蠻好。」玉甫道：「耐為啥勿說一聲？」浣芳道：「我勿曉得阿姐來裡勿適意啘。」玉甫笑道：「耐勿曉得，我倒曉得哉。」浣芳也自笑了。於是玉甫就床沿坐下，浣芳靠在玉甫膝前，都不言語。漱芳眼睜睜地並未睡著。

到了上燈時分，陶雲甫的轎班來說：「擺檯面哉，請二少爺就過去。」玉甫應諾。漱芳偏也聽見，乃道：「耐快點去罷，覅撥耐阿哥說。」玉甫道：「正好哩。」漱芳道：「勿呀，早點去末早點來。耐阿哥看見仔，阿見得耐好㉓。勿然，總說是耐迷昏哉，連搭仔正經事體才勿管。」玉甫一想，轉向浣芳道：「价末耐陪陪俚，覅走開。」漱芳忙道：「覅，讓俚去吃夜飯，吃仔飯末出局去。」浣芳道：「我就該搭吃哉呀。」漱芳道：「我覅吃，耐搭無娒兩家頭吃罷。」玉甫勸道：「耐也多少吃一口，阿好？耐勿吃，耐無娒先要急殺哉。」漱芳道：「我曉得哉，耐去罷。」

當下玉甫乘轎至鼎豐里屠明珠家赴席，浣芳仍爬在床沿，問長問短。漱芳道：「耐去搭無娒說：『我

㉒ 強：音ㄐㄧㄤˋ。同「犟」。鬧彆扭。

㉓ 阿見得耐好：可見得你好。意即「不見好」。

要睏一歇，無啥勿適意，夜飯末覅吃哉。」浣芳初不肯去說，被漱芳催逼而去。須臾，漱芳的親生娘李秀姐從床後推門進房，見房內沒人，說道：「二少爺啥去哉嗄㉔？」漱芳道：「我教俚去個，俚乃做主人，生來要應酬歇。」李秀姐踅至床前，看看面色，東揣西摸了一回。漱芳笑阻道：「無娒，覅哩，我無啥勿適意呀。」秀姐道：「耐阿想吃啥？教俚哚去做，灶下空來浪。」漱芳道：「我覅吃。」秀姐道：「我有一碗五香鴿子來浪，教俚哚炖口稀飯，耐晚歇吃。」漱芳道：「無娒耐吃罷，我想著仔就勿好過，陸裡吃得落。」秀姐復叮囑幾句，將妝檯上長頭燈臺撥得高高的，再將廂房掛的保險燈集下了些，隨手放下窗簾，原出後房門，自去吃夜飯，只剩李漱芳一人在房。

第一九回終。

㉔啥去哉嗄：怎麼走了呢。

第二〇回　提心事對鏡出譫言　動情魔同衾驚噩夢

按，李漱芳病中自要靜養，連阿招、大阿金都不許伺候，眼睜睜地睡在床上，並沒有一人相陪。挨了多時，思欲小遺，自己披衣下床，靸雙便鞋，手扶床欄，摸至床背後。剛向淨桶坐下，忽聽得後房門呀的聲響，開了一縫。漱芳忙問：「啥人？」沒人答應。心下便自著急，慌欲起身，只見烏黑的一團從門縫裡滾進來，直滾向大床下去。漱芳急的不及結帶，一步一跌，撲至房中，扶住中間大理石圓檯，方才站定。正欲點火去看是什麼，原來一隻烏雲蓋雪的大黑貓從床下鑽出來，望漱芳嗥然一聲，直挺挺的立著。漱芳發狠，把腳一跺，那貓竄至房門前，還回過頭來，瞪出兩隻通明眼睛眈眈相視。

漱芳沒奈何，回至床前，心裡兀自突突地跳。要喊個人來陪伴，又恐驚動無娒，只得忍住。仍上床擁被危坐。適值陶玉甫的局票來叫浣芳，浣芳打扮了進房見漱芳，說道：「阿姐，我去哉，阿有啥閑話搭姐夫說？」漱芳道：「無啥。教俚酒少吃點，吃好仔就來。」浣芳答應要走，漱芳復叫住問：「啥人跟局？」浣芳說：「是阿招。」漱芳道：「教大阿金也跟得去，代代酒。」浣芳答應自去了。

漱芳覺支不住，且自躺下。不料那大黑貓偏會打岔，又藏藏躲躲溜進房中。漱芳面向裡睡，沒有理會，那貓悄悄的竟由高椅跳上妝檯，將妝檯上所有洋鏡、燈臺、茶壺、自鳴鐘等物，一件一件撅起鼻子盡著去聞。漱芳見帳子裡一個黑影子閃動，好像是個人頭，登時嚇得滿身寒凜，手足發抖，連喊都喊不出。比及❶硬撐起來，那貓已一跳竄去。漱芳切齒罵道：「短命眾生，敲殺俚！」❷存想一回，神志稍定。隨手向鏡檯上取一面手鏡照看：一張黃瘦面龐，漲得像福橘❸一般。嘆一口氣，丟下手鏡，翻身向外睡下，仍是眼睜睜地，只等陶玉甫散席回來。

等了許久，不但玉甫杳然，連浣芳也一去不返。正自心焦，恰好李秀姐復進房，向漱芳道：「稀飯好哉，吃仔口罷。」漱芳道：「無姆，我無啥呀。故歇吃勿落，晚歇吃。」秀姐道：「价末晚歇要吃末，耐說。我睏仔，俚哚陸裡想得著！」漱芳應諾，轉問秀姐道：「浣芳出局去仔歇哉，還勿曾轉來。」秀姐道：「浣芳要轉局去。」漱芳道：「浣芳轉局去仔末，耐也教個相幫去張張❹二少爺哩。」秀姐道：「相幫才出去哉。二少爺搭，有大阿金來浪。」漱芳道：「等相幫轉來仔，教俚哚就去。」秀姐道：「等俚哚轉來，等到啥辰光去，我教灶下❺去末哉。」即時到客堂裡喊灶下出來，令他去張張陶二少爺。

灶下應命要走，陶玉甫卻已乘轎來了，大阿金也跟了回來。秀姐大喜道：「來哉，來哉，覅去哉。」玉甫徑至漱芳床前，問漱芳道：「等仔半日哉，阿覺著氣悶？」漱芳道：「無啥，檯面阿曾散？」玉甫道：「勿曾哩，老老頭高興得來❻，點仔十幾齣戲，差勿多要唱到天亮哚。」漱芳道：「耐先走末，阿

---

❶ 比及：待到。

❷ 短命眾生二句：短命的畜生，打死牠。眾生，吳語。畜生。敲殺俚，打死牠。

❸ 福橘：福建產的橘子，黃橙色。

❹ 張張：看看。此有「打探消息」之意。

❺ 灶下：在廚房打雜之人。

❻ 老老頭句：指黎篆鴻興致很高。老老頭，老頭兒。此指黎篆鴻。高興得來，興致很高；很高興。

搭俚哚說一聲？」玉甫笑道：「我說有點頭痛，酒也一點吃勿落。俚哚說：『耐頭痛末，轉去罷。』難末我先走哉哘。」漱芳道：「阿是真個頭痛嗄？」玉甫笑道：「真是真個，坐來浪末要頭痛，一走就勿痛哉。」漱芳也笑道：「耐末也刁得來，怪勿得耐阿哥要說。」玉甫笑道：「阿哥對仔我笑，倒勿曾說啥。」漱芳笑道：「耐阿哥是氣昏仔了來浪笑。」

玉甫笑而不言，仍就床沿坐下，摸摸漱芳的手心問：「故歇阿好點？」漱芳道：「原不過實概❼哉哩。」又問：「夜飯吃幾花？」漱芳道：「勿曾吃。無娒炖稀飯來浪，耐阿要吃？耐吃末，我也吃點末哉。」玉甫便要喊大阿金。大阿金正奉了李秀姐之命來問玉甫：「阿要吃稀飯？」玉甫即令搬來。大阿金去搬時，玉甫向漱芳道：「耐無娒要騙耐吃口稀飯，真真是勿容易。耐多吃點，無娒阿要❽快活。」漱芳道：「耐倒說得寫意❾哚，我自家巒要吃❿來裡，吃勿落末，那价呢？」

當下大阿金端進一大盤，放在妝檯上，另點一盞保險檯燈。玉甫扶漱芳坐在床上，自己就在床沿，各取一碗稀飯同吃。玉甫見那盤內四色精緻素碟，再有一小碗五香鴿子，甚是清爽，勸漱芳吃些。漱芳搖頭，只夾了些雪裡紅⓫過口。正吃之時，可巧浣芳轉局回家，不及更衣，即來問候阿姐。見了玉甫笑

❼ 原不過實概：仍還是那樣子。
❽ 阿要：此有「豈不」之意。
❾ 說得寫意：說得輕鬆。
❿ 巒要吃：挺想吃。
⓫ 雪裡紅：醃漬的鹹菜。

道：「我說姐夫來仔歇哉。」又道：「耐哚來裡吃啥？我也要吃個。」隨回頭叫阿招：「快點搭我盛一碗來哩。」阿招道：「換仔衣裳了吃哩，啥要緊嘎。」浣芳急急脫下出局衣裳，交與阿招，連催大阿金去盛碗稀飯，靠妝檯立著便吃。吃著又自己好笑，引得玉甫、漱芳也都笑了。

不多時，大家吃畢洗臉。大阿金復來說道：「二少爺，無姆請耐過去說句閑話。」玉甫不解何事，令浣芳陪伴漱芳，也出後房門，踅過後面李秀姐房裡。秀姐迎見請坐，說道：「二少爺，我看俚病倒勿好⓬哩。單是發幾個寒熱，故也無啥要緊；俚個病，勿像是寒熱呀。從正月裡到故歇，飯末一逕吃勿落，耐看俚身浪瘦得來，單剩仔骨頭哉。二少爺，耐也勸勸俚，該應請個先生來，吃兩帖藥末好哩。」玉甫道：「俚個病，舊年冬裡就該應請個先生來醫治醫治。我也搭俚說仔幾轉哚，俚定歸勿肯吃藥，教我也無法子。」秀姐道：「俚是一逕實概脾氣，生仔病末勿肯說出來，問俚總說是好點。請仔先生來教俚吃藥，俚倒要勿快活哉。不過我來裡想：故歇該個病，勿比仔別樣，俚再要勿肯吃藥，二少爺，勿是我說俚，七八分要成功⓭哉哩。」玉甫垂頭無語。秀姐道：「耐去勸俚，也覅說啥，單就是請個先生來，吃兩帖藥末，好得快點。耐倘然老實說仔，俚心裡一急，再要急出啥病來，倒加二勿好哉。二少爺，耐末也覅急，就急殺也無麼用⓮。俚個病，終究勿長遠⓯，吃仔兩帖藥還勿要緊哩。」玉甫攢眉道：「要緊

⓬ 病倒勿好：病情可不好。
⓭ 成功：指有大麻煩了。
⓮ 無麼用：沒有用。
⓯ 終究勿長遠：畢竟時間不長。

是勿要緊，不過俚也要自家保重點末好。隨便啥事體，推扳一點點，俚就勿快活，耐想俚病陸裡會好。」秀姐道：「二少爺，耐是蠻明白來浪，俚自家曉得保重點，也無撥該個病哉。才為仔勿快活了，起個頭哰。故末也要耐二少爺去說說俚，俚還好點。」玉甫點頭無語。秀姐又說些別的，玉甫方興辭，原回漱芳房來。

漱芳問道：「無娒請耐去說啥？」玉甫道：「無啥，說屠明珠搭阿是燒路頭⑯？」漱芳道：「勿是該個閑話，無娒來浪說我哰。」玉甫道：「無娒為啥說耐？」漱芳道：「耐覅來騙我，我也猜著個哉。」玉甫笑道：「耐猜著仔末，再要問我？」漱芳默然。浣芳拉了玉甫踅至床前，推他坐下，自己爬在玉甫身上，問：「無娒真個說啥？」玉甫道：「無娒說耐勿好。」浣芳道：「說我啥勿好？」玉甫道：「說耐勿聽阿姐個閑話，阿姐為仔耐勿快活，生個病。」浣芳道：「再說啥？」玉甫道：「再說末，說耐阿姐也勿好。」浣芳道：「阿姐啥勿好嗄？」玉甫道：「阿姐末，勿聽無娒個閑話，聽仔無娒，吃點鴉片煙，尋尋開心，陸裡會生病嗄？」浣芳道：「耐瞎說，啥人教阿姐吃鴉片煙？吃仔鴉片煙，加二勿好哉。」

正說時，漱芳伸手要茶。玉甫忙取茶壺，湊在嘴邊，吸了兩口，漱芳從容說道：「倪無娒是單養我一幹仔，我有點勿適意仔，俚嘴裡末勿說，心裡是急殺來浪。我也巴勿得早點好仔末，讓俚也快活點。陸裡曉得，一徑病到仔故歇還勿好。我自家拿面鏡子來照照，瘦得來是勿像啥人個哉。說是請先生吃藥，真真吃好仔也無啥，我該個病，陸裡吃得好嗄？舊年生仔病下來，頭一個先是無娒，急得來要死。耐末也無撥一日舒舒齊齊。我再要請先生哉、吃藥哉，吵得一家人才勿安逸⑰。娘姨、大姐做生活還忙殺來

⑯ 燒路頭：舊時迷信的人稱「財神」為「路頭菩薩」，祭財神消災求福，謂之「燒路頭」。

浪，再要搭我煎藥，俚哚生來勿好來說我，說起來終究是為我一幹仔。病末倒原勿好，阿是無啥意思。」

玉甫道：「故是耐自家來裡多心，再有啥人來說耐。我說末，勿吃藥也無啥，不過好起來慢性點；吃兩帖藥末，早點好，耐說阿對？」漱芳道：「無娒定歸要去請先生，故也只好依俚。倘然吃仔藥原勿好，無娒加二要急殺哉。我想我從小到故歇，無娒一徑稀奇⑱殺仔，隨便要啥，俚總依我。我無撥一點點好處撥俚，倒害俚要急殺快，耐說我陸裡對得住俚？」玉甫道：「耐無娒就為仔耐病，耐病好仔，俚也好哉，耐也無啥對勿住。」

漱芳道：「我自家生個病，自家阿有啥勿覺著？該個病，死末勿見得就死，要俚好倒也難個哉。我是一徑常恐無娒幾個人聽見仔要發極，一徑勿曾說，故歇也只好說哉。耐末也白認得仔我一場。先起頭說個幾花閑話，覅去提起哉。要末該世裡⑲碰著仔，再補償耐。我自家想：我也無啥掯勿開⑳，就不過一個無娒苦惱點。無娒說末說苦惱，終究有個兄弟來裡，耐再照應點俚，還算無啥㉑，我就死仔也蠻放心。除脫仔無娒，就是俚。」說著手指浣芳：「俚雖然勿是我親生妹子，一徑搭我蠻要好，賽過是親生個一樣。我死仔，倒是俚先要吃苦。我故歇別樣事體才勿想，就是該個一樁事體要求耐。耐倘然勿忘記

---

⑰ 才勿安逸：全都不太平。

⑱ 稀奇：稀罕。有視若掌上明珠之意。

⑲ 該世裡：今生；這輩子。

⑳ 掯勿開：丟棄不下。

㉑ 無啥：不怎麼樣。

我，耐就聽我一句閑話，依仔我。耐等我一死仔末，耐拿浣芳就討㉒仔轉去，賽過是討仔我。隔兩日，俚要想著我阿姐個好處，也撥我一口羹飯㉓吃吃，讓我做仔鬼也好有個著落，故末我一生一世事體，也總算是完全個哉！」

漱芳只管嘮叨，誰想浣芳站在一傍，先時還怔怔的聽著，聽到這裡，不禁哇的一聲竟哭出來，再收納不住。玉甫忙上前去勸，浣芳一撒手帶哭跑去，直哭到李秀姐房裡，叫聲「無娒」，說：「阿姐勿好哉呀！」秀姐猛吃一嚇，急問：「做啥？」浣芳說不出，把手指道：「無娒去看哩！」秀姐要去看時，玉甫也跑過來，連說：「無啥，無啥。」遂將漱芳說話略述幾句，復埋怨浣芳性急。秀姐也埋冤道：「耐啥一點勿懂事！阿姐是生仔病了，說說罷哉，阿是真個勿好哉嘎。」

於是秀姐挈了浣芳的手，與玉甫偕至前邊，並立在漱芳床前。見漱芳沒甚不好，大家放心。秀姐乃呵呵笑道：「俚末阿曉得啥，聽見耐說得苦惱末，就急殺哉，倒嚇得我來要死！」漱芳見浣芳淚痕未乾，微笑道：「耐要哭末，等我死仔，多哭兩聲末哉，啥要緊得來。」秀姐道：「耐也覅說哉哩，再說說，俚再要哭哉。」隨望望妝檯上擺的黑石自鳴鐘道：「天也十二點鐘哉，到我房裡去睏罷。」挈了浣芳的手要走。浣芳不肯去，道：「我就該搭藤高椅浪睏末哉。」秀姐道：「藤高椅浪陸裡好睏？快點去哩。」浣芳又急的要哭。玉甫調停道：「讓俚該搭床浪睏罷，該只床三個人睏也蠻適意哉。」秀姐便就依了，再叮囑浣芳覅哭，方去，隨後大阿金、阿招齊來收拾，吹燈掩門，叫聲「安置」而退。

㉒ 討：娶。

㉓ 羹飯：祭奠死者的飯菜。

玉甫令浣芳先睡，浣芳寬去外面大衣，自去漱芳腳後裡床曲體拳臥。玉甫也穿著緊身衫褲，和漱芳並坐多時，方各睡下。玉甫心想漱芳的病，甚是焦急，那裡睡得著。漱芳先已睡熟，玉甫覺天色為熱，想欲翻身，卻被漱芳臂膊搭在肋下，不敢驚動，只輕輕探出手來，將自己這邊蓋的衣服揭去一層，隨手一甩，直甩在裡床浣芳身邊，浣芳仍寂然不動，想也是睡熟的了，玉甫睜眼看時，妝檯上點的燈臺，隔著紗帳黑魆魆看不清楚，約摸兩點鐘光景。四下裡已靜悄悄的，惟遠遠聽得馬路上還有些車輪碾動聲音。玉甫稍覺心下清涼了些，漸漸要睡。

朦朧之間，忽然漱芳在睡夢中大聲叫喚，一隻手抓住玉甫捆身子，狠命的往裡掙，口中只喊道：「我勿去呀，我勿去呀！」玉甫早自驚醒，連說：「我來裡呀，覅嚇哩。」慌忙起身，抱住漱芳且搖且拍，漱芳才醒轉來，手中兀自緊緊揣著不放，瞪著眼看定玉甫，只是喘氣。玉甫問：「阿是做夢？」漱芳半日方道：「兩個外國人要拉我去呀。」玉甫道：「耐總是㉔日裡看見仔外國人了，嚇哉。」漱芳喘定放手，又嘆口氣道：「我腰裡酸得來。」玉甫道：「阿要我來跌跌㉕？」漱芳道：「我要翻轉去。」玉甫乃側轉身，讓漱芳翻身向內。漱芳縮緊身子，鑽進被窩中，一頭頂住玉甫懷裡，教玉甫兩手合抱而臥。

這一翻身，復驚醒了浣芳，先叫一聲「姐夫」，玉甫應了，浣芳便坐起來，揉揉眼睛問：「阿姐哩？」玉甫道：「阿姐末睏哉。耐快點睏哩，起來做啥？」浣芳道：「阿姐睏來哚陸裡嗄？」玉甫道：「哪，來裡該搭。」浣芳不信，爬過來扳開被橫頭，看見了方罷。玉甫催他去睏，浣芳睡下復叫道：「姐

㉔ 總是：準是；一定是。

㉕ 跌跌：吳語。指捏、揪、掐。

夫，耐勠睏著，等我睏著仔末，耐睏。」玉甫隨口應承。一會兒，大家不知不覺同歸黑甜鄉中。

及至明日九點鐘時都未起身，大阿金在床前隔帳子低聲叫「二少爺」。陶玉甫、李漱芳同時驚醒。大阿金呈上一張條子，玉甫看是雲甫的筆跡，看畢回說：「曉得哉。」大阿金出去傳言。漱芳問：「啥事體？」玉甫道：「黎篆鴻昨夜接著個電報，說有要緊事體，今朝轉去哉，阿哥教我等一歇一淘去送送。」漱芳道：「耐阿哥倒巴結哚。」玉甫道：「耐睏來浪，我去一埭就來。」漱芳道：「昨夜耐賽過勿曾睏，晚歇早點轉來再睏歇。」玉甫方著好衣裳下床。浣芳也醒了，嚷道：「姐夫，啥起來哉嗄？耐倒喊也勿喊我一聲就起來哉。」說著已爬下床來。玉甫急取他衣裳，替他披上。漱芳道：「耐也多著點，黃浦灘風大。」玉甫自己乃換了一件棉馬褂，替浣芳加上一件棉馬甲。收拾粗完，陶雲甫已乘轎而來。玉甫忙將帳子放下，請雲甫到房裡來。

第二〇回終。

第二一回　問失物瞞客詐求籤　限歸期怕妻偷擺酒

按，陶玉甫請陶雲甫到李漱芳房裡來坐，雲甫先問漱芳的病，便催玉甫洗臉打辮，吃些點心，然後各自上轎，出東興里，向黃浦灘來。只見一隻小火輪船泊在洋行碼頭，先有一肩官轎，一輛馬車，傍岸停著。陶雲甫、陶玉甫投上名片，黎篆鴻迎進中艙。艙內還有李實夫、李鶴汀叔侄兩位，也是來送行的。大家相見就坐，敘些別話。

須臾，于老德、朱藹人乘轎同至。黎篆鴻一見，即問：「如何？」朱藹人道：「說好哉，總共八千洋錢。」黎篆鴻拱手說：「費神。」李實夫問是何事，黎篆鴻道：「買兩樣舊物事。」于老德道：「物事總算無啥❶，價錢也可以哉，單是一件五尺高景泰窯花瓶，就三千洋錢喤。」李實夫吞吐搖頭道：「勠去買哉，要俚做啥。」黎篆鴻笑而不言。徘徊片刻，將要開船，大家興辭登岸。黎篆鴻、于老德送至船頭，陶雲甫、陶玉甫、朱藹人皆乘轎而回。惟李實夫與李鶴汀坐的是馬車，馬夫本是稔熟，徑駛至四馬路尚仁里口停下。李實夫知道李鶴汀要往楊媛媛家，因推說有事，不肯同行。鶴汀也知道實夫脾氣，遂作別進弄。

李實夫實無所事，心想：天色尚早，那裡去好？不若仍去擾諸十全的便飯為妙。當下一直朝西，至

❶ 無啥：過得去。

大興里，剛跨進諸十全家門口，只見客堂裡坐著一個老婆子，便是花雨樓所見擠緊眼睛的那個。實夫好生詫異。諸三姐迎見嚷道：「阿唷，李老爺來哉。」說著，慌即跑出天井，一把拉住實夫袖子，拉進客堂。那老婆子見機，起身告辭。諸三姐也不留，只道：「閑仔❷末來白相。」那老婆子道謝而去。諸三姐關門回來，說：「李老爺，樓浪去哩。」實夫到了樓上，房內並無一人。諸三姐一面劃根自來火點煙燈，一面說道：「李老爺，對勿住，請坐一歇。十全末燒香去，要轉來快哉。耐吃煙哩，我去泡茶來。」

諸三姐正要走，實夫叫住，問那個老婆子是何人？諸三姐道：「俚叫郭孝婆，是我個阿姐。李老爺阿認得俚？」實夫道：「人是勿認得，來浪花雨樓看見仔幾轉哉。」諸三姐道：「李老爺，耐勿認得俚，說起來，耐也曉得哉，俚末就是倪七姊妹個大阿姐。從前倪有七個人，才是姊妹淘❸裡，為仔要好了，結拜個姊妹。一淘做生意，一淘白相，來裡上海也總算有點名氣個哉。李老爺，耐阿看見照相店裡有『七姊妹』個照相片子？就是倪啘。」實夫道：「噢，耐就是『七姊妹』。价末一徑倒勿曾說起。」諸三姐道：「阿是說仔『七姊妹』，李老爺就曉得哉。難故歇個『七姊妹』，勿比得先起頭。嫁個末嫁哉❹，死個末死哉，單剩倪三家頭來浪。郭孝婆是大阿姐，弄得實概樣式。我末挨著第三。再有第二個阿姐，叫黃二姐，算頂好點，該仔幾個討人，自家開個堂子，生意倒蠻好。」實夫道：「故歇郭孝婆來裡做啥？」諸三姐道：「說起倪大阿姐來，再要討氣也無撥，本事末挨著俚頂大，獨是運道❺勿好。前年還尋著一頭生

---

❷ 閑仔：有空時。

❸ 姊妹淘：小姐妹。

❹ 嫁個末嫁哉：嫁的嫁了。個，有「的」之意。

意，剛剛做仔兩個月，撥新衙門來捉得去，倒說是俚拐逃，吃仔一年多官司，舊年年底坎坎放出來。」

實夫再要問時，忽聽得樓下門鈴搖響。諸三姐道：「十全轉來哉。」即忙下樓去迎。實夫抬頭，隔著玻璃窗一望，只見諸十全既已進門，後面卻還跟著一個年輕俊俏後生，穿著玄色湖縐夾襖，白灰寧綢棉褂。實夫料道是新打的一戶野雞客人，便留心側耳去聽。聽得諸三姐迎至樓下客堂裡，與那後生唧唧說話，但聽不清說的什麼。說畢，諸三姐乃往廚下泡茶，送上樓來。實夫趁此要走，諸三姐拉住低聲道：「李老爺覅去哩。耐道是啥人？該個末就是俚家主公呀，一淘同得去燒香轉來。我說樓浪有女客人來裡，俚勿上來，就要去哉。李老爺，耐請坐一歇，對勿住。」實夫失驚道：「俚有實概一個家主公？」諸三姐道：「倒勿是。」實夫想了一想道：「倘忙俚定歸要樓浪來末，那价呢？」諸三姐道：「李老爺放心，俚阿敢上來；就上來仔，有我來裡，也勿要緊哩。」實夫歸坐無語。

諸三姐復下樓去張羅一會，果然那後生竟自去了。諸十全送出門口，又和諸三姐同往廚下唧唧說了一會，始上樓來陪實夫。實夫問：「阿是耐家主公？」諸十全含笑不答，實夫緊著要問，諸十全嗔道：「耐問俚做啥嗄？」實夫道：「問問耐家主公末，也無啥❻啘。阿有啥人來搶得去仔了發極！」諸十全道：「覅耐問。」實夫笑道：「噢唷，有仔個家主公了，稀奇得來，問一聲都勿許問。」諸十全伸手去實夫腿上摔❼了一把，實夫叫聲「阿唷喂！」諸十全道：「耐阿要說？」實夫連道：「勿說哉，勿說

---

❺ 運道：吳語。運氣。

❻ 也無啥：也沒什麼要緊。

❼ 摔：擰。

哉。」諸十全方才放手。實夫仍洋嘻嘻笑著說道：「耐個家主公倒出色得野哚，年紀末輕，蠻蠻標緻個面孔，就是一身衣裳也著得价清爽，真真是耐好福氣。」諸十全聽了，欻地連身直撲上去，將實夫揿倒在煙榻上，兩手向肋下亂搔亂戳。實夫笑得涎流氣噎，沒個開交。

幸值諸三姐來問中飯，諸十全訕訕的只得走開。諸三姐扶起實夫，笑道：「李老爺，耐也是怕肉癢❽個，倒搭俚家主公差勿多。」實夫道：「耐再要去說俚家主公！為是❾我說仔俚家主公末，俚動氣，搭我噪。」諸三姐道：「耐說俚家主公啥，俚動氣？」實夫道：「我說俚家主公好，勿曾說啥。」諸三姐道：「耐末說好，俚只道仔耐調皮，尋俚個開心，阿對？」實夫笑而點頭。卻偷眼去看諸十全，見諸十全靠窗端坐，哆口❿低頭，剔理指甲，早羞得滿面紅光，油滑如鏡。實夫便不再說。諸三姐問道：「李老爺吃啥？我去叫菜。」實夫隨意說了兩色，諸三姐即時去叫。

實夫吸過兩口煙，令諸十全坐近前來說些閑話。諸十全向懷中摸出一紙籤詩，授與實夫看了，即請推詳。實夫道：「阿是問生意好勿好？」諸十全嗔道：「耐末真真調皮得來，倪做啥生意嗄？」實夫道：「价末是問耐家主公？」諸十全又欻地叉起兩手，實夫慌忙起身躲避，連聲告饒。諸十全乘間把籤詩搶回，說：「覅耐詳哉。」實夫涎著臉，伸手去討，說：「覅動氣，讓我來念撥耐聽。」諸十全越發把籤詩撩在桌上，別轉頭說：「我覅聽。」實夫甚覺沒意思，想了想，正色說道：「該個籤末是中平，句子

❽ 怕肉癢：怕癢。
❾ 為是：就是因為。
❿ 哆口：張口。哆，音ㄔㄜˇ。

倒說得蠻好，就是上上籤也不過實概。」諸十全聽說，回頭向桌上去看，果然是中平籤。實夫趁勢過去指點道：「耐看，該搭阿是說得蠻好。」諸十全道：「說個啥？耐念念看哩。」實夫道：「我來念，我來念。」一手取過籤詩來，將前面四句丟開，單念傍邊注解的四句道：「媒到婚姻遂，醫來疾病除。行人雖未至，失物自無虞。」念畢，諸十全原是茫然，實夫復逐句演說一遍。諸十全問道：「啥物事叫醫來？」實夫道：「醫來末，就是說請先生，請著仔先生，病就好哉。」諸十全道：「先生陸裡去請嗄？」實夫道：「故是俚倒勿曾說哩。耐生仔啥個病，要請先生？」諸十全推說無啥。實夫道：「耐要請先生，問我好哉。我有個朋友內外科才會，真真好本事。隨便耐稀奇古怪個病，俚一把脈，就有數哉。阿要去請俚來？」諸十全道：「我無啥病末，請先生來做啥？」實夫道：「耐說陸裡去請先生，我問耐阿要請，耐勿說，我阿好問耐？」諸十全自覺好笑，並不答言。

實夫再要問時，諸三姐已叫菜回來，搬上中飯，方打斷話頭不提。飯畢，李實夫欲往花雨樓去吸煙，諸十全雖未堅留，卻叮囑道：「晚歇早點來，該搭來用夜飯，我等來裡。」實夫應承下樓。諸三姐也趕著叮囑兩句，送至門首而別。實夫出了大興里，由四馬路緩步東行，剛經過尚仁里口，恰遇一班熟識朋友從東踅來，係是羅子富、王蓮生、朱藹人及姚季蒓四位。李實夫不及招呼，早被姚季蒓一把拉住說：「妙極哉，一淘去。」李實夫固辭不獲，被姚季蒓拉進尚仁里，直往衛霞仙家來。只見客堂中掛一軸神模⑪，四眾道流⑫，對坐宣卷，香煙繚繞，鐘鼓悠揚，李實夫就猜著幾分。

⑪ 神模：似當指神仙畫像。

⑫ 四眾道流：四位道士。

姚季蒓讓眾人上樓，到了房裡，衛霞仙接見坐定。姚季蒓即令大姐阿巧喊下去，檯面擺起來。李實夫乃道：「我坎坎吃飯，陸裡吃得落。」姚季蒓道：「啥人勿是坎坎吃飯。耐吃勿落末，請坐歇，談談。」朱藹人道：「實翁阿是要緊用筒煙？」衛霞仙道：「煙末該搭有來裡啘。」李實夫讓別人先吸，王蓮生道：「倪是才吃過歇哉，耐請罷。」李實夫知道不能脫身，只得向榻床上吸起煙來。姚季蒓去開局票，先開了羅子富、朱藹人兩個局，問王蓮生：「阿是兩個一淘叫？」蓮生忙搖手道：「叫仔小紅末哉。」問到李實夫叫啥人，實夫尚未說出，眾人齊道：「生來屠明珠哉啘。」實夫要阻擋時，姚季蒓已將局票寫畢發下，又連聲催起手巾。

李實夫只吸得三口煙，尚未過癮，乃問姚季蒓道：「耐吃酒末，晚歇吃也正好啘，啥要緊嗄？」羅子富笑道：「要緊是勿要緊，難為仔兩個膝饅頭⓭末，就晚歇也無啥。」李實夫還不懂，姚季蒓不好意思，解說道：「為仔今朝宣卷⓮，倪早點吃好仔，晚歇再有客人來吃酒末，房間空來裡哉，阿對？」衛霞仙插嘴道：「啥人要耐讓房間嗄？耐說要晚點吃，就晚點吃末哉啘。」即回頭令阿巧下頭去說一聲：「局票慢點發，晚歇吃哉。」阿巧不知就裡，答應要走。姚季蒓連忙喊住道：「勠去說哉，檯面擺好哉呀。」衛霞仙道：「檯面末擺來浪末哉。」季蒓道：「我肚皮也餓煞來裡，就故歇吃仔罷。」霞仙道：「耐說坎坎吃飯呀，阿要先買點點心來點點？」說著，又令阿巧去買點心。季蒓沒奈何，低聲央告道：「謝謝耐，勠難為我，噥噥罷。」霞仙嗤的笑道：「价末耐為啥倒說倪嗄？阿是倪教耐早點吃？」季蒓

⓭ 膝饅頭：膝蓋。

⓮ 宣卷：一種曲藝形式。原來專唱佛教故事，後來漸以講唱民間故事為主。

連說：「勿是，勿是。」霞仙方罷了，仍咕嚕道：「人人怕家主婆，總勿像耐怕得實概樣式，真真也少有出見個！」說得眾人哄堂大笑。姚季蒓涎著臉，無可掩飾。

幸而外場起手巾上來，季蒓趁勢請眾人入席。酒過三巡，黃翠鳳、沈小紅、林素芬陸續齊來，惟屠明珠後至。朱藹人手指李實夫告訴屠明珠道：「俚乃搭黎大人來裡吃醋哉，勿肯叫耐。」屠明珠道：「俚乃搭黎大人末吃啥醋嗄？俚乃勿肯叫，勿是個吃醋，總⑮尋著仔頭寸⑯來浪哉，想叫別人，阿曉得？」李實夫問：「想叫啥人？」屠明珠道：「怎曉得耐。」李實夫只是訕笑，王蓮生也笑道：「做客人倒也勿好做，耐三日天勿去叫俚個局，俚哚就瞎說，總說是叫仔別人哉，才實概個。」沈小紅坐在背後，冷接一句道：「倒勿是瞎說哩。」羅子富大笑道：「啥勿是瞎說嗄？客人末也來裡瞎說；倌人末也來裡瞎說；故歇末吃酒，瞎說個多花啥⑰。」姚季蒓喝聲采，叫阿巧取大杯來，當下擺莊搳拳，鬧了一陣。及至酒闌局散，已日色沉西矣。

羅子富因姚季蒓要早些歸家，不敢放量，覆杯告辭。姚季蒓乃命拿乾稀飯來。李實夫飯也不吃，先就興辭。王蓮生、朱藹人只吃一口，要緊吸煙，也匆匆辭去。惟羅子富吃了兩碗乾飯，始揩面漱口而行。姚季蒓即要同走，衛霞仙拉住道：「倪吃酒客人勿曾來哴，耐就要讓房間哉。」姚季蒓笑道：「要來快哉呀。」霞仙道：「就來仔末，等俚哚亭子間裡吃。耐搭我坐來浪，覅耐讓末哉。」季蒓復作揖謝罪，

⑮ 總：一定。

⑯ 頭寸：指中意的相好。

⑰ 瞎說句：瞎說那麼多幹什麼。

然後跟著羅子富下樓，轎班皆已在門前伺候，姚季蒓作別上轎，自回公館。

羅子富卻並不坐轎，令轎班抬空轎子跟在後面，向南轉一個彎，往中弄黃翠鳳家。正欲登樓，望見樓梯邊黃二姐所住的小房間開著門，有個老頭兒當門踞坐⑱。子富也不理會。及至樓上，黃二姐卻在房間裡。黃翠鳳沉著臉，哆著嘴⑲，坐在一傍吸水煙，似有不豫⑳之色。子富進去，黃二姐起身，叫聲「羅老爺」，問：「檯面散哉？」子富隨口答應坐下。翠鳳且自吸水煙，竟不搭話。子富不知為著甚事，也不則聲。俄延多時，翠鳳忽說道：「耐自家算算看，幾花年紀哉，再要去挾姘頭，阿要面孔！」黃二姐自覺慚愧，並沒一句回言。翠鳳因子富當前，不好多說。又俄延多時，翠鳳水煙方吸罷了，問子富：「阿有洋錢來浪？」子富忙應說：「有。」向身邊摸出一個象皮靴葉子，授與翠鳳。翠鳳揭開看時，葉子內夾著許多銀行鈔票。翠鳳只揀一張拾圓的抽出，其餘仍夾在內，交還子富。然後將那拾圓鈔票一撩，撩與黃二姐，大聲道：「再拿去貼撥俚哚！」黃二姐羞得沒處藏躲，收起鈔票佯笑道：「勿個㉑。」翠鳳道：「我也勿來說耐哉，難㉒看耐無撥仔再好搭啥人去借！」黃二姐笑道：「耐放心，勿搭耐借末哉。難末㉓謝謝羅老爺，倒難為耐。」說著，訕訕的笑下樓去。翠鳳還咕嚕道：「耐要曉得仔難為，倒

⑱ 踞坐：席地而坐，兩膝上聳。

⑲ 哆著嘴：噘著嘴。哆，音ㄉㄨㄛ。

⑳ 不豫：不悅。

㉑ 勿個：不會了。

㉒ 難：有「現今」、「自今」之意。

㉓ 難末：本「於是」、「那麼」之意，此有「這可得」之意。

好哉！」

子富問道：「倠要洋錢去做啥？」翠鳳攢眉道：「倪個無娒，真真討氣！勿是我要說倠：有來浪洋錢，撥來姘頭借得去；自家要用著哉，再搭我討。說說倠，假癡假呆，隨便耐罵倠打倠，倠隔兩日忘記脫仔，原實概。我也同倠無那哈㉔個哉！」子富道：「倠姘頭是啥人？」翠鳳道：「算算倠姘頭，倒無數目㉕哩。老姘頭勠去說倠哉，就故歇姘個㉖，也好幾個來浪。耐看倠年紀末大，阿有啥一點點清頭嗄？」子富道：「小房間裡有個老老頭，阿是倠姘頭？」翠鳳道：「老老頭是裁縫張司務，陸裡是姘頭。故歇就為仔撥倠裁縫帳，湊勿齊哉。」子富微笑丟開。

閑談一會，趙家娒搬上晚餐，子富說已吃過，翠鳳乃喊妹子黃金鳳來同吃。晚餐未畢，只聽得樓下外場喊道：「大先生出局。」翠鳳高聲問：「陸裡搭？」外場說：「後馬路。」翠鳳應說：「來個。」

第二一回終。

㉔ 無那哈：無辦法；無可奈何。那哈，吳語。怎樣；如何。

㉕ 無數目：吳語。數不清；心中無數；拿不準。

㉖ 故歇姘個：現今相好的。

第二二回　借洋錢贖身初定議　買物事賭嘴早傷和

按，黃翠鳳因要出局，慌忙吃畢夜飯，即喊小阿寶舀面水來，對鏡捕面。羅子富問：「叫到後馬路啥場花？」翠鳳道：「原是錢公館哉哩。俚朵是牌局，一去仔末就要我代碰和。我要無撥啥轉局，一徑碰下去，勿許走。有辰光兩三點鐘坐來浪，厭氣❶得來。」子富道：「厭氣末，就謝謝覅要哉。」翠鳳道：「叫局阿好勿去，倪無娒要說個。」子富道：「耐無娒阿敢❷來說耐。」翠鳳道：「無娒末啥勿敢說，我一逕勿曾做差啥事體，生來無娒勿說啥；倘然推扳仔一點點，倪個無娒肯罷哉❸！」說時，趙家娒取出出局衣裳，翠鳳一面穿換，一面叮囑子富道：「耐坐來浪，我去一歇歇，就轉來個。」又叮囑金鳳：「覅走開。」又令小阿寶喊珠鳳也來陪坐。然後趙家娒提了琵琶及水煙筒袋前行，翠鳳隨著，下樓登轎，徑至後馬路錢公館門前停下。望見客堂裡燈燭輝煌，又聽得高聲搳拳。翠鳳只道是酒局，及進去看時，席上只有楊柳堂、呂傑臣、陶雲甫暨主人錢子剛四位，方知為碰和的便夜飯。

楊柳堂一見黃翠鳳嚷道：「來得正好，請耐吃兩杯酒。」即取一雞缸杯送到翠鳳嘴邊。翠鳳側首讓

❶ 厭氣：吳語。無所事事；沒勁；厭煩。
❷ 阿敢：怎敢；哪敢。
❸ 肯罷哉：哪裡肯罷休。

過道：「我勿來吃。」柳堂還要糾纏，翠鳳不理，徑去靠壁高椅坐下。錢子剛忙起身向柳堂道：「耐去搳拳，我來吃。」便接了那杯酒。柳堂歸座，與呂傑臣搳拳。錢子剛執杯在手，告訴黃翠鳳道：「倪四家頭來裡捉贏家，我一連輸十拳㖸！吃仔八杯，剩兩杯勿曾吃。耐阿吃得落？替我代一杯阿好？」翠鳳聽說，接來呷乾，授還杯子，又說：「再有一杯去拿得來。」子剛道：「就剩一杯哉，讓趙家姆代仔罷。」趙家姆向桌上取一杯來，也吃了。陶雲甫慫恿楊柳堂道：「耐末也算得是諂頭哉！一樣一杯酒，錢老爺教俚代，耐看俚吃得阿要快？」黃翠鳳乃道：「耐是會說得來，吃杯酒也要說多花閑話㖸！一樣是朋友，耐幫仔楊老爺來說倪，賽過來裡說錢老爺。讓耐去說末哉，勿關倪事。」呂傑臣道：「故歇我輸哉，耐也替我代一杯，讓俚說勿出啥。」翠鳳道：「呂老爺，勿然是代末哉，故歇撥俚說仔了，定歸勿代。」楊柳堂催呂傑臣：「快點吃，吃好仔倪要碰和哉。」黃翠鳳問：「阿曾碰歇？」錢子剛說：「四圈莊碰滿哉，再有四圈。」呂傑臣吃完拳酒，因指陶雲甫：「挨著耐捉贏家哉。」陶雲甫遂與楊柳堂搳起拳來。

黃翠鳳生恐代酒，假作隨喜，避入左廂書房。只見書房中央几案縱橫，籌牌錯雜，四枝氈燭卻已吹滅，惟靠窗煙榻上煙燈甚明，隨意坐在下手。隨後錢子剛也到書房裡，向上手躺著吸煙。翠鳳乃問道：「倪無姆阿曾向耐借洋錢？」子剛道：「借末勿曾借，前日夜頭我搭俚講講閑話，俚說故歇開消末大，洋錢無撥下來勿過去❹，好像要搭我借。後來一泡仔講別樣事體❺，俚也就勿曾說起。」翠鳳道：「倪無姆個心思重得野㖸，耐倒要當心點。前轉❻耐去鑲仔一對釧臂，俚搭我說：『錢老爺一徑無撥生意，

❹ 洋錢句：無錢積餘，日子過不去。

❺ 後來句：後來講了一通別的事情。

倒勿曉得陸裡來個多花洋錢？』我說：『客人個洋錢末，耐管俚陸裡來個嗄。』俚說：『倪無撥洋錢用，勿曉得洋錢才到仔陸裡去哉！』我是氣昏仔了，勿去說俚哉。耐想該號閑話❼，俚是啥意思？」子剛道：「耐教我當心點，阿是當心俚借洋錢？」翠鳳道：「俚要向耐借洋錢末，耐定歸覅借撥俚。隨便啥物事，耐也覅去搭我買。耐故歇就說是買撥我，隔兩日終是俚哚個物事。俚哆一點點勿見好❽，倒好像耐洋錢多煞來浪❾，害俚哚眼熱煞！耐勿買倒無啥。」

子剛道：「俚倒一徑搭耐蠻要好，故歇俚轉差仔啥個念頭，勿相信耐哉，阿對？」翠鳳道：「一點勿差，故歇是俚有心要難為我❿。前月底有個客人動身，付下來一百洋錢局帳。俚有仔洋錢，十塊、廿塊才撥來姘頭借得去。今朝要付裁縫帳，無撥哉，倒向我要洋錢。我說我末啥場花有洋錢嗄？出局衣裳，生來要耐做個喤。耐曉得今朝要付裁縫帳，為啥撥姘頭借得去？撥我反仔一泡，俚倒嚇得勿響哉。」子剛道：「价末今朝阿曾撥點俚？」翠鳳道：「我為仔第一轉，綳綳俚場面，就羅個⓫搭借仔十塊洋錢撥俚。依仔俚心裡，倒勿是要借羅個洋錢，要我來請耐，向耐借；再要多借點，故末稱心哉。」

子剛道：「實概說俚勿曾借著我個洋錢，陸裡會稱心嗄？倘然俚向我借，我倒也勿好回頭⓬俚。」

---

❻ 前轉：前回；前次。

❼ 該號閑話：這種話。

❽ 勿見好：不見好。即不領情。

❾ 多煞來浪：多得不得了。

❿ 難為我：與我過不去。

⓫ 羅個：姓羅的，指羅子富。

翠鳳道：「耐勿借也無啥啘。啥該應⑬要借撥俚！耐說我一徑無撥生意了，洋錢也無撥哉，阿是說得蠻體面。到仔節⑭浪，通共叫幾個局，該應付幾化洋錢，局帳清爽仔，俚阿好說耐啥邱話？」子剛道：「故是俚要恨煞哉！我說，俚不過要借洋錢，就少微借點撥俚，也有限煞個。再噥兩節⑮，等耐贖仔身末，好哉啘。」翠鳳道：「我勿要。耐同俚阿有啥講究⑯，定歸要借撥俚，阿是真個洋錢忒多仔了？就算耐洋錢多，等我贖仔身，借撥我末哉啘。」

子剛道：「故歇耐阿想贖身？」翠鳳連忙搖手，叫他莫說。再回頭向外窺覷，卻正見一個人影影綽綽，站在碧紗屏風前，急問：「啥人嗄？」那人見喚，拍手大笑而出，原來是呂傑臣。錢子剛丟下煙槍，起坐笑道：「耐來裡嚇人。」呂傑臣道：「我是來裡捉奸。耐哚兩家頭阿要面孔！就是要偷局⑰末，也好等倪客人散仔，舒舒齊齊去上末哉啘。啥一歇歇也等勿得嗄。」黃翠鳳咕嚕道：「狗嘴裡阿會生出象牙來！」

呂傑臣再要回言，被錢子剛拉至客堂歸席。楊柳堂道：「倪輸仔拳，酒也無人代⑱，耐主人家倒尋

---

⑫ 回頭：吳語。有回絕、推辭、回答等意。

⑬ 啥該應：為什麼就應該。

⑭ 節：指逢年過節。

⑮ 再噥兩節：再湊合一段時間。

⑯ 講究：此有「瓜葛」、「關係」之意。

⑰ 偷局：此指偷情。

⑱ 酒也無人代：在家中請客打麻將似與妓院牌局不同，只有主人一人叫局，而應局之妓有義務替賓主全部代酒。

開心去哉！」陶雲甫道：「故歇讓耐去開心，晚歇碰和末，抵樁⑲多輸點。」錢子剛並不置辨，只問拳酒如何，四人復哄飲一回，始用晚飯。飯後，同至書房，點燭碰和。

錢子剛因吸煙過癮，請黃翠鳳代碰。翠鳳碰過兩圈。贏了許多，愈覺高興，乃喊趙家姆來，附耳叮囑些說話。趙家姆領會，獨自踅回家中，徑上樓尋羅子富。不料子富竟不在房，只有黃珠鳳垂頭伏桌打瞌銃⑳。趙家姆拎起珠鳳耳朵，問：「羅老爺呢？」珠鳳醒而茫然，對答不出，連問幾遍，方說道：「羅老爺去哉呀。」趙家姆問：「陸裡去嗄？」珠鳳道：「勿曉得啘。」趙家姆發怒，將指頭照珠鳳太陽㉑裡戳了一下，又下樓至小房間問黃二姐。黃二姐告訴道：「羅老爺末，撥朋友請到吳雪香搭吃酒去哉。耐去搭大先生說，早點轉來去轉局。」趙家姆道：「价末等羅老爺票頭來仔，我帶得去罷。故歇俚也勿肯轉來啘。」黃二姐應承了。等夠多時，才接到羅子富局票，果然是叫到東合興里吳雪香家的。

趙家姆手執票頭重往後馬路錢公館來。一進門口，見左廂書房裡黑魆魆地並無燈光，知道碰和已畢，客人已散；即轉身至右廂內室，見了錢子剛的正妻，免不得叫聲「太太」。那錢太太倒眉花眼笑說道：「阿是接先生轉去？先生來哚樓浪，耐就該搭等一歇末哉。」趙家姆只得坐下，卻慢慢說出要去轉局。錢太太道：「先生有轉局末，早點去罷，晚仔勿局㉒個。耐到樓梯下頭去喊一聲哩。」趙家姆急至後半

因有此說。

⑲ 抵樁：吳語。準備。此有「頂多」、「最多」之意。

⑳ 瞌銃：吳語。瞌睡。

㉑ 太陽：太陽穴。

間，仰首揚聲叫「大先生」，樓上不見答應，又連叫兩聲說：「要轉局去呀。」仍是寂然，毫無聲息。錢太太又叫住道：「覅喊哉，先生聽見個哉。」趙家姆沒法，仍出前半間，陪錢太太對坐閑話。

一會兒，聽得黃翠鳳腳聲下樓，趙家姆忙取琵琶及水煙筒袋上前相迎，翠鳳盛氣嗔道：「啥要緊嗄，勿喤嗼喤噪㉓勿清爽㉔。」錢太太含笑分解道：「俚末也算勿差，為仔票頭來仔歇哉，常恐忒晚仔勿局，喊耐早點去。」翠鳳不好多言，和錢太太立談兩句，道謝辭行。錢太太直送至客堂前，看著翠鳳上轎方回。趙家姆跟在轎後，徑往東合興里吳雪香家，攙了翠鳳到檯面上，只見客人、倌人、娘姨、大姐早擠得密層層沒些空隙。羅子富座後緊靠妝檯，趙家姆擠不進去。適羅子富與王蓮生並坐，王蓮生叫的局乃是張蕙貞，見了黃翠鳳，即挪過自己坐的凳子招呼道：「翠鳳阿哥，該搭來哩。」又招呼趙家姆，覺得著實殷勤，異常親密。

黃翠鳳見張蕙貞金珠首飾奕奕有光，知道是新辦的，因攜著手看了看道：「故歇名字戒指也老樣式哉。」張蕙貞見黃翠鳳頭上插著一對翡翠雙蓮蓬，也要索觀。黃翠鳳拔下一只，授與張蕙貞。蕙貞道：「綠頭倒無啥㉕。」不料王蓮生以下，即係主人葛仲英坐位，背後吳雪香聽得張蕙貞贊好，便伸過頭來一看，問黃翠鳳：「幾花洋錢買個？」翠鳳說是八塊。吳雪香忙向自己頭上拔下一只，將來比試。張蕙

㉒ 勿局：吳語。不妥；不合適。

㉓ 喤嗼喤噪：指大聲叫嚷。

㉔ 勿清爽：不太平。

㉕ 無啥：不錯。

貞見是全綠的，乃道：「也無啥。」吳雪香艴然道：「也無啥，我一對四十塊洋錢哚呀！阿是也無啥？」黃翠鳳聽說，從吳雪香手裡接來估量一回，問道：「阿是耐自家買個嗄？」吳雪香道：「買是客人去買得來個，來裡城隍廟茶會浪，俚哚才說勿貴，珠寶店裡陸裡肯嗄？」張蕙貞道：「倪是倒也看勿出。拿俚一對來比仔末，好像好點。」吳雪香道：「翡翠個物事，難講究哚！少微好一點就難得看見㉖哉。我一對蓮蓬，隨便啥物事，總比勿過俚。四十塊洋錢，是實概模樣呀。」黃翠鳳微笑不言，將蓮蓬授還吳雪香。張蕙貞也將蓮蓬授還黃翠鳳。

葛仲英正在打莊，約略聽得吳雪香說話，不甚清楚。及三拳搳畢，即回頭問吳雪香：「啥物事？要四十塊洋錢。」吳雪香遂將蓮蓬授與葛仲英。仲英道：「耐上仔當哉，陸裡有四十塊洋錢嗄？買起來不過十塊光景。」吳雪香道：「耐末曉得啥嗄！自家勿識貨，再要批搨㉗，十塊光景耐去買哉哩！」羅子富道：「拿得來，我來看。」擘手接過蓮蓬來。黃翠鳳道：「耐也是勿識貨個末，看啥嗄？」羅子富大笑道：「我真個也勿識貨。」遂又將蓮蓬傳與王蓮生。蓮生向張蕙貞道：「比仔耐頭浪一對，好多花哉。」張蕙貞道：「故是自然，我一對阿好比嗄。」吳雪香接嘴道：「耐也有來浪，讓我看，阿好？」張蕙貞道：「我一對是一點勿好個，難再要去買一對。」說著，也拔下一只，授與吳雪香。雪香問：「幾塊洋錢？」張蕙貞笑道：「耐一對末，我要買十對哚。」吳雪香道：「四塊洋錢，生來無撥啥好物事買哉。耐再要買，情願價錢大點；價錢大仔，物事總好哉啘。」張蕙貞笑著，隨向王蓮生手裡取那蓮蓬和

㉖ 難得看見：難區分。

㉗ 批搨：吳語。批評；批判。此有「評判」之意。

吳雪香更正。當時臨到羅子富攏莊，「五魁」、「對手」之聲，隆隆然如春霆震耳，才把吳雪香蓮蓬議論剪斷不提。

原來這一席，除羅子富、王蓮生以外，都是錢莊朋友。只為葛仲英同吳雪香恩愛纏綿，意不在酒，大家爭要湊趣，不肯放量，勉強把羅子富的莊打完，就草草終席而散。

吳雪香等客人散盡了，重複和葛仲英不依，道：「我來裡說閑話末，耐該應也幫我說句把，故末算得耐要好。耐倒來扳我個差頭，阿要詫異！我說一對蓮蓬要四十塊洋錢哚，真個四十塊洋錢，勿是我騙耐啘。耐勿相信，去問小妹姐好哉。耐一歇極得來，常恐倪要耐拿出四十塊洋錢來，連忙說十塊。就是十塊末，阿是耐搭我去買得來嗄？耐就搭我買仔一只洋銅㉘釧臂連一只錶，也說是三十幾塊哚。說到我自家個物事末，就勿稀奇哉。耐心裡只道仔我是別腳㉙倌人，陸裡買得起四十塊洋錢蓮蓬，只好拿洋銅釧臂來當仔金釧臂帶帶個哉，阿是？」一頓夾七夾八的胡話，倒說得仲英好笑起來道：「故末阿有啥要緊嗄？就是四十塊末，也勿關我事。」雪香道：「价末耐說啥十塊嗄？耐說是十塊末，耐去照式照樣買得來。我再要買一副頭面哩，洋錢我自家出末哉，耐去搭我買。」仲英笑道：「覅說哉，我去買末哉。」雪香道：「耐是來裡搭漿啘，我明朝就要個哩。」仲英道：「我今朝夜頭去買，阿好？」雪香道：「好個，耐去哩。」

仲英真個取馬褂來著，恰遇小妹姐進房，慌道：「二少爺做啥？」正要攔阻，雪香丟個眼色，不使

㉘ 洋銅：銅。

㉙ 別腳：蹩腳。

上前。仲英套上扳指，掛上錶袋，手執折扇，笑向雪香道：「我去哉。」雪香一把拉住問：「耐到陸裡去？」仲英道：「耐教我買物事去啘。」雪香道：「好個，我搭耐一淘去。」攜了仲英的手便走。趙至簾前，仲英立定不行，雪香盡力要拉出門外去。小妹姐在後拍手大笑道：「撥巡捕來拉得去仔末好哉！」客堂裡外場不解何事，也來查問。小妹姐乃做好做歹勸進房裡，仍替仲英寬去馬褂。雪香撅著嘴，坐在一傍，嘿然不語。仲英只是訕笑。小妹姐亦呵呵笑道：「兩個小幹仵並仔一堆末，成日個哭哭笑笑，也勿曉得為啥？阿要笑話？」仲英道：「對勿住，倒難為耐老太太討氣。」小妹姐道：「劃一㉚，我真個氣煞來裡！」說罷自去。仲英趙至雪香面前，低聲笑道：「耐阿聽見，撥俚哚當笑話。一點無撥啥事體，瞎噪仔一泡，故末算啥哩？」雪香不禁嗤的笑道：「耐阿要再搭我強了？」仲英道：「好哉，耐便宜㉛個哉。」雪香方歡好如初。

仲英聽得外場關門聲響，隨取下錶袋看時，已至一點多鐘，說道：「天勿早哉，倪睏罷。」雪香問：「阿要吃稀飯？」仲英說：「覅吃。」雪香即喊小妹姐來收拾。小妹姐舀水傾盆，鋪床疊被。正在忙亂之頃，忽然一個小大姐推進大門，跑至房裡，趕著小妹姐叫一聲「無娒」，便將袖子掩口要哭。小妹姐認得是外甥女，名叫阿巧，住在衛霞仙家的，急問他道：「耐故歇跑得來做啥？」那阿巧要說，卻一時說不出口。

第二三回終。

㉚ 劃一：吳語。確實；的確。

㉛ 便宜：此指「討到便宜」。

第二三回　外甥女聽來背後言　家主婆出盡當場醜

按，吳雪香家娘姨小妹姐見外甥女阿巧要哭，駭異問道：「啥嗄❶？」阿巧哭道：「我勿去哉。」小妹姐不解，怔怔的看定阿巧，看了一會問道：「阿是搭啥人相罵哉？」阿巧搖頭道：「勿是。早辰揹支煙燈，跌碎仔玻璃罩，俚哚無娒說，要我賠個。我到洋貨店裡買仔一支末，嫌道勿好。再要去買，換一家洋貨店，說要買好個。等到買得來，原勿好，要我去調，拿跌碎個玻璃罩一淘帶得去，照樣子買一支。洋貨店裡說要兩角洋錢哚，調末也勿肯調。我做俚哚大姐，一塊洋錢一月，正月裡做下來，勿滿三塊洋錢，早就寄到仔鄉下去哉，陸裡再有兩角洋錢？」小妹姐聽說，倒笑起來，道：「故末阿有啥要緊嗄？耐個小幹仵末，也少有出見個！耐拿玻璃罩放來浪，明朝我搭耐去買。」阿巧忙道：「無娒，勿呀！俚哚個生活我做勿轉❷呀。早辰一起來末，三只煙燈，八只水煙筒，才要我來收捉。再有三間房間，掃地、揩檯子、倒痰盂罐頭，陸裡一樣勿做？下半日汏衣裳，幾幾花花衣裳，就交撥我一幹仔。一日到夜，總歸無撥空，有辰光客人碰和，一夜天勿睏，到天亮碰好仔，俚哚末去睏哉，我末收捉房間。」小妹姐道：「俚哚再有兩個大姐哩，來浪做啥？」阿巧道：「俚哚兩家頭，

❶ 啥嗄：怎麼啦；什麼呀。

❷ 做勿轉：做不過來；忙不完。

阿肯做生活嗄。十二點鐘喊俚哚起來吃中飯，就搭先生梳一個頭。梳好仔頭末，無事體哉，橫來哚榻床浪，擱起仔腳吃鴉片煙。有客人來，搭客人講講笑話，鑾寫意。我末絞手巾，裝水煙，忙煞。大月底，看俚哚拆下腳洋錢❸，三四塊、五六塊，阿要開心？我是一個小銅錢也勿曾看見。」說到這裡，又哇的哭出聲來。

小妹姐正色道：「耐末總歸自家做生活，覅去學俚哚個樣。俚哚來浪拆下腳洋錢，耐也覅去眼熱。故歇生來要吃點虧，耐要會梳仔個頭末好哉。勿然，我搭耐說仔罷，剛剛鄉下上來，頭一家做生意就勿高興出來❹，出來仔耐想做啥？再有啥人家要耐？」阿巧嗚咽道：「無娒，耐勿曉得呀。單是做生活倒罷哉，我來裡做生活，俚哚再要搭我噪。我勿噪末，俚哚就勿快活，告訴無娒，說我做生活勿高興。碰著會噪點個客人，俚哚同客人串通仔拿我來尋開心。一個客人拉住仔個手，一個客人扳牢仔個腳，俚哚兩家頭來剝我褲子。」說著，復嗚嗚咽咽哭個不住，卻引得葛仲英、吳雪香都好笑起來。小妹姐也笑了，急問：「阿曾剝嗄？」阿巧哭道：「啥勿曾剝。倒是先生看勿過，拉我起來。無娒曉得仔，倒說我小幹仵，哭哭笑笑討人厭。」吳雪香接說道：「客人也忒啥無淘成！人家一個大姐，耐剝脫俚褲子，阿是勿作興❺個！」葛仲英道：「一塊洋錢一月，阿怕無撥人家要，覅到俚哚去做哉。」小妹姐獨無言。迨❻房間內收拾已畢，葛仲英、吳雪香將要安置，小妹姐乃向阿巧道：「耐就勿做，也等我尋著仔

---

❸ 拆下腳洋錢：按一定的比例分賞錢。

❹ 出來：指離開妓院。

❺ 勿作興：吳語。不可以；不應該。

人家末好出來，故歇耐轉去，噥兩日再說。」阿巧道：「价末無姆要搭我尋個哩。」小妹姐道：「曉得哉，耐去罷。」阿巧又問：「煙燈罩阿要賠嗄？」小妹姐叫把跌碎的留下：「明朝我去買。」又叮囑：「難末做生活當心點。」

阿巧答應，辭了小妹姐，仍歸至尚仁里衛霞仙家。那時客堂裡宣卷道流正演說洛陽橋故事，許多閑人簇擁觀聽。阿巧概不理會，徑去後面小房間見老鴇衛姐，回說：「煙燈罩洋貨店裡勿肯調，明朝無姆去買得來。」衛姐道：「耐到無姆搭去個？」阿巧說：「去個。」衛姐嗔道：「一點點事體，再要去告訴無姆，阿是告訴仔耐無姆末，覅賠哉？」阿巧不敢頂嘴，趄上樓來。只見衛霞仙房裡第二檯吃酒客人尚未盡散，那客人乃北信典鋪中翟掌櫃暨幾個朝奉，正是會噪的。阿巧自思生意將歇❼，何必再去巴結，遂不進房，竟去亭子間煙榻上，暗中摸索睡下。聽得前面一陣陣嘻笑之聲不絕於耳，那裡睡得著。隨後拖檯掇凳，又夾著忽剌剌牙牌散落聲音，知道是碰和了。阿巧正要起身，卻聽得那兩個大姐出房喊外場起手巾，復下樓尋阿巧。衛姐說：「阿巧來裡樓浪啘，常恐去睏哉。」一個大姐道：「俚倒開心哚啘！耐去喊哩。」一個大姐道：「我勿去喊，俚勿高興做生活末，倪來做末哉，啥稀奇。」

阿巧聽了，賭氣復睡，只因心灰意懶，遂不覺沉沉一覺。直到日上三竿，阿巧醒來，坐在榻上，揉揉眼睛，側耳聽時，樓下寂然。宣卷已畢，惟衛霞仙房中碰和之後，外場搬點心進去，客人和兩個大姐兀自噪做一團。阿巧依然迴避，徑往灶下揩一把面，先將空房間收拾起來。

❻ 迨：等到。

❼ 生意將歇：指在衛姐處的活即將不做。

須臾，小妹姐來了。阿巧且不收拾，留心竊聽。聽得小妹姐到小房間見了衛姐，把買的煙燈罩交付，問衛姐：「阿對？」衛姐呵呵笑道：「耐末去上小幹仵個當，倒真真去買得來哉！我為仔倒做生活勿當心，說要倒賠末，讓倒當心點，阿是真個教倒賠嗄。」說著，取兩角小洋錢給還小妹姐。小妹姐堅卻不收。衛姐只得道謝，隨拉小妹姐並坐閑談。衛姐又道：「該個小幹仵，生活倒無啥，就不過獨幅❽點。來裡堂子裡，有個把客人要搭耐噪噪，也無啥要緊啘，倒乃噪仔要勿快活個。」阿巧聽到這裡，越發生氣，不欲再聽，仍回空房間來收拾。等得小妹姐辭別衛姐出門，阿巧忙趕上去，叫聲「無姆」，直跟至弄堂轉彎處，方問：「無姆阿去搭我尋人家？」小妹姐道：「耐啥要緊得來。就有人家末，也要過仔該節噪，故歇陸裡去尋？」阿巧復再三叮嚀而歸。

小妹姐去後，接連數日，不得消息。阿巧因沒工夫，亦不曾去吳雪香家探望。到了三月十四這一日，阿巧早起，正在客堂裡揩擦水煙筒，忽見一肩轎子停在門首，一個娘姨打起轎簾，攙出一個半老佳人，舉止大方，妝飾入古。阿巧揣度：當是誰家奶奶。那奶奶滿面怒氣，挺直胸脯踅進大門，即高聲問：「該搭阿是衛霞仙？」阿巧應說：「是個。」那奶奶並不再問，帶領娘姨徑上樓梯。阿巧詫異得緊，且向門首私問轎班，方知為姚季蒓正室。阿巧急跑至小房間告訴衛姐，衛姐不解甚事，便和阿巧飛奔上樓，跟隨姚奶奶都到衛霞仙房裡來。

其時衛霞仙面窗端坐，梳洗未完。姚奶奶一見，即復高聲問道：「耐阿是衛霞仙？」霞仙抬頭看了，猛吃一驚，將姚奶奶上下打量一回，才冷冷的答道：「我末就是衛霞仙哉哩。耐是啥人嗄？」姚奶奶儼

❽ 獨幅：吳語。只憑自己意志行事；自私。亦謂性格孤僻，不合群。

然向高椅坐下，嚷道：「勿搭耐說閑話，二少爺哩？喊俚出來。」霞仙早猜著幾分來意，仍冷冷的答道：「耐問陸裡一個二少爺嗄？二少爺是耐啥人嗄？」姚奶奶大吼，舉手指定霞仙面上道：「耐覅來浪假癡假呆❾！二少爺末，是我家主公。耐拿二少爺來迷得好，耐阿認得我是啥人？」說著，惡狠狠瞪出眼睛，像要奮身直撲上去。霞仙見如此情形，倒不禁啞然失笑，尚未回言。阿巧膽小怕事，忙去取茶碗，撮茶葉，喊外場沖了開水說：「姚奶奶請用茶。」再拿一支水煙筒問：「姚奶奶阿用煙？我來裝。」衛姐也按住姚奶奶，沒口子❿分說道：「二少爺該搭勿大來個呀，故歇長遠勿來哉。真真難得有轉把叫個局，酒也勿曾吃歇。姚奶奶覅去聽別人個閑話。」

大家七張八嘴勸解之際，被衛霞仙一聲喝住道：「覅響，瞎說個多花啥！」於是霞仙正色向姚奶奶朗朗說道：「耐個家主公末，該應到耐府浪去尋啘。耐啥辰光交代撥倪，故歇到該搭來尋耐家主公。倪堂子裡倒勿曾到耐府浪來請客人，耐倒先到倪堂子裡來尋耐家主公，阿要笑話？倪開仔堂子做生意，走得進來⓫總是客人，阿管俚是啥人個家主公。耐個家主公末，阿是勿許倪做嗄？老實搭耐說仔罷：二少爺來裡耐府浪，故末是耐家主公。到仔該搭來，就是倪個客人哉。耐有本事，耐拿家主公看牢仔，為啥放俚到堂子裡來白相？來裡該搭堂子裡，耐再要想拉得去，耐去問聲看，上海夷場浪阿有該號規矩？故歇覅說二少爺勿曾來，就來仔，耐阿敢罵俚一聲，打俚一記？耐欺瞞耐家主公勿關倪事，要欺瞞仔倪個

❾ 假癡假呆：假裝癡呆；裝瘋賣傻。

❿ 沒口子：滿口。

⓫ 走得進來：走進來的。

客人，耐當心點！二少爺末怕耐，倪是勿認得耐個奶奶啘！」一席話，說得姚奶奶頓口無言，回答不出，登時⑫漲得徹耳通紅，幾乎迸出急淚來。正待想一句來扳駁，只見霞仙復道：「耐是奶奶呀，阿是奶奶做得勿耐煩仔了，也到倪該搭堂子裡來尋尋開心？可惜故歇無啥人來打茶會，倘然有個把客人來裡，我教客人捉牢仔耐強姦一泡，耐轉去阿有面孔！耐就告到新衙門裡，堂子裡姦情事體也無啥稀奇啘！」

不料這裡說得鬧熱，樓下外場驀喊一聲：「客人上來。」霞仙便道：「來得正好，請房裡來。」衛姐掀起簾子，迎進一個四十餘歲的客人，三綹髭鬚，身材肥胖，原來即係北信典鋪翟掌櫃。早嚇得姚奶奶心頭小鹿兒橫衝直撞，坐也不是，走也不是，又羞又惱，那裡還說得出半個字。翟掌櫃進房，且不入座，也將姚奶奶上下打量一回，終猜不出是什麼人。霞仙笑問翟掌櫃道：「耐阿認得俚？俚末是姚季蒓姚二少爺個家主婆，今朝到倪該搭堂子裡來，有心要坍坍二少爺個臺。」翟掌櫃聽罷茫然，衛姐過去附耳說些大概，方始明白。翟掌櫃攢眉道：「故是姚奶奶失斟酌哉，倪搭季蒓兄也同過幾轉檯面，總算是朋友。姚奶奶到該搭來，季蒓兄面浪好像勿好看相。」霞仙道：「啥勿好看相，出色得野哚。二少爺一徑生意勿好，該著仔實概一個家主婆，難末⑬要發財哉！」翟掌櫃搖手止住，轉勸姚奶奶道：「姚奶奶故歇請回府，有啥閑話末，教季蒓兄來說好哉。」姚奶奶無可如何，一口氣奔上喉嚨，哇的一聲要哭。慌忙立起身來，帶領娘姨出房下樓。霞仙還冷笑道：「姚奶奶再坐歇哩，倘忙二少爺來仔末，我教娘姨來請耐！」姚奶奶趄至樓下，忍不住嗚嗚咽咽，大放悲聲，似乎連說帶罵，卻聽不清楚，仍就門首上轎

---

⑫ 登時：頓時。

⑬ 難末：那可。

而回。

姚奶奶既去，霞仙新妝亦罷，越想越覺好笑道：「蠻體面個二少爺，難看俚阿好出來做人！一個奶奶跑到堂子裡拉客人，賽過是野雞哉啘！」衛姐也嘆口氣道：「做仔個奶奶，再有啥勿開心？自家走上門來討倪罵兩聲，阿要倒運！」霞仙道：「耐末也覅說哉，勿曾撥俚丁倒⑭罵兩聲，總算耐運氣。」衛姐微笑自去。翟掌櫃問：「為啥要丁倒撥俚罵兩聲？」霞仙笑而告訴道：「倪無姆末，真真是好人。二少爺就日日到倪搭來，倪也無啥說勿出啘。倪無姆定歸要說是二少爺長遠勿來哉，倒好像是倪怕俚。再有個阿巧，加二討氣。前日仔宣卷，樓浪下頭幾花客人來浪，喊俚沖茶，勿曉得到仔陸裡去哉。客人個茶碗也勿曾加。今朝二少爺家主婆來仔，耐勿曾看見俚巴結得來。倪勿曾喊俚，俚倒先去泡仔一碗茶，再要搭俚裝水煙，姚奶奶長、姚奶奶短。自家生活擱脫仔勿做，單去巴結個姚奶奶！陸裡曉得姚奶奶覺也勿曾覺著，拍馬屁拍到仔馬腳浪去哉！」阿巧適舀一盆面水上來給霞仙洗手，聽說即回嘴道：「姚奶奶末，也是客人，為啥勿該應泡茶撥俚吃？」霞仙笑向翟掌櫃道：「耐聽聽俚閑話，阿要氣煞人！姚奶奶說是客人，阿是倪做個嗄？」阿巧道：「做勿做勿關我事，耐哚同姚奶奶來裡相罵，倒說我拍馬屁！」霞仙沉下臉道：「耐個人啥粳⑮得來，耐該搭勿高興做，去末哉啘，姚奶奶喜歡耐拍馬屁！」

阿巧撅起嘴，趄下樓來，草草收拾完畢，吃過中飯，捱至日色平西，捉個空，復往東合興里吳雪香家，尋見小妹姐，訴說適間情事，哭道：「生活勿做，生來要說。做仔生活，再要說。隨便啥事體，總

⑭ 丁倒：吳語。即顛倒、倒過來。

⑮ 粳：即「梗」。此有倔強、帶刺之意。

是我勿好。無姆說噥兩日，噥勿落哉啘！」小妹姐道：「噥勿落末，出來到啥場花去？」阿巧道：「隨便啥場花，就無撥工錢也無啥。」小妹姐沉吟不語。吳雪香道：「价末到該搭來，幫幫耐無姆，再去尋人家，阿好？」阿巧說：「蠻好。」小妹姐也就依了。當晚小妹姐便向衛霞仙家算清工錢，取出鋪蓋。阿巧在吳雪香家借宿一宵，次日飯後吳雪香取出一對翡翠雙蓮蓬，令阿巧賚至對門大腳姚家交還張蕙貞，並說：「綠頭蠻好，比我一對倒差仿勿多。十六塊洋錢，一點勿貴。」阿巧見張蕙貞傳說明白⑯，張蕙貞因問阿巧：「阿是新來個？」阿巧據實說了，蕙貞道：「倪故歇再要添個大姐，先生勿用末，該搭來罷。」阿巧不勝之喜，道：「故是再好也勿有。」連忙歸來說與小妹姐，即日小妹姐親自送去，阿巧因住在張蕙貞家。

適遇王蓮生偕洪善卿兩個在張蕙貞家便夜飯，蕙貞將翡翠雙蓮蓬與王蓮生看，問：「十六塊洋錢阿貴？」洪善卿只估十塊。蓮生道：「還俚十塊，多到十二塊，覅添哉。」蕙貞又訴說添用大姐一節，蓮生見阿巧好生面善，問起來，方知在衛霞仙家見過數次。迨夜飯吃畢，張蕙貞已燒成七八枚煙泡，放在煙盤裡。王蓮生揩把手巾，向榻床躺下，蕙貞授過煙槍，颼颼的直吸到底。蕙貞接槍，通過斗門⑰，再取煙泡來裝。蓮生向蕙貞道：「耐要買翡翠物事，教洪老爺到城隍廟茶會浪去買，便宜點。」蕙貞因要買一副翡翠頭面，拜託洪善卿。善卿應諾，辭別先行，自回南市永昌參店去了。

第二三回終。

---

⑯ 阿巧句：意為阿巧見了張蕙貞將話轉達得很明白。

⑰ 斗門：鴉片煙槍裝煙膏的斗口。

第二四回　只怕招冤同行相護　自甘落魄失路誰悲

按，王蓮生躺在榻床右首吸煙過癮，復調過左首來吸上三口，漸覺眉低眼合，像是煙迷。張蕙貞裝好一口煙，將槍頭湊到嘴邊，替蓮生把火。蓮生搖手不吸。蕙貞輕輕放下煙槍，要坐起來。蓮生一手扳住蕙貞胸脯說：「耐也吃一筒喤。」蕙貞道：「我勠吃，吃上仔癮，阿好做生意嗄？」蓮生道：「陸裡會上。小紅一徑吃，勿曾有癮。」蕙貞道：「小紅自然，俚是本事好，生意會做；就吃上仔，也勿要緊。倪要像仔俚，也好哉❶！」蓮生道：「耐說小紅會做生意，為啥客人也無撥哉嗄？」蕙貞道：「耐怎曉得俚無撥客人？」蓮生道：「我看見俚前節堂簿❷，除脫仔我，就不過幾戶老客人，叫仔二三十個局。」蕙貞道：「做仔耐一戶客人，再有二三十個局，也就好哉❸啘。」蓮生道：「耐勿曉得，小紅也勿過去❹，俚開消大，爺娘、兄弟有好幾個人來浪，才靠俚一幹仔做生意。」蕙貞道：「爺娘、兄弟來裡小房子❺裡，陸裡有幾花開消？常恐俚自家個用場忒大仔點。」蓮生道：「俚自家倒無啥用場，就不過三

❶ 也好哉：可就好了。意為那就壞了。
❷ 堂簿：吳語。指舊時妓院中的帳簿。
❸ 好哉：此處指「行了」、「足夠了」。
❹ 勿過去：過不下去。此指開支大，日子不易過。

日兩頭去坐坐馬車。」蕙貞道：「坐馬車也有限得勢。」蓮生道：「价末啥個用場嗄？」蕙貞道：「倪怎曉得俚。」

蓮生便不再問，自取煙盤內所剩兩枚煙泡，且燒且吸，移時❻始盡。於是一手扶住榻床欄杆，抬身坐起。蕙貞知道是要吸水煙，忙也起身，取一支水煙筒，就在榻床邊挨著蓮生肩膀，偎倚而坐，裝水煙與蓮生吸。蓮生吸了兩筒，復問道：「耐說小紅自家用場大，是啥個用場？耐說說看哩。」蕙貞略怔了一怔道：「倪是說說罷哉呀。小紅自家末再有啥個用場，耐尠到小紅搭去瞎說瞎話。倘然耐說仔啥末，俚只道倪說仔俚邱話，再撥俚罵。」蓮生笑道：「耐說末哉，我阿去告訴小紅？」蕙貞大聲道：「教我說啥物事嗄？耐搭小紅三四年老相好，再有啥勿曉得，倒來問倪！」蓮生笑而嘆道：「耐末真真是謅頭。小紅說仔耐幾花邱話，耐勿說俚倒罷哉，再要替俚包瞞。」蕙貞也嘆道：「勿是包瞞呀，耐末也纏煞❼哉，小紅有仔爺娘、兄弟，再要坐坐馬車，阿是用場比仔倪大點。」蓮生冷笑丟開。

水煙吸罷，蕙貞仍並坐相陪，和蓮生美滿恩情，溫存浹洽，消磨了好一會。敲過十二點鐘，喚娘姨收拾安睡。蕙貞在枕上又勸蓮生道：「小紅個人，凶末凶煞，搭耐是總算無啥❽。俚故歇客人末也賽過無撥❾，就不過耐一個人去搭俚繃繃場面，俚勿搭耐要好，再搭啥人要好？前轉明園俚要同耐拚命，倒

---

❺ 小房子：當指另外的住處。

❻ 移時：過了一些時候。

❼ 纏煞：太纏人了。

❽ 無啥：不錯。

勿是為別樣，常恐耐做仔我，俚搭勿去哉。耐勿去仔，俚阿是要發極嗄？我倒勸耐，耐搭俚相好仔三四年，也該應摸著點俚脾氣個哉，稍微有點勿快活⑩，耐噥得過就噥噥罷。俚有辰光就推扳仔點，耐也覅去說俚。耐說仔俚，俚勿好來怪耐，倒說是倪教耐個閑話，倪末結仔俚幾花冤家！單是背後罵倪兩聲，倒也罷哉；倘忙檯面浪碰著仔，俚末倒覅面孔搭倪相罵，倪阿要難為情？」蓮生道：「耐說俚搭我要好，陸裡會要好嗄？我坎做俚辰光，俚搭我說：『做倌人也難得勢⑪，就不過無撥好客人。故歇有仔耐，故是再好也勿有。難⑫再要去做一戶陌生客人，定歸勿做個哉。』我說：『耐勿做末，就嫁撥我好哉。』俚嘴裡末也說是蠻好，一徑搭漿下去。起初說要還清仔債末嫁哉，故歇還仔債，再說是爺娘勿許去。看俚光景，總歸勿肯嫁人。也勿曉得俚終究是啥意思。」蕙貞道：「故倒也無啥別樣意思，俚做慣仔倌人，到人家去規矩勿來⑬，勿肯嫁。再歇兩年，年紀大仔點，難末要嫁耐哉。」蓮生搖手道：「倘然沈小紅要嫁撥我，我也討勿起。前兩年三節開消，差勿多二千光景。今年加二勿對哉，還債買物事同局帳，一節勿曾到，用撥俚二千多！耐想我陸裡有幾花洋錢去用？」蕙貞復嘆道：「像倪一年就一千洋錢也好哉。」蓮生再要說時，只聽得當中間內阿巧睡夢中咳嗽聲音，遂被叉斷不提。

---

⑨ 賽過無撥：就像沒有。意指沒有客人。

⑩ 勿快活：不痛快。

⑪ 難得勢：吳語。很難；難得很。

⑫ 難：就這。

⑬ 規矩勿來：受不了許多規矩。

次日上午，王蓮生、張蕙貞初起身，管家來安即來稟說：「沈小紅搭娘姨，請老爺過去說句閑話。」蕙貞忙問甚事，蓮生道：「陸裡有啥閑話，兩日勿去仔末，生來要來請哉啘。」蕙貞尋思一會道：「我猜小紅定歸有點閑話要搭耐說。耐想哩，隨便啥辰光，耐一到仔該搭來，俚哚就曉得哉。故歇是曉得耐來裡該搭，來請耐。就無啥閑話，也要想句把出來說說，喿得耐勿舒齊，耐說阿對？」蓮生不答。比及用畢午餐，吸足煙癮，蓮生方思過去。蕙貞連連叮囑道：「耐到沈小紅搭去，小紅問耐陸裡來，耐就說是來裡該搭好哉。俚要搭耐說啥閑話，勿要緊個末依仔俚一半；耐就勿依俚，也覅搭俚強，好好交搭俚說。小紅個人，不過性子粳點，耐說明白仔，俚也無啥。耐記好仔，覅忘記！」

蓮生答應下樓，並不坐轎，帶了來安出門。只見一個小孩子往南飛跑，仿佛是阿珠的兒子，想欲聲喚，已是不及。蓮生卻往北出東合興里，由橫弄穿至西薈芳里，阿珠早迎出門首，相隨上樓，同到房裡。沈小紅當窗閑坐，手中執著一對翡翠雙蓮蓬在那裡玩弄。見了蓮生，也不起身，只冷笑道：「倪該搭勿請耐是想勿著個哉。兩日天有幾花公事，忙得來一埭也勿來。」蓮生佯笑坐下。阿珠接著笑道：「王老爺一請仔倒就來，還算倪有面孔，勿曾坍臺。先生耐要謝謝我個哩。」說著，先絞把手巾，忙將茶碗放在煙盤裡，點起煙燈，說：「王老爺請用煙。」蓮生過去躺在榻床上手，吸起煙來。小紅便道：「耐到該搭來，苦煞個哩，才是笨手笨腳⑭，無啥人來搭耐裝煙。」蓮生笑道：「啥人要耐裝煙嘎？」當時阿珠抽空迴避。

蓮生本已過癮，只略吸一口，即坐起來吸水煙。小紅乃將翡翠雙蓮蓬給蓮生看。蓮生問：「阿是買

⑭ 才是句：全是笨手笨腳的人。

珠寶個拿得來看？」小紅道：「是呀，我買哉。十六塊洋錢，比仔茶會浪阿貴點？」蓮生道：「耐有幾對蓮蓬來浪，也好哉，再去買得來做啥？」小紅道：「耐搭別人末去買仔，挨著⑮我末就勿該應買哉。」蓮生道：「勿是說勿該應買，耐蓮蓬用勿著末，買別樣物事好哉。」小紅道：「別樣物事再買哉啘。蓮蓬用末用勿著，我為仔氣勿過，定歸要買俚一對，多搳脫耐十六塊洋錢。」蓮生道：「价末耐拿十六塊洋錢去，隨便耐買啥。該個一對蓮蓬也無啥好，覅買哉，阿對？」小紅道：「倪是人也無啥好，陸裡有好物事撥倪買。」蓮生低聲做勢⑯道：「阿唷，先生客氣得來！啥人勿曉得上海灘浪沈小紅先生，再要說勿好！」小紅道：「倪末阿算得是先生嗄？比仔野雞也勿如啘，惶恐哉哩叫先生！」

蓮生料想說不過，不敢多言，仍嘿然躺下，一面取簽子燒煙，一面偷眼去看小紅。見小紅垂頭哆口，斜倚窗欄，手中還執那一對翡翠雙蓮蓬，將指甲掐著細細分數蓮子顆粒。蓮生大有不忍之心，只是無從解勸。

適值外場報說：「王老爺朋友來。」蓮生迎見，乃是洪善卿。進房即說道：「我先到東合興去尋耐，說去哉，我就曉得來裡該搭。」小紅敬上瓜子，笑向善卿道：「洪老爺，耐尋朋友倒會尋喤。王老爺剛剛到該搭來，也撥耐尋著哉。」該搭王老爺難得來個啘，一徑來裡東合興里。今朝為仔倪請仔了，坎坎來一埭，晚歇原到東合興去。洪老爺，耐下轉要尋王老爺末，到東合興去尋好哉。東合興勿來浪，倒說勿定來裡啥場花，耐就等來浪東合興，王老爺完結仔事體轉去末，碰頭哉啘。東合興賽過是王老爺個

⑮ 挨著：挨到；輪到。

⑯ 做勢：做出表明意向的動作。

公館。」

小紅正在嘮叨，善卿呵呵一笑，剪住道：「覅說哉。我來一埭，聽耐說一埭，我聽仔也厭氣⑰煞哉。」小紅道：「洪老爺說得勿差，倪是生來勿會說閑話，說出來就惹人氣。像人家會說會笑，阿要巴結。一樣打茶會，客人喜歡到俚哚去，同得去個朋友講講說說，也鬧熱點。到仔該搭，聽仔倪討氣閑話，才勿對哉，再要得罪朋友，耐說王老爺陸裡想得著到該搭來嗄！」善卿正色道：「小紅，覅實概。王老爺做末做仔個張蕙貞，搭耐原巒要好，耐也就噥噥罷。耐定歸要王老爺勿去做張蕙貞，在王老爺也無啥，聽仔耐閑話就勿去哉。不過我來裡說，張蕙貞也苦煞來浪。讓王老爺去照應點俚，耐也賽過做好事。」這幾句倒說得沈小紅盛氣都平，無言可答。

於是洪善卿、王蓮生談些別事。已近黃昏，善卿將欲告辭，蓮生阻止了，卻去沈小紅耳邊悄悄說了幾句，聽不出說的什麼。只見小紅道：「耐去末哉啘，啥人拉牢耐嗄？」蓮生又說兩句。小紅道：「來勿來隨耐個便。」蓮生乃與善卿相讓同行。小紅略送兩步，咕嚕道：「張蕙貞等來浪，定歸要去一埭末舒齊。」蓮生笑道：「張蕙貞搭勿去。」說著下樓出門。善卿問：「到陸裡？」蓮生道：「到耐相好搭去。」

兩人往北，由同安里穿至公陽里周雙珠家。巧囡為王蓮生叫過周雙玉的局，引蓮生至雙玉房裡。洪善卿也跟進去，見周雙玉睡在床上，善卿踅到床前，問雙玉：「阿是勿適意？」雙玉手拍床沿，笑說：「洪老爺，請坐哩，對勿住。」善卿即坐在床前，與雙玉講話。周雙珠從對過房裡過來，與王蓮生寒暄

⑰ 厭氣：此指厭煩。

兩句，因請蓮生吸鴉片煙。巧囡卻裝水煙與善卿吸。善卿見是銀水煙筒，又見妝檯上一連排著五只水煙筒，都是銀的，不禁詫異道：「雙玉個銀水煙筒有幾花嘎？」雙珠笑道：「故末也是倪無娒拍雙玉個馬屁哉哩。」雙玉聽見嗔道：「阿姐末總瞎說，無娒拍倪個馬屁，阿要笑話。」善卿笑問其故，雙珠道：「就是前轉為仔銀水煙筒，雙玉教客人去買仔一只，難末無娒拿大阿姐、二阿姐個幾只銀水煙筒才撥仔雙玉，雙寶末一只也無撥。」善卿道：「价末故歇再有啥勿適意？」雙玉接說道：「發寒熱⑱呀。前日夜頭客人碰和，一夜勿曾睏，發仔個寒熱。」

說話之時，王蓮生燒成一口鴉片煙要吸，不料煙槍不通，斗門咽住。雙珠先見，即道：「對過去吃罷，有只老槍來浪。」當下眾人翻過對過雙珠房間。善卿始與蓮生說知翡翠頭面，先買幾色，價值若干，已面交與張蕙貞了。蓮生亦問善卿道：「有人說沈小紅自家個用場大，耐阿曉得俚啥個用場？」善卿沉吟半晌，答道：「沈小紅也無啥用場，就為仔坐馬車用場大點。」蓮生聽說是坐馬車，並不在意。

談至上燈時候，蓮生要赴沈小紅之約，匆匆告別。善卿即在雙珠房裡便飯。往常善卿便飯，因是熟客，並不添菜，和雙珠、雙玉共桌而食。這晚雙玉不來，善卿說道：「雙玉為啥三日兩頭勿適意？」雙珠道：「耐聽俚呀，陸裡有啥寒熱，才為仔無娒忒歡喜仔了，俚裝個病！」善卿問：「為啥裝病？」雙珠道：「前日夜頭，雙玉起初無撥局，剛剛我搭雙寶出局去末，接連有四張票頭來叫雙玉。相幫轎子才勿來浪，連忙去喊雙寶轉來。碰著雙寶檯面浪要轉個局，教相幫先拿轎子抬雙玉去出局，再去抬雙寶。等到雙寶轉來仔，再到雙玉搭去末晚哉，轉到第四個局，檯面也散哉，客人也去哉。雙玉轉來告訴仔無

⑱ 發寒熱：發燒。

姆，生來同雙寶勿對，就說是雙寶耽擱仔了，要無姆去罵俚兩聲。無姆為仔檯面浪轉局客人來裡雙寶房裡，勿曾說啥。難末雙玉勿舒齊⑲哉，到仔房裡，乒乒乓乓摜家生。再碰著客人來碰和，一夜勿曾睏，到明朝就說是勿適意。」善卿道：「雙寶苦惱子⑳，碰著仔前世個冤家！」雙珠道：「先起頭無姆勿歡喜雙寶，為仔俚勿會做生意，說兩聲；雙玉進來到故歇，雙寶打仔幾轉哉，才為仔雙玉。」善卿道：「故歇雙玉搭耐阿要好？」雙珠道：「雙玉要好末要好，見仔我倒有點怕個。無姆隨便啥總依俚，我勿管俚生意好勿好，看勿過定歸要說個，讓俚去怪末哉。」善卿道：「耐說俚也勿要緊，俚阿敢怪耐。」

須臾，用過晚飯，善卿無事，即欲回店。雙珠也不甚留。洪善卿乃從周雙珠家出來，踅出公陽里南口，向東步行。忽聽得背後有人叫聲「娘舅」，善卿回頭一看，正是外甥趙樸齋。只著一件稀破的二藍洋布短襖，下身倒還是湖色熟羅套褲，靸著一雙京式鑲鞋，已戳出半隻腳指。善卿吃了一驚，急問道：「耐為啥長衫也勿著嗄？」趙樸齋囁嚅多時，才說：「仁濟醫館出來，客棧裡耽擱仔兩日，缺仔幾百房飯錢，鋪蓋、衣裳，才撥俚哚押來浪㉑。」善卿道：「价末為啥勿轉去嗄？」樸齋道：「原想要轉去，無撥銅錢。娘舅阿好借塊洋錢撥我去趁航船。」被善卿啐了一口道：「耐個人再有面孔來見我！耐到上海來坍我個臺，耐再要叫我娘舅末，撥兩記耳光耐吃！」

善卿說了，轉身便走。樸齋緊跟在後，苦苦求告。約走一箭多遠，善卿心想：無可如何，到底有礙

⑲ 舒齊：此指高興。

⑳ 苦惱子：苦惱人；可憐人。

㉑ 才撥句：都給他們押在那裡了。

體面。只得喝道：「同我到客棧裡去。」樸齋諾諾連聲，趨前引路，卻不往悅來棧，直引至六馬路一家小客棧，指道：「就來裡該搭。」善卿忍氣進門，向櫃檯上查問。那掌櫃的笑道：「陸裡有鋪蓋嗄，就不過一件長衫，脫下來押仔四百個銅錢。」善卿轉問樸齋，樸齋垂頭無語。善卿復狠狠的啐了一口，向身邊取出小洋錢，贖還長衫，再給一夜房錢，令小客棧暫留一宿。喝叫樸齋：「明朝到我行裡來。」樸齋答應，送出善卿。善卿毫不理會，叫把東洋車，自回南市鹹瓜街永昌參店，短嘆長吁，沒法處置。

次早，樸齋果然穿著長衫來了。善卿叫個出店㉒領樸齋去趁航船，只給三百銅錢與樸齋路上買點心。趙樸齋跟著出店，辭別洪善卿而去。

第二四回終。

㉒ 出店：舊時在商家擔任接送貨物等雜務的員工。

第二五回　翻前事搶白更多情　約後期落紅誰解語

按，洪善卿等出店回話，知趙樸齋已送上航船，船錢亦經付訖。善卿還不放心，又備細寫一封書信與樸齋母親，囑他管束兒子，不許再到上海。令出店交信局寄去，善卿方料理自己店務。下午無事，正欲出門，適接一張條子，卻係莊荔甫請至西棋盤街聚秀堂陸秀林房吃酒的。當下向櫃上伙計叮囑些說話，獨自出門北行。因天色尚早，坐把東洋車，令拉至四馬路中，先去東合興里張蕙貞、西薈芳里沈小紅兩家，尋王蓮生談談。兩家都回說不在。

善卿遂轉出畫錦里，至祥發呂宋票店，與胡竹山拱手，問陳小雲。竹山說：「來裡❶樓浪。」善卿即上樓來，陳小雲廝見讓坐。小雲問：「莊荔甫么二浪吃酒，阿曾來請耐？」善卿道：「陸秀林搭呀，晚歇搭耐一淘去。」小雲應諾。善卿問：「前轉莊荔甫有多花物事，阿曾搭俚賣脫點？」小雲道：「就不過黎篆鴻揀仔幾樣，再有幾花才勿曾動。阿有啥主顧，耐也搭俚問聲看。」善卿應諾。須臾，詞窮意竭，相對無聊，兩人商量著打個茶會，再去吃酒不遲。於是聯步下樓，別了胡竹山，穿進夾牆窄弄。就近至同安里金巧珍家。陳小雲領洪善卿徑到樓上房裡，金巧珍起身相迎。

兩人坐定，巧珍問道：「西棋盤街有張票頭來請耐，阿是吃酒？」小雲道：「就是莊荔甫請倪兩家

---

❶ 來裡：在。

頭。」巧珍道：「莊個該節❷倒吃仔幾檯哉。」小雲道：「前轉莊個搭朋友代請，勿是俚吃酒。今夜頭常恐是燒路頭，勿是末宣卷。」巧珍道：「劃一❸，倪廿三也宣卷呀，耐也來吃酒哉啘。」小雲沉吟道：「吃酒是吃末哉，倘然耐再有客人吃酒末，我就晚一日，廿四吃也無啥。」巧珍道：「無撥呀，有仔客人末，倪也勿教耐吃酒哉。為仔無撥了，來裡說啘。」小雲故意笑道：「客人無撥末，教我吃酒；有仔客人，就挨勿著我哉。」巧珍聽說，要去擰小雲的嘴，礙著洪善卿，遂也笑了一笑道：「耐倒再要想扳差頭哉！陸裡一句閑話，我說差嗄？耐是長客呀，宣卷勿擺檯面，阿要坍臺？生天耐繃繃倪場面，勿然為啥要做長客？倘然有仔吃酒個客人，耐吃勿吃，就隨耐便。耐是長客，隨便陸裡一日好吃個，我說個阿差？」小雲笑道：「耐勦發極哩。我勿曾說耐差啘。」巧珍道：「价末耐挨得著挨勿著瞎說，真真火冒❹得來。」

洪善卿坐在一傍，只是呵呵的笑。巧珍睃見道：「難末撥洪老爺要笑殺哉！四五年個老客人，再要瞎三話四，倒好像坎坎做起。」小雲道：「說說末笑笑，阿是蠻好。勿說仔，氣悶煞哉。」巧珍道：「啥人教耐勦說，耐說出來就討人氣，倒說是笑話。耐看一樣洪老爺做個周雙珠，比仔耐再要長遠點，陸裡有一句打岔閑話？單有耐末，獨是多花說勿出、描勿出，神妖鬼怪❺！」善卿接著笑說道：「耐兩家頭

---

❷ 該節：這一陣。

❸ 劃一：吳語。的確；確實。此有「對了」、「真巧」之意。

❹ 火冒：冒火；惱火。

❺ 獨是二句：只有你有許多說不清道不明的鬼模怪樣。

來裡相罵，做啥拿我來尋開心？」巧珍也笑道：「洪老爺，耐勿曉得俚脾氣！看俚個人末，好像蠻好說閑話，勿好起來，故末叫討氣❻！有一轉俚來，碰著倪房間裡有客人，請俚對過房裡坐一歇，俚響也勿響就走。我問俚為啥要去嗄？俚倒說得好，俚說：『耐有恩客來浪，我來做討厭人，勿高興。』」

小雲不等說完，叉住笑道：「前幾年個閑話，再要說俚做啥。」巧珍瞟了一眼，帶笑而嗔道：「耐末說過仔忘記脫哉，倪是勿忘記，才要說出來撥洪老爺聽聽。洪老爺到該搭來末，總怠慢點，就不過聽兩句發鬆❼閑話，倒也無啥。」小雲一時著急，叉開兩手跑過去，一古腦兒摟住巧珍不依。巧珍發喊道：「做啥嗄？」娘姨阿海、大姐銀大聞聲並至，小雲始放了手。巧珍掙開，反手摸摸頭髮，卻沉下臉喝小雲道：「搭我去坐來浪。」小雲做勢連說：「噢，噢。」倒退歸坐。阿海、銀大在傍齊聲道：「陳老爺一徑規規矩矩，今朝快活得來。」善卿點頭道：「我也一徑勿曾看見俚實概會噪❽。」

這一噪，不知不覺早是上燈以後了。小雲的管家長福尋來，呈上莊荔甫催請票頭。善卿起身道：「倪去罷。」即時與小雲同行。金巧珍送至樓梯邊，說聲「就來叫」。小雲答應出門，吩咐長福道：「我同洪老爺一淘去，耐去喊車夫拉到西棋盤街來。」長福承命自去。

陳小雲、洪善卿比肩交臂，步履從容，迤邐過四馬路寶善街，方到西棋盤街聚秀堂。進門登樓，只見房內先有兩客。洪善卿認得是吳松橋、張小村，惟與陳小雲各通姓名，然後大家隨意就坐。莊荔甫忙

❻ 故末叫討氣：那才叫氣人。
❼ 發鬆：有「發噱」、「好笑」之意。
❽ 實概會噪：這樣會鬧。

寫兩張催條，交與楊家娒道：「一面去催客，一面擺檯面。」比及檯面擺好，催客的也回來報說：「尚仁里衛霞仙搭請客，勿來浪。楊媛媛搭末就來。」洪善卿問：「阿是請姚季蓴？」莊荔甫道：「勿是，我請老翟。」善卿道：「前日仔姚季蓴夫人到衛霞仙搭去相罵，阿曉得？」荔甫駭異，忙問：「如何相罵？」

善卿正要說時，適外場又報說：「莊大少爺朋友來。」荔甫急迎出去，眾人起立拱候，恰正是李鶴汀來了。大家曾經識面，不消問訊。莊荔甫即令楊家娒：「去間壁陸秀寶房裡，請施大少爺過來。」眾人見是年輕後生，面龐俊俏，衣衫華麗，手執陸秀寶一同進房，都不知為何人。莊荔甫在傍代說，才知姓施，號瑞生。略道渴慕，便請入席。莊荔甫請李鶴汀首座，次即施瑞生，其餘隨意坐定。

先是陸秀寶換了出局衣裳過來，坐在施瑞生背後，因見洪善卿，想起問道：「趙大少爺阿看見？」善卿道：「俚今朝轉去哉。」張小村接嘴道：「樸齋勿曾轉去，我坎坎四馬路還看見俚個哩。」善卿訝甚，卻不便問明。施瑞生向莊荔甫道：「我也要問耐：『雙喜雙壽』個戒指，陸裡去買嗄？」荔甫道：「就是龍瑞裡多煞來浪。」瑞生轉向陸秀林索取戒指，看個樣式仍即歸還。吳松橋問李鶴汀：「兩日阿曾碰歇和？」鶴汀說：「勿曾。」松橋道：「晚歇阿高興碰？」鶴汀攢眉道：「無撥人啘。」松橋轉問陳小雲：「阿碰和？」小雲道：「倪碰和不過應酬倌人，無啥大輸贏。」松橋聽說默然。

當下金巧珍、周雙珠、楊媛媛、孫素蘭及馬桂生陸續齊集，馬桂生暗中將張小村袖口一拉，小村回過頭去，桂生張開折扇遮住半面，和小村唧唧說話。小村只點點頭，隨即起身，踅至煙榻前，暗中點首，叫過吳松橋來，附耳說道：「桂生屋裡也來浪宣卷，教我去繃繃場面。耐搭鶴汀說一聲，晚歇搭俚碰場和。」松橋道：「再有啥人？」小村道：「無撥末，就是陳小雲，阿好？」松橋沉吟一會方道：「小雲常恐勿肯碰。我說桂生搭來浪宣卷末，耐也該應吃檯酒哉，耐索性翻檯過去吃酒，吃到實概模樣❾，難末說再碰場和，就容易哉。」小村亦沉吟道：「吃酒勿高興。桂生搭去吃，也無啥趣勢❿。」松橋道：「耐勿曉得，要吃酒，倒是么二浪吃個好。長三書寓裡倌人時髦勿過⓫，就擺個雙檯也不過實概。像桂生搭，耐應酬仔一檯酒，連浪⓬再碰場和，俚倷阿要巴結⓭。」小村道：「价末耐去吃仔罷，我貼耐兩塊下腳末哉。」松橋道：「耐做個相好，我阿好去吃酒？要末碰起和來我贏仔，我也出一半。」小村想了一想，便起身拱手，向諸位說明翻檯緣故，務請賞光。眾人都說：「奉擾不當。」馬桂生不勝之喜，即令娘姨回家收拾起來。

這裡眾人挨肩揞拳。先是莊荔甫打個通關，每敬三拳，藉申主誼。然後請諸位行令。李鶴汀量淺拳疏，拱手求免。施瑞生正和陸秀寶鬼混，意不在酒。張小村因要翻檯，不敢先醉，和吳松橋商議合伙擺莊，不過點景而已。惟陳小雲、洪善卿兩人興致如常。熱鬧一會，金巧珍、周雙珠各代了兩杯酒，同楊媛媛、孫素蘭一哄而散。陸秀寶也脫去出局衣裳，重來酬應。張小村乃教馬桂生先去擺起檯面來。桂生

---

❾ 實概模樣：此有「如此光景」之意。

❿ 無啥趣勢：沒趣；沒意思。

⓫ 時髦勿過：太時髦；實在時髦。

⓬ 連浪：接著；連著。

⓭ 阿要巴結：趕緊巴結。

堅囑：「就請過來。」桂生去後，隨即散席。

陸秀寶早拉施瑞生踅過間壁自己房裡，捺瑞生橫躺在煙榻上。秀寶爬在身邊，低聲問道：「阿是再要去吃酒哩？」瑞生道：「俚哚要翻檯，我勿高興去。」秀寶道：「一淘吃酒末，生來一淘翻檯；獨是耐勿去，勿好個。」瑞生道：「不過少叫仔一個局，無啥勿好。」秀寶冷笑道：「耐叫袁三寶，三塊洋錢一個局，連浪叫仔幾花。挨著倪末，就算省哉。」瑞生道：「袁三寶是清倌人，陸裡有三塊洋錢？」秀寶道：「起初是清倌人，耐去做仔末，就勿清哉啘。」瑞生呵呵笑道：「耐來裡說自家。我就不過一個陸秀寶，故末起初是清倌人，我一做仔，就勿清哉。」秀寶嘻嘻癡笑，一手伸進瑞生袖口，揣捏臂膊。瑞生趁勢摟住，正要摸下，偏值不做美的楊家姆進房傳說：「張大少爺請過去。」瑞生坐起身來，被秀寶推倒道：「啥要緊嗄，讓俚哚先去末哉。」瑞生只得回說：「請張大少爺先去，停仔歇就來。」楊家姆笑應自去。瑞生、秀寶摟在一起，卻悄悄的側耳靜聽。聽得間壁房裡張小村得了楊家姆回話，便道：「价末倪去罷。」李鶴汀、陳小雲因有車輛前行，張小村引著洪善卿、吳松橋及主人莊荔甫，一路說笑，款步下樓。瑞生向秀寶附耳說道：「才去哉。」秀寶佯嗔道：「去仔末那价嗄？」

一語未了，不意陸秀林送客回來，偏也踅到秀寶房裡。秀寶已自動情，恨得咬咬牙，把瑞生狠命推開，兩腳一蹬。咭咭咯咯一陣響，跑到梳妝檯前照著洋鏡，整理鬢髻。秀林向瑞生道：「張大少爺教倪搭耐說一聲，來裡慶雲里第三家，常恐耐勿認得。」瑞生嘴裡連說：「曉得哉，曉得哉。」兩隻眼只斜睃著秀寶。秀林回頭，見秀寶滿面通紅，更不多言，急忙退出。瑞生歪在煙榻上，暗暗招手，低聲喚秀寶道：「來哩。」秀寶眼光向瑞生一瞟，卻跺跺腳使氣答道：「勿來！」瑞生猛吃一驚，盤膝坐起，手拍腿膀，央說道：「覅，我替耐阿姐磕個頭，看我面浪，覅動氣。」

秀寶聽說要笑，又忍住了，撅起一張小嘴，趔趄著小腳兒，左扭右扭，欲前不前，還離煙榻有三四步遠，欻地奮身一撲，直撲上來。瑞生擋不住，仰叉躺下。秀寶一個頭鑽緊在瑞生懷裡，復渾身壓住，使瑞生動彈不得。任憑瑞生千呼萬喚，再也不抬起來。瑞生沒奈何，騰出右手，慢慢從腰下摸進去，忽摸著肚帶結頭，想要拉動。秀寶覺著，唉的大喊一聲，好像水滸傳樂和吹的「鐵叫子」一般，一面捏牢瑞生的手，抬起頭來，與瑞生四隻眼睛睜睜相對。瑞生悄問道：「耐為啥再要強嗄？」接連問了幾遍，終不答話。好一會，秀寶始喃喃說道：「耐要去吃酒哩呀。晚歇吃仔酒，早點來，阿好？」瑞生道：「故歇也空來裡，為啥定歸要晚歇嗄？」秀寶見問得緊，要說又說不出口，只將手指指自己胸膛。瑞生仍屬不解。秀寶急了，撒手起身，攢眉道：「耐個人，啥⑭說勿明白個嗄？」瑞生想了想，沒奈何嘆口氣，咕嚕道：「咳，故歇就饒仔耐末哉，晚歇耐再要強末，辦耐個生活⑮。」秀寶把嘴一披道：「耐阿有幾花本事？」瑞生笑道：「我也無啥本事，不過要耐死。」秀寶道：「噢唷！閑話倒說得蠻像，覅晚歇討氣。」瑞生道：「价末故歇先試試看哪！」秀寶見說，慌忙走開。瑞生沉下臉道：「碰也勿曾碰著，就逃走哉，耐個小娘仵⑯也少有出見個！」

秀寶正要回嘴，只聽得外場喊「楊家姆」，說：「請客叫局一淘來海⑰。」秀寶便道：「來請耐

---

⑭ 啥：怎麼。

⑮ 辦耐個生活：此指「給你點厲害看」。辦生活，本指「挨打」、「挨處罰」。辦，懲治。

⑯ 小娘仵：吳語。小姑娘；小丫頭。

哉。」楊家娒送進票頭，果然是張小村的。秀寶問：「阿是說就來？」瑞生道：「耐勦我末，我生來去哉。」秀寶大聲道：「啥嗄！耐個人末……」說到半句，即又咽住。楊家娒在傍幫著憨笑一陣，竟自作主張，喊下去道：「請客就來。」瑞生也不理會。秀寶自去收拾一回，見瑞生依然高臥，因問道：「耐吃酒阿去嗄？」瑞生冷冷的道：「我勿去哉，空心湯團吃飽來裡⑱，吃勿落哉！」秀寶登時跳起身，兩腳在樓板上著實一跺，只掙出一字道：「咳！」於是重複爬上煙榻，向瑞生耳邊悄悄說了些話，瑞生方才大悟道：「价末耐為啥勿早說哩？」秀寶也不置辨，仍即走開。瑞生立起來，抖抖衣裳要走，卻向秀寶道：「我也搭耐老實說仔罷，今朝耐勿曾舒齊⑲末，我就明朝來。故歇去吃仔酒，我要轉去哉。」秀寶瞪目反問道：「耐來裡說啥？」瑞生陪笑道：「勿呀，我搭耐商量呀，明朝我定歸來末哉。」秀寶嚷道：「啥人說教耐明朝來？耐要轉去，去罷。」瑞生不暇分說，回過頭去也把腳一跺，「咳」了一聲，引得楊家娒都笑起來。瑞生轉身，先行告罪，隨取出局衣裳，涎皮涎臉的親替秀寶披在身上。秀寶假做不理，約同秀林徑自下樓。瑞生跟至門首，看著秀林、秀寶登轎，方與楊家娒在後步行，往西轉彎。

剛趲過景星銀樓，忽然劈面來了一個年輕娘姨，拉住楊家娒叫聲「好婆⑳」，說：「慢點哩。」施瑞生因前面轎子走得遠了，不及等楊家娒，急急跟去。比至慶雲里，見那兩肩轎子早停在馬桂生家門首，

⑰ 一淘來海：指請客、叫局的票頭一起送來了。
⑱ 吃飽來裡：已經吃飽了。
⑲ 勿曾舒齊：還沒好。
⑳ 好婆：蘇州地區，祖母叫「好婆」。

找尋楊家媯，瑞生乃說被個娘姨拉住之故。陸秀林生氣，竟自下轎進門。瑞生問秀寶：「阿要我來攙耐？」秀寶忙道：「覅，耐先進去哩。」瑞生始隨秀林都到馬桂生房中。眾人先已入席，虛左以待。施瑞生不便再讓，勉強首座。

等夠多時，楊家媯才攙陸秀寶進來。陸秀林一見嗔道：「耐阿有點清頭㉑嗄？跟局跟到仔陸裡去哉？」楊家媯含笑分說道：「俚哚小幹仵，碰著仔一點點事體，嚇得來要死！我說勿要緊個，俚哚勿相信，再要教我去哩。」秀林還要埋冤。施瑞生插嘴問道：「碰著仔啥事體？」楊家媯當下慢慢的訴說出來，請諸位洗耳聽者。

第二五回終。

㉑ 阿有點清頭：此意為「可有腦子」。

第二六回　真本事耳際夜聞聲　假好人眉間春動色

按，楊家媯道：「就是蘇冠香哉哩，說撥新衙門裡捉得去哉。」陳小雲矍然道：「蘇冠香，阿是寧波人家逃走出來個小老母❶？」楊家媯道：「正是。逃走倒勿是逃走，為仔大老母搭俚勿對，俚家主公放俚出來，教俚再嫁人，不過勿許做生意❷。故歇做仔生意了，家主公扳俚個差頭。難末我孫囡末剛剛來裡蘇冠香搭做娘姨，阿要討氣❸。」莊荔甫道：「耐孫囡阿有帶擋❹？」楊家媯道：「原說呀❺。要是掮洋錢❻個，故末有點間架❼哉。像倪阿❽有啥要緊，阿怕新衙門裡要捉倪個人。」李鶴汀道：「蘇冠香倒標❾煞個，難末要吃苦哉。」楊家媯道：「勿礙個。聽說齊大人來裡上海。」洪善卿道：「阿是

---

❶ 小老母：小老婆。下文「大老母」即大老婆。
❷ 做生意：指當妓女接客。
❸ 討氣：此為「晦氣」之意。
❹ 帶擋：猶搭檔。妓院女傭借錢給妓女，且跟著伺候她，叫做帶擋。亦即在妓院中投入一定數量的錢物。
❺ 原說呀：就是這麼說呀；就是這話。
❻ 掮洋錢：即在妓院中投入錢款的。
❼ 間架：即尷尬。此意為「不好辦了」。
❽ 阿：哪。下句「阿」同。

平湖齊韻叟？」楊家媓道：「正是。俚哚一家，就是蘇冠香搭齊大人討得去個蘇萃香，是親姊妹。再有幾個才是討人。」

莊荔甫忽然想起，欲有所問，卻為吳松橋、張小村兩人一心只想碰和，故意擺莊搳拳，叉斷話頭。等至出局初齊，張小村便慫恿陳小雲碰和。小雲問籌碼若干，小村說是一百塊底。小雲道：「忑大哉。」小村極力央求應酬一次，吳松橋在傍幫說，陳小雲乃問洪善卿：「我搭耐合碰，阿好？」善卿道：「我勿會碰末合啥嗄？要末耐搭荔甫合仔罷。」小雲又問莊荔甫，荔甫轉向施瑞生道：「耐也合點。」瑞生心中亦有要事，慌忙搖手，斷不肯合。於是陳小雲、莊荔甫言定輸贏對拆，各碰四圈。李鶴汀道：「要碰和末，倪酒覅吃哉。」施瑞生聽說，趁勢告辭，仍和陸秀寶同去。張小村不知就裡，深致不安，並恐洪善卿掃興，急取雞缸杯篩滿了酒，專敬五拳。吳松橋也代主人敬了洪善卿五拳。十杯搳畢，局已盡行，惟留下楊媛媛，連為牌局。眾人略用稀飯而散。

登時收過檯面，開場碰和。張小村問洪善卿：「阿高興碰兩副？」善卿說：「真個勿會碰。」吳松橋道：「看看末，就會哉。」洪善卿即拉只凳子，坐於張小村、吳松橋之間，兩邊騎看。楊媛媛自然坐李鶴汀背後。莊荔甫急於吸煙，讓陳小雲先碰。恰好骰色挨著小雲起莊，小雲立起牌來即咕嚕道：「牌啥實概樣式嗄？」三家催他發張。發張以後，摸過四五圈，臨到小雲，摸上一張又遲疑不決，忽喚莊荔甫道：「耐來看哩，我倒也勿會碰哉哩。」荔甫從煙榻上崛起跑來看時，乃是在手筒子清一色，係🀛🀛🀛🀛🀜🀜🀜🀝🀝🀝🀠🀠🀠🀡共十四張。荔甫翻騰顛倒，配搭多時，抽出一張六筒，教陳小雲打出去，被

❾ 標：本指威風、脾氣。此指平時拿架子，頗有了不得的神情。

三家都猜著是筒子一色。張小村道：「勿是四七筒，就是五八筒，大家當心點！」可巧小村摸起一張么筒，因檯面上么筒是熟張，隨手打出。陳小雲急說：「和哉！」攤出牌來，核算三倍，計八十和。三家籌碼交清，莊荔甫復道：「該副牌，阿是該應打六筒？耐看：一四七筒，二五八筒，要幾花和張哚。」吳松橋沉吟道：「我說該應打七筒。打仔七筒，不過七八筒兩張勿和，一筒到六筒，一樣要和。難一筒和下來，多三副掐子，廿二和加三倍，要一百七十六和哚，耐去算哩。」張小村道：「巒準，小雲打差哉。」莊荔甫也自佩服。李鶴汀道：「耐哚幾個人才有多花講究，啥人高興去算俚嗄！」說著，便歷亂⑩擄牌。

洪善卿在旁默默尋思這副牌，覺得各人所言皆有意見，方知碰和亦非易事，不如推說不會，作門外漢為妙。為此無心再看，訕訕辭去。楊媛媛坐了一會，也自言歸。

比及八圈滿莊，已是兩點多鐘了，吳松橋、張小村皆為馬桂生留下，其餘三人不及再用稀飯，告別出門。李鶴汀轎子，陳小雲包車，分路前行。獨莊荔甫從容款步，仍回西棋盤街聚秀堂來。黑暗中摸到門首，舉手敲門。敲了十數下，倒是陸秀林先從樓上聽見，推開樓窗，喊起外場，開門迎進。外場見是莊荔甫，忙劃根自來火點著洋燈，照荔甫上樓。荔甫至樓梯下，只見楊家姆也擠緊眼睛，拖雙鞋皮，跌撞而出。外場將洋燈交與楊家姆，荔甫即向外場說：「開水勿要哉，耐去睏罷。」外場應諾。楊家姆送荔甫到樓上陸秀林房，荔甫又令楊家姆去睏，楊家姆逡巡⑪自去。

⑩ 歷亂：攪亂。
⑪ 逡巡：避讓。

房內保險燈俱滅，惟梳妝檯上點一盞長頸燈臺，陸秀林卸妝閑坐吸水煙。見了荔甫問：「碰和阿贏嗄？」荔甫說：「稍微贏點。」還問秀林：「耐為啥勿睏？」秀林道：「等耐呀！」荔甫笑而道謝。隨脫馬褂掛於衣架。秀林授過水煙筒，親自去點起煙燈。荔甫跟至煙榻前，見一只玻璃船內盛著燒好的許多煙泡，尤為喜愜，遂不暇吸水煙，先躺下去過癮。秀林復移過蘇繡六角茶壺套，問荔甫：「阿要吃茶？鑾鑾熱個。」荔甫搖搖頭，吸過兩口鴉片煙，將鋼簽遞給秀林。秀林躺在左首，替荔甫化開煙泡，裝在槍上。

荔甫起身，向大床背後去小解。忽隱約聽見間壁房內有微微喘息之聲，方想起是施瑞生宿在那裡。解畢，躡足出房，從廊下玻璃窗張覷。無如燈光半明不滅，隔著湖色綢帳竟一些看不出。只聽得低聲說道：「難⑫阿要強嗄？」仿佛施瑞生聲音。那陸秀寶也說一句，其聲更低，不知說的什麼。施瑞生復道：「耐隻嘴⑬倒硬哚啘，一點點小性命，阿是定歸勿要個哉！」莊荔甫聽到這裡，不禁格聲一笑，被房內覺著，悄說：「快點覅哩，房外頭有人來浪看！」施瑞生竟出聲道：「故末讓俚哚看末哉啘。」隨向空問道：「阿好看嗄？耐要看末，來哩！」

莊荔甫極力忍笑，正待回身，不料陸秀林煙已裝好，見莊荔甫一去許久，早自猜破，也就躡足出房，猛可裡拉住荔甫耳朵，拉進門口，用力一推，荔甫幾乎打跌。接著彭的一聲，索性把房門關上。荔甫兀自彎腰掩口，笑個不住。秀林沉下臉埋冤道：「耐個倒霉人末少有出見個！」荔甫只雌著嘴⑭笑，雙手

⑫ 難：這下；現在。

⑬ 耐隻嘴：你這張嘴。

挽秀林過來，並坐煙榻，細述其言，並揣摩想像，仿效情形。秀林別轉頭假怒道：「我覅聽！」荔甫沒趣躺下，將槍上裝的煙吸了，乃復斂笑端容和秀林閑話。仍漸漸說到秀寶，荔甫偶贊施瑞生：「總算是好客人。」秀林搖手道：「施個脾氣勿好，賽過是石灰布袋⑮。故歇新做起，好像蠻要好，熟仔點就厭氣勿來哉。」荔甫道：「故也陸裡曉得嗄。我說俚倷兩家頭才是好本事，拆勿開個哉。施個再要去攀相好，推扳點倌人也吃俚勿消。」秀林瞪目嗔道：「耐再要去說俚！」說了，取根水煙筒走開。

荔甫再吸兩枚煙泡，吹滅煙燈，手捧茶壺套，安放妝檯處，即褪鞋箕坐⑯於大床中。看鐘時將敲四點，荔甫點頭招手，要秀林來，秀林佯做不理。荔甫大聲道：「讓我吃筒水煙哩！」秀林不防，倒吃一驚，忙帶水煙筒來就荔甫，著實說道：「人家才睏仔歇哉，嘆喤嘆喤⑰，撥俚倷罵！」荔甫笑而不辯，伸臂勾住秀林頸項，附耳說話，說得秀林且笑且怒道：「耐來倷熱昏⑱哉！阿是？」將水煙筒丟與荔甫，強掙脫身，趄往大床背後。

荔甫一筒水煙尚未吸完，卻聽秀林自己在那裡「嗤」的好笑。荔甫問：「笑啥？」秀林不答。須臾事畢，出立床前，猶覺笑容可掬。荔甫放下水煙筒，款款殷殷，要問適間笑的緣故。秀林要說，又笑一

---

⑭ 雌著嘴：咧著嘴。

⑮ 石灰布袋：意為用過不能再用。

⑯ 箕坐：猶箕踞。兩腿張開坐著，形如簸箕。

⑰ 嘆喤嘆喤：猶哇哩哇啦。

⑱ 熱昏：吳語。發昏。

會，然後低聲道：「先起頭耐勿聽見，故末叫討氣[19]。我慶雲里出局轉來，同楊家姆兩家頭來裡講講閑話，聽見秀寶房間裡該首玻璃窗浪啥物事來浪碰，我道仔秀寶下頭去哉，連忙說：『楊家姆，耐快點去看哩。』楊家姆去仔轉來，倒說道：『晦氣，房間也關個哉。』我說：『阿進去看嗄？』楊家姆說：『看俚做啥？碰壞仔，教俚賠。』難末我剛剛想著。停一歇，楊家姆下頭去睏哉，我一幹仔打通一副五關，燒仔七八個煙泡，幾花辰光哚，再聽聽玻璃窗浪原來哚響呀。我恨得來，自家兩隻耳朵要扳脫俚末好！」荔甫一面聽，一面笑。秀林說畢，兩人前仰後合，笑作一團。荔甫忽向秀林耳邊又說幾句，秀林帶笑而怒道：「難勿搭耐說哉！」荔甫忙即告饒。當時天色將明，莊荔甫、陸秀林收拾安睡。

次日早晨，荔甫心記一事，約至七點鐘警醒，囑秀林再睡，先自起身。大姐舀進面水，荔甫問楊家姆為何不見？大姐道：「俚孫囡[20]來教得去哉。」荔甫便不再問，略揩把面，即離了聚秀堂。從東兜轉，至畫錦里祥發呂宋票店。陳小雲也初起身，請荔甫登樓廝見。小雲訝其太早，荔甫道：「我再要託耐椿事體。聽說齊韻叟來裡哉。」小雲道：「齊韻叟同過歇檯面，倒勿大相熟。故歇勿曉得阿來裡？」荔甫道：「阿可以託相熟個去問聲裡，阿要交易點？」小雲沉思道：「就是葛仲英、李鶴汀末搭俚世交，要末寫張條子去託俚哚。」荔甫欣然道謝。小雲即時繕就兩封行書便啟，喚管家長福交代：「一封送德大錢莊，一封送長安客棧。」並說：「如不在，須送至吳雪香、楊媛媛兩家。」

長福連聲應「是」，持信出門，揀最近之處，先往東合興里吳雪香家詢葛二少爺，果然在內。惟因高

---

[19] 討氣：可氣。不含貶意。有「有意思」意味。

[20] 孫囡：孫女。

臥未醒，交信而去。方欲再往尚仁里，適於四馬路中遇見李鶴汀管家匡二。長福說明送信之事，匡二道：「耐交撥我好哉。」長福出信授與匡二，因問：「故歇陸裡去？」匡二說：「無啥事體，走白相。」長福道：「潘三搭去坐歇，阿好？」匡二躊躕道：「難為情個哩。」長福道：「徐茂榮生天㉑勿去哉呀，就去也無啥難為情。」

匡二微笑應諾，轉身和長福同行。行至石路口，只見李實夫獨自一個從石路下來，往西而去。匡二詫異道：「四老爺望該首去做啥？」長福道：「常恐是尋朋友。」匡二道：「勿見得。」長福道：「倪跟得去看看。」兩人遮遮掩掩，一路隨來，相離只十餘步。李實夫一直從大興里進去，長福、匡二僅於弄口窺探，見實夫踅至弄內轉彎處石庫門前，舉手敲門，有一老婆子笑臉相迎，進門仍即關上。

長福、匡二因也進弄，相度一回，並不識何等人家。向門縫裡張時，一些都看不見。退後數步，隔牆仰望，緣玻璃窗模糊不明，亦不清楚。徘徊之間，忽有一隻紅顏綠鬢的野雞推開一扇樓窗，探身俯首，好像與樓下人說話，李實夫正立在那野雞身後。匡二見了，手拉長福急急回身，卻隨後聽得開門聲響，有人出來。長福、匡二踅至弄口，立定稍待，見出來的即是那個老婆子。匡二不好搭訕，長福貿貿然問老婆子道：「耐個小姐名字叫啥？」那老婆子將兩人上下打量，沉下臉答道：「啥個小姐勿小姐，覅來裡瞎說！」說著自去。長福雖不回言，也咕嚕了一句。匡二道：「常恐是人家人。」長福道：「定歸是野雞。要是人家人，再要撥俚罵兩聲哩。」匡二道：「野雞末，叫俚小姐也無啥啘。」長福道：「要末就是耐哚四老爺包來浪，勿做生意哉，阿對？」匡二道：「管俚哚包勿包，倪到潘三搭去。」

㉑ 生天：吳語。本來。

於是兩人折回，往東至居安里，見潘三家開著門，一個娘姨在天井裡當門箕踞，漿洗衣裳。兩人進門，娘姨只認得長福，起迎笑道：「長大爺，樓浪去哩。」匡二知道有客人，因說：「倪晚歇再來罷。」娘姨聽說，急甩去兩手水漬，向裙襴上一抹，兩把拉住兩人，堅留不放。長福悄問娘姨：「客人阿是徐茂榮？」娘姨道：「勿是，要去快哉，耐哚樓浪請坐歇。」長福問匡二如何，匡二勉從長福之意，同上樓來。匡二見房中鋪設亦甚周備，因問房間何人所居。長福道：「該搭就是潘三一幹仔。再有幾個勿來裡，有客人來末去喊得來。」匡二始曉得是臺基之類。

不一會，娘姨送上煙茶二事，長福叫住問：「客人是啥人？」娘姨道：「是虹口姓楊，七點鐘來個，難要去哉。俚哚事體多，七八日來一埭，勿要緊個。」長福問是何行業，娘姨道：「故倒勿曉得俚做啥生意。」說時，潘三也躑躅上樓，還蓬著頭，靸著拖鞋，只穿一件捆身子。先令娘姨下頭去，又親點煙燈，請用煙。匡二隨向煙榻躺下，長福眼睜睜地看著潘三，只是嘻笑。潘三不好意思，問道：「啥好笑嗄？」長福正色道：「我為仔看見耐面孔浪有一點點齷齪來浪，來裡笑。耐晚歇捕面末，記好仔拿洋肥皂淨脫㉒俚。」潘三別轉頭不理。匡二老實，起身來看。長福用手指道：「耐看哩，阿是？勿曉得齷齪物事為啥弄到面孔浪去，倒也稀奇哉。」匡二呵呵助笑。潘三道：「匡大爺末，也去上俚個當！俚哚一隻嘴阿算得是嘴嗄？」長福跳起來道：「耐自家去拿鏡子來照，阿是我瞎說。」匡二道：「常恐是頭浪洋絨突色㉓仔了，阿對？」

㉒ 淨脫：吳語。洗掉。

㉓ 洋絨突色：指毛線掉色。洋絨，毛線；絨線。突色，掉色。

潘三信是真的，方欲下樓。只聽得娘姨高聲喊道：「下頭來請坐罷。」長福、匡二遂跟潘三同到樓下房裡。潘三忙取面手鏡照看，面上毫無瘢點，叫聲「匡大爺」道：「我道仔耐是好人，難也學壞哉。倒上仔耐個當！」長福、匡二拍手跺腳，幾乎笑得打跌。潘三忍不住亦笑。長福笑止又道：「我倒勿是瞎說，耐面孔浪齷齪勿少來浪，不過看勿出末哉。多揩兩把手巾，故末是正經。」潘三道：「耐隻嘴也要揩揩末好。」匡二道：「倪是蠻乾淨來裡，要末耐面孔齷齪仔，連隻嘴也齷齪哉。」潘三道：「匡大爺，耐末再要去學俚哚，俚哚個人，再要邱也無撥！阿是算俚哚會說，會說也無啥稀奇啘。」長福道：「耐聽俚哚閑話，幸虧生兩個鼻頭管㉔，勿然要氣煞哉。」三人賭嘴說笑，娘姨提水銚子來傾在盆內，潘三始捕面梳頭。時已近午，長福要回家吃飯，匡二只得相與同行。潘三將匡二袖子一拉，說：「晚歇再來。」長福沒有看見，胡亂答應，和匡二一路而去。

第二六回終。

㉔ 鼻頭管：鼻孔。

第二七回 攬歡場醉漢吐空喉 證孽冤淫娼燒炙手

按，長福、匡二同行，至四馬路尚仁里口，長福自回祥發呂宋票店覆命。匡二進弄至楊媛媛家，探聽主人李鶴汀雖已起身，尚未洗漱，不敢驚動。外場邀匡二到後面廚房間壁帳房內便飯，特地炖起一壺紹興酒，大魚大肉，吃了一飽。見盛姐端一盤盛饌向楊媛媛房裡去，連忙趨前諄囑代稟。少時，傳喚進見。李鶴汀正和楊媛媛對坐小酌，匡二呈上陳小雲書信，鶴汀閱畢撩下。匡二仍即退出。飯後，轎班也來伺候。匡二私問盛姐，有甚事否。盛姐道：「聽說要去坐馬車。」匡二只得兀坐以待。

不料待至三點多鐘，尚未去喊馬車。忽見姚季蓴坐轎而來，特地要訪李鶴汀。鶴汀便知必有事故，請姚季蓴到楊媛媛房裡，對坐閑談。季蓴說來說去，並未說起甚事，鶴汀忍不住，問他有甚事否，季蓴推說沒事，卻轉問鶴汀：「阿有啥事體？」鶴汀也說沒事。季蓴道：「价末倪一淘到衛霞仙搭去打個茶會，阿好？」鶴汀不解其意，隨口應諾。惟楊媛媛在傍乖覺，格聲一笑。季蓴不去根問，只催鶴汀穿起馬褂，因相去甚近，兩人都不坐轎，肩隨步行，同至衛霞仙家。一進門口，即有一個大姐迎著笑道：「二少爺，為啥幾日天勿來？」季蓴笑而不答，同鶴汀一直上樓。衛霞仙也含笑相迎道：「阿唷！二少爺啘，耐幾日天關來哚巡捕房❶裡，今朝倒放耐出來哉！」季蓴只是訕笑。鶴汀詫異問故，霞仙笑指季蓴道：

---

❶ 關來哚句：此為衛霞仙嘲諷姚季蓴之語。指姚被妻子看住，無法外出。巡捕房，即警察局。

「耐問俚呀，阿是撥巡捕拉得去關仔幾日天？」鶴汀早聞姚奶奶之事，方知為此而發，因就一笑丟開。

大家坐定，霞仙緊靠季蒓身旁，悄悄問道：「耐家主婆來浪罵我呀，阿對？」季蒓道：「啥人說裡罵耐？」霞仙鼻子裡哼了一聲道：「耐覅搭我瞎說。耐家主婆罵兩聲倒也覅去說俚，耐末再要幫仔耐家主婆說倪個邱話，倪才曉得個哉！」季蒓道：「耐來裡瞎說哉哩，耐曉得俚罵耐啥嗄？」霞仙道：「俚來裡該搭就一徑罵得去，到仔屋裡❷，阿有啥勿罵個？」季蒓道：「俚到該搭來倒勿是要來相罵，為仔我有點要緊事體到吳淞去仔三日天，屋裡勿曾曉得，道仔我來裡該搭，來問一聲。等到我轉來仔，曉得來裡吳淞，勿關耐事，俚也就勿曾說啥。」霞仙道：「耐說勿是來相罵，俚一進來就豎起仔個面孔❸，嘆喤嘆喤，下頭噪到樓浪，勿是相罵是啥嗄？」季蒓道：「難覅說哉，俚吃仔耐幾花閑話，一聲也響勿出，耐也氣得過個哉。」霞仙道：「正經說，俚是個奶奶，倪阿好去得罪俚？俚自家到該搭來，要扳倪個差頭，倪也只好說俚兩聲，阿是倪說差哉嗄？」季蒓道：「耐說俚兩聲，說得蠻好，我倒要謝謝耐。勿然，俚只道無啥人得罪俚❹，下轉打聽我來俚啥場花吃酒，俚也實概奔得來哉，阿要難為情。」

霞仙本要盡情痛詆，今見如此說，又礙著李鶴汀在旁，只得留些體面，不復多言。停了半晌，叫聲「二少爺」，冷笑道：「我說耐也忒費心哉，耐來裡屋裡末，要奶奶快活，說倪個邱話。到仔該搭來，倒說是奶奶勿好，該應撥倪說兩聲。像耐實概費心末，阿覺著苦惱嗄？」這幾句正打在季蒓心坎上，無可

❷ 屋裡：指回到家裡。

❸ 豎起句：拉長了臉。

❹ 俚只道句：她以為沒人敢得罪她。

回答，嘿然而罷。

李鶴汀見機，也要想些閑話搭訕開去，因問姚季蓴道：「齊韻叟耐阿認得？」季蓴道：「同過幾轉檯面，稍微認得點，勿曉得故歇阿來裡上海。」鶴汀道：「說末說來裡，我是勿曾碰著。」當下衛霞仙問及點心，姚季蓴隨意說了兩色，陪著李鶴汀用過。霞仙復請鶴汀吸鴉片煙。不覺天色將晚，匡二帶領轎子來接，呈上一張請客票頭。鶴汀見係周少和請至公陽里尤如意家的，知是賭局，隨問季蓴：「阿高興去白相歇？」季蓴推說不會。鶴汀吩咐匡二：「回棧看守，不必跟隨；四老爺若問我，只說在楊媛媛家。」匡二應諾。

於是李鶴汀辭別姚季蓴，離了衛霞仙家。匡二從至門前，看著上轎，直等轎已去遠，方自折回石路長安棧中。吃過晚飯，趁四老爺尚未回來，鎖上房門，獨自一個溜至四馬路居安里潘三家門首，將門上獸環輕輕擊了三下，娘姨答應開門。詢知潘三在家沒客，匡二不勝之喜，低下頭鑽進房間。

那潘三正躺在榻上吸鴉片煙，知道來的乃是匡二，故意閉目，裝做熟睡樣子。匡二悄悄上前，也橫下身去，伏在潘三身上，先親了個嘴，潘三仍置不睬。匡二乃伸手去摸，四肢百體，一一摸到。摸得潘三不耐煩起來，睜開眼笑道：「耐個人啥實概嘎！」匡二喜而不辨，推開煙盤，臉偎著臉問道：「徐茂榮真個阿來？」潘三道：「來勿來勿關耐事啘，耐問俚做啥？」匡二道：「勿局個。」潘三道：「我搭耐說仔罷，倪老底子❺客人，是姓夏個。夏個末同徐個一淘來，徐個同耐一淘來，大家差勿多，啥勿局嘎？」

❺ 老底子：吳語。老早；先前。

正是引手搓挪，整備入港的時候，猛可裡「彭」的一聲敲門聲響，娘姨在內高聲問：「啥人？」外邊應說：「是我。」竟像是徐茂榮聲音。匡二驚惶失措，起身要躲。潘三一把拉住道：「耐個人啥實概嘎！」匡二搖搖手，連說：「勿局個，勿局個。」竟掙脫身子，躡足登樓。樓上黑魆魆地，暗中摸著高椅坐下，側耳靜聽。聽得娘姨開出門去，只有徐茂榮一人，已吃得爛醉，即於門前傾盆大吐，隨後踉蹌進房。潘三作怒聲道：「陸裡去尋開心？吃仔酒到該搭來撒酒瘋！」徐茂榮不敢言語。娘姨做好做歹，給他呷杯熱茶。茂榮要吸鴉片煙，潘三道：「倪鴉片煙也有來浪，耐吃末哉啘。」茂榮道：「耐搭我裝一筒哩。」潘三道：「耐酒末別場花會吃個，鴉片煙倒勿會裝哉！」茂榮跳起來，大聲道：「阿是耐姘仔戲子哉！來裡討厭我？」潘三亦大聲道：「啥人討厭耐嘎！我就姘仔戲子末，阿挨得著耐來管我？」茂榮倒不禁笑了。

匡二在樓上揣度徐茂榮光景不肯就去，不如迴避。因而踮手踮腳，踅下樓梯，卻又轉至後面廚房內，悄悄向娘姨說：「我去哉。」娘姨吃一大驚，反手抓了匡二衣襟說道：「覅去哩。」匡二急道：「我明朝來。」娘姨不放道：「覅，耐去仔，晚歇小姐要說倪個啘。」匡二道：「价末耐去喊小姐來，在搭俚說句閑話。」娘姨不知就裡，真的去喊潘三。匡二早一溜煙溜至天井，拔去門閂，一跳而出。不意踏著徐茂榮所吐酒菜，站不住滑達一交。連忙爬起，更不回頭，一直回至長安客棧。棧使送上兩張京片，匡二看時，係陳小雲請兩位主人於明日至同安里金巧珍家吃酒的，尚不要緊，且自收藏起來。料道大少爺通宵大賭，四老爺燕爾新歡，都不回來的了，竟然關門安睡。心中卻想：潘三好事將成，偏生遇這冤家衝散，害得我竟夕淒惶！又想到大少爺揞了許多洋錢在楊媛媛身上，反不若潘三的多情。再想到四老爺打著這野雞，倒搨了個便宜貨，此時不知如何得趣。顛來倒去，那裡還睡得著！由想生恨，由恨生妒：四老爺背地做得好事，我偏要去戳破他，看他如何見我？主意已定。

次日早晨，匡二起身，洗臉、打辮、吃點心，挨到九點鐘時候，帶了陳小雲請帖，徑往四馬路西首大興里，踅到轉彎處石庫門前，再相度一遍，方大著膽舉手敲門。開門出來，仍是昨日所見的那個老婆子，一見匡二，盛氣問道：「該搭來做啥？」匡二朗朗揚聲道：「四老爺阿來裡？大少爺教我來張俚。」那老婆子聽說「四老爺」，怔了一怔，不敢怠慢，令匡二等候，忙去樓上低聲告訴李實夫。實夫正吸著鴉片煙，還沒有過早癮，見諸三姐報說，十分詫異，親自同諸三姐下樓來看。匡二上前叫聲「四老爺」，呈上陳小雲請帖。實夫滿面慚愧，且不去看請帖，笑問匡二道：「耐陸裡曉得我來裡該搭？」匡二尚未回言，諸三姐在傍拍手笑道：「俚是昨日跟四老爺一淘來個呀，阿是四老爺勿曉得？」說著，又指定匡二呵呵笑道：「幸虧我昨日勿曾罵耐，為仔耐閑話稀奇❻，我想總是認得點倪個人，勿然再要撥兩記耳光耐吃哉！」李實夫也自訕笑，手持請帖，仍上樓去。

匡二待要退出，諸三姐慌道：「來仔末，啥就去嗄？請坐歇哩。」一手挽了匡二臂膊，挽進客堂，捺向高椅坐下，隨取一支水煙筒奉敬，並篩一杯便茶，和匡二問長問短，親熱異常。匡二也問問生意情形，諸三姐遂湊近匡二身邊，悄地長談道：「倪先起頭勿是做生意個呀，為仔今年一樁事體勿過去，難末做起個生意。剛剛做生意第一戶客人，就碰著四老爺，也總算是倪運氣。四老爺是規矩人，勿喜歡多花空場面，像倪該搭老老實實、清清爽爽，四老爺倒蠻對❼。不過倪做仔四老爺，外頭人才說是做著仔

---

❻ 閑話稀奇：指昨日與長福在門口的問話。

好生意，搭倪吃醋，說倪多花邱話，說撥四老爺聽。倪搭算得老實個哉，俚哚說倪是假個；倪搭算得清爽個哉，俚哚倒說倪勿乾淨。聽仔該號閑話，真真討氣。故歇四老爺也勿去聽俚哚，倪終有點勿放心。倘忙四老爺聽仔俚哚，倪搭勿來仔❽，倪是無撥第二戶客人㖸，娘因仵❾阿是要餓煞？我為此要拜託耐匡大爺，勸勸四老爺，覅去聽別人個閑話。匡大爺說，比仔倪自家說個靈。」匡二不知就裡，一味應承。談夠多時，匡二始起告別。諸三姐送至門首，說道：「無啥公事末，該搭來坐歇末哉。」匡二唯唯而去。

諸三姐關門回來，照常請李實夫點菜便飯。諸十全雖與實夫同吃，卻因忌口，不吃館菜，另用素饌相陪。飯後，李實夫照常往花雨樓去開燈，堂倌早為留出一榻，並裝好一口煙在槍上。實夫吸了一會，陸續上市❿，須與撐堂⓫，來者還絡繹不絕。忽見那個郭孝婆偏又擠緊眼睛，摸索而來。緣⓬見過實夫一面，早被他⓭打聽明白，摸至榻前，即眉花眼笑的叫聲「四老爺」，問：「十全搭阿去？」實夫只點點頭。堂倌見郭孝婆搭腔，便搶過來，坐在煙榻下手，看定郭孝婆，目不轉睛。郭孝婆冷笑一聲，低頭走開。

❼ 蠻對：挺對味；對勁。
❽ 勿來仔：不來了。
❾ 娘因仵：娘倆。
❿ 上市：指煙客來抽鴉片。
⓫ 撐堂：指客滿。
⓬ 緣：因。
⓭ 他：指郭孝婆。

堂倌乃躺下給實夫燒煙，問實夫：「耐陸裡去認得個郭孝婆？」實夫道：「就來裡諸三姐搭看見俚。」堂倌道：「諸三姐末，也勿好。該號殺胚⑭，再去認得俚做啥？耐看俚末實概年紀，眼睛才瞎個哉。俚本事大得野哚，真真勿是個好東西。」實夫笑問為何，堂倌道：「就前年寧波人家一個千金小姐，俚會得去騙出來，來浪夷場浪做生意，撥縣裡捉得去，辦俚拐逃，揪⑮二百籐條，收仔長監。勿曉得啥人去說仔個情，故歇倒放俚出來哉。」實夫初不料其如此稔惡⑯，倒不禁慨嘆一番。堂倌燒成煙泡，授與實夫，另去應酬別榻。迨至實夫匣中煙盡，見吃客漸稀，也就逐隊而散。既不去金巧珍家赴席，又不回長安客棧，竟一直往諸十全家來。

自李實夫做諸十全之後，五日再宿，祕而不宣。今既為匡二所見，遂不復隱瞞，索性留連旬日不返，惟匡二逐日探望一次。有時遇見諸十全臉暈緋紅，眼圈烏黑，匡二十分疑惑，因暗暗告訴主人李鶴汀，鶴汀兀自不信。這日四月初間，天氣驟熱，李實夫適從花雨樓而回，尚未坐定，復聞推門響聲，卻是匡二，報說：「大少爺來哉。」諸三姐一聽著了慌，正要請實夫意旨，李鶴汀已款步進門。諸三姐只得含笑前迎，說：「四老爺來裡樓浪。」鶴汀乃令匡二在客堂伺候，自己徑上樓來，與實夫叔侄相見。諸十全也起身，叫聲「大少爺」，掩在一旁，局蹐不安。實夫問鶴汀何處來，鶴汀說：「來浪坐馬車。」實夫道：「价末楊媛媛呢？」鶴汀道：「俚哚先轉去哉。」

⑭ 殺胚：亦作「殺坯」。吳語。該死的。
⑮ 揪：抽；打。
⑯ 稔惡：醜惡；罪惡深重。

說時，諸三姐送上一蓋碗茶，又取一只玻璃高腳盆子，揩抹乾淨，向床下瓦罈內撈了一把西瓜子，授與諸十全。諸十全沒法，覥覥腆腆，敬與鶴汀。鶴汀正要看諸十全如何，看得諸十全羞縮無地，越發連脖項漲得通紅。實夫覺著，想些閑話來搭訕，即問鶴汀道：「該兩日應酬阿忙？」鶴汀道：「該兩日還算好，難下去歸帳路頭⑰，家家有點檯面⑱哉。」諸十全趁此空隙，竟躲出外間，諸三姐偏死命的拖進來，要他陪伴。卻自往床背後提出一串銅錢，在手輪數。實夫看見，問他：「做啥？」諸三姐又說不出。實夫道：「耐阿是去買點心？」鶴汀忙道：「點心覅去買，我剛剛吃過。」諸三姐笑說：「總要個。」轉身便走。實夫復叫住道：「點心末真個覅去買，耐去買兩匣紙煙罷。」諸三姐才答應下樓。鶴汀道：「紙煙也有來浪啘。」實夫道：「我曉得耐有來浪，讓俚再買點末哉。一點點勿買啥，俚心裡終究勿舒齊⑲個。」說得諸十全愈加慚愧。

比及諸三姐買紙煙歸來，早到上燈時候。鶴汀沒甚言語，告辭要行。實夫問：「陸裡去？」鶴汀說：「是東合興里去吃酒，王蓮生請個。」諸十全聽說，忙上前幫著挽留，鶴汀趁勢去拉諸十全的手，果然覺得手心滾熱。諸十全同實夫並送至樓梯邊。鶴汀到了樓下，諸三姐從廚房內跑出來，嘴裡急說：「大少爺，覅去哩，該搭便夜飯哉呀。」鶴汀道：「謝謝哉，我要吃酒去。」諸三姐沒法，只得送出。匡二

⑰ 歸帳路頭：吳語稱財神為「路頭菩薩」。舊時妓院中對嫖客都是三節（端午、中秋、年底）結帳。在結帳時要祭財神，稱做「歸帳路頭」。

⑱ 有點檯面：有檯面，指祭財神設宴請嫖客。

⑲ 勿舒齊：不安。

也跟在後面，同至門首，諸三姐還說：「大少爺到該搭來，是真真怠慢個哩。」鶴汀笑說：「覅客氣。」帶著匡二，踅出大興里，往東至石路口。鶴汀令匡二去喊轎班打轎子來，匡二應命自去。鶴汀獨行，到了東合興里張蕙貞家，客已齊集，王蓮生便命起手巾。

第二七回終。

第二八回　局賭露風巡丁登屋　鄉親削色嫖客拉車

按，李鶴汀至東合興里張蕙貞家赴宴，係王蓮生請的，正為燒歸帳路頭❶。當晚大腳姚家各房間皆有檯面，蓮生又擺的是雙檯，因此忙亂異常。大家沒甚酒興，草草終席。王蓮生暗暗約下洪善卿，等諸客一散，即乞善卿同行。張蕙貞慌問：「陸裡去？」蓮生說不出。蕙貞只道蓮生動氣要去，拉住不放。洪善卿在旁笑道：「王老爺要緊去消差❷，耐勠瞎纏❸，誤俚公事。」蕙貞雖不解消差之說，然亦知其為沈小紅而言，遂不敢強留。

蓮生令來安、轎班都回公館，與善卿緩步至西薈芳里沈小紅家。阿珠在客堂裡迎見，跟著上樓。只見房裡暗昏昏地，沈小紅和衣睡在大床上。阿珠忙去低聲叫「先生」，說：「王老爺來哉。」連叫四五聲，小紅使氣道：「曉得哉。」阿珠含笑退下，嘴裡卻咕嚕道：「喊耐一聲，倒喊差哉。生意勿好末也叫無法，別人家去眼熱個啥❹！」說著，集亮了保險燈，自去預備煙茶。小紅慢慢起身，跨下床沿，俄

---

❶ 歸帳路頭：見第二七回注⓱。

❷ 消差：完成差事後把結果報告給主管人。此指要辦事。

❸ 纏：吳語。有糾纏、猜疑、瞎說諸意。

❹ 別人家句：去眼紅別人家幹什麼。眼熱，眼紅。

延半晌，彳亍前來，就高椅坐下，匿面向壁，一言不發。蓮生、善卿坐在煙榻，也自默然。阿珠復問小紅：「阿要吃夜飯？」小紅搖搖頭。蓮生聽說，因道：「倪夜飯也勿曾吃，去叫兩樣菜，一淘吃哉。」阿珠道：「耐酒也吃過哉啘，啥勿曾吃飯嗄？」蓮生說：「真個勿曾。」阿珠乃轉問小紅：「价末叫得來一淘吃點，阿要？」小紅大聲道：「我覅呀。」阿珠笑而站住道：「王老爺，耐自家要吃末，去叫。倪先生館子裡菜也覅吃，讓俚晚歇吃口稀飯罷。」蓮生只得依了。

洪善卿知無所事，即欲興辭，蓮生不再挽留。小紅緣善卿是極脫熟朋友，竟不相送，連一句客氣套話都沒有說，倒是阿珠一直送下樓去。

善卿去後，蓮生方過去，挨在小紅身傍，一手揣住小紅的手，一手勾著小紅頭頸，扳轉臉來。小紅嗔道：「做啥？」蓮生央告道：「覅哩，倪到榻床浪去軉軉❺，我搭耐說句閑話。」小紅掙脫道：「耐有閑話，說末哉啘。」蓮生道：「我也無啥別樣閑話，就不過要耐快活點。我隨便啥辰光來，耐總先撥一點點快活面孔。我看見仔耐勿快活末，心裡就說勿出個多花難過。耐總算照應點我，覅實概，阿好？」小紅道：「倪是生來無啥快活。耐心裡難過末，到好過個場花去。」蓮生不禁長嘆一聲道：「我實概搭耐說，耐倒原是猛捫❻閑話。」說到此處，竟致咽住，兩人並坐，寂靜無言。

多時，小紅始答道：「我故歇是勿曾說耐啥，得罪耐。耐來裡說我勿快活，咿說是猛捫閑話。耐末說仔別人倒勿覺著，別人聽仔阿快活得出？」蓮生知道小紅回心，這話分明是遁辭，忙陪笑道：「總是

❺ 軉軉：吳語。躺躺。

❻ 猛捫：吳語。蠻橫；不講理；衝。

我說得勿好，害仔耐勿快活。難也罷哉，下轉我再要勿好末，耐索性打我、罵我，我倒無啥，總勠實概勿快活。」一面說，一面就攙了小紅過來。小紅不由自主向榻床並臥，各據一邊。蓮生又道：「我再要搭耐商量。我朋友約末約定哉，約來浪初九。為仔該兩日路頭酒多勿過：初七末周雙珠搭，初八末黃翠鳳搭，才是路頭酒。俚哚說：『該搭❼勿燒路頭末，就初九吃仔罷。』我倒答應哉，耐說阿好？」小紅道：「故也隨便末哉。」蓮生見小紅並無違拗，愈覺喜歡。吃不多幾口煙，就慫恿小紅吃稀飯。小紅道：「倪是自家炖個火腿粥，耐阿要吃？」蓮生說：「蠻好。」小紅乃喊阿珠搬上稀飯，阿金大也來幫著伺候。稀飯吃畢，蓮生復吸足煙癮，便和小紅收拾同睡。

次日初七，十二點鐘，來安領轎來接。王蓮生吃了中飯，坐轎而去，幹些公事，天色已晚，再到沈小紅家點卯。然後往公陽里周雙珠家赴宴。先到的主人洪善卿以外，已有葛仲英、姚季蒓、朱藹人、陳小雲四位。洪善卿因對過周雙玉房裡檯面擺得極早，即說：「倪也起手巾罷。」王蓮生問：「再有啥人？」善卿道：「李鶴汀勿來，就不過羅子富哉。」當下入席，留出一位。周雙珠敬過瓜子，問王蓮生：「阿要叫本堂局？」蓮生道：「俚有檯面來浪，勿叫哉。」

比及上過魚翅第一道菜，金巧珍出局依然先到。隨後羅子富帶了黃翠鳳同來。子富已略有酒意，興致愈高，一到便叫拿雞缸杯來擺莊。偏又揀中姚季蒓搳拳，說是前轉輸與季蒓拳酒，至今尚不甘心，再交交手看如何。姚季蒓也不肯相讓，揎袖攘臂而出。無如初搳三拳，全是羅子富輸的。黃翠鳳要代酒，子富不許，自己將來一口呷乾，伸手再搳。此次三拳，季蒓輸了兩拳。那時叫的局林素芬、吳雪香、沈

❼ 該搭：指沈小紅處。

小紅、衛霞仙陸續齊集。霞仙因代飲一杯，羅子富卻嚷道：「代個❽勿算。」霞仙道：「啥人說嗄？倪是要代個，耐代勿代隨耐便。」黃翠鳳遂把羅子富手中一杯搶去，授與趙家姆，說道：「耐個伉大❾末，再要自家吃哩！」羅子富適見妝檯上有一只極大的玻璃杯，劈手取來，指與姚季蒓道：「難倪說好仔，自家吃，勿許代。」隨把酒壺親自篩在玻璃杯內，尚未滿杯，壺中酒罄，一面就將酒壺令巧囡去添酒，一面先和姚季蒓揸拳。季蒓勃然作氣，旗鼓相當，真正是羅子富勁敵。反是檯面上旁觀的，替兩人捏著一把汗。

兩人正待交手，只聽得巧囡在當中間內極聲喊道：「快點呀，有個人來浪呀。」合檯面的人都吃一大驚，只道是失火，爭先出房去看。巧囡只望窗外亂指道：「哪，哪。」眾人看時，並不是火，原來是一個外國巡捕直挺挺的立在對過樓房脊梁上，渾身玄色號衣❿，手執一把鋼刀，映著電氣燈光閃爍耀眼。洪善卿十猜八九，忙安慰眾人道：「勿要緊個，勿要緊個。」陳小雲要喊管家長福問個端的，卻為門前七張八嘴嘈嘈聒耳，喊了半天喊不著。張壽倒趁此機會飛跑上樓，稟說：「是前弄尤如意搭捉賭，勿要緊個。」眾人始放下心。忽又見對過樓上開出兩扇玻璃窗，有一個人鑽出來，爬到陽臺上，要跨過間壁披屋逃走。不料後面一個巡捕飛身一跳，追過陽臺，輪起手中短棍乘勢擊下，正中那人腳踝，那人站不穩，倒栽蔥一交，從牆頭跌出外面，連兩張瓦豁琅琅卸落到地。周雙玉慌張出房，悄地告訴周雙珠道：

❽ 代個：代喝的。

❾ 伉大：吳語。呆子；傻瓜。

❿ 玄色號衣：黑色警服。

「弄堂裡跌殺個人來浪。」眾人皆為嗟訝。

洪善卿見雙玉的吃酒客人業經盡散，便到他房裡，靠在樓窗口望下窺覷。果然那跌下來的賭客躺在牆腳邊，一些不動，好像死去一般。眾人也簇擁進房，爭先要看。惟吳雪香膽小害怕，拉住葛仲英衣襟道：「倪轉去罷。」仲英道：「故歇去末，撥巡捕拉得去哉哩。」雪香不信道：「耐瞎說！」周雙珠亦阻擋道：「倒勿是瞎說，巡捕守來浪門口，外頭勿許去呀。」雪香沒法，只得等耐。洪善卿因道：「倪去吃酒去，讓俚哚捉末哉，無啥好看。」當請諸位歸席。

周雙珠親往樓梯邊喊巧囡拿酒來。巧囡正在門前趕熱鬧，那裡還聽見。雙珠再喊阿金，也不答應。喊得急了，阿金卻從亭子間溜出，低首無言，竟下樓去。雙珠望亭子間內黑魆魆地並無燈燭，大怒道：「啥樣式⑪嗄？真真無撥仔淘成哉！」阿金自然不敢回嘴。雙珠一轉身，張壽也一溜煙下樓，雙珠裝做不覺，款步回房。比阿金取酒壺送上洪善卿，眾人要看捉賭，無暇飲酒。俄而弄堂內一陣腳聲自西徂東，勢如風雨。洪善卿也去一望，已將那跌下的賭客扛在板門上前行，許多中外巡捕押著出弄。後面更有一群看的人跟隨圍繞，指點笑語，連樓下管家、相幫亦在其內。一時門前寂靜。

樓上眾人看罷退下，洪善卿方一一招呼攏來，洗盞更酌。羅子富歇這半日，宿酒全醒，不肯再飲。姚季蒓為歸期近限，不復搳拳。眾人即喊乾稀飯。吳雪香急忙先行，其餘出局也紛紛各散。忙亂之中，仍是張壽獻勤，打聽得捉賭情形，上樓稟說：「尤如意一家，連二三十個老爺們，才捉得去哉。房子也封脫。跌下來個倒勿曾死，就不過跌壞仔一隻腳。」眾人嗟嘆一番。適值阿德保搬乾稀飯到樓上，張壽

⑪ 啥樣式：什麼樣子。

只得怏怏下去。飯罷席終，客行主倦。接著對過房裡周雙玉連擺兩個檯面，樓下周雙寶也擺一檯，重複忙亂起來。

洪善卿不甚舒服，遂亦辭了周雙珠，歸到南市永昌參店歇宿。次日傍晚，往北徑至尚仁里黃翠鳳家。羅子富迎見，即問：「李鶴汀轉去哉，耐阿曉得？」洪善卿道：「前日夜頭碰著俚，勿曾說起啘。」子富道：「就勿多歇我去請俚，說同實夫一淘下船去哉。」善卿道：「常恐有啥事體。」說著，葛仲英、王蓮生、朱藹人、湯嘯庵次第並至，說起李鶴汀，都道他倏地回家，必有緣故。

比及陳小雲到，羅子富因客已齊，令趙家姆喊起手巾。小雲問子富道：「耐阿曾請李鶴汀？」子富道：「說是轉去哉呀。耐阿曉得俚為啥事體？」小雲道：「陸裡有啥事體，就為仔昨夜公陽里鶴汀也來浪，一淘拉得去，到新衙門裡罰仔五十塊洋錢。新衙門裡出來，就下船。我去張張俚，也勿曾看見。」洪善卿急道：「价末樓浪跌下來個，阿是鶴汀嗄？」陳小雲道：「跌下來個是大流氓，先起頭三品頂戴，轎子扛出扛進，海外哚！就蘇州去吃仔一場官司下來，故歇也來浪開賭場，挑挑頭⓬。昨日勿曾跌殺末，也算俚運氣。」羅子富道：「故是周少和啘，鶴汀為啥去認得俚？」陳小雲道：「鶴汀也自家勿好，要去賭，勿到一個月，輸脫仔三萬。倘然再輸下去，鶴汀也勿得了哉哩！」子富道：「實夫勿是道理，該應說說俚末好。」小雲道：「實夫倒是做人家人，到仔一埭上海，花酒也勿肯吃，蠻規矩。」洪善卿笑道：「耐說實夫規矩，也勿好，忒啥做人家哉！南頭一個朋友搭我說起，實夫為仔做人家，也有仔點小毛病。」

陳小雲待要問明如何小毛病，恰遇金巧珍出局坐定，暗將小雲袖子一拉。小雲回過頭去，巧珍附耳

⓬ 挑頭：抽頭。

說了些話，小雲聽不明白，笑道：「耐到忙哚啘，前轉末宣卷，故歇燒路頭。」巧珍道：「勿是倪呀。」復附耳分辨清楚。小雲想了一想，亦即首肯，遂奉請席上諸友，欲翻檯到繪春堂去。眾人應諾，卻問繪春堂在何處。小雲說：「在東棋盤街，就是巧珍個阿姐，也為仔燒路頭，要繃繃場面。」巧珍接說道：「阿要教阿海先去擺起檯面來，一淘帶局過去？」眾人說：「蠻好。」娘姨阿海領命就行。

羅子富因擺起莊來。不意子富揎拳大贏，莊上二十杯打去一半，外家竟輸三十杯。大家計議，挨次輪流，並幫分飲，方把那一半打完。其時已上至後四道菜，阿海也回來復命，金巧珍再催請一遍。黃翠鳳尚有樓上下兩個檯面應酬，向羅子富說明，稍緩片時，無須再叫。羅子富、葛仲英、王蓮生、朱藹人暨六個倌人，共是十肩轎子同行。陳小雲先與洪善卿、湯嘯庵步行出尚仁里口，令長福再喊兩把東洋車，小雲自坐包車，嘯庵也坐一把。

善卿上車時，忽見那車夫年紀甚輕，面龐廝熟，仔細一看，頓吃大驚！失驚叫道：「耐是趙樸齋啘！」那車夫回頭，見是洪善卿，即拉了空車沒命的飛跑西去。善卿還招手喊叫，那裡還肯轉來。這一氣，把個洪善卿氣得發昏，立在街心，瞪目無語。那陳、湯兩把車已自去遠，沒人照管。幸而隨後十肩轎出弄，為跟轎的所見，阿金、阿海上前拉住善卿問：「洪老爺來裡做啥？」善卿才醒過來，並不回言，再喊一把東洋車，跟著轎子到東棋盤街口停下，仍和眾人同進繪春堂。那金愛珍早在樓門首迎接。

眾人見客堂樓中已擺好檯面，卻先去房內暫坐。愛珍連忙各敬瓜子，又向煙榻燒鴉片煙。金巧珍叫聲「阿姐」，道：「耐裝煙覅裝哉，喊下頭起手巾罷，倪哚才要緊煞⑬來浪。」愛珍乃笑說：「陸裡一位

⑬ 要緊煞：等不及。

老爺請用煙？」大家不去兜攬，惟陳小雲說聲「謝謝耐」。愛珍抿嘴笑道：「陳老爺客氣得來。」巧珍不耐煩，先自出房閑逛。迨愛珍喊外場起上手巾，眾人亦既入席，連帶來出局皆已坐定。金愛珍和金巧珍並坐在陳小雲背後，愛珍和準琵琶，欲與巧珍合唱。巧珍道：「耐唱罷，我勿唱哉。」愛珍唱過一支京調，陳小雲也攔說：「覅唱哉。」愛珍不依，再要和弦。巧珍道：「阿姐啥實概嗄，唱一隻末好哉碗！」愛珍才將琵琶放下。愛珍唱後，並無一人接唱。

卻值黃翠鳳出局繼至，羅子富便叫取雞缸杯。娘姨去了半日，取出一隻絕大玻璃杯。金愛珍嗔道：「勿是呀！」慌令娘姨調換。羅子富見了喜道：「玻璃杯蠻好，拿得來。」愛珍慌奉上，揎袖前來，舉酒壺篩滿一玻璃杯。羅子富拍案道：「我來擺五杯莊！」眾人見這大杯，不敢出手。陳小雲向葛仲英商量道：「倪兩家頭拚一杯，阿好？」仲英說：「好。」小雲乃與羅子富搳了一拳，竟輸一杯。金愛珍即欲代酒，陳小雲分與一小杯，又分一小杯轉給金巧珍。巧珍道：「耐要搳，耐自家去吃，倪勿代。」愛珍笑說：「我來吃。」伸手要接那一小杯。巧珍急從刺斜裡攔住，大聲道：「阿姐覅哩！」愛珍吃驚釋手。小雲笑而不辯，取杯呷乾。葛仲英亦取半玻璃杯飲訖。接下去，朱藹人和湯嘯庵合打，王蓮生和洪善卿合打，周而復始，至再至三。五杯打完之後，羅子富雖自負好量，玉山⓮將頹，外家亦皆酩酊，遂覺酒興闌珊，只等出局哄散。眾人都不用乾稀飯，隨後告辭。其時未去者，客人惟洪善卿一人，倌人惟金巧珍一人。陳小雲、金愛珍乃請二人房裡去坐。

第二八回終。

⓮ 玉山：喻俊美的儀容。典出晉書裴楷傳。

第二九回　間壁鄰居尋兄結伴　過房親眷挈妹同遊

按，洪善卿跟著陳小雲，金巧珍跟著金愛珍，都到房裡，外場送進檯面乾濕，愛珍敬過，便去煙榻燒鴉片煙。小雲躺在上手說：「我來裝。」愛珍道：「陳老爺覅哩，我來裝末哉呀。」小雲笑道：「覅客氣。」遂接過簽子去。愛珍又道：「洪老爺，榻床浪來軃軃哩。」善卿即亦向下手躺下。愛珍親自移過兩碗茶，放在煙盤裡。偶見巧珍立在梳妝檯前照鏡掠鬢，愛珍趕過去，取抿子，替他刷得十分光滑，因而道長論短，祕密談心。

這邊善卿捉空將趙樸齋之事訴與小雲，議個處置之法。小雲先問善卿主意，善卿道：「我想託耐去報仔巡捕房，教包打聽查出陸裡一把車子，拿俚個人關我店裡去，勿許俚出來，耐說阿好？」小雲沉吟道：「勿對。耐要俚到店裡去做啥？耐店裡有拉東洋車個親眷，阿要坍臺嗄？我說耐寫封信去，交代俚哚娘，隨便俚哚末哉，勿關耐事。」

善卿恍然大悟，煩惱胥❶平，當即起身告別。金巧珍向小雲道：「倪也去哉啘。」小雲乃丟下煙槍。慌的金愛珍一手按住道：「陳老爺，覅去哩。」一手拉著巧珍道：「耐啥要緊得來❷？阿是倪小場花，

❶ 胥：皆；盡。

❷ 耐啥句：猶言「你著什麼急啊」。

定規勿肯坐一歇哉！」巧珍趔趄著腳兒，只說：「去哉。」被愛珍攔腰一抱，嗔道：「耐去呀，耐去仔末，我也勿來張耐個哉！」小雲在旁呵呵訕笑，洪善卿便道：「耐兩家頭再坐歇，我先去。」說著，徑辭陳小雲出房。金愛珍撇過金巧珍，相送至樓梯邊，連說：「洪老爺明朝來。」善卿隨口答應，離了繪春堂，行近三茅閣橋，喊把東洋車拉至小東門陸家石橋，緩步自回鹹瓜街永昌參店。連夜寫起一封書信，敘述趙樸齋浪遊落魄情形，一早令小伙計送與信局，寄去鄉間。

這趙樸齋母親洪氏，年僅五十，耳聾眼瞎，柔懦無能。幸而樸齋妹子小名二寶，頗能當家。前番接得洪善卿書信，只道樸齋將次回家，日日盼望。不想半月有餘，毫無消息。忽又有洪善卿書信寄來，央間壁鄰居張新弟拆閱。張新弟演說出來，母女二人登時驚詫羞急，不禁放聲大哭一場。卻為張新弟的阿姊張秀英聽見，踅過這邊問明緣由，婉言解勸。母女二人收淚道謝，大家商量如何。張新弟以為須到上海，尋訪回家，嚴加管束，斯為上策。趙洪氏道：「上海夷場浪，陌生場花，陸裡能夠去哩？」趙二寶道：「勦說無姆勿能夠去；就去仔，教無姆陸裡去尋嗄？」張秀英道：「价末託個妥當點人，教俚去尋。尋得來，就撥兩塊洋錢俚，也無啥❸。」洪氏道：「倪再去託啥人嗄？要末原是娘舅哉哩。」新弟道：「娘舅信浪，為俚勿好坍仔臺❹，恨煞個哉，阿肯去尋嗄？」二寶道：「娘舅起先就靠勿住，託人去尋，也無麼用。還是我同無姆一淘去。」洪氏嘆口氣道：「二寶，耐倒說得好，耐一個姑娘家，勿曾出歇門，到上海撥來拐子再拐得去仔末，那价❺呢？」二寶道：「無姆末再要瞎說。人家騙騙小幹仵，說勦撥拐

❸ 無啥：沒什麼；也就行了。

❹ 為俚句：因為（樸齋）不好坍了（善卿）的臺。

子拐得去，阿是真真有啥拐子嗄？」新弟道：「上海拐子倒無撥個，不過要認得個人❻同得去末好。」秀英道：「耐說節浪要上海去呀？」新弟道：「我到仔上海就店裡去，陸裡再有工夫。」

二寶聽見這話，藏在肚裡，卻不接嘴。張新弟見無成議，辭別自去。趙二寶留下張秀英，邀到臥房裡。那秀英年方十九，是二寶閨中密友，無所不談。當下私問：「新弟到上海去做啥？」秀英說：「是翟先生教得去做伙計。」二寶道：「耐阿去？」秀英道：「我勿做啥生意，去做啥？」二寶道：「我說耐同倪一淘到上海，我去尋阿哥，耐末夷場浪白相相，阿是蠻好？」秀英心中也喜白相，只為人言可畏，躊躇道：「勿局個哩。」二寶附耳低言，如此如此，秀英領會笑諾。

即時踅回家裡，張新弟問起這事，秀英攢眉道：「俚哚想來想去無法子，倒怪仔倪阿哥，說撥倪小村阿哥合得去❼，用完仔洋錢，無面孔見人。故歇倒要倪同得去，尋倪小村阿哥。」道言未了，趙二寶亦過來，叫聲「秀英阿姐」道：「耐勳來浪假癡假呆。耐阿哥做個事體，我生來要尋著耐！耐同得去尋著仔小村阿哥，就勿關耐事。」新弟在旁道：「小村阿哥來裡上海，耐自家去尋好哉。」二寶道：「我上海勿認得，要同仔俚一淘去。」新弟道：「俚去勿局個，我來同耐去，阿好？」二寶道：「耐男人家，同倪一淘到上海，算啥樣式嗄？俚勿肯去末，我定歸噪得俚勿舒齊❽。」新弟目視秀英，問如何。秀英

---

❺ 那价：此有「怎麼辦」之意。

❻ 認得個人：認識的人。

❼ 合得去：約同前去。合，同；和。

❽ 勿舒齊：不太平。

道：「我無撥一點點事體，到上海去做啥？人家聽見仔，只道倪去白相，阿是笑話？」二寶道：「耐末常恐人笑話，倪阿哥拉仔東洋車，勿關耐事哉，阿對？」新弟笑勸秀英道：「阿姐就去一埭末哉，尋著仔轉來，也勿多幾日❾天。」秀英尚自不肯，被新弟極力慫恿，勉強答應。

於是議定四月十七日啟行，央對門剃頭司務❿吳小大妻子吳家姆看守房屋。趙二寶回家告訴母親趙洪氏，洪氏以為極好。當晚，吳小大親至兩家，先應承看房之託，並言聞得兒子吳松橋十分得意，要趁便船自去尋訪，兩家也就應承。至日，雇了一隻無錫網船，趙洪氏、趙二寶、張新弟、張秀英及吳小大共是五人，搬下行李，開往上海。不止一日，到日輝港停泊。吳小大並無鋪蓋，背上包裹，登岸自去。趙二寶緣趙樸齋住過悅來客棧，說與張新弟，即將行李交明悅來棧接客的，另喊四把東洋車，張新弟和張秀英、趙洪氏、趙二寶坐了，同往寶善街悅來客棧。恰好行李擔子先後挑到，揀得一間極大房間卸裝下榻。

安置粗訖，張新弟先去大馬路北信典鋪，謁見先生翟掌櫃。翟掌櫃派在南信典鋪中司事。張新弟回棧來搬鋪蓋，因問趙二寶：「阿要一淘去尋倪小村阿哥？」二寶搖手道：「尋著耐阿哥也勿相干啘。耐到鹹瓜街浪永昌參店裡，教倪娘舅該搭來一埭再說。」新弟依言去了。這晚張秀英獨自一個去看了一本戲，趙二寶與母親趙洪氏愁顏對坐，並未出房。

次日一早，洪善卿到棧相訪，見過嫡親阿姊趙洪氏，然後趙二寶上前行禮。善卿略敘數年闊別之情，

❾ 勿多幾日：用不了幾天。

❿ 剃頭司務：剃頭師傅。

說到外甥趙樸齋，從實說出許多下流行事，並道：「故歇我教人去尋得來，以後再有啥事體，我勿管帳⓫。」二寶插嘴道：「娘舅尋得來最好，以後請娘舅放心，阿好再來驚動娘舅嗄。」善卿又問問鄉下年來收成豐歉，方始告辭。張秀英本未起身，沒有見面。

飯後，果然有人送趙樸齋到門，棧使認識通報。趙洪氏、趙二寶慌忙出迎，只見趙樸齋臉上沾染幾搭烏煤，兩邊鬢髮長至寸許，身穿七拼八補的短衫褲，暗昏昏不知是甚顏色。兩足光赤，鞋襪俱無，儼然像乞丐一般。妹子二寶友于⓬誼篤，一陣心酸，嗚嗚飲泣。母親洪氏看不清楚，還問：「來浪陸裡嗄？」棧使推樸齋近前，令他磕頭。洪氏猛吃一驚，頓足大哭道：「我倪子為啥實概個嗄！」剛哭出這一聲，氣哽喉嚨，幾乎仰跌。幸有張秀英在後攙住，且復解勸。二寶為棧中寓客簇擁觀看，羞愧難當，急同秀英扶母親歸房。手招樸齋進去，關上房門，再開皮箱，搜出一套衫褲鞋襪，令樸齋向左近浴堂中剃頭洗澡，早去早來。

不多時，樸齋遵命換衣回棧，雖覺面龐略瘦，已算光彩一新。秀英讓他坐下，洪氏、二寶著實埋冤一頓。樸齋低頭垂淚，不敢則聲。二寶定要問他緣何不想回家，連問十數遍，樸齋終吶吶然說不出口。秀英帶笑代答道：「俚轉來末，好像難為情，阿對？」二寶道：「勿對個，俚要曉得仔難為情，倒轉來哉。我說俚定歸是捨勿得上海，拉仔個東洋車，東望望，西望望，開心得來。」幾句說得樸齋無地自容，回身對壁。洪氏忽有些憐惜之心，不復責備，轉向秀英、二寶，計議回家。二寶道：「教棧裡相幫去叫

⓫ 勿管帳：不管了。
⓬ 友于：兄妹。

隻船，明朝轉去。」秀英道：「耐教我來白相相，我一埭勿曾去⑬，耐倒就要轉去哉，勿成功。」二寶央及道：「价末再白相一日天，好阿？」秀英道：「白相仔一日天再說。」洪氏只得依從。

吃過晚飯，秀英欲去聽書。二寶道：「倪先說好仔，書錢我來會。倘然耐客氣末，我索性勿去哉。」秀英一想，含糊笑道：「故也無啥，明朝夜頭我請還耐末哉。」秀英、二寶去後，惟留洪氏、樸齋在房，洪氏睏倦早睡。樸齋獨坐，聽得寶善街上東洋車聲如潮湧，絡繹聒耳。遠遠地又有錚錚琵琶之聲，彷佛唱的京調，是清倌人口角，但不知為誰家。樸齋心猿不定，然又不敢擅離。棧使曾於大房間後面小間內為樸齋另設一床，樸齋乃自去點起瓦燈臺，和衣暫臥。不意間壁兩個寓客在那裡吸鴉片煙，又講論上海白相情景，津津乎若有味焉。害樸齋火性上炎，欲眠不得，眼睜睜地等到秀英、二寶聽書回來。重複下床出房，問：「唱得阿好聽？」二寶咳了一聲道：「我賽過勿曾聽。今夜頭剛剛勿巧，碰著俚哚姓施個親眷。倪進去泡好茶末，書錢就撥來施個會仔去，買仔多花點心、水果請倪吃，耐說阿要難為情？明朝再要請倪去坐馬車，我是定歸勿去。」秀英道：「上海場花阿有啥要緊嘎？俚請倪末，倪落得去。」二寶道：「耐生來無啥要緊，熟羅單衫才有來浪，去去末哉。我好像個叫化子，坍臺煞個！」

二寶無心說出這話，被秀英格聲一笑。樸齋不好意思，仍欲迴避。二寶忽叫住道：「阿哥慢點去。」樸齋忙問甚事，二寶打開手巾包，把書場帶來的點心、水果分給樸齋，並讓秀英同吃。秀英道：「倪再吃筒鴉片煙。」二寶道：「耐勠來浪無清頭⑭！吃上仔癮也好哉！」秀英笑而不依，向竹絲籃內取出一

⑬ 一埭勿曾去：此有「一處也不曾去」之意。

⑭ 無清頭：沒頭腦；糊塗。

副煙盤，點燈燒煙。卻燒的不得法，斗門澀滯，呼吸不靈。樸齋湊趣道：「阿要我替耐裝？」秀英道：「耐也會裝煙哉，耐去裝哩。」說著讓開。樸齋遂將燒僵的一筒煙發開裝好，捏得精光，調轉槍頭送上秀英。秀英略讓一句，便呼呼呼一氣到底，連聲贊道：「倒裝得出色哚，陸裡去學得來個嗄？」樸齋含笑不答，再裝一筒。秀英偏要二寶去吃，二寶沒法，吃了。裝到第三筒，係樸齋自己吃的。隨後收起煙盤，各道安置。樸齋自歸後面小間內歇宿。

翌日午後，突然一個車夫到棧，說：「是施大少爺喊得來個馬車，請太太同兩位小姐一淘去。」二寶本不願坐他馬車，秀英不容分說，諄囑樸齋看房，硬拉洪氏、二寶同遊明園。樸齋在棧無事，私下探得那副煙盤並未加鎖，竟自偷吃一口，再打兩枚煙泡。可巧張小村聞信而來，特訪他同堂弟妹，見樸齋如此齊整，以為稀奇。樸齋追思落魄之時，曾受小村奚落，故不甚款洽，徑將煙盤還放原處。小村沒趣辭別，樸齋怕羞不出，並未相送。

待至天色將晚，馬車未回。樸齋不耐煩，溜至天井跂望⑮。恰好秀英、二寶扶著洪氏下車進門。樸齋迎見，即訴說張小村相訪。二寶默然，秀英卻道：「倪阿哥也勿是好人，難勠去理俚。」樸齋唯唯，跟到大房間內，二寶去身邊摸出一瓶香水，給樸齋估看。樸齋不識好歹，問價若干。二寶道：「說是兩塊洋錢哚。」樸齋吐舌道：「去買俚做啥嗄？」二寶道：「我原勿要呀，是俚哚瑞生阿哥定歸要買，買仔三瓶，俚自家拿一瓶，一瓶送仔阿姐，一瓶說送撥我。」樸齋也就無言。

秀英、二寶各述明園許多景致，並及所見倌人、大姐面目衣飾，細細品評。秀英道：「耐照相樓浪

⑮ 跂望：舉踵翹望。

勿曾去，我說倪幾個人拍俚一張，倒無啥。」二寶道：「瑞生阿哥也拍來浪，故是笑煞人哉。」秀英道：「才是親眷，熟仔點無啥要緊。」二寶道：「瑞生阿哥倒蠻寫意⑯個人，一點點脾氣也無撥。聽見倪叫無姆末，俚也叫無姆。請倪無姆吃點心，一淘同得去看孔雀，倒好像是倪無姆個倪子。」洪氏喝住道：「耐說說末就無陶成！」二寶咬著指頭匿笑。秀英也笑道：「俚今夜頭請倪大觀園看戲呀，耐阿去？」二寶哆口做意道：「我終有點難為情，讓阿哥去罷。」秀英道：「同阿哥一淘去，蠻好。」樸齋接說道：「俚勿曾請我，我去算啥？」二寶道：「俚請倒才請個，坎坎還來浪說起：『坐馬車為啥勿一淘來？』倪說：『棧裡無撥人。』難末⑰俚說：『晚歇請耐去看戲。』」秀英道：「故歇六點半鐘，常恐就要來請哉，倪吃飯罷。」乃催棧使開飯。四人一桌。

須臾吃畢。只見一個人提著大觀園燈籠，高擎一張票頭，趤上階沿，喊聲「請客」。樸齋忙去接進，逐字念出：太太、少爺、兩位小姐，總寫在內，底下出名僅一「施」字。二寶道：「難末那价回頭俚哩？」秀英道：「生來說就來。」樸齋揚聲傳命，請客的遂去。二寶佯嗔道：「耐說就來，我看戲倒勿高興。」秀英道：「耐末刁⑱得來，做個人爽爽氣氣，覅實概。」連催二寶換衣裳。二寶道：「价末慢點哩，啥要緊⑲嗄。」先照照鏡子，略施一些脂粉，才穿上一件月白湖縐單衫，事畢欲行。樸齋道：「我

---

⑯ 寫意：吳語。舒服；不費力。此有隨和、不拘小節之意。

⑰ 難末：於是；那麼；這下諸意。此有「當下」之意。

⑱ 刁：此有難伺候、不乾脆之意。

⑲ 啥要緊：急什麼。

謝謝哉哩。」秀英聽說，倒笑起來道：「耐阿是學耐妹子？」樸齋強辯道：「勿呀，我看見大觀園戲單，幾齣戲才看過歇，無啥好看。」秀英道：「俚是包來浪一間包廂，就不過倪幾個人，耐勿去，戲錢也省勿來。就勿好看也看看末哉。」

樸齋本自要看，口中雖說謝謝，兩隻眼只覷母親、妹子的面色。二寶即道：「阿姐教耐看末，耐就看看末哉，無娒阿對？」洪氏亦道：「阿姐說生來去看，看完仔一淘轉來，勦到別場花去。」秀英又請洪氏，洪氏真個不去。樸齋乃鼓起興致，討了悅來棧字號燈籠，在前引導。張秀英、趙二寶因路近，即跟趙樸齋步行至大觀園。

第二九回終。

第三〇回　新住家客棧用相幫　老司務茶樓談不肖

按，趙樸齋領妹子趙二寶及張秀英同至大觀園樓上包廂，主人係一個後生，穿著雪青紡綢單長衫，寶藍茜紗夾馬褂，先在包廂內靠邊獨坐。樸齋知為施瑞生，但未認識。施瑞生一見大喜，慌忙離位，滿面堆笑，手攙秀英、二寶上坐憑欄，又讓樸齋。樸齋放下燈籠，退坐後埭❶。瑞生堅欲拉向前邊，樸齋相形自愧，跼蹐不安。幸而瑞生只和秀英附耳說話，秀英又和二寶附耳說話，將樸齋擱在一邊，樸齋倒得自在看戲。

這大觀園頭等角色最多，其中最出色的乃一個武小生，名叫小柳兒，做工、唱口，絕不猶人❷。當晚小柳兒偏排著末一齣戲，做翠屏山中石秀。做到潘巧雲趕罵、潘老丈解勸之際，小柳兒唱得聲情激越、意氣飛揚。及至酒店中使一把單刀，又覺一線電光，滿身飛繞，果然名不虛傳。翠屏山做畢，天已十二點鐘，戲場一時哄散，紛紛看的人，恐後爭先，擠塞門口。施瑞生道：「倪慢慢交末哉。」隨令趙樸齋掌燈前行，自己擁後，張秀英、趙二寶夾在中間，同至悅來客棧。

二寶搶上一步，推開房門，叫聲「無娒」。趙洪氏歪在床上，欻地起身。樸齋問道：「無娒為啥勿

---

❶ 後埭：後排。

❷ 猶人：謂如同別人。

睏？」洪氏道：「我等來裡，睏仔末啥人來開門嗄？」秀英道：「今夜頭蠻蠻好❸個好戲，無姆勿去看。」瑞生道：「戲末禮拜六夜頭最好。今朝禮拜三，再歇兩日同無姆一淘去看。」洪氏聽是瑞生聲音，叫聲「大少爺」，讓坐致謝。二寶喊棧使沖茶。秀英將煙盤鋪在床上，點燈請瑞生吸鴉片煙。樸齋不上臺盤，遠遠地掩在一邊。洪氏乃道：「大少爺，難末真真對勿住❶。兩日天請仔倪好幾埭，明朝倪定歸要轉去哉。」瑞生急道：「覅去哩，無姆末總實概。上海難得來一埭，生來多白相兩日。」洪氏道：「勿瞞大少爺說，該搭棧房裡，四個人房飯錢要八百銅錢一日哚，開消忒大，早點轉去個好。」瑞生道：「勿要緊個，我有法子，比來裡❺鄉下再要省點。」瑞生只顧說話，簽子上燒的煙淋下許多還不自覺。秀英睃見，忙去上手躺下，接過簽子，給他代燒。

二寶向自己床下提串銅錢，暗地交與樸齋，叫買點心。樸齋接錢，去廚下討只大碗，並不呼喚棧使，親往寶善街上去買。無如夜色將闌，店家閉歇，只買得六件百葉回來，分做三小碗，搬進房內。二寶攢眉道：「阿哥末也好個哉，去買該號物事。」樸齋道：「無撥哉呀。」瑞生從床上崛起，看了道：「百葉蠻好，我倒喜歡吃個。」說著，竟不客氣，取雙竹筷，努力吃了一件。二寶將一碗奉上洪氏，並喊秀英道：「阿姐來陪陪哩。」秀英反覺不好意思，嗔道：「我覅吃。」二寶笑道：「价末阿哥來吃仔罷。」樸齋遂一古腦兒吃完，喊棧使收去空碗。瑞生再吸兩口鴉片煙，告辭而去。樸齋始問秀英和施瑞生如何

❸ 蠻蠻好：即蠻好、挺好、不錯。

❹ 難末句：這可真不好意思。難末，這可是。對勿住，對不起。然此有「不好意思」之意。

❺ 來裡：在。

親眷。秀英笑道：「俚倷親眷，耐陸裡曉得嗄。瑞生阿哥個娘末，就是我過房娘❻。我過房個辰光❼，剛剛三歲，舊年來浪龍華碰著仔，大家勿認得，說起來，倒蠻對。難末教我到俚倷屋裡住仔三日，故歇倒算仔親眷哉。」樸齋默然，不問下去，一宿無話。

瑞生於次日午後到棧，棧中才開過中飯，收拾未畢。秀英催二寶道：「耐快點哩，倪今朝買物事去呀。」二寶道：「我物事覅買，耐去末哉。」瑞生道：「倪也勿買啥物事，一淘去白相相。」秀英笑道：「耐覅去搭俚說，我曉得俚個脾氣，晚歇總歸去末哉。」二寶聽說，冷笑一聲，倒在床上睡下。秀英道：「阿是說仔耐了動氣哉？」二寶道：「啥人有閑工夫來搭耐動氣嗄！」秀英道：「价末去哩。」二寶道：「勿然末去也無啥，故歇撥耐猜著仔，定歸勿去。」秀英稔知❽二寶拗性❾，難於挽回；回顧瑞生，努嘴示意。瑞生佯嘻嘻挨坐床沿，妹妹長，妹妹短，搭訕多時，然後勸他去白相。二寶堅臥不起。秀英道：「我末得罪仔耐，耐看瑞生阿哥面浪，就冤屈❿點，阿好？」二寶又冷笑一聲，不答。洪氏坐在對面床上，聽不清是什麼，叫聲「二寶」，道：「覅哩，瑞生阿哥來浪說呀，快點起來哩。」二寶秋氣⓫道：「無娒覅響，耐曉得啥嗄。」

---

❻ 過房娘：乾娘。

❼ 過房個辰光：認乾親時。

❽ 稔知：素知。

❾ 拗性：性情固執。

❿ 冤屈：吳語。冤枉；委屈。此為「委屈」意。

⓫ 秋氣：沒好氣；使氣。

瑞生覺道言語戧⑫了，呵呵一笑岔開道：「倪也勿去哉，就該搭坐歇，講講閑話倒蠻好。」因即站起身來，偶見樸齋靠窗側坐，手中擎著一張新聞紙低頭細看，瑞生問：「阿有啥新聞？」樸齋將新聞紙雙手奉上。瑞生接來揀了一段，指手劃腳，且念且講。秀英、樸齋同聲附和，笑做一團。二寶初時不睬，聽瑞生說得發鬆，再忍不住，因而欻地下床，去後面樸齋睡的小房間內小遺。秀英掩口暗笑，瑞生搖手止住。

等到二寶出房，瑞生丟開新聞紙，另講一件極好笑的笑話，逗引得二寶也不禁笑了。秀英故意偷眼去睃，睃他如何。二寶自覺沒意思，轉身緊傍洪氏身旁坐下，一頭撞在懷裡撒嬌道：「無娒，耐看哩，俚哚來浪欺瞞我。」秀英大聲道：「啥人欺瞞耐嗄？耐倒說說看。」洪氏道：「阿姐阿要來欺瞞耐？覅實概瞎說。」瑞生只是拍手狂笑，樸齋也跟著笑一陣，才把這無端口舌揭過一邊。瑞生重複慢慢的慫恿二寶去白相，二寶一時不好改口應承，只裝做不聽見。瑞生揣度意思是了，便取那一件月白單衫親手替二寶披上，秀英早自收拾停當，於是三人告稟洪氏而行，惟留樸齋陪洪氏在棧。

洪氏夜間少睡，趁此好歇中覺。樸齋氣悶⑬不過，手持水煙筒踅出客堂，踞坐中間高椅，和帳房先生閑談。談至上燈以後，三人不見回來，棧使問：「阿要開飯？」樸齋去問洪氏，洪氏叫先開兩客。母子二人吃飯中間，忽聽棧門首一片笑聲，隨見秀英拎著一個衣包，二寶捧著一卷紙裹，都吃得兩頰緋紅，嘻嘻哈哈進房。洪氏先問晚飯，秀英道：「倪吃過哉，來浪吃大菜呀。」二寶搶步上前道：「無娒，耐

⑫ 戧：逆；不順。此猶言「不對勁」。

⑬ 氣悶：猶言無聊。

吃哩。」即檢紙裏中卷的蝦仁餃，手拈一隻，餵與洪氏。洪氏僅咬一口，覺得吃不慣，轉給樸齋吃。樸齋問起施瑞生，秀英道：「俚有事體，送倪到門口，坐仔東洋車去哉。」

迨洪氏、樸齋晚飯吃畢，二寶復打開衣包，將一件湖色茜紗單衫與樸齋估看。樸齋見花邊雲滾，正係時興，吐舌道：「常恐要十塊洋錢哚哩！」二寶道：「十六塊哚。我覅俚呀，阿姐買好仔嫌俚短仔點，我著末倒蠻好，難末教我買。我說：『無撥洋錢。』阿姐說：『耐著來浪，停兩日再說。』」樸齋不則一聲。二寶翻出三四件紗羅衣服，說是阿姐買的，樸齋更不則一聲。

這夜大家皆沒有出遊。樸齋無事早睡，秀英、二寶在前間唧唧說話，樸齋並未留心，沉沉睡去。朦朧中，聽得妹子二寶連聲叫「無娒」，樸齋驚醒呼問，二寶推說無啥。洪氏醒來，和秀英、二寶也唧唧說話，樸齋那裡理會，竟安然一覺。直至紅日滿窗，秀英、二寶已在前間梳頭，樸齋心知失聰⓮，慌的披衣走出。及見母親洪氏擁被在床，始知天色尚早，喊棧使舀水洗臉。二寶道：「倪點心吃哉，阿哥要吃啥？教俚哚去買。」樸齋說不出。秀英道：「阿要也買仔兩個湯團罷？」樸齋說：「好。」棧使受錢而去。樸齋因桌上陳設梳頭奩具，更無空隙，急取水煙筒往客堂裡坐。吃過湯團，仍和帳房先生閑談。

好一會，二寶在房內忽高聲叫「阿哥」，道：「無娒喊耐。」樸齋應聲進房。其時秀英、二寶妝裹粗完，並坐床沿。洪氏亦起身散坐，樸齋傍坐候命，八目相視，半日不語。二寶不耐，催道：「無娒，搭阿哥說哩。」洪氏要說，卻咳的嘆口氣道：「俚哚瑞生阿哥末也忒啥要好⓯哉，教倪再多白相兩日。我

⓮ 失聰：吳語。睡過了頭。

⓯ 忒啥要好：忒要好，太熱情。

說：『棧房裡房飯錢忒大。』難末瑞生阿哥說：『清和坊有兩幢房子空來浪，無撥人租。』教倪搬得去，說是為仔省點個意思。」秀英搶說道：「瑞生阿哥個房子，房錢就勿要哉。倪自家燒來吃，一日不過二百個銅錢，比仔棧房裡阿是要省多花哚。我是昨日答應俚哉，耐說阿好？」二寶接說道：「該搭一日房飯錢，四個人要八百哚，搬得去末省六百，阿有啥勿好嗄？」樸齋如何能說不好，僅低頭唯唯而已。

飯後施瑞生帶了一個男相幫來棧問：「阿曾收作好⑯？」秀英、二寶齊笑道：「倪末陸裡有幾花物事收作嗄！」瑞生乃喊相幫來搬。樸齋幫著捆起箱籠，打好鋪蓋，叫把小車與那相幫押後，先去清和坊鋪房間。趙樸齋見那兩幢樓房玻璃瑩澈，花紙鮮明，不但灶下釜甑⑰齊備，樓上兩間房間並有兩副簇簇新新的寧波家生，床榻桌椅，位置井井，連保險燈、著衣鏡都全。所缺者惟單條字畫，簾幕帷帳耳。隨後施瑞生陪送趙洪氏及張秀英、趙二寶進房。洪氏前後踅遍，嘖嘖贊道：「倪鄉下陸裡有該號房子嗄，大少爺，故末真真難為耐。」瑞生極口謙遜。當時聚議，秀英、二寶分居樓上兩間正房，洪氏居亭子間，樸齋與男相幫居於樓下。

須臾天晚，聚豐園挑一桌豐盛酒菜送來，瑞生令擺在秀英房內，說是暖房。洪氏又致謝不盡。大家團團圍坐一桌圓檯面，無拘無束，開懷暢飲。飲至半酣之際，秀英忽道：「倪坎坎倒忘記脫哉，勿曾去叫兩個出局來白相相，倒無啥。」二寶道：「瑞生阿哥去叫哩！倪要看呀。」洪氏喝阻道：「二寶勳，耐末再要起花樣！瑞生阿哥老實人，堂子裡勿曾去白相歇，阿好叫嗄！」樸齋亦欲有言，終為心虛忸怩，

⑯ 阿曾收作好：可曾收拾好。收作，收捨。

⑰ 釜甑：釜和甑。皆為古炊煮器名。借指炊具。

頓住了嘴。瑞生笑道：「我一幹仔叫，也無啥趣勢。明朝我約兩個朋友該搭吃夜飯，教俚哚才去叫得來，故末鬧熱點。」二寶道：「倪阿哥也去叫一個，看俚哚阿來？」秀英手拍二寶肩背道：「我也叫一個，就叫個趙二寶。」二寶道：「我趙二寶個名字，倒勿曾有過歇。耐張秀英末，有仔三四個哉，才是時髦倌人，一徑撥人家來浪叫出局。」幾句說得秀英急了，要擰二寶的嘴，二寶笑而走避。瑞生出席攔勸，因相將⑱向榻床吸鴉片煙。

洪氏見後四道菜登席，就叫相幫盛飯來。樸齋悶飲，不勝酒力，遂陪母親同吃過飯，送母親到亭子間，徑往樓下，點燈弛衣，放心自睡。一覺醒來，酒消口渴，復披衣靸鞋，摸至廚房，尋得黃沙大茶壺，兩手捧起，嘓嘓呼飽。見那相幫危坐於水缸蓋上，垂頭打盹，即叫醒他，問知酒席雖撤，瑞生尚在。樸齋仍摸回房來，聽樓上喁喁切切，笑語間作，夾著水煙、鴉片煙呼吸之聲。樸齋剔亮燈心，再睡下去，這一覺冥然無知，儼如小死。

直至那相幫床前相喚，樸齋始驚起，問相幫：「阿曾睏歇？」相幫道：「大少爺去，天也亮哉，阿好再睏。」樸齋就廚下捕個面，躡足上樓。洪氏獨在亭子間梳頭，前面房裡煙燈未滅，秀英、二寶還和衣對臥在一張榻床上。樸齋掀簾進房，秀英先覺起坐，懷裡摸出一張橫批請客單，令樸齋寫個「知」字。樸齋看是當晚施瑞生移樽假座，請自己及張新弟陪客，更有陳小雲、莊荔甫兩人，沉吟道：「今夜頭我真個謝謝哉。」秀英問：「為啥？」樸齋道：「我碰著仔難為情。」秀英道：「阿是說倪新弟。」樸齋說：「勿是。」秀英道：「价末啥嗄？」樸齋又不肯實話。適二寶聞聲繼寤⑲，樸齋轉向二寶耳邊悄悄

---

⑱ 相將：相偕；相共。

訴其緣故。二寶點頭道：「也勿差。」秀英乃不便強邀，喊相幫交與請客單，照單賫⑳送。

樸齋延至兩點鐘，涎臉問妹子討出三角小洋錢，稟明母親，大踱出門。初從四馬路兜個圈子，兜回寶善街，順便往悅來客棧擬訪帳房先生，與他談談。將及門首，出其不意，一個人從門內劈面衝出，身穿舊洋藍短衫褲，背負小小包裹，撓㉑起兩根短鬚，滿面憤怒如不可遏。樸齋認得是剃頭司務吳小大，甚為驚詫。

吳小大一見趙樸齋，頓換喜色道：「我來裡張耐呀，搬到仔陸裡去哉嗄？」樸齋約略說了。吳小大攜手並立，刺刺㉒長談。樸齋道：「俔角子㉓浪去吃碗茶罷。」吳小大說：「好。」跟隨樸齋至石路口松風閣樓上，泡一碗淡湘蓮。吳小大放下包裹，和樸齋對坐，各取副杯，分騰讓飲。吳小大倏地瞋目攘臂，問樸齋道：「我要問耐句閑話，耐阿是搭松橋一淘來浪白相？」樸齋被他突然一問，不知為著甚事，心中突突亂跳。吳小大拍案攢眉道：「勿呀，我看耐年紀輕，來裡上海，常恐去上俚當水！就像松橋個殺坯㉔末，耐終勳去認得俚個好！」樸齋依然目瞪口呆，沒得回答。吳小大復鼻子裡哼了一聲道：「我搭耐說仔罷，我個新生爺俚還勿認得哩，再要來認得耐個朋友？」

---

⑲ 寤：醒；睡醒；蘇醒。
⑳ 賫：音ㄐㄧ。持；帶。
㉑ 撓：翹。
㉒ 刺刺：猶絮絮。
㉓ 角子：吳語。拐角；拐彎處。
㉔ 殺坯：該殺的。亦作「殺胚」。

樸齋細味這話，稍有頭路㉕，笑問究竟緣何。吳小大從容訴道：「我做個爺㉖，窮末窮，還有碗把苦飯吃吃個哩。故歇到上海來，勿是要想啥倪子個好處，為是㉗我倪子發仔財末，我來張張俚，也算體面體面。陸裡曉得個殺坯實概樣式，我連浪去三埭，帳房裡說：『勿來浪㉘』，倒也罷哉，第四埭我去，來浪裡嚮勿出來，就帳房裡拿四百個銅錢撥我，說教我趁仔航船轉去罷。我阿是等耐四百個銅錢用？我要轉去做叫化子討飯末也轉去仔，我要用耐四百個銅錢！」一面訴說，一面竟號啕痛哭起來。樸齋極力勸慰寬譬，且為吳松橋委曲解釋。良久，吳小大收淚道：「我也自家勿好，教俚上海做生意，上海夷場浪勿是個好場花。」樸齋假意嘆服。吃過五六開茶，樸齋將一角小洋錢會了茶錢，吳小大順口鳴謝，背上包裹同下茶樓，出門分路。吳小大自去日輝港，覓得裡河航船回鄉。趙樸齋彳亍寶善街中，心想：這頓夜飯，如何吃法？

第三〇回終。

㉕ 頭路：門路。此有「頭緒」之意。

㉖ 做個爺：當爹的。爺，即父親。

㉗ 為是：就因為。

㉘ 勿來浪：不在。

第三一回　長輩埋冤親情斷絕　方家貽笑臭味差池

按，趙樸齋自揣身邊僅有兩角小洋錢，數十銅錢，只好往石路小飯店內，吃了一段黃魚及一湯一飯，再往寶善街大觀園正桌後面看了一本戲，然後散場回家。那時敲過十二點鐘，清和坊各家門首皆點著玻璃燈，惟自己門前漆黑，兩扇大門也自緊閉。樸齋略敲兩下，那相幫開進，樸齋便問：「檯面阿曾散？」相幫道：「散仔歇哉，就剩大少爺一幹仔來浪。」樸齋見樓梯邊添掛一盞馬口鐵壁燈，倒覺甚亮，於是款步登樓。聽得亭子間有說話聲音，因即掀簾進去。只見母親趙洪氏坐在床中尚未睡下，張秀英、趙二寶並坐在床沿，正講得熱鬧。見了樸齋，洪氏先問：「阿曾吃夜飯？」樸齋說：「吃過哉。」樸齋問：「瑞生阿哥阿是去哉？」秀英道：「勿曾去，睏著來浪❶。」二寶搶說道：「倪新用一個小大姐來浪，耐看阿好？」說著，高聲叫阿巧。

阿巧應聲從秀英房裡過來，站立一邊。樸齋打量這小大姐面龐廝熟，一時偏想不起。忽想著阿巧名字，方想起來，問他：「阿是來浪衛霞仙搭出來？」阿巧道：「衛霞仙搭做歇❷兩個月，故歇來浪張蕙貞搭出來。耐陸裡看見我，倒忘記脫哉啘。」樸齋卻不說出，付之一笑。秀英、二寶亦未盤問。

---

❶ 睏著來浪：睡著了。

❷ 做歇：做過。

大家又講起適才檯面上情事。樸齋問：「叫仔幾個局？」秀英道：「俚哚一人叫一個，倪看仔，才無啥好。」二寶道：「我說倒是么二浪兩個稍微好點。」樸齋問：「新弟阿曾叫？」秀英道：「新弟無工夫，也勿曾來。」樸齋問：「瑞生阿哥叫個啥人？」二寶道：「叫陸秀寶，就是俚末，稍微好點。」樸齋吃驚道：「阿是西棋盤街聚秀堂裡個陸秀寶？」秀英、二寶齊聲道：「正是，耐陸裡曉得嗄？」樸齋只是訕笑，如何敢說出來。秀英笑道：「上海來仔兩個月，倌人、大姐倒撥耐才認得個哉。」二寶鼻子裡哼了一聲道：「認得點倌人、大姐末，阿算啥體面嗄。」

樸齋不好意思，趔趄著腳兒退出亭子間，卻輕輕溜進秀英房中。只見施瑞生橫躺在煙榻上打鼾，滿面醺醺然都是酒氣。前後兩盞保險燈，還集得高高的，映著新糊花紙，十分耀眼。中間方桌罩著一張晃晃圓檯面，尚未卸去。門口傍邊掃攏一大堆西瓜子殼及雞、魚、肉等骨頭。樸齋不去驚動，仍就下樓，歸至自己房間。那相幫早直挺挺睡在旁邊板床上。樸齋將床前半桌上油燈心撥亮，便自寬衣安置。

比及一覺醒來，日光過午。樸齋慌的爬起，相幫給他舀盆水，洗過臉，阿巧即來說道：「請耐樓浪去呀。」樸齋跟阿巧到樓浪秀英房裡，施瑞生正吸鴉片煙，雖未抬身，也點首招呼。秀英、二寶同在外間梳頭。須臾，阿巧請過趙洪氏，取五副杯筷，擺在圓檯。相幫搬上一大盤，皆是席間剩菜，係爋蹄、套鴨、南腿、鯽魚四大碗，另有一大碗雜拌，乃各樣湯炒小碗相併的。瑞生、洪氏、樸齋隨意坐定，秀英、二寶新妝未成，並穿著藍洋布背心，額角邊叉起兩隻骨簪攔住鬢髮，聯步進房。瑞生舉杯說：「請。」秀英、二寶堅卻不飲，令阿巧盛飯來，與洪氏同吃，惟樸齋對酌相陪。

樸齋呷酒在口，攢眉道：「酒忒燙哉。」瑞生道：「我好像有點傷風，燙點倒無啥。」秀英道：「耐自家勿好啘，阿巧來喊耐，教耐床浪去睏，耐為啥勿睏嗄？」二寶道：「倪兩家頭睏來浪外頭房間裡，天亮仔還聽見耐咳嗽，耐一榦子來浪做啥？」瑞生微笑不言。洪氏因嘮叨道：「大少爺，耐末身體也嬌寡❸點，耐自家要當心個哩！像前日夜頭，天亮辰光耐再要轉去，阿冷嗄？來裡該搭蠻好啘。」瑞生整襟作色道：「無姆說得勿差呀，倪陸裡曉得當心嗄，自家會當心仔倒好哉。」秀英道：「耐傷風末，酒少吃點罷。」二寶道：「阿哥也覅吃哉。」瑞生、樸齋自然依從。

大家吃畢午飯，相幫、阿巧上前收拾。樸齋早溜去樓下廚房，胡亂絞把手巾揩了，手持一支水煙筒踱出客堂，擱起腿膀，巍然獨坐。心計如何借個端由出門逛逛，以破岑寂。正在顛思倒想之際，忽然有人敲門。樸齋喝問何人，門外接應，聽不清楚，只得丟下水煙筒親去開看。誰知來者不是別人，即係樸齋的嫡親娘舅洪善卿。樸齋登時失色，叫聲「娘舅」，倒退兩步。善卿毫不理會，怒吽❹吽喝道：「喊耐無姆來！」樸齋喏喏連聲，慌的通報。那時秀英、二寶打扮齊整，各換一副時式行頭，奉洪氏陪瑞生閑談。樸齋訴說善卿情形，瑞生、秀英心虛氣餒，不敢出頭。二寶恐母親語言失檢，跟隨洪氏下樓，見了善卿。

善卿不及寒暄，盛氣問洪氏道：「耐阿是年紀老仔昏脫哉！耐故歇勿轉去，再要做啥？該搭清和坊，耐曉得是啥場花嗄？」洪氏道：「倪是原要轉去呀，巴勿得故歇就轉去末最好。就為仔個秀英小姐再要白相兩日，看兩本戲，坐坐馬車，買點零碎物事。」二寶在旁聽說得不著筋節❺，忙搶步上前叉住道：

❸ 嬌寡：吳語。單薄；嬌弱。

❹ 吽：同「吼」。

「娘舅，勿呀，倪無娒是……」剛說得半句，被善卿拍案叱道：「我搭耐無娒講閑話，挨勿著耐來說！耐自家去照照鏡子看，像啥個樣子，覅面孔個小娘仵❻！」二寶吃這一頓搶白，羞得兩頰通紅，掩過一傍嚶嚶細泣。

洪氏長吁一聲，慢慢接說道：「難末❼，俚哚個瑞生阿哥末，也忒啥個要好❽哉。」善卿聽說，更加暴跳如雷，哚腳大聲道：「耐再要說瑞生阿哥，耐囡仵❾撥俚騙得去哉，耐阿曉得？」連問幾遍，直問到洪氏臉上，洪氏也嚇得目瞪口呆，說不下去。大家嘿嘿無言。樓上秀英聽得作鬧，特差阿巧打探。阿巧見樸齋躲在屏門背後暗暗窺覷，也縮住腳，聽客堂中竟沒有一些聲息。

隔了半日，善卿氣頭過去，向洪氏朗朗道：「我要問耐，耐到底想轉去勿想轉去？」洪氏道：「為啥勿想轉去嗄！難❿教我那价轉去哩？四五年省下來幾塊洋錢，撥個爛料⓫去撩完哉。故歇倪出來，再用空仔點，連盤費也勿著杠啘。」善卿道：「盤費有來裡，耐去叫隻船，故歇就去。」洪氏頓住口，躊躇道：「轉去是最好哉。不過有仔盤費末，秀英小姐搭借個三十洋錢，也要還撥俚個啘。到仔鄉下屋裡

---

❺ 筋節：說話的關鍵和分寸。

❻ 小娘仵：小女孩。然此有罵人的意味。

❼ 難末：吳語中的語氣詞。有「那麼」、「這下」等意。此處頗難確切說明。

❽ 要好：此有太熱情、親熱之意。

❾ 囡仵：女兒。

❿ 難：這下；這。

⓫ 爛料：吳語。敗家子；沒出息的東西。

響，大半年個柴米油鹽，一點點無撥，故末搭啥人去商量嗄？」善卿著實嘆口氣道：「耐說來說去末，總歸勿轉去個哉。我也無啥大家當來照應外甥，隨便做啥，勿關我事。從此以後，覅來尋著我，坍我臺。耐總算無撥我該個兄弟⑫！」說畢起身，絕不回頭，昂藏⑬徑去。洪氏攤在椅上，氣個發昏。二寶將手帕遮臉，嗚咽不止。

樸齋、阿巧等善卿去遠，方從屏門背後出來，樸齋蚩蚩⑭侍立，欲勸無從。阿巧訝道：「我道仔啥人？是洪老爺啘。啥實概嗄！」洪氏令阿巧關上大門，喚過二寶，說：「倪樓浪去。」樸齋在後跟隨，一淘上樓，仍與瑞生、秀英會坐。秀英先問洪氏：「阿要轉去？」洪氏道：「轉去是該應轉去，娘舅個閑話終究勿差。我算末，倒難哩！」二寶帶泣嚷道：「無娒末再要說娘舅好！娘舅單會埋冤倪兩聲，說到仔洋錢就勿管帳，去哉。」樸齋趁口道：「娘舅個閑話也說得稀奇，妹妹一淘坐來浪，倒說道：『撥來人騙仔去哉。』騙到陸裡去嗄？」瑞生冷笑道：「勿是我來裡瞎說，耐哚個娘舅真真豈有此理！倪朋友淘⑮裡，間架辰光也作興通融通融，耐做仔個娘舅，倒勿管帳。該號娘舅就勿認得俚也無啥要緊。」大家議論一番，丟過不提。

瑞生重複解勸二寶，安慰洪氏，並許為樸齋尋頭生意⑯，然後告辭別去。秀英挽留不住，囑道：「晚

---

⑫ 耐總算句：你也只算沒有我這個兄弟。

⑬ 昂藏：氣宇軒昂。此有「氣呼呼」之意。

⑭ 蚩蚩：敦厚貌。一說無知貌。

⑮ 朋友淘：朋友之間。

歇原到該搭來吃夜飯。」瑞生應諾，下樓出門。行過兩家門首，猛然間一個絕俏的聲音喊：「施大少爺！」瑞生抬頭一望，原來是袁三寶在樓窗口叫喚，且招手道：「來坐歇哩。」瑞生多時不見三寶，不料長得如此豐滿，想要趁此打個茶會，細細品題。可巧另有兩個客人劈面迎來，趔進袁三寶家，直上樓去。瑞生因而止步。袁三寶亦不再邀，回身轉面，接見兩個客人。三寶只認得一個是錢子剛，問那一個尊姓，說是姓高。茶煙、瓜子，照例敬過。及坐談時，錢子剛趕著那姓高的叫亞白哥，三寶想著京都雜劇中送親演禮這齣戲，不禁格聲一笑。子剛問其緣故，三寶掩口胡盧⑰，那高亞白倒不理會。

俄延片刻，高亞白、錢子剛即起欲行，袁三寶送至樓梯邊。兩人並肩聯袂，緩步逍遙，出清和坊轉四馬路。經過壺中天大菜館門首，錢子剛請吃大菜，高亞白應承進去。揀定一間寬窄適中的房間，堂倌呈上筆硯。子剛略一凝思，隨說：「我去請個朋友來，陪陪耐。」寫張請客票，付與堂倌。亞白見寫的是方蓬壺，問：「阿是蓬壺釣叟？」子剛道：「正是，耐啥認得俚個哉？」亞白道：「勿為仔⑱俚喜歡做詩，新聞紙浪時常看見俚大名。」不多時，堂倌回說：「請客就來。」

子剛再要開局票，問亞白：「叫啥人？」亞白顰蹙⑲道：「隨便末哉。」子剛道：「難道上海幾花倌人，耐一個也看勿對？耐心裡要那介一個人？」亞白道：「我自家也說勿出，不過我想：俚哚做仔倌

---

⑯ 尋頭生意：猶言找一份活幹。

⑰ 胡盧：喉間的笑聲。猶言喉中發出笑聲。

⑱ 勿為仔：不就因為。

⑲ 顰蹙：皺眉蹙額。形容不樂。

人，『幽嫻貞靜』四個字用勿著個哉，或者像王夫人之林下風，卓文君之風流放誕，庶幾近之。」子剛笑道：「耐實概大講究，上海勿行個。我先勿懂耐閑話。」亞白也笑道：「耐也何必去懂俚。」說時，方蓬壺到了。亞白見他花白髭鬚，方袍朱履，儀表倒也不俗。蓬壺問知亞白姓名，呵呵大笑，豎起一隻大指道：「原來也是個江南大名士。幸會，幸會！」亞白他顧不答。

子剛先寫蓬壺叫的尚仁里趙桂林，及自己叫的黃翠鳳兩張局票。亞白乃道：「今朝去過歇三家，才去叫仔個局罷。」子剛因又寫了三張，係袁三寶、李浣芳、周雙玉三個。接著取張菜單，各揀愛吃的開點幾色，都交堂倌發下。蓬壺笑道：「亞白先生可謂博愛矣。」子剛道：「勿是呀，俚個書讀得來忒啥通透⑳哉，無撥對景㉑個倌人，隨便叫叫。」蓬壺抵掌道：「早點說個哩，有一個來浪，包耐巒對㉒。」子剛道：「啥人嗄？去叫得來看。」蓬壺道：「來浪兆富里，叫文君玉，客人為仔俚眼睛高㉓，勿敢去做，賽過留以待亞白先生個品題。」亞白因說得近情，聽憑子剛寫張局票後添去叫。

須臾，吃過湯、魚兩道，後添局倒先至。亞白留心打量那文君玉，僅二十許年紀，滿面煙容，十分消瘦，沒甚可取之處。不解蓬壺何以劇賞。蓬壺向亞白道：「耐晚歇去看看君玉個書房，故末收作得出色。該面一埭㉔，才是書箱；一面四塊掛屏，客人送撥俚個詩才裱來浪。上海堂子裡陸裡有嗄！」亞白

⑳ 通透：通徹透闢。
㉑ 對景：對路；相配。此有「對味」之意。
㉒ 巒對：相配。
㉓ 眼睛高：眼界高。

聽說，恍然始悟，爽然若失。文君玉接嘴道：「今朝新聞紙浪，勿曉得啥人有兩首詩送撥我。」蓬壺道：「故歇上海個詩，風氣壞哉。耐倒是請教高大少爺做兩首出來，替耐揚揚名，比俚哚好交關㉕哚。」亞白大聲喝道：「覅說哉，倪來搳拳。」子剛應聲出手，與亞白對壘交鋒。蓬壺獨自端坐，搖頭閉目，不住咿唔，亞白知道此公詩興陡發，只好置諸不睬。

迨至十拳搳過，子剛輸的，正要請蓬壺捉亞白贏家，蓬壺忽然呵呵大笑，取過筆硯，一揮而就，雙手奉上亞白道：「如此雅集，不可無詩；聊賦俚言，即求法正。」亞白接來看那張紙，本是洋紅單片，把詩寫在粉背的，便道：「蠻好一張請客票頭，阿是外國紙？倒可惜。」說畢，隨手撩下。子剛恐蓬壺沒意思，取那詩朗念一遍，蓬壺還幫著拍案擊節。亞白不能再耐，向子剛道：「耐請我吃酒呀，我故歇吃來浪個酒，要還撥耐哉哩！」子剛一笑，搭訕道：「我再搭耐搳十記。」亞白說好。這回是亞白輸了，只為出局陸續齊集，七手八腳，爭著代酒，亞白自己反沒得吃。

文君玉代過一杯酒，先去。蓬壺揣知亞白並不屬意於文君玉，和子剛商量道：「倪兩家頭總要替俚尋一個對景點末好，勿然未免辜負仔俚個才情哉唲。」子剛道：「耐去替俚尋罷，該個媒人，我做勿來。」黃翠鳳插嘴道：「倪搭新來個諸金花，阿好？」子剛道：「諸金花，我看也無啥好。俚陸裡對嗄。」亞白道：「耐閑話先說差哉，我對勿對㉖，倒勿在乎好勿好。」子剛道：「价末倪一淘去看看也

㉔ 該面一埭：這面一排。

㉕ 好交關：好許多。交關，吳語。很；許多。

㉖ 我對勿對：意為「與我對不對味」。

無啥。」當下吃畢大菜，各用一杯咖啡，倌人、客人一哄而散。

蓬壺因趙桂林有約，同亞白、子剛步行進尚仁里，然後分別。方蓬壺自往趙桂林家。高亞白、錢子剛並至黃翠鳳家。翠鳳轉局未歸，黃珠鳳、黃金鳳齊來陪坐。子剛令小阿寶喊諸金花來，小阿寶承命下去。子剛先向亞白訴說諸金花來由，道：「諸金花末，是翠鳳娘姨諸三姐個討人。諸三姐親生囡仵，叫諸十全，做著姓李個客人。借仔三百洋錢，買個諸金花，故歇寄來裡該搭㉗。過仔節，到么二浪去哉。」話未說完，諸金花早來了，敬畢瓜子，侍坐一傍，亞白見他眉目間有一種淫賤之相，果然是么二人材，兼之不會應酬，坐了半日，寂然無言。亞白坐不住，起身告別。子剛欲與俱行，黃金鳳慌的攔住道：「姐夫覅去哩，阿姐要說個呀。」子剛沒法，只得送高亞白先去。

金鳳請子剛躺在榻床上，自去下手取簽子給子剛燒鴉片煙。子剛一面吸煙，一面和金鳳講話。吸過三五口，只聽得樓下有轎子進門，直至客堂停下，料道是黃翠鳳回家。翠鳳回到房裡，換去出局衣裳，取根水煙筒，向靠窗高椅而坐，不則一聲，金鳳乖覺，竟拉了黃珠鳳同過對面房間，只有諸金花還呆臉兀坐，如木偶一般。

第三一回終。

㉗ 寄來裡該搭：寄住在這裡。

第三二回　諸金花效法受皮鞭　周雙玉定情遺手帕

按，黃翠鳳未免有些祕密閑話要和錢子剛說，爭奈諸金花坐在一傍，可厭已甚。翠鳳眼睜睜看他半日，不禁好笑，問道：「耐坐來浪做啥？」金花道：「錢大少爺喊我上來個呀。」翠鳳方才會意，卻嘆口氣道：「錢大少爺喊耐上來末，替耐做媒人❶呀，耐阿曉得嗄？」金花茫然道：「錢大少爺勿曾說啘。」翠鳳冷笑道：「也好哉！」子剛連忙搖手道：「耐勦怪俚。高亞白個脾氣，我原說勿對個，一歇歇坐勿定，教俚也無處去應酬。」翠鳳別轉臉道：「要是我個討人像實概樣式，定歸一記拗殺❷仔拉倒！」子剛婉言道：「耐要教教俚個哩。俚坎坎出來，勿曾做歇生意末，陸裡會嗄。」翠鳳從鼻子裡嘆出一聲道：「看仔倪娘姨要打俚，乃末好像作孽❸。陸裡曉得打過仔，隨便搭俚去說啥閑話，俚總歸勿聽耐個哉，耐說阿要討氣！」金花忙答道：「阿姐說個閑話我才記好來裡，要慢慢交學起來個呀。阿對嗄？」翠鳳倒又笑而問道：「耐來浪學啥嗄？」金花堵住口，說不出，子剛亦自粲然❹。

❶ 做媒人：實為介紹嫖客。
❷ 拗殺：擰死。拗，向反方向或不順的方向旋轉。
❸ 作孽：吳語。有可憐、罪過之意。
❹ 粲然：盛笑貌。

翠鳳吸過兩口水煙，慢慢的向子剛道：「俚個人生來是賤坯。俚見仔打末也怕個，价末耐巴結點個哩。碰著俚哉啘，說一聲，動一動。」說著，轉向金花道：「我搭耐說仔罷，照實概樣式，好好交要打兩轉得哩！」金花聽說，嗚咽飲泣，不敢出聲。翠鳳卻也有些憐惜之心，復嘆口氣道：「耐做討人，還算耐運氣。碰著仔倪個無娒，耐去試試看。珠鳳比仔耐再要乖❺點，覅說啥打兩記，纏纏腳❻末，腳指頭就沓脫❼仔三隻！」金花仍一聲兒不言語。翠鳳且自吸水煙，良久，又向子剛道：「論起來，俚哚做老鴇，該❽仔倪討人，要倪做生意來吃飯個呀。倪生意勿會做，俚哚阿要餓煞？生來要打哉啘。倪生意好仔點，俚哚阿敢打嗄？該應來拍拍倪馬屁。就是像俚乃鏟頭❾倌人，替老鴇做仔生意，再要撥老鴇打，我總勿懂俚乃為啥實概賤嗄！」

說話之時，只聽得樓下再有一肩轎子進門，接著外場報說：「羅老爺來。」黃金鳳早於樓梯邊迎接，叫聲：「姐夫，該搭來哩。」羅子富徑往對過房間。這裡錢子剛即欲興辭，黃翠鳳一把拉住，喝令諸金花對過去陪陪。金花去後，子剛方悄問翠鳳道：「耐阿曾搭無娒說歇？」翠鳳道：「勿曾，故歇去說。常恐說閒架❿仔，倒勿好。過仔節，再看。該搭事體耐覅管。閑話末，我自家來說。羅個出仔身價⓫，

❺ 乖：聰敏；機靈。

❻ 纏纏腳：指纏足。

❼ 沓脫：吳語。掉；丟失。

❽ 該：吳語。有。此有「買來」之意。

❾ 鏟頭：孱頭；懦弱無用之人。

❿ 閒架：尷尬。此句意為「怕把話說僵了」。

耐替我衣裳、頭面、家生辦舒齊仔好哉。」子剛應諾，遂行。

翠鳳並不相送，放下水煙筒，向簾前喊道：「過來末哉。」於是金鳳手挈羅子富，珠鳳跟在後面，小阿寶隨帶茶碗及脫下的衣裳，一齊擁至房裡。惟諸金花去樓下為黃二姐作伴。子富見壁上掛鐘敲了十下，因告訴翠鳳明晨有事，要早點轉去睏覺。翠鳳道：「就該搭耐也早點睏末哉啘。我有閑話搭耐說，覅轉去。」子富自然從命，令高升和轎班回寓。翠鳳喊趙家姆來收拾停當，打發子富睡下。趙家姆暨金鳳、珠鳳、小阿寶陸續散出，翠鳳料定沒有出局，也就安置。在被窩中，與子富交頭接耳，商量多時，不必明敘。

高升知道次日某宦家喜事，借聚豐園請客，主人須去道喜，故絕早打轎子伺候。等到子富起身，乘轎往聚豐園，已是冠裳滿座，燈彩盈門。吃過喜宴，子富不復坐轎，約同陶雲甫、陶玉甫、朱藹人、朱淑人兩家弟兄出聚豐園，散步閑行。適遇洪善卿，拱手立談。朱藹人忽想起一事，只因聽見湯嘯庵說，善卿引著兄弟淑人曾於周雙玉家打茶會，恐淑人年輕放蕩，難於防閑，有心要試試他，便和洪善卿說：「好幾日勿看見貴相知，阿好一淘去望望俚？」善卿亦知其意，欣然願導。陶雲甫道：「倪勿去哉哩，幾花人跑得去⑫，算啥嗄？」朱藹人道：「我有道理，勿礙⑬個。」

當時洪善卿領了羅子富及陶、朱弟兄共是六人，並至公陽里周雙珠家。雙珠見這許多人，不解何故，

---

⑪ 出仔身價：即指開出身價。

⑫ 幾花人句：意為「許多人一起去」。跑，在吳語中，常為「走」之意。

⑬ 勿礙：不礙事。

迎見請坐，復喊過周雙玉來。朱藹人一見雙玉，即向淑人道：「耐叫仔兩個局，勿曾吃歇酒，今朝朋友齊來裡⑭，我替耐喊個檯面下去，請請俚哚。」朱淑人應又不好，不應又不好，忸怩一會，不覺紅漲於面。羅子富最為高興，連說：「蠻好，蠻好。」催大姐巧囡：「快點去喊哩！」淑人著急，立起身來阻擋道：「倪阿是到館子浪去吃？叫個局罷。」子富嚷道：「館子浪倪覅吃，該搭好。」不由分說，徑令巧囡去喊：「就故歇擺起來。」

陶雲甫向朱藹人道：「耐個老阿哥倒無啥，可惜淑人勿像耐會白相。倪玉甫做仔耐兄弟，故末一淘白相相，對景哉！」陶玉甫見說到自己，有些不好意思。朱藹人正色道：「倪住家來裡夷場浪，索性讓俚哚白相相，從小看慣仔，倒也無啥要緊。勿然，一逕關來哚書房裡，好像蠻規矩；放出來仔，來勿及個去白相，難末倒壞哉。」洪善卿接說道：「耐閑話是勿差，价末也要看人碼⑮。淑人末，無啥要緊。倘然喜歡白相個人⑯，終究白相勿得。」說得朱淑人再坐不住，假做看單條字畫，掩過一邊，匿面向壁。連周雙玉亦避出房外。周雙珠笑道：「俚哚兩家頭一樣個脾氣，閑話末一聲無撥，肚皮裡蠻乖來浪。」大家呵呵一笑，剪住話頭。

迨至檯面擺好，阿金請去入席，眾人方踅過對面周雙玉房間，即時發局票，起手巾，無須推讓，隨意坐定。朱淑人雖係主人，也不敬酒，也不敬菜，竟自斂手低頭嘿然危坐。周雙玉在旁，也只說得一句：

⑭ 齊來裡：齊集在這裡。
⑮ 人碼：即人。吳語中常如此講。
⑯ 倘然句：如果是喜歡玩的人。

「請用點。」眾人舉杯道謝，淑人又含羞不應。阿德保奉上第一道魚翅，眾人已自遍嘗，獨淑人不曾動箸。羅子富笑道：「耐個主人，要客人來請耐個。」因即擎起牙筷，連說：「請，請，請。」羞得淑人越發回頭去。朱藹人道：「耐越是去說俚，俚越勿好意思，索性等俚歇罷。」為此朱淑人落得一概不管，幸有本堂局周雙珠在座，代為應酬，頗不寂寞。一時黃翠鳳、林素芬、覃麗娟、李漱芳陸續齊集，羅子富首先擺莊，賓主雖止六人，也覺興致勃勃。

朱淑人捉空斜過眼梢，望後偷覷，只見周雙玉也是嘿然危坐，袖中一塊玄色熟羅手帕拖出半塊在外。淑人趁檯面上搳拳熱鬧，暗暗伸過手去要拉他手帕，被雙玉覺著，忙將手帕縮進袖中，依然不睬。淑人沒奈何，自己去腰裡解下一件翡翠猴兒扇墜，暗暗遞過雙玉懷裡，雙玉縮手不迭。淑人只道雙玉必然接受，將手一放，那猴兒便滴溜溜滾落樓板上。周雙珠聽見聲響，即問：「沓脫仔啥物事？」令巧囡去桌下尋覓。淑人心慌，親自去拾。不料雙玉一腳踹住那猴兒，遮在褲腳管內，推說：「無啥。」隨取酒壺，轉令巧囡去添酒，因此掩飾過去。

適臨著淑人打莊，羅子富伸拳候教。淑人匆促應命，連輸五拳。淑人取酒欲飲，忽聽周雙珠高聲喚道：「雙玉哩⑰，來代酒呀。」淑人回身去看，果然周雙玉已不在座，連樓板上翡翠猴兒也不知去向，淑人始放下心。巧囡適取酒進房，代飲兩杯，再喚雙玉來代。雙玉代過酒，仍是嘿然危坐。淑人再去偷覷，只見雙玉袖中另換一塊湖色熟羅手帕，也拖出半塊在外。淑人會意，又暗暗伸過手去要拉。雙玉正呆著臉看檯面上搳拳，全不覺得，竟為淑人所得。揣在懷裡，不勝之喜。意欲出席，背地取那手帕來賞

---

⑰ 哩：語助詞。此有「呢」意。

鑒賞鑒，又恐別人見疑，姑且忍耐。無如羅子富興致愈高，自己擺莊之後，定要每人各擺一莊。後來陶

玉甫不勝酒力，和李漱芳先行。林素芬、覃麗娟隨後告辭。黃翠鳳上前撤去酒杯，按住羅子富不許再鬧，方才散席。

黃翠鳳催著羅子富同去。朱藹人、陶雲甫向榻床對面躺下，吸煙閑談。洪善卿踅過周雙珠房間。剩下朱淑人獨自一個溜出客堂，掏取懷裡那手帕隨手一抖，好像一股熱香氤氳噴鼻，仔細一聞，卻又沒有什麼。淑人看那手帕，乃是簇新的湖色熟羅，四圍繡著茶青狗牙針，不知是否雙玉所繡，翻來覆去，騃⑱想一回，然後折疊起來，藏好在荷包袋內。正欲轉身，忽見周雙玉立在屏門背後，偷覷微笑。淑人又含羞要避，雙玉點首相招，淑人喜出望外，急急趕去。雙玉卻沉下臉咕嚕道：「耐該搭認得哉呀，同仔幾花人來做啥？」淑人低聲陪笑道：「价末歇兩日我一幹仔來。」雙玉道：「耐有幾花事體嗄，忙得來，再要歇兩日！」淑人告罪道：「說差哉，明朝來，明朝定歸來。」雙玉始不言語，淑人亦就回房。

朱藹人、陶雲甫各吸兩口煙，早是上燈時候，叫過洪善卿來，並連朱淑人相約同行。周雙珠、周雙玉並送至樓梯邊而別。雙珠歸到自己房間，雙玉跟在後面。雙珠不解其意，相與對坐於煙榻之上。雙玉先自靦腆而笑，取出那翡翠猴兒給阿姐看。雙珠看那猴兒，渾身全翠，惟頭是羊脂白玉，胸前捧著一顆仙桃，卻是翡色。再有兩點黑星，可巧雕作眼睛。雖非希罕寶貝，料想價值匪輕。問雙玉道：「阿是五少爺送撥耐哉？」雙玉不答，僅點點頭。雙珠笑道：「故是送撥耐個表記⑲，拿去坑好來浪⑳。」雙玉

⑱ 騃：呆。

⑲ 表記：信物；紀念品。

臉色一雌㉑，叫聲「阿姐」，央及道：「覅撥洪老爺曉得哩。」雙珠問：「為啥？」雙玉道：「洪老爺要告訴俚哚屋裡個呀。」雙珠道：「洪老爺末，為啥去告訴俚哚屋裡嗄？」雙玉吶吶然說不出口。雙珠舉兩指頭點了兩點，笑道：「耐末真真是外行！耐做五少爺，是坎坎做起呀，告訴仔洪老爺末，隨便啥拜託拜託。倘然五少爺勿來，也好教洪老爺去請，阿是蠻好？為啥要瞞俚嗄？」雙玉道：「价末阿姐搭洪老爺說一聲，阿好？」雙珠沉吟道：「我說也無啥。就不過五少爺個閑話，耐才要說出來，故末我替耐說。」雙玉道：「五少爺勿說啥，就說是明朝來。」雙珠沉吟不語。

雙玉取那翡翠猴兒復欣欣然下樓，到周蘭房間裡，要給無姆看。只見周蘭躺在榻床上沉沉閉目，煙迷正濃。周雙寶爬在榻床前燒煙。雙玉不敢驚動，正要退出。不想周蘭並未睡著，睜眼叫住，問雙玉：「啥事體？」雙玉為雙寶在旁，不肯顯然呈出，含糊混過。周蘭只道雙玉又要說雙寶的不是，因支使雙寶出房。雙寶去後，雙玉然後近前，靠著周蘭腿膀，遞過那翡翠猴兒。周蘭擎在掌中嘖嘖稱贊。

雙玉滿心歡喜，待要訴說朱淑人如何情形，忽聽得樓梯上咭咭咯咯，是雙寶腳聲上樓。雙玉急急的收起猴兒，辭了周蘭，捏手捏腳，一直跟到樓上。雙寶徑進雙珠房間，雙玉悄立簾下，暗中竊聽。聽那雙寶帶哭帶說道：「我碰著仔前世裡冤家！剛剛反仔一泡，故歇呷來浪說我啥。我是定歸活勿落㉒個哉！」雙珠道：「俚勿是說耐哩。」雙寶道：「啥勿是嗄！勿是末，為啥教我走開點。」雙玉聽到這裡，

⑳ 坑好來浪：藏好了。坑，吳語。藏。
㉑ 雌：猶言「變」。
㉒ 活勿落：活不下去。

好似一盆焰騰騰炭火端上心頭，欻地掀簾，挺身進去，向靠壁高椅一坐，盛氣說道：「我搭無娒說句閑話，阿是耐勿許我說？我就依仔耐，從此以後，終勿到無娒房間裡去說一聲閑話末哉，阿好？」雙珠厭聞口舌㉓，攢眉嗔道：「啥要緊嗄！」一面調開雙寶，一面按住雙玉。雙玉見阿姐如此，亦就隱忍。

晚餐以後，大家忙亂出局。及十點多鐘，雙珠先回。洪善卿吃得醉醺醺的，接踵而至。雙珠令阿金泡一碗極釅的雨前茶給善卿解渴，隨意講說。提起朱淑人和雙玉來，雙珠先嗤的一笑，然後說道：「故歇個清倌人，比仔渾倌人㉔花頭再要大。耐一淘來裡檯面浪，阿是勿曾曉得？」善卿問故，雙珠遂將淑人贈翡翠扇墜與雙玉之事，細述一遍。善卿道：「雙玉也好做大生意哉，就讓俚來點仔大蠟燭罷。」雙珠道：「好個，耐做媒人哉啘。」善卿道：「媒人耐去做，我末幫幫耐好哉。」雙珠應諾。計議已定，一宿無話。

次日午牌時分，善卿、雙珠同時起身，洗了臉，吃些點心，阿金即送上一張請客票頭。善卿看是王蓮生的，請至張蕙貞家面商事件，遂令傳說：「曉得哉。」善卿就要興辭，雙珠囑付：「晚歇來。」善卿道：「晚歇淑人來，我間架頭㉕，倒是勿來個好。」雙珠想也不差。

善卿乃離了周雙珠家，出公陽里，經同安里，抄到東合興張蕙貞家。上樓進房，那張蕙貞還蓬著頭給王蓮生燒鴉片煙。蓮生迎見善卿，當令娘姨去叫菜吃便飯。善卿坐下，蓮生授過一篇帳目，託善卿買

㉓ 厭聞口舌：討厭聽到爭吵。口舌，爭吵。

㉔ 渾倌人：已非處女的妓女。與清倌人相對。

㉕ 間架頭：尷尬。

辦。善卿見開著一副翡翠頭面，件件俱全，注明皆要全綠。善卿道：「翡翠物事，我搭耐一淘去買個好。推扳點㉖百十洋錢，也是一副頭面。倘然要好個，再要全綠，常恐要千把哚哩。」蕙貞插嘴道：「我說一千洋錢還勿夠哩。耐去算哩，一對釧臂末，就幾百洋錢，也勿稀奇啘。」善卿問蕙貞：「阿是耐要買？」蕙貞倒笑起來道：「洪老爺說笑話哉，倪末，阿配嗄？金個還勿曾全哩，要翡翠個做啥？」善卿料知是為沈小紅辦的了。

當時蕙貞去客堂窗下梳頭，蓮生躺在榻床上吸煙。善卿移坐下手，問蓮生道：「沈小紅搭，耐今年用脫仔勿少哉呀，再要辦翡翠頭面撥俚？」蓮生蹙額不語。善卿道：「我說耐就回頭仔俚，也無啥。」蓮生嘆口氣道：「耐先搭俚辦兩樣再說。」善卿度不可諫，不若見機緘口為妙。須臾，娘姨搬上聚豐園叫的四隻小碗，並自備的四隻葷碟，又燙了一壺酒來，蓮生請善卿對坐小酌。

第三二回終。

㉖ 推扳點：差一點的。

第三三回　高亞白填詞狂擲地　王蓮生醉酒怒沖天

按，洪善卿、王蓮生吃酒中間，善卿偶欲小解；小解回來，經過房門首，見張蕙貞在客堂裡點首相招，善卿便踱出去。蕙貞悄地說道：「洪老爺難為耐，耐去買翡翠頭面，就依俚一副買全仔。王老爺怕個沈小紅，真真怕得無淘成個哉！耐勿曾看見，王老爺臂膊浪，大膀❶浪，撥沈小紅指甲掐得來才是個血；倘然翡翠頭面勿買得去，勿曉得沈小紅再有啥刑罰要辦❷俚哉！耐就搭俚買仔罷，王老爺多難為兩塊洋錢倒無啥要緊。」

善卿微笑無言，嘿嘿歸座。王蓮生依稀聽見，佯做不知。兩人飲盡一壺，便令盛飯。蕙貞新妝已畢，即打橫相陪，共桌而食。飯後，善卿遂往城內珠寶店去。蓮生仍令蕙貞燒煙，接連吸了十來口，過足煙癮。自鳴鐘正敲五下，善卿已自回來，只買了釧臂、押髮兩樣，價洋四百餘元；其餘貨色不合，緩日續辦。蓮生大喜謝勞。

洪善卿自要料理永昌參店事務，告別南歸。王蓮生也別了張蕙貞，坐轎往西薈芳里，親手賚與沈小紅。小紅一見，即問：「洪老爺喤？」蓮生說：「轉去哉。」小紅道：「阿曾去買嗄？」蓮生道：「買

❶ 大膀：大腿。

❷ 辦：懲罰；責罰。

仔兩樣。」當下揭開紙盒，取翡翠釧臂、押髮，排列桌上，說道：「耐看，釧臂倒無啥，就是押髮稍微推扳點，倘然耐勿要末，再拿去調。」小紅正眼兒也不曾一覷，淡淡的答道：「勿曾全哩呀，放來浪末哉。」

蓮生忙依舊裝好，藏在床前妝臺抽屜內，復向小紅道：「再有幾樣末才勿好，勿曾買，停兩日我自家去揀。」小紅道：「倪搭是揀剩下來物事，陸裡有好個嗄！」蓮生道：「啥人揀剩下來❸？」小紅道：「价末為啥先要拿得去❹？」

蓮生著急，將出珠寶店發票，送至小紅面前，道：「耐看哩，發票來裡唲。」小紅撒手撩開道：「我勳看！」蓮生喪氣退下。阿珠適在加茶碗，呵呵笑道：「王老爺來裡張蕙貞搭，忒啥開心哉，也該應來吃兩聲閑話❺，阿對？」蓮生亦只得訕笑而罷。

維時天色晚將下來，來安呈上一張請客票頭，係葛仲英請去吳雪香家酒敘。蓮生為小紅臉色似乎不喜歡，趁勢興辭赴席。小紅不留不送，聽憑自去。

蓮生仍坐轎往東合興里吳雪香家，主人葛仲英迎見讓坐。先到者只有兩位，都不認識；通起姓名，方知一位為高亞白，一位為尹癡鴛。蓮生雖初次見面，早聞得高、尹齊名，並為兩江才子，拱手致敬，說聲：「幸會。」接著外場報說：「壺中天請客，說請先坐。」葛仲英因令擺起檯面來。王蓮生問請的

❸ 啥人句：意為「怎麼是揀剩下來的」。吳語中常有這類用法習慣。
❹ 先要拿得去：指先拿到張蕙貞處。
❺ 吃兩聲閑話：聽點難聽話。

何人，仲英道：「是華鐵眉。」這華鐵眉和王蓮生也有些世誼，葛仲英專誠請他，因他不喜熱鬧，僅請三位陪客。

等了一會，華鐵眉帶局孫素蘭同來。葛仲英發下三張局票，相請入席。華鐵眉問高亞白：「阿曾碰著意中人？」亞白搖搖頭。鐵眉道：「不料亞白多情人，竟如此落落寡合！」尹癡鴛道：「亞白個脾氣，我鑾明白來裡。可惜我勿做倌人，我做仔倌人，定歸要亞白生仔相思病，死來裡上海。」高亞白大笑道：「耐就勿做倌人，我倒也來裡想耐呀。」癡鴛亦自失笑道：「倒撥俚討仔個便宜。」華鐵眉道：「『人盡願為夫子妾，天教多結再生緣』，也算是一段佳話。」

尹癡鴛又向高亞白道：「耐討我便宜末，我要罰耐。」葛仲英即令小妹姐取雞缸杯。癡鴛道：「且慢！亞白好酒量，罰俚吃酒無啥要緊。我說酒末勿撥俚吃，要俚照張船山詩意再做兩首，比張船山做得好，就饒仔俚；勿好末，再罰俚酒。」亞白道：「我曉得耐要起我花頭❻，怪勿得堂子裡才叫耐『囚犯』。」癡鴛道：「大家聽聽看，我要俚做首詩，就罵我『囚犯』；倘然做仔學臺主考，要俚做文章，故是『烏龜』、『豬盧❼』才要罵出來個哉！」合席哄然一笑。

高亞白自取酒壺，篩滿一雞缸杯，道：「价末先讓我吃一杯，澆澆詩肚子。」尹癡鴛道：「故倒無啥，倪也陪陪耐末哉。」大家把雞缸杯斟上酒，照杯乾訖。尹癡鴛討過筆硯箋紙，道：「念出來，我來寫。」高亞白道：「張船山兩首詩，撥俚意思做完個哉，我改仔填詞罷。」華鐵眉點頭說是。於是亞白

❻ 起我花頭：在我身上出花樣；打我主意。

❼ 豬盧：豬玀。即豬。

念，癡鴛寫道：

先生休矣！諒書生此福，幾生修到？磊落鬚眉渾不喜，偏要雙鬟窈窕。撲朔雌雄，驪黃牝牡，交在忘形好。鍾情如是，鴛鴦何苦顛倒❽？

尹癡鴛道：「調皮得來，再要罰哩。」大家沒有理會。又念又寫道：

還怕妒煞倉庚❾，望穿杜宇❿，燕燕歸來杳。收拾買花珠十斛，博得山妻一笑。杜牧⓫三生，韋皋⓬再世，白髮添多少？回波一轉，驀驚畫眉⓭人老！

高亞白念畢，猝然問尹癡鴛道：「比張船山如何？」癡鴛道：「耐阿要面孔，倒真真比起張船山來哉！」亞白得意大笑。

王蓮生接那詞來，與華鐵眉、葛仲英同閱。尹癡鴛取酒壺，向高亞白道：「耐自家算好，我也勿管；

❽ 鴛鴦句：此為調侃尹癡鴛。癡諧「雌」，而鴛為雄，鴦為雌，故有這句。

❾ 倉庚：即黃鶯。

❿ 杜宇：即杜鵑。相傳為古蜀王杜宇之魂所化。春末夏初，常晝夜啼鳴，其聲哀切，啼至血出乃止。

⓫ 杜牧：唐代詩人。

⓬ 韋皋：唐代大臣。

⓭ 畫眉：出自唐代詩人朱慶餘閨意獻張水部詩：「洞房昨夜停紅燭，待曉堂前拜舅姑。妝罷低聲問夫婿，畫眉深淺入時無」。

不過『畫眉』兩個字，平仄倒仔轉來，要罰耐兩杯酒。」亞白連道：「我吃，我吃。」又篩兩雞缸杯，一氣吸盡。

葛仲英閱過那詞道：「百字令末句，平仄可以通融點。」亞白道：「癡鴛要我吃酒，我勿吃，俚心裡總歸勿舒齊，勿是為啥平仄。」華鐵眉問道：「『燕燕歸來杳』，阿用啥典故？」亞白一想道：「就用個東坡詩，『公子歸來燕燕忙』。」鐵眉默然。尹癡鴛冷笑道：「耐咿來浪騙人哉！耐是用個蒲松齡『此似曾相識燕歸來』一句呀，阿怕倪勿曉得。」亞白鼓掌道：「癡鴛可人⑭！」鐵眉茫然，問癡鴛道：「我勿懂耐閑話。『似曾相識燕歸來』，歐陽修、晏殊詩詞集中皆有之，與蒲松齡何涉？」癡鴛道：「耐要曉得該個典故，再要讀兩年書得哩。」亞白向鐵眉道：「耐覅要去聽俚，陸裡有啥典故。」癡鴛道：「耐說勿是典故，『入市人呼好快刀』，『回也何曾霸產』，用個啥嗄？」鐵眉道：「我倒要請教請教耐來浪說啥，我索性一點勿懂哉啘。」亞白道：「耐去拿聊齋誌異，查出蓮香一段來看好哉。」癡鴛道：「耐看完仔聊齋末，再拿里乘、閩小紀來看，故末『快刀』、『霸產』，包耐才懂。」

王蓮生閱竟，將那詞放在一邊，向葛仲英道：「明朝拿得去上來哚新聞紙浪，倒無啥。」仲英待要回言，高亞白急取那詞紛紛揉碎，丟在地下，道：「故末謝謝耐，覅去上！新聞紙浪有方蓬壺一班人，倪勿配個。」仲英問蓬壺釣叟如何，亞白笑而不答。尹癡鴛道：「教俚磨磨墨，還算好。」亞白道：「我是添香捧硯有耐癡鴛承乏個哉，蓬壺釣叟只好教俚去倒夜壺。」華鐵眉笑道：「狂奴故態！倪吃酒罷。」遂取齊雞缸杯，首倡擺莊。

⑭ 可人：有才德之人。亦指惹人喜愛之人。

其時出局早全。尹癡鴛叫的林翠芬，高亞白叫的李浣芳，皆係清倌人；王蓮生就叫對門張蕙貞。搳起拳來，大家爭著代酒。高亞白存心要灌醉尹癡鴛，概不准代。王蓮生微會其意，幫著攛弄癡鴛。不想癡鴛眼明手快，拳道最高，反把個蓮生先灌醉了。

張蕙貞等蓮生擺過莊才去，臨行時諄囑蓮生切勿再飲。無如這華鐵眉酒量尤大似高亞白，比至輪莊擺完、出局散盡之後，鐵眉再要行「拍七」酒令，在席只得勉力相陪。王蓮生糊糊塗塗，屢次差誤，接著又罰了許多酒，一時覺得支持不住，不待令完，竟自出席，去榻床躺下。華鐵眉見此光景，也就胡亂收令。葛仲英請王蓮生用口稀飯，蓮生搖手不用，拿起簽子，想要燒鴉片煙，卻把不準火頭，把煙都淋在盤裡。吳雪香見了，忙喚小妹姐來裝。蓮生又搖手不要，欻地起身拱手，告辭先行。葛仲英不便再留，送至簾下，吩咐來安當心伺候。

來安請蓮生登轎，掛上轎簾，擱好手版問：「陸裡去？」蓮生說：「西薈芳。」來安因扶著轎，徑至西薈芳里沈小紅家，停在客堂中。蓮生出轎，一直跑上樓梯。阿珠在後面廚房內，慌忙趕上，高聲喊道：「阿唷？王老爺，慢點哩！」蓮生不答，只管跑。阿珠緊緊跟至房間，笑道：「王老爺，我嚇得來，勿曾跌下去還算好！」

蓮生四顧不見沈小紅，即問阿珠。阿珠道：「常恐來浪下頭。」蓮生並不再問，身子一歪，就直挺挺躺在大床前皮椅上，長衫也不脫，鴉片煙也不吸，已自瞢騰睡去。外場送上水銚、手巾，阿珠低聲叫：「王老爺，揩把面。」蓮生不應。阿珠目示外場，只沖茶碗而去。隨後阿珠悄悄出房，將指甲向亭子間板壁上點了三下，說聲：「王老爺睏哉。」

此也是合當有事。王蓮生鼾聲雖高，並未著聰；聽阿珠說，詫異得很。只等阿珠下樓，蓮生急急起來，放輕腳步，摸至客堂後面。見亭子間內有些燈光，舉手推門，卻從內拴著的；周圍相度，找得板壁上一個鴿蛋大的橢圓窟窿，便去張覷。向來亭子間僅擺一張榻床，並無帷帳，一目了然。蓮生見那榻床上橫著兩人，摟在一處：一個分明是沈小紅；一個面龐亦甚廝熟，仔細一想，不是別人，乃大觀園戲班中武小生小柳兒。

蓮生這一氣非同小可，撥轉身搶進房間，先把大床前梳妝檯狠命一扳，梳妝檯便橫倒下來，所有燈臺、鏡架、自鳴鐘、玻璃花罩，乒乒乓乓，撒滿一地。但不知抽屜內新買的翡翠釧臂、押髮砸破不曾，並無下落。樓下娘姨阿珠聽見，知道誤事，飛奔上樓。大姐阿金大和三四個外場也簇擁而來。蓮生早又去榻床上掇起煙盤往後一摜，將盤內全副煙具、零星擺設，像撒豆一般，豁琅琅直飛過中央圓桌。阿珠拚命上前，從蓮生背後攔腰一抱。蓮生本自怯弱，此刻卻猛如虓虎⑮，那裡抱得住，被蓮生一腳踢倒，連阿金大都辟易⑯數步。

蓮生綽得煙槍在手，前後左右，滿房亂舞，單留下掛的兩架保險燈，其餘一切玻璃方燈，玻璃壁燈，單條的玻璃面，衣櫥的玻璃面，大床嵌的玻璃橫額，逐件敲得粉碎。雖有三四個外場，只是橫身攔勸，不好動手。來安暨兩個轎班只在簾下偷窺，並不進見。阿金大呆立一傍，只管發抖。阿珠再也爬不起來，只極的嚷道：「王老爺勳哩！」

⑮ 虓虎：咆哮怒吼的虎。虓，音ㄒㄧㄠ。

⑯ 辟易：退避；避開。

蓮生沒有聽見，只顧橫七豎八打將過去，重複橫七豎八打將過來。正打得沒個開交，突然有一個後生鑽進房裡，便撲翻身向樓板上「彭」、「彭」、「彭」磕響頭，口中只喊：「王老爺救救！王老爺救救！」蓮生認得這後生係沈小紅嫡親兄弟，見他如此，心上一軟，嘆了口氣，丟下煙槍，衝出人叢往外就跑。來安暨兩個轎班不提防，猛吃一驚，趕緊跟隨下樓。蓮生更不坐轎，一直跑出大門。來安顧不得轎班，邁步追去，見蓮生進東合興里，來安始回來領轎。

蓮生跑到張蕙貞家，不待通報，闖進房間，坐在椅上，喘做一團，上氣不接下氣。嚇得個張蕙貞怔怔的相視，不知為了什麼，不敢動問。良久，先探一句道：「檯面散仔歇哉？」蓮生白瞪著兩隻眼睛，一聲兒沒言語。蕙貞私下令娘姨去問來安，恰遇來安領轎同至，約略告訴幾句。娘姨復至樓上，向蕙貞耳朵邊輕輕說了，蕙貞才放下心，想要說些閑話替蓮生解悶，又沒甚可說，且去裝好一口鴉片煙請蓮生吸，並代蓮生解鈕扣，脫下熟羅單衫。蓮生接連吸了十來口煙，始終不發一詞。蕙貞也只小心伏侍，不去兜搭。約摸一點鐘時，蕙貞悄問：「阿吃口稀飯？」蓮生搖搖頭。蕙貞道：「价末睏罷⓱。」蓮生點點頭。蕙貞乃傳命來安打轎回去，令娘姨收拾床褥。蕙貞親替蓮生寬衣褪襪，相陪睡下。朦朧中但聞蓮生長吁短嘆，反側不安。

及至蕙貞一覺醒來，晨曦在牖，見蓮生還仰著臉，眼睜睜只望床頂發呆。蕙貞不禁問道：「耐阿曾睏歇嗄？」蓮生仍不答。蕙貞便坐起來，略挽一挽頭髮，重伏下去，臉對臉問道：「耐啥實概嗄？氣壞仔身體末，啥犯著哩！」蓮生聽了這話，忽轉一念，推開蕙貞，也坐起來，盛氣問道：「我要問耐，耐

⓱ 价末睏罷：那麼睡吧。

阿肯替我掙口氣？」蕙貞不解其意，急的漲紅了臉，道：「耐來浪說啥嗄？阿是我待差仔耐⑱？」蓮生知道誤會，倒也一笑，勾著蕙貞脖項，相與躺下，慢慢說明小紅出醜，要娶蕙貞之意。蕙貞如何不肯？萬順千依，霎時定議。

當下兩人起身洗臉，蓮生令娘姨喚來安來。來安絕早承應，聞喚趨見。蓮生先問：「阿有啥公事？」來安道：「無撥。就是沈小紅個兄弟同娘姨到公館裡來，哭哭笑笑，磕仔幾花頭，說請老爺過去一埭。」蓮生不待說完，大喝道：「啥人要耐說嗄！」來安連應幾聲「是」，退下兩步，挺立候示。停了一會，蓮生方道：「請洪老爺來。」

來安承命下樓，叮囑轎班而去。一路自思：不如先去沈小紅家報信邀功為妙。遂由東合興里北面轉至西薈芳里沈小紅家。沈小紅兄弟接見，大喜，請進後面帳房裡坐，捧上水煙筒。來安吸著，說道：「倪終究無啥幾花⑲主意，就不過閑話裡幫句把末哉。故歇教我去請洪老爺，我說耐同我一淘去，教洪老爺想個法子，比仔倪說個靈⑳。」

沈小紅兄弟感激非常，又和阿珠說知，三人同去。先至公陽里周雙珠家，一問不在，出弄即各坐東洋車徑往小東門陸家石橋，然後步行到鹹瓜街永昌參店。那小伙計認得來安，忙去通報。洪善卿剛踅出客堂，沈小紅兄弟先上前磕個頭，就鼻涕眼淚一齊滾出，訴說昨日夜頭勿曉得王老爺為啥動仔氣，如此

⑱ 待差仔耐：待你不好；虧待了你。

⑲ 無啥幾花：沒有多少。

⑳ 比仔句：比我們說的靈（管用）。

如此。善卿聽說，十猜八九，卻轉問來安：「耐來做啥？」來安道：「我是倪老爺差得來，請洪老爺到張蕙貞搭去。」善卿低頭一想，令兩人在客堂等候，獨喚娘姨阿珠向裡面套間去細細商量。

第三三回終。

第三四回　瀝真誠淫凶甘伏罪　驚實信仇怨激成親

按，來安暨沈小紅兄弟在客堂裡等了多時，娘姨阿珠出來，卻和沈小紅兄弟先回。來安又等一會，洪善卿才出來，向來安道：「俚哚教我勸勸王老爺，倪是朋友，倒有點間架頭。要末同仔王老爺到俚搭去，讓俚哚自家說，耐說阿對？」來安那有不對之理，滿口答應。

善卿即帶來安同行，仍坐東洋車，徑往四馬路東合興里張蕙貞家。其時王蓮生正叫了四隻小碗，獨酌解悶。善卿進見，蓮生讓坐。善卿笑道：「昨日夜頭辛苦哉？」蓮生含笑嗔道：「耐再要調皮❶！起先我教耐打聽，耐勿肯。」善卿道：「打聽啥嘎？」蓮生道：「倌人姘仔戲子，阿是無處打聽哉。」善卿道：「耐自家勿好，同俚去坐馬車，才是馬車浪坐出來個事體。我阿曾搭耐說『沈小紅就為仔坐馬車用場大點』？耐勿覺著啘！」蓮生連連搖手道：「覅說哉，倪吃酒。」

娘姨添上一副杯筷，張蕙貞親來斟酒。蓮生乃和善卿說：「翡翠頭面覅買哉。」另有一篇帳目，開著天青披、大紅裙❷之類，託善卿趕緊買辦。善卿笑向蕙貞道：「恭喜耐！」蕙貞羞得遠遠走開。

善卿正色說蓮生道：「故歇耐討蕙貞先生是蠻好，不過沈小紅搭耐就實概勿去仔，終好像勿局哩。」

---

❶ 調皮：此有「調侃」、「笑話」之意。

❷ 天青披句：指採買結婚用的新娘服裝。

蓮生焦躁道：「耐管俚局勿局！」善卿訕笑，婉言道：「勿是呀，沈小紅單做耐一個客人，耐勿去仔無撥哉。剛剛碰著仔節浪，幾花開消才勿著杠；屋裡再有爺娘搭兄弟，一家門❸要吃要用，教俚再有啥法子？四面逼上去，阿是要逼殺俚性命哉。雖然沈小紅性命也無啥要緊，九九歸原，終究是為仔耐，也算一樁罪過❹事體。倪為仔白相了❺，倒去做罪過事體末，何苦呢！」蓮生沉吟點頭道：「耐是也來浪幫俚倷。」善卿艴然❻作色❼道：「耐倒說得稀奇，我為啥去幫俚倷？」蓮生道：「耐要我到俚搭去，阿是幫俚倷嗄？」

善卿咳的長嘆一聲，卻轉而笑道：「耐做仔沈小紅末，我一徑說無啥趣勢，耐勿相信，搭俚恩煞❽。故歇耐動仔氣，倒說我幫俚倷哉，故末真真無啥話頭❾。」蓮生道：「价末耐為啥要我去？」善卿道：「我勿是要耐再去做俚，耐就去一埭好哉。」蓮生道：「去一埭末做啥嗄？」善卿道：「故末就是替耐算計，常恐有啥事體❿。耐去仔，俚倷要一放心倷，耐末也好看看俚倷光景。四五年做下來，總有萬把

❸ 一家門：一家人；一家子。
❹ 罪過：造孽。
❺ 倪為仔句：我們是為了玩。
❻ 艴然：惱怒貌。
❼ 作色：臉上變色。
❽ 恩煞：恩愛得不得了。
❾ 無啥話頭：沒什麼可說的。
❿ 常恐句：怕有什麼事；怕出什麼事。

洋錢哉，一點點局帳⓫也犯勿著少俚，耐去撥仔俚，讓俚去開消仔，節浪也好過去。難下節做勿做隨耐個便，阿是嗄？」蓮生聽罷無言，善卿因慫恿道：「晚歇我同耐一淘去，看俚說啥，倘然有半句閑話聽勿進末，倪就走。」蓮生直跳起來嚷道：「我勿去！」善卿只得訕笑剪住。

兩人各飲數杯，仍和蕙貞一同吃過中飯。善卿要去代蓮生買辦，蓮生也要暫回公館，約善卿日落時候原於此處相會，善卿應諾先行。

蓮生吸不多幾口鴉片煙，就喊打轎，徑歸五馬路公館，坐在樓上臥房中，寫兩封應酬信札。來安在傍伏侍⓬。忽聽得「吉丁當」銅鈴搖響，似乎有人進門，與蓮生的侄兒天井裡說話，隨後一乘轎子抬至門首停下。蓮生只道是拜客的，令來安看來。來安一去，竟不覆命，卻有一陣「咭咭咯咯」小腳聲音趱上樓梯。

蓮生自往外間看時，誰知即是沈小紅，背後跟著阿珠。蓮生一見，暴跳如雷，厲聲喝道：「耐再有面孔來見我，搭我滾出去！」喝著，還不住的跺腳。沈小紅水汪汪含著兩眶眼淚，不則一聲。阿珠上前分說，也按捺不下。蓮生一頓胡鬧，不知說些什麼。阿珠索性坐定，且等蓮生火性稍殺，方朗朗說道：「王老爺，比方耐做仔官，倪來告狀，耐也要聽明白仔，難末該應打該應罰，耐好斷啘。故歇一句閑話也勿許倪說，耐陸裡曉得有冤枉個事體？」蓮生盛氣問道：「我冤枉仔俚啥？」阿珠道：「耐是勿曾冤枉倪；倪先生有點冤枉，要搭耐說，耐阿要俚說嗄？」蓮生道：「俚再要說冤枉末，索性去嫁撥仔戲子好哉啘！」阿珠倒呵呵冷笑道：「俚兄弟冤枉仔俚，好去搭俚爺娘說；俚爺娘冤枉仔俚，再好搭耐王老

⓫ 局帳：指應付的錢。

⓬ 伏侍：服侍；侍候。

爺說；耐王老爺再要冤枉俚，真真教俚無處去說哉！」說了，轉向小紅道：「倪去罷，再說啥嗄！」那小紅亦坐在高椅上，將手帕掩著臉嗚嗚飲泣。

蓮生亂過一陣⓭，跑進臥房，概置不睬。小紅與阿珠在外間，寂靜無聲。蓮生提起筆來，仍要寫信，久之不能成一字。但聞外間切切說話，接著小紅竟踅到臥房中，隔著書桌，對面而坐。蓮生低下頭，只顧寫。小紅顫聲說道：「耐說我啥個啥個，我倒無啥，我為仔自家差仔點⓮，對勿住耐，隨便耐去辦我，我鑾情願。為啥勿許我說閑話，阿是定歸要我冤枉死個？」說到這裡，一口氣奔上喉嚨，哽咽要哭。蓮生擱下筆，聽他說甚。小紅又道：「我是吃煞仔倪親生娘個虧！先起頭末，要我做生意，故歇來仔個從前做過歇個客人，定歸原要我做。我為仔娘了⓯聽仔俚，說勿出個冤枉，耐倒再要冤枉我姘戲子！」

蓮生正待回駁，來安匆匆跑上，報說洪老爺來。蓮生起身向小紅道：「我搭耐無啥閑話，我有事體來裡，耐請罷。」說畢，丟下沈小紅在房裡、阿珠在外間，徑下樓和洪善卿同行至東合興里張蕙貞家。張蕙貞將善卿辦的物事與蓮生過目。蓮生將沈小紅陪罪情形述與蕙貞，大家又笑又嘆。當晚善卿吃了晚飯始去。

蕙貞臨睡，笑問蓮生道：「耐阿要再去做沈小紅？」蓮生道：「難是讓小柳兒去做個哉！」蕙貞道：「耐勿做末，倒勦去糟蹋⓰俚。俚教耐去，耐就去去也無啥，只要如此如此。」蓮生道：「起先我看沈

⓭ 亂過一陣：鬧過一陣。

⓮ 差仔點：錯了點。意即做錯了一點。

⓯ 我為仔娘了：我因為她是我的娘。

小紅好像蠻對景，故歇勿曉得為啥，俚凶末勿凶哉，我倒也看勿起俚。」蕙貞道：「想必是緣分滿哉。」閑論一回，不覺睡去。

次日五月初三，洪善卿於午後來訪蓮生，計議諸事，大略齊備，閑說中復說起沈小紅來。善卿仍前相勸，蓮生先入蕙貞之言，欣然願往。於是洪善卿、王蓮生約同過訪沈小紅。張蕙貞送出房門，望蓮生丟個眼色，蓮生笑而領會。

及至西薈芳里沈小紅家門首，阿珠迎著，喜出望外，呵呵笑道：「倪只道仔王老爺倪搭勿來個哉。倪先生勿曾急煞⑰，還好哩。」一路訕笑擁至樓上房間。沈小紅起身廝見，叫聲「洪老爺、王老爺」，嘿然退坐。蓮生見小紅只穿一件月白竹布衫，不施脂粉，素淨異常；又見房中陳設一空，殊形冷落，只剩一面著衣鏡，為敲碎一角，還嵌在壁上，不覺動了今昔之感，浩然長嘆。阿珠一面加茶碗，一面搭訕道：「王老爺說倪先生啥個啥個，倪下頭問我陸裡來個閑話，我說王老爺肚皮裡蠻明白來浪，故歇為仔氣頭浪說說罷哉呀，阿是真真說俚姘戲子。」蓮生道：「姘勿姘啥要緊嗄，覅說哉。」阿珠事畢自去。善卿欲想些閑話來說，笑問小紅道：「王老爺勿來末，耐牽記煞⑱，來仔倒勿響哉。」小紅勉強一笑，向榻床取簽子燒鴉片煙，裝好一口在槍上，放在上手，蓮生就躺下去吸。小紅因道：「該副煙盤還是我十四

---

⑯ 糟蹋：在吳語中，除有蹂躪、侮辱、損壞等意外，還有敗壞他人名聲、散布流言蜚語等意。此指「不要再去壞她名聲」之意。

⑰ 勿曾急煞：還沒急死。暗寓「急得要死」之意。

⑱ 耐牽記煞：你掛念得很。牽記，吳語。牽掛；掛念。煞，很。

歲辰光搭倪娘裝個煙，一徑放來浪勿曾用，故歇倒用著哉。」善卿就問長問短，隨意講說。阿珠不等天晚，即請點菜便飯。蓮生尚未答應，善卿竟作主張，開了四色去叫。蓮生一味隨和。

晚飯之後，阿珠早將來安、轎班打發回去，留下蓮生，那裡肯放。善卿辭別獨歸，只剩蓮生、小紅兩人在房。小紅才向蓮生說道：「我認得仔耐四五年，一徑勿曾看見耐實概個動氣。故歇來裡我面浪動個氣，倒也為是搭我要好了，耐氣到實概樣式，我聽仔娘個閑話，勿曾搭耐商量，故末是我勿好；耐要冤枉我姘戲子，我就冤枉死仔口眼也勿閉個哩！時髦倌人生意好，尋開心，要去姘戲子，像我生意阿好嗄？我咿勿是小幹仵勿懂事體，姘仔戲子阿好做生意？外頭人為仔耐搭我要好末才來浪眼熱，勦說啥張蕙貞，連搭仔朋友也說我邱話。故歇耐去說仔我姘戲子，再有啥人來搭我伸冤？除非到仔閻羅王殿浪剛剛⑲明白哚！」蓮生微笑道：「耐說勿姘就勿姘，啥要緊嗄。」小紅又道：「我身體末是爺娘養來浪；除仔身體，一塊布，一根線，才是耐辦撥我個物事，耐就打完仔也無啥要緊。不過耐要搨脫我個人，耐替我想想看，再要活來浪做啥？除仔死，無撥一條路好走！我死也勿怪耐，才是我娘勿好。不過我替耐想，耐來裡上海當差使，家眷末也勿曾帶，公館裡就是一個二爺，笨手笨腳，樣色樣⑳勿周到；外頭朋友就算耐知己末，總有勿明白個場花，就是我一個人曉得耐脾氣。耐心裡要有啥事體，我也猜得著，總稱耐個心，就是說說笑笑，大家總巒對景。張蕙貞巴結末巴結煞，阿能夠像我？我是單做耐一個，耐就勿曾討我轉去㉑，賽過是耐個人，才靠耐來裡過去。耐心裡除仔我也無撥第二個稱心個人來浪。故歇耐

⑲ 剛剛：才能。

⑳ 樣色樣：樣樣。

為一時之氣掯脫仔我，我是就不過死末哉，倒是替耐勿放心。耐今年也四十多歲哉，倪子囡仵才勿曾有，身體本底子嬌寡，再吃仔兩筒煙㉒，有仔個人來浪陪陪耐，也好一生一世快快活活過日腳。耐倒硬仔心腸，拿自家稱心個人冤枉殺仔，難下去耐再要有啥勿舒齊㉓，啥人來替耐當心？就是說句閑話，再有啥人猜得著耐個心？睜開眼睛要喊個親人，一歇㉔也無處去喊。到該個辰光，耐要想著仔我沈小紅，我就連忙去投仔人身㉕來伏侍耐也來勿及個哉！」說著，重複嗚嗚的哭起來。

蓮生仍微笑道：「該號閑話說俚做啥？」小紅覺得蓮生比前不同，毫無意思，忍住哭，又說道：「我搭耐實概說，耐原無撥回心㉖，我再要說也無啥說個哉。就算我千勿好萬勿好，四五年做下來，總有一點點好處。耐想著我好處末，就望耐照應點我爺娘，我末交代俚哚拿我放來浪善堂㉗裡。倘忙有一日伸仔冤，曉得我沈小紅勿是姘戲子，原要耐收我轉去，耐記好仔！」小紅沒有說完，仍禁不住哭了。蓮生只是微笑，小紅更無法子打動蓮生。比及睡下，不知在枕頭邊又有幾許柔情軟語，不復細敘。

明日起來，蓮生過午欲行。小紅拉住問道：「耐去仔阿來嗄？」蓮生笑道：「來個。」小紅道：「耐

㉑ 耐就句：意為「你只是沒有把我娶回去」。

㉒ 再吃句：指抽鴉片成癮。

㉓ 勿舒齊：此指「有頭痛腦熱」、「生病」。

㉔ 一歇：一會兒。此指「一時」。

㉕ 投仔人身：投胎。

㉖ 耐原句：你仍沒有回心轉意。原，仍。回心，回心轉意。

㉗ 善堂：舊時指育嬰堂、養老院等慈善機構。此指可寄放棺木之處。

勦騙我哩。我閑話才說完哉，隨耐便罷！」蓮生佯笑而去。不多時，來安送來局帳洋錢，小紅收下，發回名片。接連三日不見王蓮生來，小紅差阿珠、阿金大請過幾次，終不見面。

到初八日，阿珠復去請了回來，慌慌張張告訴小紅道：「王老爺討仔張蕙貞哉，就是今朝日腳㉘浪討得去。」小紅還不甚信，再令阿金大去。阿金大回來，大聲道：「啥勿是嗄！拜堂也拜過哉，故歇來浪吃酒，鬧熱得來！我就問仔一聲，勿曾進去。」小紅這一氣，卻也非同小可，跺腳恨道：「耐就討仔別人，倒無啥，為啥去討張蕙貞！」當下欲往公館當面問話，輾轉一想，終不敢去。阿珠、阿金大沒興散開。小紅足足哭了一夜，眼泡腫得像胡桃一般。

這日初九，小紅氣的病了，不料敲過十二點鐘，來安送張局票來叫小紅，叫至公館裡，說是酒局。阿珠叫住來安要問閑話，來安推說無工夫，急急跑去。小紅聽說叫局，又不敢不去，硬撐著起身梳洗，吃些點心，才去出局。

到了五馬路王公館，早有幾肩出局轎子停在門首。阿珠攙小紅逕至樓上，只見兩席酒並排在外間，並有一班毛兒戲在亭子間內搬演，正做著跳牆著棋一齣崑曲。小紅見席間皆是熟識朋友，想必是朋友公局㉙為納寵賀喜。洪善卿見小紅眼泡腫起，特地招呼。淡淡的似勸非勸，略說兩句，正兜起小紅心事，迸出一滴眼淚，幾乎哭出聲來。善卿忙搭訕開去。合席不禁點頭暗嘆，惟華鐵眉、高亞白、尹癡鴛三人不知情節，沒有理會。

㉘ 今朝日腳：即今日。

㉙ 公局：指共同出錢。

高亞白叫的係清和坊袁三寶。葛仲英知道亞白尚未定情，因問道：「阿要同仔耐幾花㉚長三書寓裡才去跑一埭？」亞白搖手道：「耐說個更加勿對，故是可遇而不可求個事體。」華鐵眉道：「可惜亞白一生俠骨柔腸，未免辜負點㉛。」亞白想起，向羅子富道：「貴相好搭有個叫諸金花，朋友薦撥我，一點無啥好㖞。」子富道：「諸金花生來勿好，故歇到仔么二浪去哉。」

說時，戲臺上換了一齣翠屏山。那做石秀的倒也慷慨激昂，聲情並茂；做到酒店中，也能使一把單刀，雖非真實本領，畢竟有些工夫。沈小紅看見這戲，心中感觸，面色一紅。高亞白喝聲「好」，但不識其名姓。葛仲英認得，說是東合興里大腳姚家的姚文君。尹癡鴛見亞白賞識，等他下場，即喚娘姨說：「高老爺叫姚文君個局。」娘姨忙攙姚文君，坐在高亞白背後。亞白細看這姚文君，眉宇間另有一種英銳之氣，咄咄逼人。

那時出局到齊，王蓮生忽往新房中商議一會，出來卻請吳雪香、黃翠鳳、周雙珠、姚文君、沈小紅五人，說到房裡去見見新人。沈小紅左右為難，不得不隨眾進見。張蕙貞笑嘻嘻起身相迎，請坐講話。沈小紅又羞又氣，絕不開口。臨行，各有所贈。吳雪香、黃翠鳳、周雙珠、姚文君四人，並是一隻全綠的翡翠蓮蓬。惟沈小紅最重，是一對耳環，一隻戒指。沈小紅又不得不隨眾收謝。退出外間，出局已散去一半。高亞白復點一齣姚文君的戲。這戲做完，出局盡散，因而收場撤席。

第三四回終。

㉚ 幾花：許多。此有「所有」之意。

㉛ 辜負點：指辜負「俠骨柔腸」。

第三五回　落煙花療貧無上策　煞風景善病有同情

按，王公館收場撤席，眾客陸續辭別。惟洪善卿幫管雜務，傍晚始去，心裡要往公陽里周雙珠家。一路尋思：天下事那裡料得定，誰知沈小紅的現成位置，反被個張蕙貞輕輕奪去。並揣蓮生意思之間，和沈小紅落落❶情形，不比從前親熱，大概是開交❷的了。正自轆轆的轉念頭，忽聞有人叫聲「娘舅」。善卿立定看時，果然是趙樸齋，身穿機白夏布長衫，絲鞋淨襪，光景大佳，善卿不禁點頭答應。樸齋不勝之喜，與善卿寒暄兩句，傍立拱候。洪善卿從南晝錦里抄去。

趙樸齋等善卿去遠，才往四馬路華眾會煙間尋見施瑞生。瑞生並無別語，將一卷洋錢付與樸齋道：「耐拿轉去交代無姆，覅撥張秀英看見。」樸齋應諾，齎❸歸清和坊自己家裡。只見妹子趙二寶和母親趙洪氏對面坐在樓上亭子間內，趙洪氏似乎嘆氣，趙二寶淌眼抹淚，滿面怒色，不知是為什麼。二寶突然說道：「倪住來裡，也勿是耐個房子，也勿曾用啥耐個洋錢，為啥我要來巴結耐？就是三十塊洋錢，阿是耐個嗄？耐倒有面孔向我討！」樸齋聽說方知為張秀英不睦之故，笑嘻嘻取出一卷洋錢，交明母親。

❶ 落落：冷淡。
❷ 開交：分開；分離。
❸ 齎：持；帶；送。

趙洪氏轉給二寶道：「耐拿去放好仔。」二寶身子一捽，秋氣道：「放啥嗄！」

樸齋摸不著頭腦，呆了一會，二寶始向樸齋道：「耐有洋錢開消，倪開消仔原到鄉下去，勿轉去個，索性爽爽氣氣貼仔條子做生意。隨便耐個主意，來裡該搭做啥？」樸齋囁嚅道：「我陸裡有啥主意，妹妹說末哉。」二寶道：「故歇推我一幹子❹，停兩日勳說我害仔耐。」樸齋陪笑道：「故是無价事個❺。」樸齋退下，自思更無別法，只好將計就計。

過了數日，二寶自去說定鼎豐里包房間，要了三百洋錢帶擋，回來才與張秀英說知。秀英知不可留，聽憑自便。選得十六日搬場，租了全副紅木家生先往鋪設，復趕辦些應用物件。大姐阿巧隨帶過去。另添一個娘姨，名喚阿虎，連個相幫，各掮❻二百洋錢。樸齋自取紅箋，親筆寫了「趙二寶寓」四個大字粘在門首。當晚施瑞生來吃開檯酒，請的客即係陳小雲、莊荔甫一班，因此傳入洪善卿耳中。善卿付之浩嘆，全然不睬。

趙二寶一落堂子，生意興隆，接二連三的碰和吃酒，做得十分興頭。趙樸齋也趾高氣揚，安心樂業。二寶為施瑞生一力擔承，另眼相待。不料張秀英因妒生忌，竟自坐轎親往南市，至施瑞生家裡告訴過房娘。那過房娘不知就裡，夾七夾八把瑞生數說一頓。瑞生生氣，索性斷絕兩家往來，反去做個清倌人袁三寶。

❹ 推我一幹子：推在我一人身上。

❺ 故是句：那是沒這回事的。

❻ 掮：此為「帶」意。

張秀英沒有瑞生幫助，門戶如何支持？又見趙二寶洋洋得意，亦思步其後塵，於是搬在四馬路西公和里，即係覃麗娟家，與麗娟對面房間，甚覺親熱。陶雲甫見了張秀英，偶然一贊，覃麗娟便道：「俚新出來，耐阿有朋友做做媒人？」雲甫隨口答應。秀英自恃其貌，日常乘坐馬車為招覽嫖客之計。那時六月中旬，天氣驟熱，室中雖用拉風❼，尚自津津出汗。陶雲甫也要去坐馬車，可以乘涼，因令相幫去問兄弟陶玉甫阿高興去。相幫至東興里李漱芳家，傳話進去。陶玉甫見李漱芳病體粗安，游賞園林亦是保養一法，但不知其有此興致否。漱芳道：「耐阿哥教倪坐馬車教仔幾轉哉，倪就去一埭，我故歇也蠻好來浪。」李浣芳聽得，趕出來道：「姐夫，我也要去個。」玉甫道：「生來一淘去，喊仔兩把鋼絲轎車罷。」漱芳道：「耐坐仔轎車，再要撥耐阿哥笑，耐坐皮篷末哉。」遂向相幫回說：「去個。」約在明園洋樓會聚。另差這裡相幫桂福速雇鋼絲的轎車、皮篷車各一輛。

浣芳最是高興，重新打扮起來。漱芳只略按一按頭，整一整釵環簪珥，親往後面房間告知親生娘李秀姐。秀姐切囑早些歸家。漱芳回到房裡，大姐阿招和玉甫先已出外等候。漱芳徘徊顧影，對鏡多時，方和浣芳攜手同行。至東興里口，浣芳定要同玉甫並坐皮篷車，漱芳帶阿招坐了轎車。駛過泥城橋，兩行樹色蔥籠，交柯接幹，把太陽遮住一半，並有一陣陣清風撲入襟袖，暑氣全消。

迨至明園，下車登樓，陶雲甫、覃麗娟早到。陶玉甫、李漱芳就在對面別據一桌，泡兩碗茶。李浣芳站在玉甫身傍，緊緊依靠，寸步不離。玉甫教他下頭去白相歇，浣芳徘徊不肯。漱芳乃道：「去哩，伏牢仔身浪❽阿熱嗄？」浣芳不得已，訕訕的邀阿招相扶而去。

❼拉風：其時無電扇，在室內置一大布，用繩拉動生風。

陶雲甫見李漱芳黃瘦臉兒，病容如故，問道：「阿是原來浪勿適意？」漱芳道：「故歇好仔多花哉。」雲甫道：「我看面色勿好哩，耐倒要保重點哚。」陶玉甫接嘴道：「近來個醫生也難，吃下去方子才勿對啘。」覃麗娟道：「竇小山蠻好個呀，阿請俚看嗄？」漱芳道：「竇小山勳去說俚哉，幾花丸藥，教我陸裡吃得落！」雲甫道：「錢子剛說起，有個高亞白行末勿行❾，醫道極好。」

玉甫正待根究，只見李浣芳已偕阿招趔趄回來，笑問：「阿是要轉去哉？」玉甫道：「剛剛來啘，再白相歇哩。」浣芳道：「無啥白相，我勳。」一面說，一面與玉甫廝纏，或爬在膝上，或滾在懷中，終不得一合意之處。玉甫低著頭，臉偎臉，問是為何。浣芳附耳說道：「倪轉去罷。」漱芳見浣芳胡鬧，嗔道：「算啥嗄，該搭來！」浣芳不敢違拗，慌的踅過漱芳這邊。漱芳失聲問道：「耐為啥面孔紅得來？阿是吃仔酒嗄？」玉甫一看，果然浣芳兩頰紅得像胭脂一般，忙用手去按他額角❿，竟炙手的滾熱，手心亦然，大驚道：「耐啥勿說個嗄？來裡發寒熱呀！」浣芳只是嬉笑。漱芳道：「實概大個人，連搭仔自家發寒熱才勿曉得，再要坐馬車！」玉甫將浣芳攔腰抱起，抱向避風處坐。漱芳令阿招去喊了馬車回去。

阿招去後，陶雲甫笑向李漱芳道：「耐兩家頭才喜歡生病，真真是好姊妹。」覃麗娟素聞漱芳多疑，忙望雲甫丟個眼色。漱芳無暇應對。

❽ 伏牢仔身浪：貼在一起。

❾ 行末勿行：指執業行醫。

❿ 額角：額頭。

須臾，阿招還報：「馬車來浪⓫哉。」陶玉甫、李漱芳各向陶雲甫、覃麗娟作別，阿招在前攙著李浣芳下樓。漱芳欲使浣芳換坐轎車，浣芳道：「我要姐夫一淘坐個哩。」漱芳道：「价末我就搭阿招坐皮篷末哉。」

當下坐定開行。浣芳在車中，一頭頂住玉甫胸脅間。玉甫用袖子遮蓋頭面，些兒沒縫。行至四馬路東興里下車歸家，漱芳連催浣芳去睡。浣芳戀戀的要睡在阿姐房裡，並說：「就榻床浪𨑨𨑨哉。」漱芳知他拗性⓬，就叫阿招取一條夾被，給浣芳裹在身上。一時驚動李秀姐，特令大阿金問是甚病。漱芳回說：「想必是馬車浪吹仔點風。」李秀姐便不在意。漱芳揮出阿招，自偕玉甫守視。

浣芳橫著榻床左首，聽房裡沒些聲息，扳開被角，探出頭來，叫道：「姐夫來哩！」玉甫至榻床前，伏下身去，問他：「要啥？」浣芳央及道：「姐夫坐該搭來，阿好？我睏仔末⓭，姐夫坐來浪看好仔我。」玉甫道：「我就坐來裡，耐睏罷。」玉甫即坐在右首。浣芳又睡一會，終不放心，睜開眼看了看道：「姐夫覅走得去哩，我一幹子怕煞個⓮。」玉甫道：「我勿去呀，耐睏末哉。」浣芳復叫漱芳道：「阿姐，阿要榻床浪來坐？」漱芳道：「姐夫來浪末好哉啘。」浣芳道：「姐夫坐勿定個呀！阿姐坐來浪，故末讓姐夫無處去。」漱芳亦即笑而依他，推開煙盤，緊挨浣芳腿膀坐下，重將夾被裹好。

⓫ 來浪：已經來了。

⓬ 拗性：性情固執。此有「任性」之意。

⓭ 睏仔末：待我睡著了。

⓮ 一幹子句：一個人很怕的。

靜坐些時，天色已晚。見浣芳一些不動，料其睡熟，漱芳始輕輕走開，向簾下招手叫阿招，悄說：「保險燈點好仔末，耐拿得來。」阿招會意，當去取了保險燈來，安放燈盤，輕輕退下。漱芳向玉甫低聲說道：「該個小幹仵做倌人，真作孽！客人看俚好白相，才喜歡俚，叫俚個局，生意倒忙煞。故歇發寒熱，就為仔前日夜頭睏好仔再喊起來出局去，轉來末天亮哉，阿是要著冷嗄。」玉甫也低聲道：「俚來裡該搭，還算俚福氣，人家親生囡仵，也不過實概末哉。」漱芳道：「我倒也幸虧仔俚，匆然，幾花老客人教我去應酬，要我個命哉！」

說時，阿招搬進晚飯，擺在中央圓桌上，另點一盞保險檯燈。玉甫遂也輕輕走開，與漱芳對坐共食。阿招伺候添飯。大家雖甚留心，未免有些響動，早把浣芳驚覺。漱芳丟下飯碗，忙去安慰。浣芳呆臉相視，定一定神，始問：「姐夫哩？」漱芳道：「姐夫末來浪吃夜飯，阿是陪仔耐了教姐夫夜飯也覅吃？」浣芳道：「吃夜飯末啥勿喊我個嗄？」漱芳道：「耐來浪發寒熱，覅吃哉。」浣芳著急，掙起身來道：「我要吃個呀！」漱芳乃叫阿招攙了踅過圓桌前。玉甫問浣芳道：「阿要我碗裡吃仔口罷？」浣芳點點頭。玉甫將飯碗候在浣芳嘴邊，僅餵得一口。浣芳含了良久，慢慢下咽。玉甫再餵時，浣芳搖搖頭：「不吃了。」漱芳道：「阿是吃勿落？說耐末勿相信，好像無撥吃⑮。」

不多時，玉甫、漱芳吃畢，阿招搬出，舀面水來，順便帶述李秀姐之命與浣芳道：「無姆教耐睏罷，叫局末教樓浪兩個去代哉。」浣芳轉向玉甫道：「我要睏阿姐床浪，姐夫阿要我睏？」玉甫一口應承。漱芳不復阻擋，親替浣芳揩一把面，催他去睡。阿招點著妝檯上長頸燈臺，即去收拾床鋪。漱芳本未用

⑮ 好像無撥吃：就像沒得吃的一樣。

蓆，撤下裡床幾條棉被，仍鋪榻床蓋的夾被，更於那頭安設一個小枕頭才去。浣芳上過淨桶尚不即睡，望著玉甫，如有所思。玉甫猜著意思，笑道：「我來陪耐。」隨向大床前來，親替浣芳解鈕脫衣。浣芳乘間在玉甫耳朵邊唧唧求告，玉甫笑而不許。漱芳問說啥，玉甫道：「俚說教耐一淘床浪來。」漱芳道：「再要起花頭，快點睏！」浣芳上床，鑽進被裡嚮說道：「姐夫講點閑話撥阿姐聽聽㖸。」玉甫道：「講啥？」浣芳道：「隨便啥講講末哉呀。」玉甫未及答話，漱芳笑道：「耐不過要我床浪來，啥個幾花花頭⑯，阿要討氣⑰！」說著，真的與玉甫並坐床沿。浣芳把被蒙頭，亦自格格失笑，連玉甫都笑了。

浣芳因阿姐、姐夫同在相陪，心中大快，不覺早入黑甜鄉中。玉甫清閑無事，敲過十一點鐘，就與漱芳並頭睡下。漱芳反覆床中，久不著睏。玉甫知其為浣芳，婉言勸道：「俚小幹仵，發個把寒熱無啥要緊。耐也好勿多兩日，當心點㖸。」漱芳道：「勿是呀，我個心勿曉得那价生來浪，隨便啥事體，想著仔個頭一徑想下去，就睏勿著，自家要揞開⑱點也勿成功⑲。」玉甫道：「故末就是耐個病根啘，難勦去想哉。」漱芳道：「故歇我就想著仔我個病，我生仔病，倒是俚第一個先發極，有辰光耐勿來浪，就是俚末陪陪我。別人看見仔也討厭；俚陪仔我，再要想出點花頭要我快活。故歇俚個病，我也曉得勿要緊，等俚歇末哉，心浪終好像勿局⑳。」

⑯ 啥個句：哪來許多花樣。
⑰ 阿要討氣：意為「真氣人」。
⑱ 揞開：丟開。
⑲ 勿成功：不行；做不到。

玉甫再要勸時，忽聞那頭浣芳翻了個身，轉面向外。漱芳坐起身，叫聲「浣芳」，不見答應；再去按他額角，寒熱未退，夾被已掀下半身，再蓋上些，漱芳才轉身自睡。玉甫續勸道：「耐心裡同俚好，覅去瞎費心。耐就想仔一夜天，俚個病原勿好；倘忙耐倒為仔睏勿著，生起病來哩，阿是加二勿好？」漱芳長嘆道：「俚也苦惱㉑，生仔病，就是我一幹仔替俚當心點。」玉甫道：「价末當心點好哉，想個多花啥？」

這頭說話，不想浣芳一覺初醒，依稀聽見，柔聲緩氣的叫「阿姐」。漱芳忙問：「阿要吃茶？」浣芳說：「覅吃。」漱芳道：「价末睏哩。」浣芳應了。半晌，復叫「阿姐」，說道：「我怕。」玉甫接嘴道：「倪才來裡㉒，怕啥嘎？」浣芳道：「有個人來裡後底門㉓外頭。」玉甫道：「後底門關好來浪，耐做夢呀。」又半晌，浣芳轉叫「姐夫」，說道：「我要翻過來一淘睏。」漱芳接嘴道：「覅！姐夫許仔耐睏來裡，耐倒噪勿清爽。」浣芳如何敢強，默然無語。又半晌，似覺浣芳微微有呻吟之聲。玉甫乃道：「我翻過去陪俚罷。」漱芳也應了。玉甫更取一個小枕頭，調轉那頭去睡。浣芳大喜，縮手斂足，鑽緊在玉甫懷裡。玉甫不甚怕熱，僅將夾被撩開一角。浣芳睡定，卻仰面問玉甫道：「姐夫坎坎搭阿姐說個啥？」玉甫含糊答了一句。浣芳道：「阿是說我嘎？」玉甫道：「覅響哉，阿姐為仔耐睏勿著，耐再要

---

⑳ 勿局：此有「不舒坦」之意。

㉑ 苦惱：苦；可憐。

㉒ 倪才來裡：我們都在。

㉓ 後底門：後門。後底，後面；後邊。

噪。」浣芳始不作聲。一夜無話。

次日，漱芳睡足先醒，但自覺懶懶的，仍躺著大床上。等到十一點鐘。玉甫、浣芳同時醒來，漱芳急問浣芳寒熱。玉甫代答道：「好哉，天亮辰光就涼哉。」浣芳亦自覺鬆快爽朗，和玉甫著衣下床，洗臉梳頭吃點心，依然一個活潑潑地小幹仵。獨是漱芳筋弛力懈，氣索神疲。別人見慣，渾若尋常；惟玉甫深知漱芳之病，發一次重一次，臉上不露驚慌，心中早在焦急。

比及晌午開飯，浣芳關切叫道：「阿姐，起來哩。」漱芳懶於開口，聽憑浣芳連叫十來聲，置若罔聞。浣芳高聲道：「姐夫來哩，阿姐啥勿響哉嗄？」漱芳厭氣，掙出一句道：「我要睏，覅響！」玉甫忙拉開浣芳，叮嚀道：「耐覅去噪，阿姐來裡勿適意。」浣芳道：「為啥勿適意哉嗄？」玉甫道：「就為仔耐啘，耐個病過撥仔阿姐，耐倒好哉。」浣芳發極道：「价末教阿姐再過撥仔我末哉呀！我生仔病一點點勿要緊，姐夫陪仔我，搭阿姐講點閑話，倒變開心個呀！」玉甫不禁好笑，卻道：「倪吃飯去罷。」浣芳無心吃飯，僅陪玉甫應一應卯。

飯後，李秀姐聞信出來，親臨撫慰，憂形於色。玉甫說起：「昨日傳聞有個先生，我想去請得來看。」漱芳聽得搖手道：「耐阿哥說倪喜歡生病，再要問俚請先生！」玉甫道：「我一徑㉔去問錢子剛好哉。」漱芳方沒甚話。李秀姐乃攛掇玉甫去問錢子剛請那先生。

第三五回終。

㉔一徑：此指徑直、直接。

第三六回　絕世奇情打成嘉耦　回天神力仰仗良醫

按，陶玉甫從東興里坐轎往後馬路錢公館投帖謁見。錢子剛請進書房，送茶登炕，寒暄兩句。玉甫重復拱手，奉懇代邀高亞白為李漱芳治病。子剛應了，卻道：「亞白個人有點脾氣❶，說勿定來勿來❷。恰好今夜頭亞白教我東合興吃酒，我去搭俚當面說仔，就差人送信過來，阿好？」陶玉甫再三感謝，鄭重而別。

錢子剛待至晚間，接得催請條子，方坐包車往東合興里大腳姚家。姚文君房間鋪在樓上，即係向時張蕙貞所居。錢子剛進去，止有葛仲英和主人高亞白兩人，廝見讓坐。錢子剛趁此時客尚未齊，將陶玉甫所托一節代為布達。高亞白果然不肯去。錢子剛因說起陶、李交好情形，委曲詳盡。葛仲英亦為之感嘆。適值姚文君在傍聽了，跳起來問道：「阿是說個東興里李漱芳？俚搭仔陶二少爺真真要好得來！我碰著好幾轉，總歸一淘來一淘去。為啥要生病？故歇阿曾好嗄？」錢子剛道：「故歇為仔勿曾好，要請耐高老爺看。」姚文君轉向高亞白道：「故末耐定歸要去看好俚個。上海把勢裡，客人騙倌人，倌人騙客人，大家覅面孔；剛剛有兩個要好仔點，偏偏勿爭氣，生病哉！耐去看好俚，讓俚哚覅面孔個客人倌

❶ 有點脾氣：指有點不拘小節、任氣使性的脾氣。

❷ 來勿來：實為「說不定去還是不去」。

人看看榜樣。」葛仲英不禁好笑。錢子剛笑問高亞白如何，亞白雖已心許，故意搖頭。急得姚文君跑過去，揣住高亞白手腕，問道：「為啥勿肯去看？阿是該應死個？」亞白笑道：「勿看末勿看哉哩，為啥嗄？」文君瞋目大聲道：「勿成功，耐要說得出道理就勿看末哉！」葛仲英帶笑排解道：「文君再要去上俚當！像李漱芳個人，俚曉得仔，鑾高興看來浪。」姚文君放手，還看定高亞白，咕嚕道：「耐阿敢勿去看？拉末也拉仔耐去。」亞白鼓掌狂笑道：「我個人倒撥耐管仔去哉！」文君道：「耐自家無撥道理啘。」

錢子剛乃請高亞白約個時日，亞白說是「明朝早晨」。子剛令自己車夫傳話於李漱芳家。轉瞬間車夫返命，齎呈陶玉甫兩張名片，請高、錢二位，上書「翌午杯茗候光」，下注「席設東興里李漱芳家」。高亞白道：「价末故歇倪先去請俚。」忙寫了請客票頭，令相幫送去。陶玉甫自然就來，可巧和先請的客華鐵眉、尹癡鴛同時並至。高亞白即喊：「起手巾。」大家入席就座。

這高亞白做了主人，殷勤勸酬，無不盡量。席間除陶玉甫涓滴不飲之外，惟華鐵眉爭鋒對壘，旗鼓相當。尹癡鴛自負猜拳，絲毫不讓。至如葛仲英、錢子剛，不過胡亂應酬而已。

當下出局一到，高亞白喚取雞缸杯，先要敬通關。首座陶玉甫告罪免戰，亞白說：「代代末哉。」玉甫勉強應命，所輸為李浣芳取去令大阿金代了。臨到尹癡鴛揸拳，癡鴛計論道：「耐一家門代酒個人多煞來浪，倪就是林翠芬一幹子，忑吃虧啘。」亞白道：「价末大家勿代。」癡鴛說：「好。」亞白竟連輸三拳，連飲三杯。其餘三關，或代或否，各隨其人。

亞白將雞缸杯移過華鐵眉面前，鐵眉道：「耐通關勿好算啥，再要擺個莊末好。」亞白說：「晚歇罷。」鐵眉遂自擺二十杯的莊。尹癡鴛只要播弄高亞白一個，見孫素蘭為華鐵眉代酒，並無一言。不多時，二十杯打完。華鐵眉問：「啥人擺莊？」大家嘿嘿相視，不去接受。高亞白推尹癡鴛，癡鴛道：「耐先擺，我來打。」亞白照樣也是二十杯。癡鴛攘臂特起，銳不可當。亞白揎一拳，輸一拳，姚文君要代酒，癡鴛不准。五拳以後，亞白益自戒嚴，乘虛搗隙，方才贏了三拳。癡鴛自飲兩杯，一杯係林翠芬代的。亞白只是冷笑，癡鴛佯為不知，姚文君氣的別轉頭去。

癡鴛飲畢，笑道：「換人打罷。」癡鴛並座是錢子剛，只顧和黃翠鳳唧唧說話，正在商量祕密事務，沒有工夫打莊，讓葛仲英出手。仲英覺得這雞缸杯大似常式，每輸了拳，必欲給吳雪香分飲半杯，尹癡鴛也不理會。但等高亞白輸時，癡鴛忙代篩一杯酒送與亞白道：「耐是好酒量，自家去吃。」亞白接來要飲，姚文君突然搶出，一手按住道：「慢點。俚哚代，為啥倪勿代？拿得來！」亞白道：「我自家吃，我故歇要吃酒來裡❸。」文君道：「耐要吃酒末，晚歇散仔點耐一幹子去吃一甏❹末哉，故歇定歸要代個！」說著，一手把亞白袖子一拉。亞白不及放手，乒乓一聲，將一只仿白定窯的雞缸杯砸得粉碎，潑了亞白一身的酒。席間齊吃一嚇，連錢子剛、黃翠鳳的說話都嚇住了。侍席娘姨拾去磁片，絞把手巾替高亞白揩拭紗衫。尹癡鴛嚇的連聲勸道：「代仔罷，代仔罷。晚歇兩家頭再要打起來，我是嚇勿起個。」說著，忙又代篩一杯酒徑送與姚文君。文君一口呷乾，癡鴛喝一聲采。

錢子剛不解癡鴛之言，詫異動問。癡鴛道：「耐啥❺勿曾曉得俚個相好是打成功個呀？先起頭倒不

❸ 我故歇句：我現在正要喝酒。

❹ 甏：甕類陶器。此指酒罈子。

過實概，打一轉末好一轉，故歇是打勿開個哉！」子剛道：「為啥要打哩？」癡鴛道：「怎曉得俚哚一句閑話勿對末就打，打個辰光大家勿讓，打過仔呷要好哉。該號小幹仵阿要討氣！」姚文君鼻子裡「嗤」的一笑，斜視癡鴛道：「倪末是小幹仵，耐大仔幾花？」癡鴛順口答道：「我大末勿大，也可以用得個哉！耐阿要試試看？」文君說聲「噢唷」，道：「養耐大仔點，連討便宜也會哉！啥人教耐個乖嗄？」說笑之間，高亞白的莊被錢子剛打敗，姚文君更代兩杯。錢子剛一氣連贏，勢如破竹，但打剩三杯，請華鐵眉後殿。

這莊既完，出局哄散。尹癡鴛要減半，僅擺十杯。葛仲英、錢子剛又合伙也擺十杯。高亞白見陶玉甫在席可止則止，不甚暢飲，為此撤酒用飯。陶玉甫臨去，重申翌午之約。高亞白親口應承，送至樓梯邊而別。

陶玉甫仍歸東興里李漱芳家，停轎於客堂中，悄步進房。只見房內暗昏昏地止點著梳妝臺上一盞長頸燈臺，大床前茜紗帳子重重下垂，李秀姐和阿招在房相伴。玉甫低聲問秀姐如何，秀姐不答，但用手望後指指。玉甫隨取洋燭手照❻，向燈點了，揭帳看視，覺得李漱芳氣喘絲絲，似睡非睡，不像從前病時光景。玉甫舉起手照，照照面色。漱芳睜開眼來，看定玉甫，一言不發。玉甫按額角，摸手心，稍微有些發燒，問道：「阿好點？」漱芳半晌才答「勿好」二字。玉甫道：「耐自家覺著陸裡勿舒齊？」漱芳又半晌答道：「耐覅極哩，我無啥。」

---

❺ 啥：怎麼。

❻ 手照：手持的照明用具。如燈籠、風燈、燭臺、燈盞等。

玉甫退出帳外，吹滅洋燭，問秀姐：「夜飯阿曾吃？」秀姐道：「我說仔半日，教俚吃點稀飯，剛剛呷仔一口湯，稀飯是一粒也勿曾吃下去。」玉甫見說，和秀姐對立相視，嘿然良久。忽聽得床上漱芳叫聲「無姆」，道：「耐去吃煙末哉。」秀姐應道：「曉得哉，耐睏罷。」

適值李浣芳轉局回家，忙著要看阿姐，見李秀姐、陶玉甫皆在，誤猜阿姐病重，大驚失色。玉甫搖手示意，輕輕說道：「阿姐睏著來浪。」浣芳始放下心，自去對過房間換出局衣裳。漱芳又在床上叫聲「無姆」，道：「耐去哩。」秀姐應道：「噢，我去哉。」卻回頭問玉甫：「阿到後底去坐歇？」

玉甫想在房亦無甚事，遂囑阿招當心，跟秀姐從後房門踅過後面秀姐房中。坐定，秀姐道：「二少爺，我要問耐。先起頭俚生仔病，自家發極，說說閑話末就哭；故歇我去看俚，一句勿曾說啥，問問俚，閉攏仔一隻嘴，好像要哭，眼淚倒也無撥。故末為啥？」玉甫點頭道：「我也來裡說，比先起頭兩樣仔點哉。明朝問聲先生看。」秀姐又道：「二少爺，我想著一樁事體。還是俚小個辰光，城隍廟裡去燒香，撥叫化子圈住❼仔，嚇仔一嚇。難去搭俚打三日醮❽，求求城隍老爺，阿好？」玉甫道：「故也無啥❾。」

說話時，李浣芳也跑來尋玉甫。玉甫問房裡阿有人，浣芳說：「阿招來浪。」秀姐向浣芳道：「价末耐也去陪陪哩。」玉甫見浣芳踟躕，便起身辭了秀姐，挈著浣芳同至前邊李漱芳房間，掂手掂腳，向大床前皮椅上偎抱而坐。阿招得間❿，暫溜出外，一時寂靜無聲。浣芳在玉甫懷裡，定睛呆臉，口咬指

---

❼ 圈住：圍住。

❽ 打三日醮：打醮，道士為人做法事，求福禳災。

❾ 無啥：此有「可以」、「行」之意。

頭，不知轉的什麼念頭。玉甫不去提破，怔怔看他，只覺浣芳眼圈兒漸漸作紅色，眶中瑩瑩的如水晶一般。玉甫急拍肩膀，笑而問道：「耐想著仔啥個冤枉嗄？」浣芳亦自失笑。

阿招在外聽不清楚，只道玉甫叫喚，應聲而至。玉甫回他：「無啥。」阿招轉身欲行，誰知漱芳並未睡著，叫聲阿招道：「耐舒齊⓫仔睏罷。」阿招答應，轉問玉甫：「阿要吃稀飯？」玉甫說「勦」，阿招因去沖茶。漱芳叫聲「浣芳」，道：「耐也去睏哉呀。」浣芳那裡肯去，玉甫以權詞⓬遣之道：「昨日夜頭撥耐噪仔一夜，阿姐就生個病，耐再要睏來裡，無娒要說哉。」適值阿招送進茶壺，並喊「浣芳」，也道：「無娒教耐去睏。」浣芳沒法，方跟阿招出房。

玉甫本待不睡，但恐漱芳不安，只得掩上房門，躺在外床，裝做睡著的模樣，惟一聞漱芳輾轉反側，便周旋伺應，無不臻至。漱芳於天明時候，鼻息微鼾。玉甫始得睡著一瞌，卻為房外外場往來走動，即復驚醒。漱芳勸玉甫多睏歇，玉甫只推說：「睏醒哉。」

玉甫看漱芳似乎略有起色，不比昨日一切厭煩，趁清晨沒人在房，親切問道：「耐到底再有啥勿稱心，阿好說說看？」漱芳冷笑道：「我末陸裡會稱心？耐也勦問哉啘。」玉甫道：「要是無啥別樣末，等耐病好仔點，城裡去租好房子，耐同無娒搬得去，堂子裡託仔帳房先生，耐兄弟一淘管管，耐說阿好？」漱芳聽了，大拂其意，「咳」的一聲，懊惱益甚。玉甫著慌陪笑，自認說差。漱芳倒又嗔道：「啥

---

❿ 間：閑。

⓫ 舒齊：此指「收拾完畢」。

⓬ 權詞：亦作「權辭」。隨機應變之詞。

人說耐差嗄？」玉甫無可搭訕，轉身去開房門，喊娘姨大阿金。不想浣芳起的絕早，從後跑出，叫聲「姐夫」；問知阿姐好點，亦自歡喜。迨阿招起來，與大阿金收拾粗畢，玉甫遂發兩張名片，令外場催請高、錢二位。

俟至日色近午，錢子剛領高亞白踵門赴召，玉甫迎入對過李浣芳房間。廝見禮畢，安坐奉茶。高亞白先開言道：「兄弟初到上海，並勿是行醫，因子剛兄傳說尊命，辱承不棄，不敢固辭。阿好先去診一診脈，難末再閑談，如何？」陶玉甫唯唯遵依。阿招忙去預備停當，關照玉甫。玉甫囑李浣芳陪錢子剛少坐，自陪高亞白同過這邊李漱芳房間。漱芳微微叫聲「高老爺」，伸出手來，下面墊一個外國式小枕頭。亞白斜簽坐於床沿，用心調氣，細細的診。左右手皆診畢，叫把窗簾揭起，看過舌苔，仍陪往對過房間。李浣芳親取筆硯詩箋，排列桌上；阿招磨起墨來。錢子剛讓開一邊。

陶玉甫請高亞白坐下，訴說道：「漱芳個病，還是舊年九月裡起個頭，受仔點風寒，發幾個寒熱，倒也勿要緊；到今年開春勿局⓭哉，一徑邱邱好好，實過常來浪生病。病也勿像是寒熱，先是胃口薄極，飲食漸漸減下來，有日把一點勿吃，身浪皮肉也瘦到個無淘成⓮。來浪夏天五六月裡好像稍微好點，价末皮膚裡原有點發熱，就不過勿曾睏倒⓯。俚自家為仔好點末，忒啥個寫意⓰哉，前日天坐馬車到明園

⓭ 勿局：此有「不對勁」之意。

⓮ 無淘成：此指「不成樣子」。

⓯ 睏倒：因病睡倒。

⓰ 忒啥個寫意：太貪舒服了；太不在意了。

去仔一埭，昨日就睏倒，精神氣力一點無撥。有時心裡煩躁，嘴裡就要氣喘；有時昏昏沉沉，問俚一聲勿響。一日天就吃半碗光景稀飯，吃下去也才變仔痰。夜頭睏勿著，睏著仔末出冷汗。俚自家覺著勿局，再要哭。勿曉得阿有啥方法？」

高亞白乃道：「此乃癆瘵⑰之症。舊年九月裡起病辰光就用仔補中益氣湯，一點無啥要緊。算是發寒熱末，也誤事點。故歇個病也勿是為仔坐馬車，本底子要復發哉。其原由於先天不足，氣血兩虧，脾胃生來嬌弱之故。但是脾胃弱點還勿至於成功癆瘵，大約其為人必然絕頂聰明，加之以用心過度，所以憂思煩惱，日積月累，脾胃於是大傷。脾胃傷則形容羸瘦，四肢無力，咳嗽痰飲，吞酸噯氣，飲食少進，寒熱往來，此之謂癆瘵。難是豈止脾胃，心腎所傷實多。厭煩盜汗，略見一斑。停兩日再有腰膝冷痛，心常忪悸，亂夢顛倒，幾花毛病才要到哉。」

玉甫叉口道：「啥勿是嗄，故歇就有實概個毛病。睏來浪時常要大驚大喊，醒轉來說是做夢；至於腰膝，痛仔長遠哉。」亞白提筆醮墨，想了一想道：「胃口既然淺薄，常恐吃藥也難哩。」玉甫攢眉道：「是呀，俚再有諱病忌醫個脾氣最勿好。請先生開好方子，吃仔三四帖，好點末停哉。有個丸藥方子，索性勿曾吃。」

當下高亞白兔起鶻落的開了個方子，前敘脈案，後列藥味，或拌或炒，一一注明，然後授與陶玉甫。錢子剛也過來，倚桌同觀。李浣芳只道有甚頑意兒，扳開玉甫臂膊要看；見是滿紙草字，方罷了。

玉甫約略過目，拱手道謝，重問道：「還要請教。俚病仔末喜歡哭，喜歡說閑話，故歇勿哭勿說哉，

---

⑰ 癆瘵：肺結核病。俗稱癆病。

阿是病勢中變？」亞白道：「非也。從前是焦躁，故歇是昏倦，才是心經⑱毛病。倘然能得無思無慮，調攝得宜，比仔吃藥再要靈。」子剛亦問道：「該個病阿會好嗄？」亞白道：「無撥啥勿會好個病。不過病仔長遠，好末也慢性點。眼前個把月總歸勿要緊，大約過仔秋分，故末有點把握可以望全愈哉⑲。」

陶玉甫聞言怔了一會，便請高亞白、錢子剛寬坐，親把方子送到李秀姐房間。秀姐初醒，坐於床中。玉甫念出脈案藥味，並述適間問答之詞。秀姐也怔了道：「二少爺，難末那价哩？」玉甫說不出話，站在當地發呆，直至外面擺好檯面，只等起手巾，大阿金一片聲請二少爺，玉甫才丟下方子而出。

第三六回終。

---

⑱ 心經：心緒；心情。

⑲ 無撥啥六句：預示李漱芳病情不妙。

第三七回 慘受刑高足枉投師 強借債闊毛私狎妓

按，陶玉甫出至李浣芳房間，當請高亞白、錢子剛入席，賓主三人對酌清談，既無別客，又不叫局。李浣芳和準琵琶要唱，高亞白說：「勿必哉。」錢子剛道：「亞白哥喜歡聽大曲，唱仔隻大曲罷，我替耐吹笛。」阿招呈上笛子。錢子剛吹，李浣芳唱，唱的是小宴中「天淡雲閒」兩段。高亞白偶然興發，接著也唱了賞荷中「坐對南薰」兩段。錢子剛問陶玉甫阿高興唱，玉甫道：「我喉嚨❶勿好，我來吹，耐唱罷。」子剛授過笛子，唱南浦這齣，竟將「無限別離情，兩月夫妻，一旦孤另」一套唱完。高亞白喝聲采。李浣芳乖覺，滿斟一大觥酒奉勸亞白。亞白因陶玉甫沒甚心緒，這觥飲乾，就擬吃飯。玉甫滿懷抱歉，復連勸三大觥始罷。

一會兒，席終客散。陶玉甫送出客堂，匆匆回內。高亞白仍與錢子剛並肩聯袂，同出了東興里。亞白在路問子剛道：「我倒勿懂，李漱芳俚個親生娘、兄弟、妹子，連搭仔陶玉甫，才巒要好，無撥一樣勿稱心，為啥生到實概個病？」子剛未言先嘆道：「李漱芳個人末，勿該應吃把勢飯❷。親生娘勿好，開仔個堂子，俚無法子做個生意❸，就做仔玉甫一個人，要嫁撥來玉甫。倘然玉甫討去做小老母，漱芳

❶ 喉嚨：嗓子。

❷ 吃把勢飯：指操妓女之業。

倒無啥勿肯；碰著個玉甫定歸要算是大老母，難末玉甫個叔伯、哥嫂、姨夫、娘舅幾花親眷才勿許❹，說是討倌人做大老母場面下勿來。漱芳曉得仔，為仔俚自家本底子勿情願做倌人，故歇做末賽過勿曾做，倒才說俚是個倌人，俚自家也阿好說『我勿是倌人』？實概一氣末，就氣出個病。」亞白亦為之唏噓。

兩人一面說，一面走，恰到了尚仁里口，高亞白別有所事，拱手分路。錢子剛獨行進弄，相近黃翠鳳家，只見前面一個倌人，手扶娘姨，步履蹣跚，循牆而走。子剛初不理會，及至門首，方看清是諸金花。金花叫聲「錢老爺」，即往後面黃二姐小房間裡去。

子剛踅上樓來，黃珠鳳、黃金鳳爭相迎接，各叫「姐夫」，簇擁進房。黃翠鳳問：「諸金花哩？」子剛說：「來裡下頭。」金鳳恐子剛有甚祕密事務，假做要看諸金花，挈了珠鳳，走避下樓。翠鳳和子剛坐談片刻，壁上掛鐘正敲三下。子剛知道羅子富每日必到，即欲興辭，翠鳳道：「故也再坐歇末哉，啥要緊嗄？」子剛躊躇間，適值珠鳳、金鳳跟著諸金花來見翠鳳，子剛便不再坐，告別竟去。

諸金花一見翠鳳，噙著一泡眼淚，顫巍巍的叫聲「阿姐」，說道：「我前幾日天就要來望望阿姐，一徑走勿動；今朝是定歸要來哉！阿姐阿好救救我？」說著，嗚咽要哭。翠鳳摸不著頭腦，問道：「啥嗄？」金花自己撩起褲腳管給翠鳳看，兩隻腿膀一條青一條紫，盡是皮鞭痕跡，並有一點一點鮮紅血印，參差錯落似滿天星斗一般，此係用煙簽燒紅戳傷的。翠鳳不禁慘然道：「我交代耐，做生意末巴結點，耐勿聽我閑話，打到實概樣式！」金花道：「勿是呀！倪個無姆勿比得該搭無姆，做生意勿巴結生來要

---

❸ 無法子句：他沒辦法才去做的生意。

❹ 才勿許：都不允許。

打，巴結仔再要打哩。故歇就為仔一個客人來仔三四埭，無姆說我巴結仔俚哉，難末打呀。」翠鳳勃然怒道：「耐隻嘴阿會說嗄？」金花道：「說個呀，就是阿姐教撥我個閑話。我說要我做生意末勠打，打仔生意勿做哉！倪無姆為仔該聲閑話，索性關仔房門，喊郭孝婆相幫，揿牢仔榻床浪，一徑打到天亮，再要問我阿敢勿做生意。」翠鳳道：「問耐末，耐就說定歸勿做，讓俚哚打末哉啘。」金花攢眉道：「故末阿姐哉，痛得來無那哈哉呀！再要說勿做，說勿來❺哉呀！」翠鳳冷笑道：「耐怕痛末該應做官人家去做奶奶、小姐個呀，阿好做倌人！」

珠鳳、金鳳在傍嗤的失笑，金花羞得垂頭嘿坐。翠鳳又問道：「鴉片煙阿有嗄？」金花道：「鴉片煙有一缸來浪，碰著仔一點點就苦煞個，陸裡吃得落嗄！再聽見說，吃仔生鴉片煙要迸斷仔肚腸死哚，阿要難過。」翠鳳伸兩指著實指定金花，咬牙道：「耐個諂頭東西！」一句未終，卻頓住嘴不說了。

誰知這裡說話，黃二姐與趙家姆正在外間客堂中，並攏兩張方桌，把漿洗的被單鋪排縫紉。聽了翠鳳之言，黃二姐耐不住，特到房裡，笑向翠鳳道：「耐要拿自家本事教撥俚末，今世勿成功個哉！耐去想，前月初十邊❻進去，就是諸十全個客人姓陳個吃仔一檯酒，綳綳俚場面。到故歇一個多月，說有一個客人，裝一擋乾濕，打三埭茶會。陸裡曉得該個客人倒是俚老相好，來裡洋貨店裡櫃檯浪做生意，吃仔夜飯來末，總要到十二點鐘去。難末本家說仔閑話了，諸三姐趕得去打俚呀。」翠鳳道：「酒無撥末，局出仔幾個嗄？」黃二姐攤開兩掌笑道：「通共一擋乾濕，陸裡來個局嗄！」

❺ 說勿來：不能說；不敢說。

❻ 初十邊：將近初十。邊，臨近某個時候。

翠鳳欻地直跳起身，問金花道：「一個多月做仔一塊洋錢生意，阿是教耐無姆去吃屎？」金花那裡敢回話。翠鳳連問幾聲，推起金花頭來道：「耐說哩，阿是教耐無姆去吃屎？耐倒再要尋開心，做恩客！」黃二姐勸開翠鳳道：「耐去說俚做啥？」翠鳳氣的瞪目哆口，嚷道：「諸三姐個無用人，有氣力打俚末打殺仔好哉啘，擺來浪再要賠洋錢！」黃二姐跺腳道：「好哉呀！」說著，捺翠鳳坐下。翠鳳隨手把桌子一拍道：「趕俚出去，看見仔討氣！」這一拍太重了些，將一隻金鑲玳瑁釧臂斷作三段。黃二姐「咳」了一聲道：「故末陸裡來個晦氣！」連忙丟個眼色與金鳳。金鳳遂挈著金花，要讓過對過房間。金花自覺沒臉，就要回去，黃二姐亦不更留。倒是金鳳多情，依依相送。送至庭前，可巧遇著羅子富在門口下轎。金花不欲見面，掩過一邊，等子富進去，才和金鳳作別，手扶娘姨，緩緩出兆榮里，從寶善街一直向東，歸至東棋盤街繪春堂間壁得仙堂。

諸金花遭逢不幸，計較❼全無，但望諸三姐不來查問，苟且偷安而已。不料次日飯後，金花正在客堂中同幾個相幫笑罵為樂，突然郭孝婆摸索到門，招手喚金花。金花猛吃一嚇，慌的過去。郭孝婆道：「有兩個蠻蠻好個客人，我搭耐做個媒人，難末巴結點，阿曉得？」金花道：「客人來浪陸裡嗄？」郭孝婆道：「哪，來哉。」

金花抬頭看時，一個是清瘦後生，一個有鬍的，蹺著一隻腳，各穿一件雪青官紗長衫。金花迎進房間，請問尊姓。後生姓張，有鬍的說是姓周。金花皆不認識，郭孝婆也只認識張小村一個。外場送進乾濕，金花照例敬過，即向榻床燒鴉片煙。郭孝婆挨到張小村身傍，悄說道：「俚末是我外甥囡，耐阿好

❼計較：主意；主張。

照應照應？隨便耐開消末哉。」小村點點頭。郭孝婆道：「阿要喊個檯面下去？」小村正色禁止。郭孝婆俄延一會，復道：「价末問聲耐朋友看，阿好？」小村反問郭孝婆道：「該個朋友耐阿認得？」郭孝婆搖搖頭。小村道：「周少和呀。」郭孝婆聽了，做嘴做臉，溜出外去。

金花裝好一口煙，奉與周少和。少和沒有癮，先讓張小村。小村見這諸金花面張、唱口、應酬，並無一端可取，但將鴉片煙暢吸一頓，仍與少和一淘踅出得仙堂，散步逍遙，無拘無束，立在四馬路口，看看往來馬車，隨意往華眾會樓上泡一碗茶，以為消遣之計。

兩人方才坐定，忽見趙樸齋獨自一個接踵而來，也穿一件雪青官紗長衫，嘴邊啣著牙嘴香煙，鼻端架著墨晶眼鏡，紅光滿面，氣象不同，直上樓頭，東張西望。小村有心依附，舉手招呼。樸齋竟不理會，從後面煙間內團團兜轉，踅過前面茶桌邊，始見張小村，即問：「阿看見施瑞生？」小村起身道：「瑞生勿曾來，耐要尋俚就該搭等一歇哉呀。」

樸齋本待絕交，意欲於周少和面前誇耀體面，因而趁勢入座。小村喊堂倌再泡一碗。少和親去點根紙吹，授過水煙筒來，樸齋見少和一步一拐，問是為啥。少和道：「樓浪跌下來跌壞個。」小村指樸齋向少和道：「倪一淘人就挨著俚運氣最好❽，我同耐兩家頭才是倒霉人，耐個腳跌壞仔，我個腳別脫❾仔。」樸齋問吳松橋如何。小村道：「松橋也勿好，巡捕房裡關仔幾日天，剛剛放出來。俚個親生爺要搭俚借洋錢，噪仔一泡，幸虧外國人勿曾曉得，勿然，生意也歇個哉。」少和道：「李鶴汀轉去仔阿出

❽ 倪一淘人句：我們一夥人就數他運氣最好。一淘人，一幫人；一夥人。挨，此有「數」之意。

❾ 別脫：吳語。扭傷。此指「蹩腳」、「差勁」。

來？」小村道：「郭孝婆搭我說，要出來快哉。為俚阿叔生仔楊梅瘡⑩，到上海來看，俚一淘來。」樸齋道：「耐陸裡看見個郭孝婆？」小村道：「郭孝婆尋到我棧房裡，說是俚外甥囡來哚么二浪，請我去看，就坎坎同少和去裝仔擋乾濕。」少和訝然道：「坎坎個就是郭孝婆？我倒勿認得，失敬得極哉！前年我經手一樁官司，就辦個郭孝婆拐逃啘！」小村恍然道：「怪勿得俚看見耐有點怕。」少和道：「啥勿怕嗄，故歇再要收俚長監，一張稟單好哉。」

樸齋偶然別有會心，側首尋思，不復插嘴，少和、小村也就無言。三人連飲五六開茶，日雲暮矣。趙樸齋料這施瑞生遊蹤無定，無處堪尋，遂向周少和、張小村說聲「再會」，離了華眾會，徑歸三馬路鼎豐里家中回報妹子趙二寶，說是施瑞生尋勿著。二寶道：「明朝耐早點到俚屋裡去請。」樸齋道：「俚勿來末，請俚做啥？倪好客人多煞來浪。」二寶沉下臉道：「教耐請個客人末，耐就勿肯去，單會吃飽仔飯了白相，再有啥個用場嗄！」樸齋惶急，改口道：「我去，我去，我不過說說末哉。」二寶才回嗔斂怒。其時趙二寶時髦已甚，每晚碰和吃酒不止一檯。席間撤下的小碗，送在趙洪氏房裡，任憑趙樸齋雄啖大嚼，酣暢淋漓，吃到醉醺醺時，便倒下繩床，冥然罔覺，固自以為極樂世界矣。

這日趙樸齋奉妹子之命，親往南市請施瑞生。瑞生並不在家，留張名片而已。樸齋暗想：此刻徑去覆命，必要說我不會幹事，不若且去王阿二家，重聯舊好，豈不妙哉。比到了新街口，卻因前番曾遭橫逆，打破頭顱，故此格外謹慎，先至間壁訪郭孝婆，做個牽頭，預為退步。郭孝婆歡顏晉接，像天上吊⑪

⑩ 楊梅瘡：指梅毒。

⑪ 吊：掉。

下來一般，安置樸齋於後半間稍待，自去喚過王阿二來。王阿二見是樸齋，眉花眼笑，扭揑而前，親親熱熱的叫聲「阿哥」，道：「房裡去哩。」樸齋道：「就該搭罷。」一面脫下青紗衫，掛在搘⑫帳竹竿上。王阿二遂央郭孝婆關照老娘姨，一面推樸齋坐於床沿，自己爬在樸齋身上，勾住脖項說道：「我末一徑牽記⑬煞耐，耐倒發仔財了想勿著我，倪勿成功⑭個。」樸齋就勢兩手合抱，問道：「張先生阿來？」王阿二道：「耐再要說張先生，別腳哉呀！倪搭還欠十幾塊洋錢，勿著杠。」樸齋因歷述昨日小村之言，王阿二跳起來道：「俚有洋錢，倒去么二浪攀相好，我明朝去問聲俚看！」樸齋按住道：「耐去末，勠說起我哩。」王阿二道：「耐放心，勿關耐事。」

說著，老娘姨送過煙茶二事，仍回間壁看守空房。郭孝婆在外間聽兩人沒些聲息，知已入港，因恐他人再來打攪，親去門前看風哨探。好一會，忽然聽得後半間地板上歷歷碌碌一陣腳聲，不解何事。進內看時，只見趙樸齋手取長衫要著，王阿二奪下不許，以致扭結做一處。郭孝婆勸道：「啥要緊嗄？」王阿二盛氣訴道：「我搭俚商量：阿好借十塊洋錢撥我，煙錢浪算末哉。俚回報⑮仔我無撥，倒立⑯起來就走。」樸齋求告道：「故歇我無撥來裡啘，停兩日有仔末拿得來，阿好？」王阿二不依道：「耐要

---

⑫ 搘：音ㄓ。支撐；支持。

⑬ 牽記：牽掛；掛念。

⑭ 勿成功：此有「不行」、「不幹」之意。

⑮ 回報：此為「回答」之意。

⑯ 立：站。

停兩日末，長衫放來浪，拿仔十塊洋錢來拿。」樸齋跺腳道：「耐要我命哉，教我轉去說啥嗄？」郭孝婆做好做歹，自願作保，要問樸齋定個日子。樸齋說是月底。郭孝婆道：「就是月底也無啥，不過到仔月底，定歸要拿得來個哩。」王阿二給還長衫，亦著實囑道：「月底耐勿拿來末，我自家到耐鼎豐里來請耐去吃碗茶⑰。」

樸齋連聲唯唯，脫身而逃。一路尋思，自悔自恨，卻又無可如何。歸至鼎豐里口，遠遠望見自家門首停著兩乘官轎，拴著一匹白馬。趄進客堂，又有一個管家踞坐高椅，四名轎班列坐兩傍。樸齋上樓，正待回話，卻值趙二寶陪客閑談，不敢驚動，只在簾子縫裡暗地張覷。兩位客人，惟認識一位是葛仲英，那一位不認識的，身材俊雅，舉止軒昂，覺得眼中不曾見過這等人物。仍即悄然下樓，趄出客堂，請那管家往後面帳房裡坐。探問起來，方知他主人是天下聞名極富極貴的史三公子，祖籍金陵，出身翰苑，行年弱冠，別號天然。今為養痾起見，暫作滬上之遊。賃居大橋一所高大洋房，十分涼爽，日與二三知己，杯酒談心。但半月以來，尚未得一可意人兒承歡侍宴，未免辜負花晨月夕耳。樸齋聽說，極口奉承，不遺餘力。並問知這管家姓王，喚做小王，係三公子貼身伏侍掌管銀錢的。樸齋意欲得其歡心，茶煙點心絡繹不絕，小王果然大喜。

將近上燈時候，娘姨阿虎傳說，令相幫叫菜請客。樸齋得信，急去稟命⑱母親趙洪氏，擬另叫四色葷碟，四道大菜，專請管家。趙洪氏無不依從。等到樓上坐席以後，帳房裡也擺將起來，奉小王上坐，

---

⑰ 吃碗茶：亦作「吃講茶」。舊時發生爭執的雙方到茶館裡請公眾評判是非。

⑱ 稟命：當為「稟明」。

樸齋在下相陪，吃得興致飛揚，杯盤狼藉。無如樓上這檯酒，僅請華鐵眉、朱藹人兩人，席間冷清清的；兼之這史三公子素性怯熱，不耐久坐。出局一散，賓主四人哄然出席，皆令轎班點燈。小王只得匆匆吃口乾飯，趨出立俟。三公子送過三位，然後小王伺候三公子登轎，自己上馬，魚貫而去。

第三七回終。

第三八回　史公館癡心成好事　山家園雅集慶良辰

按，趙樸齋眼看小王揚鞭出弄，轉身進內見趙洪氏，告知史三公子的來歷。趙洪氏甚是快慰，遂把那請客回話擱起不提。不想接連三日，天氣異常酷熱，並不見史三公子到來。

第四日，就是六月三十了，趙樸齋起個絕早，將私下積聚的洋錢湊成十圓，徑往新街，敲開郭孝婆的門，親手交明，囑其代付。樸齋即時遄返❶，料定母親、妹子尚未起身，不致露綻。惟大姐阿巧勤於所事，樸齋進門，阿巧正立在客堂中蓬著頭打呵欠。樸齋搭訕道：「早來裡，再睏歇哉呀。」阿巧道：「倪是要做生活個。」樸齋道：「阿要我來幫耐做？」阿巧道是調戲，掉頭不理。樸齋倒以為得計。

將近上午，忽有一縷烏雲起於西北，頃刻間彌滿寰宇，遮住驕陽，電掣雷轟，傾盆下注。約有兩點鐘時，雨停日出。趙二寶新妝才罷，正自披襟納爽，開閣乘涼，卻見一人走得喘吁吁地，滿頭都是油汗，手持局票，闖入客堂。隨後樸齋上樓鄭重通報，說是三公子叫的，叫至大橋史公館。二寶亦欣然坐轎而去。

誰知這一個局直至傍晚竟不歸家，樸齋疑惑焦躁，竟欲自往相迎。可巧娘姨阿虎和兩個轎班空身回來，樸齋大驚失色，瞪出眼睛急問：「人哩？」阿虎反覺好笑，轉向趙洪氏說道：「二小姐末勿轉來哉，

❶ 遄返：疾速返回。遄，音ㄔㄨㄢˊ。疾速。

三公子請俚公館裡歇夏，包俚十個局一日，梳頭家生❷搭衣裳教我故歇就拿得去。」洪氏沒甚言語，樸齋嗔責阿虎道：「耐膽倒大哚，放生仔俚，轉來哉！」阿虎道：「二小姐教我轉來個呀！」樸齋道：「難下轉當心點，闖仔窮禍下來，耐做娘姨阿吃得消？」阿虎也沉下臉道：「耐覅發極哩，倪也四百塊洋錢哚呀！阿有啥勿當心個？從小來裡把勢裡，到故歇做娘姨，耐去問聲看，闖啥個窮禍嗄？」樸齋對答不出，默然而退。還是洪氏接嘴道：「耐覅去聽俚，快點收拾好仔去罷。」阿虎直咕嚕到樓上，尋得洋袱❸，打成兩包，辭洪氏自去了。

樸齋滿心忐忑，終夜無眠，復和母親商議，買許多水蜜桃、鮮荔枝，裝盒盛筐，齎往探望。叫把東洋車，拉過大橋堍，迤邐問到史公館門首，果然是高大洋房。兩傍欄凳上列坐四五個方面大耳挺胸凸肚的，皆穿烏皮快靴，似乎軍官打扮。樸齋吶吶然道達來意。那軍官手執油搭扇只顧招風，全然不睬。樸齋鞠躬鵠立，待命良久，忽一個軍官回過頭來，喝道：「外頭去等來浪！」樸齋喏喏，退出牆下，對著滿街太陽，逼得面紅吻燥。幸而昨日叫局的那人牽了匹馬緩緩而歸。樸齋上前拱手，求他通知小王。那人把樸齋略瞟一眼，竟去不顧。一會兒，卻有一個十三四歲孩子飛奔出來，一路喊問：「姓趙個來浪陸裡？」樸齋不好接應，悄地望內窺探。那軍官復瞪目喝道：「喊哉呀！」樸齋方喏喏提筐欲行，孩子拉住問道：「耐阿是姓趙？」樸齋連應：「是個。」孩子道：「跟我來。」

樸齋跟定那孩子，趨進頭門，只見裡面一片二畝廣闊的院子，遍地盡種奇花異卉。上邊正屋，是三

❷ 梳頭家生：梳頭用具。

❸ 洋袱：洋布包袱。

層樓；兩傍廂房，並係平屋。樸齋趲過一條五色鵝卵石路，從廂房廊下穿去。隱約玻璃窗內，有許多人科頭跣足❹，闊論高談。孩子引樸齋一直兜轉，正屋後面另有一座平屋，小王已在簾下相迎。樸齋慌忙趨見，放下那筐，作一個揖。小王讓樸齋臥房裡坐，並道：「故歇勿曾下樓，寬寬衣吃筒煙，正好。」孩子送上一鍾便茶。小王令孩子去打聽，道：「下樓仔末撥個信。」孩子應聲出外。小王因說起：「三老爺倒喜歡耐妹子，說耐妹子像是人家人。倘然對景❺仔，真真是耐個運氣。」樸齋只是喏喏。小王更約略教導些見面規矩，樸齋都領會了。適值孩子隔窗叫喚，小王知道三公子必已下樓，教樸齋坐來浪，匆匆跑去。須臾跑來，掀簾招手。

樸齋仍提了筐，跟定小王，繞出正屋簾前。小王接取那筐，帶領謁見。三公子踞坐中間炕上，滿面笑容，傍侍兩個禿髮書童。樸齋叫聲「三老爺」，側行而前，叩首打千。三公子頷首而已。小王附近稟說兩句，三公子蹙額向樸齋道：「送啥禮嘎。」樸齋不則一聲。三公子目視小王，小王即掇只矮腳酒杌，放在下首，令樸齋坐下。俄而聽得堂後樓梯上一陣小腳聲音，隨見阿虎攙了趙二寶，從容款步，出自屏門。樸齋起身屏氣，不敢正視。二寶叫聲阿哥，問聲無姆，別無他語。阿虎插嘴道：「阿是二小姐蠻好來浪？」樸齋自然忍受。三公子吩咐小王道：「同俚外頭坐歇，吃仔飯了去。」

樸齋聽說，側行而出，仍與小王同至後面臥房。小王囑道：「耐勠客氣，要啥末說。我有事體去。」當喚那孩子在房伏侍，小王重複跑去。樸齋獨自一個踱來踱去，壁上掛鐘敲過一點，始見打雜的搬進一

❹ 科頭跣足：露著頭赤著足。

❺ 對景：此處猶言「合他心意了」。

大盤酒菜，擺在外間桌上。那孩子請樸齋上坐獨酌。樸齋略一沾唇，推託不飲。孩子殷勤勸酹，樸齋不忍拂意，連舉三杯。小王卻又跑來，不許留量，定要盡壺，自己也篩一杯相陪。樸齋只得勉力從命。正欲講話，突然一個禿髮書童喚出小王。小王就和書童偕行，不知甚事。樸齋吃畢飯，洗過臉，等得小王回房，提著空筐告辭道謝。小王道：「三老爺睏著來浪，二小姐再要說句閑話。」樸齋喏喏，仍跟定小王，繞出正屋簾前。小王令他暫候，傳話進去。隨有書童將簾子捲起鈎住，趙二寶扶著阿虎立在門限內，說道：「轉去搭無娒說，我要初五轉來哚。局票來末，說是蘇州去哉。」樸齋也喏喏而出，小王竟送到大門之外，還說：「停兩日來白相。」樸齋坐上東洋車，徑回鼎豐里，把所見情形細細告訴母親。趙洪氏欣羨之至。

迨初五日，趙樸齋預先往聚豐園定做精緻點心，再往福利洋行將外國糖、餅乾、水果各色買些。待至下午，小王頂馬而來。接著兩乘官轎，一乘中轎，齊於門首停下。中轎內走出阿虎，攙了趙二寶，隨史公子進門。樸齋搶上，打個千兒，三公子仍是頷首。及到樓上房裡，三公子即向二寶道：「教耐無娒出來見見。」二寶令阿虎去請。趙洪氏本不願見，然無可辭，特換一副玄色生絲衫裙，靦腆上樓，只叫得「三老爺」三字，臉上已漲得通紅。三公子也只問問年紀飲食便了。二寶乃向三公子道：「耐坐歇，我同無娒下頭去。」三公子道：「無啥事體末早點轉去。」

二寶應「噢」，挈趙洪氏聯步下樓，趋進後面小房間，洪氏始覺身心舒泰，因問二寶：「再要到陸裡去？」二寶道：「轉去呀，原是俚公館裡。」洪氏道：「難去仔，幾日天轉來嗄？」二寶道：「說勿定。初七末，山家園齊大人請俚，俚要同我一淘去，到俚花園裡白相兩日再說。」洪氏著實叮嚀道：「耐自家要當心哩！俚哚大爺脾氣，要好辰光末好像好煞，推扳仔一點點要板面孔個哩！」

二寶見說這話，向外一望，掩上房門，挨在洪氏身傍，切切說話。說這三公子承嗣三房。本生❻這房雖已娶妻，尚未得子，那兩房兼祧❼嗣母❽，商議各娶一妻，異居分爨❾。三公子恐娶來未必皆賢，故此因循不決。洪氏低聲急問道：「价末阿曾說要討耐嗄？」二寶道：「俚說先到屋裡同俚嗣母商量，再要說定仔一個，難末兩個一淘討得去。教我生意覅做哉，等俚三個月，俚舒齊❿好仔，再到上海。」洪氏快活得嘻開嘴合不攏來。二寶又道：「難教阿哥公館裡覅來，停兩日做仔阿舅坍臺煞個。水果也覅去買，俚哚多花來浪。該應要送俚物事，阿怕我勿曉得⓫。」洪氏聽一句，點一點頭，沒得半句回答。

二寶再有多少話頭，一時卻想不起。洪氏催道：「一歇哉⓬，俚一幹仔來浪，耐上去罷。」二寶趔趄著腳兒，慢慢離了小房間。剛踅至樓梯半中間，從窗格眼張見帳房中，樸齋與小王並頭橫在榻上吸煙；再有大姐阿巧緊靠榻前，胡亂搭訕。

二寶心中生氣，縱步回房。史三公子等二寶近身，隨手拉他衣襟，悄說道：「轉去哉呀，再有啥事

---

❻ 本生：親生。

❼ 祧：承繼為後嗣。

❽ 嗣母：出繼的兒子稱所繼嗣一方的母親。

❾ 爨：音ㄘㄨㄢˋ。燒火煮飯；炊。

❿ 舒齊：此指「一切預備好了」。

⓫ 阿怕句：此句字面上看是「可是怕我不曉得」，實際意思是「我心裡是明白的」。

⓬ 一歇哉：有一會兒了。

體嗄？」二寶見桌上擺著燒賣、饅頭之類，遂道：「耐也吃點倪點心哩。」三公子道：「耐替我代吃仔罷。」二寶只做沒有聽見，掙脫走開，令阿虎傳命小王打轎。三公子竟像新女婿樣式，臨行還叫二寶轉稟洪氏，代言辭謝。洪氏怕羞不出，但將買的各色糖、餅乾、水果裝滿筐中，付阿虎隨轎帶去。二寶回顧攢眉，洪氏附耳說道：「放來裡無啥人吃呀！耐拿得去，撥俚哚底下人，阿對？」二寶不及阻擋，趕出門首，和三公子同時上轎。當下小王前驅，阿虎後殿，一行人滔滔汩汩，望大橋北堍史公館而歸。看門軍官挺立迎候。轎夫抬進院子，停在正屋階前。史三公子、趙二寶下轎登堂，並肩閑坐。三公子見阿虎提進那筐，問：「是啥嗄？」阿虎笑道：「倒是外國貨，除仔上海無撥個哩！」三公子揭蓋看時，呵呵大笑。二寶手抓一把，揀一粒松子，剝出仁兒，遞過三公子嘴邊，笑道：「耐嚐嚐看，總算倪無姆一點意思。」三公子憮然⑬正容，雙手來接，引得二寶、阿虎都笑。三公子卻喚禿髮書童取那十景盆中供的香橼⑭撤去，即換這糖、餅乾、水果，分成兩盆，高庋天然几上。二寶見三公子如此志誠，感激非常。無須贅筆。

過了一日，正逢七夕佳期，史三公子絕早吩咐小王預備一切應用物件。趙二寶盛妝豔服，分外風流。待至十點鐘時，接得催請條子。三公子、二寶仍於堂前上轎，僅帶小王、阿虎同行，經大馬路，過泥城橋，抵山家園齊公館大門首。門上人稟請稅駕⑮花園。又穿過一條街，即到花園正門。門楣橫額刻著「一

---

⑬ 憮然：驚愕之貌。

⑭ 香橼：即枸橼。俗名「佛手柑」。

⑮ 稅駕：猶解駕、停車。謂休息或歸宿。

「笠園」三個篆字。園丁請進轎子，直抬至凰儀水閣才停。高亞白、尹癡鴛迎於廊下，史天然、趙二寶歷階而升，就於水閣中少坐。接著，蘇冠香、姚文君、林翠芬皆上前廝喚。史天然怪問何早，蘇冠香道：「倪三個人來仔兩日哉呀。」尹癡鴛道：「韻叟是個風流廣大教主。前兩日為仔亞白、文君兩家頭，請俚哚吃合巹杯；今朝末專誠請閣下同貴相好做個乞巧會。」

談次，齊韻叟從閣右翩翩翔步而出。史天然口稱「年伯」，揖見問安。齊韻叟謙遜兩句，顧見趙二寶問：「阿是貴相好？」史天然應「是」。趙二寶也叫聲「齊大人」。齊韻叟帶笑近前，攜了趙二寶的手，上上下下打量一遍，轉向高亞白、尹癡鴛點點頭道：「果然是好人家風範。」趙二寶見齊韻叟年逾耳順，花白鬍鬚，一片天真，十分懇摯，不覺樂於親近起來。

於是大家坐定，隨意閑談。趙二寶終未稔熟，不甚酬對。齊韻叟教蘇冠香領趙二寶去各處白相，姚文君、林翠芬亦自高興，四人結隊成群，就近從閣左下階。階下萬竿脩竹，綠蔭森森，僅有一線羊腸曲徑。竹窮徑轉，便得一溪，隱隱見隔溪樹影中，金碧樓臺，參差高下，只可望而不可即。

四人沿著溪岸，穿入月牙式的十二迴廊。廊之兩頭並嵌著草書石刻，其文曰「橫波檻」。過了這廊，則珠簾畫棟，碧瓦文疏；聳翠淩雲，流丹映日。不過上下三十二楹，而遊於其中者，一若對溜連甍，千門萬戶，倀倀乎不知所之，故名之曰「大觀樓」。樓前崱屴嶐巃⑯，奇峰突起，是為「蜿蜒嶺」。嶺上有八角亭，是為「天心亭」。自堂距嶺，新蓋一座棕櫚涼棚，以補其隙。棚下排列茉莉花三百餘盆，宛然是「香雪海」。

⑯ 崱屴嶐巃：音ㄗㄜˋ ㄌㄧˋ ㄗㄨㄥ ㄌㄨㄥˊ。形容山勢高峻。

四人各摘半開花蕊簪於髻端，忽聞高處有人聲喚。仰面看時，卻係蘇冠香的大姐，叫做小青，手執一枝荷花，獨立亭中，笑而招手。蘇冠香喊他下來，小青渺若罔聞，招手不止。姚文君如何耐得，飛身而上，直造其巔。不知為了什麼，張著兩手，招得更急。林翠芬道：「倪也去看哩。」說著，縱步撩衣，願為先導。蘇冠香只得挈趙二寶從其後，遵循磴道，且止且行，嬌喘微微，不勝困憊。

原來一笠園之名，蓋為一笠湖而起。其形像天之圓，故曰笠；約廣十餘畝，故曰湖。這一笠湖居於園中央，西南當凰儀水閣之背，西北當蜿蜒嶺之陽，從蜿蜒嶺俯覽全園，無不可見。蘇冠香、趙二寶既至天心亭，遙望一笠湖東南角釣魚磯畔，有一簇紅妝翠袖，攢聚成圍，大姐、娘姨絡繹奔赴，問小青啥事體。小青道：「是個娘姨採仔一朵荷花，看見個罾⑰，隨手就扳，剛剛扳著攣攣大個金鯉魚，難末大家來浪看。」蘇冠香道：「我道仔看啥個好物事，倒走得腳末痛煞。」趙二寶亦道：「我著個平底鞋再要跌哩。」姚文君還嫌道不仔細，定欲親往一觀。趁問答時，早又一溜煙趕了去。林翠芬欲步後塵，那裡還追得及？三人再坐一會，方慢慢踅下蜿蜒嶺。林翠芬道：「我要去換衣裳。」就於大觀樓前分路自去。蘇冠香見大觀樓窗寮四敞，簾幕低垂，四五個管家七手八腳調排桌椅，因問道：「阿是該搭吃酒？」管家道：「該搭是夜頭，故歇便飯就來裡凰儀水閣裡吃哉。」

蘇冠香無語，挈趙二寶仍由原路同回凰儀水閣來。只見水閣中衣裳環珮，香風四流，又來了華鐵眉、葛仲英、陶雲甫、朱藹人四客，連孫素蘭、吳雪香、覃麗娟、林素芬皆已在座。惟姚文君脫去外罩衣服，單穿一件小袖官紗衫，靠在臨湖窗檻上，把一把蒲葵扇不住的搖。蘇冠香問道：「耐跑得去阿曾看見？」

⑰ 罾：音ㄗㄥ。用木棍或竹竿做支架的方形魚網，形似仰傘。

文君說不出話，努了努嘴。冠香回頭去看，一隻中號荷花缸放在冰桶架上，內盛著金鯉魚，真有一尺多長。趙二寶也略瞟一眼。文君搶出，指手劃腳說道：「再要捉俚一條，姘仔對末好哉！」冠香笑道：「故末請耐去捉哉啘！」大家不禁一笑。

第三八回終。

第三九回　造浮屠酒籌飛水閣　羨陬喁漁艇鬥湖塘

按，當下凰儀水閣擺開兩只方桌，擺起十六碟八炒八菜尋常便菜，依照向例各帶相好，成雙作對的就坐。一桌為華鐵眉、葛仲英、陶雲甫、朱藹人，一桌為史天然、高亞白、尹癡鴛、齊韻叟，大家舉杯相屬，俗禮胥捐❶。趙二寶尚覺含羞，垂手不動。齊韻叟說道：「耐到該搭來，覅客氣，吃酒吃飯總歸一淘吃。耐看俚哚呀！」說時，果見姚文君夾了半隻醉蟹且剝且吃，且向趙二寶道：「耐勿吃，無啥人來搭耐客氣，晚歇餓來浪。」蘇冠香笑著執箸相讓，夾塊排南送過趙二寶面前，二寶才也吃些。高亞白忽問道：「俚自家身體末，為啥做倌人？」史天然代答道：「總不過是勿過去。」齊韻叟長嘆道：「上海個場花賽過是陷阱，跌下去個人勿少哩！」史天然因說：「俚再有一個親眷，一淘到上海，故歇也做仔倌人哉。」尹癡鴛忙問：「名字叫啥？來哚陸裡？」趙二寶接嘴道：「叫張秀英，同覃麗娟一淘來浪西公和。」尹癡鴛特呼隔桌陶雲甫，問其如何。雲甫道：「蠻好，也是人家人樣式，阿要叫俚來？」癡鴛道：「晚歇去叫，故歇要吃酒哉。」

於是，齊韻叟請史天然行個酒令。天然道：「好白相點酒令才行過歇，無撥哉喨。」適管家上第一道菜魚翅，天然一面吃，一面想：想那桌朱藹人、陶雲甫不喜詩文，這令必須雅俗共賞為妙。因宣令道：

❶ 俗禮胥捐：即不講究禮數。胥捐，全都捐棄。

「有末有一個來裡，拈席間一物，用四書句疊塔，阿好？」大家皆說遵令。管家慣於伺候，移過茶几，取紫檀文具撬開，其中筆硯籌牌無一不備。史天然先飲一觥令酒，道：「我就出個『魚』字，拈鬮定次，末家接令。」齊韻叟道：「四書浪無撥幾個字好說哩。」天然道：「說下去看。」

在席八人，當拈一根牙籌，各照字數寫句四書在牙籌上，注明別號為記。管家收齊下去，另用五色箋謄真呈閱。兩席出位爭觀，見那箋上寫的是：

魚：史魚（仲）。烏牣魚（藹）。子謂伯魚（亞）。膠鬲舉於魚（韻）。昔者有饋生魚（鐵）。數罟不入污池魚（天）。二者不可得兼，舍魚（癡）。曰殆有甚焉，緣木求魚（雲）。

大家齊聲互贊，各飲門面杯過令。末家挨著陶雲甫，雲甫說個「雞」字。管家重將牙籌擄亂歸筒，按位分掣。大家得籌默然，或頭低散步，或屈指暗數。那姚文君見這酒令本已厭煩，及聽說的是「魚」，忽有所觸，連飲兩觥急酒，匆匆走開。高亞白只道他為氣悶，並未留神。大家得句交籌，管家陸續謄在箋上，云：

雞：割雞（天）。人有雞（韻）。月攘一雞（癡）。舜之徒也雞（藹）。止子路宿，殺雞（亞）。畜馬乘，不察於雞（仲）。可以衣帛矣，五母雞（雲）。今有人日攘其鄰之雞（鐵）。

應是華鐵眉接令。鐵眉道：「雞搭魚才說過哉，第三個字倒就難哩。」史天然道：「說勿出末吃一雞缸杯過令，啥人說得出接下去。」華鐵眉瞪目不語，矍然道：「有來裡哉，『肉』字阿好？」大家說：

「好！」葛仲英道：「難末真個難起來哉，勿曉得啥人是末家。」等得管家擔出看時：

肉：燔肉（鐵）。不宿肉（雲）。庖有肥肉（天）。是鶂鶂之肉（仲）。亟問亟饋鼎肉（癡）。七十者衣帛食肉（韻）。聞其聲不忍食其肉（藹）。朋友饋雖車馬非祭肉（亞）。

高亞白且不接令，自己篩滿一觥酒，慢慢吃著。尹癡鴛道：「阿是要吃仔酒了過令哉？」高亞白道：「耐倒稀奇哚，酒也勿許我吃哉！耐要說末耐就說仔。」癡鴛笑著，轉令管家先將牙籌派開。亞白吃完，大聲道：「就是『酒』末哉！」齊韻叟呵呵笑道：「來浪吃酒，為啥『酒』字才想勿著。」大家不假思索，一揮而就：

酒：沽酒（亞）。不為酒（仲）。鄉人飲酒（鐵）。博弈好飲酒（天）。詩云既醉以酒（藹）。是猶惡醉而強酒（雲）。曾元養曾子必有酒（韻）。有事弟子服其勞，有酒（癡）。

高亞白閱畢，向尹癡鴛道：「難去說罷，挨著哉！」癡鴛略一沉吟，答道：「耐罰仔一雞缸杯，我再說。」亞白道：「為啥要罰嗄？」大家茫然，連史天然亦屬不解，爭問其故。癡鴛道：「造塔末要塔尖個呀！『肉雖多』，『魚躍於淵』，『雞鳴狗吠相聞』，才是有尖個塔。耐說個『酒』，四書浪句子『酒』字打頭阿有嗄？」齊韻叟先鼓掌道：「駁得有理！」史天然不覺點頭。高亞白沒法，受罰；但向尹癡鴛道：「耐個人就叫『囚犯碼子』，最喜歡扳差頭。」癡鴛不睬，即說令道：「我想著個『粟』字來裡，四書浪好像勿少。」亞白聽說，嘩道：「我也要罰耐哉！故歇來浪吃酒末，陸裡來個『粟』嗄？」一手取過酒壺，代篩一觥。癡鴛如何肯服，引得哄堂大笑。

正在辨論不決之頃，忽聽得水閣後面三四個娘姨同聲發喊。大家吃驚，皆向臨湖檻外觀望。只見釣魚磯邊繫的瓜皮艇子被姚文君坐上一隻，帶著絲網，要去捉金鯉魚。娘姨著急，叫他轉來。文君那裡聽見，兩手挽兩枝槳，望湖心只管蕩。高亞白一望，連忙從閣右趕至磯頭，綽起一枝竹篙，就岸上只一點，已縱身跳上別隻艇子，抽去樁上繩纜，隨腳蹬開，這艇子便似箭離弦，緊對文君呼的射去。到得湖心，亞白照準文君坐的艇子後艄將竹篙用力一撥，那艇子便滴溜溜的似車輪一般轉個不住。文君做不得主，心裡自是發極，卻終不肯告饒。亞白笑而問道：「耐阿要去捉魚嗄？耐去末，我戳翻耐個船，請耐豁個浴❷，耐阿相信？」文君漲紅兩頰，不則一聲，等艇子稍定，仍自己蕩槳而回。亞白也調轉竹篙，相隨登岸。

文君到得岸上，睜圓柳眼，哆起櫻唇，一陣風向亞白直撲上來。亞白拔步奔逃，文君拚命追去。追至凰儀水閣中，倉皇四顧，不見亞白。再要追時，齊韻叟張開兩臂，擋住去路。文君欲從肋下鑽出，恰好為韻叟攔腰合抱攏來，勸道：「好哉，好哉。看我老老頭面浪，饒仔俚末哉。」文君道：「齊大人數哩，俚要甩我河裡去呀，教俚甩哩！」韻叟道：「俚瞎說，耐勿去聽俚。」文君還不肯罷休。韻叟見高亞白在閣左簾外探頭探腦，遂喚道：「快點來哩，惹氣仔相好倒逃走哉！」亞白挨進簾內，笑向文君作半個揖，自認不是。文君發狠，掙脫身子，亞白慌的復從閣右奔出。

文君追了一段，料道追不著，懊喪而歸。尹癡鴛遂道：「文君來，倪兩家頭點將。」文君最喜是「點

❷ 豁個浴：洗個澡。

將」的令，無不從命。兩席乃合從開戰，才把閑氣丟開一邊。一時釧韻鏗鏘，釧光歷亂❸。文君連負兩次，玉山漸頹。大家亦欲留不盡之興以卜❹其夜，齊韻叟乃令管家請高亞白吃飯。管家回說：「高老爺來浪書房裡同馬師爺一淘吃過哉。」韻叟微笑而罷。

飯後，大家四出散步。三五成群，或調鶴，或觀魚，或品茶，或鬥草，以至枕流漱石，問柳尋花，不必細敘。惟主人齊韻叟自歸內室去睡中覺。

尹癡鴛帶著林翠芬及蘇冠香、姚文君相與躑躅湖濱，無可消遣，偶然又踅至大觀樓前。見那三百盆茉莉花已盡數移放廊下，涼棚四周掛著密密層層的五色玻璃球，中間棕櫚梁上，用極粗絙索掛著一丈五尺圍圓的一箱煙火。蘇冠香指點道：「說是廣東教人❺來做個呀，勿曉得阿好看？」尹癡鴛道：「啥好看！原不過是煙火末哉。」林翠芬道：「勿好看末，人家為啥拿幾十塊洋錢去做俚嗄？」姚文君道：「我一徑勿曾看見過煙火，倒先要看看俚啥樣式。」說著，踅下臺階，仔細仰視。適遇高亞白從東北行來，望見姚文君，遠遠的含笑打拱。文君只作不理。亞白悄近涼棚，不敢直入。林翠芬不禁格聲一笑。尹癡鴛回頭見了道：「耐兩家頭算啥嗄？晚歇客人才來仔，阿怕難為情？」蘇冠香招手道：「高老爺來末哉，倪一淘人才幫耐。」高亞白舉步將登，卻又望見一人飛奔而來，認得係齊府大總管夏餘慶，匆匆報道：「客人來哉。」亞白即復縮住，轉身避開。尹癡鴛同蘇冠香、姚文君、林翠芬也哄然從東北走去。踅過

❸ 歷亂：爛熳。
❹ 卜：報；報答。
❺ 廣東教人：從廣東叫人。

九曲平橋，迎面假山坡下有三間留雲榭，史天然、華鐵眉在內對坐圍棋，趙二寶、孫素蘭倚案觀局。一行人隨意立定。突然半空中吹來一聲崑曲，倚著笛韻，悠悠揚揚，隨風到耳。林翠芬道：「啥人來浪唱？」蘇冠香道：「梨花院落裡教曲子哉哩。」姚文君道：「勿是個，倪去看。」就和林翠芬尋聲向北，於竹籬麂眼❻中窺見箭道之傍三十三級石臺上，乃是葛仲英、吳雪香兩人合唱，陶雲甫擫笛❼，覃麗娟點鼓板。

姚文君早一溜煙趕過箭道，奮勇先登。害得個林翠芬緊緊相從，汗流氣促。幸而甫❽經志正堂前即被阿姐林素芬叫住，喝問：「跑得去做啥？」翠芬對答不出。素芬命其近前，替他整理釧鈿，埋冤兩句。翠芬見志正堂中間炕上，朱藹人橫躺著吸鴉片煙。翠芬叫聲「姐夫」，爬在炕沿，陪著阿姐講些閑話，不知不覺講著由頭，竟一直講到天晚。各處當值管家點起火來。志正堂上只點三盞自來火，直照到箭道盡頭。接著張壽報說：「馬師爺來浪哉。」朱藹人乃令張壽收起煙盤，率領林素芬、林翠芬前往赴宴。一路上皆有自來火接遞照耀，將近大觀樓，更覺煙雲繚繞，燈燭輝煌。不料樓前反是靜悄悄的，僅有七八個女戲子在那裡打扮。

原來這席面設在後進中堂，共是九桌，勻作三層。諸位賓客，畢至咸集，紛紛讓坐。正中首座係馬師爺，左為史天然，右為華鐵眉。朱藹人既至後進，見尹癡鴛坐的這席尚有空位，就於對面坐下。林素

❻竹籬麂眼：籬格斜方如麂眼，故名。

❼擫笛：吹奏曲子。擫，音ㄧㄝˋ。用手指按壓。

❽甫：剛。

芬、林翠芬並肩連坐。其餘後叫的局，有肯坐的留著位置，不肯坐的亦不相強。庭前穿堂內原有戲臺，一班家伎❾搬演雜劇。鑼鼓一響，大家只好飲酒聽戲，不便閑談。主人齊韻叟也無暇敬客，但說聲「有褻」而已。一會兒，又添了許多後叫的局，索性擠滿一堂。並有叫雙局的，連尹癡鴛都添叫一個張秀英。秀英見了趙二寶，點首招呼。二寶因施瑞生多時絕跡，不記前嫌，欲和秀英談談，終為眾聲所隔，不得暢敘。

比及上過一道點心，唱過兩句京調，趙二寶擠得熱不過，起身離席，向尹癡鴛做個手勢，便拉了張秀英，由左廊抄出，徑往九曲平橋，徙倚欄杆，消停絮語。先問秀英生意阿好，秀英搖搖頭。二寶道：「姓尹個客人倒無啥，耐巴結點做末哉。」秀英點點頭。二寶問起施瑞生，秀英道：「耐搭末來仔幾埭，西公和一徑勿曾來歇呀。」二寶道：「該號客人靠勿住，我聽說做仔袁三寶哉。」秀英急欲問個明白，可巧東首有人走來，兩人只得住口。等到跟前，才看清是蘇冠香。冠香道是兩人要去更衣❿，悄問二寶，正中了二寶之意。冠香道：「故歇我去喊琪官，倪就琪官搭去罷。」

秀英、二寶遂跟冠香下橋，沿坡而北，轉過一片白牆，從兩扇黑漆角門推進看時，惟有一個老婆子在中間油燈下縫補衣服。蘇冠香徑引兩人登樓，趕至琪官臥房。琪官睡在床上，聞有人來，慌即起身，迎見三人，叫聲「先生」。冠香向琪官悄說一句，琪官道：「倪搭是齷齪煞個哩。」冠香接道：「故末也勠客氣哉。」趙二寶不禁失笑，自往床背後去。張秀英退出外間，靠窗乘涼。冠香因問琪官：「阿是耐

❾ 家伎：亦作「家妓」。豪門大戶家中所蓄養的歌妓。

❿ 更衣：如廁。

勿適意？」琪官道：「勿要緊個，就是喉嚨唱勿出。」冠香道：「大人教我來請耐，唱勿出勦唱哉，耐阿去？」琪官笑道：「大人喊末，阿有啥勿去個嗄。要耐先生請是笑話哉。」冠香道：「勿是呀，大人常恐耐勿適意仔睏來浪，問聲耐阿好去，就勿去也無啥。」琪官滿口應承。恰值趙二寶事畢洗手，琪官就擬隨行。冠香道：「价末耐也換件衣裳哩。」琪官訕訕的復換起衣裳來。

張秀英在外間忽招手道：「阿姐來看哩，該搭好白相。」趙二寶跟至窗前，向外望去。但見西南角一座大觀樓，上下四旁一片火光，倒映在一笠湖中，一條條異樣波紋明滅不定。那管弦歌唱之聲，宛轉蒼涼，忽近忽遠，似在雲端裡一般。二寶也說好看，與秀英看得出神。直等琪官脫著舒齊⑪，蘇冠香出房聲請，四人始相讓下樓出院，共循原路而回。回至半路，復遇著個大總管夏餘慶，手提燈籠，不知何往。見了四人，傍立讓路，並笑說道：「先生看哩，放煙火哉。」蘇冠香且行且問道：「价末耐去做啥嗄？」夏總管道：「我去喊個人來放，該個煙火說要俚哚做個人自家來放末好看。」說罷自去。

四人仍往大觀樓後進中堂。趙二寶、張秀英各自歸席，蘇冠香令管家掇只酒杌放在齊韻叟身傍，教琪官坐下。維時戲劇初停，後場樂人隨帶樂器，移置前面涼棚下伺候。席間交頭接耳，大半都在講話。那琪官不施脂粉，面色微黃，頭上更無一些插戴，默然垂首，若不勝幽怨者然。齊韻叟自悔孟浪⑫，特地安慰道：「我喊耐來勿是唱戲，教耐看看煙火，看完仔去睏末哉。」琪官起立應命。

須臾，夏總管稟說：「舒齊⑬哉。」齊韻叟說聲「請」，侍席管家高聲奉請馬師爺及諸位老爺移步前

---

⑪ 舒齊：此有停當、妥當之意。

⑫ 孟浪：粗疏。

樓，看放煙火。一時賓客、倌人紛紛出席。

第三九回終。

⓭ 舒齊：準備好了。

第四〇回　縱玩賞七夕鵲填橋　善俳諧一言雕貫箭

按，這馬師爺別號龍池，錢塘人氏，年紀不過三十餘歲，文名蓋世，經學傳家，高誼摩雲，清標絕俗。觀其貌則藹藹可親，聽其詞則津津有味。上自賢士大夫，下至婦人孺子，無不樂與之遊。齊韻叟請在家中，朝夕領教，嘗謂人曰：「龍池一言，輒令吾三日思之不能盡。」龍池謂韻叟華而不縟，和而不流，為酒地花天作砥柱，戲贈一「風流廣大教主」之名。每遇大宴會，龍池必想些新式玩法，異樣奇觀，以助韻叟之興。就是七夕煙火，即為龍池所作，雇摹粵工，口講指劃，一月而成。但龍池亦犯著一件懼內的通病，雖居滬瀆❶，不敢胡行。韻叟必欲替他叫局，龍池只得勉強應酬。初時不論何人，隨意叫叫；因龍池說起衛霞仙性情與乃眷有些相似，後來便叫定一個衛霞仙。當晚，霞仙與龍池並坐首席，相隨賓客、倌人趕出大觀樓前進廊下看放煙火。

前進一帶窗寮盡行關閉，廊下所有燈燭盡行吹滅，四下裡黑魆魆地。一時，粵工點著藥線，樂人吹打將軍令頭。那藥線燃進窟窿，箱底脫然委地。先是兩串百子響鞭，劈劈拍拍震的怪響。隨後一陣金星，亂落如雨。忽有大光明從箱內放出，如月洞一般，照得五步之內針芥畢現。樂人換了一套細樂，才見牛郎、織女二人分列左右，緩緩下垂。牛郎手牽耕田的牛，織女斜倚織布機邊，作盈盈凝望之狀。

❶ 滬瀆：古水名。指吳淞江下游近海處一段（今黃浦江下游），因指上海。

細樂既止，鼓聲隆隆而起。乃有無數轉貫球雌雌的閃爍盤旋，護著一條青龍翔舞而下，適當牛郎、織女之間。隆隆者鼕易羯鼓❷作爆豆聲，銅鉦❸喤然應之。那龍口中吐出數十月炮，如大珠小珠，錯落滿地；渾身鱗甲間冒出黃煙，氤氳醲郁，良久不散。看的人皆喝聲采。俄而鉦鼓一緊，那龍顛首掀尾，接連翻了百十個筋斗，不知從何處放出花子，滿身環繞，跋扈飛揚，儼然有攪海翻江之勢。喜得看的人喝采不絕。花子一住，鉦鼓俱寂，那龍也居中不動，自首至尾，徹裡通明，一鱗一爪，歷歷可數。龍頭尺木❹披下一幅手卷，上書「玉帝有旨牛女渡河」八個字。兩傍牛郎、織女作躬身迎詔之狀。樂人奏朝天樂以就其節拍，板眼一一吻合。看的人攢攏去細看，僅有一絲引線拴著手足而已。及那龍線斷自墮，伺候管家忙從底下抽出，拎起來竟有一人一手多長，尚有幾點未燼火星倏亮倏暗。

當下牛郎、織女欽奉旨意，作起法來。就於掌心飛起一個流星，緣著引線衝入箱內，鐘魚❺鐃鈸之屬，吣剝叮噹，八音並作。登時飛落七七四十九隻烏鵲，高高低低，上上下下，布成陣勢，彎作橋形，張開兩翅，兀自栩栩欲活。看的人愈覺稀奇，爭著近前，並喝采也不及了。樂人吹起嗩吶，咿啞咿啞，好像送房合巹之曲。牛郎乃捨牛而升，織女亦離機而上，恰好相遇於鵲橋之次。於是兩個人，四十九隻

❷ 鼕易羯鼓：忽然換作羯鼓。羯鼓，古代打擊樂器的一種。狀如漆桶，兩頭俱可擊，因出羯中，故稱羯鼓，亦謂之兩杖鼓。

❸ 鉦：一種古代樂器。形似鐘而狹長，有柄，擊之發聲，用銅製成。行軍時用以節止步伐。

❹ 尺木：古人謂龍升天時所憑依的短小樹木。

❺ 鐘魚：撞鐘之木。因製成鯨魚形，故稱。亦借指鐘、鐘聲。

烏鵲，以及牛郎所牽的牛，織女所織的機，一齊放起花子來。這花子更是不同，朵朵皆作蘭花竹葉，望四面飛濺開去，真個是「火樹銀花合，星橋鐵鎖開」光景，連階下所有管家都看的興發，手舞足蹈，全沒規矩。

足有一刻時辰，陸續放畢。兩個人，四十九隻烏鵲，以及牛郎所牽的牛，織女所織的機，無不徹裡通明，才看清牛郎、織女面龐姣好，眉目傳情，作相傍相偎依依不捨之狀。樂人仍用將軍令煞尾收場。粵工只等樂闋時，將引線放寬，紛紛然墜地而滅，依然四下裡黑魆魆地。大家盡說：「如此煙火，得未曾有。」齊韻叟、馬龍池亦自欣然。

管家重開前進窗寮，請去後進入席。後叫的許多出局趁此哄散，衛霞仙、張秀英也即辭別，琪官也即回房。諸位賓客生恐主人勞頓，也即不別而行。入席者寥寥十餘位。齊韻叟要傳命一班家樂開臺重演，十餘位皆道謝告辭。韻叟因琪官不唱，與會闌珊，遂令蘇冠香每位再敬三大杯。冠香奉命離座，侍席管家早如數斟上酒。十餘位不待相勸，如數乾訖，各向冠香照杯。大家用飯散席。

齊韻叟道：「本來要與諸君作長夜之飲，但今朝人間天上，未便辜負良宵，各請安置，翌日再敘如何？」說罷大笑。管家掌燈伺候，齊韻叟拱手告罪而去。馬龍池自歸書房。葛仲英、陶雲甫、朱藹人暨幾個親戚另有臥處，管家各以燈籠分頭相送。惟史天然、華鐵眉臥房即鋪設於大觀樓上，與高亞白、尹癡鴛臥房相近。管家在前引導，四人隨帶相好，聯步登樓。

先至史天然房內小坐閑談。只見中間排著一張大床，簾櫳帷幕一律新鮮。鏡臺衣桁❻，粉盒唾盂，

❻ 衣桁：衣架。桁，音ㄏㄤˊ。

無不具備。史天然舉眼四顧，華鐵眉、高亞白俱有相好陪伴，惟尹癡鴛只做清倌人林翠芬，因笑道：「癡鴛先生忒寂寞哉啘。」癡鴛將翠芬肩膀一拍道：「陸裡會寂寞嗄，倪個小先生也蠻懂個哉。」翠芬笑而脫走。癡鴛轉向趙二寶，要盤問張秀英出身細底。二寶正待敘述，卻被姚文君纏住癡鴛，要盤問煙火怎樣做法。癡鴛回說：「勿曉得。」文君道：「箱子裡阿是藏個人來浪做？」癡鴛道：「箱子裡有仔人末跌殺哉。」文君道：「价末為啥像活個嗄？」大家不禁一笑。華鐵眉道：「大約是提線傀儡❼之法。」文君原不得解，想了一想，也不再問。

管家送進八色乾點，大家隨意用些，時則夜過三更，檐下所懸一帶絳紗燈搖搖垂滅。華鐵眉、高亞白、尹癡鴛及其相好就此興辭歸寢。娘姨阿虎疊被鋪床，伏侍史天然、趙二寶收拾安臥而退。

天然一覺醒來，只聽得樹林中小麻雀兒作隊成群，喧噪不已，急忙搖醒二寶，一同披衣起身。喚阿虎進房問時，始知天色尚早，但又不便再睡，且自洗臉漱口吃點心。阿虎排開奩具，即為二寶梳妝。天然沒事，閑步出房。偶經高亞白臥房門首，向內窺覷，高亞白、姚文君都不在房。天然掀簾進去，見那房中除床榻桌椅之外，空落落的，竟無一幅書畫，又無一件陳設，壁間只掛著一把劍一張琴。惟有一頂素綾帳子，倒是密密畫的梅花，知係尹癡鴛手筆。一方青緞帳額，用鉛粉寫的篆字，知係華鐵眉手筆。天然從頭念下，係高亞白自己做的帳銘。其文道：

仙鄉，醉鄉，溫柔鄉，惟華胥鄉掌之；佛國，香國，陳芳國，惟槐安國翼之。我遊其間，三千大

❼ 提線傀儡：一種用線操縱的木偶戲。

千，活潑潑地，紇縵縵天，不知今夕是何年！

天然徘徊賞鑒，不忍捨去。忽聞有人高叫：「天然兄，該搭來！」天然回頭望去，乃尹癡鴛隔院相喚，當即退出，抄至對過癡鴛臥房。癡鴛適才起身，剛要洗臉，迎見天然，暫請寬坐，這房中卻另是一樣，只覺金迷紙醉，錦簇花團，說不盡綺靡紛華之概。天然倒不理會，但見靠窗書桌上堆著幾本草訂書籍，問是何書。癡鴛道：「舊年韻叟刻仔一部詩文，叫一笠園同人全集，再有幾花零珠碎玉，不成篇幅，如楹聯、匾額、印章、器銘、燈謎、酒令之類，一概揞脫好像可惜，難末教我再選一部，就叫外集。故歇選仔一半，勿曾發刻。」天然取書在手，翻出一段，看是「白戰」的酒令。天然道：「『白戰』兩個字，名目就好。」再看下面，有小字注道：「歐陽文忠公小雪會飲聚星堂賦詩，約不得用『玉』、『月』、『梨』、『梅』、『練』、『絮』、『白』、『舞』、『鵝』、『鶴』等字。後東坡復舉前體，末云：『當時號令君記取，白戰不許持寸鐵。』此令即仿此意。各拈一題，作詩兩句，用字面映襯切貼者罰。」第一條「桃花」為題，詩曰：

一笑去年曾此日，再來前度復何人？

天然長吟點頭道：「倒勿容易哩。」癡鴛道：「該個兩句無啥好，耐看下去。先要看仔俚詩，再猜俚是啥個題目。題目猜勿出，故末詩好哉。」說著，揩乾手面，踅過桌傍，接那書來，翻過一頁，掩住題目，單露出兩句詩給天然看。詩曰：

誰歟是主何須問，我以為君不可無。

天然道：「空空洞洞，陸裡有啥題目嗄？」癡鴛笑而放手，天然見題目是「脩竹」，恍然大悟道：「懂哉，懂哉！果然做得好！」癡鴛復以一條相示。詩曰：

借問當年誰得似，可憐如此更何堪！

天然蹙額沉吟道：「上頭一句像飛燕，下頭一句勿對哉啘。」細細的想了一會，終想不到是「殘柳」的題目。及至看了，卻即拍案叫絕道：「好極哉！」再看詩曰：

淡泊從來知者鮮，指揮其下慎無遺。

癡鴛道：「該個是『諸葛菜』，借用個典故，陸裡猜得著。」天然道：「因難見巧，好在不脫不粘。」此後還有兩條，已經癡鴛塗抹，看不清楚。天然翻下去，都是選的酒令，五花八門，各體咸備。大略覽畢，問道：「昨日個酒令阿要選嗄？」癡鴛道：「我想過歇哉，『粟』字之外，再有『羊』字、『湯』字好說，連『雞』、『魚』、『酒』、『肉』，通共七個字。」天然道：「『粟』、『羊』、『湯』三個字，四書浪阿全嗄？」癡鴛道：「四書浪句子我也想好來裡。」遂念道：

粟：食粟。雖有粟。所食之粟。則農有餘粟。其後廩人繼粟。冉子為其母請粟。孟子曰：許子必種粟。聖人治天下使有菽粟。

羊：五羊。猶犬羊。其父攘羊。見牛未見羊。何可廢也，以羊。而曾子不忍食羊。伐冰之家不畜牛羊。子貢欲去告朔之餼羊。

湯：於湯。五就湯。伊尹相湯⑧。冬日則飲湯。由堯、舜至於湯。伊尹以割烹要湯。囂囂然曰：吾何以湯？不識王之不可以為湯。

天然聽了，笑道：「耐阿是昨日夜頭睏勿著，一徑來浪想？」癡鴛道：「我是無啥睏勿著，耐末常恐來勿及睏。」說話時，趙二寶新妝既罷，聞得天然聲音，根尋而至。癡鴛眼光直上直下，只看二寶，且笑道：「難末今夜頭要睏勿著哉！」二寶不解癡鴛所說云何，然亦知其為己而發，別轉頭咕嚕道：「隨便耐去說啥末哉。」癡鴛慌自分辨，二寶那裡相信。天然呵呵一笑。

可巧管家來請午餐，三人乃起身隨管家下樓。這午餐擺在大觀樓下前進中堂，平開三桌。下首一桌早為幾個親戚占坐。齊韻叟、蘇冠香等得史天然、尹癡鴛、趙二寶到來，讓於當中一桌坐下。隨見姚文君身穿官紗短衫褲，腰懸一壺箭，背負一張弓，打頭前行，後面跟著華鐵眉、孫素蘭、葛仲英、吳雪香、陶雲甫、覃麗娟及朱藹人、林素芬、林翠芬、高亞白十人，從花叢中迤邐登堂。姚文君卸去弓箭，就和眾人坐了上首一桌。惟林翠芬仍過這邊，坐在尹癡鴛肩下。

酒過三巡，食供兩套，齊韻叟擬請行令。高亞白道：「昨日個酒令勿曾完結啘。」史天然道：「有

⑧湯：指商朝開國之君商湯。下文中「湯王犯仔啥個罪孽」句，因將商湯與牛、羊、魚等放在一起作酒令，故有此說。

哉。」歷述尹癡鴛所說「粟」、「羊」、「湯」三字並四書疊塔句子。齊韻叟道：「難道八個字拼勿滿？」尹癡鴛道：「倘然吃大菜末，說個『牛』字也無啥。」高亞白道：「湯王犯仔啥個罪孽，放來浪多花眾生裡嚮？」華鐵眉笑道：「亞白先生一隻嘴實在尖極，比仔文君個箭射得準。」尹癡鴛鼓掌道：「妙啊，故末可稱一箭貫雙雕！」史天然接嘴道：「雞魚牛羊多花眾生才有來浪，倪再說個『雕』字阿好？」席間初時不懂，既而一想，忍不住哄堂大笑，皆道：「今朝為啥大家拿俚哚兩家頭尋開心？」齊韻叟拈鬚道：「此所謂『箭在弦上，不得不發耳』。」高亞白點頭道：「倒罵得不俗。大家索性多罵兩聲，可以下酒。」便取酒壺自斟一大觥給姚文君，道：「耐也是個雕，吃一杯賞罵酒。」席間重複笑起。史天然、華鐵眉並道：「倪大家奉陪一杯，算是受罰末哉。」管家見說，逐位斟上大觥。

尹癡鴛慢慢吃著，問趙二寶道：「張秀英酒量阿好？」二寶道：「耐去做仔俚末就曉得哉啘，問啥嗄！」陶雲甫道：「秀英酒量同耐差勿多，阿要去試試看？」高亞白道：「癡鴛心心念念來裡張秀英身浪，晚歇定歸去。」尹癡鴛本自合意，不置一詞，草草陪著行過兩個容易酒令，然後終席。

消停一會，日薄崦嵫❾，尹癡鴛約齊在席眾人特地過訪張秀英，惟齊府幾個親戚辭謝不去。癡鴛擬邀主人齊韻叟，韻叟道：「故歇我勿去。耐倘然對景仔末，請俚一淘到園裡來好哉。」癡鴛應諾，當即雇到七把皮篷馬車，分坐七對相好。林翠芬雖含醋意，尚未盡露，仍與尹癡鴛同車，出一笠園，經泥城橋，由黃浦灘兜轉四馬路，停於西公和里。陶雲甫、覃麗娟搶先下車，導引眾人進弄至家，擁到樓上張秀英房間。秀英猝不及防，手忙腳亂。高亞白叫住道：「耐覅瞎應酬，快點喊個檯面下去，倪吃仔點末

❾ 崦嵫：山名。在甘肅天水縣西境。傳說以為日落的地方。崦，音ㄧㄢ。

轉去哉。」張秀英唯唯，立刻傳命外場，一面叫菜，一面擺席。朱藹人乘間隨陶雲甫踅往覃麗娟房間吸煙過癮。林翠芬不耐煩，拉了阿姐林素芬相將走避。

趙二寶靜坐無聊，徑去開了衣櫥，尋出一件東西，手招史天然前來觀看，乃是幾本春宮冊頁，天然接來，授與尹癡鴛。癡鴛略一過目，隨放桌上道：「畫得勿好。」華鐵眉抽取其中稀破的一本展現，雖丹青黯淡，而神采飛揚，贊道：「蠻好啘。」葛仲英在傍也說無啥。但惜其殘缺不全，僅存七幅，又無圖章款識，不知何人所繪。高亞白因為之搜討一遍：始末兩幅，若迎若送；中五幅，一男三女，面目差同；沉吟道：「大約是畫個小說故事。」史天然笑說：「勿差。」隨指一女道：「耐看，有點像文君。」大家一笑丟開。外場絞上手巾，尹癡鴛請出客堂，入席就坐。

第四〇回終。

第四一回 衝繡閣惡語牽三畫 佐瑤觴陳言別四聲

按，席間七人一經坐定，擺莊搳拳，熱鬧一陣。高亞白見張秀英十分巴結，只等點心上席，遂與史天然、華鐵眉、葛仲英各率相好，不別而行。朱藹人也率林素芬、林翠芬辭去。單留下陶雲甫、尹癡鴛兩人。覃麗娟相知既深，無話可敘；張秀英聽了趙二寶❶，宛轉隨和，並不作態，奉承得尹癡鴛滿心歡喜。

到了初九日，齊府管家手持兩張名片，請陶、尹二位帶局回園。陶雲甫向尹癡鴛道：「耐去替我謝聲罷，今夜陳小雲請我，比仔一笠園近點。」尹癡鴛乃自率張秀英，原坐皮篷馬車，偕歸齊府一笠園。陶雲甫待至傍晚，坐轎往同安里金巧珍家赴宴。可巧和王蓮生同時並至，下轎廝見，相讓進門。不料弄口一淘玩皮孩子之中有個阿珠兒子，見了王蓮生，飛奔回家，徑自上樓，闖進沈小紅房間，報說：「王老爺來浪金巧珍搭吃酒。」恰值武小生小柳兒在內，摟做一處。阿珠兒子驀見大驚，縮腳不迭。沈小紅老羞變怒，一頓喝罵。阿珠兒子不敢爭論，咕嚕下樓。阿珠問知緣故，高聲頂嘴道：「俚小幹仵末曉得啥個事體嘎，先起頭耐一埭一埭教俚去看王老爺，故歇看見仔王老爺回報耐，也勿曾差啘！耐自家想想看，王老爺為啥勿來？再有面孔罵人！」小紅聽這些話，如何忍得？更加拍桌跺腳，沸反盈天❷。阿珠

❶ 張秀英句：張秀英聽了趙二寶的指點。

倒冷笑道：「耐嬲反哩！倪是娘姨呀，勿對末好歇生意❸個啘！」小紅怒極，嚷道：「要滾末就滾，啥個稀奇煞仔！」

阿珠連聲冷笑，不復回言，將所有零碎細軟打成一包，挈帶兒子，辭別同人，蕭然竟去，暫於自己借的小房子混過一宿。比至清晨，阿珠令兒子看房，親去尋著薦頭人❹，取出鋪蓋，復去告訴沈小紅的爺娘兄弟，志堅詞決，不願幫傭。

吃過中飯，阿珠方踅往五馬路王公館前。舉手推敲，銅鈴即響；立候一會，才見開門。阿珠見開門的是廚子，更不打話，直進客堂，卻被廚子喝住道：「老爺勿來裡，樓浪去做啥？」阿珠回答不出，進退兩難。幸而王蓮生的侄兒適因聞聲跑下樓梯，問阿珠：「阿有啥閑話？」阿珠略敘大概，卻為樓上張蕙貞聽見，喊阿珠上樓進房。阿珠叫聲「姨太太」，循規侍立。蕙貞正在裹腳，務令阿珠坐下，問起武小生小柳兒一節。阿珠心中懷恨，遂傾筐倒篋而出之。蕙貞得意到極處，說一場，笑一場。尚未講完，王蓮生已坐轎歸家，一見阿珠，殊覺詫異，問蕙貞說笑之故。蕙貞歷述阿珠之言，且說且笑。蓮生終究多情，置諸不睬。阿珠未便再講，始說到切己事情道：「公陽里周雙珠要添娘姨，王老爺阿好薦薦我？」蓮生初意不允，阿珠求之再三，蓮生只得給與一張名片，令其轉懇洪善卿。阿珠領謝而去。

因天色未晚，阿珠就往公陽里來。只見周雙珠家門首早停著兩肩出局轎子，想其生意必然興隆，當

---

❷ 沸反盈天：猶謂潑天大鬧。沸反，大鬧。

❸ 歇生意：停生意。意即可以辭退。

❹ 薦頭人：介紹傭工為業之人。

下尋了阿金，問：「洪老爺阿來裡？」阿金道是王蓮生所使，不好怠慢，領至樓上周雙玉房間檯面上。席間僅有四位，係陳小雲、湯嘯庵、洪善卿、朱淑人。阿珠向來熟識，逐位見過，袖出王蓮生名片呈上洪善卿，說明委曲，堅求吹噓。善卿未及開言，周雙珠道：「倪搭就是該個房裡，巧囡一幹仔做勿轉，要添個人，耐阿要做做看末哉？」

阿珠喜諾，即幫巧囡應酬一會，接取酒壺，往廚房去添酒。下得樓梯，未盡一級，猛可裡有一幅洋布手巾從客堂屏門外甩進來，罩住阿珠頭面。阿珠吃驚，喊問：「啥人？」那人慌的陪罪。阿珠認得是朱淑人的管家張壽，擲還手巾，暫且隱忍。及阿珠添酒回來，兩個出局金巧珍、林翠芬同時告行。周雙珠亦欲歸房。連叫阿金，不見答應，竟不知其何處去了。阿珠忙說：「我來。」手拿了豆蔻盒，跟到對過房間，等雙珠脫下出局衣裳，折疊停留，放在櫥裡。又聽得巧囡高聲喊手巾，阿珠知檯面已散，忙來收拾。洪善卿推說有事，和陳小雲、湯嘯庵一哄散盡，止剩朱淑人一人未去。周雙玉陪著，相對含笑不發一言。阿珠湊趣，隨同巧囡避往樓下。巧囡引阿珠見周蘭，周蘭將節邊下腳分拆股數❺先與說知，阿珠無不遵命。周蘭再問問王蓮生、沈小紅從前相好情形，並道：「故歇王老爺倒叫仔倪雙玉十幾個局哚。」阿珠長嘆一聲道：「勿是倪要說俚邱話，王老爺待到個沈小紅再要好也無撥。」

一語未了，忽聞阿金兒子名喚阿大的從大門外一路哭喊而入。巧囡拔步奔出。阿珠頓住嘴，與周蘭在內探聽。那阿大只有哭，說不明白。倒是間壁一個相幫特地報信道：「阿德保來浪相打呀，快點去勸哩！」周蘭一聽，料是張壽，急令阿珠喊人去勸。不想樓上朱淑人得了這信，嚇得面如土色，搶件長衫

❺ 分拆股數：按比例分配的多少。

披在身上，一溜煙跑下樓來。周雙玉在後叫喚，並不理會。淑人下樓，正遇阿珠出房，對面相撞，幾乎仰跌。阿珠一把拉住，沒口子分說道：「勿要緊個，五少爺勠去哩！」

淑人發極，用力灑脫❻，一直跑去，要出公陽里南口，於轉彎處望見南口簇擁著一群看的人，塞斷去路。果然張壽被阿德保揪牢❼髮辮，打倒在牆腳邊，看的人嚷做一片。淑人便撥轉身出西口，兜個圈子，由四馬路歸到中和里家中，心頭兀自突突地跳。張壽隨後也至，頭面有幾搭傷痕，假說東洋車上跌壞的，淑人不去說破。張壽捉空央告淑人為之包瞞，淑人應許，卻於背地戒飭一番。從此張壽再不敢往公陽里去，連朱淑人亦不敢去訪周雙玉。

倏經七八日，周雙玉挽洪善卿面見代請，朱淑人始照常往來。張壽由羨生妒，故意把淑人為雙玉開寶之事當作新聞，抵掌高談。傳入朱藹人耳中，盤問兄弟淑人：「阿有价事？」淑人滿面通紅，垂頭不答。藹人婉言勸道：「白相相本底子❽勿要緊，我也一徑教耐去白相。先起頭周雙玉就是我替耐去叫個局，耐故歇為啥要瞞我哩？我教耐白相，我有我個道理；耐白相仔原要瞞我，故倒勿對哉喤。」淑人依然不答，藹人不復深言。誰知淑人固執太甚，羞愧交並，竟致耐守書房，足不出戶。惟周雙玉之動作云為、聲音笑貌，日往來於胸中，徵諸詠歌，形諸夢寐，不浹辰❾而懨懨病矣。藹人心知其故，頗以為憂，

❻ 灑脫：擺脫開。

❼ 揪牢：揪住。

❽ 本底子：原本；原來。

❾ 浹辰：古代以干支紀年，稱自子至亥一周十二日為「浹辰」。

反去請教洪善卿、陳小雲、湯嘯庵三人。三人心虛躊躇，主意全無。會尹癡鴛在座，矍然道：「該號事體末，耐去同韻叟商量個喤。」

朱藹人想也不差，即時叫把馬車，請尹癡鴛並坐，徑詣一笠園謁見齊韻叟。尹癡鴛先正色道：「我替耐尋著仔一樁天字第一號個生意來裡，耐阿要謝謝我？」齊韻叟不解所謂，朱藹人當把兄弟朱淑人的怕羞性格，相思病根，歷歷敘出原由，求一善處之法。韻叟呵呵笑道：「故末啥要緊嗄！請俚到我園裡來，叫仔周雙玉一淘白相兩日末，好哉。」癡鴛道：「阿是耐個生意到哉，我末賽過做仔掮客❿。」韻叟道：「啥個掮客，耐末就叫拆梢。」大家哄然大笑。韻叟定期翌日請其進園養痾，藹人感謝不盡。癡鴛道：「耐自家倒勠來，俚看見仔阿哥，規規矩矩勿局個。」韻叟道：「我說俚病好仔，要緊搭俚定親。」藹人都說「是極」，拱手興辭，獨自一個乘車回家，急至朱淑人房中。問視畢，設言道：「高亞白說，該個病該應出門去散散心，齊韻叟就請耐明朝到俚園裡白相兩日。我想可以就近診脈，倒蠻好。」

淑人本不願去，但不忍拂阿哥美意，勉強應承。藹人乃令張壽收拾一切應用物件。次日是八月初五，日色平西，接得請帖，攙起淑人中堂上轎，抬往一笠園門首。齊府管家引領轎班，直進園中東北角一帶湖房前停下。齊韻叟迎出，聲說不必作揖。淑人虛怯怯的下轎，韻叟親手相扶，同至裡間臥房，安置淑人於大床上。房中几案、帷幕以及藥銚、香爐、粥盂、參罐，位置井井，淑人深致不安。韻叟道：「勠客氣，耐睏歇罷。」說畢，吩咐管家小心伺候，竟自踅出水閣去了。

淑人落得安心定神，矇矓暫臥。忽見面東窗外湖堤上遠遠地有一個美人，身穿銀羅衫子，從蕭疏竹

---

❿ 掮客：替人介紹買賣，從中賺取佣金的人。

影內姍姍其來，望去絕似周雙玉，然猶疑為眼花所致，詎意⑪那美人繞個圈子，走入湖房。淑人近前逼視，不是周雙玉更是何人？淑人始而驚訝，繼而惶惑，終則大悟大喜，不覺說一聲道：「噢！」雙玉立於床前，眼波橫流，嫣然一盼，忙用手帕掩口而笑。淑人掙扎起身，欲去拉手。雙玉倒退避開。淑人沒法，坐而問道：「耐阿曉得我生個病？」雙玉忍笑說道：「耐個人末也少有出見個！」淑人問是云何，雙玉不答。

淑人央及雙玉過來，手指床沿，令其並坐。雙玉見幾個管家皆在外間，努嘴示意，不肯過來。淑人搖搖手，又合掌膜拜，苦苦的央及。雙玉躊躇半晌，向桌上取茶壺，篩了半鍾薏仁茶送與淑人，趁勢於床前酒机上坐下。於是兩人喁喁切切，對面長談。談到黃昏時候，淑人絕無倦容，病已去其大半。管家進房上燈，主人竟不再至，亦不見別個賓客。這夜雙玉親調一劑「十全大補湯」給淑人服下，風流汗出，二豎⑫潛逃，但覺腳下稍微有些綿軟。

齊韻叟得管家報信，用一乘小小藍輿往迎淑人，相見於凰儀水閣。淑人作揖申謝，韻叟不及阻止，但誠以後不得如此繁文。淑人只得領命，又與高亞白、尹癡鴛拱手為禮，相讓坐定。正欲閑談，蘇冠香和周雙玉攜手並至。齊韻叟想起，向蘇冠香道：「姚文君、張秀英阿要去叫得來陪陪雙玉？」冠香自然說好。韻叟隨令管家傳喚夏總管，當面命其寫票叫局。夏總管承命退下。韻叟轉念，又喚回來，再命其發帖請客，請的是史天然、華鐵眉、葛仲英、陶雲甫四位。夏總管自去照辦。朱淑人特問高亞白飲食禁

⑪ 詎意：豈意；豈料。

⑫ 二豎：亦作「二豎」。語出左傳成公十年。用以稱病魔。

忌之品，亞白道：「故歇病好仔，要緊調補。吃得落末最好哉，無啥禁忌。」尹癡鴛插說道：「耐該應問雙玉，雙玉個醫道比仔亞白好。」朱淑人聽說，登時面紅，無處藏躲。齊韻叟知他靦腆，急用別話叉開。

須臾，管家通報：「陶大少爺來。」隨後陶雲甫、覃麗娟並帶著張秀英接踵而入，見了眾人，寒暄兩句。陶雲甫就問朱淑人：「貴恙好哉？」淑人獨怕相嘲，含糊答應。高亞白向陶雲甫道：「令弟相好李漱芳個病倒勿局⓭哩。」雲甫驚問如何，亞白道：「今朝我來浪看，就不過一兩日天哉。」雲甫不禁慨嘆，既而一想：漱芳既死，則玉甫的掛礙牽纏反可斷絕，為玉甫計，未始不妙。茲且丟下不提。

接著史天然、華鐵眉暨葛仲英各帶相好，陸續齊集。齊韻叟為朱淑人沉痾新愈，宜用酸辛等味以開其胃，特喚雇大菜司務，請諸位任意點菜。就於水閣中並排三隻方桌，鋪上檯單，團團圍坐。每位面前放著一把自斟壺，不待相勸，隨量而飲。齊韻叟猶嫌寂寞，問史天然道：「前回耐個四書疊塔倒無啥，再想想看，四書浪阿有啥酒令？」天然尋思不得。

華鐵眉道：「我想著個花樣來裡，要一個字有四個音，用四書句子做引證，像個『行』字：『行己有恥，音蘅；公行子，音杭；行行如也，音笐；夷考其行，下孟切。』阿好？」

高亞白道：「有個『敦』字，好像十三個音哚，限定仔四書浪就難哉。我是一個說勿出。」

朱淑人道：「四書浪『射』字倒是四個音：『射不主皮，神夜切；弋不射宿，音實；矧可射思，音約；在此無射，音妒。』」

⓭ 勿局：此有「不妙」之意。

席間同聲稱贊道：「再要想一個倒少哩！」葛仲英道：「三個音末，四書浪勿少。『齊』、『華』、『樂』、『數』，可惜是三個音。」

尹癡鴛忽抵掌道：「還有兩個，一個『辟』字，一個『從』字：相維辟公，音璧；放辟邪侈，音僻；賢者辟世，音避；辟如登高，音譬。從吾所好，牆容切。從者見之，才用切。從容中道，七恭切。從之純如也，音縱。一部四書，我才想過哉，無撥第五個字。」

齊韻叟卻掀髯道：「我倒有一個字，五個音哚。」席間錯愕不信，韻叟道：「請諸位吃杯酒，我說。」大家飲訖候教。韻叟未言先笑道：「就是癡鴛說個『辟』字，璧、僻、避、譬四音之外，還有『欲辟土地』一句，注與『闢』同，當讀作『別亦切』。阿是五個音？」席間盡說：「勿差。」高亞白做勢道：「一部四書才想過哉呀，陸裡鑽出個『辟』字來？嚇得我也實概辟一跳。」尹癡鴛道：「比仔說勿出總強點。」陶雲甫四顧，微哂⓮道：「倪說勿出也有兩個來浪。」癡鴛乘勢分辨道：「說勿出是無啥要緊，單有俚末，自家說勿出，倒說啥十三個音，海外得來！」說得席間拍手而笑，皆道癡鴛利口，捷於轉圜。

華鐵眉復道：「再有個花樣：舉四書句子，要首尾同字而異音，像『朝將視朝』一句樣式，故末四書浪好像勿少。」齊韻叟道：「『朝將視朝』，可以對『王之不王』。」史天然道：「『治人不治』也可以對。」朱淑人說「樂節禮樂」。葛仲英說「行堯之行」。高亞白隨口就說「行桀之行」。尹癡鴛道：「耐末單會抄別人個文章，再有『樂驕樂』、『樂宴樂』，阿要一淘抄得去？」亞白笑道：「价末『弟子入則孝，出則弟』阿好？」癡鴛道：「忒嚕蘇哉！我說『與師言之道與』。」

⓮ 微哂：微含譏笑。

以下止剩陶雲甫一個。雲甫沉吟半晌，預告在席道：「有是有一句，嚕蘇個哩。」大家問是那句，雲甫恰待說出，詎意刺斜裡又出來把陶雲甫話頭平空剪住。

第四一回終。

第四二回　拆鸞交李漱芳棄世　急鴒難陶雲甫臨喪

按，陶雲甫要說四書酒令之時，突然侍席管家引進一個腳夫，直造筵前。雲甫認識係兄弟陶玉甫的轎班，問他何事。那轎班鞠躬附耳，悄地稟明一切。雲甫但道：「曉得哉，就來。」那轎班也就退去。高亞白問道：「阿是李漱芳個凶信？」雲甫道：「勿是，為仔玉甫個病。」亞白詫異道：「玉甫無啥病啘。」雲甫攢眉道：「玉甫是自家來浪要生病！漱芳生仔病末，玉甫竟衣不解帶個伏侍漱芳，連浪幾夜天勿曾睏，故歇也來浪發寒熱。漱芳個娘教玉甫去睏，玉甫定歸勿肯，難末漱芳個娘差仔轎班來請我去勸勸玉甫。」齊韻叟點頭道：「玉甫、漱芳才難得，漱芳個娘倒也難得。」雲甫道：「越是要好末，越是受累！玉甫前世裡總欠仔俚哚幾花債，今世來浪還。」合席聽了皆為太息。雲甫本意欲留下覃麗娟侍坐和興，麗娟不肯，早命娘姨收起銀水煙筒、豆蔻盒子。雲甫深為抱歉，遍告失陪之罪。尹癡鴛道：「耐個嚕蘇句子說仔出來，勦一淘帶得去。」雲甫乃說是「食饐而餲，魚餒而肉敗不食」十一字。說罷作別，齊韻叟送至簾前而止。

陶雲甫、覃麗娟下階登轎，另有兩個管家掌著明角燈籠平列前行，導出門首。兩肩轎子離了一笠園，望著四馬路滔滔遄返。覃麗娟自歸西公和里，陶雲甫卻往東興里李漱芳家。及門下轎，踅進右首李浣芳房間，大阿金睃見跟去，加過茶碗，更要裝煙，雲甫揮去，令他喊二少爺來。大阿金應命去喊。

約有半刻時辰，陶玉甫才從左首李漱芳房間趔趄而至，後面隨著李浣芳。見過雲甫，默默坐下。雲甫先問漱芳現在病勢。玉甫說不出話，搖了搖頭，那兩眼眶中的淚已紛紛然如脫線之珠，倉猝間不及取手巾，只將袖口去掩。浣芳爬在玉甫膝前，扳開玉甫的手，怔怔的仰面直視。見玉甫吊下淚痕，浣芳「哇」的失聲便哭。大阿金呵禁不住，仍須玉甫叫他勸哭，浣芳始極力含忍。雲甫睹此光景，亦覺慘然，宛轉說玉甫道：「漱芳個病也可憐，耐一徑住來浪伏侍伏侍，故也無啥；不過總要有點淘成末好。我聽見說耐來浪發寒熱，阿有价事？」

玉甫呆著臉，眼注地板，不則一聲。雲甫再要說時，卻聞李秀姐口音在左首簾下低叫兩聲「二少爺」。玉甫惶急，撇下雲甫，一溜奔過，浣芳緊緊相隨。雲甫因有心看其病勢，也踱過左首房間。隔著圓桌望去，只見李漱芳坐在大床中，背後墊著幾條綿被，面色如紙，眼睛似閉非閉，口中喘急氣促。玉甫靠在床前，按著漱芳胸脯，緩緩往下揉挪。阿招蹲在裡床，執著一杯參湯。秀姐站在床隅，秉著洋燭手照。浣芳擠上去，被秀姐趕下來，掩在玉甫後面偷眼張覷。雲甫料病勢不妙，正待走開，忽覺漱芳喉嚨「嗗」的聲響，吐出一口稠痰。秀姐遮上手巾就口承接，輕輕拭淨。漱芳氣喘似乎稍定，阿招將銀匙舀些參湯候在唇邊。漱芳張口似乎吸受，雖餵了四五匙，僅有一半到肚。玉甫親切問道：「耐心裡阿好過？」連問幾遍，漱芳似乎抬起眼皮，略瞟一瞟，旋即沉下。玉甫知其厭煩，抽身起立。

秀姐回頭放下手照，始見陶雲甫在前，慌說道：「阿唷，大少爺也來裡！該搭齷齪煞個，對過去請坐哩。」雲甫方轉步出房。秀姐令阿招下床留伴，自與玉甫、浣芳一齊擁過右首房間。大家都不入座，立在當地，你望著我，我望著你。浣芳只怔怔的看看這個面色，看看那個面色，盤旋蹀躞❶，不知所為。

還是秀姐開言道：「漱芳個病是總歸勿成功哉哩！起初倪才來浪望俚好起來，故歇看俚樣式勿像會好，故也是無法子。難俚末勿好，倪好個人原要過日腳，阿有啥為仔裡說覅活哉？無撥該個道理啘，大少爺阿對？」

玉甫在傍聽到這裡，從丹田裡提起一口氣，咽住喉管，竟欲哭出聲來，連忙向房後溜去。雲甫只做不知。秀姐又道：「漱芳病仔一個多月，上上下下害仔幾花人！先是一個二少爺，辛苦仔一個多月，成日成夜陪仔俚，睏也無撥睏。今朝我摸摸二少爺頭浪好像有點寒熱，大少爺倒要勸勸俚末好。我搭二少爺說過歇，漱芳死仔，原要耐二少爺照應點我。我看出個二少爺真真像是我親人一樣，故歇漱芳末病倒仔，二少爺再生仔病，難末那价呢❷？」雲甫聽了，蹙額沉思，遲回良久，復令大阿金去喊二少爺。大阿金尋到左首房間，並不在內。問阿招，說「勿來❸」。誰知玉甫竟在後面秀姐房裡面壁而坐，嗚嗚飲泣。浣芳也哭著，拉衣扯袖連聲叫：「姐夫，覅哭哩！」大阿金尋著了，說：「大少爺喊耐去。」

玉甫勉強收淚。消停一會，仍挈浣芳出至右首房間，坐在雲甫對面。秀姐側坐相陪。雲甫乃將正言開導一番，說男子從無殉節之理，就算漱芳是正室，止可以禮節哀，況名分未正者乎？玉甫不待詞畢而答道：「大哥放心！漱芳有勿多兩日❹哉，我等俚死仔，後底事❺體舒齊❻好仔，難末到屋裡，從此勿

---

❶ 蹀躞：小步行走。

❷ 難末那价呢：這可怎麼辦。

❸ 勿來：不曾來；沒來。

❹ 有勿多兩日：沒幾天了。

出大門末哉。別樣個閑話，大哥勦去聽。潄芳也苦惱❼，生仔病無撥個稱心點人伏侍俚，我為仔看勿過，說說罷哉。」雲甫道：「我說耐也是個聰明人，難道想勿穿？照耐實概說也無啥，不過耐有點寒熱，為啥勿睏？」玉甫滿口應承道：「日裡向睏勿著，難要睏哉，大哥放心。」

雲甫沒話，將行。秀姐卻道：「再有句閑話商量。前兩日潄芳樣式勿好末，我想搭俚沖沖喜❽，二少爺總望俚好，勿許做。難故歇要去做哉哩，再勿做常恐來勿及。」雲甫道：「故是做來浪❾末哉，就好仔也勿要緊。」說著起身。玉甫亦即侍立要送，浣芳只恐玉甫跟隨同去，攔著不放。雲甫也止住玉甫，堅囑避風早睡。秀姐送出房來。雲甫向秀姐道：「玉甫也勿大明白，倘然有啥事體末，耐差個人到西公和答應❿我，我來幫幫俚。」秀姐感謝不盡。雲甫並吩咐玉甫的轎班，令其不時通報。秀姐直送出大門外，看著上轎方回。

雲甫還不放心，到了西公和里覃麗娟家，就差個轎班去東興里打探二少爺阿曾睏。等夠多時，轎班才回說：「二少爺睏末睏哉，吔來浪發寒熱。」雲甫更令轎班去說：「受仔寒氣，倒是發洩點個好，須

---

❺ 後底事：後事。
❻ 舒齊：完畢；結束。
❼ 苦惱：可憐。
❽ 沖喜：亦作沖喜。舊時迷信風俗。在人病重時，用辦理喜事來驅除所謂的邪祟，以藉此化凶為吉。此指預做棺材以沖喜。
❾ 做來浪：那就做在那兒。
❿ 答應：猶言「告訴」。

要多蓋被頭，讓俚出汗。」轎班說過返命。雲甫吃了稀飯，和覃麗娟同床共寢。

次早睡醒，正擬問信，恰好玉甫的轎班來報說：「二少爺蠻好來浪，先生也清爽仔點。」雲甫心上略寬，起身洗臉。又值張秀英的娘姨為換取衣裳什物，從一笠園歸家，順齎一封齊韻叟的便啟，請雲甫晚間園中小敘，且詢及李漱芳之病。雲甫令娘姨以名片回覆說：「晚歇無啥事體末來。」不料娘姨去後，敲過十二點鐘，雲甫午餐未畢，玉甫的轎班飛報，李漱芳業已去世。雲甫急的是玉甫，丟下飯碗，作速坐轎前赴東興里。一路打算，定一處置之法。迨至門首，即命轎班去請陳小雲、湯嘯庵兩位到此會話。

雲甫邁步進門，只見左首房間六扇玻璃窗豁然洞開，連門簾也揭去，燒得落床衣及紙錢、銀箔之屬，煙騰騰地直衝出天井裡，隨風四散。房內一片哭聲，號咷震天，還有七張八嘴吆喝收拾的，聽不清那個為玉甫聲音。適遇相幫桂福釦下大床帳子，胡亂捲起掮出房來，見了雲甫，高聲向內喊道：「大少爺來裡哉。」

雲甫且往右首房間，兀坐以待。忽聽得李秀姐極聲嚷道：「二少爺勦哩！」隨後一群娘姨、大姐飛奔攏去。轎班等都向窗口探首觀望，不知為著甚事。接著秀姐、娘姨、大姐圍定玉甫，前面挽，後面推，扯拽而出。玉甫哭的喉音盡啞，只打乾噎，腳底下不曉得高低，跌跌撞撞進了右首房間。雲甫見玉甫額角為床欄所磕，墳起一塊，跺腳道：「耐像啥樣子嘎！」玉甫見雲甫發怒，自己方漸漸把氣遏抑下去，背轉身，挺在椅上。秀姐正擬商量喪事，阿招在客堂裡叫秀姐道：「無姆來看哩，浣芳還來浪叫阿姐，要爬到床浪去拉起來。」秀姐慌的復去，挈過浣芳，浣芳更哭的似淚人一般。秀姐埋冤兩句，交與玉甫看管。

恰值轎班請的陳小雲到了，雲甫招呼迎見。小雲先道：「嘯庵為仔朱淑人親事到仔杭州去哉，耐請倻啥事體？」雲甫乃說出拜託喪事幫忙之意，小雲應諾。雲甫轉向玉甫朗朗說道：「故歇死末是死個哉，耐也勿懂啥事體，就來裡該搭也無啥用場。我說末托小雲去代辦仔，我同耐兩家頭走開點。」玉甫發極道：「故末阿哥再放我四五日阿好？」剛說一句，又哭的接不下。雲甫道：「勿呀，故歇去仔晚歇再來末哉呀。我是教耐去散散心。」秀姐倒也攛掇道：「大少爺同得去散散心，蠻好。二少爺來裡，我也有點勿放心。」小雲調停道：「散散心也無啥，倘然有啥事體末，我來請耐。」玉甫被逼不過，垂首無言。雲甫就喊打轎，親手攙了玉甫同行說：「倪到對過西公和去。」

浣芳聽說對過，只道他們去看漱芳，先自跑過左首房間，阿招要擋不及。既而浣芳候之不至，又茫茫然跑出客堂。玉甫方在門首上轎，浣芳顧不得什麼，哭著喊著一直跑出大門，狠命的將頭顱望轎槓亂碰。猶幸秀姐眼快，趕緊追上，攔腰抱起，浣芳還倔強作跳。玉甫道：「讓倻一淘去仔罷。」秀姐應許放手。浣芳得隙，伏下身子，鑽進轎內，和玉甫不依，經玉甫好言撫慰而罷。

轎班抬往西公和里覃麗娟家。雲甫出轎，領玉甫暨浣芳登樓進房。麗娟見玉甫、浣芳淚眼未乾，料為漱芳新喪之故。外場絞上手巾，雲甫命多絞兩把給浣芳揩。麗娟索性叫娘姨舀盆面水，移過梳具，替浣芳刷光頭髮，並勸其傅些脂粉。浣芳情不可卻。玉甫坐在煙榻上，忽睡忽起，沒個著落。

不多時，陳小雲來尋，坐而問道：「棺材末有現成個來浪，一個婺源板，也無啥；一個價錢大點，故末是楠木。用陸裡一個？」玉甫說：「用楠木。」雲甫遂不開口。小雲道：「所用衣裳開好一篇帳來裡，倻哚要用鳳冠霞帔末，如何？」玉甫回答不出，望著雲甫。雲甫道：「故也無啥⑪，總歸玉甫就不

⑪ 無啥：沒什麼；可以。

過搭脫兩塊洋錢，姓李個事體與陶姓無涉，隨便俚哚要用啥，讓俚哚用末哉。」小雲又訴說：「陰陽先生看的，初九午時入殮，未時出殯，初十申時安葬。墳末來浪徐家匯，明朝就叫水作下去打壙，倒也要緊哉。」雲甫、玉甫同聲說「是」。小雲說畢去了。

黃昏時候，玉甫想起一件事來須去交代。雲甫力阻不聽，只得相陪乘轎同去。浣芳自然從行，仍和玉甫合坐一轎。及至東興里李漱芳家看時，漱芳尸身早經載出，停於客堂中央，掛著藍布孝幔。靈前四眾尼姑對坐諷經。左首房間保險燈點得雪亮，有六七個裁縫擺開作檯趕做孝白。陳小雲在右首房間，正與李秀姐檢點送行衣。

玉甫見這光景，一陣心酸，那裡熬得？背著雲甫，徑往後面秀姐房中，拍凳搥檯，放聲大慟。再有浣芳一唱一和，聲徹於外。秀姐急欲進勸，反是雲甫叫住道：「耐倒勸去勸俚，單是哭還勿要緊，讓俚哭出點個好。」秀姐因令大阿金準備茶湯伺候。比送行衣檢點停當，後面哭聲依然未絕，但不像是哭，竟是直聲的叫喊。雲甫道：「難⑫去勸罷。」秀姐進去，果然一勸便止，並出前邊，洗過臉，漱過口。浣芳團團圈牢玉甫，刻不相離。

玉甫略覺舒和，即問秀姐入殮頭面。秀姐道：「頭面是勿少來浪，就缺仔點衣裳。」玉甫道：「俚幾對珠花同珠嵌條才勿對⑬，單喜歡帽子浪一粒大珠子，原拿得來做仔帽正末哉。再有一塊羊脂玉珮，俚一徑掛來哚鈕子浪，故末讓俚帶仔去，覅忘記。」秀姐說：「曉得哉。」

⑫難：這。

⑬才勿對：都不合意。

玉甫心中有多少事，一時卻想不起。雲甫乃道：「耐要哭末，隨便啥辰光到該搭來哭末哉，倒也無啥，就不過夜頭勦住來浪，耐同我到西公和去。西公和賽過是間壁，耐有啥閑話就可以來，俚哚也好來請耐，大家鑾便，阿對？」玉甫知道是好意，不忍違逆，一概依從。

雲甫當請陳小雲西公和便夜飯，秀姐堅意款留。雲甫道：「倪勿是客氣，為仔該搭吃總勿舒齊⑭。」秀姐道：「倪自辦菜燒好來浪送過來，阿好？」雲甫應受。臨行，又被浣芳攔著玉甫不放。雲甫笑道：「原一淘去末哉。」浣芳尚緊拉玉甫衣襟，不肯坐轎。於是小雲、雲甫前後遮護，一同步行。

剛至覃麗娟家，相幫桂福提著竹絲罩籠隨後送到，擺在樓上房裡，清清楚楚，四盆四碗。雲甫令麗娟、浣芳入座共飲，玉甫仍滴酒不聞。小雲公事未了，毫無酒興，甫及三巡，就和玉甫、浣芳先偏吃飯，獨有麗娟陪著雲甫杯杯照乾。雲甫欲以酒為消愁遣悶之計，吃到醺然方才告罷。小雲飯後即行。雲甫已向麗娟計定，騰出亭子間為玉甫安榻。這一夜玉甫為思窮望絕，無可奈何，反得放下身心，鼾鼾一覺。只有浣芳睡在玉甫身傍，夢魂顛倒，時時驚醒。

初八早晨，浣芳睡夢中欻地哭喊：「阿姐，我也要去個呀！」玉甫忙喚醒抱起。浣芳還癡著臉，嗚咽不止。玉甫並不根問，相與著衣下床，又驚動了雲甫、麗娟，也比往常起的較早。吃過點心，玉甫要去東興里看看，雲甫終不放心，相陪並往。浣芳亦隨來隨去，分拆不開。玉甫自早至晚，往返三次，慟哭三場，害得個雲甫焦勞備至。

第四二回終。

---

⑭ 舒齊：安心；安頓。

第四三回　入其室人亡悲物在　信斯言死別冀生還

按，到了八月初九這日，陶雲甫濃睡酣時，被炮聲轟震而醒。醒來遙聞吹打之聲，道是失聰，連忙起身。覃麗娟驚覺，問：「做啥？」雲甫道：「晚哉呀。」麗娟道：「早得勢❶哩。」雲甫道：「耐再睏歇，我先起來。」遂喚娘姨進房問：「二少爺阿曾起來？」娘姨道：「二少爺是天亮就去哉，轎子也勿坐。」

雲甫洗臉漱口，趕緊過去。一至東興里口，早望見李漱芳家門首立著兩架矗燈，一群孩子往來跳躍看熱鬧。雲甫下轎進門，只見客堂中靈前桌上，已供起一座白綾位套❷。兩傍一對茶几八字分排，上設金漆長盤，一盤鳳冠霞帔，一盤金珠首飾。有幾個鄉下女客徘徊瞻眺，嘖嘖欣羨，都說好福氣；再有十來個男客，在左首房間高談闊論，粗細不倫，大約係李秀姐的本家親戚。料玉甫必不在內。雲甫趔進右首房間，陳小雲方在分派執事夫役，擁做一堆，沒些空隙。靠壁添設一張小小帳檯，坐著個白鬚老者，本係帳房先生，攤著一本喪簿，登記各家送來奠禮。見了雲甫，那先生垂手侍立，不敢招呼。雲甫向問玉甫何在，那先生指道：「來裡該首❸。」

❶ 早得勢：早得很。

❷ 位套：牌位的套子。

雲甫轉身去尋，只見陶玉甫將兩臂圍作栲栳圈，伏倒在圓桌上，埋項匿面，聲息全無，但有時頭忽閃動，連兩肩望上一掀。雲甫知是吞聲暗泣，置之不睬。等夫役散去，才與小雲廝見。雲甫向小雲說，意欲調開玉甫。小雲道：「故歇陸裡肯去，晚歇完結仔事體❹看。」雲甫道：「等到啥辰光嗄？」小雲道：「快哉，吃仔飯末，就端正❺行事哉。」雲甫沒法，且去榻床吸鴉片煙。

須臾，果然傳呼開飯。左首房間開了三桌，自本家親戚以及引禮樂人炮手之屬，擠得滿滿的。右首房間止有陳小雲、陶雲甫、陶玉甫三人一桌。正待入座，只見覃麗娟家一個相幫進房。雲甫問他甚事，相幫說是送禮，袖出拜匣呈上帳檯，匣內代楮❻一封，夾著覃麗娟的名片。雲甫覺得好笑，不去理會。接連又有送禮的戴著紫纓涼帽端盤來了，雲甫認識是齊韻叟的管家，慌的去看。盤內三分楮錠、緗❼，三張素帖，卻係蘇冠香、姚文君、張秀英出名。雲甫笑向管家道：「大人真真格外周到，其實何必呢？」管家應「是」，復稟道：「大人說，倘然二少爺心裡勿開爽❽末，請到倪園裡去白相相。」雲甫道：「耐轉去謝謝大人，停兩日二少爺本來要到府面謝。」管家連應兩聲「是」，收盤自去。三人始各就位。小雲因下面一位空著，招呼帳房先生。那先生不肯，卻去叫出李浣芳在下相陪。玉甫不但戒酒，索性水米不

❸ 來裡該首：在那邊。
❹ 完結仔事體：辦完了事。
❺ 端正：安排；準備。
❻ 楮：音ㄔㄨˇ。指焚化祭供亡人用的紙錢。
❼ 緗：淺黃色絹帛，作為奠儀。
❽ 開爽：猶言舒暢。

沾牙。雲甫亦不強勸，大家用些稀飯而散。

飯後，小雲徑往外面去張羅諸事。玉甫怕人笑話，仍掩過一邊。雲甫見浣芳穿一套縞素衣裳，嬌滴滴越顯紅白，著實可憐可愛，特地攜著手同過榻床前，隨意說些沒要緊的閑話。浣芳平日靈敏非常，此時也呆瞪瞪的，問一句，答一句。

正說間，突然一人從客堂吆喝而出，天井裡四名紅黑帽便喝起道來。隨後大炮三升，金鑼九下，嚇得浣芳向房後奔逃，玉甫早不知何往。雲甫起立探望，客堂中密密層層，千頭攢動，萬聲嘈雜，不知是否成殮。一會兒，又喝道一遍，敲鑼放炮如前，穿孝親人暨會弔女客同聲舉哀。雲甫退後躺下，靜候多時，聽得一陣鼓鈸，接著鐘鈴搖響，念念有詞，諒為殮畢灑淨的俗例。灑淨之後，半響不見動靜。雲甫欲再探望，小雲忽擠出人叢，在房門口招手。雲甫急急趨出，只見玉甫兩手扳牢棺板，彎腰曲背，上半身竟伏入棺內。李秀姐竭盡氣力，那裡推挽得動？雲甫上前，從後抱起，強拉到房間裡。外面登時鑼炮齊鳴，哭喊競作，蓋棺竣事。看的人遂漸漸稀少。

於是吹打贊禮，設祭送行。雲甫把守房門，不許玉甫出外。自立嗣兄弟、浣芳妹子、阿招大姐及樓上兩個討人，一一拜過，然後許多本家親戚男女客陸續各拜如禮。小雲趕出大門，指手劃腳點撥。夫役擁上客堂，撤去祭桌，絡起繩索。但聞一聲炮響，眾夫役發喊上肩，紅黑帽敲鑼喝道，與和尚鼓鈸之聲，先在弄口等候。這裡喪輿方緩緩啟行，秀姐率合家眷等步行哭送。本家親戚或送或不送，一哄而去。玉甫乘亂，欻地鑽出雲甫肋下。雲甫看見拉回，玉甫沒奈何，跌足發恨。雲甫道：「耐故歇去做啥？明朝我同耐徐家匯去一埭，故末是正經。故歇就送到仔船浪，一點無撥事體，做啥嗄？」玉甫聽說的不差，只得罷休。雲甫即要拉往西公和，玉甫定要俟送喪回來始去，雲甫也只得依從。不意等之良久杳然。

玉甫想著漱芳所遺物事，未稔❾秀姐曾否收拾，背著雲甫，親往左首房間要去查看。跨進門檻，四顧大驚，房間裡竟搬得空落落的。一帶櫥箱都加上鎖，大床上橫堆著兩張板凳，掛的玻璃燈打碎了一架，伶伶仃仃欲墜未墜，壁間字畫亦脫落不全，滿地下雞魚骨頭尚未打掃。玉甫心想：漱芳一死，如此糟蹋！不禁苦苦的又哭一場。雲甫在右首房間，並未聽見，任玉甫哭個盡情。玉甫一路哭至床前，忽見烏黑的一團，從梳妝檯下滾出，眼前一瞥，頃刻不見。玉甫頓發一怔，心想：莫非漱芳魂靈現此變異，使我勿哭？因此不勸自止。適值陳小雲先回，玉甫趨見問信。小雲道：「船浪才舒齊，明朝開下去。耐末明朝吃仔中飯，坐馬車到徐家匯好哉。」

雲甫甚不耐煩，不等轎班，連催玉甫快走。玉甫步出天井，卻有一隻烏雲蓋雪的貓，蹲著水缸蓋上，側轉頭咬嚼有聲。玉甫恍然：所見烏黑的一團，即此眾生作怪。嘆一口氣，徑跟雲甫趕往西公和里覃麗娟家。

那時愁雲黯黯，日色無光，向晚，就濛濛的下起雨來。雲甫氣悶已甚，點了幾色愛吃的菜，請陳小雲事畢過來小飲。小雲帶了李浣芳同來。玉甫詫問何事，小雲道：「俚要尋姐夫呀，搭俚無娒嘈仔一歇哉❿！」浣芳緊靠玉甫身邊，悄悄訴道：「姐夫阿曾曉得？阿姐一幹仔來裡船浪，倪末倒才轉⓫哉，連

❾ 稔：知。

❿ 搭俚句：和她媽吵了一會了。

⓫ 才轉：都回來了。

搭仔桂福也跑仔起來。晚歇撥陌生人搖仔去，故末陸裡去尋哩？」小雲、雲甫聽說，不覺失笑。玉甫仍以好言撫慰。覃麗娟在傍點頭贊嘆道：「俚無撥仔阿姐也苦惱。」雲甫嗔道：「耐阿是來浪要俚哭？剛剛哭好仔勿多歇，耐再要去惹俚。」麗娟看浣芳當真水汪汪含著一泡眼淚，不曾哭出，忙換笑臉，挈浣芳的手過自己身邊，問其年紀幾歲，啥人教個曲子，大曲教仔幾隻，一頓搭訕，直搭訕到搬上晚餐始罷。雲甫和小雲對酌，麗娟稍可陪陪，玉甫、浣芳先自吃飯。雲甫留心玉甫一日所食，僅有半碗光景，雖不強勸，卻體貼說道：「今朝耐起來得早，阿要睏？先去睏罷。」

玉甫亦覺無味，趁此同浣芳辭往亭子間，關上房門，推說睏哉。其實玉甫這些時像土木偶一般，到了亭子間，只對著一盞長頸燈臺默然悶坐。浣芳相偎相倚，也像有甚心事，注視一處，目不轉睛。半日，浣芳忽道：「姐夫聽哩，故歇雨停仔點哉，倪到船浪去陪陪阿姐，晚歇原到該搭來，阿好？」玉甫不答，但搖搖頭。浣芳道：「勿礙個呀，覅撥俚哚曉得末哉。」玉甫因其癡心，愈形悲楚，一氣奔上，兩淚直流。浣芳見了，失聲道：「姐夫為啥哭嗄？」玉甫搖搖手，叫他覅響。浣芳反身抱住玉甫，等玉甫淚乾氣定，復道：「姐夫我有一句閑話，耐覅去告訴別人，阿好？」玉甫問：「啥閑話？」浣芳道：「昨日帳房先生搭我說，阿姐就不過去一埭，去仔兩禮拜原到房裡來。陰陽先生看好日腳來浪，說是廿一末定歸轉來個哉。帳房先生是老實人，說來浪閑話一點點無撥差，俚還教我覅哭，阿姐聽見哭，常恐勿肯來。再教我覅去同別人說，說穿仔，倒勿許阿姐來哉。姐夫難覅哭哩，故末讓阿姐轉來呀。」

玉甫聽完這篇話，再也忍不住，嗚嗚咽咽大放悲聲。浣芳極的跺腳叫喚。一時驚動小雲、雲甫，推進門去，看此情形，小雲呵呵一笑，雲甫攢眉道：「耐阿有點淘成！」玉甫狠命收捺下去，覃麗娟令娘姨舀盆水來，並囑道：「二少爺捕仔面睏罷，今朝辛苦仔一日哉。」說畢皆去。娘姨送上面水，玉甫洗過，再替浣芳揩一把。娘姨掇盆去後，玉甫就替浣芳寬衣上床，並頭安睡。初時甚是清醒，後來漸次瞢騰，連陳小雲辭別歸去也一概不聞。

次早起身，天晴日出，爽氣迎人，玉甫擬獨自溜往洋涇濱尋那載棺的船。剛離亭子間，為娘姨所攔，說是：「大少爺交代倪，教二少爺覅去。」一面浣芳又追出相隨。玉甫料不能脫，只好歸房。俟至午牌時分，始聞雲甫咳嗽聲。麗娟蓬頭出房喊娘姨，望見玉甫、浣芳，招呼道：「才起來哉，房裡來哩。」玉甫挈浣芳並過前面房間，見了雲甫，欲令轎班叫馬車。雲甫道：「吃仔飯去喊正好啘。」玉甫乃欲叫菜，雲甫道：「叫來浪哉。」玉甫方就榻床坐下，看著麗娟對鏡新妝。麗娟向浣芳道：「耐個頭也毛得來，阿要梳？我替耐梳梳罷。」浣芳含羞不要。雲甫道：「為啥覅梳？耐自家去鏡子裡看，阿毛嗄？」玉甫幫著慫恿，浣芳愈形跼蹐。玉甫道：「熟仔點，倒怕面重⓬哉。」麗娟笑道：「勿要緊個，來哩。」一手挽過浣芳來梳，隨口問其向日梳頭何人。浣芳道：「原底子末阿姐，故歇是隨便啥人。前日早晨要換個湖色絨繩，無娒也梳仔一轉。」雲甫惟恐閑話中打動玉甫心事，故意支說別事。麗娟會意，不復多言。玉甫雖呆臉端坐，意馬心猿，無時或定，雲甫豈不覺得。適外場報說：「菜來哉。」雲甫便令搬上樓來。浣芳梳的兩只丫角比麗娟正頭終究容易，趕著梳好，一同吃飯。

飯後，玉甫更不耽延，親喊轎班叫了馬車，伺於弄口。雲甫沒法，和玉甫、浣芳即時動身，一直駛往西南。相近徐家匯官道之傍，只見一座絕大墳山，靠盡頭新打一壙，七八個匠人往來工作，流汗相屬。

⓬ 怕面重：猶言怕難為情。

壙前疊著一堆磚瓦，鋪著一坑石灰。知道是了，相將下車。一個監工的相幫上前稟說：「陳老爺也來個哉，才來裡該首船浪。」

玉甫回頭望去，相隔一箭多路，遂請雲甫挈浣芳步至堤前。只見一排停著三號無錫大船，首尾相接，最大一號載著靈柩暨一班和尚，陳小雲偕風水先生坐了一號，李秀姐率合家眷等坐了一號。玉甫先送浣芳交與秀姐，才同雲甫往小雲坐的船上拱手廝見，促膝閑談。

談過半點多鐘，風水先生道：「是時候了。」小雲乃命桂福傳喚本地炮手作速赴工，傳令小工頭點齊夫役準備行事，傳語秀姐教浣芳等換上孝衫。當下風水先生前行，小雲、雲甫、玉甫跟到壙頭。不多時，炮聲大震，靈柩離船。和尚敲動法器，叮叮噹噹，當先接引。合家眷等且哭且走，簇擁於後。玉甫目見耳聞，心中有些作惡，兀自掙扎，卻不道天旋地轉的一陣瞑眩，立刻眼前漆黑，腳底下站不定，仰翻身跌倒在地。嚇得小雲、雲甫攙的攙，叫的叫。秀姐慌張尤甚，顧不得靈柩，飛奔搶上，掐人中，許神願，亂做一堆。幸而玉甫漸漸蘇醒開目，眾人稍放些心。風水先生指點側首一座洋房，說係外國酒館，可以勾留暫坐。秀姐、雲甫聽了，相與扶掖前往。

維時皓皓秋陽，天氣無殊三伏。玉甫本為炎熱所致，既進洋房，脫下夾衫，已涼快許多；再吃點荷蘭水⓭，自然清爽沒事。玉甫見雲甫出立廊下，乘間要溜，秀姐如何敢放？玉甫央及道：「讓我去看看末哉，我無啥呀，耐放手哩。」秀姐沒口子勸道：「故末二少爺哉，剛剛好仔點，再要去，倪個干己擔勿起。」雲甫隔壁聽明，大聲道：「耐阿是要嚇殺人？靜辦⓮點罷！」玉甫無奈歸座，焦躁異常，取腰

⓭ 荷蘭水：即汽水。

間佩的一塊漢玉，將指甲用力刻劃，恨不得砸個粉碎。秀姐婉婉商略⑮道：「我說二少爺，耐末坐來浪，我去看一埭。看俚倷做好仔，我教桂福來請耐，難末⑯耐去看，阿是蠻好？」玉甫道：「价末快點去哩。」秀姐請進雲甫軟款⑰玉甫於洋房中才去。

玉甫由玻璃窗望到墳頭，咫尺之間，歷歷在目：登科廩主⑱，事事舒齊；再不想到個浣芳圍繞墳傍，又哭又跳，不解其為甚緣故。恰遇桂福來請，雲甫乃與玉甫離了外國酒館，重至墳頭。浣芳猶哭個不止，一見玉甫，連身撲上，只喊說：「姐夫，勿好哉呀！」玉甫問：「啥勿好？」浣芳哭道：「耐看哩，阿姐撥俚倷關仔裡響去哉呀，難阿好出來嗄！」眾人聽著茫然，惟玉甫喻其癡意。浣芳復連連推搡玉甫，並哭道：「姐夫去說哩，教俚倷開個門來浪哩！」玉甫無可撫慰，且以誑言掩飾。浣芳那裡肯罷，轉身撲到墳上，叉起兩手，將廩的石灰拚命爬開，水作⑲更禁不得，還是秀姐去拉，始拉下來。秀姐原把浣芳交與玉甫看管，且道：「事體總算完結哉，請耐二少爺先轉去，該搭有倪來裡。」玉甫想在此荒野亦屬無聊，即時跟從雲甫並坐馬車，浣芳擠在中間，駛歸四馬路西公和里。一路尚被浣芳胡纏瞎鬧。及進覃麗娟家門口，只聽得樓上有許多人聲音，雲甫問外場，知為尹癡鴛親送張秀英回家，連高亞白、姚文

⑭ 靜辦：猶言安靜。
⑮ 商略：商量。
⑯ 難末：然後；再。
⑰ 軟款：溫柔；殷勤；柔軟。此指好言勸慰。
⑱ 廩主：粉刷神主。廩，通「淋」。猶言「刷」。
⑲ 水作：瓦工；泥水匠。

君咸在。雲甫甚喜，領玉甫、浣芳上樓，先往覃麗娟房間略坐片刻，便往對過張秀英房間。

第四三回終。

第四四回　賺勢豪牢籠歌一曲　懲貪黷挾制價千金

按，高亞白、尹癡鴛一見陶雲甫，動問李漱芳之事，雲甫歷陳大略。尹癡鴛聞陶玉甫在對過覃麗娟房間，特令娘姨相請，陶玉甫遂帶李浣芳趕過張秀英房間。廝見坐定，高亞白力勸陶玉甫珍重加餐，尹癡鴛僅淡淡的寬譬❶兩句。玉甫最怕提起這些話，不由自主，黯然神傷。

陶雲甫忙搭訕問道：「前日夜頭四書酒令阿曾接下去？」尹癡鴛道：「倪幾日天添仔幾幾花花好酒令，耐說陸裡一個？」高亞白道：「就昨日倪大會，龍池先生想出個四書酒令也無啥。妙在不難不易，不少不多，通共六桌廿四位客，剛剛廿四根籌。」雲甫問其體例，亞白指癡鴛道：「耐去問俚，有底稿來浪。」癡鴛道：「勿曉得阿曾帶出來，讓我尋尋看。」遂取靴頁子❷打開，恰好裡面夾著三張詩箋，便是酒令。癡鴛抽出，送與雲甫。雲甫見詩箋上寫著那酒令道：

平上去入——能者在職　平去上入——忠信重祿

平入上去——言必有中　平上入去——天子一位

---

❶ 寬譬：寬慰勸喻。

❷ 靴頁子：即靴頁。綢製或皮製的可以折疊的夾子。用以裝名帖、文件、錢票等物。因可塞藏在靴筒內，故稱。有時亦置於懷中。

平去入上——殷鑒不遠　平入去上——牲殺器皿
上平去入——使民戰慄　上去平入——虎豹之鞟
上入平去——五十而慕　上平入去——淡而不厭
上去入平——管仲得君　上入去平——美目盼兮
去平上入——譬諸草木　去上平入——放飯流歠
去入平上——大學之道　去平入上——願無伐善
去上入平——好勇疾貧　去入上平——進不隱賢
入平上去——若時雨降　入上平去——素隱行怪
入去平上——百世之下　入平去上——忽焉在後
入上去平——或敢侮予　入去上平——若聖與仁

陶雲甫閱畢，沉吟道：「照實概樣式，再要拼俚廿四句，勿曉得四書浪阿有？」尹癡鴛一面收起詩箋，一面答道：「有倒還有，就不過行俚❸費事點。」高亞白道：「行起來最有白相❹，我自家末想勿著，想著仔多花句子才勿對，耐末也有多花勿對個句子來浪。大家說仔出來，陸裡曉得耐個句子耐末勿對，我倒對哉；我個句子，耐也對哉。」陶雲甫頷首微笑。

❸ 行俚：指行那酒令。
❹ 最有白相：最有玩頭。

誰知這裡評論酒令，陶玉甫已與李浣芳溜過覃麗娟房間，背人悶坐，麗娟差個娘姨去陪。高亞白低聲向陶雲甫道：「令弟氣色有點溜滯，耐倒要勸勸俚保重點哩。」尹癡鴛接說道：「耐為啥勿同令弟到一笠園去白相兩日，讓俚散散心？」雲甫道：「俚本來明朝要去，幾日天連搭仔我也無趣得勢❺。」癡鴛四顧一想，即命張秀英喊個檯面下去，道：「今朝末我先請請俚，難得湊巧，大家相好才來裡，剛剛八個人一桌。」雲甫正待阻止，秀英早自應命，令外場去叫菜了。姚文君起立說道：「倪屋裡有堂戲來浪，我先去做脫仔❻一齣就來。」高亞白叮囑快點，文君乃不別而行。

那時晚霞散綺，暮色蒼然。姚文君下樓坐轎，從西公和里穿過四馬路，回至東合興里家中，跨進門口，便仰見樓上當中客堂，燈火點得耀眼，憧憧人影擠滿一間，管弦鉦鼓之聲聒耳得緊。文君問知為賴公子，也吃一驚，先踅往後面小房間，見了老鴇大腳姚，嗎嗎埋怨，說不應招攬這癩頭黿。大腳姚道：「啥人去招攬嗄！俚自家跑得來尋耐，定歸要做戲吃酒，倪阿好回報❼俚？」

文君無可如何，且去席間隨機應變。迨上得樓梯，娘姨報說：「文君先生轉來哉。」登時，客堂內一群幫閒門客像風馳潮湧一般趕出迎接，圍住文君，歡叫喜躍。文君屹然挺立，瞪目而視。幫閒的那裡敢囉唣，但說：「少大人等仔耐半日哉，快點來哩。」一個門客前行，為文君開路；一個門客掇過凳子，放在賴公子身後，請文君坐。文君因周圍八九個出局倌人係賴公子一人所叫，密密層層，插不下去，索

❺ 無趣得勢：無趣得很；無趣得緊。
❻ 做脫仔：演；演掉。
❼ 回報：回掉；回絕。

性將凳子拖得遠些。賴公子屢屢回頭，望著文君上下打量。文君縮手斂足，端凝不動，賴公子亦無可如何。文君見賴公子坐的主位，上首僅有兩位客，乃是羅子富、王蓮生，膽子為之稍壯。其餘二十來個不三不四，近似流氓，並未入席，四散鵠立，大約賴公子帶來的幫閑門客而已。

當有一個門客趨近文君，鞠躬聳肩問道：「耐做啥個戲？耐自家說。」文君心想做了戲就可托詞出局，遂說做文昭關。那門客巴得這道玉音，連忙告訴賴公子，說文君做文昭關，並敘述文昭關的情節與賴公子聽。更有一個門客慫恿文君，速去後場打扮起來。等到前面一齣演畢，文君改裝登場。尚未開口，一個門客湊趣先喊聲「好」，不料接接連連，你也喊好，我也喊好，一片聲嚷得天崩地塌，海攪江翻。席上兩位客，王蓮生慣於習靜，腦痛已甚；羅子富算是粗豪的人，還禁不得這等胡鬧。只有賴公子捧腹大笑，極其得意，唱過半齣，就令當差的放賞。那當差的將一捲洋錢散放巴斗內，呈賴公子過目，望臺上只一撒，但聞「索郎」一聲響，便見許多晶瑩焜燿的東西滿臺亂滾。臺下這些幫閑門客又齊聲一號。

文君揣知賴公子其欲逐逐❽，心上一急，倒急出個計較來。當場依然用心的唱，唱罷落場，喚個娘姨於場後戲房中暗暗定議，然後卸妝出房，含笑入席。不提防賴公子一手將文君攬入懷中，文君慌的推開起立，佯作怒色，卻又爬在賴公子肩膀，悄悄的附耳說了幾句。賴公子連連點頭道：「曉得哉。」於是文君取把酒壺，從羅子富、王蓮生敬起。敬至賴公子，將酒杯送上賴公子唇邊，賴公子一口吸乾。文君再敬一杯，說是成雙，賴公子也乾了，文君才退下歸坐。賴公子被文君挑逗動火，顧不得看戲，掇轉❾

❽ 逐逐：急於得到。

❾ 掇轉：掉轉。

屁股，緊對文君嘻開嘴笑，惟不敢動手動腳。文君故意打情罵俏，以示親密。羅子富、王蓮生皆為詫異。幫閑的更沒見識，只道文君傾心巴結，信而不疑。

少頃，忽然有個外場高聲向內說：「叫局。」娘姨即高聲問：「陸裡嗄？」外場說：「老旗昌。」娘姨轉身向文君道：「難末好哉⑩，三個局還勿曾去，老旗昌呷來叫哉。」文君道：「俚哚老旗昌吃酒生來要天亮哚，晚點也無啥。」娘姨高聲回說道：「來末來個，再有三個局轉過來。」外場聲喏下去。賴公子聽得明白，著了乾急，問文君：「耐真個出局去？」文君道：「出局末阿有啥假個嗄？」賴公子面色似乎一沉，文君只做不知，復與賴公子悄悄的附耳說了幾句。賴公子復連連點頭，反催文君道：「价末耐早點去罷。」文君道：「正好，啥要緊嗄。」

俄延之間，外場提上燈籠，候於簾下。娘姨拎出琵琶、銀水煙筒，交代外場。賴公子再催一遍，文君嗔道：「啥要緊嗄，耐阿是來浪討厭我？」賴公子滿心鶻突⑪，欲去近身掏摸，卻恐觸怒不美。文君臨行，仍與賴公子悄悄的附耳說了幾句，賴公子仍連連點頭。這些幫閑門客眼睜睜看著姚文君飄然竟去，羅子富、王蓮生始知文君用計脫身，不勝佩服。賴公子並不介意，吃酒看戲，餘興未闌。卻有幾個門客攢聚一處，切切議論，一會，推出一個上前，請問賴公子，緣何放走姚文君。賴公子回說：「我自己叫他去，你不要管。」門客無言而退。

羅子富、王蓮生等上到後四道菜，約會興辭。賴公子不解迎送，聽憑自便。兩人聯步下樓，分手上

---

⑩ 難末好哉：這下可好。

⑪ 鶻突：疑惑不定。

轎。王蓮生自歸五馬路公館。羅子富獨往尚仁里黃翠鳳家，大姐小阿寶引進樓上房間，黃翠鳳、黃金鳳皆出局未回，只有黃珠鳳扭捏來陪。

俄而老鴇黃二姐上樓廝見，與羅子富說說閑話，頗不寂寞。黃二姐因問子富道：「翠鳳要贖身哉呀，阿曾搭羅老爺說？」子富道：「說末說起歇，好像勿成功。」黃二姐道：「勿是個勿成功，俚倷自家贖身，要末勿說，說仔出來再有啥勿成功⑫。阿是我勿許俚贖？我是要俚做生意，勿是要俚個人。倘然俚贖身勿成功，生來生意也勿高興搭我做，阿是讓俚贖個好⑬？」子富道：「價末俚為啥說勿成功？」黃二姐嘆口氣道：「勿是我要說俚，翠鳳個人調皮勿過！倪開個把勢，買得來討人才不過七八歲，養到仔十六歲末做生意，吃著費用倒勿去說俚，樣式樣才要教撥俚末俚好會⑭，羅老爺耐說，要費幾花心血倷？價末生意倒也難說。倘然生意勿好，揩脫仔本錢，再要白費心，故也無法子個事體。真真要運道末到哉，人末沖場⑮也無啥，難末生意剛剛好點起來。比方有十個討人，九個勿會做生意，單有一個生意蠻好，價末一徑下來⑯，幾花本錢生來才要俚一幹仔做出來個哉啘。羅老爺阿對？難故歇翠鳳要贖身，俚倒搭我說，進來個身價一百塊洋錢，就加仔十倍不過一千啘。羅老爺耐說，阿好拿進來個身價來比？」子富

---

⑫ 說仔句：說出來了哪還有什麼不成功。

⑬ 阿是句：可不是讓她贖身的好。

⑭ 樣式樣句：樣樣事情都要教會她，她才會好。

⑮ 沖場：亦作沖場。吳語。指人的外貌、儀表。

⑯ 一徑下來：有「從早先到現在」、「多年來」的意思。

道：「倪末說一千，耐要倪幾花嗄？」黃二姐道：「我末自家良心天地，到茶館裡教眾人去斷⑰末哉。倪一節工夫，單是局帳要做千把哚，客人辦個物事，撥倪個零用洋錢才勿算。倪就拿仔三千身價撥我，也不過一年個局帳洋錢。倪出去做下去，生意正要好哚。羅老爺阿對？」

子富尋思半晌不語，珠鳳乘間掩在靠壁高椅上打瞌銃。黃二姐一眼睃見，隨手橫撻過去。珠鳳撲的一跤，伏身跌下，竟沒有醒，兩手還向樓板上胡抓亂摸。子富笑問：「做啥？」連問兩遍，珠鳳掙出一句道：「沓脫哉呀。」黃二姐一手拎起來，狠狠的再撻一下，道：「沓脫仔耐個魂靈哉哩。」這一下才把珠鳳撻醒，立定腳做嘴做臉，侍於一傍。

黃二姐又向子富說道：「就像珠鳳個樣式，白撥飯倪吃，阿好做生意？有啥人要倪？原是一百也讓倪去末哉哩。阿好說翠鳳贖身末幾花哚，珠鳳倒也少勿來⑱？」子富道：「上海灘浪倌人身價，三千也有，一千也有，無撥一定個規矩。我說耐末推扳點⑲，我末幫貼點，大家湊攏來，成功仔總算是一樁好事體。」黃二姐道：「羅老爺說得勿差，我也勿是定歸要倪三千。翠鳳自家先說個多花猛掮閑話，我阿好說啥？」子富胸中籌畫一番，欲趁此時說定數目，以成其事。恰好黃翠鳳、黃金鳳同檯出局而回，子富便縮住嘴。黃二姐亦訕訕的告辭歸寢。

翠鳳跨進房門，就問珠鳳：「阿是來浪打瞌銃？」珠鳳說：「勿曾。」翠鳳拉他面向檯燈試驗道：

---

⑰ 斷：有「評判」、「判斷」之意。

⑱ 少勿來：不能少。

⑲ 推扳點：此有「減少一點」、「將就一點」的意思。

「耐看兩隻眼睛，倒勿是打瞌銃？」珠鳳道：「我一徑來裡聽無娒講閑話，陸裡睏嗄？」翠鳳不信，轉問子富。子富道：「無娒打過歇個哉，耐就噥噥罷⑳，管俚做啥？」翠鳳怒其虛誑，作色要打，卻為子富勸說在先，暫時忍耐。子富忙喝珠鳳退去。翠鳳乃脫下出局衣裳，換上一件家常馬甲。金鳳也脫換了過來，叫聲「姐夫」，坐定。子富爰㉑將黃二姐所說身價云云，縷述綦詳。翠鳳鼻子裡哼了一聲，答道：「耐看末哉，一個人做仔老鴇，俚個心定歸狠得野㉒哚！無娒先起頭是娘姨呀，就拿個帶擋洋錢買仔倪幾個討人㉓，陸裡有幾花本錢嗄！單是我一幹仔，五年生意末做仔二萬多，才是俚個哘。故歇衣裳、頭面、家生，再有萬把，我阿能夠帶得去？俚倒再要我三千！」說到這裡，又哼了兩聲道：「三千也無啥稀奇，耐有本事末拿得去！」

子富再將自己回答黃二姐云云，並為詳述。翠鳳一聽，發嗔道：「啥人要耐幫貼嗄？我贖身末有我個道理，耐去瞎說個多花啥！」子富不意遭此搶白，只是訕笑。金鳳見說的正事，也不敢搭嘴。翠鳳重複叮囑子富道：「難勠去搭無娒多說多話，無娒個人，依仔俚倒勿好。」

子富應諾，因而想起姚文君來，笑向翠鳳道：「姚文君個人倒有點像耐。」翠鳳道：「姚文君末陸裡像我？我說癩頭黿怕人勢勢㉔，文君勿做也無啥，勿該應拿空心湯團撥俚吃。就算耐到仔老旗昌勿轉

---

⑳ 噥噥罷：此有「拉倒吧」、「算了吧」之意。

㉑ 爰：於是；就。

㉒ 野：通「邪」。厲害；不得了。

㉓ 就拿個句：指黃二姐早先靠借錢給妓女，並侍候其人，並用此錢買了幾個姑娘做「討人」。帶擋，猶搭檔。

去，明朝再有啥法子？」子富聽說得有理，轉為文君擔憂，道：「勿差呀，難末文君要吃虧哉！」金鳳在傍笑道：「姐夫做啥嗄，阿姐勸耐說末，耐去瞎說。姚文君吃虧勿吃虧，等俚歇末哉，要姐夫發極！」子富方笑而丟開。一宿晚景少敘。

十一日近午時候，翠鳳、金鳳並於當中間窗下梳頭。子富獨在房中，覺得精神欠爽，意欲吸口鴉片煙，親自燒成一枚夾生的煙泡，裝上槍去脫落下來，終不得吸。適值黃二姐進來看見，上前接過簽子，替子富另燒一口，為此對躺在煙榻上，切切私議。黃二姐先問夜來幫貼之說，子富遂告訴他翠鳳之意堅不可奪，不惟不肯加增，並且不許幫貼。黃二姐低聲道：「翠鳳總歸是猛捫閑話，照翠鳳個樣式，我有點氣勿過，心想就是三千末倒也勿撥俚贖得去。難故歇說末說仔一泡哉，羅老爺肯幫貼點，故是再好也勿有。我就請耐羅老爺吩咐一聲，該應幾花，我總依耐羅老爺。」子富著實躊躇道：「勿然是也無啥，難俚說仔勸我幫貼，我倒間架哉！勿曾懂俚啥個意思。」黃二姐道：「故末是翠鳳個調皮㉕哉哩！俚自家要贖身，阿有啥幫貼撥俚倒說是勿要個嗄？俚嘴裡說勿要，心裡來浪要。要耐羅老爺幫貼仔，難末俚出去幾花用場，再要耐羅老爺照應點，阿是實概意思？」

子富尋思此說倒亦的確，莽莽撞撞徑和黃二姐背地議定：二千身價，幫貼一半。黃二姐大喜過望，連裝三口鴉片煙。子富吸的夠了，黃二姐乃抽身出房。

第四四回終。

㉔ 怕人勢勢：令人害怕；讓人怕。

㉕ 調皮：此有耍花招之意。

第四五回　成局忽翻虔婆失色　旁觀不忿雛妓爭風

按，黃二姐撇下羅子富在房，踅往中間客堂。黃翠鳳、黃金鳳新妝初畢，刷鬢簪花，黃二姐即欣欣然將子富幫貼一千之議訴與翠鳳。翠鳳一聲兒不言語，忙洗了手，趕進房間，高聲向子富道：「耐洋錢倒勿少㖸！我倒勿曾曉得，還來裡發極❶。我故歇贖身出去，衣裳、頭面、家生有仔三千末，剛剛好做生意。耐有來浪蠻好，連搭仔二千身價，耐去拿五千洋錢來！」子富惶急道：「我陸裡有幾花洋錢嗄？」翠鳳冷笑道：「該號客氣閑話，耐故歇用勿著！無娒一說末，耐就幫仔我一千，阿好再說無撥？耐無撥末，教我贖身出去阿是餓殺❷？」子富這才回過滋味，亦高聲問道：「价末耐意思總歸勠我幫貼，阿對？」翠鳳道：「幫貼末，阿有啥勿要個嗄？耐替我衣裳、頭面、家生舒齊好仔，隨便耐去幫貼幾花末哉！」子富轉向黃二姐道：「坎坎說個閑話消脫❸，賽過勿曾說，俚贖身勿贖身也勿關我事。」說罷，倒身望煙榻躺下。

黃二姐初不料如此決撒，登時面色氣的鐵青，一手指定翠鳳嘴臉，惡狠狠數落道：「耐個人好良心，

❶ 還來裡發極：正在發急。意為我正為錢不夠，在發急。

❷ 餓殺：餓死。

❸ 消脫：銷掉；作廢。

耐自家去想想看！耐七歲無撥仔爺娘，落個堂子，我為仔耐苦惱，一徑當耐親生囡仵，梳頭纏腳，出理❹到故歇，陸裡一樁事體我得罪仔耐？耐殺死❺個同我做冤家，耐好良心！耐贖仔身要升高哉呀，我一徑望耐升高仔末照應點我老太婆，難故歇末來裡照應哉！耐年紀輕輕，生仔實概個良心，無啥好個哩！」一面咬牙切齒的說，一面鼻涕眼淚一齊迸出。翠鳳慌忙眉花眼笑勸道：「無娒勠哩，故末啥要緊嘎？我是耐個討人呀，贖勿贖末，隨耐個便，難我勿贖哉，晚歇反得來撥間壁人家聽見仔，倒撥俚㑚笑話。」

翠鳳尚未說完，黃二姐已出房外，揩了把面。趙家娒還在收拾妝奩，略勸兩句，黃二姐便向趙家娒道：「倌人自家贖身，客人幫貼末也多煞。倘然羅老爺勿肯幫，价末耐也好算是囡仵，該應搭羅老爺說，挑❻挑我；阿有啥羅老爺肯幫仔，耐倒勿許羅老爺幫？阿是羅老爺個洋錢耐定歸要一幹仔拿得去？」

翠鳳在房裡吸水煙，聽了，笑阻道：「無娒勠說哉呀！我贖身勿贖末哉，再替無娒做十年生意，一節末千把局帳，十年做下來要幾花？」自己輪指一算，佯作失驚道：「阿唷，局帳洋錢要三萬㑚！故是無娒快活得來，連搭仔贖身洋錢也勿要個哉，說道：『去罷，去罷！』幾句說得子富也不禁發笑起來。黃二姐隔房答道：「耐勠來浪花言巧語尋我個開心！耐要同我做冤家末做末哉，看耐阿有啥好處！」說著，邁步下樓。趙家娒事畢隨去。

珠鳳、金鳳並進房來，皆嚇得呆瞪瞪的。翠鳳始埋冤子富道：「耐啥一點無撥清頭❼個嘎？白送撥

---

❹ 出理：吳語。猶言照看、照顧。

❺ 殺死：吳語。拚命；死命。

❻ 挑：吳語。猶言照顧、照應。

俚一千洋錢，為仔啥哩？有辰光該應耐要用個場花，我搭耐說仔，耐倒也勿是爽爽氣氣個拿出來，故歇勿該應耐用末，一千也肯哉！」子富抱慚不辨。自是，翠鳳贖身之事撓散❽不提。

延過一日，子富偶閱新聞紙，見後面載著一條道：

前晚粵人某甲在老旗昌狎妓請客，席間某乙叫東合興里姚文君出局。因姚文君口角忤乙，乙竟大肆咆哮，揮拳毆辱，當經某甲力勸而散。傳聞乙餘怒未息，糾合無賴，聲言尋仇，欲行入虎穴探驪珠之計，因而姚文君匿跡潛蹤，不知何往云。

子富閱竟大驚，將這新聞告知翠鳳，翠鳳卻不甚信，子富乃喊管家高升，當面吩咐，令其往大腳姚家打聽文君如何吃虧，是否癩頭黿所為。

高升承命而去，剛趄出四馬路，即望見東合興里口停著一輛皮篷馬車，上面坐著一個倌人，身段與姚文君相仿。高升緊步近前，才看清倌人為覃麗娟，頗訝其坐馬車何若是之早；略瞟一眼，轉彎進弄，到大腳姚家客堂中向相幫探信。那相幫但說不關癩頭黿之事，其餘說得含糊不明。高升遲回欲退，只見陶雲甫從客堂後面出來，老鴇大腳姚隨後相送。高升站過一邊，叫聲「陶老爺」。雲甫問他到此何事，高升說：「打聽文君個事體。」雲甫低頭一想，然後悄向高升道：「事體是無价事❾，騙騙個癩頭黿。常

❼ 無撥清頭：沒腦子；沒頭腦；糊塗。

❽ 撓散：猶言攪散。

❾ 無价事：此指「沒有這事」。

恐癩頭黿勿相信，去上個新聞紙。故歇文君來哚一笠園，巒好來浪。耐去搭老爺說，勠撥外頭人聽見。」高升連聲應「是」。

雲甫遂別了大腳姚，出弄上車，一路滔滔，直駛進一笠園門內方停。陶雲甫、覃麗娟相將下車，當值管家當先引導，由東轉北，繞至一處背山臨湖的五間通連廳屋，名曰拜月房櫳。但見簾篩花影，檐裊茶煙，裡面卻靜悄悄的，不聞笑語聲息。陶雲甫、覃麗娟進去，只有朱藹人躺在榻床吸鴉片煙，傍邊坐著陶玉甫、李浣芳，更無別人在內。正要動問，管家稟道：「幾位老爺才來浪看射箭，就要來哉。」道言未了，果然一簇冠裳釵黛，蹌濟繽紛，從後面山坡下兜過來。打頭就是姚文君，打扮得結靈即溜，比眾不同。周雙玉、張秀英、林素芬、蘇冠香俱跟在後，再後方是朱淑人、高亞白、尹癡鴛、齊韻叟暨許多娘姨管家。齊集於拜月房櫳，隨意散坐。

陶雲甫乃向姚文君道：「坎坎我自家到耐屋裡去問。耐無娒說，癩頭黿昨日啲來，搭俚說仔倒巒相信；就是一班流氓，七張八嘴有點閑話。我說也勿要緊。」齊韻叟亦向陶雲甫道：「再有一樁事體要搭耐說。令弟今朝要轉去，我問俚阿有事體，倪節浪末再要鬧熱鬧熱，啥要緊轉去。令弟說去仔再來。難末我倒想著哉，明朝十三是李漱芳首七，大約就是為此，所以定歸要去一埭。我說漱芳命薄情深，可憐亦可敬，倪七個人明朝一淘去吊吊俚，公祭一壇，倒是一段風流佳話。」雲甫道：「价末先要去撥個信末好。」韻叟道：「勿必，倪吊仔就走，出來到貴相好搭去吃局。我末要見識見識貴相好同張秀英個房間，大家去噪俚哚一日天。」覃麗娟接說道：「齊大人再要客氣，倪搭場花小點，大人勿嫌齷齪，請過來坐坐，也算倪有面孔。」

須臾，傳呼開飯，管家即於拜月房櫳中央，左右分排兩桌圓檯。眾人無須推讓，挨次就位。左首八位，右首六位。齊韻叟留心指數，訝道：「翠芬到仔陸裡去哉？今朝一徑勿曾看見俚。」林素芬答道：「俚起來仔咿睏來浪。」尹癡鴛忙問：「阿有啥勿適意？」素芬道：「怎曉得俚，好像無啥。」韻叟遂令娘姨去請。

那娘姨一去半日，不見回覆。韻叟忽想起一事道：「前日天，我聽見梨花院落裡瑤官同翠芬兩家頭合唱一套迎像，倒唱得無啥。」林素芬道：「勿是翠芬哩，俚大曲會末會兩隻，迎像勿曾教啘。」蘇冠香道：「是翠芬來浪唱，俚就聽俚哚教，聽會仔好幾隻哚。」陶雲甫道：「迎像搭仔哭像連下去一淘唱，故末真生活⑩。」高亞白道：「長生殿其餘角色派得蠻勻，就是個正生，迎像、哭像兩齣吃力點。」齊韻叟聞此議論，偶然高興，再令娘姨傳喚瑤官。瑤官得命，隨那娘姨而至。眾人見瑤官的皪圓⑪的面孔，並不傅些脂粉，垂著一根絕大樸辮，好似烏雲中推出一輪皓月。韻叟命其且坐一傍。留出一位在尹癡鴛肩下，專等林翠芬。

維時，上過四道小碗，間著四色點心。管家端上茶碗，並將各種水煙、旱煙、鍚加煙⑫裝好奉上。朱藹人獨出席就榻，仍去吸鴉片煙。陶雲甫乃想起酒令來，倡議道：「龍池先生個四聲酒令，倪再行行看。」尹癡鴛搖手道：「勿成功，一部四書我通通想過，再要湊俚廿四句，勿全個哉。就為仔去上平入

---

⑩ 真生活：在吳語中，有真本事、真傢伙、真不容易等諸意。

⑪ 皪圓：又白又圓。皪，音ㄌㄧˋ。

⑫ 鍚加煙：雪茄煙。

單有一句『放飯流歠』，無撥第二句好說。」雲甫不信道：「常恐耐勿曾想到。」癡鴛道：「价末耐再去想。有仔一句『去上平入』末，其餘就容易得勢⓭。最容易是『平上入去』：『時使薄斂』，『君子不器』，『而後國治』，『無所不至』，『然後樂正』，『為禮不敬』，『芸者不變』，『言語必信』，『今也不幸』，『中士一位』，『君子不亮』，『來者不拒』，『湯使亳眾』，『夫豈不義』，……好像有廿幾句㖸，我也記勿得幾花。」雲甫想著一句道：「『長幼之節』倒勿是上去平入？」癡鴛道：「我說個去上平入無撥呀，上去平入就勿稀奇：『請問其目』，『子路、曾晳』，『父召無諾』，『五畝之宅』，『子在陳曰』，『改廢繩墨』，才推扳一點點。」眾人見說，憮然若失，皆道：「四書末，從小也讀爛個哉，如此考據，可稱別開生面，只怕從來經學家也勿曾講究歇哩。」

不想席間講這酒令，適值林翠芬挈那娘姨，穿花度柳，姍姍來遲，悄悄的站了多時，大家都沒有理會。尹癡鴛覺背後響動，回頭看視。只見翠芬滿面淒涼，毫無意興，兩鬢腳蓬蓬鬆鬆，連簪珥釧環亦未齊整，一手扶定癡鴛椅背，一手只顧揉眼睛。癡鴛陪笑讓坐，翠芬漠然不睬。癡鴛起身雙手來攙，翠芬摔脫袖子，攢眉道：「勠哩！」齊韻叟先格聲一笑，引得眾人不禁哄堂。癡鴛不好意思，訕訕坐下。翠芬豈不知這笑的為己而發，越發氣得別轉臉去。張秀英調其係清倌人，倒不放在心上，意欲勸和，無從搭口。還是林素芬招手相叫，翠芬方慢慢踅往阿姐面前。素芬替他理理頭髮，捉空於耳朵邊說了兩句，翠芬置若罔聞。等阿姐理好，復慢慢踅向遠遠地煙榻對過一帶靠窗高椅上，斜簽身子坐在那裡，將手帕握著臉，張開一張小嘴打了一個呵欠。

⓭ 容易得勢：容易得很。

席間眾人肚裡好笑，不敢出聲。尹癡鴛輕輕笑道：「只好我去倒運點哉哩。」說了，便取根水煙筒，踅至煙榻前點著紙吹，也去坐在靠窗高椅上，和翠芬隔著一張半桌。癡鴛知道清倌人吃醋，必然深自忌諱，不可勸解的，只用百計千方逗引翠芬玩笑。翠芬回身爬上窗檻，眼望一笠湖中一對白鳧出沒游泳，聽憑癡鴛裝腔做勢，並不覷一正眼兒。齊韻叟料急切不能挽回，姑命瑤官獨唱一套迎像。瑤官自點鼓板，央蘇冠香為之擫笛⓮。席間要緊聽曲，不復關心。朱藹人自煙榻下來，順便慫恿翠芬同去吃酒。翠芬苦苦告道：「有點勿舒齊⓯，吃勿落呀！」藹人只得走開。

尹癡鴛沒奈何，遂去挨坐翠芬身邊。另換一副呆板面孔，正正經經、親親密密的特地叫聲「翠芬」，道：「耐勿舒齊末，檯面浪去稍微坐一歇，酒倒勿吃也無啥；耐勿去，就是我末曉得耐為仔勿舒齊，俚哚定歸說耐是吃醋，耐自家想想看。」翠芬見癡鴛原是先時相待樣子，氣已消了幾分；及聽斯言，抉出真病，心中自是首肯，但一時翻不轉面皮，垂頭不語。癡鴛探微察隱，乘間要攙翠芬的手。翠芬奪手嗔道：「走開點哩，討厭得來！」癡鴛央及道：「价末耐一淘去阿好？」翠芬道：「耐去末哉啘，要我去做啥？」癡鴛道：「耐去坐仔歇原到該搭來末哉。」翠芬道：「耐先去。」癡鴛恐催促太迫，轉致拂逆，遂再三叮囑翠芬就來，先自歸席。

瑤官的迎像正唱到抑揚頓挫之際，席間竦然聽之。癡鴛略為消停，即丟個眼色與林素芬，素芬復招手叫翠芬。翠芬便趁勢趔趄而前問：「阿姐啥嗄？」素芬向高椅努嘴示意，癡鴛也欠身相讓。翠芬卻將

⓮擫笛：奏笛。
⓯舒齊：此指「舒服」。

高椅拉開些，仍斜簽身子，和瑤官對坐。癡鴛等瑤官唱完，暗將韻叟本要合唱之意附耳告訴翠芬。翠芬道：「迎像倪勿會個啘。」癡鴛又將韻叟曾經聽得之說附耳告訴翠芬。翠芬道：「勿曾全哩呀。」癡鴛連碰兩個釘子，並不介意，只切切求告翠芬：「吃杯熱酒潤潤喉嚨，揀拿手的唱一隻。」翠芬不忍再拗，裝做不聽見，故意想出些話頭問瑤官，瑤官不得不答。癡鴛手取酒壺，篩滿一雞缸杯送到翠芬嘴邊。翠芬秋氣大聲道：「放來浪哩！」癡鴛慌的縮手，放在桌上。翠芬只顧和瑤官搭訕問答，刺斜裡抄過手去，取那杯酒一口呷乾；丟下杯子，用手帕揩揩嘴。瑤官問翠芬：「阿唱？」翠芬點點頭。於是瑤官擫笛，翠芬續唱半齣哭像，席間自然稱贊一番。然後用飯撤席。

那時將近三點鐘，眾人不等齊韻叟回房歇午，陸續趲出拜月房櫳，三三兩兩四散園中，各適其適去了。

林翠芬趕人⑯不見，拉了瑤官先行，轉出山坡，抄西向北，一直望梨花院落行來。只見院門大開，院中樹蔭森森，幾隻燕子飛出飛進；兩邊廂房，恰有先生在內教一班初學曲子的女孩兒。瑤官徑引翠芬上樓，到了自己臥房裡。間壁琪官聽見，也趲過來，見翠芬臉上粉黛闌珊，就道：「耐要捕捕面哉呀，陸裡去噪得實概樣式！」瑤官笑道：「勿是個噪，為仔吃醋。」翠芬怒道：「倪倒勿懂啥個叫吃醋，耐說說看！」瑤官不辨，代喊個老婆子舀盆面水，親去移過鏡檯。翠芬坐下，重整新妝。琪官還待盤問，翠芬道：「耐問俚做啥嗄？俚乃是聽俚哚來浪說吃醋，難末算學仔個乖哉。阿曉得吃醋是啥事體⑰！」

---

⑯ 趕人：趁人。

⑰ 啥事體：此有「怎麼回事」之意。

瑤官背地向琪官擠擠眼，搖搖頭，琪官便不做聲。不提防被翠芬在鏡中看得分明，且不提破，急急的掠鬢勻臉，撒手就走。將及房門，復回身說道：「我去哉，難兩家頭去說我末哉！」琪官、瑤官趕緊追上攀留。翠芬竟已拔步飛奔，登登下樓。出了梨花院落，一路自思何處去好。從白牆根下繞至三叉石子路口，抬頭望去，遙見志正堂臺階上站立一人，背叉著手，形狀似乎張壽。翠芬逆料姐夫、阿姐必在那裡，不如趕去消遣片時再說。

第四五回終。

第四六回 逐兒嬉乍聯新伴侶 陪公祭重睹舊門庭

按，林翠芬打定主意，迤邐踅到志正堂前。張壽揭起簾子，讓其進去。只見姐夫朱藹人躺在堂中榻上吸鴉片煙，阿姐林素芬陪坐閑話。翠芬笑嘻嘻叫聲「姐夫」，爬著阿姐膝蓋側首觀看。素芬想起，隨口埋冤翠芬道：「難勠去勿著勿落瞎噪❶！尹老爺原搭耐蠻好，耐也寫意❷點快快活活講講閑話末好哉。俚哚有交情，生來要好點；耐是清倌人，阿好眼熱嗄。」翠芬不敢回嘴，登時面漲通紅，幾乎下淚。藹人笑道：「耐再要去說俚，真真要氣殺俚個哉。」素芬「嗤」的失笑道：「好邱也勿曾懂末，阿有啥氣嗄。」翠芬一半羞慚，一半懊悔，要辨又不能辨，著實叫他為難。素芬不去理論，原與藹人攀談。良久良久，翠芬微微換些笑容，藹人即攛掇他去白相。翠芬本覺在此無味，彳亍將行。素芬叫住，叮嚀道：「耐末自家要見乖，阿曉得？再去豎起仔個面孔，撥俚哚笑！」

翠芬默然，懶懶的由志正堂前箭道上低著頭向前走，胸中還轆轆的轉念頭。不知不覺轉個彎，穿入萬花深處，順路踅過九曲平橋。橋下一直西北，係大觀樓的正路，另有一條小路向南岔去，都是層層疊疊的假山。那山勢千迴百折，如遊龍一般，故總名為蜿蜒嶺。及至嶺盡頭，翻過龍首天心亭，亦可通大

❶ 難勠去句：如今不要去沒來由的瞎鬧了。勿著勿落，沒來由；沒著落。噪，鬧。

❷ 寫意：此有坦然、痛快之意。

觀樓了。翠芬無心走此小路，或懸崖峭壁，或幽壑深岩，越走越覺隱僻。正擬轉身退回，忽見前面一個人，身穿簇新綢緞，蹲踞假山洞口，濕漉漉地。翠芬失聲問：「啥人？」那人絕不返顧。

翠芬近前逼視，竟是朱淑人，彎著腰，躡著腳，手中拿根竹籤，在那裡撩苔剔蘚，撥石掏泥。翠芬問道：「沓脫仔啥物事嗄？」淑人但搖搖手，只管傍視側聽，一步步捱進假山洞，翠芬道：「耐看衣裳齬齪❸哉呀！」淑人始低聲道：「覅響哩，耐要看好物事末，該首去。」

翠芬不知如何好看物事，照依所指方向，貿然往尋。只見山腰裡。蓋著三間潔白光滑的淺淺石室，周雙玉獨自一個坐於石檻上，兩手合捧一只青花白地磁盆，湊到臉上，將盆蓋微開一縫，孜孜的向內張覷。翠芬未至眼前，便嚷道：「啥物事嗄？撥我看哩！」雙玉見是翠芬，笑說無啥好看，隨手授過磁盆。

翠芬接得在手，揭起盆蓋，不料那盆內單裝著一隻促織❹兒，撅起兩根鬚，奕奕閃動。雙玉慌的伸手來掩，翠芬只道是搶，將身一扭。那促織兒就猛可裡一跳，跳在翠芬衣襟上。翠芬慌的捕捉，早跳向草地裡去了。翠芬發極亂嚷，丟下磁盆，邁步追趕。雙玉隨後跟去。那促織兒接連幾跳，跳到一塊山石之隙，被翠芬趕上一撲，撲入掌心；一把揣住，笑嘻嘻踅回來道：「來裡哉，險個！」雙玉去草地裡拾起磁盆，翠芬鬆手放進促織兒，加上蓋。雙玉再張時，不禁笑道：「無行用❺個哉，放仔俚生罷。」翠芬慌的攔阻問：「為啥無行用哉嗄？」雙玉道：「沓脫仔腳哉呀！」翠芬道：「沓脫仔腳末，也勿要緊啘。」

---

❸ 齬齪：齷齪；髒。

❹ 促織：蟋蟀。

❺ 無行用：即無用、沒用。

雙玉恐他糾纏，笑而不答。適值朱淑人滿面笑容，一手沾染一搭爛泥，一手揣得緊緊的，亦到了石室前。雙玉忙問：「阿曾捉著？」淑人點頭道：「好像無啥，耐去看哩。」雙玉向翠芬道：「難❻要放生仔俚，裝該隻哉。」翠芬按定盆蓋不許放，嚷道：「我要個呀！」雙玉遂把磁盆交給翠芬，和淑人並進石室中間，翠芬接踵相從。這室內僅擺一張通長瑪瑙石天然几，几上疊著一大堆東西，還有許多雜色磁盆。雙玉揀取空的一只描金白定窯，將淑人手中促織兒裝上。雙玉一張，果然玉冠金翅，雄傑非常，也嘖嘖道：「無啥，再要比『蟹殼青』好。」翠芬在傍，拉著雙玉袖口，央告要看。雙玉教他看法。翠芬照樣捧著，張見這盆內原是一隻促織兒，並無別的物事，便不看了。雙玉說起適間「蟹殼青」折腳一節，淑人也要放生。翠芬如何肯放？取那磁盆抱於懷中，只道：「我要個呀！」淑人笑道：「耐要俚做啥嗄？」翠芬略怔一怔，反問道：「劃一❼，要俚做啥，我勿曉得啘，耐說哩。」招得淑人只望著雙玉笑。雙玉囑道：「耐勦響，故末請耐一淘看好物事。」翠芬唯唯遵命。

當下展開一條大紅老虎絨毯，鋪設几前石板甃❽成的平地上；搬下一架象牙嵌寶雕籠，陳於中央；許多雜色磁盆，一字兒排列在外。淑人、雙玉對面盤膝坐下，令翠芬南向中坐。先將現捉的促織兒下了雕籠，然後將所有「蝴蝶」、「螳螂」、「飛鈴」、「棗核」、「金琵琶」、「香獅子」、「油利撻」各種促織兒，更替放入，捉對兒開鬧廝鬥。初時這玉冠金翅的昂昂不動，一經草莖撩撥，勃然暴怒起來，憑陵衝突，

---

❻難：這；這下。

❼劃一：的確；確實。此有「是啊」、「正是」意。

❽甃：音ㄓㄡˋ。砌。

一往無前。兩下裡扭結做一處，那裡饒讓一些兒！喜歡得翠芬拍腿狂笑，仍垂下頭，直瞪瞪的注視。不提防雕籠中戛然長鳴一聲，倒把翠芬猛嚇一跳。原來一隻「香獅子」竟被玉冠金翅的咬死，還見他聳身振翼，似乎有得意之狀。接連鬥了五六陣，無不克捷，末後連那「油利撻」都敗下奔逃。淑人也喝采道：「故末是真將軍哉！」雙玉道：「耐搭俚起個名字哩。」翠芬搶說道：「我有蠻好個名字來裡。」淑人、雙玉同聲請教。

翠芬正待說出，忽見娘姨阿珠探頭一望，笑道：「我說小先生也來裡該搭，花園裡才尋到個哉，快點去罷。」翠芬生氣道：「尋啥嗄！阿怕我逃走得去？」阿珠沉下臉道：「尹老爺來浪尋呀，倪末尋耐小先生做啥？」說著，即聞尹癡鴛聲音，一路說笑而至。淑人忙起立招呼。癡鴛當門止步，顧見翠芬，抵掌笑道：「難末耐也有仔淘伴⑨哉。」翠芬道：「耐阿要看？來哩！」癡鴛只是笑。雙玉道：「今朝就是俚一隻來裡鬥，覅難為俚，明朝看罷。」

阿珠聽說，上前收拾一切傢伙。淑人俯取雕籠，將這玉冠金翅將軍親手裝盆，鄭重標記。翠芬、雙玉且撐且挽，一齊起身。癡鴛向雙玉道：「耐也坐來裡冰冷個石頭浪，干己個哩，勿比得翠芬勿要緊。」淑人道：「故末為啥？」雙玉斜瞅一眼道：「耐覅去問俚，阿有啥好閑話？」癡鴛呵呵一笑，因催翠芬先行。翠芬徙倚石几，還打量那折腳的促織兒，依依不捨。雙玉乃道：「耐要末，拿得去。」翠芬欣然攜盆出門。癡鴛問淑人道：「倪才來裡大觀樓，阿就來？」淑人點首應諾。癡鴛又道：「老兄兩隻貴手也要去揩揩哉哩。」一面搭訕，已和翠芬去的遠了。

⑨淘伴：吳語。即伴、伙伴。

阿珠收拾粗畢，自己咕嚕道：「人末小幹仵，脾氣倒勿小。」雙玉道：「耐也勿著落，先生末先生，啥個小先生嗄！」阿珠道：「叫俚小先生也無啥啘！」雙玉道：「起先是無啥，故歇添仔個大先生哉呀。」淑人接嘴道：「故倒勿差，倪也要當心點哚！」阿珠道：「啥人去當心嗄，勿理仔末好哉。」

於是朱淑人、周雙玉隨帶阿珠，從容聯步，離了石室。趦至蜿蜒嶺磴道之下，卻不打天心亭翻過去。只因西首原有出路在龍頦間，乃是一洞，逶迤窈窕，約三五十步，穿出那洞，反在大觀樓之西。雖然遠些，較之登峰造極，終為省力，故三人皆由此路轉入大觀樓前堂。那知茶煙未散，寂無一人，料道那些人都向堂外近處散步，且令阿珠舀水洗手，少坐以待。

既而當值管家上堂點燈，漸漸的暮色蒼然，延及戶牖，方才一對一對陸續咸集於堂上。談笑之間，排上晚宴。大家偶然不甚高興，因此早散。散後，各歸臥房歇息。

朱淑人初為養病，和周雙玉暫居湖房，病愈將擬遷移。恰好朱藹人、林素芬到園，喜其寬綽，就在湖房下榻，淑人亦遂相安。兩朱臥房雖非連屬，僅空出當中一間為客座。那林翠芬向居大觀樓，於尹癡鴛房後別設一床，後來添了個張秀英，翠芬自覺不便，也搬進湖房來，便把客座後半間做了翠芬臥房，關斷前半間，從阿姐房中出入。這晚，兩朱暨其相好一起散歸，直至客座，分路而別。朱藹人到了房裡，吸著鴉片煙，與林素芬隨意攀談，談及明晨公祭，今夜須當早睡。素芬想起翠芬未歸，必在尹癡鴛那邊，叫他大姐吩咐道：「耐拿個燈籠去張張俚哩，晚歇無撥仔自來火，教俚一幹仔阿好走嗄！」大姐說：「是來裡該搭天井裡。」素芬道：「价末喊俚進來哉呀，天井裡去做啥？」大姐承命去喊，半日杳然。素芬自望房門口高聲叫喚，隱隱聽得外面應說：「來哉。」

又半日，藹人吸足煙癮，吹滅煙燈，翠芬才匆匆趨至，向姐夫、阿姐面前打個遭兒，回身要走。素芬見其袖口露出一物，好像算盤，問：「拿個啥物事？」翠芬舉手一颺，笑道：「是五少爺個呀。」說了，已踅進裡間，隨手將房門掩上。外間藹人寬衣先睡。比素芬登床，復隔床叫翠芬道：「耐也睏罷，明朝早點起來。」翠芬順口噭應。

素芬亦就睡下，因恐睡的失聦，落後見笑，自己格外留心。

正自睡得沉醲甜熟，藹人忽於夢中翻了個身，依然睡去，反驚醒了素芬。素芬張目存想，不知什麼時候，輕輕欠身揭帳，剔亮燈臺，看桌上自鳴鐘不過兩點多些。再要睡時，只聞翠芬房裡「歷歷碌碌」的作響，細聽不是鼠耗，試叫一聲「翠芬」。翠芬在內問道：「阿是阿姐喊我？」素芬道：「為啥勿睏嗄？」翠芬道：「難要睏哉。」素芬道：「兩點鐘哉，來浪做啥再勿睏？」翠芬更不答話，急急收拾也睡了。素芬偏又睡不著，聽那四下裡一片蛙聲，嘈嘈滿耳，遠遠的還有雞鳴聲，狗吠聲，小兒啼哭聲。園中不應有此，園外如何得聞？猜解不出。接著，巡夜更夫敲動梆子，迤邐經過湖房牆外，素芬無心中循聲按拍，跟著敲去，遂不覺跟到黑甜鄉中，流連忘返。

次日起身，幸未過晚。剛剛梳洗完備，早有管家傳命於娘姨：「請老爺先生們到凰儀水閣會齊用點心。」朱藹人應諾，回說就來。適值對過房裡朱淑人親來探問：「阿曾舒齊⑩？」林素芬說：「舒齊哉。」淑人道：「价末倪著好仔衣裳一淘去。」素芬道：「好個。」翠芬在裡間聽見淑人聲音，忙揚聲叫「五少爺」。淑人進去問：「啥？」翠芬取那兩件雕籠磁盆交還淑人道：「耐帶得去，勿要哉。」淑人

⑩舒齊：指梳洗畢。

見雕籠內竟有兩隻促織兒，一隻是折腳的「蟹殼青」，一隻乃是「油葫蘆」，笑問：「陸裡來個嗄？」翠芬咳了一聲道：「覅去說俚，我末昨日夜頭倒辛辛苦苦捉著仔一隻，搭俚姘個對。陸裡曉得短命眾生單會奔，團團轉個奔得來，奔得去。我煞死要俚鬥，俚末煞死個奔，耐說阿要火冒？」淑人笑道：「原說無行用個哉，耐勿相信。耐喜歡末，我送一對撥耐，拿轉去白相相。」翠芬道：「謝謝耐，勿要哉，看見仔也討氣！」

淑人笑著順齎籠盆趕緊回房，催周雙玉換了衣裳便走。兩邊不先不後，相遇於客座中間，五個人帶著娘姨、大姐同出湖房，一路並不停留，徑赴凰儀水閣，只見眾人已齊集等候。廝見就坐，用過點心。總管夏餘慶趨前稟道：「一切祭禮同應用個物事才舒齊，送得去一歇哉，人末就派仔兩個知客⓫去伺候。阿要用贊禮？」齊韻叟沉吟道：「贊禮勿必哉，喊小贊去一埭。」夏總管出外宣命。須臾，小贊帶個羽纓涼帽，領那班跟出門的管家攢聚簾外。韻叟顧問：「馬車阿曾套好？」管家回稟：「套哉。」韻叟乃向眾人道：「倪去罷。」

眾人聽說，各挈相好即時起身。於是七客八局並從行僕嫗，一行人下了凰儀水閣臺階，簇擁至石牌樓下。那牌樓外面，一條寬廣馬路，直通園外通衢大道，十幾輛馬車皆停在那裡。一行人紛紛登車坐定，蟬聯魚貫，駛出園門。

不多時，早又在於四馬路上。陶玉甫從車中望見「東興里」門楣三個金字燦爛如故，左右店家裝潢陳設景象依然。弄口邊擺著個拆字先生攤子，掛一軸面目部位圖，又是出進所常見的。玉甫那裡忍得住，

⓫ 知客：舊時辦理婚喪喜慶等事專管接待賓客的人。又稱「知賓」。

一陣心酸，急淚盈把，惹得個李浣芳也哭起來。幸而馬車霎時俱停，知客迎候於弄外，一行人紛紛然下車進去。

陶玉甫恐人訕笑，掩在陶雲甫背後，緩步相隨。比及門首，玉甫更吃一驚。不獨李漱芳條子早經揭去，連李浣芳條子亦復不見。卻見對門白牆上貼了一張黃榜，八眾沙門在客堂中頂禮大悲經懺，燒的香煙氤氳不散。知客請一行人暫坐於右首李浣芳房間。不料陳小雲在內，不及迴避，齊韻叟殊為詫異。陶雲甫搶步上前，代通姓名，並述相懇幫辦一節。韻叟方拱手說：「少會。」大家隨便散坐。一時知客稟請行禮，齊韻叟親身要行。陶雲甫慌忙攔阻。韻叟道：「我自有道理，耐也何必替俚喫客氣。」雲甫遂不言語。

韻叟舉目四顧，單少了陶玉甫一人。內外尋覓不見。陶雲甫便疑其往後面去的，果然從李秀姐房裡尋了出來。韻叟見玉甫兩眼圈兒紅中泛紫，竟似鮮荔枝一般；後面跟的李浣芳更自滿面淚痕，把新換的一件孝衫沾濕了一大塊。韻叟點頭感嘆，卻不好說什麼，當和一行人穿過經壇，簇擁至對過左首房間。那房間比先前大不相同，櫥、箱、床榻、燈、鏡、几案，收拾得一件也沒有了。靠後屏門，張起滿堂月白穗帳，中間直排三張方桌，桌上供一座三尺高五彩紮的靈宮，遮護位套。一應高裝祭品，密密層層，擺列在下，龍香、看燭、飯亭⓬俱全。爾時帳後李秀姐等號啕舉哀，秀姐嗣子羞懼不出，靈右僅有李浣芳俯伏在地。小贊手端托盤，內盛三只銀爵，躬身側立，只等主祭者行禮。

第四六回終。

⓬ 龍香句：俱為祭奠用具。

第四七回　陳小雲運遇貴人亨　吳雪香祥占男子吉

按，齊韻叟隨身便服，詣李漱芳靈案前恭恭敬敬朝上作了個揖，小贊在傍伏侍拈香奠酒，再作一揖，乃退下兩步，令蘇冠香代拜。冠香承命，拜了四拜。其餘諸位自然照樣行事。次為高亞白，是姚文君代拜的。文君拜過平身，重複跪下，再拜四拜。亞白悄問何故，文君道：「先是代個呀，倪自家也該應拜俚。」亞白微笑。尹癡鴛欲令林翠芬代拜，翠芬不肯，推說：「阿姐勿曾拜哉呀。」癡鴛笑道：「倒也勿差。」只得令張秀英來代。及林素芬為朱藹人代拜之後，翠芬就插上去，也拜了。以下並不待開口，朱淑人作過揖，周雙玉便拜；陶雲甫作過揖，覃麗娟便拜。煞末挨到陶玉甫，正作下揖去，齊韻叟揚言道：「浣芳間架頭，玉甫只好自家拜。」玉甫聽說，正中心懷，揖罷即拜，且拜且祝，不知祝些什麼，祝罷又是一拜，方含淚而起。小贊乃於案頭取下一卷，雙手展開，係高亞白做的四言押韻祭文，敘述得奇麗哀豔，無限纏綿。小贊跪於案傍高聲朗誦一遍，然後齊韻叟作揖焚庫。

禮成祭畢，陶玉甫打鬧裡❶挈起李浣芳先自溜去。一行人紛紛然重回右首李浣芳房間，陳小雲側立迎進。怎奈外間鐘鼓之聲聒耳得緊，大家沒得攀談。覃麗娟、張秀英同詞說道：「倪完結哉呀，請該首去坐罷。」齊韻叟連說「好極」，卻請陳小雲一淘敘敘，小雲囁嚅不敢。韻叟轉挽陶雲甫代說，小雲始遵

❶ 打鬧裡：從紛鬧中。

命奉陪。

臨行時，又尋起陶玉甫來。差大阿金往後面去尋，不見回覆。齊韻叟攢眉道：「故末真真罷哉。」陶雲甫忙道：「我去喊。」親自從房後趕至李秀姐房門首，只見李浣芳獨倚門傍，秀姐和玉甫並在房中對面站立，一行說，一行哭。雲甫跺腳道：「去哉呀！幾花人單等耐一幹仔。」秀姐因也催道：「价末二少爺外頭去罷，晚歇再說末哉。」玉甫只得跟雲甫趄出前邊，大家哄然說：「來哉，來哉。」齊韻叟道：「難人阿曾齊嗄？」蘇冠香道：「再有個浣芳。」一語未終，阿招攙著浣芳也來了。浣芳一直趄至韻叟面前，便撲翻身，磕一個頭。韻叟錯愕問故，阿招代答道：「無娒教俚替阿姐謝謝大人、老爺、先生、小姐。」韻叟揮手道：「算啥嗄！勿許謝。」側裡冠香即一把拉浣芳到身邊，替他寬帶解鈕，脫下孝衫，授與阿招收去。

一面齊韻叟起身離座，請陳小雲前行。小雲如何敢僭，垂手倒退。尹癡鴛笑道：「勳讓哉，我來引導。」當先搶步出房。隨後一個一個次第行動。癡鴛將及東興里口，忽聞知客在後叫「尹老爺」，追上稟道：「馬車停來浪南畫錦里，我去喊得來。」癡鴛道：「馬車勿坐哉啀，問聲大人看。」知客回身攔稟請命，齊韻叟亦道：「一點點路，倪走得去好。」知客應聲「是」。韻叟令其傳命：執事❷人等一概撤回，但留兩名跟班伺候。知客又應聲「是」，退站一邊。

一行人接踵聯袂，步出馬路，或左或右，或前或後，參差不齊，轉瞬間已是西公和里。姚文君打頭跑進覃麗娟家，三腳兩步一溜上樓。尹癡鴛續到，卻不進去，於門首佇立凝望。即時齊韻叟帶領大隊簇

❷ 執事：僕役。

擁而至。癡鴛攔臂請進，韻叟道：「耐阿是算本家？」癡鴛笑而不辨，跟隨進門。踅至客堂，一個外場手持一張請客票，呈上陶雲甫。雲甫接來一看，塞向懷裡，眾人都不理會。覃麗娟等在屏門內，要攙扶齊韻叟，韻叟作色道：「耐道仔我走勿動，我不過老仔點，比仔小伙子勿推扳哩！」說著，撩衣躡足，拾級登梯。娘姨打起簾子，請到房裡。韻叟四面打量，誇贊兩句。覃麗娟隨口答道：「勿好個，大人請坐哩。」韻叟略讓陳小雲，方各坐下。大家陸續進房，隨意散坐，恰好坐滿一屋子。姚文君滿面汗光，暢開一角衣襟，只顧搧扇子。高亞白就說道：「耐怕熱末，坎坎啥要緊實概跑？」文君道：「陸裡跑嘎？我常恐撥癩頭黿個流氓看見，要緊❸仔點。」

齊韻叟見房內人多天熱，因向眾人道：「倪再要去認認秀英個房間哉呀。」大家說好。張秀英起立耑候❹，並催道：「价末一淘請過去哩。」陳小雲不復客氣，先走一步，與齊韻叟同過對過張秀英房間。眾人也有相陪過去的，也有信步走開的，只剩朱藹人吸煙過癮，陶玉甫、李浣芳沒精打彩，尚在覃麗娟房裡。

陶雲甫令娘姨傳命外場擺檯面，再去對過胡亂應酬一會，捉個空，仍回房來，問陶玉甫道：「李秀姐搭耐說啥？」玉甫道：「說個浣芳。」雲甫道：「說浣芳末，為啥哭嗄？」玉甫垂首無語。雲甫從容勸道：「耐勳單顧仔自家哭，樣式樣才勿管。今朝幾花人跑得來做啥？說末說祭個李漱芳，終究是為仔耐。常恐耐一幹仔去想著仔漱芳，再要一泡仔哭，有幾花人一淘來浪，故末讓耐散散心，搨開點。故歇

❸ 要緊：趕緊；急。

❹ 耑候：專候。

就說是揞勿開，耐也該應講講笑笑，做出點快活面孔，總算幾花人面浪領個情。耐自家去想，阿對？」玉甫依然無語。適娘姨來說：「檯面擺好哉。」雲甫想去問齊韻叟阿要起手巾，朱藹人道：「問啥哩，喊俚㖸絞起來末哉。」娘姨應了，雲甫替陳小雲開張局票，授與娘姨帶下發訖。

比外場絞過手巾，兩面房間客人、倌人齊赴當中客堂分桌坐席。公議齊韻叟首位，高亞白次位，陳小雲第三。其餘諸位，早自坐定。陳小雲相機湊趣，極意逢迎；大家攀談，頗相浹洽。陶玉甫勉承兄命，有時也搭訕兩句。俄而金巧珍出局到來，眾人命於陳小雲肩下駢坐。巧珍本係圓融的人，復見在席同儕銜杯舉箸，飲啖自如，自己亦隨和入席。齊韻叟賞其圓融，偶然獎許。巧珍益自賣弄，詼諧四出，滿座風生，為此席間並不寂寞。

齊韻叟忽然想著，問高亞白道：「耐做個祭文裡說起仔病源，有多花曲曲折折，啥個事體？」亞白見問，遂將李漱芳既屬教坊，難居正室，以致抑鬱成病之故徹底表明。韻叟失聲一嘆，連稱：「可惜，可惜！起先搭我商量，我倒有個道理。」亞白問：「是何道理？」韻叟道：「容易得勢。漱芳過房❺撥我，算是我個囡仵，再有啥人說啥閑話？」大家聽說默然，惟有陶玉甫，以為此計絕妙，回思漱芳病中若得此計，或可回生，今則徒托空言，悔之何及。登時提起一肚皮眼淚按捺不下，急急抽身溜入覃麗娟房間去了。高亞白道：「故末是倪勿好，講得起勁仔，忘記仔玉甫。」姚文君插口道：「李漱芳個人也忒好哉，做仔倌人也無啥要緊啘，為啥勿許做大老母？外頭人是瞎說呀，我做李漱芳末，先拿說閑話個人撥兩記耳光俚吃。」說得大家一笑。

❺ 過房：過繼。

齊韻叟禁阻道：「覅去說俚哉，隨便啥講講罷。」高亞白矍然道：「有樣好物事來裡，撥耐看。」歘地出席，去張秀英房間取出一本破爛春冊，授與韻叟。韻叟揭開，細細閱竟道：「筆意蠻好，可惜勿全。」隨將春冊遞下傳觀。亞白道：「好像是玉壺山人手跡，不過尋勿出俚憑據。」韻叟道：「名家此種筆墨，陸裡肯落圖章款識。再有仔個題跋就好哉。」尹癡鴛道：「題個跋末勿如做篇記。就拿七幅來分出個次序，照敘事體做法點綴點綴，竟算俚是全璧，阿是比仔題跋好？」亞白道：「故末要請教耐去做個哉。」癡鴛道：「耐請我老旗昌開廳❻，我做撥耐看。」亞白道：「我末就請仔耐開廳。倘然耐做出來，有一字不典，一句不雅，要罰耐十檯開廳哚哩。」癡鴛拍案大聲道：「一言為定，檯面浪才是見證。」

不料這一拍，倒驚動了陶玉甫，只道外面破口爭論，悄悄的揩乾淚痕，出房歸席，見眾人或仰著臉，或搖著頭，皆說這篇文章著實難做。高亞白道：「俚敢於大言不慚，終有本事來浪，管俚難勿難。」齊韻叟道：「我要緊拜讀拜讀，明朝耐就請仔俚，教俚快點做。」尹癡鴛道：「節浪無工夫。我十七做好仔，十八到老旗昌交卷，該應罰勿該應罰，大家公評。」亞白道：「准於十八老旗昌聚齊，在席七位就此面訂恕邀。」眾人皆說：「理應奉陪。」陶玉甫低問陳小雲：「做的何等文章？」小雲取過春冊，訴明緣由。玉甫無心展閱，略翻一翻，隨手丟下。

齊韻叟見玉甫強作歡容，毫無興會；又見天色陰晦，恐其下雨，當約眾人早些散席。大家無不遵命。金巧珍見出局不散，未便擅行，陳小雲暗地催他：「去罷。」巧珍方去。席散後，陶雲甫擬進城回家，

❻ 開廳：猶言請客吃飯。

了理俗務；朱藹人為湯嘯庵出門，沒個幫手，節間更忙；並向齊韻叟告罪失陪。韻叟欲請陳小雲到園，小雲亦托辭有事。韻叟道：「价末中秋日務必屈駕光臨。」小雲未及答言，陶雲甫已代應了。韻叟轉問尹癡鴛：「阿轉去？」癡鴛道：「耐先請，我就來。」韻叟乃與高亞白、朱淑人、陶玉甫各率相好，拱手作別，仍坐原車歸園。覃麗娟、張秀英直送出大門而回。接著朱藹人興辭，林翠芬跟阿姐林素芬乘轎同去。

陳小雲始向陶雲甫打聽中秋一笠園大會情形，雲甫道：「啥個大會嗄？說末說日裡賞桂花，夜頭賞月，正經白相，原不過叫局吃酒。」小雲道：「聽說吃仔酒末定歸要做首詩，阿有价事？」雲甫搖手笑道：「無撥個，啥人肯做詩嗄？倘然耐高興做也做末哉，總無撥俚哚自家人做個好，徒然去獻醜。」小雲道：「我第一埭去，阿要用個帖子拜望？」雲甫搖手道：「無須。俚請仔耐末，交代園門口，簿子浪就添仔耐陳小雲個名字，耐末便衣到園門口說明白仔，自有管家來接耐進去。看見仔韻叟，大家作個揖，切勿要裝出點斯斯文文個腔調來。做生意末，生意本色好哉。」

小雲再欲問時，尹癡鴛適從對過張秀英房裡特來面說即要歸園。雲甫趕著問道：「耐說做該篇記，我替耐想想，一個字也做勿出。耐如何做法，阿好先說撥我聽聽？」癡鴛笑道：「故歇我也說勿出如何做法，好像無啥難做，等我做好仔看罷。」雲甫只得撩開。

尹癡鴛既去，小雲亦即起身，說要往東合興里。雲甫道：「阿是葛仲英請耐？我同耐一淘去，稍微應酬歇，我要進城哉。」小雲應承暫駐。雲甫匆匆著好熟羅單衫、夾紗馬褂。覃麗娟並不相送，但說聲就來叫。

雲甫隨小雲下樓，各令車轎往東合興伺候。兩人聯步出門，穿過馬路，同至吳雪香家。一進房間，便見大床前梳妝檯上亮汪汪點著一對大蠟燭，怪問何事。葛仲英笑而不言，吳雪香敬過瓜子，回說：「無啥。」

須臾，羅子富、王蓮生、洪善卿三位熟識朋友陸續咸集。葛仲英道：「藹人，嘯庵才勿來，就是倪六個人，請坐罷。」小妹姐檢點局票說：「王老爺局票勿曾有啘。」仲英問王蓮生叫何人，蓮生自去寫了個黃金鳳，然後相讓入席。洪善卿趁小妹姐裝水煙時輕輕探問：「為啥點大蠟燭？」小妹姐悄訴道：「倪先生恭喜來浪，齋❼個催生婆婆。」善卿即向葛仲英、吳雪香道喜。席間聞得此信，一疊連聲：「恭喜！恭喜！且借酒公賀三杯。」仲英只是笑，雪香卻嗔道：「啥個喜嗄！小妹姐末瞎說。」席間誤會其意，皆正色說道：「故是正經喜事，無啥難為情。」雪香咳了一聲道：「勿是難為情。人家倪子養得蠻蠻大再要壞脫個多煞；剛剛有仔兩個月，怎曉得俚成人勿成人？就要道喜，也忒要緊啘。」席間見如此說，反覺無可戲謔。

雪香嘆了一聲，又道：「覅說啥養勿大；人家再有勿好個倪子，起先養個辰光快活煞❽，大仔點倒討氣！」仲英不待說畢，笑喝道：「耐再要說！人家聽仔耐閑話，也來浪討氣。」雪香伸手將仲英臂膀捽了一把道：「耐末討氣哉哩。」仲英叫聲「阿唷壞」，惹的哄堂大笑，連小妹姐並既到的出局亦笑聲不絕。

❼ 齋：吳語。即祭、供奉。
❽ 快活煞：快活得不得了。

羅子富見黃翠鳳、黃金鳳早來，就擬擺莊。覃麗娟繼至，為報陶雲甫道：「天來浪落雨，耐阿好勦進城哉。」雲甫緣有要件不可，轉向羅子富通融，先擺十杯。子富應諾，席間乃爭先出手打陶雲甫的莊。那邊黃翠鳳乘間問羅子富道：「今朝耐為啥勿來？」子富道：「我常恐耐無娒再要多說多話。」翠鳳道：「倪無娒咿好哉呀，贖身也定歸❾哉，身價末原是一千。」子富大為詫異道：「原是一千末，為啥起先勿肯，故歇倒肯哉嗄？」翠鳳滿面冷笑，半晌答道：「晚歇搭耐說。」子富心下鶻突，卻不敢緊著問。洎乎陶雲甫滿莊，要緊回家，挽留不住，竟和覃麗娟告辭別去。羅子富意不在酒，雖也續擺一莊，胡亂應景而已，只等出局一散，約下王蓮生要去打茶會。陳小雲、洪善卿乖覺，覆杯請飯。葛仲英亦不強勸，草草終席。

羅子富喊轎班點燈，徑同王蓮生於客堂登轎。台❿出東合興里，正遇一陣斜風急雨頂頭侵入轎中。高升、來安從傍放下轎簾，一路手扶轎槓，直至尚仁里黃翠鳳家客堂停轎。子富讓蓮生前行。到了樓上，翠鳳迎進房間，請蓮生榻床上坐；令趙家娒先點煙燈，再加茶碗。

黃金鳳在對過房間趕緊過來叫聲「姐夫」，即道：「王老爺對過去用煙啘。」蓮生道：「就該搭吃一樣個啘。」金鳳道：「對過有多花煙泡來浪。」翠鳳道：「煙泡末，耐去拿得來好哉。」金鳳恍然，重複趕去，取過七八根煙簽子，簽頭上各有一枚煙泡。蓮生本愛其嬌小聰明，今見如此巴結，更勝似渾倌人，心有所感，欣然接受。嘴裡說「難為耐」，一手拉金鳳坐於身傍。金鳳半坐半爬，看蓮生吸煙。

❾ 定歸：此為「定下」、「說妥」之意。

❿ 台：抬。

黃珠鳳扭扭捏捏給羅子富裝水煙，子富推開不吸，緊著要問贖身之事。翠鳳且笑且嘆，慢慢說來。

第四七回終。

第四八回　誤中誤侯門深似海　欺復欺市道薄於雲

按，黃翠鳳當著王蓮生即向羅子富說道：「倪個無娒終究是好人。聽俚閑話末好像蠻會說，肚皮裡意思倒不過實概。耐看俚三日天氣得來，飯也吃勿落。昨日耐去仔，俚一幹仔來哚房間裡反仔一泡。今朝趙家娒下頭去，無娒看見仔，就搭趙家娒說，說我個多花勿好，說起我衣裳頭面『買俚要萬把洋錢哚，勿然，俚贖身末，我想多撥點俚，故歇定歸❶一點也勿撥俚個哉。』我來裡樓浪剛剛❷聽見，呷氣末呷好笑，難末我去搭無娒說說明白，我說：『衣裳頭面才是我撐個物事，我來裡該搭，我個物事隨便啥人勿許動。我贖仔身阿好帶得去？才要交代無娒個啘。倘然無娒要撥點我，勿是我客氣，謝謝無娒，我末一點也勿要！覅說啥衣裳、頭面，就是頭浪個絨繩，腳浪個鞋帶，我通身一塌括仔❸換下來交代仔無娒，難末出該搭個門口。無娒放心末哉，我一點也勿要。』陸裡曉得倪無娒倒真個要分點物事撥我，俚道仔我末定歸要俚幾花哚，我說仔一點勿要，故末倪無娒再要快活也無撥。教我贖身末贖末哉，一千身價就一千末哉，替我看仔個好日子，十六寫紙，十七調頭，樣式樣才說好。耐說阿要快？就是我也勿可帳❹

❶ 定歸：此有「無論如何」之意。
❷ 剛剛：正巧；剛巧。
❸ 一塌括仔：吳語。全部；所有。

實概個容易。」

子富聽了，代為翠鳳一喜。蓮生不勝嘆服，贊翠鳳好志氣，且道：「有句閑話，說『好男勿吃分家飯，好女勿著嫁時衣』，賽過就是耐。」翠鳳道：「做個倌人，總歸自家有點算計，故末好掙口氣。倘然我贖身出去，先空❺仔五六千個債，倒說勿定生意好勿好，我就要掙氣也掙勿來。故歇我是打好仔稿子做個事體。有幾戶客人，勿來裡上海才勿算，來裡上海個客人就不過兩戶，單是兩戶客人照應照應我，就勿要緊個哉。五六千個債也寫意得勢❻，我也犯勿著要俚哚衣裳、頭面。王老爺說得好，嫁時衣還是親生爺娘撥來哚囡仵個物事，囡仵好末也勦著，我倒去要老鴇個物事？就要得來，碰斷❼千把洋錢，啥犯著嗄！」

蓮生仍贊不絕口。子富卻早知贖身之後定有一番用度，自應格外周全，只不料其如許之多，沉吟問道：「陸裡有五六千個債？」翠鳳道：「耐說無撥五六千，耐算哩！身價末一千；衣裳、頭面開好一篇帳來裡，煞死要減省❽末三千；三間房間鋪鋪阿要千把？連搭仔零零碎碎幾花用場，阿是五六千哚？故歇我就教帶得去個趙家姆同下頭一個相幫先去借仔二千，付清仔身價，稍微買點要緊物事，調頭過去再

---

❹ 勿可帳：沒料到；想不到。可帳，吳語。有難道、豈等意。

❺ 空：吳語。虧欠；欠。

❻ 寫意得勢：猶言輕鬆得很、方便得很。寫意，吳語。舒適；不費力。

❼ 碰斷：猶言碰頂。即頂多、最多之意。

❽ 減省：節省。

說。」子富默然。

蓮生吸過四五口煙，抬身箕坐。金鳳忙取水煙筒要裝，蓮生接來自吸。消停良久，子富方問起調頭諸事，翠鳳告訴大概：看定兆富里三間樓面，與樓下文君玉合借；除帶去娘姨、相幫之外，添用帳房、廚子、大姐、相幫四人；紅木家生暫行租用，合意議價。又道：「十六俚哚寫紙，我末收捉物事交代無娒，無撥空，耐就月半吃仔檯酒末哉。」子富遂面約了蓮生，並寫了張條子請葛、洪、陳三位，令高升立刻送去。

高升趕往東合興里吳雪香家，果然洪善卿、陳小雲為阻雨未散。看過條子，葛仲英先道：「我只好謝謝哉，一笠園約定來浪。」小雲亦以此約為辭。止有善卿准到，寫張回條打發高升覆命。卻聽窗外雨聲漸漸停歇，涼篷上點滴全無，洪善卿遂蹈隙步行而去。

小雲從容問仲英道：「倌人叫到仔一笠園，幾日天住來浪，算幾花局嗄？」仲英道：「看光景起，園裡三四個倌人常有來浪❾，各人各樣開消。再有倌人自家身體❿，喜歡白相，同客人約好仔，索性花園裡歇夏，故也只好寫意⓫點。」小雲道：「耐阿是帶仔雪香一淘去？」仲英道：「有辰光一淘去，到仔園裡再叫也無啥。」小雲自己盤算一回，更無他話，辭別仲英，徑歸南書錦里祥發呂宋票店。

明日，陳小雲親往拋球場相熟衣莊，揀取一套簇新時花淺色衫褂；復往同安里金巧珍家給個信。巧

❾ 園裡句：園裡常有三四個倌人在那裡。
❿ 自家身體：意指可由自己作主之人。
⓫ 寫意：此指出手大方些、開銷多些。

珍一見問道：「耐陸裡去認得個齊大人？」小雲道：「就昨日剛剛認得。」巧珍道：「耐搭俚做仔朋友末，倪要到俚花園裡白相相去。」小雲道：「明朝就請耐去白相，阿好？」巧珍道：「故歇客客氣氣，算啥嗄？」小雲道：「明朝是一笠園中秋大會，鬧熱得野哚！我末去吃酒，耐要白相，早點舒齊好仔，局票一到末就來。」巧珍自是欣喜。當晚，小雲、巧珍暢敘一宿。

到了八月十五中秋節日，陳小雲絕早起身，打扮修飾，色色停當；鐘上剛敲八點，即催起金巧珍，叮囑兩句。小雲趕回店內，坐上包車，望山家園進發。比至齊府大門首，靠對過照牆邊停下。小雲下車看時，大門以內，直達正廳，崇閎深邃，層層洞開，卻有柵欄擋住，不得其門而入，只得退出。兩傍觀望，靜悄悄地不見一人，長福手指左首，似是便門。小雲過去打量，覺得規模亦甚氣概。跨進門口，始見門房內有三五個體面門公蹺起腳說閑話。小雲傍門立定，正要通說姓名，一個就搖手道：「耐有啥事體帳房裡去。」小雲喏喏。再歷一重儀門，側裡三間堂屋，門楣上立著「帳房」二字的直額。小雲趄進帳房，只見中間上面接連排著幾號帳檯都是虛位，惟第一號坐著一位管帳先生，傍邊高椅上先有一人，和那先生講話。小雲見講話的不是別人，乃是莊荔甫，少不得廝見招呼。那先生道是同伙，略一頷首。荔甫讓小雲上坐。小雲竊窺左右兩間，皆有管帳先生在內，據案低頭，或算或寫，竟無一人理會小雲。小雲心想不妥，趄近第一號帳檯，向那先生拱手陪笑，敘明來意。那先生聽了，忙說：「失敬！暫請寬坐。」喊個打雜的，令其關照總知客。

小雲安心坐候，半日杳然，但見儀門口一起一起出出進進，絡繹不絕，都是些有職事的管事，並非赴席賓客。小雲心疑太早，懊悔不迭。忽聽得鬧攘攘一陣吶喊之聲自遠而近，莊荔甫慌的趕去。隨後二三十腳夫前扶後擁，扛進四只極大板箱，荔甫往來蹀躞⓬，照顧磕碰，扛至帳房廊下，輕輕放平，揭開箱蓋，請那先生出來檢點。小雲僅從窗眼裡望望，原來四只板箱分裝十六扇紫楠黃楊半身屏風，雕鏤全部西廂圖像，樓臺仕女，鳥獸花木，盡用珊瑚、翡翠、明珠、寶石，鑲嵌的五色斑斕。

看不得兩三扇，只見打雜的引總知客匆匆跑來，問那先生：「客在何處？」那先生說在帳房。總知客一手整理纓帽，挨身進門，見了小雲卻不認識，垂手站立門傍，請問：「老爺尊姓？」小雲說了。又問：「老爺公館來哚陸裡？」小雲也說了。總知客想了一想，笑問道：「陳老爺阿記得陸裡一日送來個帖子？」小雲乃說出前日覃麗娟家席間面約一節。總知客又想一想道：「前日是小贊跟得去個啘。」小雲說：「勿差。」總知客回頭令打雜的喊小贊立刻就來，一面想些話頭來說，因問道：「陳老爺叫局末叫個啥人？倪去開好局票來浪，故末早點，頭牌⓭裡就去叫。」

小雲正待說時，小贊已喘吁吁跑進帳房，叫聲「陳老爺」，手持一條梅紅字紙遞上總知客。總知客排揎⓮道：「耐辦得事體好舒齊！我一點點勿曾曉得，害陳老爺末等仔半日，晚歇我去回大人。」小贊道：「園門浪交代好個哉，就勿曾送條子，也為仔大人說帖子勳補哉。我想晚點送勿要緊，陸裡曉得陳老爺走仔該搭宅門。」總知客道：「耐再要說！昨日為啥勿送條子來？」小贊沒得回言，肩隨侍側。總知客問知小雲坐的包車，令小贊去照看車夫，親自請小雲由宅內取路進園。其時那先生看畢屏風，和莊荔甫

⓬ 蹀躞：小步行走。此指前後奔走。

⓭ 頭牌：意為第一批、第一趟。

⓮ 排揎：數落；斥責。

並立講話，陳小雲各與作別。

莊荔甫眼看著總知客斜行前導，領了陳小雲前往赴席，不勝豔羨之至。那先生講過，徑去右首帳房，取出一張德大莊票交付荔甫。荔甫收藏懷裡，亦就興辭。踅出齊府便門，步行一段，叫把東洋車，先至後馬路向德大錢莊將票上八百兩規銀兌換英洋，半現半票，再至四馬路向壺中天番菜館獨自一個飽餐一頓，然後往西棋盤街聚秀堂來。陸秀林見其面有喜色，問道：「阿曾發財？」荔甫道：「做生意真難說。前回八千個生意賺俚二百，吃力煞；故歇蠻寫意，八百生意倒有四百好賺。」秀林道：「耐個財氣到哉。今年做掮客才勿好，就是耐末做仔點外拆⑮生意倒無啥。」荔甫道：「耐說財氣，陳小雲故末財氣到哉。」遂把小雲赴席情形細述一遍。秀林道：「我說無啥好，吃酒叫局自家先要揩脫⑯洋錢，倘忙無啥⑰事體⑱做，只好拉倒，倒是耐個生意穩當。」

荔甫不語，自吸兩口鴉片煙定個計較。令楊家媯取過筆硯，寫張請帖，立送拋球場宏壽書坊包老爺，就請過來。楊家媯即時傳下。荔甫更寫施瑞生、洪善卿、張小村、吳松橋四張請帖；陳小雲或者晚間回店，也寫一張請請何妨？一併付之楊家媯，撥派外場分頭請客，並喊個檯面下去。

吩咐粗完，只聽樓下絕俏的聲音大笑大喊，嚷做一片，都說「老鴇來哩，老鴇來哩」，直嚷到樓上客

---

⑮ 外拆：猶言倒騰。

⑯ 揩脫：此指花費。

⑰ 無啥：不錯。

⑱ 事體：指生意。

堂。荔甫料知必係宏壽書坊請來的老包，忙出房相迎。不意老包陷入重圍，被許多倌人、大姐此拖彼拽，沒得開交。荔甫招手叫聲「老包」，老包假意發個火跳，掙脫身子。還有些不知事的清倌人竟跟進房間裡，這個摔一把，那個拍一下，有的說：「老包，今朝坐馬車哉啘！」有的說：「老包，手帕子哩，阿曾帶得來？」弄得老包左右支吾，應接不暇。荔甫佯嗔道：「我有要緊事體請耐來，啥個假癡假呆！」老包矍然起立，應聲道：「噢，啥事體？」怔怔的斂容待命。清倌人方一哄而散。

荔甫開言道：「十六扇屏風末，賣撥仔齊韻叟，做到八百塊洋錢，一塊也勿少。不過俚哚常恐有點小毛病，先付六百；再有二百，約半個月期。我做生意喜歡爽爽氣氣，一點點小交易，覅去多拌⑲哉。故歇我來搭俚付清仔，到仔期我去收，勿關耐事，阿好？」老包連說：「好極。」荔甫於懷裡摸出一張六百洋錢莊票交明老包，另取現洋一百二十元，明白算道：「我末除脫⑳仔四十，耐個四十晚歇撥耐。正價該應七百念塊，耐去交代仔賣主就來。」

老包應諾，用手巾一總包好。將行，陸秀林問道：「晚歇陸裡來請耐嗄？」老包道：「就來個，覅請哉。」說著，望簾縫中探頭一張沒人在外，便一溜煙溜過客堂。適遇楊家姆對面走來，不提防撞個滿懷。楊家姆失聲嚷道：「老包，啥去哉嗄？」這一嚷，四下裡倌人、大姐蜂擁趕出，協力擒拿，都說：「老包覅去哩！」老包更不答話，奔下樓梯，奪門而逃。後面知道追不上，喃喃的罵了兩聲。

老包只作不知，趄出西棋盤街，一直到抛球場生全洋廣貨店，專尋賣主殳三。那殳三高居三層洋樓，

⑲ 拌：吳語。計較；交涉。

⑳ 除脫：除掉。即扣除。

身穿捆身子，靸著拖鞋，散著褲腳管，橫躺在煙榻下手，有個貼身伏侍小家丁名叫耆子的在上手裝煙。既見老包，說聲「請坐」，不來應酬。老包知其脾氣，自去打開手巾包，將屏風正價莊票現洋攤在桌上，請殳三核數親收。並道：「莊荔甫說，一點點小交易做得吃力煞，講仔幾日天，跑仔好幾埭，俚哚帳房門口再要幾花開消，八十塊洋錢末俚一幹仔要個哉。我說：『隨便末哉，有限得勢，就無撥也勿要緊。』」殳三道：「耐無撥，勿對個啘。」隨把念塊零洋分給老包。老包推卻不收，道：「故末勠客氣，耐要挑挑我㉑，作成點生意好哉。」殳三不好再強。老包就說聲「我去哉」，殳三也任其揚長而去。

老包重回聚秀堂。幸而打茶會客人上市，倌人、大姐不得空，因此毫無兜搭㉒，徑抵陸秀林房間。莊荔甫早備下四張拾圓銀行票，等得老包回話，即時付訖。當有些清倌人聞得秀林有檯面，捉空而來，團團簇擁老包，都說：「老包叫我，老包叫我。」見老包佯嘻嘻㉓不睬，越發說的急了。一個拉下老包耳朵，大聲道：「老包阿聽見？」一個盡力把老包揣捏搖撼，白瞪著眼道：「老包說喤！」一個大些的不動手，惟嘴裡幫說道：「生來一淘才要叫個哉，來裡該搭吃酒，耐阿好意思勿叫？」老包道：「陸裡吃個酒嘎？」一個道：「莊大少爺勿是請耐吃酒？」老包道：「耐看莊大少爺阿是來浪吃酒？」一個不懂，轉問秀林：「莊大少爺阿吃酒？」秀林隨口答道：「怎曉得俚。」

大家聽說，面面廝覷㉔，有些惶惑。可巧外場面稟荔甫道：「請客末才勿來浪，四馬路煙間、茶館

㉑ 挑挑我：照應我；照顧我。

㉒ 兜搭：亦作「兜答」。麻煩；周折。

㉓ 佯嘻嘻：佯為嘻笑。

通通去看也無撥，無處去請哉啘。」荔甫未及擬議，倒是這些清倌人卻一片聲嚷將起來，只和老包不依，都說：「耐好，騙倪！難末定歸才要叫個哉。」一個個搶上前，磨墨，蘸筆，尋票頭，立逼老包開局票。老包無法可處。荔甫忍不住，翻轉臉喝道：「陸裡來一淘小把戲，得罪我朋友，喊本家上來問聲俚，看俚開個把勢，阿曉得規矩？」外場見機，含糊答應，暗暗努嘴催清倌人快走。秀林笑而排解道：「去罷，去罷，覅去裡瞎纏哉。倪吃酒個客人還勿曾齊，倒先要緊叫局！」

這些清倌人一場沒趣，訕訕走開。荔甫向老包道：「我有道理：耐叫末叫本堂局，先起頭叫過歇個定歸勿叫。」老包道：「本堂就是秀林末勿曾叫歇。」秀林接嘴道：「秀寶也勿曾。」荔甫不由分說，即為老包開張局票叫陸秀寶。另寫三張請帖，請的兩位同業是必到的，其一張請胡竹山。外場接得在手，趁早齎送。

第四八回終。

㉔ 廝覷：相覷。

第四九回　明棄暗取攘竊朦朧　外親內疏圖謀挾質

按，聚秀堂外場手持請客票頭齎往南畫錦里，只見祥發呂宋票店中僅有一個小伙計坐守櫃檯，問胡竹山，說❶：「勿來裡，尚仁里吃花酒去哉。」外場笑道：「今朝請客真真難煞，一個也請勿著。」小伙計取看票頭，忽轉一念，要瞞過長福賺這轎飯錢，因說道：「票頭放來裡，我替耐送得去，阿好？」外場喜謝懇託而去。

那小伙計喚出廚子，囑其代看，親去尚仁里黃翠鳳家。直至樓上客堂，張見房間內正亂著坐檯面。小伙計怕羞卻步，將票頭交與大姐小阿寶，小阿寶呈上羅子富，子富轉授胡竹山。竹山閱竟，回說「謝謝」。小伙計掃興歸店。

少頃，出局漸集。周雙珠帶齎一張票頭給洪善卿閱，就是莊荔甫請的。善卿遂首倡擺莊，十觥打完，告辭作別。羅子富猜度黃翠鳳必有預先了理❷之事，也想早些散席為妙，席間飲量平常，大抵與胡竹山差不多。惟有姚季蒓喜歡鬧酒，偏為他人催請不過，去的更早。可惜這華筵令節，竟不曾暢敘通宵，無事可敘，無話可述。

❶ 說：指「回答說」。
❷ 了理：料理。

羅子富等客散之後將回公館，黃翠鳳問道：「耐再有啥事體？」子富道：「我是無啥事體，耐阿要收作收作，明朝一日天常恐忙勿過。」翠鳳掉頭笑道：「咳，我個物事收作好仔長遠哉，等到故歇！」子富重複坐下。翠鳳道：「明朝忙也勿忙，倒要用著耐，覅去。」子富唯唯，打發高升轎班自回，卻聽對過房間黃金鳳檯面上搳拳唱曲之聲，聒耳可厭。比及金鳳席終，接著翠鳳出局，子富又不免寂寞些，將金鳳燒的煙泡連吸三口，提起精神。翠鳳於夜分歸家，囑咐相幫小心照看斗香、椽燭。相幫約了趙家姆、小阿寶挖花賭錢，以為消夜之計。

子富聞得樓下人聲嘈嘈不絕，不知不覺和翠鳳談至天亮，連忙寬衣登床，瞢騰一覺。畢竟有事在心，不致失䀾，將近午刻，共起同餐。早有人送到一包什物，翠鳳令趙家姆將去暫交黃二姐代為收存，明辰應用，且請黃二姐上樓。翠鳳自去捧出先前子富寄留的拜匣，討子富身邊鑰匙，當場開鎖。匣內只有許多公私雜項文書，並無別樣物件，翠鳳教子富把文書點與黃二姐看。黃二姐笑攔道：「曉得哉，耐個人陸裡有推扳❸，覅看哉。」翠鳳道：「無姆勿呀，該個是俚乃個物事，無姆看過仔我好帶得去，讓俚乃自家也點仔一點，倘忙停兩日缺下來勿關無姆事，阿對？」黃二姐只得看其點過鎖好。翠鳳亦令趙家姆將去，連適間一包做一處安放，更請帳房先生隨帶衣裳、頭面帳簿上樓。

子富聽這名目新奇，從傍看去。原來那帳簿前半本開具頭面若干件，後半本開具衣裳若干件；如有破壞改摺等情，下面分行小注，一覽而知。子富暗地嘆服其精細。當下小阿寶幫同趙家姆從櫥肚中掇出三號頭面箱，翠鳳自去先開一箱，把箱內頭面一總排列桌上，央帳房先生從頭念下。這邊念一件，那邊

❸ 陸裡有推扳：哪會那麼差勁。

翠鳳取一件頭面，付給黃二姐親眼驗親手接，黃二姐遞付趙家姆仍裝入箱內。裝畢，請黃二姐加上鎖。通共一箱金，一箱珠，一箱翡翠、白玉，三箱頭面，照帳俱全，一件不缺。趙家姆另喊兩個相幫上樓，從床背後暨亭子間兩處抬出十號朱漆皮箱。翠鳳自去先開一箱，把箱內衣裳一總堆列榻上，央帳房先生從頭念下。這邊念一件，那邊翠鳳取一件衣裳，付給黃二姐親眼驗親手接，黃二姐遞付趙家姆仍裝入箱內。裝畢，請黃二姐加上鎖。通共兩箱大毛，兩箱中毛，兩箱小毛，兩箱棉，一箱夾，一箱單與紗羅，十箱衣裳，照帳俱全，一件不缺。翠鳳重央帳房先生翻到帳簿末底兩頁，所有附開各帳一概要念。此乃花梨、紫檀一切家生，以及自鳴鐘、銀水煙筒之類。翠鳳一件件指點明白，某物在某所，某物在某所。黃二姐嘻開嘴胡亂答應，實未留心。翠鳳一直接說道：「再有我家常著個衣裳同零零碎碎白相物事，帳末勿曾開，才來裡官箱裡，無姆空仔點查末哉。」黃二姐笑諷道：「耐也該應吃力哉呀，吃筒水煙，請坐歇哩。」

翠鳳果然覺得疲乏，和黃二姐對面坐下，黃珠鳳慌的過來裝水煙。黃金鳳正陪著子富說笑，亦遂停止。大家相視，嘿嘿無言。帳房先生料無他事，隨帶帳簿，領了相幫下樓。趙家姆、小阿寶陸續各散。翠鳳特地叫聲「無姆」，從容規諫道：「我幾花衣裳、頭面，多末勿算多，撐得來也勿容易，今朝我交代仔無姆，無姆收作去，耐要自家有淘成點末好哩！再撥來姘頭騙仔去，耐要吃苦個哩！耐幾個老姘頭，才是夷場浪拆梢流氓，靠得住點正經人一個也無撥。我眼睛裡看見末，勿曉得撥俚哚騙仔幾花哉！我個物事，幸虧我捏牢仔，替無姆看好來浪，一徑到故歇勿曾騙得去，倘然來哚無姆手裡，故歇也無撥個哉。我末做仔四五年大生意，替無姆撐仔點物事，原有今朝日腳，無姆面浪總算我有交代。該搭事體我完結哉，倒是無娒個無淘成，有點勿放心。我去仔，再有啥人來說耐嗄？耐末去聽仔姘頭個閑話，勿消四五年，騙仔耐洋錢，再騙耐物事，等耐無撥仔，讓耐去吃苦。耐為仔姘頭吃個苦，阿好意思教人照應點？耐也無撥面孔去說啘！」

一席話，說得黃二姐無地容身，低下頭去撥弄手中一把鑰匙。子富但微微的笑。翠鳳又叫聲「無娒」道：「耐勳怪我多說多話，我是替無娒算計。我贖身末贖仔出去，我個親人單有耐無娒，隨便到陸裡，總是黃二姐倮出來個囡仵。無娒好，我也體面點；勿好，大家坍臺。無娒樣色樣才無啥，做生意巒巴結，當個家巒明白，就是來裡姘頭面浪吃個虧。我為仔看勿過說說耐，難下去我也勿好說個哉。耐要自家有淘成，五十多歲個年紀，原像仔先起頭實概樣式，做出點話靶戲撥小幹件笑話，我倒替耐難為情。」

黃二姐聽了，坐著不好，走開不好，漸漸漲的滿面緋紅。翠鳳不忍再說下去，乃更端道：「我說耐故歇就拿一千洋錢買個把討人，衣裳頭面才有來浪，做點生意下來，開消也夠哉。再歇兩年，金鳳梳仔個正頭❹，剛剛接下去，故末再好無撥。珠鳳生來無用場，倘忙有人家要末，倒讓俚好場花去罷。金鳳阿有啥說嗄，定歸是挨一挨二❺個時髦倌人；就說勿時髦，抵樁❻也像仔我末哉啘。無娒依仔我，是無娒福氣。」子富連連點頭，叉口道：「故倒是正經閑話，一點勿差。」翠鳳道：「价末起先個閑話阿是說差哉？」黃二姐因而插嘴道：「才是好閑話，陸裡有差嗄！」說罷，起立徘徊，自言自語道：「俚倮

❹ 正頭：舊時女子把頭髮挽束在頭頂上，以示成人。此種髮式稱為正頭。

❺ 挨一挨二：數一數二。

❻ 抵樁：預備。此有「至少」、「最差」之意。

該應來快哉，我下頭去等來浪。」遂撥轉頭，徑歸樓下小房間。

翠鳳在後手指黃二姐脊背，低聲向子富道：「耐看俚，越說俚，越是個厚皮！難我說過仔，勿說哉，俚要去吃苦，等俚歇。」子富道：「俚做老鴇苦惱，撥耐埋冤煞❼，一聲也勿敢響。」翠鳳道：「耐說哉哩，七姊妹淘裡阿有啥好人？倪要做差仔點，撥俚打起來要死。」子富道：「我勿相信。」翠鳳道：「耐勿相信，看諸金花。俚哚七姊妹我碰著三個人。諸三姐比仔倪無娒好得野哚，就不過打仔兩頓。要是倪無娒個討人，定歸要死勿死，要活勿活，教俚試試看末曉得哉。」子富笑而不語。翠鳳嘆口氣道：「勳說是倪無娒，耐看上海把勢裡陸裡個老鴇是好人？俚要是好人，陸裡會吃把勢飯？再有個郭孝婆，耐也曉得點哉啘，故歇自家無撥討人，再要去幫諸三姐打個諸金花，耐說阿要討氣？」

不料翠鳳說話之間，突然樓梯上一起腳聲，跑上三個人，黃二姐前引，帳房先生後隨，直往對過金鳳房間。子富怪詫問故，翠鳳搖手悄訴道：「才是流氓呀！倪贖身文書要俚哚到仔末好寫啘。」子富見說，放下窗簾。翠鳳惟令珠鳳過去應酬，不許擅離。金鳳竟不過去，怔怔癡坐，不則一聲。子富視其面色，如有所思，拉近身邊親切問道：「阿姐去仔，阿冷靜嗄？」金鳳拈眉❽含淚而答道：「冷靜點是勿要緊。我來裡想：阿姐去仔，就剩我一幹仔做個生意，房錢、捐錢幾花開消，忙煞我末，無撥幾檯酒、幾個局，無娒發極起來，故末要死哉，教我再有啥法子嗄！」翠鳳一聽，「嗤」的笑道：「耐故歇做生意來夠開消仔，無娒要發財哉。」子富也笑慰道：「耐放心，無娒陸裡來說耐。珠鳳比耐大一歲，要說末

❼ 埋冤煞：猶言「如此埋冤」。

❽ 拈眉：皺眉。

先說俚。」金鳳道：「俚乃生來無撥生意，倒也無啥；我是無姆一徑來浪說：『難末生意該應好點哉。』阿姐也實概說，陸裡曉得該節個帳比仔前節倒少仔點。」翠鳳道：「耐末勠去轉啥念頭，自家巴結做生意好哉。」子富也道：「耐要記好仔阿姐個閑話，故末無姆喜歡耐。」

黃二姐適從對過房裡趄來，聽得「無姆」兩字，問說甚話。翠鳳為述金鳳之言。黃二姐順口贊道：「好囡仵，倒難為俚想得到！」金鳳轉覺害羞，一頭撞入子富懷抱，大家一笑丟開。黃二姐袖中掏出一只金時辰錶，一串金剔牙杖，雙手奉與翠鳳，道：「耐說物事一點勿要，我也曉得耐個意思，勿好撥耐。該個兩樣，耐一徑掛來哚身浪，無撥仔勿便個啘，耐帶得去，小意思，也勿好算啥物事。」翠鳳不推不接，並不覷一正眼兒，冷笑兩聲道：「無姆，謝謝耐，我說過一點勿要，無姆再要客氣，笑話哉。」黃二姐伸出手縮不進，忸怩為難。子富在傍調停道：「撥仔金鳳罷。」黃二姐想了想，不得已，給與金鳳。翠鳳正色道：「索性搭無姆說仔罷，我到仔兆富里，無姆要張張我，來末哉；倘然送副盤撥我，故末無姆勠動氣，連搭仔下腳洋錢，才無撥。」黃二姐欲說不說，囁嚅為難。忽見趙家姆送上一張請客票頭，黃二姐便趁勢搭訕問：「陸裡搭請？」子富看那票頭乃泰和館的，知係局中例酒。翠鳳不去理會，盛氣莊容，凜乎難犯。黃二姐自覺沒趣，趔趄半晌，原往對過房裡去了。

子富將行，翠鳳囑道：「晚歇耐要來個哩，勿曉得俚哚贖身文書寫個阿對。」子富應諾，趄出客堂，望見對過房間點得保險檯燈分外明亮，但靜悄悄的毫無一些聲息。子富向簾子縫裡暗立潛窺，只見帳房先生架起眼鏡據案寫字；三個流氓連黃二姐攢聚一堆兒竊竊私語，不知商議什麼事情；珠鳳、小阿寶伺應左右。子富並未驚動，自去赴宴。到了泰和館，自然擺莊叫局，熱鬧如常。惟子富牢記翠鳳所囑，生恐醉後誤事，不敢盡歡，酬酢一回，乘間逃席。

那時金鳳房間也擺起四盤八簋請那流氓，雄啖大嚼，吮咂有聲，笑詈叫號，雜沓間作。子富逆揣❾贖身文書必然寫好，見了翠鳳。翠鳳將出一張正契，一張收據。上面寫的畫蚓塗鴨，不成字體；及觀文理，倒還清楚。蓋有相傳祕本作為底稿，所以不致乖謬。翠鳳終不放心，定要子富逐句講解一遍，自己逐句推敲一遍，始令小阿寶齎交黃二姐簽押蓋印。子富記得年月底下一排姓名，地方、代筆之外，平列三個中證：一個周少和，一個徐茂榮，一個混江龍。問這混江龍是否拆號❿。翠鳳道：「該個末，倪無娒個姘頭啘。就是俚勿聲勿響，調皮⓫得來，坎坎還來浪起個花頭。我個人去上俚個當，拗空⓬哉哩。」子富看過贖身文書，瞻顧徬徨，若有行意。翠鳳堅留如前，說：「明朝倪一淘過去。」子富沒法，遵命。待那三個流氓漸次散盡，方各睡下。

翠鳳睡中留神，黎明即醒，喚起趙家娒，命向黃二姐索取一包什物。這包內包著一身行頭，色色具備。翠鳳坐於床沿，解鬆腳纏，另換新布。子富矇矇矓矓，重入睡鄉，直至翠鳳梳洗俱完，才來叫醒。子富一見翠鳳，上下打量，不勝驚駭。竟是通身淨素：湖色竹布衫裙，蜜色頭繩，玄色鞋面，釵、環、

---

❾ 逆揣：預測；料想。

❿ 拆號：綽號。

⓫ 調皮：難對付。

⓬ 拗空：吳語。據說人臨終前會用手在空中空撈，稱作「拗空」。此語可用在各種場合，然很難用確切的詞語解釋。此權作「別做夢了」解。

簪、珥，一色白銀，如穿重孝一般。翠鳳不等動問就道：「我八歲無撥仔爺娘，進該搭個門口就勿曾帶孝，故歇出去，要補足俚三年。」子富稱嘆不置⓭。翠鳳道：「覅瞎說哉，快點去罷。」子富道：「去末哉啘。」翠鳳道：「耐先去，我舒齊仔就來。」隨命小阿寶跟子富至樓下，向黃二姐索取那只拜匣，置於轎中。

於是子富乘轎往兆富里。先有一輛包車停歇門首，子富下轎進門。一個添用的大姐曾經識面，一直請進樓上正房間。高升捧上拜匣，隨即退下。子富四下裡打一看時，不獨場面鋪陳無少欠缺，即家常動用器具亦莫不周匝齊全，子富滿口說好，更欲看那對過騰⓮客人的空房間，大姐攔說有客，乃止。

須臾，大門外點放一陣百子高升，趙家姆當頭飛報：「來哉。」大姐忙去當中間點上一對大蠟燭。翠鳳手執安息香，款步登樓，朝上伏拜。子富躡足出房，隱身背後，覷其所為。翠鳳覺著，回頭招手道：「耐也來拜拜哩。」子富失笑倒退，翠鳳道：「价末張啥嘎？房裡去！」一手推子富進房。把懷中贖身文書教子富復勘一遍，的真不誤。翠鳳自去床背後，從朱漆皮箱內捧出一只拜匣，較諸子富拜匣色澤體制大同小異。匣內只有一本新立帳簿，十幾篇店鋪發票。翠鳳當場裝入贖身文書，照舊加上鎖，然後將這拜匣同子富的拜匣一總捧去，收藏於床背後朱漆皮箱。

凡事大概就緒，翠鳳安頓子富在房，踅過對過空房間，打發錢子剛回家。

第四九回終。

⓭ 不置：似當作「不止」。

⓮ 騰：供客人使用。

第五〇回　軟厮纏有意捉訛頭　惡打岔無端嘗毒手

按，黃翠鳳調頭這日，羅子富早晚雙檯，張其場面，十二點鐘時分，錢子剛回家既去，所請的客陸續才來。第一個為葛仲英，仲英見三間樓面清爽精緻，隨喜一遭，既而踅上後面陽臺。這陽臺緊對著兆貴里孫素蘭房間，仲英遙望玻璃窗內，可巧華鐵眉和孫素蘭銜杯對酌，其樂陶陶，大家頷首招呼。華鐵眉忽推窗叫道：「耐空末，來說句閑話。」

葛仲英度坐席尚早，便與羅子富說明，並不乘轎，步行兜轉兆貴里。不意先有一群不三不四的人，身穿油晃晃、暗昏昏綢緞衣服，聚立門前，若有所俟。葛仲英進門後，即有一頂官轎接踵而至，一直抬進客堂。仲英趕急邁步登樓。孫素蘭出房相迎，請進讓坐。華鐵眉知其不甚善飲，不復客套。葛仲英問有何言，鐵眉道：「亞白請客小啟，耐阿看見？啥個絕世奇文，請倪一淘去賞鑒。」仲英道：「我問小雲，也坎坎曉得。」遂歷敘高、尹賭東之事。鐵眉恍然始悟道：「我正來裡說，姚文君屋裡末，為仔個癩頭黿，勿好去請客。為啥要老旗昌開廳，陸裡曉得癡鴛來浪高興。」

道言未了，只見娘姨金姐來取茶碗，轉向素蘭耳邊悄說一句，素蘭猛吃大驚，隨命跟局的大姐盛碗飯來。鐵眉怪問為何，素蘭悄說道：「癩頭黿來裡。」鐵眉不禁吐舌，也就撤酒用飯。

食頃，倏聞後面亭子間「豁琅」一聲響，好像砸破一套茶碗；接著叱罵聲，勸解聲，沸反盈天。早有三四個流氓門客，履聲橐橐，闖入客堂，竟是奉令巡哨一般，直至房門口東張西望，打個遭兒。葛仲英坐不穩要走，華鐵眉請其少待，約與同行。孫素蘭不敢留，慌忙丟下飯碗，用乾手巾抹了抹嘴，趕緊出去。只見賴公子氣憤憤地亂嚷，要見見房間裡是何等樣恩客。那些手下人個個摩拳擦掌，專候動手。金姐、大姐沒口子分說，扯這個，拉那個，那裡擋得住。素蘭只得上前按下賴公子，裝做笑臉，宛轉陪話。賴公子為情理所縛，不好胡行，一笑而止。流氓狎客亦皆轉柁收篷，歸咎於娘姨、大姐，說是：「莽撞得罪了。」

一時葛仲英、華鐵眉匆匆走避，讓出房間。孫素蘭又不敢送，就請賴公子：「去哩。」賴公子假意問：「陸裡去？」素蘭說：「房間裡。」賴公子直挺挺坐在高椅上，大聲道：「房間裡勿去哉，倪來做填空！」流氓狎客聽說，亦皆拿腔作勢，放出些脾氣來，不肯動身。禁不起素蘭揣著賴公子兩手，下氣柔聲，甜言蜜語的央告，賴公子遂身不由主，趔趄相從；一邊金姐、大姐做好做歹，請那流氓狎客一齊踅進房間。

賴公子只顧腳下，不提防頭上，被掛的保險燈猛可裡一撞，撞破一點油皮，尚不至於出血。賴公子抬頭看了，嗔道：「耐只勿入調❶個保險燈也要來欺瞞我。」說著，舉起手中牙柄折扇輕輕敲去，把內外玻璃罩叮叮噹噹敲得粉碎。素蘭默然，全不介意；一班流氓狎客卻還言三語四，幫助賴公子。一個道：「保險燈勿認得耐呀，要是恩客末，就勿碰哉！看仔❷俚保險燈也蠻乖㗎。」一個道：「保險燈就不過

❶ 勿入調：吳語。猶言不正經、不規矩、沒遮攔等意。用於各種場合。

❷ 看仔：猶言「看起來」。

勿會說閑話，俚碰耐個頭，賽過要趕耐出去，阿懂嗄？」一個道：「倪本底子勿該應到該搭正房間裡來，倒冤枉煞個保險燈。」賴公子不理論這些話，只回顧素蘭道：「耐勳來裡肉痛❸，我賠還耐末哉。」素蘭微哂道：「笑話哉哩，生來倪個保險燈掛得勿好，要耐少大人賠還？」賴公子沉下臉道：「阿是勿要？」素蘭急改口道：「少大人個賞賜，阿有啥勿要嗄。故歇說是賠還倪，故末倪勿要。」賴公子又喜而一笑，弄得他手下流氓狎客摸不著頭腦，時或浸潤挑唆，時或誇詡奉承。素蘭看不入眼，一概不睬，惟應酬賴公子一個。賴公子喊個當差的當面吩咐：「傳諭生全洋廣貨店掌櫃，需用大小各式保險燈，立刻齎送張掛。」不多時，當差的帶個伙計銷差。賴公子令將房內舊燈盡數撤下，都換上保險燈。伙計領命，密密層層掛了十架。

素蘭見賴公子意思之間不大舒服，只得任其所為。賴公子見素蘭小心伺候，既不親熱，又不冷淡，不知其意思如何。既而賴公子攜著素蘭並坐床沿，問長問短；素蘭格外留神，問一句，說一句，不肯多話。問到適間房內究屬何人，素蘭本待不說，但恐賴公子借端兜搭❹，索性說明為華鐵眉。賴公子欻地跳起身子道：「早曉得是華鐵眉，倪一淘見見鑾好啘。」素蘭不去接嘴，那流氓狎客即群起而攛掇道：「華鐵眉住來浪大馬路喬公館，倪去請俚來，阿好？」賴公子欣然道：「好，好！連搭仔喬老四一淘請。」當下寫了請客票頭，另外想出幾位陪客，一併寫好去請。素蘭任其所為，既不慫恿，亦不攔阻。賴公子自己興興頭頭❺，胡鬧半日，看看素蘭落落如故，肚中不免生了一股暗氣。及當差的請客銷

❸ 肉痛：吳語。捨不得；心痛。

❹ 兜搭：此指找麻煩、找碴。

差，有的說有事，有的不在家，沒有一位光顧的。賴公子怒其不會辦事，一頓「王八蛋」，喝退當差的，重新氣憤憤地道：「俚哚才勿來末，倪自家吃。」當下復亂紛紛寫了叫局票頭，賴公子連叫十幾個局。

天色已晚，擺起雙檯。素蘭生怕賴公子尋衅作惡，授意於金姐，令將所掛保險燈盡數點上，不獨眼睛幾乎耀花，且逼得頭腦烘烘發燒，額角珠珠出汗。賴公子倒極為稱心，鼓掌狂叫，加以流氓狎客哄堂附和，其聲如雷。素蘭在席，只等出局到來便好抽身脫累。誰知賴公子且把出局靠後，偏生認定素蘭，一味的軟廝纏。素蘭這晚偏生沒得出局，竟無一些躲閃之處。初時素蘭照例篩酒，賴公子就舉那杯子湊到素蘭嘴邊，命其代飲；素蘭轉面避開，賴公子隨手把杯子「撲」的一碰，放於桌上。素蘭斜睞一眼，手取杯子，笑向賴公子婉言道：「耐要教我吃酒末，該應敬我一杯。我敬耐個酒，原拿撥我吃，阿是耐勿識敬？」也把杯子一碰，放於賴公子面前。賴公子反笑了，先自飲訖，另篩一杯授與素蘭一口呷乾，席間皆喝聲采。

賴公子豪興遄飛，欲與對飲。素蘭顰蹙道：「少大人請罷，倪勿大會吃酒。」賴公子錯愕道：「耐再要欺瞞我，出名個好酒量，說勿會吃！」素蘭冷笑道：「少大人要纏煞❻哚！倪吃酒，學得來個呀。拿一雞缸杯酒一淘呷下去，停仔歇再挖俚出來，難末算會吃哉。出局去到仔檯面浪，客人看見倪吃酒一口一杯，才說是好酒量，陸裡曉得轉去原要吐脫仔末舒齊。」賴公子也冷笑道：「我勿相信，要末耐吃仔一雞缸杯，挖撥倪看。」素蘭故意岔開道：「挖啥嗄？耐少大人末，教人挖仔再要教人看！」賴公子

❺ 興興頭頭：吳語。興沖沖。

❻ 纏煞：猶言「瞎說」。吳語中，「纏」除糾纏之意外，還有「攪和」、「講不明白」等意。

一路攀談，毫無戲謔，今聽斯言，快活得什麼似的，張開右臂，欲將素蘭攬之於懷。素蘭乖覺，假作發極，俏聲一喊，倉皇逃遁。

只見金姐隔簾點首兒，素蘭出房問其緣故。原來是華鐵眉的家奴，名喚華忠，奉主命探聽賴公子如何行徑。素蘭述其梗概，並道：「耐轉去搭老爺說，一徑噪到仔故歇，總歸❼要扳俚個差頭，問老爺阿有啥法子？」華忠未及答話，樓面上一片聲喚「先生」，素蘭只得歸房。

華忠屏息潛蹤，向內暗覷，但覺一陣陣熱氣從簾縫中沖出，席間科頭跣足，袒裼裸裎，不一而足。賴公子這邊被十幾個倌人團團圍坐，打成栲栳圈兒，其熱尤酷。賴公子喝令讓路，定要素蘭上席搳拳。素蘭推說勿會搳，賴公子拍案厲聲道：「搳拳末，阿有啥勿會個嗄！」素蘭道：「勿曾學歇，陸裡會嗄。少大人要搳拳，明朝我就去學，學會仔再搳末哉。」賴公子瞋目相向，獰惡可畏。幸而流氓狎客為之排解道：「俚哚是先生，先生個規矩：單唱曲子，勿搳拳。教俚唱仔隻曲子罷。」素蘭無可推說，只得和起琵琶來。

華忠認得這一班流氓狎客，都是些敗落戶紈袴子弟與那駐防吳淞口的兵船執事，恐為所見，查問起來難於對答，遂回身退出，自歸大馬路喬公館，轉述於家主。華鐵眉尋思一回，沒甚法子，且置一邊。

次日飯後，卻有個相幫以名片相請。鐵眉又尋思一回，先命華忠再去探聽賴公子今日遊蹤所至之處，自己隨即乘轎往兆貴里孫素蘭家等候覆命。素蘭一見鐵眉，嗚嗚咽咽，大放悲聲，訴不盡的無限冤屈，鐵眉惟懇懇的寬譬慰勸而已。素蘭慮其再至，急欲商量；鐵眉浩然長嘆，束手無策。素蘭道：「我想一

❼ 總歸：總想；總要。

笠園去住兩日，耐說阿好？」鐵眉大為不然，搖頭無語。素蘭問：「怎的搖頭？」鐵眉道：「耐勿曉得有多花勿便哚。我末先勿好搭齊韻叟去說❽，癩頭黿同倪世交，撥俚曉得仔末，也好像難為情。」素蘭道：「姚文君來浪一笠園，就為仔癩頭黿，啥勿便嗄？」鐵眉理屈詞窮，依然無語。良久，素蘭鼻子裡哼了一聲，道：「我是曉得耐個人，隨便啥一點點事體，用著仔耐❾末，總歸勿答應。耐放心，我不過先告訴耐，齊大人搭我自家說末哉，癩頭黿曉得仔，也勿關耐事。」鐵眉拍手道：「故末蠻好。晚歇倪到老旗昌，耐要說末就說。」素蘭鼻子裡又哼了一聲，亦復無語。

兩人素性習靜，此時有些口角，越發相對忘言。直至華忠回來報說：「故歇少大人來浪坐馬車，轉來仔到該搭。」鐵眉聞信，甚為慌張，方啟口向素蘭道：「倪去罷。」素蘭聞信，愈覺生氣，遲回半晌，方啟口答道：「隨便耐。」於是鐵眉留下華忠，假使賴公子到此生事，速赴老旗昌報信。素蘭囑咐金姐：「好生看待賴公子，只實說出局於老旗昌便了。」

兩人相與下樓，各自上轎。剛抬出兆貴里，便隱隱聽得輪蹄之聲駛入石路。一霎間追風逐電，直逼到轎子傍邊。鐵眉道是賴公子，探頭一張，乃係史天然挈帶趙二寶，分坐兩把馬車，一路朝南駛去，大約即為高亞白所請同席之客。等得馬車過後，轎子慢慢前行。轉過打狗橋，經由法馬路，然後到了老旗昌。只見前面一帶歇著許多空轎、空車，料史天然必然先到。又見後面更有許多轎子銜接抬來，華鐵眉、孫素蘭站定少待。那轎子抬至門首，一齊停下，卻係葛仲英、朱藹人、陶雲甫三位，連帶的局吳雪香、

❽ 我末句：我先就不能去對齊韻叟說。

❾ 用著仔耐：要用你的時候。

林素芬、覃麗娟，共是六肩轎子。大家廝見，紛紛進門。

高亞白在內望見，與兩個廣東婊子迎出前廊，大笑道：「催請條子剛剛去，倒才來哉，再有個天然兒還要早，好像大家約好個辰光。」一行人躡足升階，至於廳堂之上。先到者除史天然、趙二寶之外，又有尹癡鴛、朱淑人、陶玉甫三位。大家見過，尚未入座，陶雲甫就開言道：「倪末勿是約好辰光，為仔癡鴛先生絕世奇文要緊請教。快點拿得來，我要急煞哉。」尹癡鴛道：「倪要等客人到齊仔末交卷哚，耐勤來裡性急。」葛仲英道：「等到啥辰光哩？」高亞白道：「難快哉，就是個陳小雲同仔韻叟勿曾到。」

眾人沒法，相讓坐下，因而仔細打量這廳堂。果然別具風流，新翻花樣，較諸把勢絕不相同。屏欄窗牖，非雕鏤，即鑲嵌，刻劃得花梨、銀杏、黃楊、紫檀層層精緻；帳幕簾帷，非藻繪，即綺繡，渲染得湖縐、官紗、寧綢、杭線色色鮮明。大而棟梁、柱礎、牆壁、門戶等類，無不聳翠上騰，流丹下接；小而几案、椅杌、床榻、櫥櫃等類，無不精光外溢，寶氣內含。至於栽種的異卉奇葩，懸掛的法書名畫，陳設的古董雅玩，品題的美果佳茶，一發不消說了。

眾人再仔細打量那廣東婊子，出出進進，替換相陪，約摸二三十個，較諸把勢卻也絕不相同。或擫著個直強強的頭，或拖著根散樸樸的辮，或眼梢貼兩枚圓丟丟綠膏葉，或腦後插一朵顫巍巍紅絨毬。尤可異者：桃花顴頰，好似打腫了嘴巴子；楊柳腰肢，好似夾挺了脊梁筋；兩只袖口晃晃蕩蕩，好似豬耳朵；一雙鞋皮踢踢塌塌，好似龜板殼。若說氣力，令人駭絕：朱藹人說得半句發鬆閑話，婊子既笑且罵，扭過身子，把藹人臂膊隔著兩重衣衫輕輕捽上一把，捽的藹人叫苦連天，連忙看時，並排三個指印，青中泛出紫色，好似熟透了牛奶葡萄一般。眾人見之，轉相告戒，無敢有詼諧戲謔者。婊子兀自不肯干休，咭咭呱呱說個不了。幸而外間通報：「齊大人來。」眾人乘勢起立趨候。齊韻叟率領一群娉娉裊裊、嬝嬝婷婷的本地婊子，即係李浣芳、周雙玉、張秀英、林翠芬、姚文君、蘇冠香六個出局，那廣東婊子插不上去，始免糾纏。

齊韻叟見了眾人，四顧一數，向尹癡鴛道：「客人齊哉啘，耐個奇文哩？」高亞白代答道：「齊末勿曾齊，賽過齊個哉。陳小雲是外行，等俚做啥？」尹癡鴛不從道：「故末覅欺瞞俚，再等歇也勿要緊啘。」史天然又問道：「我要問耐，客人勿齊也勿要緊啘，為啥要等嗄？」華鐵眉接說道：「我來裡想，癡鴛先生個絕世奇文常恐是做勿出勿曾做哩！嘴裡末一徑說交卷，一徑搭漿下去。」葛仲英、朱藹人、陶雲甫皆抵掌道：「一點勿差。定歸是做勿出，勿曾做。」大家你一言，我一語，惟朱淑人、陶玉甫不措一詞。尹癡鴛只是微哂。談笑之間，陳小雲亦帶金巧珍而至。齊韻叟道：「難無啥說哉啘。」尹癡鴛道：「我是做勿出勿曾做，說啥嗄？」齊韻叟儼色莊聲，似怒非怒道：「拿得來！」

第五〇回終。

第五一回　胸中塊穢史寄牢騷　眼下釘小蠻爭寵眷

按，尹癡鴛鼓掌大笑，取出懷中謄真底稿，授與齊韻叟。眾人爭先快睹，側立旁觀，只見首行標題乃是「穢史外編」四字，其文曰：

高唐氏有二女焉，家習朋淫，人求野合，登徒子趨之如歸市。一石婢充「氤氳使」，操玉尺於門右，以旌別其上下床。東牆生聞而造曰：「竊比大陰之嫪毒，技擅關車；願為禁臠之昌宗，官除控鶴。」以翹翹者示石。丹之刃磨厲以須，毛之錐脫穎而出。石睨而笑曰：「踐形惟小，具體而微，人何以良？婿真是贅。」生曰：「不然。僕聞精多者物宏，體充者用腓。屠牛坦解十二牛，而芒刃不頓者，其批郤導窾，皆眾理解也。卿毋皮相，僕試身嘗。」石曰：「招我由房，請君入甕。」乃見二女，喜而款之。有酒如淮旨且多，其人如玉美而豔。為武曌設無遮會，俾劉鋹觀大體雙。既酣，石趨進曰：「寡君有不腆之溪毛，敢以薦之下執事。」生惶恐避席而對曰：「三女成粲，一夫當關，恐隕越以貽羞，將厭覆之是懼。請以淫籌，參之觴政，按徐熙之院本，演王建之宮詞，三珠張翠鳥之巢，十樣鬥蛾眉之譜，不亦可乎？」皆曰：「善。」爾乃屏四筵，陳六簙。高氏振臂呼之，則「風月三分，水天一色」。生曰：「此秋千戲也。」高自裂帛縛踝，懸諸兩楹；

重門洞開，嚴陣以待。生及鋒而試，不戒而馳，挾潁考叔之輈，穿養由基之札。高知其易與也，強者弱之，實者虛之，若合若離，且迎且拒，鞭之長不及於腹，皮之存不傅於毛。生驚，退三舍。高微哂，放踵而摩頂焉。龍已潛而勿用，蠖亦屈而不伸，無臭無聲，恍比邱之入定；或推或挽，儼傀儡之登場。壁上觀者揶揄之。生內慚不暇辨，以胥臣之虎皮蒙其馬，以郈氏之金距介其雞，華元之甲棄而復來，董父之布蘇而復上。於是一張一弛，再接再厲；七縱七擒，十蕩十決。王勃乘馬當之風，浩浩然不知其所止；陸遜迷魚腹之陣，倀倀乎不知其何之。高嚶嚀乞休曰：「可矣，今而後知死所矣！」生大笑。

次為唐氏，著手成春，厥象曰「後庭花」。唐曰：「捨正路而不由，從下流而忘反，不可。」生曰：「呂之射戟也轅門，奡之行舟也陸地，夫何傷？」強唐兩手據地，而自其後乘之。大開月窟，橫看成嶺側看峰；倒掛天瓢，翻手為雲覆手雨。高撓之曰：「勿爾！雌雖伏矣，牝可虛乎？」生乃止。唐慍曰：「背有刺，氈有鍼，殆哉！」

生令石博，石未及應，唐曰：「嘻！守如瓶口，困在垓心，石兮石兮，乃如之人兮！」生不信，染指於鼎：草萋萋兮未長，泉涓涓兮始流；葉底芙蓉，花深不露，梢頭豆蔻，苞吐猶含。扼腕嘆曰：「涅而不緇，白乎；鑽之彌堅，卓爾。除非力士，鳥道可以生開；安得霸王，鴻溝為之分割！」聿及高，高博而靦然曰：「由來玉杵親搗玄霜，豈有金莖仰承甘露？」生曰：「得毋為『倒垂蓮』乎？有術在，僕也皤其腹，卿也鞠其躬。」遂戰。

交綏，生暇甚，顧謂石曰：「大嚼於屠門，孰聞於鮑肆，何以為情？」石曰：「不度玉門關，負我青春長已矣；直至黃龍府，與君痛飲復何如？」生謹諾，拔幟而濠中突起，背水稱兵；探珠而海底重來，尾閭掃穴。石創鉅痛深，如兔斯脫。高曰：「姮娥奔矣，居士亦聞木樨香否？」生為撫掌。

會唐博，得「弄玉簫」之象，謀於石曰：「既獸畜而不能豕交，寧雞口而毋為牛後，子盍為我圖之？」石受命，掬之以手，承之以口，雙丸跳蕩，一氣卷舒，嗚嗚然猶蚯蚓竅之蒼蠅聲也。高曰：「未病而呻，雖糙亦醉，渾敦也，而饕餮乎？」唐曰：「捫燭而得其形，嘗鼎而知其味。媧皇有靈，能無首肯？」石亦忍俊不自禁焉。

生既刮垢磨光，伐毛洗髓，新硎乍發，遊刃有餘。高度不敵，得弓彎舞而讓於唐。生戰益力，中強外肆，陰合陽開，左旋右抽，大含細入，如猛虎之咆哮，如神龍之夭矯，如急雨飄風之驟至，如輕車駿馬之交馳。俄而津津乎其味，汩汩然而來，浹髓淪肌，揉若無骨，撐腸拄腹，捫之有棱。就其淺，就其深，丹成九轉；旅而進，旅而退，曲奏三終。蓋下視其轍，而唐且血流漂杵矣。生曰：「乞靈於媚藥，請命於淫符，晝日猶可接三，背城何妨借一？」高、唐皆曰：「休矣先生，俟諸異日。」生冠帶興辭，二女歌「采葑」之首章以送之，三肅使者而退。

眾人閱畢，皆怔怔看著齊韻叟。不料韻叟連說：「好，好！」更無他詞。惟史天然、華鐵眉兩人愛不釋手，葛仲英、朱藹人、陶雲甫三人贊不絕口，連朱淑人、陶玉甫亦自佩服之至，異口同聲皆道：「洵❶

❶ 洵：誠然；實在。

不愧為絕世奇文矣！」葛仲英道：「俚用個典故，倒也人人肚皮裡才有來浪；就不過如此用法，得未曾有。」華鐵眉道：「妙在用得恰好地步，又貼切，又顯豁，正如右軍初寫蘭亭，無不如志。」朱藹人道：「最妙者，『鞭刺雞錐』，搭仔『馬牝溝札』多花齷齪物事，竟然雅致得極。」史天然道：「像『捫之有棱』一聯，此情此景，真有難以言語形容者，虧俚寫得出！」陶雲甫道：「我倒勿懂，俚末為啥忽然想到四書五經浪去，四書五經末為啥竟有蠻好句子撥俚用得去，阿要稀奇？」說得大家皆笑。

尹癡鴛道：「既蒙謬賞，就請賜批如何？」史天然、華鐵眉沉吟並道：「要批倒難批哩。」葛仲英矍然道：「我有來裡。」即討取筆硯，向底稿後面空幅寫下行書兩行，道：

試問開天闢地，往古來今，有如此一篇洋洋灑灑、空空洞洞、怪怪奇奇文字否？普天下才子讀之，皆當瞠目愕顧，鉗口結舌，倒地百拜，不知所為。

史天然先喝聲「批得好」。朱藹人道：「故是金聖嘆西廂個批語，俚就去抄仔來哉。」華鐵眉道：「抄也抄得好。」陶雲甫點頭道：「果然抄得好。除脫仔實概個批語，也無撥啥好批哉啘。」

葛仲英顧見高亞白獨坐於旁，片言不發，訝而問道：「亞白先生啥勿聲勿響嗄，難道癡鴛先生做得勿好？」亞白道：「好末阿有啥勿好，耐阿曉得城隍廟裡大興土木，閻羅王殿浪個拔舌地獄剛剛收作好，就等個癡鴛先生去末，要請俚嘗嘗滋味哉。」大家復笑哄堂。尹癡鴛也笑道：「俚乃輸仔東道來裡肉痛，無啥說仔末，罵兩聲出出氣，阿對？」齊韻叟道：「亞白不過說說罷哉，我末要勸耐句閑話。大凡讀書人通病，往往為坎坷之故，就不免牢騷，為牢騷之故，就不免放誕，為放誕之故，就不免潰敗決裂，無所不為。耐阿好收斂點，君子須防其漸也！」尹癡鴛不禁竦然改容，拱手謝教。

其時滿廳上點起無數燈燭，廳中央擺起全桌酒筵，廣東婊子聲請入席。眾人按照規例帶局之外，另叫個本堂局。婊子各帶鼓板弦索，嘔嘔啞啞唱起廣東調來。若在廣東規例，當於入席之前挨次唱曲，不准停歇，高亞白嫌道聒耳，預為阻止，至此入席之後，齊韻叟也不耐煩，一曲未終，又阻止了，席間方得攀談行令如常。

既而華鐵眉的家丁華忠趕上廳來，附耳報命於家主道：「少大人到仔清和坊袁三寶搭去，兆貴里勿曾來。」華鐵眉略一頷首，因悄悄訴與孫素蘭，使其放心；適為齊韻叟所見，偶然動問。鐵眉乘勢說出癩頭黿軟廝纏情形。韻叟遽說道：「价末到倪花園裡來哩，搭仔文君做淘伴，阿是蠻好？」素蘭接說道：「倪原要到大人個花園裡，為仔俚乃說常恐勿便。」韻叟轉問鐵眉道：「啥勿便嗄？耐也一淘來末哉啘。」鐵眉屈指計道：「今朝末讓俚先去，我有點事體，二十來張俚。」韻叟道：「故也無啥，天然也說是二十來。」鐵眉見素蘭的事已經妥議，記起自己的事，即擬言歸。高亞白知其征逐狎昵皆所不喜，聽憑自便。華鐵眉去後，丟下了素蘭沒得著落，去住兩難。韻叟微窺所苦，就道：「該搭個場面生來全夜天𠰻啘，我轉去要睏哉。」高亞白知其起居無時，惟適之安，亦惟有聽憑自便而已。

齊韻叟乃約同孫素蘭，帶領蘇冠香，辭別席間眾人，出門登轎，迤邐而行。約一點鐘之久，始至於一笠園。園中月色逾明，滿地上花叢竹樹的影子交互重疊，離披動搖。韻叟傳命抬往拜月房櫳。由一笠湖東北角上兜過圈來，剛繞出假山背後，便聽得一陣笑聲，嘻嘻哈哈，熱鬧得狠，猜不出是些什麼人。比到拜月房櫳院牆外面，停下轎子，韻叟前走，冠香挈素蘭隨後。步進院門，只見十來個梨花院落的女孩兒在這院子裡空地上相與勃交❷打滾，踢鋧子❸，捉盲盲❹，頑耍得沒個清頭❺，驀然抬頭見了主人，猛吃大驚，跌跌爬爬，一哄四散；獨有一個凝立不動，一手扶定一株桂樹，一手垂下去彎腰提鞋，嘴裡又咕嚕道：「跑啥嗄？小幹仵，無規矩！」韻叟於月光中看去，原來竟是琪官，韻叟就笑嘻嘻上前，手攙手說道：「倪裡嚮去哩。」琪官趄得兩步，重複回身，望著別株桂樹之下，隱隱然似乎有個人影探頭探腦。琪官怒聲喝道：「瑤官來！」才從黑暗裡應聲趨出。琪官還呵責道：「耐也跟仔俚哚跑，勠瑤官面孔！」瑤官不敢回言。

一行人踅進拜月房櫳。韻叟有些倦意，歪在一張半榻上與素蘭隨意閑談，問起癩頭黿，安慰兩句。見素蘭拘拘束束的不自在，因命冠香道：「耐同仔素蘭先生到大觀樓浪去，看看房間裡阿缺啥物事，喊俚哚舒齊好仔。」素蘭巴不得一聲，跟了冠香，相攜並往。韻叟喚進簾外當值管家，吹滅前後一應燈火，只留各間中央五盞保險燈，管家遵辦退出。韻叟遂努嘴示意，令琪官、瑤官兩人坐於榻旁，自己矇矇矓矓合眼瞌睡，霎時間鼻息鼾鼾而起。琪官悄地離座，移過茶壺，按試滾熱，用手巾周圍包裹。瑤官也去放下後面一帶窗簾，即低聲問琪官道：「阿要拿條絨單來蓋蓋？」琪官想了想，搖搖手。

兩人嘿嘿相對，沒甚消遣。琪官隔著前面玻璃窗賞玩那一笠湖中月色，瑤官偶然開出抽屜，尋得一

---

❷ 勃交：即摔跤。「勃」在吳語中有「撥」、「摔」、「跌」等意。

❸ 踢鋧子：即踢毽子。

❹ 捉盲盲：捉迷藏。

❺ 沒個清頭：此指「忘了時候」、「不分大小」等意。

副牙牌，輕輕的打五關。琪官作色禁止，瑤官佯作不知，手持幾張牌向嘴邊禱祝些甚麼，再呵上一口氣，然後操將起來。琪官怒其不依，隨手攫取一張牌藏於懷內，急得瑤官合掌膜拜，陪笑央及，無奈琪官別轉頭不理。瑤官沒法，只得涎著臉做手勢，欲於琪官身上搜撿；琪官生怕肉癢，莊容盛氣以待之。

兩人正擬交手扭結，忽聞中間門首「吉丁當」簾鉤搖動聲音，兩人連忙迎上去，見是蘇冠香和大姐小青進來。琪官不開口，只把手緊緊指著半榻。冠香便知道韻叟睡著了，幸未驚醒，親自照看一番，卻轉身向琪官切切囑道：「阿姐請我去，說有生活❻來浪，謝謝耐兩家頭替我陪陪大人。晚歇睏醒仔，教小青裡嚮來喊我好哉。」瑤官在傍應諾。冠香囑畢，飄然竟去。琪官支開小青不必伺候，小青落得自在嬉游。

琪官坐定，冷笑兩聲，方說瑤官道：「耐個呆大❼末少有出見個，隨便啥閑話總歸瞎答應❽。」瑤官追思適間云云，惶惑不解道：「俚勿曾說啥喤！」琪官「哼」的從鼻子裡笑出聲來，道：「耐是俚❾買個討人，該應替俚陪陪客人，勿曾說啥！」瑤官道：「价末倪走開點。」琪官睜目嗔道：「啥人說走嘎？大人叫倪坐來裡，陪勿陪挨勿著俚說喤！」瑤官才領會其意思。琪官復哼哼的連聲冷笑道：「倒好像是俚哚個大人，阿要笑話？」

---

❻ 生活：即「活兒」、「事兒」。

❼ 呆大：吳語。傻瓜。

❽ 瞎答應：亂答應。

❾ 俚：指蘇冠香。

這一席話竟忘了半榻上韻叟，粲花之舌滾滾瀾翻，愈說而愈高了。恰好韻叟翻個轉身，兩人慌掩住嘴。鵠候半晌，不見動靜。琪官躡足至半榻前，見韻叟仰面而睡，兩隻眼睛微開一線，奕奕怕人。琪官把前後襟、左右袖各拉直些，仍躡足退下。瑤官那裡有興致再去打五關，收拾牙牌裝入抽屜；核其數，三十二張並無欠缺，不知琪官於何時擲還。兩人依然嘿嘿相對，沒甚消遣。

相近夜分時候，韻叟睡足欠伸。簾外管家聞聲舀進臉水，韻叟揩了把面，瑤官遞上漱盂，漱了口，琪官取預備的一壺茶，先自嚐嚐，溫暾可口，約篩大半茶鍾遞上，韻叟呷了些。韻叟顧問：「冠香哩？」琪官置若罔聞，瑤官道：「說是姨太太搭去。」韻叟傳命管家去喊冠香。琪官接取茶鍾，隨手放下，坐於一傍，轉身向外。韻叟還要吃茶，連說三遍。琪官只是不動，冷冷答道：「等冠香來篩撥耐吃，倪笨手笨腳，陸裡會篩茶！」韻叟呵呵一笑，親身起立，要取茶鍾。瑤官含笑近前，代篩遞上。

韻叟吃過茶，就於琪官身傍坐下，溫存慰貼了好一會。琪官仍瞪著眼，呆著臉，一語不發。韻叟用正言開導道：「耐覅來浪糊塗，冠香是外頭人，就算我同俚要好，終勿比耐自家人。自家人一徑來裡，冠香一年半載末轉去哉啘，耐也何必去吃個醋？」琪官聽說，大聲答道：「大人，阿是耐無撥仔淘成哉？倪末曉得啥醋勿醋！」韻叟訕笑道：「吃醋耐勿曉得？我教個乖撥耐，耐故歇末就是叫吃醋。」琪官用力推開道：「快點去吃茶罷，冠香來哉！」韻叟回頭去看，琪官得隙掙脫，招呼瑤官道：「冠香來哉，倪去罷。」

韻叟見側首玻璃窗外，果然蘇冠香影影綽綽來了，就順勢打發道：「大家去睏罷，天也勿早哉。」瑤官一面應諾，一面跟從琪官趄下臺階，劈面迎著冠香。琪官催道：「先生快點來哩，大人等來浪。」

冠香不及對答，邁步進去。琪官、瑤官兩人遂緩緩步月而歸。

第五一回終。

第五二回　小兒女獨宿怯空房　賢主賓長談邀共榻

按，琪官、瑤官兩人離了拜月房櫳，趁著月色，且說且走。瑤官道：「今朝夜頭個亮月，比仔前日夜頭再要亮。前日夜頭末鬧熱仔一夜天，今朝夜頭一個人也無撥。」琪官道：「俚哚阿算啥賞月嗄，像倪故歇，故末倒真真是賞個月。」瑤官道：「倪索性到蜿蜒嶺浪去，坐來哚天心亭裡，一個花園通通才看見。該首賞月末最好哉。」琪官道：「正經要賞月，耐阿曉得啥場花？來裡志正堂前頭高臺浪，有幾花機器，就是看個亮月同看星個家生❶。有仔家生，連搭仔太陽才好看❷哉。看仔末，再有幾花講究。俚哚說，同皇帝屋裡觀象臺一個樣式，就不過小點。」瑤官道：「价末倪到高臺浪去罷。倪也用勿著俚家生，就實概看看末哉。」琪官道：「倘忙碰著個客人，勿局個。」瑤官道：「客人才勿來浪呀。」琪官道：「倪還是大觀樓去張張孫素蘭阿曾睏，故末蠻好。」瑤官高興，連說：「去哩。」

兩人竟不轉彎歸院，一直趲上九曲平橋，遙望大觀樓琉璃碧瓦映著月亮，也亮晶晶的射出萬道寒光，籠著些迷濛煙霧。兩人到了樓下，寂靜無聲。上下窗寮一律掩閉，裡面黑魆魆地，惟西南角一帶樓窗——係素蘭房間——好像有些微燈火在兩重紗幔之中。

❶ 家生：此指用具、器具。實指儀器。

❷ 才好看：都能看。

兩人四顧徘徊，無從進步。琪官道：「常恐睏哉哩。」瑤官道：「倪喊聲俚看。」琪官無語，瑤官就高叫一聲：「素蘭先生。」樓上不見接應，卻見紗幔上忽然現個人影兒，似是側耳竊聽光景。瑤官再叫一聲，那人方捲幔推窗，望下問道：「啥人來裡喊？」琪官聽聲音正是孫素蘭，搭嘴道：「倪來張耐呀，阿要睏哉？」素蘭辨識分明，大喜道：「快點上來哩，倪勿睏哩。」瑤官道：「勿睏末，門才關哉啘。」素蘭道：「倪來開，耐等一歇。」琪官道：「覅開哉，倪也轉去睏哉。」素蘭慌的招手跺腳，道：「覅去呀，來開哉呀！」瑤官見其發急，慫恿琪官略俟一刻。那素蘭的跟局大姐一層層開下門來，手持洋燭手照，照請兩人上樓。

素蘭迎見，即道：「我要商量句閑話，耐兩家頭睏來裡，覅轉去，阿好？」琪官駭異問故，素蘭道：「耐想該搭大觀樓，前頭後底幾花房子，就剩我搭個大姐來裡，陰氣煞❸個，怕得來，睏也生來睏勿著，正要想到耐搭梨花院落來末，倒剛剛耐兩家頭來喊哉。謝謝耐，陪我一夜天，明朝就勿要緊哉。」瑤官不敢作主，轉問琪官如何。琪官尋思半日，答道：「倪兩家頭睏來裡，本底子也勿要緊，故歇比勿得先起頭，有點間架哉。要末還是耐到倪搭去噥噥罷，不過怠慢點。」素蘭道：「耐搭去最好哉，耐末再要客氣。」

當下大姐吹滅油燈，掌著燈臺，照送三人下樓，將一層層門反手帶上，扣好鈕鐶。琪官、瑤官不復流連風景，引領素蘭、大姐徑望梨花院落歸來。只見院牆門關得緊緊的，敲夠多時，有個老婆子從睡夢中爬起，七跌八撞開了門。瑤官急問：「阿有開水？」老婆子道：「陸裡再有開水，啥辰光哉嗄！茶爐

❸ 陰氣煞：陰氣太重。

子隱❹仔長遠哉。」琪官道：「關好仔門去睏，覅多說多話。」老婆子始住嘴。

四人從暗中摸索，並至樓上琪官房間。瑤官劃根自來火，點著大姐手中帶來燭臺，請素蘭坐下。琪官欲搬移自己鋪蓋，讓出大床給素蘭睡；素蘭不許搬，欲與琪官同床，琪官只得依了。瑤官招呼大姐，安頓於外間榻床之上。琪官復尋出一副紫銅五更雞，親手舀水燒茶。瑤官也取出各色廣東點心，裝上一大盤，都將來請素蘭。素蘭深抱不安。

三人於燈下圍坐，促膝談心，甚是相得。一時問起家中有無親人，可巧三人皆係沒爺娘的，更覺得同病相憐。琪官道：「小個辰光無撥仔爺娘，故末真真是苦惱子！阿哥阿嫂陸裡靠得住，場面❺巒要好，心裡來哚轉念頭。小幹仵勿懂啥事體，上仔俚哚當還勿曾覺著。倘然有個把爺娘來浪，我為啥到該搭來？」素蘭道：「一點勿差。我爺娘剛剛死仔三個月，阿伯❻就出我個花樣，一百塊洋錢賣撥人家做丫頭。幸虧我曉得仔，告訴仔娘舅，拿買棺材個洋錢還撥仔阿伯，難末出來做生意。陸裡曉得個娘舅也是個壞坯子，我生意好仔點，騙我五百塊洋錢去，人也勿來哉！」

瑤官在傍默然呆聽，眼波瑩瑩然要吊下淚來。素蘭顧問道：「耐來仔該搭幾年哉？」琪官代答道：「俚乃再要討氣！來個辰光俚個爺一淘同得來，俚自家也叫俚『爺』。後來我問問俚，啥個爺嗄，是俚慢娘❼個姘頭！」

---

❹ 隱：吳語。熄；熄滅。

❺ 場面：面子上；表面上。

❻ 阿伯：伯伯；大伯。

素蘭道：「耐兩家頭運道倒無啥，才到仔該搭來也罷哉。我個命末生來是苦命，才說我無撥幫手個勿好，碰著仔要緊事體，獨是我一幹仔發極，再有啥人替我商量商量？有仔點勿快活，悶來浪肚皮裡，也無處去說啘。要尋個對景❽點娘姨、大姐，才難煞哚。」琪官道：「耐也總算稱心個哉，比仔倪好多花哚。像倪就說是兩家頭，阿有啥用場嗄？自家先❾一點點做勿來主，再要幫別人，生來勿成功。停兩年❿，也說勿定倪兩家頭來浪一堆勿來浪一堆⓫。」

素蘭道：「說到後底事體，大家看勿見，怎曉得有結果無結果？我想無撥啥法子，過一日末是一日，碰去看光景。」瑤官插說道：「倪末來裡過一日是一日，耐個後底事體，有點數目來浪。華老爺搭耐好得非凡，嫁得去末，端正享福好哉，阿有啥看勿見？」素蘭失笑道：「耐倒說得寫意⓬哚！要是實概說起來，齊大人也蠻好啘，耐兩家頭為啥勿嫁撥仔齊大人嗄？」瑤官道：「耐末說說正經，就說到仔歪裡去！」琪官點頭道：「閑話倒也是正經閑話，總歸做仔個女人，大家才有點說勿出個為難場花，外頭人陸裡曉得，單有自家心裡明白。想來耐華老爺好末好，終勿能夠十二分稱心，阿對？」

素蘭抵掌道：「耐個閑話故末蠻準，可惜我勿是長住來裡，住來裡仔同耐講講閑話，倒無啥。」瑤

---

❼ 慢娘：後媽。

❽ 對景：此有「稱心」、「滿意」之意。

❾ 先：有「本來」、「就」之意。

❿ 停兩年：過幾年。

⓫ 一堆：一起。

⓬ 寫意：吳語。舒適；不費力。此猶言「輕鬆」。

官道：「故也陸裡說得定，倪出去也勿曉得，耐進來也勿曉得，耐說個『碰去看光景』。」琪官道：「我說大家閑話對景仔，倒勿是定歸要來浪一堆，就勿來浪一堆，心裡也好像快活點。」素蘭聞言，欣然倡議道：「倪三個人索性拜姊妹，阿好？」瑤官搶說：「巒好，拜仔末大家有照應。」

琪官正待說話，只聽得外面歷歷碌碌，不知是何聲響。琪官膽小，取只手照拉同瑤官出外照看。那月早移過廂樓屋脊，明星漸稀，荒雞四叫，院中並無一些動靜。兩人各處兜轉來，卻驚醒了榻床上大姐，迷糊著兩眼，問是做啥。兩人說了，大姐道：「下頭來浪響呀。」說著，果然歷歷碌碌響聲又作，乃班裡女孩兒睡在樓下，起來便遺。

兩人呼問明白，放心回房，隨手掩上房門，向素蘭道：「天要亮哉，倪睏罷。」素蘭應諾。瑤官再請素蘭用些茶點，收拾乾淨，自去間壁自己房間睡下。琪官爬上大床，並排鋪了兩條薄被，請素蘭寬衣，分頭各睡。

素蘭錯過睡性，翻來覆去睡不著，聽琪官寂然不動，倒是間壁瑤官微微有些鼻聲。俄而一隻烏鴉啞叫著，掠過樓頂。素蘭揭帳微窺，四扇玻璃窗倏變作魚肚白色，輕輕叫琪官不答應，索性披衣起身，盤坐床中。不想琪官並未睡著，僅合上眼養養神，初時不應，聽素蘭起坐，也就撐起身來，對坐攀話。

素蘭道：「耐說倪拜姊妹阿好？」琪官道：「我說勿拜一樣好照應，拜個啥嗄？要拜末今朝就拜。」素蘭道：「好個，今朝就拜。那价個拜法哩？」琪官道：「倪拜姊妹不過拜個心，擺酒送禮多花空場面才用勿著，就買仔副香燭，等到夜頭，倪三個人清清爽爽，磕幾個頭末好哉啘。」素蘭道：「巒好，我也說寫意點好。」

琪官見天已大明，略挽一挽頭髮，跨下床沿，靸雙拖鞋，往床背後去。一會兒，出來淨過手，吹滅梳妝檯上油燈，復登床擁被而坐，乃從容問素蘭道：「倪拜仔姊妹，賽過一家人，隨便啥閑話才好說個哉。我要問耐，倪看個華老爺無啥晼，為仔啥勿稱心嗄？」

素蘭未言先嘆道：「覅說起，說起仔末真真討氣！俚乃個人倒勿是有啥個勿稱心，我同俚樣色樣巒對景，就為仔一樣勿好。俚乃個人做一百樁事體末，定歸有九十九樁勿成功哚，有點干己個事體，俚乃生來勿肯做。就教俚做樁小事體，俚乃要四面八方通通想到家，是勿要緊個，難末再做，倘然有個把閑人說仔一聲勿好，就勿做個哉。耐想實概個脾氣，阿能夠討我轉去？俚自家要討也勿成功。」

琪官道：「倪一徑來裡說，先生小姐要嫁人，容易得勢，陸裡一個好末就嫁撥仔陸裡一個，自家去揀末哉。故歇聽耐說華老爺，倒劃一為難。」

素蘭轉而問道：「我也要問耐，耐兩家頭自家算計，阿嫁人勿嫁人？」琪官亦未言先嘆道：「倪末再要為難也無撥！故歇無啥人來裡，搭耐說說勿要緊。倪從小到個該搭，生來才要依個大人，依仔哉晼，故末真間架。大人六十多歲年紀哉，倘忙出仔事體下來，像倪上勿上下勿下，算啥等樣人嗄？難要想著仔嫁人末，晚哉！」

素蘭道：「坎坎瑤官來浪說，出去也說勿定，阿是實概個意思？」琪官道：「俚乃肚皮裡還算明白，就不過有點勿著落⓭。看仔末十四歲，一點勿懂輕重，說得說勿得才要說出來。耐想，倪故歇阿好說該號閑話？坎坎幸虧是耐，碰著別人，說撥大人聽仔末，也好哉！」

⓭ 勿著落：不著實；沒分寸。

琪官一面說，一面打了個呵欠。素蘭道：「倪再睏歇罷。」琪官道：「生天要睏哩。」素蘭便也往床背後去了一遭，卻見一角日光直透進玻璃窗，樓下老婆子正起來開門，打掃院子，約摸七點鐘左右，兩人趕緊復睡下去。素蘭道：「晚歇耐起來末喊我一聲。」琪官道：「晚點末哉，勿要緊個。」這回兩人神昏體倦，不覺沉沉同入睡鄉。

直至下午一點鐘，兩人始起。瑤官聞聲進見，笑訴道：「今朝一樁大笑話，說是花園裡逃走兩個倌人，幾花人來浪反⑭，一徑反到我起來，剛剛說明白。」素蘭不禁一笑。

琪官吩咐老婆子傳話於買辦，買一對大蠟燭，領價現交，無須登帳。素蘭亦吩咐其大姐道：「耐吃過仔飯末，到屋裡去一埭，回來再到喬公館，問俚阿有啥閑話。」大姐承命，和老婆子同去。

瑤官急問：「阿是倪今朝拜姊妹？」素蘭頷首。琪官道：「耐閑話當心點個哩！啥個逃走倌人，倘然冠香來裡，阿是要多心嗄？就是倪拜姊妹，也覅去搭冠香說。冠香曉得仔，定歸要同倪一淘拜，無趣得勢。」瑤官唯唯承教，並道：「我一徑勿說末哉。」素蘭道：「勿曾拜末覅說起，拜過仔就勿要緊。故是倪明明白白正經事體，無撥啥對勿住人個場花。」瑤官又唯唯承教。

說話之間，蘇冠香恰好來到，先於樓下向老婆子問話。琪官聽得，忙去樓窗口叫「先生」。冠香上來廝見，爰致主人之命，立請素蘭午餐。素蘭即辭了琪官、瑤官，跟著冠香由梨花院落往拜月房櫳。

齊韻叟既見孫素蘭，就道：「昨日夜頭俚哚才勿來浪，我倒勿曾想著；難教冠香來陪陪耐，再一夜天末鐵眉來哉。」素蘭慌道：「倪覅呀，梨花院落蠻蠻適意。今朝夜頭說好來浪，原到几首去。」韻叟

⑭反：鬧。此指尋找。

道：「价末讓冠香一淘到梨花院落來，講講閑話有淘伴，起勁⑮點。」素蘭道：「倪覅呀，倪同冠香先生一樣個啘。大人當仔倪客人，倪倒勿好意思住來裡，要轉去哉。」蘇冠香聽說，將韻叟袖子一拉道：「耐勿懂末再要瞎纏⑯，俚哚梨花院落鬧熱得勢，我去做啥嗄？」韻叟笑而置之。

不多時，陶玉甫、李浣芳、朱淑人、周雙玉都回說不吃飯了，高亞白、姚文君、尹癡鴛相繼並至，大家入席小酌。高亞白、姚文君宿醉醺然，屏酒不飲。尹癡鴛疲乏尤甚，揉揉眼，伸伸腰，連飯也吃不下。齊韻叟知道孫素蘭好量，令蘇冠香舉杯相勸。素蘭略一沾唇，覆杯告止。

餐畢，大家各散。尹癡鴛歸房歇息，高亞白、姚文君隨意散步，孫素蘭也步出庭前。蘇冠香留心探望，見素蘭仍望梨花院落一路上去。冠香因笑著，欲和齊韻叟說話，轉念一想又沒有什麼話，便縮住口不說了。韻叟覺得，問道：「耐要說啥說末哉。」冠香思將權詞推託，適值小青來請冠香，說是姨太太要描花樣。冠香眼視韻叟，候其意旨。韻叟方將歇午，即命冠香：「去末哉。」冠香道：「阿要去喊琪官來？」韻叟一想，道：「覅喊哉。」冠香叮囑簾外當值管家小心伺候，自帶小青往內院去了。

韻叟睡足一覺，鐘上敲過四點，不見冠香出來。自思那裡去消遣消遣，獨自一個信著腳兒踱去，竟不覺踱過花園腰門，這腰門係通連住宅的。大約韻叟本意欲往內院尋冠香，忽又想起馬龍池，遂轉身往外，到書房裡謁見龍池，相對清談，娓娓不倦。談至上燈以後，親陪龍池晚餐，然後作別興辭，將回內院。剛趲出書房門口，頂頭撞著蘇冠香匆匆前來，一見韻叟，嚷道：「耐啥一幹子跑到該搭來嗄？我末

⑮ 起勁：猶言「有勁」、「有意思」。

⑯ 瞎纏：此有瞎說、瞎嘮叨之意。

倒來裡花園裡尋耐，兜仔好幾個圈子，賽過捉盲盲。」韻叟慰藉兩句，攜了冠香的手，緩緩同行。

比及腰門叉路，冠香攛掇韻叟大觀樓去。韻叟勉從其請，重複折入花園，經過陶、朱所住湖房，從牆外望望，並未進去。相近九曲平橋，冠香故意回頭，倏失驚打怪道：「阿是亮月嗄？」韻叟看時，只見一片燈光從梨花院落樓窗中透出，照著對面粉牆，越顯得滿院通紅。冠香道：「勿曉得俚哚來浪做啥。」韻叟道：「定歸是碰和，阿對？」冠香道：「倪去看哩。」韻叟道：「覅去做討厭人，噪散俚哚場子。」冠香只得跟隨韻叟原往大觀樓。

第五二回終。

第五三回 強扭合連枝姊妹花 乍驚飛比翼雌雄鳥

按，齊韻叟挈蘇冠香同至大觀樓上，適值高亞白、姚文君都在尹癡鴛房間裡，大家廝見。高亞白手中正拿了一本薄薄的草訂書籍要看，齊韻叟見其書面簽題，知為小贊所做時文試帖，特來請教於尹癡鴛的。韻叟因問癡鴛道：「近來阿有進境？」癡鴛道：「還算無啥，有點內心。」亞白道：「耐拿個穢史外編一淘去教會仔俚，勠說有內心，連外心也有哉。」大家笑了。

癡鴛忽向韻叟道：「耐昨日勸我個閑話，佩服之至。別人以綺語❶相戒，才是隔靴搔癢；耐末對症發藥，賽過心肝五臟一塌括仔撥耐說仔出來。」韻叟道：「我看耐穢史倒勿覺著啥綺語，好像一種抑塞磊落之氣充塞於字裡行間，所以有此一說。」亞白道：「癡鴛文章就來裡綺語浪用個苦功，撥俚鑽出仔頭來。以綺語相戒，此其人可謂不知癡鴛，並不知綺語。」大家又笑了。

這裡說笑，那邊姚文君也說得眉飛色舞，心花怒開。蘇冠香怔怔呆聽，僅偶然趁口❷而已。韻叟聽講的是碰和情事，遂喚文君道：「素蘭來浪碰和呀，耐高興末去哩。」文君道：「俚哚定歸勿是碰和，要碰和，阿有啥勿來喊我個嗄。」韻叟道：「耐碰和阿是好手？」文君嘻著嘴笑。冠香接說道：「俚打

❶ 綺語：佛教語。涉及閨門、愛欲等華艷辭藻及一切雜穢語。十善戒中列為四口業之一。

❷ 趁口：順著別人的口氣；附和；趁機開口。

個牌凶煞❸㗎，就是個琪官同俚差勿多，倪總歸要輸撥俚。」亞白道：「說俚凶也勿見得哩。」文君道：「倪陸裡會凶嗄！凶個人可惜打差仔個牌。」亞白道：「前日天個牌，我勿曾打差，摸勿起真生活❹。」文君欻地起立，嚷道：「耐說勿曾打差，拿牌來大家看。」說著，轉問癡鴛：「耐副牌哩？」癡鴛慌忙攔道：「好哉，覅看哉，耐總無撥差末哉。」

文君那裡肯依，竟自動手開櫥，搜尋牌盒。癡鴛撒個謊道：「櫥裡陸裡有牌，撥琪官借得去，一徑勿曾還哩。」文君沒法，回身屹立當面，還指天劃地數說亞白手中若干張牌，所差某張，應打某張，一一數說出來，請大家公斷。韻叟、冠香只是笑，癡鴛顰蹙道：「面孔阿要點嗄？勿是相打就是相罵，我末該倒運，剛剛住個對過房間，撥俚㗎兩家頭噪煞！」亞白也只是笑。文君冷冷答道：「耐自家阿曉得厭氣？說來說去兩聲閑話，大家才聽過歇，再有啥新鮮點說說倪聽哩？」幾句倒堵住了癡鴛的嘴，沒得回言。亞白不禁撫掌大笑。韻叟想些別樣閑話搭訕開去，文君亦就放下不提。

消停一會，月出東方，漸漸高至樹杪，大家皆有些倦意。韻叟、冠香始起告行，癡鴛送出房門。亞白、文君順路回房，直送至樓門口而別。韻叟仍攜了冠香的手，緩緩踅下大觀樓，重過九曲平橋，望那梨花院落中燈光依然大亮，惟逼著外面月色，淡而不紅。冠香復攛掇韻叟道：「倪去看看俚㗎阿是碰和。」韻叟道：「耐啥要緊得來，明朝問素蘭好哉。」冠香不好再強，同出花園，歸於內院，相與就寢無話。

次日辰刻，韻叟起身，外面傳報華老爺來。韻叟徑往花園，請華鐵眉在拜月房櫳相見。韻叟先嘲笑

---

❸ 凶煞：凶得很；厲害得很。

❹ 摸勿起句：摸不到（要的）牌是真的。

道：「今朝撥我猜著，該應是耐先到。」鐵眉似乎不好意思。韻叟顧令管家：「快請孫素蘭先生。」須臾，陶玉甫、朱淑人、高亞白、尹癡鴛及李浣芳、周雙玉、姚文君、蘇冠香、孫素蘭四路俱集，華鐵眉一概躬身延接。

孫素蘭輕輕叫聲「華老爺」，問：「昨日忙，身裡嚮❺阿好？」鐵眉道：「無啥，還好。昨日舒齊仔，要想到該搭來張張耐，碰著仔耐大姐，難末勿曾來，就交代俚一打香餅酒❻帶轉去，阿曾收到？」素蘭道：「謝謝耐，一打陸裡吃得完，分一半送撥仔人哉。」尹癡鴛背地指向朱淑人，悄悄笑道：「耐看俚哚兩家頭，客氣得來，好像長遠❼勿看見。」高亞白聽見，也悄悄笑道：「自有多花描畫勿出一副功架，也勿是個客氣。」大家掩口胡盧而笑。華鐵眉、孫素蘭相離雖遠，知道笑他兩個，趕即緘口。齊韻叟惋惜道：「剛剛有點意思，一笑末啣勿響哉。」大家越發笑出聲來。華鐵眉裝做不知，搭訕道：「癡鴛先生兩位令翠❽哩？」尹癡鴛帶笑答道：「勿曾到。」

一語未終，早見陶雲甫挈著覃麗娟、張秀英，朱藹人挈著林素芬、林翠芬來了。大家迎見，更不寒暄。朱藹人袖出一封書信，業經拆開，奉與齊韻叟。韻叟看那封面，係湯嘯庵自杭州寄回給藹人的，信內大略寫著「黎篆鴻既允親事，特請李鶴汀、于老德為媒，約定二十晚間同乘小火輪船，行一晝夜可以

❺ 身裡嚮：身子；身體。
❻ 香餅酒：香檳酒。
❼ 長遠：很久。
❽ 令翠：猶言「貴相好」。

抵滬，一切面議，惟乾宅❾亦須添請一媒為要」云云。韻叟閱竟放下，問道：「請個啥人哩？」藹人道：「就請仔雲甫。」韻叟道：「我最喜歡做媒人，耐倒勿請我。」陶雲甫道：「耐起先就做過個媒人哉，故歇挨耐勿著。」說得大家皆笑。獨朱淑人一呆，逡巡近案，從側裡偷覷那封信，僅得一言半句，已被其兄藹人收藏。淑人心中忐忑亂跳，臉上卻不露分毫，仍逡巡退歸原座，復瞟過眼去偷覷周雙玉，似覺不甚理會，才放了些心。

接著管家又報說：「葛二少爺來。」只見葛仲英挈著吳雪香並衛霞仙，相偕並至，齊韻叟詫異道：「阿是耐帶仔霞仙一淘來？」葛仲英道：「勿是，就園門口碰著個霞仙。」韻叟自知一時誤會，隨令管家快請馬師爺。尹癡鴛向韻叟道：「耐喜歡做媒人末，俚哚倪子要養快哉，耐為啥勿替俚哚做？」陶雲甫搶說道：「俚哚用勿著媒人，自家勿聲勿響，就房間裡點仔對大蠟燭拜個堂。我倒吃著個喜酒。」大家大笑哄堂。

蘇冠香上前拉著齊韻叟問道：「耐阿曉得，昨日夜頭素蘭先生勿是碰和末，做個啥？」韻叟道：「勿曾問俚。」冠香道：「我倒問過哉，也來浪房間裡點仔對大蠟燭拜個堂呀。」韻叟不勝錯愕，孫素蘭遂將三人結拜姊妹之事縷述分明。韻叟道：「拜姊妹倒無啥，為啥單是三個人拜嗄？要拜末一淘拜，我來做個盟主。昨日夜頭勿算，今朝先生小姐才到齊仔，一淘再拜個姐妹，阿好？」孫素蘭默然，蘇冠香咬著指頭要笑，其餘皆不在意。

韻叟即命小青去喊琪官、瑤官。高亞白向韻叟道：「難末耐個生意到哉，起勁得來，連搭仔做媒人

❾ 乾宅：猶言男家、男方。乾，指男性。

也勦做哉。」韻叟道：「我有仔生意末，耐要做生活⑩哉啘。耐末替我做篇四六序文，就說個拜姊妹話頭。序文之後，開列同盟姓名，各人立一段小傳，詳載年貌籍貫，父母存沒，啥人相好末就是啥人做。蘇冠香同琪官、瑤官三個人，我做末哉。名之曰海上群芳譜，公議以為如何？」大家無不遵教。

韻叟當命小贇準備文房四寶聽用，亞白便打起腹稿來。恰好外邊史天然挈著趙二寶進來，裡邊馬龍池及琪官、瑤官出來，與現在眾人大會於拜月房櫳。眾人爭前訴說如何拜姊妹，如何做小傳，史天然、馬龍池皆道：「故是應得效勞。」於是大家各取筆硯，一揮而就。不及一點鐘工夫，不但小傳齊全，連高亞白四六序文亦皆脫稿。齊韻叟托尹癡鴛約略過目，再發交小贇謄真。尹癡鴛向眾人道：「倒有點意思！亞白個序文末，生峭古奧，沉博奇麗，勿必說哉。就是小傳也可觀。琪、瑤、素、翠末是合傳體，趙、張兩傳末參互成文，李浣芳傳中以李漱芳作柱，蘇冠香傳中雖不及諸姊而諸姊自見，其餘或紀言，或敘事，或以議論出之，真真五花八門，無美不備。」大家聽了欣然。齊韻叟益覺高興。

其時已交午牌，當值管家調排桌椅。瑤官乘隙暗拉琪官踅出廊下，問道：「大人教倪一淘拜姊妹，阿要拜嗄？」琪官道：「大人說末，生來依俚，就一淘拜拜也無啥要緊。」瑤官道：「价末倪三個人拜個倒勿算！」琪官道：「耐末要纏煞哉，啥勿算嗄？倪三個人為仔要好拜個姊妹，拜仔也不過要好點。故歇大人教倪拜，要好勿要好，倪自家主意，大人勿好管倪個啘。」

瑤官渙然冰釋，頷首無言。聽得裡面坐席，兩人原暗地捱身進簾，掩過一邊。不想齊韻叟特命琪官、瑤官一同入席，坐列蘇冠香肩下。琪官、瑤官當著眾人面前斂手低頭，殊形跼蹐。

⑩ 做生活：幹活。

酒過三巡，食供兩套，齊韻叟乃向史天然道：「耐該埭⓫到上海，帶仔幾花物事來，無撥一點用場，我要耐一樣好物事，耐定歸勿送撥我。故歇搭耐⓬餞行哉，再客氣仔勿著杠哉，耐阿肯送點撥我？」天然大驚問：「啥物事嗄？」韻叟呵呵笑道：「我要耐肚皮裡個物事。耐趙二寶搭倒還有副對子做撥俚，我末連對子才無撥，阿是欺人太甚？」天然恍然悟道：「我為仔四壁琳琅，無從著筆。難年伯要我獻醜，也無法子，緩日呈教末哉。」韻叟拱手道謝。

華鐵眉因問餞行之說，天然說：「接著個家信，月底要轉去一埭。」鐵眉道：「倪也要餞行唍。」韻叟道：「耐要餞行末，同葛仲英搭仔個姘頭，索性訂期廿七，就來裡該搭，阿是蠻好？」鐵眉道：「再早點也無啥。」韻叟道：「早點無撥空，從明朝到廿四，大家才有點事體。廿五末高、尹餞行，廿六末陶、朱餞行，耐同仲英只好廿七個哉。」鐵眉就招呼仲英約定，天然亦拱手道謝。

適小贊將謄真的海上群芳譜呈上齊韻叟看了。韻叟遂令管家傳諭，志正堂中安排香案；又令小贊齎這群芳譜四座傳觀。葛仲英看是一筆靈飛經小楷，妍秀可愛，把小贊打量一眼。高亞白訕笑道：「耐覅看輕仔俚，俚個銜頭叫『贊禮佳兒』、『茂才高弟』。」尹癡鴛叉口道：「耐末喜歡撥人罵兩聲，為啥要帶累我？」小贊在傍「嗤」的失笑，仲英一些不懂。癡鴛分說道：「俚裡贊禮個倪子，人才叫俚小贊，時常做點詩文請教我。亞白就同俚打岔，出個對子教俚對，說是『贊禮佳兒』，俚對勿出，亞白就說：『我替耐對仔罷，「茂才高弟」阿是蠻好個絕對？』」仲英朗念一遍道：「真個對得好！」

⓫ 該埭：這次；這趟。

⓬ 搭耐：替你；給你。

小贊接取群芳譜，送往別桌上去。癡鴛悄向仲英耳邊說道：「耐看俚年紀末輕，壞得野哚！俚個爺問俚：『高老爺個對子為啥勿對？』俚說：『我對個哉，為仔尹老爺一淘來浪，勿曾說。』問俚對個啥，俚說：『對「尚書清客」。』」仲英大笑道：「為啥勿說『狎客』哩？索性罵得爽快點哉啘。」亞白、癡鴛共笑一陣。

席間上到後四道菜，管家準備雞缸杯更換。大家止住，都欲留量，以待晚間暢飲。齊韻叟不復相強，用飯散席。

於是齊韻叟聲言：「請眾姊妹團拜，請諸位老爺監盟。」眾人一笑遵命，各率相好，由拜月房櫳來到志正堂。只見堂前一桁湘簾高高吊起，堂中燭焰雙輝，香煙直上，地下鋪著一片大紅氈毯。眾人散立兩傍，監視行禮。小贊在下唱名，眾姊妹按齒排班，雁行站定，一齊朝上拜了四拜，又轉身對面拜了四拜。禮畢，各照所定輩行，互相稱喚。衛霞仙廿三歲，最長，是為「大阿姐」；李浣芳十二歲，最幼，是為「十四妹」。其餘不能盡記，但呼某姊某妹，繫之以名而已。

齊韻叟歡喜無限，諄囑眾姊妹：「此後皆當和睦，毋忘今日之盟。」眾姊妹含笑唯唯，跟隨眾人，趟下志正堂來。恰有一匹小小棗騮馬，帶著鞍轡，散放高臺下齕草。姚文君自逞其技，竟跑過去親手帶住，聳身騎上，就這箭道中跑個蹚⓭子，眾人四分五落看他跑。

琪官看罷轉身，不見了齊韻叟，四面找尋。見韻叟獨自一個大踱西行，琪官暗地拉了瑤官，撇下眾人，緊步趕上，跟在後面。韻叟並未覺著，只顧望拜月房櫳一路上踱去。踱至山坡之下，突然刺斜裡閃

⓭ 蹚：同「趟」。

過一個人，躡手躡腳鑽入竹樹叢中。韻叟道是朱淑人捕促織兒，也躡手躡腳的趕上，要去嚇他作耍。比到跟前，方看清後形，竟是小贇在那裡做手勢，好似向人央求樣子。韻叟止步，揚聲咳嗽。小贇嚇得面如土色，垂手侍側，不則一聲。韻叟問：「再有個啥人？」小贇吶吶答道：「無撥啥人來裡啘。」瑤官在後面用手指道：「哪，哪！」韻叟不提防，也吃一嚇。琪官急丟個眼色與瑤官，叫他莫說。韻叟卻又盤問瑤官：「說啥？」瑤官不得已，仍用手指了一指。韻叟再回頭望前面時，果然影影綽綽，一個人已穿花度柳而去。

韻叟喝退了小贇，帶著琪官、瑤官拾級登坡。這山坡正當拜月房櫳之背，滿山上種的桂樹，交柯接幹，蓊翳葱蘢。中間蓋著三間小小船屋，顏曰「眠香塢」。韻叟踱進內艙，據坐胡床，盤問瑤官：「看見個啥人？」瑤官不答，眼望琪官。韻叟即轉問琪官，琪官道：「倪也勿曾看清爽。」韻叟咳了一聲道：「我問耐末，再有啥勿好說個閑話？」琪官道：「勿是倪花園裡個人，等俚歇末哉。」韻叟略想一想，遂置不究，復笑問道：「我來個辰光，大家來浪看跑馬，才勿覺著，耐兩家頭啥辰光跟得來？」瑤官道：「阿是大人也勿曾覺著，倪是一徑跟來浪。」琪官道：「耐末要緊看仔前頭哉，陸裡曉得倪後底也來裡看耐！」韻叟道：「耐後底阿去看看，常恐再有啥人跟來浪。」瑤官道：「難是無撥啥人個哉。」琪官道：「要末不過冠香。」瑤官見說，真個出門去看。韻叟亦即起立，笑挽琪官的手，道：「倪到拜月房櫳去。」舉步將行，忽聞門外瑤官高聲報說：「朱五少爺來。」

韻叟詫異得緊，抬頭望外，果然朱淑人獨自一個，翩翩然來。韻叟請其登榻對坐，良久默然。韻叟搭訕問道：「聽說前日捉著一隻『無敵將軍』，阿有价事？」淑人含糊答應，並未接說下去。又良久，淑人面色微紅，轉睞偷盼，似有欲言不言光景。韻叟摸不著頭腦，顧令琪官喊茶。琪官會意，拉同瑤官退出門外，單剩韻叟、淑人在眠香塢中。

第五三回終。

第五四回　負心郎模棱聯眷屬　失足婦鞭箠整綱常

按，朱淑人見眠香塢內更無別人，方囁嚅向齊韻叟道：「阿哥教我明朝轉去，勿曉得阿有啥事體？」韻叟微笑道：「耐阿哥替耐定親呀，耐啥勿曾曉得？」淑人低頭蹙額而答道：「阿哥末總實概樣式。」韻叟聽說，不勝驚訝道：「替耐定親倒勿好？」淑人道：「勿是個勿好，故歇無啥要緊啘。阿好搭阿哥說一聲，覅去定啥親。」

韻叟察貌揣情，十猜八九，卻故意探問道：「故末耐啥意思哩？」連問幾聲，淑人說不出口。韻叟乃以正言曉之道：「耐覅去搭阿哥說。照耐年紀，是該應定親個辰光，耐咿無撥爺娘，生來耐阿哥做主。定著仔黎篆鴻個囡仵，再要好也無撥。耐故歇勿說阿哥好，倒說道覅去定啥親，覅說耐阿哥聽見仔要動氣，耐就自家想，媒人才到齊，求允行盤❶才端正好，阿好教阿哥再去回報俚？」淑人一聲兒不言語。韻叟道：「雖然定親，大家才要情願仔末好。耐再有啥勿稱心，索性說出來商量商量倒無啥。我替耐算計，最要緊是定親，早點定末早點討，故末連搭仔周雙玉一淘可以討轉去，阿是蠻好？」

淑人聽到這裡，咽下一口唾沫。俄延一會，又囁嚅道：「說起個周雙玉，先起頭就是阿哥代叫幾個局，後來也是阿哥同得去吃仔檯酒，雙玉就問我阿要討俚。俚說俚是好人家出身，今年到仔堂子，也不

❶ 行盤：舊俗，結婚前男家往女家致送彩禮。

過做仔一節清倌人，先要我說定仔討俚個末，第二戶客人俚勿做哉。我末倒答應仔俚。」韻叟道：「耐要討周雙玉容易得勢，倘然討俚做正夫人，勿成功個哩。就像陶玉甫，要討個李漱芳做墊房❷，到底勿曾討，勸說是耐哉。」

淑人又低頭蹙額了一會道：「難倒有點間架來浪。雙玉個性子強得野❸哚。到仔該搭來就算計要贖身，一逕搭我說，再要討仔個人末，俚定歸要吃生鴉片煙哚！」韻叟不禁呵呵笑道：「耐放心，陸裡一個倌人勿是實概說嗄？耐末再要去聽俚。」淑人面上雖慚愧，心裡甚乾急，沒奈何，又道：「我起先也勿相信，不過雙玉勿比得別人，看俚樣式倒勿像是瞎說。倘忙弄出點事體來，終究無啥趣勢。」韻叟連連搖手道：「啥個事體，我包場❹末哉，耐放心。」淑人料知話不投機，多言無益。適值茶房管家送進茶來，韻叟擎杯相讓，呷了一口，淑人即起興辭。韻叟一面送，一面囑道：「我說耐故歇去就告訴仔雙玉，說阿哥要替我定親。雙玉有啥閑話，才推說阿哥好哉。」淑人隨口唯唯。兩人踅出眠香塢，琪官、瑤官還在門外等候，一同跟下山坡，方才分路。齊韻叟率琪官、瑤官向西往拜月房櫳而去。

朱淑人獨自一個向東行來，心想：韻叟乃出名的「風流廣大教主」，尚不肯成全這美事，如何是好？假使雙玉得知，不知要鬧到什麼田地！想來想去，毫無主意。一路踅到箭道中，見向時看跑馬的都已散去，志正堂上只有兩個管家照看香燭。淑人重複踅回，劈面遇見蘇冠香，笑嘻嘻問淑人道：「倪大人到

❷ 墊房：男子妻子去世，續弦所娶之妻，謂之「墊房」。
❸ 強得野：倔強得很。
❹ 包場：吳語。擔保。

仔陸裡去，五少爺阿看見？」淑人回說：「在拜月房櫳。」冠香道：「拜月房櫳無撥啘。」淑人道：「剛剛去呀。」冠香聽了，轉身便走。淑人叫住，問他：「阿看見雙玉？」冠香用手指著，答了一句。

淑人聽不清楚，但照其所指之處，且往湖房尋覓。比及踅進院門，聞得一縷鴉片煙香，心知藹人必在房內吸煙，也不去驚動，徑回自己臥房。果然周雙玉在內，桌上橫七豎八擺著許多磁盆，親自將蓮粉餵促織兒；見了淑人，便欣然相與計議明日如何捎帶回家。淑人只是懶懶的。雙玉只道其暫時離別，未免牽懷，倒以情詞勸慰。淑人幾次要告訴他定親之事，幾次縮住嘴不敢說。又想：雙玉倘在這裡作鬧起來，太不雅相，不若等至家中告訴未遲。當下勉強笑語如常。

迨至晚間，張燈開宴，絲竹滿堂。齊韻叟興高采烈，飛觴行令，熱鬧一番，並取出那海上群芳譜，要為眾姊妹下一贊語，題於小傳之後。諸人齊聲說好。朱淑人也胡亂應酬，混過一宿。

次日午後，備齊車轎，除馬龍池、高亞白、尹癡鴛及姚文君原住園內，僅留下華鐵眉、孫素蘭兩人，其餘史天然、葛仲英、陶雲甫、陶玉甫、朱藹人、朱淑人及趙二寶、吳雪香、覃麗娟、李浣芳、林素芬、周雙玉、衛霞仙、張秀英、林翠芬一應辭別言歸。齊韻叟向陶玉甫道：「耐是單為仔李漱芳接煞❺，要去一埭啘，明朝接過仔就來罷。」玉甫道：「明朝想轉去，廿五一准到。」韻叟見說轉去，不便強邀，轉向朱淑人道：「耐明朝可以就來。」淑人深恐說出定親之事，含糊應答。大家出了一笠園，紛紛各散。

朱淑人和周雙玉坐的馬車一直駛至三馬路公陽里口，雙玉堅囑：「耐有空末就來。」淑人「噢噢」連聲，眼看阿珠扶雙玉進弄，淑人才回中和里。只見阿哥朱藹人已先到家中，正在廳上撥派雜務。淑人

❺ 接煞：猶招魂。舊時迷信，於人死後所謂魂復歸之日，請巫祝招之還家。

沒事，自去書房裡悶坐，尋思：這事斷斷不可告訴雙玉，我且瞞下，慢慢商量。

將近申牌時分，外間傳報：「湯老爺到哉。」淑人免不得出外廝見。湯嘯庵不及敘話，先向藹人說道：「李實夫同倪一淘來，故歇也來裡船浪。」藹人忙發三副請帖，三乘官轎，往碼頭迎請于老德、李實夫、李鶴汀登岸。再著人速去西公和里催陶老爺立等就來，不料陶雲甫不在覃麗娟家，又不知其去向。

藹人方在著急，恰好雲甫自己投到，見了湯嘯庵，說聲「久別」。藹人急問道：「到仔陸裡去？請也請勿著耐！」雲甫笑道：「我來裡東興里。」藹人道：「東興里做啥？」雲甫笑而攢眉道：「原是玉甫哉哩。李漱芳剛剛完結末，李浣芳來哉，吔有點間架事體。」藹人道：「啥事體嗄？」雲甫未言先嘆道：「還是李漱芳來浪辰光說過歇句閑話，說俚死仔末，教玉甫討俚妹子。故歇李秀姐拿個浣芳交代撥玉甫，說等俚大仔點收房❻。」藹人道：「故也蠻好啘。」雲甫道：「陸裡曉得個玉甫倒勿要俚，說：『我作孽末就作仔一轉，難定歸勿作孽個哉！倘然浣芳要我帶轉去，算仔我乾囡仵，我搭俚撥仔人家嫁出去。』」藹人道：「故也蠻好啘。」雲甫道：「陸裡曉得個李秀姐定歸要撥來玉甫做小老母，俚說漱芳苦惱，到死勿曾嫁玉甫，故歇浣芳賽過做俚個替身。倘然浣芳有福氣，養個把倪子，終究是漱芳根腳浪起個頭，也好有人想著俚。」藹人聽罷點頭。湯嘯庵插口道：「大家閑話才勿差，真真是間架事體。」陶雲甫道：「我倒想著個法子，一點勿要緊。」

一語未了，忽見張壽手擎兩張大紅名片，飛跑通報。朱藹人、朱淑人慌即衣冠，同迎出去，乃是于老德、李鶴汀兩位。下轎進廳，團團❼一揖，升炕獻茶。朱藹人問李鶴汀：「令叔為啥勿來？」鶴汀道：

❻ 收房：娶。

「家叔有點病，此次是到滬就醫。感承寵招，心領代謝。」

藹人轉和于老德寒暄兩句，然後讓至廳側客座，寬衣升冠，並請出陶雲甫、湯嘯庵兩位會面陪坐。大家講些閑話，惟朱淑人不則一聲。少頃，于老德先開談，轉述黎篆鴻之意，商議聘娶一切禮節。朱淑人落得抽身迴避。張壽有心獻勤，捉個空，尋到書房，特向淑人道喜。淑人憎其多事，怒目而視。張壽沒興，訕訕走開。

晚來，張壽來請赴席，淑人只得重至客座，隨著藹人陪宴。其時親事已經商議停當，席間並未提起。到得席終，于老德、李鶴汀、陶雲甫道謝告辭，朱藹人、朱淑人並送登轎。單剩湯嘯庵未去，本係深交，不必款待，淑人遂退歸書房，無話。

廿二日，藹人忙著擇日求允。淑人雖甚閑暇，不敢擅離。直至傍晚，有人請藹人去吃花酒，淑人方溜至公陽里周雙玉家一會。可巧洪善卿在周雙珠房裡，淑人過去見了，將定親之事悄悄說與善卿，並囑不可令雙玉得知。

善卿早會其意，等淑人去後，便告訴了雙珠，雙珠又告訴了周蘭，吩咐合家人等毋許漏言。別人自然遵依，只有個周雙寶私心快意，時常風裡言，風裡語，調笑雙玉。適為雙珠所聞，喚至房裡，呵責道：「耐要再去多說話！前日子銀水煙筒阿是忘記脫哉？雙玉反起來，耐也無啥好處！」雙寶不敢回嘴，默然下樓。

隔了一日，周蘭往雙寶房間裡床背後開只皮箱檢取衣服，丟下一把鑰匙不曾收拾；偶見阿珠，令去

❼ 團團：猶言「向各人」、「四面」。

尋來。阿珠尋得鑰匙，翻身要走。雙寶一把拉住，低聲問道：「耐為啥勿到朱五爺搭去道喜嘎？」阿珠隨口答道：「覅瞎說！」雙寶道：「朱五少爺大喜呀，耐啥勿曾曉得？」阿珠知道雙寶嘴快，不欲糾纏，大聲道：「快點放哩，我要喊無姆哉！」

雙寶還不放手，只聽得客堂裡阿德保叫聲：「阿珠，有人來裡看耐。」阿珠接應問：「啥人？」趁勢撇下雙寶，脫身出房，看時，乃舊伙大姐大阿金。阿珠略怔一怔，問：「阿有啥事體？」大阿金道：「無啥，我來張張耐呀。」

阿珠忙跑進去將鑰匙交明周蘭，復跑出來，攜了大阿金的手，踅到弄堂轉彎處，對面立在白牆下切切說話。大阿金道：「故歇索性勿對哉！覅說是王老爺，連搭兩戶老客人也才勿來，生客生來無撥，節浪下腳通共拆❽著仔四塊洋錢。倪末急煞來浪，俚倒坐馬車，看戲，巒開心！」阿珠道：「小柳兒生意巒好來浪，阿有啥勿開心？我替耐算計，歇仔❾末好哉啘。」大阿金道：「難要歇哉呀！俚啋來浪租小房子，教我跟得去，一塊洋錢一月，我定歸勿去。」阿珠道：「我聽見洪老爺說起，王老爺屋裡無撥個大姐，耐阿要去做做看？」大阿金道：「好個，耐替我去說哩。」阿珠道：「耐要去末，等我晚歇再問仔聲洪老爺。明朝無撥空，廿六兩點鐘，我同耐一淘去末哉。」

大阿金約定別去，阿珠亦自回來。廿五日早晨，接得一笠園局票，阿珠乃跟周雙玉去出局。翌日，阿珠到家傳說道：「小先生要廿八轉來啋。」周蘭沒甚言語。吃過中飯，略等一會，大阿金就來了，會

❽ 拆：分。

❾ 歇仔：猶言辭工不做了。

同阿珠，徑往五馬路王公館。

兩人剛至門首，只見一個後生慌慌張張衝出門來，低著頭一直奔去，分明是王蓮生的侄兒，不解何事。兩人推開一扇門，掩身進內，靜悄悄的竟無一人。直到客堂，來安始從後面出來，見了兩人即搖搖手，好像不許進去的光景，兩人只得立住。阿珠因輕輕問道：「王老爺阿來裡？」來安點點頭，阿珠道：「阿有啥事體嗄？」

來安踅上兩步，正待附耳說出緣由，突然樓上劈劈拍拍一頓響，便大嚷大哭，鬧將起來。兩人聽這嚷哭的是張蕙貞，並不聽得王蓮生聲息。接著大腳小腳一陣亂跑，跑出中間，越發劈劈拍拍響得像撒豆一般，張蕙貞一片聲喊「救命」。

阿珠聽不過，攛掇來安道：「耐去勸哩。」來安畏縮不敢。猛可裡樓板「彭」的一聲震動，震得夾縫中灰塵都飛下些來，知道張蕙貞已跌倒在樓板上。王蓮生終沒有一些聲息，只是劈劈拍拍的悶打，打得張蕙貞在樓板上骨碌碌打滾。阿珠要自己去勸，畢竟有好些不便之處，亦不敢上樓。樓上又無第三個人，竟聽憑王蓮生打個盡情。打到後來，張蕙貞漸漸力竭聲嘶，也不打滾了，也不喊救命了，才聽得王蓮生長嘆一聲，住了手，退入裡間房裡去。

阿珠料想不好驚動，遂輕輕辭別了來安要走。大阿金還呆瞪著兩眼發呆，見阿珠要走，方醒過來。兩人仍攜著手，掩身出門，又聽得樓上張蕙貞直著喉嚨乾號兩聲，其聲著實慘戚。大阿金不禁吁了口氣，問道：「到底勿曉得為啥事體？」阿珠道：「管俚哚啥事體，倪吃碗茶去罷。」

大阿金聽說高興，出弄轉彎，迤邐至四馬路中華眾會，聯步登樓，恰遇上市辰光，往來吃茶的人逐隊成群，熱鬧得很。兩人揀張臨街桌子坐定，合泡了一碗茶，慢慢吃著講話。阿珠笑道：「起先倪才說王老爺是個好人，故歇倒也會打仔小老母哉，阿要稀奇！」大阿金道：「王老爺搭倪先生好個辰光，嫁仔末倒好哉。倘然倪先生嫁撥仔王老爺末，王老爺陸裡敢打嗄！」阿珠道：「沈小紅阿好⑩做人家人？故末再要好白相點哩⑪。」大阿金太息道：「倪先生末真真叫自家勿好，怪勿得王老爺討仔張蕙貞。上海挨一挨二個紅倌人，故歇弄得實概樣式！」阿珠冷笑道：「故歇倒勿曾算別腳哉哩。」

正說時，堂倌過來沖開水，手揣一角小洋錢，指著裡面一張桌子道：「茶錢有哉，俚哚會過哉。」兩人引領望去，那桌子上列坐四人，大阿金都不認得。阿珠覺有些面熟，似乎在一笠園見過兩次，惟內中一年輕的，認得是趙二寶阿哥趙樸齋。因樸齋穿著大袍闊服，氣概非凡，阿珠倒不好稱呼，但含笑頷首而已。

一會兒，趙樸齋笑吟吟踅過外邊桌子傍。阿珠讓他坐了，遞與一根水煙筒。樸齋打量大阿金一眼，隨向阿珠搭訕道：「耐先生來裡山家園呀，耐啥轉來哉嗄？」阿珠說：「難要去哉。」樸齋轉問大阿金：「耐跟個啥人？」大阿金說是沈小紅。阿珠接嘴道：「俚故歇來裡尋生意。阿有啥人家要大姐，薦薦俚。」樸齋矍然道：「西公和張秀英說要添個大姐，等俚轉來仔，我替耐去問聲看。」阿珠道：「蠻好，謝謝耐。」樸齋即問明大阿金名字，約定廿九回音。阿珠向大阿金道：「价末耐就等兩日末哉。張秀英哚勿要末，再到王老爺搭去。」大阿金感謝不盡。樸齋吸了幾口水煙，仍回裡面桌子上去。

---

⑩ 阿好：怎麼能；可能。

⑪ 故末句：（倘若沈小紅嫁了王蓮生）那才有好戲看了；那才怪了。

須臾，天色將晚。阿珠、大阿金要走，先往裡面招呼樸齋，樸齋同那三個朋友也要走，遂一齊踅下華眾會茶樓，分路四散。

第五四回終。

第五五回　訂婚約即席意彷徨　掩私情同房顏忸怩

按，趙樸齋自回鼎豐里家裡，見了母親趙洪氏，轉述妹子趙二寶之言：廿八日要給史三公子餞行，另辦一桌路菜，皆須精緻豐盛。樸齋說罷出外，自去找尋大姐阿巧，趁二寶不在家，和阿巧打情罵俏，無所不至。阿巧見樸齋近來衣衫整齊，銀錢闊綽，儼然大少爺款式，就傾心巴結起來。因此樸齋倒斷絕了王阿二這段交情。便是向時一班朋友，樸齋也漸漸不相往來，只和一個小王十分知己，約為兄弟；又輾轉結識了華忠、夏餘慶，四人時常一處作樂。

這日八月廿八，趙樸齋知道小王自必隨來，預約華忠、夏餘慶作陪，專誠請小王敘敘，也算是餞行之意。等到日色沉西，方才聽得門外馬鈴聲響，趙洪氏與樸齋慌張出迎，只見史三公子、趙二寶已在客堂裡下轎進來。樸齋站立一邊。三公子向洪氏微笑一笑，款步登樓。

二寶叫聲「無娒」，一把拉了洪氏，徑往後面小房間，關上門，悄囑道：「難❶無娒勠實概哩！耐故歇做仔俚丈母哉呀，俚勿曾來請耐，耐倒先跑得出去，阿要難為情？」洪氏嘻著嘴，把頭亂點。二寶臨走又囑道：「我先上去，晚歇俚再要請耐見見末，我教阿虎答應❷耐。耐看見俚，就叫仔聲『三老爺』

---

❶ 難：現今；現在。

❷ 答應：照應；伺候。

好哉，覅說啥閑話，倘忙說差仔撥俚笑話。」洪氏無不遵依。

二寶遂開門出房。到樓梯邊，忽見樸齋幫著小王搬取衣包什物，二寶低聲喝道：「等俚哚搬末哉，要耐去瞎巴結❸！」樸齋連忙交與阿虎帶上樓去。二寶隨同到了樓上房裡，脫換衣裳，相伴三公子對坐笑語，沒有提起趙洪氏。

一時，對過書房排好筵席，阿虎請去赴宴。二寶要說些親密話兒，並不請一個陪客。三公子道：「請耐無娒、阿哥一淘來吃哉呀。」二寶道：「俚哚勿局個，我來裡陪耐哉啘。」當請三公子南向上坐，手取酒壺滿斟三杯，自斟一小杯，坐於其側。

三公子三杯飲盡，二寶乃從容說道：「耐明朝要轉去哉，我末要問聲耐。耐一徑說個閑話，阿做得到？倘然耐故歇說得蠻高興，耐轉去仔，屋裡倒勿許耐，阿是耐要間架哉嗄？耐索性說明白仔，倒也無啥。」三公子皇然起立道：「耐阿是勿相信我？」二寶一手捺坐，笑道：「勿是我勿相信耐，我為仔阿哥勿掙氣，無法子做個倌人，自家想，陸裡再有啥好結果。耐要討我做大老母，故是我做夢也想勿到實概個好處。不過耐屋裡有仔個大老母，故歇再討個大老母轉去，好像人家勿曾有過歇。覅晚歇忒起勁仔，倒弄得一場空。」三公子安慰道：「耐放心，倘然我自家想討三房家小，故末常恐做勿到，故歇是我嗣母個主意，再要討兩房，啥人好說聲閑話？索性搭耐說仔罷，嗣母早就看中一頭親事來浪，倒是我搭個漿❹，勿曾去說。難轉去末就請媒人去說親，說定仔，我再到上海接耐轉去，一淘拜堂。不過一個月光

❸ 瞎巴結：瞎起勁。

❹ 搭個漿：即搭漿。敷衍；應付。

景，十月裡我定歸到個哉，耐放心！」

二寶聽說，不勝歡喜，叮嚀道：「价末耐十月裡要來個哩。耐去仔，我一幹子來裡，勿出門口，勿見客人。等耐來仔末，我好放心，耐勠為啥事體多耽擱仔哩。倘然耐屋裡個夫人勿許耐討，耐就討我做小老母，我也就噥噥末哉。」

二寶說到這裡，忽然涕淚交頤，兩手爬著三公子肩膀，臉對臉的道：「我是今生今世定歸要跟耐個哉，隨便耐討幾個大老母、小老母，耐總勠掯脫我，耐要掯脫仔我是……」一句話說不完，噎在喉嚨口，嗚嗚的竟要哭。慌得三公子兩手合抱攏來摟住二寶，將自己手帕子替他輕輕揩拭，一面勸道：「耐瞎說個啥嗄？耐故歇末該應快快活活，辦點零碎物事，舒齊舒齊❺。耐倒再要哭，真真勿著落！」二寶趁勢滾在三公子懷中，縮住哭聲，切切訴道：「耐勿曉得我個苦處。我撥鄉下自家場花人說仔幾幾花花邱話，故歇說是耐要討我去做大老母，俚哚才勿相信，來浪笑。萬一勿成功下來，我個面孔擱到陸裡去！」三公子道：「再有啥勿成功！除非我死仔，故末勿成功。」二寶火速抬身，一把握了三公子的嘴道：「耐阿要無清頭，難勿搭耐說哉。」三公子一笑丟開。

二寶斟一杯熱酒，親奉三公子呷乾。三公子故意問問鄉下風景，搭訕開去。二寶早自領會，抛撇愁顏，興興頭頭和三公子頑笑。二寶說道：「倪鄉下有只關帝廟，到仔九月裡末做戲，看戲個人故末多到個無撥數目❻哚，連搭牆外頭樹丫枝浪才是個人。倪就搭張秀英看仔一埭，自家搭好仔看臺，爬來哚牆

---

❺ 舒齊舒齊：準備準備。

❻ 無撥數目：數不清。

頭浪，太陽照下來，熱得价要死！大家才說道，好看得來。像故歇大觀園，清清爽爽，一幹子一間包廂，請倪看，啥人高興去看嘎！」三公子點點頭。二寶又敬兩杯酒，說道：「再有句笑話告訴耐。倪關帝廟間壁有個王瞎子，說是算命準得野㗎。前年倪無姆喊俚到屋裡算倪幾家頭，俚算我末，說是一品夫人個命，俚還說，可惜推扳仔一點點，勿然要做到皇后㗎。倪末道仔俚瞎說，陸裡曉得故歇倒撥俚算得巒準！」三公子笑而點頭。

兩人細酌深談，盡興始散。三公子踅過房間裡，向樓窗口喊聲「小王」。二寶在後攔道：「我來裡呀，再要喊俚㗎做啥？」三公子問：「小王阿來裡？」二寶道：「小王末，是倪阿哥請俚到酒館裡餞餞行，耐啥事體喊俚？」三公子道：「無啥，教俚轉去收捉行李，明朝早點來。」二寶道：「晚歇倪搭俚說末哉。」三公子沒甚言語，消停多時，安置不表。

次日，二寶起個絕早在中間梳洗，不敷脂粉，不戴釵釧，並換一身淨素衣裳，等三公子起身，問道：「耐看我阿像個人家人？」三公子道：「倒巒清爽。」二寶道：「就今朝起，我一徑實概樣式。」說著，陪三公子吃了點心。

三公子遂令阿虎請了趙洪氏上樓廝見。三公子於靴葉子❼內取出一張票子交與趙洪氏道：「我末要轉去一埭，再等我一個月，盤裡衣裳頭面我到屋裡辦得來。耐先拿一千洋錢去，搭俚辦點零碎物事。嫁妝末等我來仔再辦。」洪氏不敢接受，只把眼睃二寶。二寶劈手搶過票子，轉問三公子道：「耐個一千洋錢末算啥？要是開消個局帳，故末倪謝謝耐。耐說就要來討我個末，再撥倪啥個洋錢嘎？說到仔零碎

❼ 靴葉子：即票夾。

物事，倪窮末窮，還有兩塊洋錢❽來裡，也勠耐費心個哉！」三公子見如此說，俯首沉吟。洪氏接嘴道：「三老爺客氣得來，難是一家人哉呀，無啥客氣啘。」二寶忙丟個眼色，勿令多言。趙洪氏辭別下樓。

三公子只得收起票子，喊小王打轎。二寶也坐了轎子去送三公子。先到了公館裡，發下行李，用過中飯，卻有一起一起送行的絡繹不絕。三公子匆匆會客，沒些空閑。直至四點多鐘，三公子才收拾下船。

二寶送至船上，只見阿哥趙樸齋正在艙中替小王照看行李。二寶悄問：「路菜阿曾挑來？」樸齋回說：「來哉。」二寶尋思沒事，將欲言歸，緊緊握著三公子的手囑道：「耐到仔屋裡，寫封信撥我。我身體末原來裡上海，我肚皮裡個心也跟仔耐一淘轉去個哉。耐勠到別場花再去耽擱哩。」三公子唯唯答應。二寶又道：「耐十月裡啥辰光來？有仔日腳末再寫封信撥我。能夠早點最好。耐早一日到，倪一家門幾花人早一日放心。」三公子又唯唯答應。

二寶再要說時，被船家催促開船，沒奈何撒手登岸。史天然立在船頭，趙二寶坐在轎裡，大家含淚相視，無限深情。直到望不見船上桅影，趙樸齋始令轎班抬轎回家。

原來趙二寶是個心高氣硬的人，自從史天然有三房家小之說，二寶就一心一意嫁與天然。又恐天然看不起，極力要裝些體面出來，凡天然所有局帳，二寶不許開消，以為你既視我為妻，我亦不當自視為妓；一過中秋便揭去名條，閉門謝客，單做史天然一人。天然去時，約定十月間親來迎接，二寶核算家中尚存英洋四百餘元，盡夠澆裹❾，坦然無憂。

---

❽ 有兩塊洋錢：指有一些錢。

❾ 澆裹：舊時稱日常開支。澆，指飲食。裹，指衣服。

這日送行回來，趙樸齋自去張秀英家薦個大姐大阿金生意。趙二寶卻和母親趙洪氏商議道：「俚說嫁妝等俚來再辦，我想嫁妝該應倪坤宅⑩辦得去末對哩。俚辦來浪，常恐俚㖾底下人多說多話，坍俚個臺。」洪氏道：「耐要辦嫁妝末，推扳⑪點哉哩。故歇就剩仔四百塊洋錢啘。」二寶咳了一聲道：「無娒末總實概個，四百塊洋錢陸裡好辦嫁妝嗄！我想末，先去借得來辦舒齊仔，等俚拿仔盤裡個銀兩來末再去還。」洪氏道：「故也無啥。」二寶轉和阿虎商議道：「耐阿有啥場花借得洋錢？」阿虎道：「倪就好借末也有限得勢，倒勿如做個帳。綢緞店、洋貨店、家生店才有熟人來浪，到年底付清好哉。」二寶大喜，於是每日令阿虎向各店家賒取嫁妝應用物件。二寶忙碌碌自己挑揀評論，只要上等時興市貨。趙樸齋在家沒事，同阿巧絞得像飴糖一般，纏綿恩愛，分拆不開。阿巧知道樸齋是史三公子的嫡親阿舅，更加巴結萬分。樸齋私與阿巧誓為夫婦，將來隨嫁過門，便是一位舅太太了。二寶沒工夫理會他們，別人自然不管這些事。

一日，忽見齊府一個管家交到一封書信，是史三公子寄來的。樸齋閱過，細細演講一遍。前面說是一路平安到家，已央人去說那頭親事，刻尚未有回音；末後又說目今九秋風物最易撩人，悶來時可往一笠園消遣消遣。二寶既得此信，趕緊辦齊嫁妝，等待三公子一到，成就這美滿姻緣。

樸齋因連日不見夏總管，問那管家，說是現在華眾會吃茶。樸齋立刻去尋，果然夏餘慶同華忠兩人泡茶在華眾會樓上。華忠一見樸齋，問道：「耐為啥一徑勿出來？」夏餘慶搶說道：「俚末屋裡嚮有仔

⑩坤宅：即女家。坤，指女性。

⑪推扳：此有「將就」之意。

點花樣來浪哉，阿曉得？」華忠愕然道：「啥花樣嗄？」夏餘慶道：「我也勿清爽⑫，要去問小王㑚。」樸齋訕笑入座。堂倌添上一隻茶鍾問：「阿要泡一碗？」樸齋搖搖手，華忠道：「价末倪去罷。」夏餘慶道：「好個，倪走白相去。」

當下三人同出華眾會茶樓，從四馬路兜轉寶善街，看了一會倌人馬車，踅進德興居小酒館內，燙了三壺京莊，點了三個小碗，吃過夜飯。夏餘慶請去吸煙，引至居安里潘三家門首，舉手敲門。門內娘姨接應，卻許久不開。夏餘慶再敲一下，娘姨連說：「來哉，來哉！」方慢騰騰出來開了。

三人進了門，只聽得房間裡地板上歷歷碌碌一陣腳聲，好像兩人扭結拖拽的樣子。夏餘慶知道有客，在房門口立住腳。娘姨關上大門，說道：「房裡去哩。」夏餘慶遂揭起簾子，讓兩人進房，聽得那客人開出後房門「登登登」腳聲踅上樓梯去了。房間裡暗昏昏地，只點著大床前梳妝檯上一盞油燈。潘三將後房門掩上，含笑前迎，叫聲「夏大爺」。娘姨亂著點起洋燈、煙燈，再去加茶碗。夏餘慶悄問那上樓的客人是何人。潘三道：「勿是倪客人，是客人㑚個朋友呀。」夏餘慶道：「客人㑚個朋友末，啥勿是客人嗄？」隨手指著華忠、趙樸齋道：「价末俚㑚才勿是客人哉啘？」潘三道：「耐末再要瞎纏，吃煙罷。」

夏餘慶向榻床睡下，剛燒好一口煙，忽聽得敲門聲響。娘姨在客堂中高聲問：「啥人嗄？」那人回說：「是我。」娘姨便去開了進來。那人並不到房間裡，一直徑往樓上。知道與樓上客人是一幫，皆不理會。

夏餘慶煙癮本自有限，吸過兩口，就讓趙樸齋吸，自取一支水煙筒，坐在下手吸水煙。華忠和潘三

⑫ 勿清爽：不清楚。

並坐靠窗高椅上講些閑話。忽又聽得有人敲門。夏餘慶叫聲「阿唷」，道：「生意倒鬧猛哚啘！」說著，放下水煙筒，立起身來望玻璃窗張覷。潘三上前攔道：「看啥嗄？搭我坐來浪！」夏餘慶聽得娘姨開出門去，和敲門的唧唧說話，那敲門的聲音似乎廝熟。夏餘慶一手推開潘三，趕出房門看是何人，那敲門的見了慌的走避。夏餘慶趕出弄堂，趁著門首掛的玻璃油燈望去，認明那敲門的是徐茂榮，指名叫喚。徐茂榮只得轉身，故意喊問：「阿是餘慶哥嗄？」餘慶應了。茂榮方才滿面堆笑，連連打恭，道：「我再勿靠帳⑬餘慶哥來裡。」一面說，一面跟著夏餘慶踅進房間，招呼華忠、趙樸齋兩人。樸齋認得這徐茂榮，曾經被他毒手毆傷頭面，不期而遇，著實驚惶。茂榮心裡覺著，外面只做不認得。

大家各通姓名，坐定。夏餘慶問徐茂榮道：「耐為啥看見仔我跑得去？」茂榮沒口子分說道：「勿曉得是耐呀。我就問仔聲虹口楊個阿來裡，勿來俚末，我生來去哉啘。陸裡曉得耐倒來裡。」餘慶鼻子裡哼了一聲。

徐茂榮笑嘻嘻望著潘三道：「三小姐長遠勿見，好像壯⑭仔點哉，阿是倪餘慶哥撥耐吃仔好物事？」潘三眼梢一瞟，答道：「耐末為仔長遠勿見，再要教倪罵兩聲，阿對？」徐茂榮拍掌道：「劃一巒準！」接著別轉臉去，又向華忠、趙樸齋指手劃腳的，且笑且訴道：「前埭倪餘慶哥來裡上海末，就做個三小姐，倪一淘人才到該搭來尋俚，一日天跑幾埭，賽過是華眾會，撥三小姐末罵得來要死，故歇餘慶哥勿

⑬ 勿靠帳：吳語。即不料想、沒料到。

⑭ 壯：吳語。胖。

阿是耐得罪仔俚？」潘三未及答話，夏餘慶喝住道：「覅瞎說哉，倪有公事來裡！」華忠、趙樸齋不置一詞。徐茂榮卻問潘三道：「為啥倪餘慶哥勿來？來仔，倪一淘人也才勿來哉。」

第五五回終。

第五六回　私窩子潘三謀胠篋　破題兒姚二宿勾欄

按，潘三因夏餘慶說有公事，遂巡出房，且去應酬樓上客人。徐茂榮正容請問：「是何公事？」夏餘慶道：「耐一班人管個啥公事，倪山家園一堆❶阿曾去查查嗄？」茂榮大駭道：「山家園阿有啥事體？」餘慶冷笑道：「我也勿清爽！今朝倪大人吩咐下來，說山家園個賭場鬧猛得勢❷，成日成夜賭得去，搖一場攤❸有三四萬輸贏哚，索性勿像仔樣子哉，問耐阿曉得！」茂榮呵呵笑道：「山家園個賭場末，陸裡一日無撥嗄？我道仔山家園出仔個強盜，倒一嚇。難明朝我去說一聲，教俚哚覅賭仔末哉。」餘慶道：「耐覅來浪搭個漿，晚歇弄出點事體來，大家無趣相！」

茂榮移坐相近道：「餘慶哥，山家園個賭場，倪倒才勿曾用過一塊洋錢哩。開賭個人，耐也明白來浪。幾花賭客才是老爺們，倪衙門裡也才來浪賭啘，倪跑進去，阿敢說啥閑話？故歇齊大人要辦，容易得勢。我就立刻喊齊仔人一塌括仔去捉得來，阿好？」餘慶沉吟道：「俚哚勿賭仔，倪大人也勿是定歸要辦俚哚。耐先去撥仔個信，再要賭末，生來去捉。」茂榮拍著腿膀道：「原說呀，有幾個賭客就是大

---

❶ 一堆：一帶。

❷ 鬧猛得勢：熱鬧非凡。鬧猛，吳語。熱鬧。

❸ 搖一場攤：去搖一次攤。搖攤，舊時賭博名目。莊家用骰子四顆藏在容器內搖動後擺定，賭者猜點數下注。

人個朋友。倪勿比仔新衙門❹裡巡捕，有多花為難個場花咾呀。」餘慶咈然作色道：「大人個朋友，就是李大少爺末賭過歇，勿關倪事。倪門口裡啥人來浪賭？耐說說看！」茂榮連忙剖辨道：「我勿曾說是門口裡啘。倘然耐門口裡有人去仔，我阿有啥勿告訴耐個嗄？」夏餘慶方罷了。

徐茂榮笑著，更向華忠、趙樸齋說道：「倪個餘慶哥，故末真真大本事！齊府浪通共一百多人咾，就是餘慶哥一幹仔管來浪，一徑勿曾有歇一點點差事體。」華忠順口唯唯。趙樸齋從榻床起身，讓徐茂榮吸煙，徐茂榮轉讓華忠。

正在推挽之際，欻地後房門呀的聲響，趱進一個人，踮手踮腳，直至榻床前。大家看時，乃是張壽，皆怪問道：「耐啥辰光來個嗄？」張壽不發一言，只是曲背彎腰，眯眯的笑。華忠就讓張壽躺下吸煙。夏餘慶低聲問張壽道：「樓浪是啥人？」張壽低聲說：「是匡二。」餘慶道：「价末一淘下頭來坐歇哉啘。」張壽急搖手道：「俚賽過私窩子❺，覅去喊俚。」餘慶鼻子裡又哼了一聲道：「為啥故歇幾個人才有點陰陽怪氣！」隨手指著徐茂榮道：「坎坎俚一幹子跑得來同娘姨說閑話，我去喊俚，俚倒想逃走哉，阿要稀奇？」徐茂榮雌著嘴，笑向張壽道：「餘慶哥一徑來裡埋怨我，好像我看勿起俚，耐說阿有价事？」張壽笑而無語。夏餘慶道：「堂子裡總歸是白相場花，大家走走，無啥要緊。匡二哥道仔我要吃醋，俚也轉差仔念頭哉。」張壽道：「俚倒勿是為耐，常恐東家曉得仔說俚。」餘慶道：「再有句閑話，耐去搭俚說，教俚勸勸東家，山家園個賭場裡覅去賭。」即將適間云云縷述一遍。

---

❹ 新衙門：指租界巡捕房。

❺ 私窩子：私娼。

張壽應諾，吸了一口煙，辭謝四人，仍上樓去。只見匡二、潘三做一堆兒滾在榻床上。見了張壽，潘三才緩緩坐起，向匡二道：「我下頭去。耐勿許去個哩，我有閑話搭耐說。」又囑張壽：「坐歇，勠去。」潘三遂復下樓。

樓上張壽輕輕地和匡二說了些話。約半點鐘光景，聽得樓下四人紛然作別聲，潘三款留聲，娘姨送出關門聲。隨後潘三喊道：「下來罷。」

匡二遂請張壽同到樓下房間。張壽有事要去，匡二要一淘走，潘三那裡肯放，請張壽：「再吸筒煙哩。」一手拉著匡二拉至床前藤椅上，疊股而坐，密密長談。張壽只得稍待。見那潘三談了半日，不知談的什麼事；匡二連連點頭，總不答話。及潘三談畢走散，匡二還呆著臉躊躇出神。張壽呼問：「阿去嗄？」匡二始醒過來。臨出門，潘三復附耳立談兩句，匡二復點點頭，始跟張壽趄出居安里。張壽在路問潘三說啥，匡二道：「俚瞎說呀，還仔債末要嫁人哉。」張壽道：「价末耐去討仔俚哉啘。」匡二道：「我陸裡有幾花洋錢。」

當下分路，匡二往尚仁里楊媛媛家。張壽自往兆富里黃翠鳳家，遙望黃翠鳳家門首七八乘出局轎子排列兩傍，料知檯面未散。進得門來，遇見來安，張壽問：「局阿曾齊？」來安道：「要散哉。」張壽道：「王老爺叫個啥人？」來安道：「叫兩個哚：沈小紅、周雙玉。」張壽道：「洪老爺阿來裡？」來安道：「來裡。」張壽聽說，心想周雙珠出局，必然阿金跟的，乘間溜上樓梯，從簾子縫裡張覷。其時檯面上拳聲響亮，酒氣蒸騰。羅子富與姚季蓴兩人合擺個莊，不限杯數，自稱為「無底洞」，大家都不服。王蓮生、洪善卿、朱藹人、葛仲英、湯嘯庵、陳小雲聯為六國，約縱連橫，車輪鏖戰，皆不許相好、娘姨、大姐代酒，其勢洶洶，各不相下，為此比往常分外熱鬧。

張壽見周雙珠跟的阿金空閑傍立，因向身邊取出一枚叫子，望內「許」的一吹。席間並未覺著，阿金聽得，溜出簾外，悄地約下張壽隔日相會。張壽大喜，仍下樓去伺候，阿金復掩身進簾。席間那有工夫理會他們，只顧搳拳吃酒。

這一席，直鬧到十二點鐘，合席有些酩酊，方才罷休。許多出局皆要巴結，竟沒有一個先走的。席散將行，姚季蓴拱手向王蓮生及在席眾人道：「明朝奉屈一敘，並請諸位光陪。」回頭指著叫的出局道：「就來裡俚搭慶雲里。」眾人應諾，問道：「貴相好阿是叫馬桂生？倪才勿曾看見過。」姚季蓴道：「我也新做起。本底子朋友來浪叫，故歇朋友薦撥我，我就叫叫末哉。」眾人皆道：「蠻好。」說畢，客人、倌人一齊告辭，接踵下樓。娘姨、大姐前遮後擁，還不至於醉倒。

羅子富送客回房，黃翠鳳窺其面色，也不甚醉，相陪坐下。翠鳳問道：「王老爺為仔啥事體，才要請俚吃酒？」子富道：「俚要江西做官去，倪老朋友生來搭俚餞餞行。」翠鳳失聲嘆道：「難末沈小紅要苦煞哉！王老爺來裡末，巴結點再做做，倒也無啥；難去仔，好哉啘！」子富道：「故歇個王老爺，勿曉得為啥，好像同沈小紅好仔點哉。」翠鳳道：「故歇就好煞也無行用啘❻。起先沈小紅轉差仔個念頭，起先要嫁撥仔王老爺，故歇就勿要緊哉，跟得去也好，再出來也好。」子富道：「沈小紅自家要尋開心，姘個戲子，陸裡肯嫁嘎！」翠鳳又嘆道：「倌人姘戲子個多煞，就是俚末吃仔虧。」兩人評論一回，收拾不表。

---

❻ 好煞句：再好也沒有用了。好煞，再好。無行用，沒用。

次日是禮拜日，午後，羅子富擬作明園之遊，命高升喊兩把馬車。適值黃二姐走來白相，到房間裡叫聲「羅老爺」及「大先生」。黃翠鳳仍叫「無娒」，請其坐下。寒暄兩句，翠鳳問及生意。黃二姐蹙額搖頭道：「覅說起！耐來浪個辰光，一徑鬧猛；故歇勿對哉，連搭仔金鳳個局也少仔點。心想買個討人，常恐勿好末，像諸金花樣式。就實概噥下去總勿齊頭❼，我來搭耐商量，阿有啥法子？」翠鳳道：「故末無娒自家主意，我勿好說。買個討人也難煞，就算人好末，生意陸裡說得定？我故歇也無撥啥生意。」黃二姐尋思不語，翠鳳置之不睬。須臾，高升回報：「馬車來哉。」黃二姐只得告辭，躑躅而去。

於是羅子富帶著高升，黃翠鳳帶著趙家娒，各乘一把馬車，駛往明園，就正廳上泡茶坐下。子富說起黃二姐道：「耐無娒是無用人，倒原❽要耐去管管俚末好。」翠鳳道：「我去管俚做啥！我原教俚買個討人，俚捨勿得洋錢，勿聽我閑話；故歇無撥仔生意，倒問我阿有啥法子！再撥點洋錢俚哉哩。」子富笑了。

翠鳳又說起沈小紅道：「沈小紅故末是無用人，王老爺做仔張蕙貞末，最好哉啘；耐覅去說穿俚，暗底下拿個王老爺擠❾，故末凶哉。」說猶未了，不想沈小紅獨自一個款步而來。翠鳳便不再說。子富望去，見沈小紅滿面煙色，消瘦許多，較席間看的清楚。小紅亦自望見，裝做沒有理會，從刺斜裡踅上洋樓。

❼ 勿齊頭：吳語。本指不夠數，此指不行。

❽ 原：仍；還。下句「我原教俚」中的「原」為「原本」之意。

❾ 擠：逼迫。

隨後大觀園武小生小柳兒來了。穿著單羅夾紗嶄新衣服，越顯出吉靈即溜的身兒；腳下厚底京鞋，其聲槖槖；腦後拖一根油晃晃樸辮。一直踅進正廳，故意兜個圈子，捱過羅子富桌子傍邊，細細打量黃翠鳳。原來翠鳳渾身縞素，清爽異常，插戴首飾，也甚寥寥，但手腕上一副烏金釧臂，從東洋賽珍會上購來，價值千金。小柳兒早有所聞，特地要廣廣見識。

黃翠鳳誤會其意，投袂而起，向羅子富道：「倪去罷。」子富自然依從，同往園中各處隨喜一遭，至園門首坐上馬車，逕駛回兆富里口停下。

踅進家門，只見廂房內文君玉獨坐窗前，低頭伏桌，在那裡孜孜的看。羅子富近窗踮腳一望，桌上攤著一本千家詩。文君玉兩隻眼睛離書不過二寸許，竟不覺得窗外有人看他。黃翠鳳在後，暗地將子富衣襟一拉，不許停留。子富始忍住笑，上樓歸房，悄悄問翠鳳道：「文君玉好像有點名氣個啘，啥實概樣式嗄？」翠鳳不答，只把嘴一撇。趙家姆在傍悄悄笑道：「羅老爺，阿是好白相煞個？倪有辰光碰著仔，同俚講講閑話，故末笑得來！俚說故歇上海賽過拗空❿，夷場浪倌人一個也無撥，幸虧俚到仔上海，難末要撐點場面撥俚哚看！」說著又笑，子富也笑個不了。趙家姆道：「倪問俚：『价末耐個場面阿曾撐嗄？』俚說：『難是撐哉呀。可惜上海無撥客人，有仔客人總歸做俚一幹子。』」子富一聽，呵呵大笑起來。翠鳳忙努嘴示意，趙家姆方罷。

比及天晚，高升送上一張請客票頭，子富看見是姚季蒓的，立刻下樓就去。經過文君玉房門首，尚聽得有些吟哦之聲。子富心想：上海竟有這種倌人，不知再有何等客人要去做他。高升伏侍上轎，逕抬

❿ 賽過拗空：好像空無一人。拗空，吳語。此猶言「空無一人」。

往慶雲里馬桂生家。姚季蒓會著，等齊諸位，相讓入席。

姚季蒓既做主人，那裡肯放鬆些，個個都要盡量盡興。王蓮生吃得胸中作惡，伏倒在檯面上。沈小紅問他：「做啥？」蓮生但搖手，忽然「嘔」的一響，嘔出一大堆，淋漓滿地。朱藹人自覺吃得太多，抽身出席，躺於榻床；林素芬替他裝煙，吸不到兩口，已瞢騰睡去。葛仲英起初推托，不肯多吃；後來醉了，反搶著要吃酒。吳雪香略勸一句，仲英便不依，幾乎相罵。羅子富見仲英高興，連喊：「有趣，有趣！倪來搳拳。」即與仲英對搳了十大觥。仲英輸得三拳，勉強吃了下去。子富自恃酒量，先時吃的不少，此刻加上這七觥酒，也就東倒西歪，支持不住。惟洪善卿、湯嘯庵、陳小雲三人格外留心，酒到面前，一味搪塞，所以神志湛然，毫無酒意。因見四人如此大醉，央告主人姚季蒓屏酒撤席，復護送四人登轎而散。

季蒓酒量也好，在席不覺怎樣，欲去送客，立起身來登時頭眩眼花，不由自主，幸而馬桂生在後擋住，不致傾跌。桂生等客散盡，遂與娘姨扶掖季蒓向大床上睡下，並為解鈕寬衣，蓋上薄被。季蒓一些也不知道，竟是昏昏沉沉一場美睡。天明醒來，睜眼一看，不是自家床帳，身邊又有人相陪，凝神細想，方知為馬桂生家。

這姚季蒓為家中二奶奶管束嚴緊，每夜十點鐘歸家，稍有稽遲，立加譴責。若使官場公務叢脞⓫，連夜不能脫身，必然差人稟明二奶奶，二奶奶暗中打聽，真實不虛，始得相安無事。在昔做衛霞仙時，也算得是兩情浹洽，但從未嘗整夜歡娛。自從當場出醜之後，二奶奶幾次噪鬧，定不許再做衛霞仙，季

⓫ 叢脞：瑣碎；雜亂。

蕣無可如何，忍心斷絕。但季蕣要巴結生意，免不得與幾個體面的往來於把勢場中，二奶奶卻也深知其故。可巧家中用的一個馬姓娘姨與馬桂生同族，常在二奶奶面前說這桂生許多好處。因此二奶奶倒慫恿季蕣做了桂生，便是每夜歸家時刻，也略為寬假些，遲到十二點鐘還不妨事。不料季蕣醉後失檢，公然在馬桂生家住了一宿，斯固有生以來破題兒第一夜之幸事。只想著家中二奶奶這番噪鬧定然加倍利害，若以謊詞支吾過去，又恐轎班戳破機關，反為不美。再四思維，不得主意。

桂生辛苦睏倦，睡思方濃。季蕣如何睡得著？卻捨不得起來。眼睜睜的直到午牌時分，忽聽得客堂中外場高叫：「桂生小姐出局。」娘姨隔壁答應，問：「啥人叫個？」外場回說：「姓姚。」季蕣聽得一個「姚」字，心頭小鹿兒便突突地亂跳，抬身起坐，側耳而聽。娘姨復道：「倪個客人就是二少爺末姓姚，除仔二少爺無撥哉啘。」外場復格聲一笑，接著啁啾⓬嘈雜，聲音低了下去，聽不清楚說些甚的。

季蕣推醒桂生，急急著衣下床，喊娘姨進房盤問。娘姨手持局票呈上季蕣，嘻嘻笑道：「說是二奶奶來裡壺中天，叫倪小姐個局，就是二少爺個轎班送得來票頭。」季蕣好似半天裡起個霹靂，嚇得目瞪口呆，手足無措。還是桂生確有定見，微微展笑，說聲「來個」，打發轎班先去。桂生就催娘姨舀水，趕緊洗臉梳頭。

季蕣略定定心，與桂生計議道：「我說耐勳去哉，我去罷。我橫豎勿要緊，隨便俚啥法子來末哉，阿好拿我殺脫仔頭？」桂生面色一呆，問道：「俚叫個我啘，為啥我勿好去？」季蕣攢眉道：「耐去末倘忙晚歇大菜館裡噪反仔，像啥樣式嗄？」桂生失笑道：「耐搭我坐來浪罷，要噪末陸裡勿好噪，為啥

⓬ 啁啾：細碎雜亂之聲。

要大菜館裡去，阿是耐二奶奶發癡⓭哉？」

季莼不敢再說，眼看桂生打扮停當，脫換衣裳，竟自出門上轎。季莼叮囑娘姨：「如有意外之事，可令轎班飛速報信。」娘姨唯唯，邁步跟去。

第五六回終。

⓭ 發癡：吳語。犯傻；發神經。

第五七回　甜蜜蜜騙過醋瓶頭　狠巴巴問到沙鍋底

按，馬桂生轎子徑往四馬路壺中天大菜館門首停下，桂生扶著娘姨進門登樓。堂倌引至第一號房中，只見姚二奶奶滿面堆笑，起身相迎。桂生緊步上前，叫聲「二奶奶」，再與馬娘姨廝見。姚奶奶攜了桂生的手，向一張外國式皮褥半榻並肩坐下。姚奶奶開言道：「我請耐吃大菜，下頭帳房裏纏差❶仔，寫仔個局票。耐喜歡吃啥物事，點哩！」桂生推說道：「倪飯吃過哉呀，二奶奶耐自家請。」姚奶奶執定不依，代點幾色，說與堂倌開單發下。

姚奶奶讓了一巡茶，講了些閑話，並不提起姚季蒓。桂生肚裡想定話頭，先自訴說昨夜二少爺如何擺酒請客，如何擺莊揞拳，如何吃得個個大醉；二少爺如何瞌睡不能動身，我與娘姨兩個如何扛抬上床，二少爺今日清醒如何自驚自怪，不復省記向時情事，細細的說與姚奶奶聽，絕無一字含糊掩飾。

姚奶奶聞得桂生為人誠實，與別個迴然不同，今聽其所言，果然不錯，心中已自歡喜。適值堂倌搬上兩客湯餅❷，姚奶奶堅請桂生入座，桂生再三不肯。姚奶奶急了，顧令馬娘姨轉勸，桂生沒法，遵命。吃過湯餅，換上一道板魚。姚奶奶吃著，問道：「价末故歇二少爺阿曾起來嘎？」桂生道：「倪來

❶ 纏差：搞錯。
❷ 湯餅：水煮的麵食。

末剛剛起來，說仔二奶奶來裡喊我，二少爺極得來，常恐二奶奶要說俚。我倒就說：『勿要緊個。二奶奶是有規矩人，常恐耐來裡外頭揞脫仔洋錢，再要傷身體。耐自家覅去無淘成，二奶奶總也勿來說耐哉啘。』」

姚奶奶嘆口氣道：「說起仔俚末真真要氣煞人！俚勿怪自家無淘成，倒好像我多說多話。一到仔外頭，也勿管是啥場花，碰著個啥人，俚就說我多花勿好，說我末凶，要管俚，說我勿許俚出來。俚也叫仔耐好幾個局哉，阿曾搭耐說過歇？」桂生道：「故是二少爺倒也勿個，二少爺個人說末說無淘成，俚肚皮裡也明白來浪。二奶奶說說俚總是為好，倪有辰光也勸聲把二少爺，倪說：『二奶奶勿比仔倪堂子裡。耐到倪堂子裡來，是客人呀。客人有淘成無淘成勿關倪事，生來勿來說耐。二奶奶搭耐一家人，耐好末二奶奶也好，二奶奶勿是要管耐，也勿是勿許耐出來，總不過要耐好。倪倘然嫁仔人，家主公外頭去無淘成，倪也一樣要說個啘。』」

姚奶奶道：「難我勿去說俚哉，等俚歇末哉。我說末定歸勿聽，幫煞個堂子裡❸，撥個衛霞仙殺坯當面罵我一頓，還有俚鏟頭東西再要搭殺坯去點仔副香燭❹，說我得罪仔俚哉！我阿有面孔去說俚？」姚奶奶說到這裡，漸漸氣急臉漲，連一條條青筋都爆起來，桂生不敢再說。

當下五道大菜陸續吃畢，桂生每道略嘗一臠❺，轉讓與馬娘姨吃了。揩把手巾，出席散坐。桂生復

---

❸ 幫煞句：拚命幫堂子裡的人講話。

❹ 點仔副香燭：點一副香燭，用來除去晦氣。

❺ 臠：音ㄌㄨㄢˊ。本指切成塊狀的魚肉。此指略嘗一點。

慢慢說道：「倪勿然也勿好說，二少爺個人倒劃一無淘成得野哚，原要耐二奶奶管管俚末好哩。依仔二少爺，上海夷場浪倌人，巴勿得才去做做，二奶奶管來浪，終究好仔點。二奶奶阿對？」

姚奶奶雖不曾接嘴，卻微露笑容。消停半刻，姚奶奶復攜了桂生的手，踅出迴廊，同倚欄杆，因問桂生幾歲，有無父母，曾否攀親。桂生回說十九歲，父母亡故之後，遺下債務無可抵擋，走了這條道路；那得個有心人提出火坑，三生感德。姚奶奶為之浩嘆。桂生因問姚奶奶：「阿要聽曲子？我唱兩隻撥二奶奶聽。」姚奶奶阻止道：「覅唱哉，倪要去哉。」遂與桂生回身歸座，令馬娘姨去會帳。

姚奶奶復嘆道：「我為仔衛霞仙個殺坯末，搭俚噪仔好幾轉，出仔幾花壞名氣，啥人曉得我冤枉！像故歇二少爺做仔耐，我就蠻放心。要是吃醋末，為啥勿噪哉嗄？」桂生微笑道：「衛霞仙是書寓呀，俚哚會騙。像倪是老老實實，也無撥幾戶客人。做著仔二少爺，心裡單望個二少爺生意末好，身體末強❻，故末一徑好做下去。」姚奶奶道：「我再有句閑話要搭耐說，既然二少爺來裡耐搭，我就拿個二少爺交代撥耐。二少爺到仔夷場浪，覅放俚再去叫個倌人。倘然俚定歸要叫，耐教娘姨撥個信我。」桂生連聲應諾。

姚奶奶仍攜著手款步下樓，同出大菜館門首。桂生等候馬娘姨跟著姚奶奶轎子先行，方自坐轎歸至慶雲里家中。只見姚季蒓正躺在榻床上吸鴉片煙。桂生做勢道：「耐倒舒齊哚啘，二奶奶要打耐哉！當心點，阿曉得？」季蒓早有探子報信，毫不介意，只嘻著嘴笑。

桂生脫下出局衣裳，遂將姚奶奶言語情形詳細敘述一遍，喜得季蒓抓耳爬腮，沒個擺布。桂生卻教導季蒓道：「耐晚歇去吃仔酒末，早點轉去。二奶奶問起仔我，耐總說是無啥好，陸裡好比衛霞仙。」

❻強：吳語。指身體好、健康。

季蒓不等說完，嚷道：「再要說個衛霞仙，故末真真撥俚打哉哩！」桂生道：「价末耐就說是么二堂子無啥趣勢。二奶奶再問耐阿要做下去，耐說故歇無撥對意個倌人，做做罷哉。照實概兩聲閑話，二奶奶定歸喜歡耐。」季蒓唯唯不迭。

又計議一會，季蒓始離了馬桂生家，乘轎赴局辦些公事。天晚事竣，徑去赴宴。這晚是葛仲英在東合興里吳雪香家為王蓮生餞行，依舊那七位陪客。姚季蒓本擬早回，不及終席而去。其餘諸位只為連宵大醉，鼓不起酒興，略坐坐也散了。

王蓮生因散的甚早，便和洪善卿步行往公陽里周雙玉家打個茶會，一同坐在雙玉房間。周雙珠過來廝見，就道：「今朝倒還好，像昨日夜頭吃酒，怕煞個。」阿珠方給蓮生燒鴉片煙，接嘴道：「王老爺，難酒少吃點。多吃仔酒，再吃個鴉片煙，身體勿受用❼，阿對？」蓮生笑而頷之。

阿珠裝好一口煙，蓮生吸到嘴裡，吸著槍中煙油，慌的爬起，吐在榻前痰盂內。阿珠忙將煙槍去打通條。雙玉遠遠地坐著，望巧囡丟個眼色。巧囡即向梳妝檯抽屜裡面取出一隻玻璃缸，內盛半缸山楂脯，請王老爺、洪老爺用點。蓮生忽然感觸太息。

阿珠通好煙槍，替蓮生把火，一面問道：「難小紅先生搭就是個娘來裡跟局？」蓮生點點頭。阿珠道：「价末大阿金出來仔，大姐也勿用？」蓮生又點點頭。阿珠道：「說要搬到小房子裡去哉呀，阿有价事？」蓮生說：「勿曉得。」

阿珠只裝得兩口煙，蓮生便不吸了，忽然盤膝坐起，意思要吸水煙。巧囡送上水煙筒，蓮生接在手

❼勿受用：吳語。不好受，不舒服。

中自吸一口，無端吊下兩點眼淚。阿珠不好根問，雙珠、雙玉面面相覷，也自默然。房內靜悄悄地，但聞四壁廂促織兒唧唧之聲聒耳得緊。

善卿揣知蓮生心事，無可排遣，只得與雙珠搭訕些閑話。適見房門口簾子一揚，探進一個頭來望望，似乎是小孩子。雙珠喝問：「啥人？」外面不見答應。雙珠復喝道：「跑得來❽！」方才遮遮掩掩，趄至雙珠面前。果係阿金的兒子阿大，咭呱咕嚕告訴雙珠，不知說的什麼。雙珠鼻子裡哼了一聲，阿大逡巡退出。隨後樓下蹋蹋蹋一路腳聲，直跑到樓上房間裡。雙珠見是阿金，生氣不理。阿金滿面羞慚，溜出中間與阿大切切商量。善卿不覺失笑。

蓮生再躺下去吸兩口鴉片煙，遂令阿珠喊來安打轎。善卿及雙珠、雙玉都送至樓門口而別。王蓮生去後，善卿徑往雙珠房間。阿珠收拾既畢，特地過來問善卿道：「王老爺為啥氣得來？」善卿嘆道：「也怪勿得王老爺。」阿珠道：「王老爺做仔官末，該應快活點，再有啥氣嗄？」善卿道：「起先王老爺阿是一徑喜歡個沈小紅，為仔沈小紅勿好末，去討仔個張蕙貞。陸裡曉得張蕙貞也勿好，難末❾為仔張蕙貞勿好，再去做個沈小紅。做末來浪做，心裡末來浪氣。」阿珠道：「張蕙貞啥個勿好？」善卿道：「也不過勿好末哉，說俚做啥！」阿珠乃說出前日往王蓮生公館聽張蕙貞被打一節。善卿亦說道：「險個！王老爺打仔一泡，勿要哉。張蕙貞末吃個生鴉片煙，原是倪幾個朋友去勸好仔，拿個阿侄末趕出，算完結該樁事體。」阿珠亦嘆道：「張蕙貞也忒啥個勿掙氣，撥沈小紅曉得仔，故末快活得來，要笑煞哚。」

❽ 跑得來：吳語的習慣說法。即「走過來」、「過來」。
❾ 難末：猶言「就因為」。

剛剛講得熱鬧，外場喊報：「小先生出局。」阿珠回對過房間跟周雙玉出局去了。善卿轉向雙珠道：「可惜王老爺要去哉，勿然讓俚做雙玉，倒蠻好。」雙珠道：「說起仔雙玉，想著哉。倪無娒要商量句閑話，我倒忘記脫仔，勿曾說。」善卿急問：「啥閑話？」雙珠道：「倪雙玉山家園轉來，一徑勿肯留客人。我同無娒說仔好幾轉，俚說五少爺定歸要討俚，說好個哉，倪勿好說穿俚。請耐去問五少爺，該應那价樣式⑩。要討末討得去，勿討末教五少爺自家搭雙玉說仔聲末，讓俚做生意，阿對？」善卿道：「雙玉倒勿靠帳俚，花頭大得野哚。」雙珠道：「俚哚兩家頭才是拗空⑪，勸說五少爺定仔親，就勿定末，阿能夠討雙玉去做大老母？」

善卿未及接言，不想周雙寶因多時不見善卿，乘間而來，可巧一腳跨進房間，就搭訕道：「陸裡來個大老母嗄？撥倪看看哩。」雙珠憎其嘴快，瞪目相視。雙寶忙縮住口，退坐一傍，阿金隨到房裡，向雙寶附耳說話，雙寶也附耳回答。阿金輕輕地罵了一句，轉身坐下，取出那副牙牌隨意擺弄。善卿問問雙寶近日情形。

須臾，雙玉出局回家。雙寶聽見，迴避下樓。雙玉過來閑話一會。敲過十二點鐘，巧囡搬上稀飯，阿金丟下牙牌，伏侍善卿、雙珠、雙玉三人吃畢。巧囡收起碗筷，阿金依然擺弄牙牌。善卿見阿大躲在房門口黑暗裡，呼問：「做啥？」阿大即躡足潛逃。轉瞬間，仍在房門口，躑躅不去。雙珠看不入眼，索性不去說他。

---

⑩ 那价樣式：怎麼樣；怎麼辦。

⑪ 拗空：猶言「空對空」，不著實。

既而聞得相幫卸下門燈，掩上大門，雙玉告睡歸房。巧囡復舀上面水，阿金始將牙牌裝入匣內，伏侍雙珠捕面卸妝。吹滅保險燈，點著梳妝檯上長頸燈臺，揭去大床五色繡被，單留一條最薄的展開鋪好。巧囡既去，阿金還向原處低頭兀坐。阿大捱到房裡，偎傍阿金身邊。善卿肚裡尋思，看他怎的。

俄延之間，阿德保手提水銚子來沖了茶，回頭看定阿金，冷冷的問道：「阿轉去嗄？」阿金哆嘴不答，掔帶阿大拔步先行。阿德保緊緊相從。一至樓梯之下，登時沸反盈天，阿德保的罵聲打聲，阿金的哭聲喊聲，阿大的號叫跳擲聲，又間著阿珠、巧囡勸解聲，相幫拉扯聲，周蘭呵責聲，雜沓並作。

善卿要看熱鬧，從樓門口望下窺探，一些也看不見。只聽得阿德保一頭打，一頭罵，一頭問道：「大馬路啥場花去？我問耐大馬路啥場花去？說哩！」問來問去要問這一句話。阿金既不供招，亦不求饒，惟狠命的哭著喊著。阿珠、巧囡、相幫亂烘烘七手八腳的拉扯勸解，那裡分得開，擋得住！還是周蘭發狠，極聲喝道：「要打殺哉呀！」就這一喝裡，阿德保手勢一鬆，才拖出阿金來。阿珠、巧囡忙把阿金推進周蘭房間裡去。阿德保氣不過，順手抓得阿大，問他：「耐同仔娘大馬路去做啥？耐個好倪子，耐隻豬玀！」罵一聲，打一下，打得阿大越發號叫跳擲，竟活像殺豬玀一般。相幫要去搶奪，卻被阿德保揪牢阿大小辮子，抵死不放。

雙珠聽到這裡，著實忍耐不得，蓬著頭趕出樓門口，叫聲「阿德保」道：「耐倒打得起勁煞來裡阿是，俚乃小幹仵末懂啥嗄？」相幫因雙珠說，一齊上前，用力扳開阿德保的手，抱了阿大，也送至周蘭房間。阿德保沒奈何，一撒手，徑出大門，大踏步去了。

善卿、雙珠待欲歸寢，遇見雙玉也蓬著頭，站立自己房門首打聽阿金阿曾打壞。善卿笑道：「坍坍俚臺呀，打壞仔末阿好做生意？」當下大家安置。阿金、阿大就於周蘭處暫宿一宵。

次日，善卿起得早些。阿金恰在房間裡彎腰掃地，兀自淚眼凝波，愁眉鎖翠。善卿擬安慰兩句，卻不好開談。吃過點心，善卿將行，不復驚動雙珠，僅囑阿金道：「我到中和里去，等三先生起來，搭俚說一聲。」阿金應承。

善卿離了周雙珠家，轉兩個彎，早到朱公館門首。張壽一見，只道有啥事故，猛吃大驚，慌問：「洪老爺做啥？」善卿倒怔了一怔，答道：「我張張五少爺，無啥啘。」張壽始放下心。忙引善卿直進裡面書房，會見朱淑人，讓坐攀談。慢慢談及周雙玉其志可嘉，至今不肯留客，何不討娶回家，倒是一段風流佳話；否則周蘭為生意起見，意欲屈駕當面說明，令雙玉不必癡癡坐待，誤其終身。淑人僅唯唯而已。善卿堅請下一斷語，淑人只說緩日定議報命。善卿只得辭別，自去回報周蘭。

淑人送出洪善卿，歸至書房，自思欲娶周雙玉，還當與齊韻叟商量，韻叟曾經說過容易得勢。但在雙玉意中，猶以正室自居，降作偏房，恐非所願。不若索性一直瞞過，捱到過門之後穿破出來，諒雙玉亦無可如何的了。

到了午後，探聽乃兄朱藹人已經出門，淑人便自坐轎徑往一笠園來。園門口的管家皆已稔熟，引領轎子抬進園中，繞至大觀樓前下轎，稟說大人歇午未醒，請在兩位師爺房裡坐歇。淑人點點頭。當值管家導上樓梯，先聽得中間內一陣歷歷落落的牙牌聲音。淑人知是碰和，躊躇止步。管家已打起簾子，請淑人進去。

第五七回終。

第五八回　李少爺全傾積世資　諸三姐善撒瞞天謊

按，朱淑人踅進大觀樓中間，見碰和的一桌四人，乃是李鶴汀和高亞白、尹癡鴛及蘇冠香，皆出位廝見。蘇冠香就道：「我替大人輸脫仔多花哉，五少爺來碰歇罷。」朱淑人推說「勿會」。高亞白道：「勿會碰也勿要緊，有冠香來裡。」尹癡鴛道：「覅聽俚瞎說，前回凰儀水閣同周雙玉一淘碰個啥人嗄？」朱淑人不好意思，入座下場。

剛碰得一圈莊，齊韻叟歇過午覺，緩緩而來。朱淑人見了，起身讓位。齊韻叟道：「耐碰下去哉啘。」朱淑人執意不肯。韻叟亦不強致，仍命蘇冠香代碰，自與淑人閑話。淑人當著眾人絕不提起商量的事。挨延多時，齊韻叟方要下場親手去碰，卻囑朱淑人道：「耐住來裡，晚歇叫周雙玉來，一淘白相兩日，等賞過仔菊花轉去。」淑人吶吶承命。

待至天色將晚，碰和散場。大家踅下大觀樓，迤邐南行，抄入橫波檻。齊韻叟用手隔水指道：「菊花山倒先搭好，就不過搭個涼棚哉。」李鶴汀、朱淑人翹首凝望，只見西南角遠遠地樓房頂上，三四個匠作❶蹲著做工，並不見有菊花山；左張右覷，但於蒙茸竹樹中露出一角朱紅欄杆。高亞白道：「該搭來裡菊花山背後，生來看勿見。」尹癡鴛道：「啥要緊看，再歇一日天末才舒齊。」

❶ 匠作：工匠。

說話時，大家出了橫波檻，穿過凰儀水閣，迤至漁磯。上面三間廈屋，當頭橫額寫著「延爽軒」三個草字，筆勢像凌風欲飛一般。其時落日將沉，雲蒸霞蔚，照得窗欞几案，上下通明。大家徘徊欣賞，同進軒中。

管家早經安排一席筵宴，等得四個出局楊媛媛、周雙玉、姚文君、張秀英陸續齊集，齊韻叟乃相邀入席。楊媛媛袖出一張請帖，暗暗遞與李鶴汀。鶴汀閱竟，塞在搭連❷袋內，便有些坐不定，只想要走，那裡還吃得下酒！朱淑人心中有事，亦自懶懶的，不甚高興。因此席間就寂寞了許多。點心之後，肴饌全登。李鶴汀托故興辭，齊韻叟冷笑道：「耐再要騙我！我曉得耐有要緊事體，故歇正好哩。」鶴汀面有愧色，不敢再言。

少時，終席散坐。李鶴汀方與楊媛媛道謝告別，即於延爽軒前上轎而去。抬出一笠園門口，兩肩轎子背道分馳。楊媛媛自歸尚仁里。李鶴汀卻轉彎向北，不多幾步，停在一家大門樓下。匡二先去推開一扇傍門，裡面有人提燈出迎，叫聲：「李大少爺，今朝晚仔點哉啘。」

鶴汀見是徐茂榮，點點頭，跟著進門。及儀門首，即有馬口鐵玻璃壁燈嵌在牆間，徐茂榮就止步，讓鶴汀主僕自行。自此以內，一路曲曲折折的弄堂，皆有壁燈照著接引。弄堂盡處，乃是正廳。正廳上約有六七十人攢聚中央，擠得緊緊的，夾著些點心水果小買賣，四下裡串來串去，卻靜悄悄鴉雀無聲，但聞開配著喊報「青龍」、「白虎」而已。這裡叫做現圓檯。

鶴汀踮起腳，望了望，認得那做上風❸的是混江龍。鶴汀不去理會，從人縫中繞出正廳後面。管門

❷ 搭連：亦作「搭褳」。一種布製的長方形口袋，中間開口，兩頭各有一袋，可以掛在肩上或扣在腰間。

的望見，趕緊開門，放進鶴汀主僕。這門內直通客堂，伺候客堂的人忙跑出來，一個邀著匡二另去款待，一個請鶴汀先到客堂。上面設立通長❹高櫃檯，周少和在內坐著管帳。這是兌換籌碼處所。鶴汀取出一張二千莊票交付少和，少和照數發給籌碼，連說：「發財，發財！」鶴汀笑而頷之。

然後請鶴汀到了廂房，拾級登樓。樓上通連三間，寬敞高爽，滿堂燈火，光明如晝。中央一張董桌，罩著本色竹布檯套，四面圍坐不過十餘人，越發靜悄悄地。這會兒是殳三做的上風，贏了一大堆籌碼，李鶴汀不勝豔羨。殳三下來，喬老四接著上場搖莊❺。鶴汀四顧，問：「癩頭黿為啥勿來？」殳三道：「轉去哉呀。剛剛來裡說，癩頭黿去仔末，少仔個人搖莊哉。」鶴汀也說：「無趣！」

喬老四亮過三寶❻，鶴汀取鉛筆、外國紙畫成攤譜，照譜用心細細的押，並未押著寶心。鶴汀遂不押了，徑往靠壁煙榻吸兩口鴉片煙。喬老四搖到後來，被楊柳堂、呂傑臣兩人接連打著四平頭復寶，只得撮起骰子。

李鶴汀心想：除了賴公子更無大注的押客，欻地從煙榻起身，坦然放膽，高坐龍頭，身邊請出「將軍❼」，搖起莊來。起初吃的多，賠的少，約摸贏二千光景。忽然開出一寶重門，盡數賠發兀自不夠。鶴

---

❸ 做上風：做莊家。
❹ 通長：與房間一樣長。
❺ 搖莊：做莊家搖骰子。
❻ 三寶：指碗、蓋、骰子。
❼ 將軍：即骰子。

汀心中懊惱，想就此停歇，卻沒甚輸贏。不料風色一變，花骨無靈，又是兩寶進寶，外面押家沒一個不著的，竟輸至五六千。

鶴汀急於翻本，不曾照顧前後，這一寶搖出去便大壞了。第一個喬老四先出手，押了一千孤注。殳三跟上去，也是一千，另押五百穿錢。隨後三四百，七八百，孤注穿錢，參差不等，總押在進寶一門。鶴汀猶自暗笑：那裡見得定是進寶？揭起攤鐘，眾目注視。端端正正擺著「么」、「二」、「四」、「六」四只骰子，鶴汀氣得白瞪著兩隻眼，連話都說不出。旁人替他核算，共須一萬六千餘元。鶴汀所帶莊票連十幾只金錁止合一萬多些，十分焦急，沒法擺布。喬老四笑道：「故末啥要緊嗄，故歇借得來配出去，明朝還撥俚好哉。」一句提醒了鶴汀，就央楊柳堂、呂傑臣兩人擔保，向殳三借洋五千，當場寫張約據，三日為期，方把一應孤注穿錢分別配發清楚。

李鶴汀仍去煙榻躺下，越想越氣。未及天明，喊樓下匡二點燈，還由原路踅出旁門，坐上轎子，回到石路長安客棧。敲開棧門，進房安睡，也不問起乃叔李實夫。次日飯後，始問匡二：「四老爺來哚陸裡？」匡二笑道：「就不過大興里哉哩。」

鶴汀自己籌度❽，日前同實夫合買一千簍牛莊油，其棧單係實夫收存，今且取來抵用，以濟急需。爰命匡二看守，獨自步行往四馬路大興里諸十全家。只見門首停著一乘空的轎子，三個轎班站在天井裡。鶴汀有些惶惑。諸三姐認得鶴汀，從客堂裡望見，慌的迎出，叫道：「大少爺來哩，四老爺來裡呀。」鶴汀進去，問道：「阿是四老爺個轎子？」諸三姐道：「勿是，四老爺請得來個先生❾，就叫是竇

❽ 籌度：謀劃；想辦法。

小山，來裡樓浪。大少爺樓浪去請坐。」鶴汀趄上樓梯，李實夫正歪在煙榻上，撐起身來廝見。諸十全還靦靦腆腆的叫聲「大少爺」，惟竇小山先生只顧低頭據案開方子，不相招呼。鶴汀隨意坐下，見實夫腮邊額角尚有好幾個瘡疤，煙盤裡預備下一疊竹紙，不住的揩拭膿水。倒是諸十全依然臉暈緋紅，眼圈烏黑，絕無半點斑痕。

一會兒，竇小山開畢方子，告辭去了。鶴汀始問實夫要張棧單。實夫怪問道：「耐要得去做啥？」鶴汀謊答道：「昨日老翟說起，今年新花⑩有點意思，我想去買點來浪。」

實夫聽說，冷笑一笑，正欲盤駁，忽聽得諸三姐腳聲，一步一步蹭到樓上。見他兩手搬著個大托盤，盤內堆得滿滿的，喊諸十全接來放下。諸三姐先從盤內捧出一蓋碗茶送與鶴汀，隨後搬過一盆甜饅頭，一盆鹹饅頭⑪，一盆蛋糕，一盆空著，抓了一把西瓜子裝好，湊成四色點心，排勻在桌子中間，又分開兩雙牙筷，對面擺列。實夫就道：「耐啥一聲勿響去買得來哉嗄？」諸三姐笑嘻嘻不答，只把個諸十全望前用力推搡。諸十全只得趄近兩步，說道：「大少爺請用點心。」說的聲音輕些，鶴汀不曾理會。諸三姐忍不住，自己上來，一面說：「大少爺用點喤。」一面取雙牙筷，每樣夾一件送在鶴汀面前。鶴汀連聲阻止，早夾的件件俱全，還撮上些西瓜子。實夫笑勸鶴汀：「隨意吃點。」鶴汀鑒其殷勤，拆一角蛋糕來吃，並呷口茶過口。諸三姐在傍驀然想起，連忙向抽屜尋出半匣紙煙，揀取一卷，點根紙吹，送

⑨ 先生：郎中。

⑩ 新花：當年上市的棉花。

⑪ 鹹饅頭：江南地方將包子也稱作「饅頭」。肉包子稱「肉饅頭」。

上鶴汀，說：「大少爺請用煙。」鶴汀手中有茶碗，口中有蛋糕，接不及，吃不及，不覺好笑起來。諸十全不好意思，把諸三姐衣襟悄地一拉，諸三姐才逡巡退下。

實夫乃將藥方交與諸三姐，諸三姐因問：「先生阿曾說啥？」實夫道：「先生也不過說難⑫好點哉，小心點。」諸三姐念聲「阿彌陀佛」道：「難好仔罷，耐生來浪，倪心裡一徑急煞。」諸三姐說著轉向鶴汀，叫聲「大少爺」，慢慢說道：「四老爺末吃仔個兩筒煙，來裡鄉下勿比仔上海，隨便陸裡小煙間才是齷齷齪齪個場花，想來四老爺去吃煙末，倒勿知勿覺睏下去，就過⑬仔個毒氣，四老爺坎到辰光，怕得來，面孔浪才是個哉！倪說：『四老爺陸裡去過得來個嗄？』故末四老爺忒啥個寫意⑭哉，連搭仔自家才勿曾曉得是啥場花。我同十全兩家頭成日成夜伏侍四老爺無撥睏。幸虧個先生吃仔幾帖藥，好仔點；勿然，四老爺再要生下去，我同十全一徑來裡伏侍，倘忙兩家頭才過仔，一淘生起來，難末真真要死哉！大少爺阿對？」

鶴汀暗忖：這段言詞虧他說得出口！眼看著諸十全，打量一番。諸三姐復道：「大少爺阿曉得？外頭人再有點勿明勿白冤枉倪個閑話，聽著仔氣煞人哚！說四老爺該個瘡，就是倪搭過撥俚毒氣。倪搭末不過十全搭仔我，清清爽爽兩家頭，啥人生個瘡嗄？要說十全生來浪，四老爺兩隻眼睛阿是瞎哉嗄？」說到這裡，一手把諸十全拖到鶴汀面前，指著臉上道：「大少爺看哩。四老爺面孔浪，倪十全阿有點相

---

⑫ 難：現今；這時。下句「難」有「快」、「趕緊」意。

⑬ 過：吳語。有傳給（對方）、染上、（從別處）傳染等意。

⑭ 寫意：此有「馬虎」、「不在意」之意。

像⑮?」又捋出諸十全兩隻臂膀，翻來覆去給鶴汀看了道：「一點點影蹤才無撥啘。」諸十全羞得掙脫身子，避開一邊。

鶴汀總不則聲，但暗忖這諸三姐竟是個老狐狸，若實夫為其所愚，恐將來受害不淺。當下實夫嗔著諸三姐道：「外頭人閑話聽俚做啥?我總勿曾說耐末，才是哉啘⑯。」諸三姐笑道：「四老爺生來勿曾說啥，四老爺再要說倪，故末倪要……」諸三姐說得半句即縮住嘴，笑而下樓。

實夫方向鶴汀笑道：「耐末也覅起啥個花頭哉，耐自家洋錢自家去輸，勿關我事。故歇我手裡拿得去棧單，倘忙輸脫仔下來，教我轉去阿好交代?」鶴汀默然不悅。實夫道：「棧單來裡小皮箱裡，要末耐自家去拿，我勿好撥耐。」

鶴汀略一沉吟，起身就走。實夫問：「阿要鑰匙?」鶴汀賭氣不要了。樓下諸三姐挽留道：「大少爺再坐歇哩。」鶴汀也不睬，一直出了大興里，仍回長安客棧，心想：實夫既然怕不好交代，又教我自家去拿，難道說我偷的不成?似這等鄙瑣慳吝，怪不得諸三姐撮弄他，擺布他。我如今也不去管他，但是殳三一款如何設法?想來想去，只好尋出兩套房契，坐轎往中和里朱公館謁見湯嘯庵，託他抵借一萬洋錢。湯嘯庵應承，約定晚間楊媛媛家回話。李鶴汀先去坐等。湯嘯庵送客之後，尋思朱藹人處所存有限，須和羅子富商量。即時便去兆富里黃翠鳳家相訪。羅子富正在樓上房裡，請進廝見。適值黃二姐在座，也叫聲「湯老爺」。湯嘯庵點點頭道：「長遠勿見哉，生意阿好?」黃二姐道：「生意勿局，比仔先

⑮ 相像：吳語。像；一樣。此指「一樣」。

⑯ 才是哉啘：不就是了嗎。

起頭懸迸⑰哚。」黃翠鳳冷笑叉口道：「耐是有生意勿做啘，啥勿局嗄！」

湯嘯庵不解所謂，丟開不提，袖出房契給羅子富看，說明李鶴汀抵借一節。子富知其信實，一口允諾，當與嘯庵同詣錢莊劃付匯票。

黃二姐見羅子富、湯嘯庵既去，房裡沒人，遂告訴黃翠鳳道：「前日天看仔個人家人，倒無啥，我想就買仔俚罷；不過新出來，勿會做生意。就年底一節末，要短三四百洋錢哚。真真急煞來裡。」翠鳳低著頭不言語。黃二姐道：「耐阿好替我想想法子，阿是⑱進個把伙計，阿是拿樓浪房間租撥人家？」翠鳳仍低著頭，好似轉念頭樣子。黃二姐揣度神情，涎臉央及道：「謝謝耐，耐說來浪閑話，我總歸才依耐。倘忙生意好仔點，我也勿忘記耐個呀。謝謝耐，替我想想法子。」翠鳳開言道：「耐個人忑啥個心勿足，故歇勸說無法子，倘然有法子教撥耐，賺著仔三四百洋錢，耐倒再要嫌道⑲少哉啘！」黃二姐沒口子分辨道：「故是無价事個！有得賺末再好無撥個哉，再要嫌道少，阿有該號人嗄！」翠鳳又低著頭，足足有炊許時不言語。黃二姐亦自乖覺，靜靜的在傍伺候。翠鳳忽睜開眼，把黃二姐相了一相，即招手令其近前，附耳說話。黃二姐彎腰傴背，仔細聽著。又足足有炊許時，翠鳳說話才完。黃二姐亦自領悟。

計議已定，恰好羅子富回來，手中拿的一包抵借契據，令翠鳳將去收藏。黃二姐跟至床背後，幫翠

---

⑰ 懸迸：吳語。差遠了。

⑱ 阿是：還是。

⑲ 嫌道：嫌。

鳳撐起皮箱蓋，怪問道：「羅老爺個拜匣有兩只來裡哉？」翠鳳道：「一只是我個呀，贖身文書末就放來哚拜匣裡。」

子富聽其重重關鎖停當，黃二姐就辭別去了。翠鳳鼻子裡「哼」的一聲，向子富道：「阿是撥我猜著，俚要向我借洋錢哉呀。」子富詫異道：「黃二姐再要借洋錢？」翠鳳道：「俚個人末阿有啥淘成！兩個月勿曾到，一千洋錢完結哉啘。」子富隨風過耳，亦不在意。

隔得一日，黃二姐復來，再三再四求告翠鳳。翠鳳咬定牙關，一毛不拔。黃二姐一連五日糾纏不清，翠鳳索性不睬。黃二姐漸漸噪鬧起來。

子富看不過意，欲調和其間，不想黃二姐一口要借五百。子富勸其減些，黃二姐便嘮嘮叨叨，縷述從前待翠鳳許多好處道：「故歇會做仔生意，俚倒忘記脫哉！我末定歸勿成功，贖身勿贖身，總是我個囡仵，阿怕俚逃走到外國去！」

子富接不下嘴，因將其言訴與翠鳳。翠鳳笑道：「有仔贖身文書末，怕俚啥嗄？隨便啥法子來末哉！」

第五八回終。

第五九回　攫文書借用連環計　掙名氣央題和韻詩

按，一日午後，黃二姐到了黃翠鳳家，將欲噪鬧。黃翠鳳令外場喊兩把皮篷車，竟和羅子富作明園之遊，丟下黃二姐坐在房間裡，任其所為。及至明園泡下茶，翠鳳還是冷笑道：「贖身文書來浪我手裡，看俚再有啥法子！」子富道：「耐應該教個大姐陪陪俚。」翠鳳頭頸一扭道：「等俚歇末哉，啥人去陪俚嗄！」子富道：「勿局個哩。」翠鳳道：「啥勿局，阿怕俚偷仔俔個家生？」子富道：「俚家生末勿要，贖身文書曉得來哚皮箱裡，俚阿要偷嗄。」

一句提醒了翠鳳，登時白瞪瞪兩隻眼，失聲道：「阿喲，勿好哉！」趙家姆在傍也是一怔道：「劃一勿好哩，俔快點轉去罷。」子富欲令翠鳳先行，翠鳳道：「耐末生來一淘轉去，倘忙撥俚偷仔去末，也好替我商量商量。」當下三人各坐原車，趕回家中。

一進家門，翠鳳先問：「無姆阿來裡樓浪？」外場回說：「剛剛轉去，勿多一歇。」翠鳳三腳兩步奔到樓上房間裡，看看陳設器皿，並未缺少一件；再往床背後打一看時，這一驚非同小可。翠鳳跺腳嚷道：「難末❶勿好哉呀！」子富隨後奔到，只見皮箱鉸鏈丟落地上，揭開蓋來，箱內清清爽爽❷，只有

❶ 難末：這可。

❷ 清清爽爽：清清楚楚；明明白白。

一隻拜匣。翠鳳急的只是跺腳，又哭又罵，欲向黃二姐拚命。子富與趙家姆且勸翠鳳坐下慢慢商量。翠鳳道：「商量啥嗄，倪是要我個命呀！我就死仔，難末倪有仔好處哉！」子富道：「耐末先拿我個拜匣放好仔再說。」

翠鳳復從皮箱中取那隻拜匣別處收藏，忽然失驚打怪的喊道：「咿，倪只拜匣來裡䘎！」既而恍然大悟道：「噢，倪拿差哉，拿仔羅老爺個拜匣去哉。」說著，呵呵大笑。子富聽說，慌問：「我隻拜匣阿來裡嗄？」翠鳳捧出那隻拜匣給子富看，嘻嘻笑道：「倪拿差哉，拿仔耐個拜匣，倪拜匣末倒來裡。」子富面色如土，拍腿說道：「難末真真勿好哉！」翠鳳道：「耐只拜匣勿要緊個，倪拿得去也無啥用場，阿敢去變洋錢，倪也無撥場花好變䘎。」子富呆想不語。

翠鳳乃叫趙家姆，吩咐道：「耐去搭無姆說，該只是羅老爺個拜匣，問倪拿得去做啥。故歇羅老爺等來浪要哉，原教倪拿得來。」趙家姆答應而去。子富終有些忐忑惶惑，翠鳳卻決定❸黃二姐斷無扣留不放之理。

一會兒，趙家姆回來，見了子富，先拍著掌笑一陣，然後復道：「故末笑話！倪哚還勿曾覺著拿差個呀，倒快活煞。我說是羅老爺個拜匣，難末剛剛曉得仔，呆脫哉，一聲閑話嚮勿出，我末笑得來！倪哚教我帶轉去，我說勿管就走。」子富跌足道：「噯，耐為啥勿帶仔來嗄？」趙家姆道：「倪哚拿得去個末，讓倪哚自家拿得來。」翠鳳接口道：「勿要緊個，晚歇定歸來。」

子富像熱鍋上螞蟻一般，坐不定，立不定，著急得緊。翠鳳見子富著急，欲令趙家姆去催。子富止

❸ 決定：肯定。

住，把高升喚至當面，令向黃二姐索取拜匣，並戒道：「耐閑話覅去多說，就說我有事體，要用著個拜匣，快點拿得來帶轉去。」

高升領命，徑往尚仁里黃二姐家。黃二姐見是高升，滿面堆笑，請去後面小房間。高升口致主人之言，立等要那拜匣。黃二姐道：「拜匣來裡呀，我要搭羅老爺說句閑話。耐覅要緊❹，請坐哩。」

高升不得已坐下。黃二姐喊人泡茶，從容說道：「耐來得正好，我有多花閑話來裡，拜託耐去說撥羅老爺聽。先起頭翠鳳來裡做討人，生意鬧猛得野哚❺；為仔倪搭開消大，一徑無撥多洋錢❻。翠鳳贖仔個身末，勿好哉，生意一點也無撥，開消倒省勿來，一千洋錢個身價，勿知勿覺才用完，難末無法子哉啘。原去搭個翠鳳商量，借幾百洋錢用用，陸裡曉得個翠鳳定歸勿借，跑仔好幾哚，俚倒定歸回報❼我無撥。我想耐翠鳳小個辰光，梳頭纏腳才是我，出理耐到故歇，總當耐是親生囡件，耐倒實概無良心！我第一轉❽開口，耐就一點情面才無撥，故末氣得來要死。今朝我也勿說哉，有心要拿俚個贖身文書難難俚，拿著仔俚贖身文書末，喊俚轉來，原搭我做生意。俚倘然再要贖身末，定歸要一萬洋錢哚。再勿靠帳拿差仔，勿是個贖身文書，倒拿仔羅老爺個拜匣。羅老爺是再要好也無撥，生意浪末照應仔倪幾幾

---

❹覅要緊：不要太急。

❺生意鬧猛句：言生意好得不得了。

❻多洋錢：多下洋錢；積餘洋錢。

❼回報：回說；回答。

❽第一轉：第一次。

花花，就是小個場花也幸虧羅老爺十塊廿塊借撥我用。我勿像是翠鳳個無良心，時常來裡牽記個羅老爺。坎坎曉得是羅老爺個拜匣，我就忙煞個要送得來。不過我再來裡想，翠鳳搭仔羅老爺賽過是一個人，羅老爺個拜匣賽過是翠鳳個拜匣。我末氣勿過個翠鳳，要借羅老爺個拜匣押來裡，教翠鳳拿一萬洋錢來贖得去。等翠鳳一萬洋錢拿仔來，我就拿拜匣送還撥羅老爺。耐轉去搭羅老爺說，教羅老爺放心末哉。」

高升聽這一席話，吐吐舌頭，不敢擅下一語，回至兆富里，一五一十細細說了。翠鳳聽至一半，直跳起來，嚷道：「啥個閑話嗄，放屁也勿實概放個碗。」子富也氣得手足發抖，癱在榻床說不出半句話。

翠鳳呆了一呆，欻地站起身來，說聲「我去」，就要下樓。子富一把拉住問：「耐去做啥？」翠鳳道：「我要去問聲俚阿是要我個命！」子富連忙橫身攔勸道：「耐慢點哩。耐去無啥好閑話，我去罷，看俚阿好意思說啥。就依俚末，也不過借幾百洋錢末哉。」翠鳳咬牙切齒恨道：「耐要氣殺我哉，再要撥洋錢俚！」

子富即喊高升，打轎前去。小阿寶迎著，請至樓上先時翠鳳住的房間。黃金鳳、黃珠鳳同聲叫「姐夫」，並說：「姐夫長遠勿來哉。」子富問：「耐無娒哩？」小阿寶說：「來浪來哉。」

道聲未了，黃二姐已笑吟吟掀簾進房，趄到子富面前，即撲翻身磕了個頭，口中說道：「羅老爺覅動氣，我搭羅老爺磕個頭，種種對勿住羅老爺。羅老爺個拜匣末，就該搭放兩日，同放來哚翠鳳搭一樣個呀。羅老爺一徑搭倪要好煞，倪阿敢糟蹋仔拜匣裡個要緊物事，難為羅老爺？耐羅老爺索性覅管，勿怕翠鳳勿贖得去。等翠鳳發極仔，自家奔得來尋我，難末好說閑話哉。翠鳳個人勿到發極辰光，陸裡肯爽爽氣氣拿一萬洋錢來撥我。」

子富聽其一派胡言，著實生氣，且忍耐問道：「耐瞎說末覅說，終究❾要借俚幾花，說撥我聽聽看。」黃二姐笑道：「羅老爺，我勿是瞎說呀。起初不過借幾百洋錢，故歇倒勿是幾百洋錢個閑話哉。翠鳳無良心，難下去再要無撥仔洋錢，翠鳳生來勿借撥我，我也無啥面孔再去搭翠鳳借。難得故歇有羅老爺個拜匣來裡末，定歸要敲俚一敲哉。一萬倒勿曾多哩，前日天湯老爺拿得來房契阿是也有一萬哚？」子富道：「价末耐來浪敲我哉，勿是為翠鳳！」黃二姐忙道：「羅老爺勿是呀，翠鳳陸裡有一萬洋錢？生來搭羅老爺借。羅老爺一節個局帳有一千多哚，勿消❿三年，就局帳浪扣清仔好哉。羅老爺阿對？」

子富無可回答，冷笑兩聲，邁步便走。黃二姐一路送出來，又說道：「難末種種對勿住羅老爺，總歸是無撥生意個勿好，用完仔洋錢無法子。橫豎要餓殺末，阿怕啥難為情嗄？倘然翠鳳再要搭我兩個強，索性一把火燒光仔歇作⓫，看俚阿對得住羅老爺！」

子富裝做不聽見，坐轎而回。翠鳳迎問如何。子富唉聲嘆氣，只是搖頭。問的急了，子富才略述大概。翠鳳暴跳如雷，搶得一把剪刀在手，一定要死在黃二姐面前。子富沒得主意，聽其自去。

翠鳳跑至樓下，偏生⓬撞見趙家姆，奪下剪刀，且勸且攔，仍把翠鳳抱上了樓。翠鳳猶自掙扎，道：「我總歸要死個哉呀！為啥一班人才要幫俚哚，勿許我去嗄？」趙家姆按定在高椅上，婉言道：「大先

---

❾ 終究：究竟。

❿ 勿消：吳語。不消；不用。

⓫ 歇作：吳語。在不同場合有各種用法。此猶言「拉倒」。

⓬ 偏生：偏巧；恰巧。

生，耐死也無行用㖞。耐末就算死哉，俚倷也拚仔死末，真真拿只拜匣一把火燒光仔，難羅老爺吃個虧，常恐要幾萬倷哩。」子富聽說，只得也去阻止翠鳳。翠鳳連晚飯也不吃，氣的睡了。

子富氣了一夜，睜睜的睡不著。清早起來，即往中和里朱公館尋著湯嘯庵，商議這事如何辦法。嘯庵道：「翠鳳贖身，不過一千洋錢，故歇倒要借一萬，故是明明白白拆耐個梢。若使經官動府，倒也不妥。一則自家先有狎妓差處，二則抄不出贓證，何以坐實其罪？三則防其燒毀滅跡，一味混賴。一個拜匣公私文書再要補完全，不特費用浩繁，且恐糾纏棘手。」子富尋思設法，因托湯嘯庵居間打話。嘯庵應諾。

子富遂赴局理事，直至傍晚公畢，方到了兆富里黃翠鳳家。下轎進門，只見文君玉正在客堂裡閑坐，特地叫聲「羅老爺」。子富停步，含笑點頭。君玉道：「羅老爺阿看見新聞紙？」子富大驚失色，急問：「新聞紙浪說啥嗄？」君玉道：「說是客人個朋友，名字叫個啥？……嚕囌得野倷！」說著又想。子富道：「名字覅想哉，客人朋友末啥個事體？」君玉道：「無啥事體，做仔兩首詩送撥我，說是上來倷新聞紙浪。」子富嗑的笑道：「倪勿懂個。」更不回頭，直上樓去。

文君玉不好意思，別轉臉來向個相幫說道：「我剛剛搭耐說上海個俗人，就像仔羅老爺末也有點俗氣。拗空⓭算客人，連搭仔做詩才勿懂，也好哉！」相幫道：「難末拌⓮明白哉，耐說上海客人才是熟人，我倒一嚇。耐生意海外得來，故是成日成夜出來進去忙煞哉㖞，大門檻阿要踏壞嗄。陸裡曉得陌生

⓭ 拗空：此有「徒有具名」之意。

⓮ 拌：吳語。弄；搞。

人耐也說是熟人。」君玉道：「耐末瞎纏哉哩。我說個俗人勿是呀，要會做仔詩末就勿俗哉。」相幫道：「先生耐覅說，上海絲茶是大生意。過仔垃圾橋，幾花湖絲棧，才是做絲生意個好客人，耐熟仔末曉得哉。」

君玉又笑又嘆，再要說話，只聽相幫道：「難末真個熟人來哉。」君玉抬頭一看，原來是方蓬壺，即訴說道：「俚哚喊耐俗人，阿要討氣？」蓬壺踅進右首書房，說道：「討氣倒勿要緊，耐搭俚哚說說閑話，覅撥俚哚俗氣薰壞仔耐。」君玉抵掌懊悔道：「故倒劃一，幸虧耐提醒仔我。」

蓬壺坐下，袖中取出一張新聞紙，道：「紅豆詞人送撥耐個詩，阿曾賞鑒過歇？」君玉道：「勿曾呀，讓我看哩。」蓬壺揭開新聞紙，指與君玉看了。君玉道：「俚來浪說啥？講撥我聽哩。」蓬壺帶上眼鏡，將那詩朗念一遍，再演解一遍。君玉大喜。

蓬壺道：「耐該應和俚兩首送撥俚，我替耐改。題目末就叫『答紅豆詞人即用原韻』九個字，阿是蠻好？」君玉道：「七律當中四句我做勿來，耐替我代做仔罷。」蓬壺道：「故末生活⑮哉。明朝倪海上吟壇正日⑯，陸裡有工夫？」君玉道：「謝謝耐，隨便啥做點末哉。」蓬壺正色道：「耐啥個閑話嘎！做詩是正經大事體，阿好隨便啥做點？」君玉連忙謝過。蓬壺又道：「不過我替耐做倒要寫意⑰點，忑啥個慘淡經營，就勿像是耐做個詩，俚哚也勿相信哉。」君玉亦以為然。

---

⑮ 生活：此猶言「可有活幹了」。

⑯ 正日：節日的當天。此指聚會之日。

⑰ 寫意：此指省心、省力。

於是，蓬壺獨自一個閉目搖頭，口中不住的嗚嗚作聲，忽然舉起一隻指頭，向大理石桌子上戳了幾戳，劃了幾劃，攢眉道：「俚用個韻倒勿容易押，一歇⑱倒做勿出，等我帶轉去做兩句出色個撥耐。」君玉道：「該搭用夜飯哉呀。」蓬壺道：「覅哉。」君玉復囑其「須當祕密」而別。

蓬壺踱出兆富里，一路上還自言自語的構思琢句。突然刺斜裡衝出一個娘姨，一把抓住蓬壺臂膊問：「方老爺陸裡去？」蓬壺駭愕失措，擠眼注視，依稀認得是趙桂林的娘姨，桂林叫做「外婆」的。蓬壺便也胡亂叫聲「外婆」。外婆道：「方老爺為啥倪搭勿來？去哩。」蓬壺道：「故歇無撥空，明朝來。」外婆道：「啥個明朝嘎！倪小姐牽記煞耐，請仔耐幾埭哉，耐勿去！」不由分說，把蓬壺拉進同慶里，抄到尚仁里趙桂林家。

趙桂林迎進房間，叫聲「方老爺」道：「阿是倪怠慢仔耐，耐一埭也勿來？」蓬壺微笑坐下。外婆搭訕道：「方老爺就前節壺中天叫仔局下來末，勿曾來歇。兩個多月哉，阿好意思？」桂林接嘴道：「撥個文君玉迷昏哉呀，陸裡想得著該搭來！」蓬壺慌的喝住道：「耐覅瞎說！文君玉是我女弟子，客客氣氣，耐去糟蹋俚，豈有此理！」

桂林「哼」了一聲，無語。外婆一面裝水煙，一面悄悄說道：「倪小姐生意，瞞勿過耐方老爺。前節方老爺來裡照應，倒噥仔過去；故歇耐也勿來哉，連浪幾日天，出局才無撥。下頭楊媛媛末碰和吃酒，鬧猛得來；倪樓浪冰清水冷，阿要坍臺？」蓬壺不等說完，就叉口道：「單是個碰和吃酒，俗氣得勢。我前回替桂林上仔新聞紙，天下十八省個人，陸裡一個勿看見？才曉得上海有個趙桂林末，實概樣式比

⑱一歇：一會兒。此指「一時」。

仔碰和吃酒難說⑲哚。」外婆順他口氣，復接說道：「難方老爺原像前回照應點俚罷。耐一樣去做個文君玉，就倪搭走走，啥勿好？吃兩檯酒，碰兩場和，故是倪要巴結煞哉。」蓬壺道：「碰和吃酒末，啥稀奇嗄？等我過仔明朝，再去搭俚做兩首詩末哉。」外婆道：「方老爺，耐末無啥稀奇，倪倒是碰和吃酒個好。耐辛辛苦苦做仔啥物事送撥俚，俚用勿著啘；就勿是碰和吃酒末，有場花應酬，叫叫局，故也無啥。」蓬壺呵呵冷笑，連說：「俗氣得勢！」

外婆見蓬壺呆頭呆腦，說不入港，望著趙桂林打了一句市俗泛語，桂林但點點頭。蓬壺那裡懂得。外婆水煙裝畢，桂林即請蓬壺點菜，欲留便飯。蓬壺力辭不獲，遂說不必叫菜，僅命買些燻臘之品。外婆傳命外場買來，和自備飯菜一併搬上。

第五九回終。

⑲ 比仔碰和句：不一定就比不上碰和吃酒。難說，不好說。

第六〇回　老夫得妻煙霞有癖　監守自盜雲水無蹤

按，方蓬壺和趙桂林兩個並用晚飯之後，外婆收拾下樓。消停片刻，蓬壺即擬興辭。桂林苦留不住，送出樓門口高聲喊「外婆」，說：「方老爺去哉。」外婆聽得，趕上叫道：「方老爺慢點哩，我搭耐說句閑話。」蓬壺停步問：「說啥？」外婆附耳道：「我說耐方老爺末，文君玉搭覅去哉，倪搭一樣個呀。我搭耐做個媒人，阿好？」

蓬壺驟聞斯言，且驚且喜，心中突突亂跳，連半個身子都麻木了，動彈不得。外婆只道蓬壺躊躇不決，又附耳道：「方老爺，耐是老客人，勿要緊個。就不過一個局，搭仔下腳，無撥幾花開消，放心末哉。」

蓬壺只嘻著嘴笑，無話可說。外婆揣知其意，重複拉回樓上房間裡。桂林故意問道：「為啥耐忙煞個要去？阿是想著仔文君玉？」外婆搶著說道：「啥勿是嗄，難末勿許去個哉！」桂林道：「文君玉來浪喊哉哩，耐當心點，明朝去末端正撥生活耐吃！」蓬壺連說：「豈有此理，豈有此理！」外婆沒事自去。

桂林裝好一口鴉片煙，請蓬壺吸。蓬壺搖頭說：「勿會。」桂林就自己吸了。蓬壺因問：「有幾花瘾？」桂林道：「吃白相，一筒兩筒，陸裡有瘾嗄。」蓬壺道：「吃煙人才是吃白相吃上個瘾，終究覅去吃俚好。」桂林道：「倪要吃上仔個癮，阿好做生意？」蓬壺遂問問桂林情形，桂林也問問蓬壺事業。可巧一個父母姊妹俱沒，一個妻妾子女均無，一對兒老夫妻，大家有些同病相憐之意。

桂林道：「倪爺也開個堂子，我做清倌人辰光，衣裳、頭面、家生倒勿少，才是倪娘個事物。上仔客人個當，一千多局帳漂❶下來，難末堂子也歇❷哉，爺娘也死哉，我末出來包房間❸，倒空仔三百洋錢債。」蓬壺道：「上海浮頭浮腦空心大爺多得勢，做生意劃一難煞。倒是倪一班人，幾十年老上海，叫叫局，打打茶會，生意末勿大，倒勿曾坍歇臺。堂子裡才說倪是規矩人，蠻要好。」桂林道：「故歇我也勿想哉，把勢飯勿容易吃，陸裡有好生意做得著！隨便啥客人，替我還清仔債末就跟仔俚去。」蓬壺道：「跟人生來最好，不過耐當心點，再要上仔個當，一生一世吃苦哚啘。」桂林道：「難是勿個哉。起先年紀輕，勿曾懂事體，單喜歡標緻面孔個小伙子，聽仔俚哚海外❹閑話上個當；故歇要揀個老老實實個客人。阿有啥差嗄？」蓬壺道：「差是勿差，陸裡有老老實實個客人去跟俚？」

說話之間，蓬壺連打兩次呵欠。桂林知其睡的極早，敲過十點鐘，喊外婆搬稀飯來吃，收拾安睡。不料這一夜天蓬壺就著了些寒，覺得頭眩眼花，鼻塞聲重，委實不能支持。桂林勸他：不用起身，就此靜養幾天，豈不便易？蓬壺討副筆硯，在枕頭邊寫張字條送上吟壇主人，告個病假。便有幾個同社朋友

❶ 漂：即漂帳。欠帳不付。
❷ 歇：此指停業、關門。
❸ 包房間：指另租房間。
❹ 海外：了不得。此指「誇大口」。

來相問候。見桂林小心伏侍，親熱異常，詫為奇遇。

桂林請了時醫竇小山診治，開了帖發散方子。桂林親手量水煎藥，給蓬壺服下。一連三日，桂林頃刻不離，日間無心茶飯，夜間和衣臥於外床，蓬壺如何不感激！

第四日熱退身涼，外婆乘間攛掇蓬壺討娶桂林。蓬壺自思：旅館鰥居，本非長策，今桂林既不棄貧嫌老，何可失此好姻緣？心中早有七八分允意。及至調理全愈，蓬壺辭謝出門，徑往拋球場宏壽書坊告訴老包，老包力贊其成。蓬壺大喜，浼老包為媒，同至尚仁里趙桂林家當面議事。

老包跨進門口，兩廂房倌人、娘姨、大姐齊聲說：「呷，老包來哉。」李鶴汀正在楊媛媛房間裡，聽了，也向玻璃窗張覷。見是老包，便欲招呼，又見後面是個方蓬壺，因縮住嘴，卻令趙家姆樓上去說：「請包老爺說句閑話。」

約有兩三頓飯時，老包才下樓來。李鶴汀迎見讓坐。老包問：「有何見教？」鶴汀道：「我請殳三吃酒，俚謝謝勿來，耐來得正好。」老包大聲道：「耐當我啥人嗄？請我吃鑲邊❺酒，要我墊殳三個空，我覅吃！」鶴汀忙陪笑堅留，老包偏做勢要走。

楊媛媛拉住老包，低聲問道：「趙桂林阿是要嫁哉？」老包點頭道：「我做個大媒人，三百債，二百開消。」鶴汀道：「趙桂林再有客人來討得去？」楊媛媛道：「耐覅看輕仔俚，起先也是紅倌人。」

說時，只見請客的回報道：「再有兩位請勿著。衛霞仙㖸說：『姚二少爺長遠勿來哉。』周雙珠㖸說：『王老爺江西去仔，洪老爺勿大來。』」李鶴汀乃道：「難老包再要走末，我要勿快活哉。」楊媛媛

❺ 鑲邊：此指「做陪襯」。

道：「老包說白相呀，陸裡走嗄！」俄而請著的四位——朱藹人、陶雲甫、湯嘯庵、陳小雲——陸續成集。李鶴汀即命擺檯面，起手巾。大家入席，且飲且談。

朱藹人道：「令叔阿是轉去哉？倪竟一面勿曾見過。」鶴汀道：「勿曾轉去，就不過于老德一幹子末轉去哉。」陶雲甫道：「今朝人少，為啥勿請令叔來敘敘？」鶴汀道：「家叔陸裡肯吃花酒！前回是撥個黎篆鴻拉牢仔，叫仔幾個局。」老包道：「耐令叔劃一有點本事哚！上海也算是老白相，倒勿曾用過幾花洋錢，單有❻賺點來拿轉去。」鶴汀道：「我說要白相，還是搳脫❼點洋錢無啥要緊，像倪家叔故歇阿受用嗄？」陳小雲道：「耐該埭來阿曾發財？」鶴汀道：「該埭比仔前埭再要多輸點。殳三搭空仔五千，前日天剛剛付清。羅子富搭一萬哚，等賣脫仔油再還。」湯嘯庵道：「耐一包房契阿曉得險個哩！」遂將黃二姐如何攘竊❽，如何勒掯❾，縷述一遍；並說末後從中關說❿，原是羅子富拿出五千洋錢贖回拜匣，始獲平安。席間搖頭吐舌，皆說：「黃二姐倒是個大拆梢。」楊媛媛嗤的笑道：「夷場浪老鴇末才是個拆梢碗。」老包聞言，欻地出位，要和楊媛媛不依。楊媛媛怕他惡噪，跑出客堂，老包趕至簾下。恰值出局接踵而來，不提防陸秀寶掀起簾子跨進房間，和老包頭碰頭猛的一撞，引得房內房外

---

❻ 單有：吳語。只有。

❼ 搳脫：此指用掉。

❽ 攘竊：盜竊；搶奪。

❾ 勒掯：勒索。

❿ 關說：代人陳說；從中給人說好話。

大笑哄堂。老包摸摸額角，且自歸座。李鶴汀笑而講和，招呼楊媛媛進房，罰酒一杯。楊媛媛不服，經大家公斷，令陸秀寶也罰一杯過去。於是老包首倡攞莊，大家輪流搳拳，歡呼暢飲。一直飲至十一點鐘，方才散席。

李鶴汀送客之後，想起取件東西，喊匡二吩咐說話。娘姨盛姐回道：「匡二爺勿來裡，坐席辰光來仔一埭，去哉。」鶴汀道：「等俚來末，說我有事體。」盛姐應諾。鶴汀又打發轎班道：「碰著匡二末喊俚來。」轎班也應諾自去。一宿表過。

次日，鶴汀一起身就問：「匡二呢？」盛姐道：「轎班末來裡哉，匡二爺勿曾來啘。」鶴汀怪詫得緊，喝令轎班：「去客棧裡喊來！」轎班去過覆命道：「棧裡茶房說，昨日一夜天匡二爺勿曾轉去。」鶴汀只道匡二在野雞窩裡迷戀忘歸，一時尋不著。等不得，只得親自坐轎回到石路長安客棧，開了房間進去，再去開箱子取東西。不想這箱子內本來裝得滿滿的，如今精空乾淨，那裡有什麼東西！鶴汀著了急，口呆目瞪，不知所為。更將別隻箱子開來看時，也是如此，一物不存。鶴汀急得只喊「茶房」。茶房也慌了，請帳房先生上來。那先生一看，蹙額道：「倪棧裡清清爽爽，陸裡來個賊嗄？」鶴汀心知必是匡二，跺足懊恨。那先生安慰兩句，且去報知巡捕房。鶴汀卻令轎班速往大興里諸十全家，迎接李實夫回棧。

實夫聞信趕到，檢點自己物件，竟然絲毫不動；單是鶴汀名下八隻皮箱，兩隻考籃，一隻枕箱，所有物件只揀貴重的都偷了去。又於桌子抽屜中尋出一疊當票，知是匡二留與主人贖還原物的意思。鶴汀心中也略寬了些。

正自忙亂不了，只見一個外國巡捕帶著兩個包打聽前來踏勘。查明屋面門窗一概完好，並無一些來蹤去跡，此乃監守自盜無疑。鶴汀說出匡二一夜不歸，包打聽細細的問了匡二年歲、面貌、口音而去。

茶房復告訴：「前一禮拜，倪幾轉看匡二爺背仔一大包物事出去。倪勿好去問俚，陸裡曉得俚偷得去當嗄！」李實夫笑道：「俚倒有點意思！耐是個大爺，搭脫點勿要緊，才偷仔耐個物事。勿然末，我物事為啥勿要嗄？」

鶴汀生氣不睬，自思人地生疏，不宜造次，默默盤算，惟有齊韻叟可與商量，當下又親自坐轎望著一笠園而來。園門口管家俱係熟識，疾趨上前攙扶轎槓，抬進大門，止於第二層園門之外。

鶴汀見那門上獸環銜著一把大鐵鎖，僅留旁邊一扇腰門出入，正不解是何緣故。

管家等鶴汀下了轎，打千稟道：「倪大人接著電報轉去哉，就不過高老爺來裡，請李大少爺大觀樓寬坐。」鶴汀想道：齊韻叟雖已歸家，且與高亞白商量，亦未為不可。遂跟管家款步進園，一直到了大觀樓上謁見高亞白。

鶴汀道：「耐一幹子阿寂寞嗄？」亞白道：「我寂寞點勿要緊，倒可惜個菊花山，龍池先生一番心思哚，故歇一逕閑煞來浪。」鶴汀道：「价末耐也該應請請倪哉哩。」亞白道：「好個，就明朝請耐。」鶴汀道：「明朝無撥空，停兩日再說。」亞白問：「有何貴幹？」鶴汀乃略述匡二捲逃一節，亞白不勝駭愕。鶴汀因問：「阿要報官？」亞白道：「報官是報報罷哉。真真要捉牢仔賊，追俚個贓，難哉哩。」鶴汀就問：「勿報官阿好？」亞白道：「勿報官也勿局，倘忙外頭再有點窮禍，問耐東家要個人，倒多仔句閑話。」鶴汀連說：「是極。」即起興辭。亞白道：「故也何必如此急急？」鶴汀道：「故歇無趣得勢，讓我早點去完結仔，難末移樽就教何如？」亞白笑說：「恭候。」一路送出二層園門，鶴汀拱手登轎而別。

亞白才待轉身，傍邊忽有一個後生叫聲「高老爺」，搶上打千。亞白不識，問其姓名，卻是趙二寶的阿哥趙樸齋，打聽史三公子有無書信。亞白回說：「無撥。」樸齋不好多問，退下侍立。

亞白便進園回來，踅過橫波檻，順便轉步西行。原來這菊花山扎在鸚鵡樓臺之前，那鸚鵡樓臺係八字式的五幢廳樓，前面地方極為闊大。因此菊花山也做成八字式的，回環合抱，其上高與檐齊，其下四通八達，遊客盤桓其間，好像走入「八陣圖」一般，往往欲吟「迷路出花難」之句。

亞白是慣了的，從南首抄近路，穿石徑，渡竹橋，已在菊花山背後。進去看時，先有一人，小帽青衫，背立花下，徬徨躑躅，側著頭，咬著指，似乎出神光景。亞白打量後形，必是小贇，也不去驚他，但看他做什麼。那小贇俄延許久，欻地奔進鸚鵡樓臺，亞白即悄悄跟去。只見小贇爬著桌子，磨墨舐筆，在那裡草草寫了幾行。亞白含笑上前，照準小贇肩頭輕輕的拍了一下。小贇吃驚，張皇返顧，見了亞白，慌忙垂手站過一邊。亞白笑問：「阿是做菊花詩？」小贇道：「勿是，尹老爺出個窗課詩題。」亞白索其底稿，小贇只得慚顏呈閱。上面寫著：「賦得『眼花落井水底眠』，得眠字，五言八韻。」及觀其詩，卻為塗抹點竄，辨認不清，只有中間四五六韻明白，寫道：

醉鄉春蕩蕩，靈窟夜綿綿。

插腳虛無地，埋頭小有天。

癡龍偎冷月，瞎馬嘯荒煙。

亞白閱過，連聲贊好。小贊陪笑道：「故是幸虧尹老爺，稍微有仔點一知半解。高老爺看下來，倘然還可以進境點個末，阿好借『有教無類』之說，就正一二？」亞白沉吟道：「我說耐原等尹老爺來請教俚，俚改筆比我好。要末我有空閑辰光同耐談談，倒也未始無益。」小贊諾諾答了，逡巡退出。

亞白說了這句話，並不在意，獨自賞回菊花，歸房無話。那小贊卻甚欣然，連夜把本年窗課試帖，揀得意的謄真二十首，一早送上大觀樓。亞白鑒其殷殷向學之意，披覽一遍，從容說道：「耐個詩再好也勿有，我倒覺著耐忒啥個要好⓫哉。大約耐肚皮裡先有仔『語不驚人死不休』一個成見，所以與溫柔敦厚之旨離開得遠仔點。做詩第一要相題行事，像昨日『眼花落井』題目，恰好配耐個手筆。若一概如此做法，也勿大相宜。」說著，指出春草碧色詩中第六韻，念道：

化餘萇叔血，鬥到謝公鬚。

「做是做得蠻好，又瑰奇，又新穎，十二分氣力也可謂用盡個哉。其實就不過做仔『碧草』兩個字，無啥大意思。」又指出春日載陽詩中第六韻，念道：

秦無頭可壓，宋有腳能行。

⓫ 忒啥個要好：太那個要強了。

「該兩句再有啥說嘎，念下來好像石破天驚，雲垂海立，橫極，險極，幻極；細按題目四個字，扣得也緊極。但是以理而論，畢竟於題何涉？要曉得兩個題目只消淡淡著筆，點綴些田家之樂，羈客之思，就是合作。勿必去刻意求工，倒搚脫⑫仔正意。所謂相題行事者，即此是也。」

小贊聽罷默然，頗不滿意。亞白復沉吟笑道：「阿是耐勿相信我閑話？我有個詩題來裡，耐去做做看。做得合式仔末，就曉得其中甘苦哉。」小贊請示何題，亞白說是「還來就菊花」。

小贊心想：此種題目有何難處，就要做一百首，立刻可以成就。微笑一笑，抽身告退，徑歸班房做起詩來。一時清思妙緒，絡繹奔赴，一首那裡說得盡！接連做了五首，另紙謄真。自己看看，嫌其膚廓浮泛，不像題目神理，重複用心刪節改削，練成一首，以為盡善盡美，毫髮無憾的了。遂欣欣然踅往大觀樓，請教高亞白。

第六〇回終。

⑫ 搚脫：此指脫離。

第六一回　舒筋骨穿楊聊試技　困聰明對菊苦吟詩

按，小贊既至大觀樓，呈上一首還來就菊花試帖詩。高亞白閱過一遍，不說好歹，卻反笑問小贊道：「耐自家說，該首詩做得如何？」小贊攢眉道：「照仔個題目末，空空洞洞，不過實概做法，為啥做下來總是籠統閑話，就換仔個題目，好像也可以用得著。」亞白呵呵笑了，即向書架上抽出一本袖珍書籍，翻檢一條給小贊自去研究。小贊看那書，是隨園詩話。其略云：

瑤華主人檀樽世子賦得寒梅著花未詩後自跋云：「此那東甫課士題也，友人盧藥林請賦之。因見諸生賦此題者，不過一首梅花詩而已，如隨園詩話中所謂相題行事者竟無一人，因書此以質之倉山居士。」

小贊看畢，尋思無語。亞白道：「『還來就菊花』末搭仔『寒梅著花未』差仿勿多，耐末就做仔一首菊花詩，所以才是籠統閑話。耐看俚『寒梅著花未』一首詩，阿是做得蠻切帖？耐就照俚個樣式再去做，總要從『還來就』三個虛字著想，四面烘托渲染，摹取其中神理，『菊花』兩個字，稍微帶著點好哉。」小贊連連點頭，心領神會，退出外間。亞白窺他在外間癡癡的站了一會，踱了一會，才去。

亞白無所事事，檢點書架上人家送來求書求畫的斗方、扇面、堂幅、單條，隨意揮灑了好些。天色已晚，那小贊竟不復來，想必畏難而退的了。

次日，亞白仍以書畫為消遣。午餐以後，微倦上來，欲於園內散散心，混過睡性，遂擱下筆，款步下樓。但見纖雲四捲，天高日晶，真令人心目豁朗。踅出大觀樓前廊，正有個打雜的拿著五尺高竹絲笤帚，要掃那院子裡落葉。亞白方依稀記得昨夜五更天，睡夢中聽見一陣狂風急雨，那些落葉自然是風雨打下來的，因而想著鸚鵡樓臺的菊花山如何禁得起如此蹂躪，若使摧敗離披，不堪再賞，辜負了李鶴汀一番興致，奈何奈何。

一面想，一面卻向東北行來，先去看看一帶芙蓉塘如何，便知端的。踅至九曲平橋，沿溪望去，只見梨花院落兩扇黑漆牆門早已鎖上，門前芙蓉花映著雪白粉牆，倒還開得鮮豔。亞白放下些心。再去拜月房櫳看看桂花，卻已落下了許多，滿地上鋪得均勻無隙，一路踐踏，軟綿綿的，連鞋幫上粘連著盡是花蕊。亞白進院看時，上面窗寮格扇一概關閉，廊下軟簾高高吊起，好似久無人跡光景，不知當值管家何處去了。亞白手遮亮光，面貼玻璃，望內張覷，一些陳設也沒有，檯桌椅杌顛倒打疊起來。

亞白才待回身，忽然飛起七八隻烏鴉，在頭頂上打盤兒，來往回翔，啞啞亂叫。亞白知道有人來，轉過拜月房櫳，尋到靠東山坡。見有幾個打雜的和當值管家簇擁在一棵大槐樹下，布著一張梯子，要拆毀樹上鴉窠；無如梯短窠高，攀躋不及，眾人七張八嘴議論，竟沒法兒。亞白仰視那窠兒，只有西瓜般大小，從三丫叉生根架起，尚未完成；當命管家往志正堂取到一副弓箭，亞白打量一回，退下兩步，屹然立定，彎開弓，搭上箭，照準那窠兒翻身舒臂只一箭。眾人但聽得呼的作響，並不見箭的影兒，望那窠兒已自伶伶仃仃掛在三丫叉之間，不住的搖晃。方欲喝采，又聽得呼的一箭，那窠兒便滴溜溜滾落到地。喜得眾人喝采不迭，管家早奔上去，拾起那窠兒，帶著兩枝箭，獻到亞白面前。

亞白頷首微笑，信步走開，由東南湖堤兜轉去。經過凰儀水閣，適為閣中當值管家所見，慌的趕出，請亞白隨喜。亞白搖搖手，徑往鸚鵡樓臺趄去。剛穿入菊花山，即聞茶房內嘈嘈笑語之聲，大約是管家碰和作樂。亞白不去驚動。看那菊花山，幸虧為涼棚遮護，安然無恙，然其精神光彩似乎減了幾分，再過些時恐亦不免山頹花萎，不若趁早發帖請客，也算替菊花張羅些場面。

亞白想到這裡，忙著回來。將及橫波檻，頂頭遇見小贊，手中仍拿著一首還來就菊花試帖詩，正要請教亞白。亞白停步，接詩在手，閱過一遍，又笑問小贊道：「耐自家說，該首詩做得如何？」小贊又攢眉道：「該首詩搭個題目末好像對景個哉，不過說來說去，就是『還來就菊花』一句閑話，勿但犯仔疊床架屋個毛病，也做勿出好詩哉啘。」亞白呵呵笑道：「故末倒是我教耐看仔隨園詩話個勿好，撥俚寒梅著花未一首詩束縛住哉。耐覅去泥煞❶個哩，難索性要掯開仔俚個詩，再去做，耐末擺好仔還來就菊花個題目，覅鑽到題目裡向去做，倒要跳出題目外頭來，自家去做自家個詩，同題目對勿對也覅去管俚，讓題目湊到我詩浪來，故末好哉。」小贊又連連點頭，心領神會。

亞白撇下小贊，回到大觀樓上，連寫七幅請帖，寫著「翌午餞菊候敘」，交付管家將去齎送。俄聞樓下嚦嚦然燕剪鶯簧一片說笑，分明是姚文君聲音。亞白只道管家以訛傳訛叫來的局，等姚文君上樓，急問：「耐來做啥？」文君道：「癩頭黿呷到仔上海哉呀。」亞白始知其為癩頭黿而來，因笑道：「我剛剛明朝要請客，耐倒來哉。」兩人說著，攜手進房。

❶ 泥煞：過於拘泥。

文君生性喜動，趕緊脫下外罩衣服，自去園中各處遊玩多時，回來向亞白道：「齊大人去仔就推扳得野哚！連搭菊花山也低倒仔個頭，好像有點勿起勁。」亞白拍手叫妙，且道：「耐要做仔首還來就菊花個詩末，出色哉！」文君究問云何，亞白亂以他語。當晚兩人只在房間任意消遣，過了一宵。

這日十月既望，葛仲英、吳雪香到的最早，坐在高亞白房裡，等姚文君梳洗完畢，相與同往鸚鵡樓臺。葛仲英傳言，陶、朱兩家弟兄有事謝謝勿來。高亞白問何事，仲英道：「倒也勿曾清爽。」

接著華鐵眉挈了孫素蘭相繼並至，廝見坐定。高亞白道：「素蘭先生住兩日哉啘，聽說癩頭黿來裡。」葛仲英道：「癩頭黿勿長遠轉去❷，為啥咿來嗄？」華鐵眉道：「喬老四搭我說，癩頭黿該埭來要辦❸幾個賭棍，為仔前回癩頭黿同李鶴汀、喬老四三家頭去賭，撥個大流氓合仔一淘賭棍倒脫靴，三家頭輸脫仔十幾萬哚。幸虧有兩個小流氓分勿著洋錢，難末鬧穿仔下來。癩頭黿定歸要辦。」高亞白、葛仲英皆道：「故歇上海個賭也忒啥個勿像樣，該應要辦辦哉。」華鐵眉道：「倒勿容易辦哩。我看個訪單浪，頭腦❹末二品頂戴，海外得來！手下底一百多人，連搭衙門裡差役，堂子裡倌人，才是俚幫手。」孫素蘭、吳雪香、姚文君皆道：「倌人是啥人嗄？」華鐵眉道：「我就記得一個楊媛媛。」

眾人一聽，相視錯愕，都要請問其故。適值管家通報客至，正是李鶴汀和楊媛媛兩人。眾人迎著，截口不談。高亞白問李鶴汀：「耐失竊阿曾報官？」鶴汀說：「報哉。」楊媛媛白瞪著眼問：「阿是耐

---

❷ 勿長遠轉去：不久前才回去。

❸ 辦：懲治；處罰。

❹ 頭腦：為首的；頭子。

去報個官？」鶴汀笑說：「勿關耐事。」楊媛媛道：「生來勿關倪事，耐去報末哉啘。」鶴汀道：「耐末瞎纏，倪說個匡二呀。」楊媛媛方默然。

將及午牌時分，高亞白命管家擺席。因為客少，用兩張方桌合拼雙檯，四客四局三面圍坐，空出底下坐位，恰好對花飲酒。一時又談起癩頭黿之事。楊媛媛冷笑兩聲，接嘴說道：「昨日癩頭黿到倪搭來，說要辦周少和。周少和是夷場浪出名個大流氓，堂子裡陸裡一家勿認得俚！前回大少爺同俚一淘碰和，倪也曉得俚生來總有點花樣。不過倪吃仔把勢飯，要做生意個啘，阿敢去得罪個大流氓？就看俚哚做花樣末，倪也只好勿響。故歇癩頭黿倒說倪搭周少和通同作弊，阿有該號事體！」說罷，滿面怒容，水汪汪含著兩眶眼淚。李鶴汀又笑又嘆，華鐵眉、葛仲英勸道：「癩頭黿個閑話，再有啥人相信俚，等俚去說末哉。」

高亞白要搭訕開去，顧見小贊一傍侍立，就問其菊花詩阿曾做。小贊道：「做末呷做仔一首，勿曉得阿對。」亞白道：「耐去拿得來看。」小贊應兩聲「是」，立著不動。亞白甚是怪詫。小贊稟道：「鼎豐里趙二寶搭差個人來，要見高老爺。」說聲未絕，只見小贊身後轉出一個後生，打個千，叫聲「高老爺」。亞白認得是前日園門遇見的趙樸齋，問其來意，原為打聽史三公子有無書信。亞白道：「該搭一徑無撥信，要末別場花去問聲看。」趙樸齋不好多問，跟小贊退出廊下。

小贊自去班房取了另做的詩稿來，呈上高亞白。亞白展開看時，上面寫道：

賦得還來就菊花得來字，五言八韻。

只有離離菊，新詩索幾回。
不須扶杖待，還為看花來。
水水山山度，風風雨雨催。
重陽嘉節到，三徑主人開。
請踐東籬約，叨從北海陪。
客愁相慰藉，秋影共徘徊。
令我神俱往，勞君手自栽。
桑麻翻舊話，記取瓦缸醅。

高亞白看畢，只是呵呵的笑，不發一言，卻將詩稿授與李鶴汀、葛仲英、華鐵眉。傳觀殆遍，高亞白乃笑問道：「請教該首詩做得如何？」大家見問，面面廝覷。李鶴汀先道：「我看無啥好。」葛仲英點頭道：「好末無啥好，也無啥勿好。」華鐵眉道：「我想仔半日，要做一聯好詩，竟想勿出如何做法，可知該首詩自有好處。」

高亞白仍笑著，顧命小贊取副筆硯，請三位各出己意，下一批語。李鶴汀接過來就寫道：「輕圓流利，如轉丸珠，押韻尤極穩愜。」擱下筆，復說道：「再要說俚好處，也無撥哉啘。」葛仲英略一尋思，寫道：「一氣呵成，面面俱到，百煉鋼化為繞指柔矣。」華鐵眉笑道：「我要拿著文章法子批俚該首詩。」提筆寫道：「題中不遺漏一義，題外不攔入一意，傳神正在阿堵中。」李鶴汀道：「撥耐兩家頭一批，倒真個好仔點哉。」葛仲英道：「通首就是『秋影』一句做個題面，其餘才好。」華鐵眉道：「好在運實於虛，看去如不經意，其實八十字堅如長城，雖欲易一字而不可得。」李鶴汀道：「讓亞白自家去批，看俚批個啥。」

高亞白呆臉一想道：「倒也無可批哉哩。」葛仲英道：「亞白必然另有見解。」華鐵眉道：「大約亞白個見解末就是無可批。」高亞白呵呵大笑，一揮而就。大家看後面寫著十五字道：「是眼中淚，是心頭血，成如容易卻艱辛。」大家笑道：「此所謂無可批之批也。」高亞白笑向小贊道：「倒難為耐。」

小贊心中著實得意，接取詩稿筆硯，抽身出外，孜孜的看那四行批語。不意趙樸齋還在廊下，一把拉住小贊央告道：「謝謝耐，再替我問聲看，昨日聽說三公子到仔上海個哉，阿有价事？」小贊只得替他傳稟請示。高亞白道：「俚聽差哉，到個是賴公子，勿是史公子。」趙樸齋隔窗聽得，方悟果然聽差，候小贊出來，告辭回去。小贊順路送出園門而別。

趙樸齋一路懊悶，歸至鼎豐里家中，覆命於母親趙洪氏，說三公子並無書信，並述誤聽之由。適妹子趙二寶在旁侍坐，氣的白瞪著眼，半晌說不出話。洪氏長嘆道：「常恐三公子勿來個哉哩，難末真真罷哉❺。」樸齋道：「故是勿見得，三公子勿像是該號人。」洪氏又嘆道：「也難說哩，先起頭索性跟仔俚去，倒也無啥；故歇上勿上落勿落，難末啥完結❻哩！」二寶秋氣，頭頸一摔，大聲喝道：「無姆再要瞎說！」只一句，喝得洪氏咂嘴咂舌，垂頭無語。樸齋張皇失措，溜出房去。

❺ 罷哉：完了。
❻ 啥完結：怎麼個了結。

娘姨阿虎在外都已聽在耳裡，忍不住進房說道：「二小姐，耐是年紀輕，勿曾曉得把勢裡生意剴一難做，客人哚個閑話阿好聽俚嗄！先起頭三公子搭耐說個啥，耐也勿曾搭倪商量，倪一點勿曉得。故歇一個多月無撥信，有點勿像哉哩。倘忙三公子勿來，耐自家去算，銀樓、綢緞店、洋貨店，三四千洋錢哚，耐拿啥物事去還嗄？勿是我多說多話，耐早點要打樁❼好仔末好，覅到個辰光坍臺。」

二寶面漲通紅，不敢回答。忽聞樓上中間裁衣張司務聲喚，要買各色衣線，立刻需用。阿虎竟置不管，揚長出房。洪氏遂叫大姐阿巧去買。阿巧不知是何顏色，和張司務糾纏不清。樸齋忙說：「我去買末哉。」二寶看了這樣，憋著一肚皮悶氣，懶懶的上樓歸房，倒在床上，思前想後，沒得主意。

比及天晚，張司務送進一套新做衣服，係銀鼠的天青緞帔、大紅綢裙，請二寶親自檢視。請了三遍，二寶也不抬身，只說聲「放來浪」。張司務諾諾放下，復問：「再有一套狐皮個，阿要做起來？」二寶道：「生來做起來，為啥勿做嗄？」張司務道：「价末松江邊鑲滾緞子搭仔帖邊，明朝一淘買好來浪。」二寶微微應一聲「噢」。

張司務去後，樓上靜悄悄地。直至九點多鐘，阿巧、阿虎搬上晚飯，請二寶吃。二寶回說：「覅吃。」阿巧不解事，還盡著拉扯，要攙二寶起來。二寶發嗔喝開。阿巧只得自與阿虎對坐，吃畢，撤去傢伙。阿虎自己揩把手巾，並不問二寶阿要捕面，還是阿巧給二寶沖了壺茶。

阿虎開了皮箱，收藏那一套新做衣服。阿巧手持燭臺，嘖嘖欣羨道：「該個銀鼠好得來，阿要幾花洋錢？」阿虎鼻子裡哼的冷笑道：「著到仔該號衣裳，倒要點福氣個哩。有仔洋錢，無撥福氣，阿好去

❼ 打樁：打算。

著俚嗄。」床上二寶裝做不聽見，只在暗地裡生氣。阿巧、阿虎也不去瞅睬。將近夜分，各自睡去。二寶卻一夜不曾合眼。

第六一回終。

第六二回　偷大姐床頭驚好夢　做老婆壁後洩私談

按，趙二寶轉了一夜的念頭，等到天亮，就蓬著頭躡足下樓，趕往母親趙洪氏房間。推進門去，洪氏睡在大床上，鼾聲正高；傍邊一只小床係阿哥趙樸齋睡的，竟是空著。二寶喚起洪氏，問：「阿哥哩？」洪氏說：「勿曉得。」

二寶十猜八九，翻身上樓，趕進亭子間，徑去大姐阿巧睡的床上，揭起帳子看時，果然樸齋、阿巧兩人並頭酣睡。二寶觸起一腔火性，狠狠的推搡揪打，把兩人一齊驚醒。樸齋搶著一條單褲穿上，光身下床，奪路奔逃。阿巧羞得鑽進被窩，再不出頭露面。

二寶連說帶罵，數落一頓，仍往樓下洪氏房間。洪氏已披衣坐起，二寶努目哆嘴，簽坐床沿❶。洪氏問道：「樓浪啥人來浪噪？」二寶不答，卻思這事不便張揚，不如將計就計，遂和洪氏商量，欲令樸齋趕往南京，尋到史三公子家中問個確信。洪氏亦以為然。二寶便高聲喊：「阿哥。」樸齋不敢不至，惴惴然侍立一旁。二寶推洪氏先說。洪氏約略說了，並命即日起行，樸齋不敢不從。二寶復叮嚀道：「耐到仔南京末，定歸要碰著仔史三公子，當面問俚為啥無撥信，難末啥辰光到上海。覅忘記！」

樸齋唯唯遵命，二寶才去梳頭。趕到樓上自己房間，只見阿巧正在彎腰掃地，鼻涕眼淚揮灑不止，

❶ 努目哆嘴二句：指因生氣而似插簽似的坐在床邊。努目，猶怒目。哆嘴，噘嘴。簽坐，插簽似地坐著。

二寶索性不理。

恰好這日長江輪船半夜開行，樸齋吃過晚飯，打起鋪蓋，向洪氏討些盤纏。洪氏囑其早去早歸。娘姨阿虎闖口❷道：「倪看下來有數目個哉，南京去做啥嗄？就去末，也定歸見勿著史三公子個面啘。史三公子抵椿❸勿來，就見仔面也無行用。」

洪氏道：「俚勿相信個呀，定歸要南京去一埭，問仔個信，故末相信哉。」阿虎道：「二小姐勿相信末，耐是俚親生娘，要提亮❹俚個呀。二小姐肚皮裡道仔史三公子還要來個哉，定歸要問個信。耐想去問啥人嗄？就碰著仔史三公子，問俚，俚人末勿來，嘴裡阿肯說勿來？原不過回報耐一句難要來哉。二小姐再要上仔俚個當，一徑等來浪，等到年底下，真真坍仔臺歇作❺！」

洪氏道：「閑話是勿差，難等南京轉來仔再說。」阿虎道：「勿然也勿關倪事，倪就為仔三四千店帳來裡發極。倘然推扳點小姐，倪倒勿去搭俚拿仔幾幾花花哉。倪看見二小姐五月裡一個月，碰和吃酒，鬧猛得勢，故歇趁早揩開仔史三公子，巴結點做生意，故末年底下還點借點，三四千也勿要緊。再要噥下去，來勿及哉喤！」洪氏默然。樸齋道：「讓我去問仔個信看，倘然史三公子勿來，生來做生意。」阿虎冷笑走開。樸齋藏好盤纏，背上鋪蓋，辭別出門。

---

❷ 闖口：插口；插嘴。

❸ 抵椿：準備；打算。此有「橫豎」之意。

❹ 提亮：提醒。

❺ 歇作：此有「方才罷休」之意。

過了一宿，二寶便令阿虎去東合興里吳雪香家喊小妹姐來。阿虎知道事發，答應而去。二寶想好幾句閑話教給洪氏：照樣向說，不必多言。一會兒，阿虎同著小妹姐引見洪氏，二寶含笑讓坐。洪氏說道：「倪月底一家門才要到南京去尋個史三公子，讓阿巧去尋生意罷。一塊洋錢一月，倪撥到俚年底末哉。」小妹姐聽了略怔一怔，道：「价末到個辰光讓俚出來也正好啘。」二寶接嘴道：「倪勿做仔生意，生活❻一點無撥，阿巧來裡也無啥做，早點出去末也好早點尋生意，阿對？」小妹姐沒的說，就命阿巧去收拾。二寶教洪氏拿出三塊洋錢交與小妹姐，又令相幫擔囊相送。小妹姐乃領阿巧道謝辭行。

隨後，裁衣張司務要支工帳，二寶亦教洪氏付與十塊洋錢。阿虎背著二寶悄說洪氏道：「耐末樣式樣依仔個二小姐，二小姐有點勿著落❼個哩。故歇一塌括仔還有幾塊啥洋錢，再要做衣裳！該號衣裳，等俚嫁仔人做末哉啘，啥個要緊嗄？」洪氏道：「我也搭俚說過歇個哉，俚說做完仔狐皮個停工。」阿虎太息而罷。

不想次日一早，小妹姐復領阿巧回來，送至洪氏房中。小妹姐指著阿巧向洪氏道：「俚乃是我外甥囡❽，俚哚爺娘託撥我，教我薦薦俚生意。俚乃自家勿爭氣，做仔勦面孔個事體，連搭我也無面孔，對勿住俚哚爺娘。我末寄仔封信下去，喊俚哚爺娘上來，耐拿俚個人交代俚哚爺娘好哉，我勿管帳。」洪氏茫然問道：「耐說個啥閑話，我勿懂啘。」小妹姐且走且說道：「耐勿懂末，問阿巧，等俚自家說。」

---

❻ 生活：指要做的活、要做的事。

❼ 勿著落：不著實；靠不住。

❽ 外甥囡：外甥女。

樓上二寶剛剛起身，聞聲趕下。小妹姐已自去了，只有阿巧在房，匿面向壁嗚咽飲泣。二寶氣忿忿的瞪視多時，沒法處置。洪氏還緊著要問阿巧。二寶道：「問俚啥嗄！」遂將前日之事徑直說出。洪氏方著了急，只罵樸齋不知好歹，無端闖禍。

二寶欲令阿虎和小妹姐打話，給些遮羞洋錢，著其領回。阿虎道：「小妹姐倒勿要緊，我先問聲俚自家看。」遂將阿巧拉過一邊，吣唧吣唧問了好一會。阿虎笑而復道：「撥我猜著，俚哚兩家頭說好來浪，要做夫妻個哉。洋錢末倒也勿要，等俚爺娘來求親好哉。」洪氏大喜道：「价末耐就替我做仔個媒人罷。」二寶跳起來喝道：「勿局個！覅面孔個小娘仵❾，我去認俚阿嫂！」洪氏呆臉相視，不好作主。阿虎道：「倪說末，開堂子個老班❿討個大姐做家主婆，也無啥勿局。」二寶大聲道：「我勿要哩！」

洪氏不得已，一口許出五十塊洋錢，仍令阿虎去和小妹姐打話。二寶咬牙恨道：「阿哥個人末生就是流氓坯。三公子要拿總管個囡仵撥來阿哥，阿要體面，啥個等勿得，搭個臭大姐做夫妻！」洪氏聽說，雖也喜歡，但恐小妹姐不肯干休。等得阿虎回家，急問如何，阿虎搖頭道：「勿成功。小妹姐說：『耐個囡仵末面孔生得標緻點，做個小姐，俚也一樣是人家囡仵呀，就不過面孔勿標緻，做仔大姐。做小姐個末，開寶要幾花，落鑲要幾花，俚大姐也一樣個哌。撥耐倪子睏仔幾個月，故歇說五十塊洋錢，阿是來裡拗空⓫？』」洪氏著實惶懼，眼望二寶，候其主意。二寶道：「等俚爺娘來，看光景。」洪氏膽小，

❾ 小娘仵：猶「丫頭片子」。

❿ 老班：老闆。

⓫ 拗空：此猶言「白日說夢話」、「做白日夢」。

忐忑不寧。

轉瞬之間，等了三日，倒是樸齋從南京逃回家來。洪氏一見，極口埋冤。二寶跺腳道：「無姆，讓俚說仔了哩！」樸齋放下鋪蓋，說道：「史三公子勿來個哉。我末進個聚寶門，尋到史三公子府浪，門口七八個管家才勿認得。起先我說尋小王，俚哚理也勿理。我就說是齊大人差得來，要見三公子，難末請我到門房裡，告訴我：『三公子上海回來就定仔個親事，故歇三公子到仔揚州哉，小王末也跟仔去。十一月二十就來裡揚州成親，要等滿仔月轉來哚。』阿是勿來個哉？」

二寶不聽則已，聽了這話，眼前一陣漆黑，囟門裡「汪」的一聲，不由自主，望後一仰，身子便倒栽下去。眾人倉皇上前攙扶叫喚，二寶已滿嘴白沫，不省人事。適值小妹姐引了阿巧爺娘進門，見此情形，不便開口，小妹姐就幫著施救，洪氏淚流滿面，直聲長號。樸齋、阿虎一左一右，掐人中，灌薑湯，亂做一堆。須臾，二寶吐出一口痰涎，轉過氣兒。眾人七張八嘴，正擬扛抬，阿虎捋起袖子，只一抱，攔腰抱起，挨步上樓。眾人簇擁至房間裡，眠倒床上，展被蓋好。

眾人陸續散去，惟洪氏兀坐相伴。二寶漸漸神氣復原，睜眼看看問：「無姆來裡做啥？」洪氏見其清醒，略放些心，叫聲「二寶」道：「耐要嚇煞人個哩，啥實概樣式嘎？」二寶才記起適間樸齋之言，歷歷存想，不遺一字，心中悲苦萬分；生怕母親發極，極力忍耐。洪氏問：「心裡阿難過？」二寶道：「我故歇好哉呀，無姆下頭去哩。」洪氏道：「我勿去，阿巧個爺娘來裡下頭。」二寶蹙額沉吟，嘆口氣道：「難阿哥生來就討仔阿巧末哉。俚爺娘故歇來裡末，無姆教阿虎去說親哉啘。」

洪氏唯唯，即時喚上阿虎，令向阿巧爺娘說親。阿虎道：「說末就說說罷哉，勿曉得俚哚阿肯。」

二寶道：「拜託耐說說看。」阿虎慢騰騰地姑妄去說。誰知阿巧爺娘本係鄉間良懦人家，並無訛詐之意，一聞阿虎說親，慨然允定，絕不作難。小妹姐也不好從中撓阻。洪氏、樸齋自然是喜歡的，只有二寶一個更覺傷心。

當下阿虎來叫洪氏道：「俚哚難是親家哉，耐也去陪陪哩。」洪氏道：「有女婿陪來浪，我勿去。」二寶勸道：「無娒耐該應去應酬歇⑫個呀，我巒好來裡。」洪氏猶自躊躇，二寶道：「無娒勿去末我去。」說著，勉強支撐坐起，挽挽頭髮，就要跨下床來。洪氏連忙按住道：「我去末哉，原搭我睏好仔。」二寶笑而倒下。洪氏切囑阿虎在房照料，始往樓下應酬阿巧爺娘。

二寶手招阿虎近前，靠床挨坐，相與計議所取店帳作何了理。阿虎因二寶意轉心回，為之細細籌畫。可退者退，不可退者或賣或當，算來倒還不甚吃虧，獨至衣裳一項，吃虧甚大，最為難處。二寶意欲留下衣裳，其餘悉遵阿虎折變抵償。如此合算起來，尚空一千餘圓之譜。阿虎道：「像五月裡個生意，空一千也勿要緊，做到仔年底下末就可以還清爽哉。」二寶道：「一件狐皮披風，說是今朝做好；耐去搭張司務說，回報俚明朝勿做哉。」阿虎道：「耐隨便啥才忒要緊⑬，就像做衣裳，勿該應做個披風，做仔狐皮襔⑭末，阿是巒好？」二寶焦躁道：「動去說起哉呀！」

阿虎訕訕趄出中間，傳語張司務，張司務應諾而已，別個裁縫故意嘲笑為樂。二寶在內豈有不聽見

⑫ 應酬歇：應酬一會。

⑬ 要緊：此有性急之意。

⑭ 襔：襖。

之理，卻那裡有工夫理論這些。

迨至晚間，吃過夜飯，洪氏終不放心，親自看望二寶，並訴說阿巧爺娘已由原船歸鄉，仍留阿巧服役，約定開春成親。二寶但說聲好。洪氏復問長問短，委曲排解一番，然後歸寢。二寶打發阿虎也去睡了，房門虛掩，不留一人。

二寶獨自睡在床上，這才從頭想起史三公子相見之初，如何目挑心許；定情之頃，如何契合情投；以後歷歷相待情形，如何性兒浹洽，意兒溫存；即其平居舉止行為，又如何溫厚和平，高華矜貴，大凡上海把勢場中一切輕浮浪蕩的習氣一掃而空。萬不料其背盟棄信，負義辜恩，更甚於冶遊子弟。想到此際，悲悲戚戚，慘慘淒淒，一股怨氣衝上喉嚨，再也捺不下，掩不住。那一種嗚咽之聲，不比尋常啼泣，忽上忽下，忽斷忽續，實難以言語形容。

二寶整整哭了一夜，大家都沒有聽見。阿虎推門進房，見二寶坐於床中，眼泡高高腫起，好似兩個胡桃。阿虎搭訕問道：「阿曾睏著歇嗄？」二寶不答，只令阿虎舀盆臉水。二寶起身捕面，阿巧揩抹了桌椅，阿虎移過梳具，就給二寶梳頭。二寶叫阿巧把樸齋喚至當面，命即日寫起書寓條子來帖，樸齋承命無言。二寶復命阿虎即日去請各戶客人，阿虎亦承命無言。

二寶施朱敷粉，打扮一新，下樓去見母親洪氏。洪氏睡醒未起，面向裡床，似乎有些呻吟聲息。二寶輕輕叫聲「無娒」。洪氏翻身見了，說道：「耐啥要緊起來嗄？勿適意末，睏來浪末哉。」二寶推說「無啥勿適意」，趁勢告訴要做生意。洪氏道：「故末再停兩日也正好唲。耐身嚮裡⑮剛剛好仔點，推扳

⑮ 身嚮裡：身子；身體。

勿起。倘忙夜頭出局去，再著仔冷，勿局個哩。」二寶道：「無娒，耐也顧勿得我個哉。故歇店帳欠仔三四千，勿做生意末，陸裡有洋錢去還撥人家？我個人賽過押來裡上海哉呀！」這句話尚未說完，一陣哽噎，接不下去。

洪氏又苦又急，顫聲問道：「就說是做生意末，三四千洋錢陸裡一日還清爽哩？」二寶吁了口氣，將阿虎折變抵償之議也告訴了，且道：「無娒索性覅管，有我來裡，總歸勿要緊。耐快活末我心裡也舒齊點，覅為仔我勿快活。」

洪氏只有答應。二寶始問：「無娒為啥勿起來？」洪氏說是「頭痛」。二寶伸手向被窩裡摸到洪氏身上，些微覺得發燒。二寶道：「無娒常恐寒熱哩。」洪氏道：「我也覺著有點熱。」二寶道：「阿要請個先生吃兩帖藥？」洪氏道：「請啥先生嗄！耐替我多蓋點，出仔點汗末好哉。」

二寶乃翻出一床綿被，兜頭蓋好，四角按嚴，讓洪氏安心睡覺。二寶自回樓上房間，復與阿虎計議。議至午後，阿虎出去了理店帳，順路請客。

這個信傳揚開去，各處皆知。不出三日，吹入陳小雲耳中，甚是駭異。以為史三公子待他不薄，娶作夫人自是極好的事，如何甘心墮落，再戀風塵。正欲探詢其中緣故，可巧行過三馬路，遇著洪善卿。小雲擬往茶樓一談，善卿道：「就雙珠搭去坐歇末哉。」

於是兩人踅進公陽里南口，到了周雙珠家。適值樓上房間均有打茶會客人，阿德保請進樓下周雙寶房間，雙寶迎見讓坐。小雲把趙二寶再做生意之信說與善卿，善卿鼓掌大笑道：「耐蠻聰明個人，上俚哚個當！我先起頭就勿相信：史三公子陸裡無討處，討個倌人做大老母！」雙寶在傍也鼓掌大笑道：「為啥幾花先生小姐才要做大老母？起先有個李漱芳，要做大老母做到仔死；故歇一個趙二寶，也做勿成功；做到倪搭個大老母，挨著第三個哉。」小雲不解，問第三個是誰。雙寶努嘴道：「倪搭雙玉，倒勿是朱五少爺個大老母？」小雲道：「朱五少爺定仔親哉啘。」

雙寶故意只顧笑，不接嘴。善卿忙搖手示意。不想一抬頭，周雙玉已在眼前，雙寶嚇得斂笑而退。善卿知道不妙，一時想不出搭訕的話頭。小雲察言觀色，越發茫然。大家呆瞪瞪的，你看著我，我看著你。

第六二回終。

第六三回　集腋成裘良緣湊合　移花接木妙計安排

按，周雙珠、周雙玉房間內打茶會客人，乃是賴公子、華鐵眉、喬老四、喬老七四位。喬老四本做周雙珠，遂為小兄弟喬老七叫了周雙玉幾個局，故此四人雖是一起，卻分據兩間房間。及洪善卿同陳小雲來時，賴公子正和周雙珠閒話，雙珠因善卿係熟客，不必急急下去應酬，只管指東劃西，隨口胡說。周雙玉要央善卿寄信於朱淑人，先自下樓，從周雙寶後房門抄近進去，剛剛聽得陳小雲、周雙寶云云，並窺見洪善卿搖手之狀。雙玉猛吃一驚，急欲根究細底，轉念一想，大約朱五少爺定親之事祕密不宣，不可造次。當下邁步搴帷，見了陳小雲、洪善卿，側坐相陪，不露圭角❶。隨後雙珠進房，雙玉趁勢仍歸樓上。

一直等到晚間，客散關門，周雙玉獨自一個往見周蘭，叫聲「無姆」。周蘭和顏悅色命其坐下。雙玉宛轉說道：「我做仔無姆個討人，單替無姆做生意。除仔無姆也無撥第二個親人，除仔做生意也無撥第二樣念頭。故歇朱五少爺定仔親，故末就是無姆個生意到哉。無姆該應去請朱五少爺來，等我當面問俚，阿怕俚勿拿出洋錢撥來無姆，無姆為啥要瞞我哩？阿是常恐朱五少爺多撥仔耐洋錢，耐客氣勿要嗄？」周蘭道：「勿是瞞耐呀。為仔朱五少爺說，常恐耐曉得仔定仔親勿快活，教倪覅說起。」雙玉道：「故

❶ 圭角：痕跡；跡象。

末無娒笑話哉！做我個客人多煞來裡，就比仔朱五少爺再要好點也勿稀奇，阿怕我無撥人討得去，啥個勿快活？」

周蘭聽說，亦自失笑，方才將八月底朱淑人聘定黎篆鴻之女，盡情告訴了雙玉。雙玉方才想起兩月以來，時常聽得雙寶嘴裡大老母長，大老母短，原來是調侃我的，心下重重惱怒，忍不住淌眼沫淚，漸放悲聲。周蘭始悔自己失言。

只見雙玉又道：「我搭阿姐兩家頭做個生意來孝敬耐無娒，無娒也勿曾說過倪一句邱話。我就氣勿過雙寶，雙寶生意末一點無撥，拿倪兩家頭孝敬無娒個洋錢，買仔飯撥俚吃，買仔衣裳撥俚著，俚坐來浪無啥做，再要想出幾花閑話說倪，笑倪，罵倪！」說著，嗚嗚的掩面而泣。周蘭道：「雙寶陸裡敢罵耐。」

雙玉便縷述雙寶的風裡言，風裡語，再添上兩句重話裝點逼真。氣得周蘭一疊聲喊「雙寶」，雙寶戰惕趨至。周蘭不及審察，綽起煙槍，兜頭就打。卻被雙玉一手托住，勸道：「無娒勠哩，耐故歇打仔雙寶，晚歇撥雙寶加二罵兩聲，無娒陸裡曉得！倘然無娒喜歡雙寶，也容易得勢，讓雙寶原到樓浪去。我末說撥么二堂子裡做伙計，無撥個人說我，罵我，我心裡清爽點，也好巴結點做生意孝敬耐無娒。」

周蘭越發生氣，丟下煙槍，問道：「我為啥喜歡雙寶嗄？耐阿姐來浪說，倘忙有辰光生意忙勿過，教雙寶代代局也無啥；勿然末，雙寶早就出去哉晼。我為啥喜歡雙寶嗄？」雙玉冷笑道：「無娒，耐嘴裡末說『讓雙寶出去末哉』，一徑說到仔故歇，雙寶原勿曾出去，倒勿是喜歡雙寶？」周蘭怒道：「故也勿要緊，明朝讓雙寶去，省得耐多說多話。」雙玉道：「無娒勠動氣，我搭雙寶才是無娒討人，無啥喜歡勿喜歡。就要出去末，等商量好仔再去，啥要緊嘎！」

周蘭沉吟半晌，怒氣稍平，喝退雙寶，悄問雙玉如何商量。雙玉道：「無姆耐自家去算，雙寶進來個身價就算耐才搳脫仔，也不過三百洋錢。故歇雙寶來裡，生意末無撥，房間裡用場倒同倪一樣哚啘。幾年算下來，阿是搳脫仔勿少哉？我替無姆算計，勿如讓雙寶出去個好。」周蘭點點頭。雙玉又道：「阿姐個生意好，要雙寶代局。我生意不過實概樣式，雙寶出去仔，倘然阿姐忙勿過，我去代局末哉。」周蘭又點點頭。

於是周蘭竟與雙玉定議，擬將雙寶轉賣於黃二姐家，樓上雙珠絕不與聞。比及明日，周蘭欲令阿珠去黃二姐家打話，雙珠怪問何事，始悉其由。雙珠阻止道：「無姆，耐也做點好事末哉！黃二姐個人勿比仔耐，雙寶去做倌討人，苦煞個哩！我說無姆耐定歸勿要雙寶末，也該應商量商量。南貨店裡姓倪個客人搭雙寶蠻要好，倪去請俚來，問聲俚，要討末教俚討仔去。雙寶有仔好場花，倪身價也勿吃虧。無姆想阿對？」

周蘭領悟，叫回阿珠，轉令阿德保以雙寶名片去南市請廣亨南貨店小開倪客人。雙玉心想：如此辦法，倒作成了雙寶的好姻緣，未免有些忿忿，但因雙珠出的主意，不敢再言。

不多時，那倪客人隨著阿德保接踵並至，坐在雙寶房間裡。周蘭出見，當面說親。倪客人滿心欣慰，滿口應諾；既而一想：三百身價之外尚須二百婚費，一時如何措辦，倒又躊躇起來。雙寶恐事不濟，著急異常，背地去求雙珠設法。雙珠格外矜全❷，特地請了洪善卿、喬老四等幾戶熟客，告知此事，擬合

❷ 矜全：憐惜而予以保全。

一會幫貼雙寶。眾人好善樂施，無不願意。洪善卿復去告知朱淑人也與一角，卻不令雙玉得知。

條屆迎娶之期，倪客人倒也用了軍健樂人、提燈花轎，簇擁前來。娶了過去，也一樣的拜堂，告祖，合巹，坐床，待以正室之禮。三朝歸寧，倪客人也來了，請出周蘭，雙雙拜見，口稱「岳母」，磕下頭去。周蘭不好意思，趕緊買了一副靴帽相送，盛筵款待，至晚而回。

自雙寶出嫁以後，雙玉沒了對頭，自然安靜無事。周蘭欲勸雙玉接客，尚未明言。雙玉已揣測知之，心中定下一個計較。先去灶間煤爐傍邊，將剜空生梨內所養的促織兒盡數釋放，再令阿德保去買一壺燒酒，說要擦洗衣裳煙漬，然後令阿珠去請朱五少爺。

朱淑人聞得定親之事早經洩漏，這場噪鬧勢所必然，然又無可躲避，只得皇皇然來。見了雙玉，抱慚負疚，無地自容。雙玉卻依然笑臉相迎，攜手納坐，顏色揚揚如平時。淑人猜不出其是何意見，嘿嘿相對，不則一聲。將近上燈時分，淑人告辭言歸。雙玉牽衣拉過一邊，昵昵軟語，欲留一宿。淑人不忍故違其意，頷首從命。

須臾，叫局的絡繹上市，雙玉遂更衣出門，留下巧囡在房伏侍淑人便飯。等得雙玉回家，更有打茶會的，一起一起應接不暇。一直敲過十二點鐘，漸漸的車稀火爐，簾捲煙消。阿珠收拾停當，聲請淑人安置而去。

雙玉親自關了前後房門，並加上閂，轉身踅來，見淑人褪履上床。雙玉笑道：「慢點睏哩，我有事體來裡。」淑人怪問云何，雙玉近前與淑人並坐床沿。雙玉略略欠身，兩手都搭著淑人左右肩膀，教淑人把右手勾著雙玉脖項，把左手按著雙玉心窩，臉對臉問道：「倪七月裡來裡一笠園，也像故歇實概樣式，一淘坐來浪說個閑話，耐阿記得？」淑人心知說的係願為夫婦生死相同之誓，目瞪口呆，對答不出。雙玉定要問個明白。淑人沒法，胡亂說聲「記得」。雙玉笑道：「我說耐也勿該應忘記。我有一樣好物事，請耐吃仔罷。」

說罷，抽身向衣櫥抽屜內取出兩隻茶杯，杯內滿滿盛著兩杯烏黑的汁漿。淑人驚問：「啥物事？」雙玉笑道：「一杯末耐吃，我也陪耐一杯。」淑人低頭一嗅，嗅著一股燒酒辣氣，慌問：「酒裡放個啥物事嗄？」雙玉手舉一杯湊到淑人嘴邊，陪笑勸道：「耐吃哩。」淑人舌尖舐著一點，其苦非凡，料道是鴉片煙了，連忙用手推開。雙玉覺得淑人未必肯吃，趁勢捏鼻一灌，竟灌了大半杯。淑人望後一仰，倒在床上，滿嘴裡又苦又辣，拚命的朝上噴出，好像一陣紅雨，濕漉漉的灑遍衾裯。淑人支撐起身，再要吐時，只見雙玉舉起那一杯，張開一張小嘴嘓嘟嘓嘟盡力下咽。淑人不及叫喊，奮身直上，奪下杯子，摜於地下，「豁琅」一聲，砸得粉碎。雙玉再要搶那淑人吃剩的一杯，也被淑人擄落跌破。淑人這才大聲叫喊起來。

樓下周蘭先前聽得碗響，尚不介意；迨至淑人叫喊，有些疑惑，手持煙燈，上樓打探。淑人趕去拔下門閂，迎進周蘭。周蘭見淑人兩手一嘴及領衣袍袖之上皆為鴉片煙沾濡塗抹，已是駭然；又見雙玉喘吁吁挺在皮椅上，滿臉都是鴉片煙，慌問：「啥事體哩？」淑人偏又吶吶然說不清楚，只是跺腳就急。幸而那時雙珠、巧囡、阿珠都不曾睡，陸續進房。見此情形，十稔八九。雙珠先問：「阿曾吃嗄？」淑人只把手緊指著雙玉。雙珠會意，喚個相幫速往仁濟醫館討取藥水。

巧囡舀上熱水，給淑人、雙玉洗臉漱口。淑人抹淨手面，吐盡嘴裡餘煙。雙玉大怒，欻地起來，柳眉倒豎，星眼圓睜，咬牙切齒罵道：「耐個無良心殺千刀個強盜坯！耐說一淘死，故歇耐倒勿肯死哉！我到仔閻羅王殿浪末，定歸要捉耐個殺坯，看耐逃走到陸裡去！」

周蘭還是發怔。雙珠叫聲「雙玉」，從中排解道：「五少爺是勿好，勿該應定個親。不過耐也年紀輕勿懂事，客人個閑話才是瞎說。就算故歇五少爺勿曾定親，阿要討耐去做大老母？」雙玉不待說完，嚷道：「啥個大老母小老母！耐去問俚，啥人說個一淘死？」淑人拍腿哭道：「勿是我呀！阿哥替我定個親，一句閑話無撥我說啘❸！」雙玉欻地撲到淑人面前，又狠狠的戟指罵道：「耐隻死豬玀！曉得是耐阿哥替耐定個親，我問耐為啥勿死？」嚇得淑人倒退不迭。

正忙亂間，相幫取到一瓶藥水，阿珠急取兩只玻璃杯，平分倒出。淑人心疑尚恐不曾吐盡，先去呷了一口。雙玉怒極，一手搶那杯子照準淑人臉上甩來，潑了淑人一頭藥水。幸虧淑人頭頸一側，那玻璃杯從耳朵邊擸了過去，沒有甩著。淑人遠遠央告道：「耐也吃點哩，耐吃仔個藥水，隨便耐要啥，我總歸依耐，阿好？」雙玉大聲道：「我要啥嗄？我末要耐死哉哩！」周蘭、雙珠同詞勸道：「死勿死末再說，耐吃仔了哩。」

阿珠、巧囡也幫著千方百計勸雙玉吃藥水。雙玉不禁哼的笑道：「勸啥嗄？放來浪等我自家吃末哉啘。俚勿死，我倒犯勿著死撥俚看，定歸要俚死仔末我再死！」說著，舉起玻璃杯，一口一口慢慢的呷。巧囡絞上手巾，揩了一把。不多時，一陣翻腸攪肚，喉間汩汩作響，便嘔出一汪清水。周蘭、雙珠一左一右攙著臂膊，叫雙玉只顧吐。雙玉一面吐，一面還喃喃不絕的罵。直至天色黎明，稍稍吐定，大家一

❸ 一句句：意為「沒有我說一句話的分」。

塊石頭落地，不好再去睏覺，令灶下開了煤爐，炖口稀飯，略點一點。

淑人知道雙玉兀自不肯干休，背地求計於雙珠。雙珠攢眉道：「雙玉個脾氣，五少爺也明白個哉，俚陸裡肯聽人個閑話！倪是一家人，也勿好搭俚說，就說末也無行用。耐倒是請個朋友來勸勸俚，俚倒聽句把。」一句提醒了淑人，當即寫張字條，速令相幫去南市鹹瓜街請永昌參店洪老爺。

大家把雙玉扶上大床，各自散去。淑人眼睜睜地獨自看守，守到日之方中，洪善卿惠然肯來。淑人趕出迎見，請進雙珠房間，細述昨宵之事，欲懇善卿去勸雙玉。

善卿應承，踅過雙玉房間，見雙玉歪在大床上垂頭打盹，調息養神。善卿近前，輕輕叫聲「雙玉」。雙玉睜眼見了，起身讓坐。善卿隨口問道：「身嚮裡阿好？」雙玉冷笑兩聲，答道：「洪老爺，耐末覅假癡假呆哉！五少爺請耐來勸勸我，我無撥第二句閑話。我故歇末定歸要跟牢仔俚一淘死！俚到陸裡我跟到俚陸裡，定歸一淘死仔末完結，無撥第二句閑話！」善卿婉婉說道：「雙玉覅哩。五少爺一徑蠻要好，定親個事體，也是俚阿哥做個主，倒覅去怪俚。我說，一樣個人，無啥大小。我做個大媒人，原嫁仔五少爺，耐說阿好？」雙玉下死勁啐道：「呸，我去嫁俚無良心個殺坯！」只說了這一句話，仍自倒下，合目裝睡。

善卿無路可入，姑轉述於淑人。淑人更加一急，唉聲嘆氣，沒個擺布。善卿探問雙珠，畢竟雙玉是何主見，不想雙珠亦自不知。善卿道：「阿是有啥人教俚個嗄？」雙珠道：「雙玉末陸裡要人教！倘然是倪教個末，單有教俚做生意，無撥教俚噪個啘。」

善卿再四尋思，終不可解。雙珠道：「我想雙玉個意思，一半末為仔五少爺，一半還是為雙寶。」

善卿呵呵鼓掌道：「一點也勿差，難末有點道理哉。」淑人拱立候教。善卿復尋思多時，呵呵鼓掌道：「有來裡哉，有來裡哉！」淑人請問其說，善卿道：「耐覅管。耐說雙玉隨便要啥耐總依俚，阿有該句閑話？」淑人說：「有個。」善卿道：「我替耐解個冤結，多則一萬，少則七八千，耐阿情願？」淑人說：「願個。」善卿道：「价末才是哉❹。」淑人請問終究如何辦法，善卿道：「故歇勿搭耐說，等事體舒齊❺仔，耐也明白哉。」淑人抱著個悶壺盧❻無從打破，且令阿珠傳命叫菜，與善卿兩人便飯。

善卿手招雙珠，並坐一邊高椅上，搭肩附耳，密密長談。雙珠從頭至尾無不領悟。少頃談畢，雙珠輾轉一想，卻又遲回道：「說來說說罷哉，勿見得成功哩。」善卿道：「定歸成功，俚倸勿在乎此。」雙珠乃踅過雙玉房間，為說客捉刀。適值阿珠搬上飯菜，善卿叫住，就擺在雙珠房間裡，善卿、淑人銜杯對酌。

既而，雙珠回房覆命道：「稍微有點意思，就不過常恐勿成功，再要撥人家笑話。」善卿道：「耐去說，倘然真真勿成功，我原拿五少爺交代撥俚。」雙珠重複過去說了，回覆道：「才是哉，俚說故歇五少爺就交代撥耐。」善卿呵呵鼓掌而罷。

第六三回終。

---

❹ 价末才是哉：那就都有了。
❺ 舒齊：此指「辦妥」。
❻ 壺盧：葫蘆。

第六四回　吃悶氣怒拚纏臂金　中暗傷猛踢窩心腳

按，朱淑人、洪善卿在周雙珠房間裡用過午餐，善卿遂攜淑人並往對過周雙玉房間，與雙玉當面說定。善卿自願擔保，帶領淑人出門。雙玉滿面怒色，白瞪著眼瞅定淑人，良久良久，說道：「一萬洋錢買耐一條性命，便宜耐！」淑人掩在善卿肘後不敢作聲，善卿搭訕說笑，一同出門。

淑人在路問起一萬洋錢作何開消，善卿道：「五千末撥俚贖身；再有五千，搭俚辦副嫁妝，讓俚嫁仔人末好哉。」淑人問：「嫁個啥人？」善卿道：「就是嫁人個難。耐勠管，耐去舒齊❶仔洋錢，我替耐辦。」

淑人欲挽善卿到家，與乃兄朱藹人商量。善卿不得已，隨至中和里朱公館，見藹人於外書房。淑人自己躲去。善卿從容說出雙玉尋死之由，淑人買休之議，或可或否，請為一決。藹人始而驚，繼而悔，終則懊喪欲絕。事已至此，無可如何，慨然嘆道：「掯脫仔洋錢，以後無撥瓜葛，故也無啥。不過一萬末，好像忒大仔點。」善卿但唯唯而已。藹人復道：「難是生來一概拜託老兄，其中倘有可以減省之處，悉憑老兄大才斟酌末哉。」善卿恧顏❷受命而行。藹人轉至門首，拱手分別。

善卿獨自踅出中和里口，意思要坐東洋車，左顧右盼，一時竟無空車往來，卻有一個後生搖搖擺擺

---

❶ 舒齊：準備；預備。

❷ 恧顏：慚顏。恧，音ㄋㄩˋ。

自北而南。善卿初不在意，及至相近看時，不是別人，即是嫡親外甥趙樸齋，身上倒穿著半新不舊的羔皮寧綢袍褂，較諸往昔體面許多。樸齋止步叫聲「娘舅」，善卿點一點頭。樸齋因而稟道：「無娒病仔好幾日，昨日加重仔點，時常牽記娘舅。娘舅阿好去一埭，同無娒說說閑話？」善卿著實躊躇了半日，長嘆一聲，竟去不顧。

樸齋以目相送，只索罷休，自歸鼎豐里家中，覆命於妹子趙二寶說：「先生晚歇就來。」並述善卿道途相遇情狀。二寶冷笑道：「俚末看勿起倪，倪倒也看勿起俚！俚個生意，比仔倪開堂子做倌人也差仿勿多。」

說話之間，竇小山先生到了，診過趙洪氏脈息，說道：「老年人體氣大虧，須用二錢吉林參。」開方自去。二寶因要兌換人參，親向洪氏床頭摸出一只小小頭面箱，開視，不意箱內僅存兩塊洋錢，慌問樸齋，說是「早辰付仔房錢哉，陸裡再有嗄！」

二寶生恐洪氏知道著急，索性收起頭面箱，回到樓上房中和阿虎計議，擬將珠皮、銀鼠、灰鼠、紫毛、狐嵌五套帔裙典質應急。阿虎道：「耐自家物事拿去當也無啥，故歇綢緞店個帳一點也勿曾還，倒先拿衣裳去當光仔，勿是我說句邱話❸，好像勿對。」二寶道：「通共就剩仔一千多店帳，阿怕我無撥❹！」阿虎道：「二小姐，耐故歇末好像勿要緊，倘忙無撥仔，覅說是一千多，要一塊洋錢才難哩！」

二寶不伏氣，臂上脫下一隻金釧臂，令樸齋速去典質。樸齋道：「吉林參末，就娘舅店裡去拆❺仔

❸ 邱話：此有「不中聽的話」之意。

❹ 阿怕我無撥：可是怕我沒有。意為一千多元不在話下。

點哉啘。」被二寶劈面噴了一臉唾沫道：「耐個人也好哉，再要說娘舅！」樸齋掩面急走。

二寶隨往樓下看望洪氏，見其神志昏沉，似睡非睡。二寶叫聲「無娒」，洪氏微微接應問：「阿要吃口茶？」伺候多時，竟不搭嘴。二寶十分煩躁，忽聽得阿虎且笑且喚道：「咦，少大人來哉！少大人幾時到個嗄？樓浪去哩。」接著靴聲橐橐，一齊上樓。

二寶連忙退出，望見外面客堂裡纓帽箭衣，成群圍立，認定是史三公子，飛步趕上樓去。頂頭遇著阿虎，撞個滿懷。二寶即問：「房裡啥人？」阿虎道：「是賴三公子，勿是史三。」二寶登時心灰足軟，倚柱喘息。阿虎低聲道：「賴三公子有名個癩頭黿，倒真真是好客人，勿比仔史三末就不過空場面。耐故歇一個多月無撥幾花生意，難要巴結點。做著仔癩頭黿，故末年底下也好開消。」

道猶未了，房間裡一片聲嚷道：「快點喊大老母來哩！讓我看，阿像是個大老母！」阿虎趕緊攛掇二寶進房。二寶見上面坐著兩位，認得一位是華鐵眉，那一位大約是賴三公子了。原來賴公子因前番串賭吃虧，所以此次到滬，那些流氓一概拒絕，單與幾個正經朋友乘興清遊。聞得周雙玉第三個大老母之說，特地挽了華鐵眉引導，要見識這趟二寶是何等人物。

二寶踅到跟前，賴公子順勢拉了過去，打量一番，呵呵笑道：「俚就是史三個大老母？好，好，好！」二寶雖不解所謂，也知道是奚落他，不去瞅睬，只問華鐵眉道：「史公子阿有信？」鐵眉回說：「無撥。」二寶約略訴說當初史公子白頭之約，目下得新忘故，另娶揚州。鐵眉道：「价末俚局帳阿曾開消？」二寶道：「俚去個辰光撥倪一千洋錢，倒是倪搭俚說：『耐就要來末，一淘開消也正好。』陸

❺ 拆：此有「借」意。

裡曉得去仔人也勿來，信也無撥！」賴公子一聽，直跳起來，嚷道：「史三漂局錢，笑話哉啘！」鐵眉微笑道：「想來其中必有緣故，一面之詞，如何可信。」二寶遂絕口不談。

阿虎存心巴結，幫著二寶殷勤款洽，二寶依然落落大方。偏偏賴公子屬意二寶，不轉睛的只顧看，看得二寶不耐煩，低著頭弄手帕子。賴公子暗地伸手揣住手帕子一角，猛力搶去，只聽嗶喇一響，把二寶左手養的兩隻二寸多長的指甲齊根迸斷。二寶又驚又痛，又怒又惜，本待發作兩句，卻為生意起見，沒奈何忍住了。賴公子搶得手帕子，兀自得意。阿虎取把剪刀，授給二寶剪下指甲，藏於身邊。

二寶正要抽身迴避，恰好樸齋在簾子外探頭探腦，二寶便踅出中間。樸齋交明兌的參、當的洋錢。二寶就命樸齋下去煎參，自己點過洋錢，收放房中衣櫥內。賴公子故意詫道：「陸裡來個小伙子，標緻得來！」二寶說：「是阿哥。」賴公子道：「我倒道這是耐家主公。」阿虎道：「覅瞎說。」回頭指著阿巧道：「哪，是俚個家主公呀。」阿巧方給華鐵眉裝水煙，羞的別轉臉去。

二寶憎嫌已甚，竟丟下客人，避入樓下洪氏房間。華鐵眉乖覺，起身振衣，作欲行之狀。無如賴公子戀戀不捨，當經阿虎慫恿，徑喊相幫擺個檯面，鐵眉不好攔阻。賴公子因問二寶何往，阿虎道：「來裡下頭張張俚娘，俚娘生仔個病。」隨口裝點些病勢❻說給賴公子聽。

支吾許久，不見二寶回來，阿虎令阿巧去喊。二寶有心微示瑟歌之意，姍姍來遲。賴公子等的心焦，一見二寶，疾趨而前，張開兩隻臂膊，想要抱入懷中。二寶吃驚倒退，急的賴公子舉手亂招。二寶遠遠站住，再也不肯近身，賴公子已生了三分氣。華鐵眉假作關切，問二寶道：「耐娘是啥個病？」二寶會

❻ 病勢：病情。

意，假作憂愁，和鐵眉刺刺不休，方打斷了賴公子豪興。

隨後相幫調排桌椅，安設杯箸，二寶復乘隙避開。賴公子並未請客，但叫了七八個局，又為華鐵眉代叫三個，孫素蘭不在其內。發下局票，不等起手巾，賴公子即拉華鐵眉入席對坐。相幫慌的送上酒壺，二寶又不及敬酒。

阿虎見不成樣子，自己趕下洪氏房間，只見樸齋隅坐執燭，二寶手持藥碗用小茶匙餵與洪氏。阿虎跺腳道：「二小姐去哩，檯面坐仔歇哉呀。教耐巴結點，耐倒理也勿理哉！」二寶低喝道：「要耐去瞎巴結！討人厭個客人倪勿高興做。」阿虎著緊問道：「賴三公子個客人耐勿做，耐做啥個生意嗄？」二寶紅漲於面。阿虎道：「耐是小姐，倪是娘姨，生來做勿做隨耐個便！店帳帶擋才清爽仔，勿關倪事！」二寶暗暗叫苦，開不出口。

阿虎亦自賭氣，不顧檯面，趕往灶下閑坐。檯面上只剩阿巧一人夾七夾八說笑。賴公子含怒未伸，面色大變。華鐵眉為之解道：「我聞得二寶是孝女，果然勿差，想來故歇伏侍俚娘，離勿開。難得，難得！」遂連聲贊嘆不置。賴公子不覺解頤。

二寶餵藥既畢，仍扶洪氏睡下，然後回房應酬檯面。適值出局絡繹而至，賴公子發話道：「倪勿曾去叫趙二寶個局啘，趙二寶啥自家來哉嗄？」二寶裝做沒有聽見。

華鐵眉討取雞缸杯，引逗賴公子搳拳，混過這場口舌。賴公子大喜，一鼓作氣交手爭鋒。怎奈賴公子這拳輸的多，贏的少，約摸輸了十餘拳。賴公子自飲三杯，其餘倌人、娘姨爭先代飲，阿虎也來代了一杯。賴公子不肯認輸，猜個不了。猜到後來，輸下一拳，賴公子周圍審視，惟趙二寶不曾代過，將這杯酒指交二寶，二寶一氣飲乾。賴公子要取回那杯子，伸過手去，偶然搭著二寶手背。二寶嗔其輕薄，奪手斂縮。

賴公子觸動前情，放下杯子，扭住二寶衣領，喝令過來。二寶抵死望後掙脫。賴公子重重怒起，飛起一隻氈底皂靴，兜心一腳，早把二寶踢倒在地。阿虎、阿巧奔救不及。二寶一時爬不起，大哭大罵。賴公子愈怒，發狠上前，索性亂踢一陣，踢得二寶滿地打滾，沒處躲閃，嘴裡不住的哭罵。阿虎攔腰抱住賴公子，只是發喊。阿巧橫身阻擋，也被賴公子踢了一跤。幸而華鐵眉苦苦的代為求饒，賴公子方住了腳。阿虎、阿巧攙起二寶——披頭散髮，粉黛模糊，好像鬼怪一般。

二寶想起無限委屈，那裡還顧性命，奮身一跳，直有二尺多高，哭著罵著，定要撞死。賴公子如何容得如此撒潑？火性一熾，按捺不下，猛可裡喝聲「來」！那時手下四個轎班、四個當差的，都擠在房門口垂手觀望，一喝百應，屹立候示。賴公子袖子一揮，喝聲：「打！」就這喝裡，四個轎班、四個當差的撩起衣襟，揎拳捋臂一齊上，把房間裡一應傢伙什物，除保險燈之外，不論粗細軟硬，大小貴賤，一頓亂打，打個粉碎。

華鐵眉知不可勸，捉空溜下，乘轎先行。所叫的局不復告辭，紛紛逃散。阿虎、阿巧保護二寶從人叢裡搶得出來。二寶跌跌撞撞，腳不點地，倒把適間眼淚鼻涕嚇得精乾。

這賴公子所最喜的是打房間，他的打法極其利害，如有一物不破損者，就要將手下人笞責不貸。趙二寶前世不知有甚冤家，無端碰著這個太歲，滿房間粗細軟硬大小貴賤一應傢伙什物，風馳電掣，盡付東流。本家趙樸齋膽小沒用，躲得無影無蹤。雖有相幫，誰肯出頭求告？趙洪氏病倒在床，聞得些微聲息，還盡著問：「啥事體嗄？」

趙二寶踉蹌奔入對過書房，歪在煙榻上歇息。阿巧緊緊跟隨，廝守不去。阿虎眼見事已大壞，獨自踅到後面亭子間怔怔的轉念頭。任憑賴公子打到自己罷休，帶領一班凶神哄然散盡，相幫才去尋見樸齋，相與查檢。房間裡七橫八豎，無路入腳。連床榻櫥櫃之類也打得東倒西歪，南穿北漏。只有兩架保險燈晶瑩如故，掛在中央。

樸齋不知如何是好，要尋二寶；四顧不見，卻聞對過書房阿巧聲喚：「二小姐來裡該搭。」樸齋趕去，又是黑魆魆的。相幫移進一盞壁燈，才見二寶直挺挺躺著不動。樸齋慌問：「打壞仔陸裡搭？」阿巧道：「二小姐還算好，房間裡那价哉嗄？」樸齋只搖搖頭，對答不出。

二寶驀地起立，兩手撐著阿巧肩頭，一步一步忍痛蹭去。蹭到房門口，抬頭一望，由不得一陣心痛，大放悲聲。阿虎聽得，才從亭子間出來。大家勸止二寶，攙回煙榻坐下，相聚議論。

樸齋要去告狀，阿虎道：「阿是告個癩頭黿？勦說啥縣裡道裡，連搭仔外國人見仔個癩頭黿也怕個末，耐陸裡去告嗄？」二寶道：「看俚個腔調就勿像是好人，才是耐要去巴結俚！」阿虎攤手厲聲道：「癩頭黿自家跑得來，咿勿是我做個媒人，耐去得罪仔俚吃個虧，倒說我勿好！明朝茶館裡去講，我勿好末我來賠。」說畢，一扭身去睡了。

二寶氣上加氣，苦上加苦，且令樸齋率同相幫收拾房間，仍令阿巧攙了自己，勉強蹭下樓梯。一見洪氏，兩淚交流，叫聲「無娒」，並沒有半句話。洪氏未知就裡，猶說道：「耐樓浪去陪客人哩，我蠻好來裡。」二寶益發不敢告訴其事，但叫阿巧溫熱了二和藥[1]，就被窩裡餵與洪氏吃下。洪氏又催道：「難無啥哉，耐去哩。」二寶叮囑「小心」，放下帳子，留下阿巧在房看守，獨自蹭上樓梯。房間裡煙塵歷亂，無地存身，只得仍到書房。樸齋隨後捧上一隻抽屜，內盛許多零星首飾，另有一包洋錢。樸齋道：「洋錢同當票才揞來哚地浪，勿曉得阿少。」二寶不忍閱視，均丟一邊。樸齋去後，靜悄悄地。二寶思來想去，上天無路，入地無門，暗暗哭泣了半日，覺得胸口隱痛，兩腿作酸，踅向煙榻，倒身偃臥。

忽聽得弄堂裡人聲嘈嘈，敲得大門震天价響。樸齋飛奔報道：「勿好哉，癩頭黿咿來哉！」二寶更不驚慌，挺身邁步而出。只見七八個管家擁到樓上，見了二寶，卻打個千，陪笑稟道：「史三公子做仔揚州知府哉，請二小姐快點去。」二寶這一喜真乃喜到極處，連忙回房喊阿虎梳頭。只見母親洪氏頭戴鳳冠，身穿蟒服，笑嘻嘻叫聲「二寶」，說道：「我說三公子個人陸裡會差，故歇阿是來請倪哉。」二寶道：「無娒倪到仔三公子屋裡，先起頭事體覅去說起。」洪氏連連點頭。阿巧又在樓下喊聲「二小姐」，報道：「秀英小姐來道喜哉。」二寶詫道：「啥人去撥個信，比仔電報再要快？」二寶正要迎接，只見張秀英已在面前。二寶含笑讓坐，秀英忽問道：「耐著好仔衣裳，阿是去坐馬車？」二寶道：「勿是，史三公子請倪去呀。」秀英道：「阿要瞎說！史三公子死仔長遠哉，耐啥勿曾曉得？」

二寶一想，似乎史三公子真個已死。正要盤問管家，只見那七八個管家變作鬼怪，前來擺撲。嚇得二寶極聲一嚷，驚醒回來，冷汗通身，心跳不止。

第六四回終。

---

❼ 二和藥：中藥要兩煎，即第二煎的藥。

跋

客有造花也憐儂之室而索六十四回以後之底稿者，花也憐儂笑指其腹曰：稿在是矣。

客請言其梗概。花也憐儂惶然以驚曰：客豈有得於吾書耶，抑無得於吾書耶？吾書六十四回，賅矣，盡矣，其又何言耶？今試與客遊太行、王屋、天台、雁蕩、崑崙、積石諸名山。其始也，捫蘿攀葛，匍匐徒行，初不知山為何狀；漸覺泉聲鳥語，雲影天光，歷歷有異，則徜徉樂之矣；既而林廻磴轉，奇峰沓來，有立如鵠者，有臥如獅者，有相向如兩人拱揖者，有亭亭如荷蓋者，有突兀如錘、如筆、如浮屠者，有縹緲如飛者、走者、攫拿者、騰踔而顛者，夫乃嘆大塊之文章真有匪夷所思者。然固未躋其巔也。於是足疲體憊，據石少憩，默然念所遊之境如是如是，而其所未游者，揣其蜿蜒起伏之勢，審其凹凸向背之形，想像其委曲幽邃廻環往復之致，目未見而如有見焉，耳未聞而如有聞焉。固已一舉三反，快然自足，歌之舞之，其樂靡極。噫，斯樂也，於遊則得之，何獨於吾書而失之？吾書至於六十四回，亦可以少憩矣。六十四回中如是如是，則以後某人如何結局，某事如何定案，某地如何收場，皆有一定不易之理存乎其間。客曷不掩卷撫几以樂於遊者樂吾書乎？

客又舉沈小紅、黃翠鳳兩傳為問。花也憐儂曰：王、沈、羅、黃前已備詳，後不復贅。若夫姚、馬之始合終離，朱、林之始離終合，洪、周、馬、衛之始終不離不合，以至吳雪香之招夫教子，蔣月琴之創業成家，諸金花之淫賤下流，文君玉之寒酸苦命，小贇、小青之挾貲遠遁，潘三、匡二之衣錦榮歸，黃金鳳之孀居，不若黃珠鳳儼然命婦，周雙玉之貴媵，不若周雙寶兒女成行，金巧珍背夫捲逃，而金愛珍則戀戀不去，陸秀寶夫死改嫁，而陸秀林則從一而終：屈指悉數，不勝其勞。請俟初續告成，發印呈教。目張綱舉，燦若列眉，又焉用是嘵嘵者為哉？客乃憮然三肅而退。

花也憐儂書

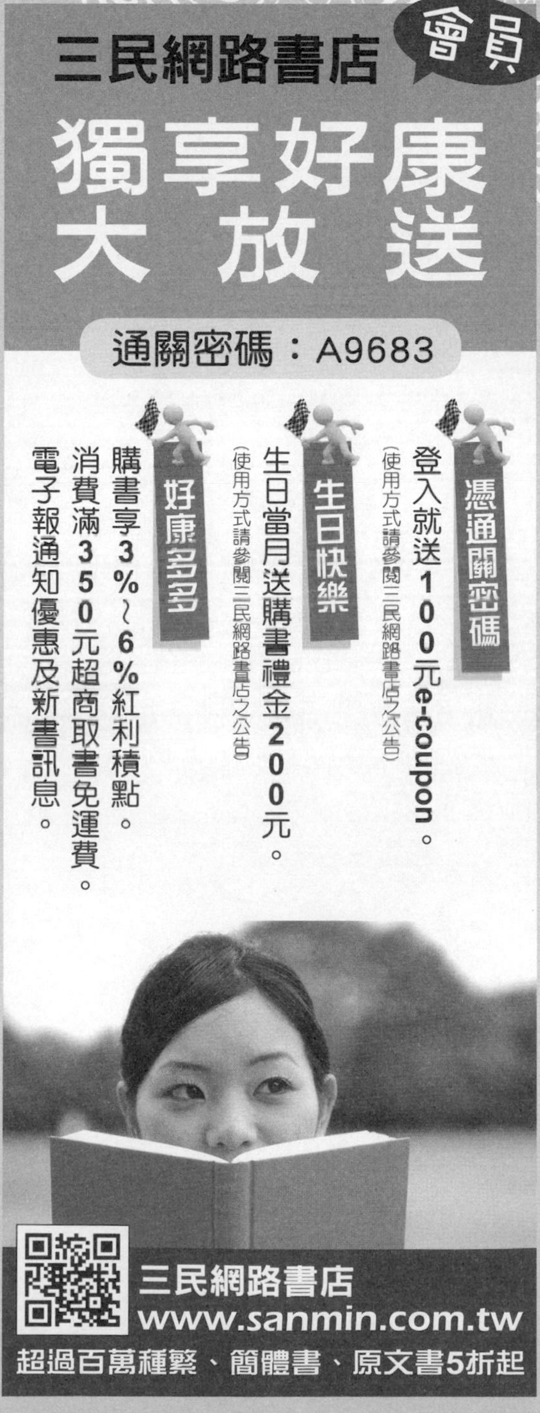

浮生六記

沈三白／著　陶恂若／校注　王關仕／校閱

《浮生六記》是清人沈三白追憶生平往事的自敘寫實之作，作者以時而輕靈、時而深情的筆觸，寫下生平所樂、所快、所愁，其中如〈閨房記樂〉之夫婦情深、〈閑情記趣〉之生活藝術、〈坎坷記愁〉之悲慘愁苦、〈浪遊記快〉之自由曠達，皆筆真、情真、意更真，令人讀之心醉。本書內文以數種版本詳為參校，各卷並附有簡明注釋，是您欣賞《浮生六記》的優質版本。

國家圖書館出版品預行編目資料

海上花列傳／韓邦慶著;姜漢椿校注.——三版一刷.
——臺北市：三民，2020
面；　公分.——(中國古典名著)

ISBN 978-957-14-6840-2（平裝）

857.44　　109007640

中國古典名著

海上花列傳

作　者　韓邦慶
校注者　姜漢椿

發行人　劉振強
出版者　三民書局股份有限公司
地　址　臺北市復興北路386號(復北門市)
　　　　臺北市重慶南路一段61號(重南門市)
電　話　(02)25006600
網　址　三民網路書店 https://www.sanmin.com.tw

出版日期　初版一刷 1998年10月
　　　　　二版一刷 2018年4月
　　　　　三版一刷 2020年8月
書籍編號　S854360
ISBN　978-957-14-6840-2

三民書局